D1726383

Peter Kurzeck · Als Gast

PETER KURZECK

ALS GAST

Stroemfeld/Roter Stern

Bibliografische Information Der Deutschen Bibliothek
Die Deutsche Bibliothek verzeichnet diese Publikation in der
Deutschen Nationalbibliografie; detaillierte bibliografische Daten
sind im Internet über http://dnb.ddb.de abrufbar.

ISBN: 3-87877-825-2

Copyright © 2003 Stroemfeld Verlag
Frankfurt am Main und Basel
All Rights Reserved. Alle Rechte vorbehalten.

Lektorat: Rudi Deuble

Gedruckt auf säurefreiem alterungsbeständigem Papier
entsprechend ISO 9706
Printed in the Federal Republic of Germany

Bitte fordern Sie unsere kostenlose Programminformation an:
Stroemfeld Verlag
D-60322 Frankfurt am Main, Holzhausenstraße 4
CH-4027 Basel, Altkircherstrasse 17
e-mail: info@stroemfeld.de   www.stroemfeld.com

Wie hoffen geht, weißt du!

Für Carina

1

Am ersten März. Elf Uhr vorbei, gleich halb zwölf. Mietshäuser. Frankfurt. Eine Frankfurter Seitenstraße. Ein heller Vormittag vor einem offenen Hauseingang. Die Straße heißt Robert-Mayer-Straße. Nicht weit von der Uni, nicht weit vom Westbahnhof. Nicht weit von hier bis zur Jordanstraße. In Bockenheim, in Frankfurt am Main. Das Jahr 1984. Grün ein VW Passat, ein alter Passat Kombi. Die Hecktür offen. Daneben bärtig ein blonder Mann. In Jeans und Pullover, ein teurer Pullover. Und der zweite, der jetzt aus dem Haus kommt, zwei Holzkästen auf dem Arm und mit seinen Gedanken zum Auto. Hell, aus Fichtenholz, offen die Kästen. Papier drin. Notizblöcke, Mappen, ein Ordner. Einladen und zurechtrücken die zwei Kästen. Neben einer großen elektrischen Schreibmaschine. Ein Kissen, eine Bettdecke, Bücher. Hell die Luft. Und auch schon nicht mehr so kalt. März und gleich Mittag. Im Nachbarhaus, im ersten Stock, wird geputzt. Einer pfeift. Alle Fenster offen. An dem alten Auto, überdeutlich im Märzlicht, die Lackschäden, Beulen, Rost. Nach dem langen Winter die abgefahrenen Reifen und Streusalzspuren auf Rädern und Karosserie. Die zwei Männer: der zweite, das bin doch ich! Schrill im Rinnstein eine demokratische Versammlung städtischer Rinnsteinspatzen. In den Vorgärten reglos die Amseln. Mülltonnen, leere Vorgärten. Die Amseln reglos und schwarz vor den Kellerfenstern. In den Kellern vollzählig die vergangenen Winter gestapelt und aufbewahrt. Vergraben. Eingemauert. In Fässern und Kisten verpackt. Und nach Jahrgängen. Viele Winter. Und sie als Amseln müssen alle diese vergangenen Winter ununterbrochen verwalten. Tun ihr Bestes. Seit Jahren schon. Vollzählig alle Winter. Die ganze Zeit. Die gesamte Zeit. Jeden einzelnen Augenblick. Fest und entschlossen stehen die Mülltonnen, stehen Wache. Nach Heizöl riecht es. Eindringlich starren die Kellerfenster. Das Auto. Zwei Männer. Der zweite, das bin doch ich! Nochmal ins Haus zurück? In Gedanken schon vor mir her, in Gedanken schon auf der Treppe. Mit großen Schritten. Und da auf dem Gehsteig im Märzlicht – was war das? Beim Gehen mit dem Fuß angestoßen, so winzig – und springt vor dir her? Eine Murmel, ein Steinchen, ein Kern? Eine Sinnestäuschung? Ein Irrtum? Ausgetrocknet und leicht und wie trockene alte Knochen beinhell gebleicht und so eilig. Ein Zeichen? Und dann erst erkannt, was es ist – ein Kirschkern! Ein Kirschkern und wie er springt! Ein Kirschkern vom vorigen Jahr und den ganzen Winter lang unterm Schnee. Ein Kirschkern im März! Doch auch früher schon solche Kirschkerne, helle Morgen, die Zeit, große Schritte und die Märztage mit mir selbst. Sogar ja als Kind schon. Als Kind sowieso jeden Kern aufgehoben, angehaucht, besprochen und eingepflanzt. Sollst du ihn aufheben? Einstecken? Gleich für immer den Kern? Oder reicht es, wenn du ihn in Gedanken nur mit? Rollsplitt, Streusalz und Aschespuren noch auf dem Gehsteig. Ein langer Winter und soll jetzt vorbei, sagst du dir.

Hell die Luft, so hell, daß man dauernd blinzeln muß! Und als könnte es sein, daß gleich hier ein Falter, ein Sommerfalter, ein Schmetterling! Weiß, zitronengelb, orange oder himmelblau! Im nächsten Moment! Ein Zitronenfalter, Apollo, ein Pfauenauge, Kohlweißlinge. Gleich zwei-drei Schmetterlinge mit der Leuchtkraft ihrer Namen und Farben hier bei dem Vorgartenmäuerchen neben dem Torpfosten. In hellen Scharen! Und wie du gleich darauf auch schon nicht mehr zu sagen wüßtest, ob da nicht eben noch wirklich einer? Musik? Ein Klavier? Einer pfeift. Oder ist das im Radio? Hell der Tag, hell jeder Ton in den Tag hinein. Die Robert-Mayer-Straße, die Hamburger Allee. Die Gesichter der Häuser. Eine große Kreuzung. Gegenüber die Einfahrt zu einem Holzlager. Vor der Einfahrt ein Lastauto mit einer Ladung Holz. Steht und hupt. Kann nicht rein, weil ein anderes Lastauto raus will. Lärm. Alles drängt sich. Die Ampeln von rot auf grün. Hinter der Kreuzung die Eisenbahnbrücke.

Die S-Bahn als Hochbahn. Ein Radfahrer. Ein Straßenkehrer. Eine gebrechliche alte Frau mit einem gehbehinderten Hund. Ein alter Mann. Stehengeblieben. Muß wie ein Bild, wie eine lebendige ferne Erinnerung den leeren Fleck Gehsteig vor seinen Füßen betrachten, so leer und so hell. Schon die ersten Schulkinder auf dem Heimweg. Zuerst die ganz Kleinen. Weiter vorn in der Hamburger Allee, ein bißchen zu spät dran, die heutige Müllabfuhr. Mit großen Schritten von Haustür zu Haustür der Morgenbriefträger. Alt und eng ein gestriger Schreibwarenladen. Ein Schreibwarenladen aus der Tintenglaszeit. Ein Kiosk, ein Frankfurter Büdchen mit Pennern, Kindern, Lakritz, Zigaretten, Flaschenbier, Schokolade und Kaugummi. Eis nur im Sommer. Zwo Penner mit prima Schlafsäcken, ein Penner mit einem jungen Hund. In Frankfurt am Main der billigste Schnaps ist immer im Stehen ein schneller Korn. Besser gleich einen richtigen Flachmann. Litfaßsäulen, Farben, der Tag, der heutige Tag, Plakatwände, Zeitungen, eine Schule, zwei Schulen, dicht beieinander zwei Schulen, Schulhöfe, Straßenbahnen, Straßenbahnhaltestellen, Frankfurt, Europa, die Welt. Ein Werktag. Die Welt bei der Arbeit. Wie aus der Bilderbuchwelt meiner Tochter, so ein Augenblick. Sie heißt Carina. Wird nächstens viereinhalb. Eisenbahnzüge. Alle paar Minuten die S-Bahn als Hochbahn vorbei. Hell die Holzladung auf dem Lastauto, Balken und Bretter. Der Beifahrer ausgestiegen. Steht daneben und breitet die Arme aus. Handzeichen und Geschrei. Und mit Vorsicht zurück jetzt das Lastauto. Rückwärts und Platz gemacht, damit das zweite Lastauto raus kann. Autos hupen. Jäh die Spatzen hoch in die Luft. Und die Amseln, langsam die Amseln. Als ob sie sich immer erst losreißen müßten. Jedesmal mit einem kleinen elektrischen Ruck. Hüpfen wie die Minutenanzeiger erschöpfter Bahnhofsuhren. Hüpfen von Augenblick zu Augenblick. Das leere Lastauto vom Hof auf die Straße und unter der Eisenbahnbrücke durch. Richtung Autobahn. Mit viel Getöse das volle Lastauto jetzt in die Hofeinfahrt. Ein Holzlager. Großhandel und Direktverkauf. Jeder einzelne Buchstabe auf dem Firmenschild fängt zu winken an. Weißt du noch? Weißt du noch? In diesem Holzlager ließ Sibylle sich doch immer Bretter zurechtschneiden. Jedes Jahr mehrmals. Immer noch ein Regal gebaut. Nie genug Platz. Als ob die Wohnung ringsum immer kleiner wird um uns her, je länger wir darin wohnen. Und immer mehr Bücher auch, für ein ordentliches Leben zu viele Bücher. Und das ist jetzt auch vorbei, ist schon länger vorbei. Eine neue Zeitrechnung. Grasgrün, wiesengrün, ostereiergrün der Passat. Wahrscheinlich gebraucht gekauft und schon alt, ein praktisches Auto. Die Hecktür noch offen. Der eine beim Auto, bei der offenen Tür. Es wird sein Auto sein. Der zweite nochmal ins Haus zurück und kommt jetzt wieder heraus. Cordhosen, eine alte Wildlederjecke. Der zweite, das bin doch ich! Rechts eine Reisetasche und über dem linken Arm einen Mantel, dunkelblau oder schwarz. Dunstig der Tag, aber hell. So hell, als ob gleich die Sonne, als ob du nur mit der Hand durch die Luft, leicht, damit gleich die Sonne durchkommt. Vor deinen Augen. Im nächsten Moment. Der erste März und gleich Mittag.

Erst ein Regen- und dann ein Schneewinter. Ende November die Trennung. Wie haben wir denn vorher gelebt, fragst du dich, neun Jahre miteinander gelebt und all die Zeit eine Trennung undenkbar! Sogar noch bei der Trennung, sogar ja jetzt noch undenkbar! Die Trennung und gleich nach der Trennung eine neue Zeitrechnung. Und kann mich seither an keinen einzigen Traum erinnern. Eine neue Zeitrechnung. Jeden Tag wieder die Tage zählen. Vier. Elf. Achtundneunzig. Einhundertundvier. Schon mehr als ein Vierteljahr und wie du dir selbst fehlst, sagte ich mir (in weiter Ferne sah ich mich gehen!). Schon mehr als ein Vierteljahr und immer noch fassungslos. Weihnachten ausgefallen. Schon vorher im Sommer fristgerecht auch noch meine Arbeit verloren. Gleich bei der Wohnung, aber auch nicht zu nah. Man konnte zu Fuß hin. Eine Halbtagsstelle in einem Antiquariat und unersetzlich für mich. Kein Geld (wie immer kein Geld) und mit meinem dritten Buch angefangen. Schriftsteller. Schriftsteller nur für mich selbst. Erst im Januar konnte ich aus unserer Wohnung in der Jordanstraße ausziehen. Die zehnte Woche nach der neuen Zeitrechnung. Ein Zimmer in einer fremden Wohnung. Eher eine Abstellkammer. Und gleich beim Einzug gemerkt, wie ich mir in dieser Abstellkammer selbst zum Gespenst – wer bin ich? Und warum hier? Mit mir allein in der Abstellkammer. Womöglich unsichtbar. Hier in der Robert-Mayer-Straße. In dem Haus, vor dem wir jetzt stehen. Im ersten Stock. Wie aufgemalt, wie eine optische Täuschung das Haus. Steht und tut fremd, steht und gafft. Und auf den Abend zu fängt es zu zittern an. Wie im Krieg, wie bei einem Erdbeben. Steht und zittert. Abend für Abend. Sooft du ihm den Rücken wendest, gleich feixt es und biegt sich und schneidet Grimassen. Siehst du es an, steht es starr und verzieht keine Miene. Auch bei Tag schon ein Abendgesicht. Winter. Die meiste Zeit Abend. Schon jahrelang Winter. Immerhin jeden Tag geschrieben, sagte ich mir (mußt du dir sagen!). Geschrieben und mit Carina doch auch jeden Tag. Mein Kind, meine Tochter. Noch klein! Mit ihr die Morgen. Jeden Morgen sie abgeholt und mit ihr in den Kinderladen. Mitten im Winter. Wir wollen uns Zeit lassen! Die Straßen kennen uns schon. Schon lang. Fangen gleich mit uns zu reden an, kommen uns langsam entgegen. Heimwege. Jeden Tag hat sie neue Wörter! Sie abholen aus dem Kinderladen und mit ihr und mit unsrer Müdigkeit in den Nachmittag hinein, Tag für Tag. Ein langer Winter. Alle Abende noch einmal in die Jordanstraße und sie ins Bett bringen. Und also auch selbst immer noch einen Tag am Leben und auf der Welt, zu Recht auf der Welt. Vater. Schriftsteller. Als Vater ein Kind. Mit ihr die Welt, zum großen Teil ja doch eßbar die Welt, mit ihr die Tage und Wörter und Wege geteilt. Auf das Ende des Winters zu. Siehst du, da gehen wir! Am Abend allein in der Abstellkammer und mir selbst zum Gespenst werden. Alle Abende. Das Geld, immer wieder mein restliches Geld zählen. Auch die Pfennige. Das Geld und die Sorgen zählen. Nicht genug Luft! Mit mir und mit meinem Schatten am Tisch bei der Lampe. Im trüben Licht. Eine Höhlenzeit. Und wieder meine letzten zwei einzigen Schuhe betrachten, den rechten, den linken. Müd und mit schiefen Schultern mein Schatten. Hals zu eng. Stehen und schlucken. Die Schuhe von allen Seiten betrachten. Ihnen gut zureden. Sind erschöpft! Sind erschöpft und die Straßen wollen kein Einsehen haben. Was soll ich, was soll mein Schatten den Schuhen denn sagen? Gleich Mitternacht. Kaum noch Wörter! Was ist denn schiefgegangen in deinem Leben, daß du hier stehst und frierst, fremd in der vorgeschrittenen Stille, fremd, und sprichst mit deinen Schuhen? Von der Jordanstraße in die Robert-Mayer-Straße, sagte ich zu den Schuhen, geht man in den Abend hinein. Merkt euch das! Schritt für Schritt. Ruht jetzt und schont euch zu zweit! Sind als einzige letzte übriggeblieben, die Schuhe. Und werden auch nicht mehr lang. Genau wie Zeit. Sind vergänglich. Warum denn so schreckhaft das Lampenlicht? Das Lampenlicht und mein Schatten? Gleich Mitternacht oder Mitternacht eben vorbei. Das Haus steht und zittert. Eine Abstellkammer. Eine Abstellkammer, in der ich als Fremder zu schlafen versuchte. Mit Vorsicht. Auf Widerruf. In der dritten Person. Nachts rücken die Wände zusammen, um mich zu erdrücken. Nacht für Nacht aufwachen und in Panik von meinem eigenen Schrei. Oder auch den Schrei nur geträumt? Und dann, als mir auch in der Abstellkammer nur noch drei letzte Tage blieben, sagte im Kinderladen ein anderer Vater zu mir: Du kannst bei *uns* wohnen! Auch länger, sagt er. So lang du willst. In der Eppsteiner Straße. Du warst ja schon bei uns. Aber haben jetzt außerdem im gleichen Haus unterm Dach noch zwei Zimmer als Arbeitszimmer für Birgit und mich. Ruhig. Mit Heizung. Bad dabei. Höchstens daß ich da auch manchmal, sagt er. Aber im zweiten, im anderen Zimmer. Am Schreibtisch, wenn ich dazu komme. Platz genug. Ungestört, du kannst es dir ansehen. Wir standen beim

Tor vor dem Kinderladen. Das besetzte Haus in der Siesmayer-
straße. Am Morgen. Eben die Kinder gebracht und noch ihre
Stimmen im Ohr. Alles was du brauchst, sagt er und steht neben
mir, alles da. Er heißt auch Peter. Akademiker. Bart. Doktortitel.
Ein freundliches Gesicht, klug und freundlich. Können den
Umzug mit dem Auto, sagt er. Dein Gepäck. Hast du viel?
Unser rostiger alter Passat. Praktisch. Ein Kombi. Hast du viel
Gepäck? Auch schon mit Birgit. Wir würden uns freuen! Du
kannst einziehen, wann du willst, sagt er zu mir. Jederzeit. Das
muß vorgestern. Wir standen beim Tor. Ende Februar. Das Jahr
1984. Ein Schaltjahr. Ein Werktag. Kaum erst halb zehn. Der
Gehsteig. Die Siesmayerstraße. Auf dem Heimweg ein Brot,
Milch und Brot kaufen. In den Bäumen der städtische Morgen-
himmel und wirklich die Welt, wirklich und weit. Das Wort
Milch im Mund schmecken und sogar auf der Haut, gute Milch.
Gleich auch wie früher mein Morgenhunger. Gleich immer
mehr, immer deutlicher riecht der Morgen nach frischem Brot.
Vorgestern oder den Tag davor und auch schon nicht mehr so
kalt.

Beim Auto jetzt. Die Reisetasche, den Mantel. Hell das Tageslicht auf den beiden Holzkästen, Märzlicht. Kiefernholz. Mein
Besitz. Mappen, ein Ordner, Notizblöcke. Mein Manuskript
drin. Steht die Schreibmaschine auch gut? Eine große elektrische
Olivetti. Vor fünf Jahren vom Vorschuß für mein erstes Buch.
Und wie wir sie nach dem Kauf glücklich heimtrugen, Sibylle
und ich. Beim Auto jetzt. Und mit leeren Händen. Vor dem
Haus in der Robert-Mayer-Straße. Alles eingeladen? Die Hände
frei. Zeit zu fahren! Und muß mir immer wieder sagen, daß das
wirklich gewesen ist. Sechs Wochen hier und daß ich das war.
Und die Zeit meine eigene Zeit. Und auch schon von mir abge-
fallen die Zeit. Nicht für mich jetzt schon wie nicht gewesen die
Zeit? Oder daß ich in Wahrheit immer noch in der Abstellkammer? Wie eingemauert, wie in meinem eigenen Kopf drin! Dicht

unter der Decke sitzen und nicht genug Luft! Einzelhaft! Lebenslänglich! Ein Spuk, ein Phantom, umgeben von Gespenstern! Zur Schloßstraße hin flogen Tauben auf und hoch übers Dach. Das Haus steht und gafft. Heuchlerisch. Verzieht keine Miene. Die Trennung und ob man eine solche Trennung überleben darf? Neun Jahre miteinander, Sibylle und ich. Ob du die Trennung überhaupt überleben willst? Als ob sie mich gar nicht gekannt, sagst du dir. Als ob du dich selbst nicht gekannt hättest! Neun Jahre. Und seither schon mehr als drei Monate jetzt. Eine neue Zeitrechnung. Und immer noch fassungslos. (In weiter Ferne, längst außer Rufweite schon – und siehst dich davongehen!) Immerhin: eine Trennung, auch wenn nur einer von beiden sie will, eine Trennung muß jederzeit möglich. Ihr gutes Recht, sagt man sich (in der dritten Person). Eine Trennung ist zulässig. Weg ist weg! Aber mit Kind? Ein Kind, eine Tochter, Carina. Bald viereinhalb. Die Schreibmaschine zurechtrücken. Schreib das Buch zuende! Unsere Wohnung in der Jordanstraße nur zwei Ecken weiter. *Heimfliegen! Schnell!* Ich hätte zu Fuß, in fünf Minuten hätte ich dort sein können! In dreieinhalb! Vielleicht außer Atem, aber jedenfalls angekommen! Die Schreibmaschine zurechtrücken. Im allerletzten Moment erst den Anblick meiner alten Reisetasche wiedererkannt. Länder. Jahrzehnte. Nix hier vergessen? Die Hecktür zu. Muß man fest, muß man zweimal zu! Klemmt manchmal, klemmt ein bißchen. Klemmt scheints schon länger. Einer pfeift. Oder ist das im Radio? Und das Radio in deinem Gedächtnis? Beim Auto. So hell, daß man dauernd blinzeln muß. Märzlicht. Die beiden Männer gleich rechts und links eingestiegen. Der zweite, das bin doch ich! Die Türen zu. Immerfort Abschied. Das alte Jahrhundert. Von Bockenheim durch das Westend in die Eppsteiner Straße. Der erste März und gleich Mittag. Wenigstens solang wir fahren, soll die Zeit, soll ich selbst mir leicht! Sagst du dir. Also ich! Und zwar jetzt! Und die Welt fängt zu fahren an.

2

Durch die Stadt und noch einmal die Ankunft. Am hellen Mittag. Gleich ausladen! Holzkästen, Manuskript, Schreibmaschine. Die ist am schwersten. Ausladen und die Treppe hinauf. Wir mußten drei-viermal gehen. Bücher. Bücher nur für die nächsten paar Tage, Bibliotheksbücher. Die Bettdecke und das Kissen. Eine Zeitschrift. Noch aus der Jordanstraße. Eine alte Nummer vom Pflasterstrand. Als Unterlage, wenn ich mit der Hand schreibe. Für die Zeit Sibylles müden alten Elektrowecker mit Kabel und Stecker. Bettdecke und Kissen wirst du hier gar nicht brauchen. Zuletzt die Reisetasche und meinen Mantel. Im Westend ein feines Mietshaus. Steht wie ein Herrenhaus für sich allein. Wenigstens nach drei Seiten für sich allein, ein Eckhaus. Tief atmen! Schon einmal hier gewesen. Vorgärten. Überall Vögel und Hecken und hohe Bäume. Hell und geräumig der Tag. Gleich ins Dachgeschoß mit den Sachen. Dann zu dritt in der Wohnung im zweiten Stock. In der Küche, die neu gemacht ist. Den Tisch decken. Teller, Gläser, Besteck. Ich als Gast. Wir kennen uns aus dem Kinderladen. Er heißt Peter, wie ich. Seine Frau heißt Birgit. Als Lehrerin eine halbe Stelle. Sie will malen! Sie hat die Küche neu eingerichtet. Vorher ihr Arbeitszimmer im Dachgeschoß. Und davor hier die Wohnung, Zimmer für Zimmer. Und im Kinderladen die Arbeit ja auch jeden Tag. Vor anderthalb Jahren mit Freunden ein Haus auf dem Land. In der Schwalm. Für die Wochenenden beinah schon ein bißchen zu weit. Klein und alt ein Fachwerkhaus mit spitzem Giebel und winzigen Fenstern, mit Kohleöfen und niedrigen Deckenbalken. Fußböden, Treppen, Türstöcke, Fensterrahmen, Verputz und die Einrichtung: muß alles ausgebessert, gerichtet, erneuert. Alte Möbel und Bauernschränke, aber in welchem Zustand! Und hinter dem Haus ein Gärtchen, da fängt die Arbeit erst richtig an. Schon ihr Leben lang will sie malen! Als Lehrerin Deutsch und Kunst. Kunsterziehung. Es ist ihr Arbeitszimmer, in dem ich die nächste Zeit wohnen soll. Arbeitszimmer und Atelier. Spaghetti al Pesto. Erst kürzlich die Zutaten selbst aus Italien mit. Salat. Das beste Olivenöl. Eine große Schüssel Salat. Die Salatschüssel auch aus Italien. So hell die Küche. Alles neu. Und wird gleich Italien für mich. Gerade erst eins vorbei. Italien gibt es, sagte ich mir. Mich gibt es auch! Und muß es mir mehrfach sagen. Während es in mir drin und um mich herum immer heller wird. Der Süden. Denk dir eine Landkarte, denk dir Himmel und Meer an die Wand. Aus Ulm, sagt Birgit. In Ulm aufgewachsen. Haushalt, Kind, Kinderladen. An der Schule der tägliche Ärger. Die Bilder, die sie nicht gemalt hat. Nicht oder noch nicht? Das Städel, der Louvre, das Haus in der Schwalm. Wenn man in Ulm aufgewachsen ist, ist das Leben nicht leicht! Bei ihnen am Tisch und jetzt fangen wir an zu essen. Einen Schluck Mineralwasser. Neben jedem Glas ein zitternder Lichtfleck. Mit offenen Augen bei ihnen am Tisch. Zuhören, sprechen und schweigen und dabei die ganze Zeit ruhig atmen. Sowieso ja schon länger gewußt, sie haben auch meine Bücher. Beide Bücher. Richtig im Laden gekauft. War mir nie sicher, ob die Bücher nicht unverständlich. Unlesbar. Selbstgeschrieben. Alles genau wie ich will. Doch nicht als Bettler hier, sagte ich mir. Als ob ich jetzt erst merke, wie eng und finster es in mir war, diesen langen Winter. Eng und finster und nicht genug Luft. Wie eingegraben, wie unter der Erde. Jeder einzelne Tag. Zum Ersticken und in mir drin totenstill. Sogar gestern noch. Lang. Ein langer Winter. Und soll jetzt vorbei, sagst du dir. Nach dem Essen Kaffee. Italien. Korsika. Die Provence. Erst kurz vor halb zwei. Kaffee, Zigaretten, italienische Mandelplätzchen und wie im Süden am frühen Nachmittag langsam die Zeit. Dann beide gegangen, mußten gleich weg. Und ich mit den neuen Schlüsseln und mit mir selbst im Gespräch die Treppe hinauf.

Ihr Arbeitszimmer. Hier also! Hat auf mich gewartet. Ein weibliches Zimmer. Helle Möbel. Der Schreibtisch. Über dem

Schreibtisch groß ein Oberlichtfenster. Auf dem Tisch frische Tulpen für mich, gelbe Tulpen, gelb und orange und rote Tulpen mit gelbem Rand und ein großer Korb voll mit Obst. Äpfel, Orangen, Bananen, zwei Birnen, zwei Avocados, Kiwis, Mangos, eine Ananas und ein Obstmesser. Wie für ein Bild das Obst in dem Korb und von oben das Licht darauf. In den Regalen Kunstbücher, Farben, Zeichenblöcke und Pädagogik. Nach Bienenwachs riechen die Möbel, nach Honig. Und alles richtig. Ein Holzfußboden, der Teppich, das kleine Bad. Es ist warm. Im Vorraum zum Bad eine Waschmaschine, ein Kühlschrank und eine elektrische Kochplatte. Daneben das zweite, sein Arbeitszimmer. Groß. In der Mitte ein Schreibtisch und noch zwei Tische daneben. Überall Papier, Akten, Manuskripte. Voll mit Mappen, Ordnern und Fachbüchern die Regale. Ein Wäschekorb. Ein Wäscheständer zum Auf- und Zuklappen. Buntes Spielzeug. Ein Schrank. Ihr Sohn heißt Domi (Dominik). Ein halbes Jahr älter als Carina. Sie spielen im Kinderladen oft miteinander. Ich ging um die Tische herum. Ich kann die meiste Zeit auch in diesem Zimmer, hat er zu mir gesagt. Es mitbenutzen. Tagsüber sowieso, tagsüber ist er in seinem Büro. Hessische Stiftung Friedens- und Konfliktforschung. Um die Tische herum. Zu den Fenstern hin. Große Dachfenster, Dachgaubenfenster. Ein Eckhaus. Unter den Fenstern die Kreuzung und eine Seitenstraße, die leer ist und still, unter hohen Bäumen. Wie der Anfang einer Geschichte die Straße. Wie in einem Buch. Vorgärten, März und die Bäume noch kahl. Bis unters Dach die Bäume. Nachmittag. Nach Westen, Südwesten die Fenster. So ein stilles geduldiges Nachmittagslicht im Zimmer und auf der Straße. Arbeiten nicht, hier in dem zweiten Zimmer, sagte ich mir. Auch tagsüber nicht. Aber manchmal zur Tür herein und durch das Licht und die Stille. Nicht oft. Nicht zu oft. Und zu den Fenstern hin. Und jetzt Zigaretten, die Jacke, meine alte Wildlederjacke. Ich sah mich beim Fenster stehen. Zieh die Jacke an! Kugelschreiber und Notizzettel in der Jacke. Kopf voller Wörter und Bilder. Vergiß nicht die Schlüssel! Und gleich aus dem Haus. Nur probeweise. Als Hausbewohner. An der Autorenbuchhandlung vorbei. Über den Reuterweg und ein Stück den Grüneburgweg entlang. Zwei Kneipen, eine Apotheke, ein HL-Supermarkt, eine Telefonzelle, ein Baum, eine Baustelle. Ein Bäcker, ein Metzger, ein Fischgeschäft und ein Obstladen. Nach der Mittagspause gerade erst wieder aufgemacht. Zigarren, Zigaretten, Zeitungen. Eine Litfaßsäule. Pizza zum Mitnehmen und die Tür offen. Ein großer gemauerter Backofen. In dem Backofen ein lebendiges Feuer. Ein Holzfeuer, Fichte, das riechst du! Und nimmst es mit in Gedanken. Gehört zu dem Tag mit dazu. Milch kaufen im HL. Mineralwasser, Milch und Käse und Sahnekefir und dabei wieder mein Geld und die Tage zählen. Mein Geld und die Tage und Sorgen. Und dazu die Schrecken auf Abruf. Sowieso vollzählig jederzeit alle Schrecken in meinen Schlaf hinein und bei jedem Erwachen. Seit Wochen kaum je genug Schlaf. Dann auf der Straße und die Sonne kommt durch. Vielleicht nur über Mittag, nur jetzt den Nachmittag über, nur kurz. Die Sonne kommt durch und für den Moment jetzt, diesen einen einzigen Augenblick, kommt dir dein Leben wie ein einziger langer Tag vor. Die Sonne, das Licht auf dem Gehsteig. So eifrig die Vögel. Spatzen und Meisen und Amseln und wie sie gleich wissen, daß wieder März ist. Und gleich auch schon nicht mehr so kalt. Und siehst dich stehenbleiben bei deinem Mittagsschatten. Stehen und sehen, wie die Erde sich regt nach dem langen Winter. Wie die Mauern und Steine sich wärmen hier in der Sonne. Und nehmen sich Zeit und haben es sich gemütlich gemacht und fangen zu lächeln an, die Mauern und Steine. Der erste März. Noch einmal der erste März.

Zurückkommen, die Schlüssel passen und alles noch da! Gleich meine Einkäufe in den Kühlschrank. Zwei Liter Milch. Haltbar bis 7. März. Für jeden zweiten Tag einen Sahnekefir. Drei im ganzen. Und aus Frankreich einen preiswerten französischen

Camembert für eine Woche im voraus. Mit roten und goldenen Lilien und Löwen und Wappenschildern. 250 Gramm. Ein Käse mit Orden. Im Stehen essen. Immer kleinere Portionen als Tagesrationen. Und beim Essen jedesmal wieder geduldig die Packung studieren. Jeden Tag essen. Im Kühlschrank ein Licht, eine Festbeleuchtung. Und also einstweilen vorerst bis auf weiteres nochmal an die Zukunft, die Zukunft, man muß daran glauben! Die Zukunft, das bin doch ich! Für die Abstellkammer Miete, Heizung, Wasser, Strom, Telefon, Abnutzung und die Zeit, den Verbrauch an Zeit, an geheizter bewohnter vergangener Zeit. Fremde Zeit. Eigentum. Leihweise. Muß man schriftlich! Mehrfach und immer wieder! Ganz genau alle Zahlen im Kopf und auf dem Papier! In der Abstellkammer sechs Wochen lang die Luft angehalten! Erst einen Abschlag, dann zu dem Abschlag noch einen Abschlag und gestern den Rest bezahlt! Und jetzt nach dem Einkaufen immer noch neunundvierzig Mark achtundsiebzig. Als wir ankamen, alles nur eilig hingestellt und jetzt wie von selbst findet jedes Ding seinen Platz. Die Schreibmaschine zurechtrücken. Eine Steckdose für die Schreibmaschine. Mein Manuskript auspacken (gleich fängt es zu sprechen an!) und die Holzkästen unter den Tisch. Ein guter Arbeitsstuhl, ein Drehstuhl. Groß der Schreibtisch unter dem Oberlichtfenster. Viel Platz und alles gut aufgehoben. Ich stand unter dem Oberlichtfenster beim Schreibtisch und wußte nicht, ob ich gerettet sei, ja oder nein? Und falls ja, wie lang? Einen Apfel essen. Eine Orange schälen. Als Gast. Mit dem Obstmesser. Ein Papiertaschentuch als Serviette. Er wischt sich die Hände ab. Das bin ich. Im Bad frische Handtücher. Gleich für Wochen im voraus. Noch einmal den Kühlschrank, die Kochplatte und wie eine Verheißung auf Leben und Zukunft das kleine perfekte Bad betrachten. Und schnell Ja zu allem, damit es nicht wie ein Spuk gleich für immer verschwindet. Mein Espressokännchen beim Auspacken wiedererkennen und gleich den ersten Espresso. Vor fünf Jahren für immer zu trinken aufgehört (vor fast fünf Jahren, am 10. März) und seither Unmengen Kaffee jeden Tag. Kettenraucher. Das Manuskript ausbreiten und gleich wieder die letzten Seiten. Lesen und wieder lesen und korrigieren und zwischendurch als Gemurmel im Zimmer herum. Ein Gemurmel mit vielen Stimmen. Das Bett – ein Sofa zum Ausziehen. Man kann blitzschnell ein Bett, man kann sogar ein Doppelbett daraus machen. Wahlweise Bett oder Doppelbett. Kaum mehr als drei Handgriffe. Er hat mir gezeigt, wie es geht. Mit Umsicht. Besonnen. Ein höflicher Gastgeber (er heißt Peter, wie ich). Und jetzt probieren, ob es auch geht, wenn er nicht dabei! Unter dem Sofa zwei riesige Bettkästen mit Laken, Dekken und Kissen. Die letzten Seiten zuende und dabei schon die Schuhe aus. Barfuß nochmal ins Nebenzimmer. Die Hemdknöpfe auf und vom Fenster aus den Tag und die Seitenstraße im Nachmittagslicht (bald dann nachsehen, wie sie heißt!). Langsam von Fenster zu Fenster und durch die Stille im Bogen zurück und im Gehen schon mich ausziehen: gleich ins Bett! Im Oberlichtfenster über dem Schreibtisch der Himmel und Astspitzen in den Himmel und vom Dach des Nachbarhauses ein heller Fleck. Gerade genug, um hier in der Höhe auch weiterhin an die Erde glauben zu können. Ins Bett und direkt vorm Einschlafen nochmal als ovale Bilder wie aus einem alten Buch die freundlichen Gesichter meiner Gastgeber. Er und sie, beide. Erst einzeln und dann als Paar. Und im vorletzten Moment, halb im Schlaf schon, nicht mehr ganz den Gedanken zu fassen bekommen, ob er mich an Turgenjew erinnert oder an einen Menschen in einem Buch von Turgenjew? Welches Buch? Und wie er ihr immer wieder begegnet in diesem Buch? Es ist immer das erste Mal. Einschlafen und beim Einschlafen lächeln oder als sei es Carina, die lächelt. Mein Kind und kommt auf mich zu und hell das Licht auf dem Weg. Carina, Sibylle, meine Mutter im Himmel. Der Himmel zu mir ins Zimmer herein. Oder das Lächeln als das Wort und das Wort als Bild mir, gerade im Einschlafen zuallerletzt schnell noch zu mir das Wort als Bild. Und hell in meinen Schlaf hinein, während ich leicht und ruhig auf den Horizont zuschlief. Seit langem zum erstenmal sogar noch im Schlaf bei mir selbst. Und wachte nach einer Dreiviertelstunde auf, als sei noch der gleiche Augenblick. Als ob mich jemand gerufen hätte. Und beinah keinerlei Zeit vergangen.

Beim Aufwachen gleich alles wiedererkennen. Mich und den Tag, jedes Ding und die Wörter dafür. Wie man ja immer, sagst du dir (sagte ich mir), bereit ist, sich die Welt und die Gegenwart und sich selbst auch zu glauben. Aber noch vor drei Tagen mit mir allein in der Abstellkammer beinah meinen Namen nicht mehr gewußt. In der dritten Person. Und immer erst mitten im Traum merkt man, daß man träumt. Espresso aufsetzen. Eine Steckdose für den alten Elektrowecker. Muß dann noch gestellt, kriecht einstweilen stöhnend der Zeit hinterdrein. Mein Manuskript auf dem Tisch. Jetzt das Oberlichtfenster weit auf und das Bett weggezaubert. Zähneputzen. Im Bad frische Handtücher und eine große blauschwarze Seife. Gerade erst ausgepackt, eigens für mich. Und wie gut sie riecht. Und dann erst bemerkt, daß ich meine vorige Seife beim Umzug nicht mit. Vergessen! Die ich am Tag nach meinem Auszug aus unserer Wohnung in der Jordanstraße in einer Schlecker-Drogerie umständlich ausgesucht hatte. Siebenundsiebzig Pfennige. Und konnte mich lang nicht entscheiden. Wie gefangen in meiner Verwirrung. Einzelhaft. Vor dem Seifenregal dort im Winter gefangen. Als sollte ich mit der Seife ein neues Leben für mich, aber wie daran glauben? Schon jahrelang Winter. Erst kam mir vor, sie riecht gut. Preiswert. Ergiebig. Riecht nach Sommer und Eiscreme. Riecht wie im Sommer ein Mittag am Wasser. Aber dann am Abend daheim in der Abstellkammer gemerkt, daß sie künstlich nach Schweiß, nach Grabblumen, Fernsehen, Familiensonntag, nach Rattengift, Mottenkugeln und Redensarten, nach falschen Wörtern, verpfuschtem Leben und fremder verlorener Zeit riecht. Nach Vergeblichkeit, nach welker verbrauchter abgetragener Zeit, nach schmutziger Wäsche, nach U-Bahnluft. Nach vergrabenem eingegrabenem Leben. Nach Familienlügen und Sonntagsausflug, ein Lügensonntag im Fotoalbum und fängt schon an zu vergilben. Eine Abstellkammer in einer fremden Wohnung. Mitten im Winter. Die meiste Zeit Abend. Warum hier und wer bin ich? Ich seh mich noch dort im Bad vor dem Spiegel. Hals eng. Nur höchstens flüstern! Nur sacht atmen, sacht! Mit mir selbst flüstern. Einzelhaft. Lebenslänglich. Ein Fremder. Und im Spiegel kein Bild. Gestern noch dort. Und als sei ich verloren. Lieber morgen die Seife, lieber gehen und sie holen. Morgen in aller Frühe. Lieber gleich heute Abend noch, atemlos. Wenn es sein muß, dein Leben riskieren! Und dann in der Nacht ohne Zeugen schmeißt du sie weg! Weg für immer und wie geht vergessen? Mußt dir immerfort vorsagen, was du vergessen willst! Vorsagen und aufschreiben! Vorsagen, aufschreiben und mit den Händen in die Luft hineinformen! Die Seife ertränken, eingraben, auffressen, wasserlöslich, ein vergängliches Andenken. Ohne Absender mit der Post weg, aber an wen? Mittels nationalem Waschzwang zu ordnungsgemäßem Sofortverbrauch. Staatsbürger. Konsument. Laß sie schwimmen! Ich sah sie davonschwimmen. Erst schwimmen, dann untergehen. Und dabei immer kleiner werden. Auch in meiner Erinnerung immer kleiner. Vergiß nicht den Kirschkern! Und jetzt meine Freude beim Zähneputzen. Jetzt fängt der Espresso zu kochen an. Und hier meine Tasse. Aus Frankreich. Eine Espressotasse aus braunem Glas und zerbrechlich. Die Tasse in der Hand und mein ganzes Leben im Gedächtnis. Wieder März. Durch das offene Oberlichtfenster in einem stetigen breiten Strom die Märzluft von draußen herein. Wie spät, wieviel Uhr? Vom Reuterweg her gedämpft der Feierabendverkehr und dazwischenhinein die Stille und Vogelstimmen. Bald Abend. Zigaretten. Mein Manuskript auf dem Tisch. Den Espresso im Stehen. Dann das Fenster zu und weiter die letzten Seiten. Mit engem Zeilenabstand und überall mit der Hand hineinkorrigiert und dazugeschrieben. Also jetzt wieder abtippen. Mein erster Tag und wie jetzt schon das ganze Dachgeschoß gut nach Espresso riecht (wie in Italien eine Cafébar mit offenen Türen am Morgen, noch früh, erst Morgen, dann Nachmittag, und wir wären jedesmal wieder eben erst angekommen!). Ich schrieb, bis mir vorkam, muß bald schon auf sechs jetzt, dann als Hausbewohner mit Schlüssel die Treppe hinunter. Unter dem Fenster die Straße heißt Telemannstraße. In der Autorenbuchhandlung ist Licht. Im Reuterweg auf vier Fahrspuren die Autos mit eingeschalteten Lichtern. Im Grüneburgweg alle Läden noch auf. Die Sonne soeben gegangen. Ein Baum, ein einzelner hoher Baum. Eine Telefonzelle. Sibylle. Sibylle und Carina? Nicht da! Niemand da! Es ist niemand da! Mit mir allein ein Stück den Grüneburgweg, dem Abend entgegen. Wieder März. Grau und leer kam die Dämmerung. Oben in seinem Arbeitszimmer ein Telefon. Er sagte, ich kann es benutzen. Aber besser nicht als Gast ihm zur Last – lieber gar nicht erst damit anfangen. Sowieso unentwegt die Pfennigrechnereien in meinem Kopf. Schon viel zu lang mit der Not. Und immer enger mein Leben. Nicht daß mir am Ende noch unbetretbar die Welt, sagst du dir. An den Schaufenstern und Ladeneingängen vorbei. Die Stehpizzeria mit der offenen Tür. Wenn ich noch trinken würde, jetzt gleich einen Rotwein. Im Stehen. Erst einen Krug, dann ein Glas und dann noch ein kleines Glas. Auswendig jeden Schluck. Kannst ihn noch heute jederzeit nachschmecken. Rotwein und dabei ins Feuer den Blick. Ins Feuer und dann wieder durch die offene Tür auf die Straße hinaus. Auf der Straße der Tag. Im letzten Licht. Läßt sich Zeit. Schluck für Schluck, so ein guter Rotwein. So eine Nähe zur Welt und auch zu mir selbst. Vor der Tür geht der Tag vorbei. Langsam. Erst den Rotwein und dann, damit das Licht heller leuchtet, damit du auch siehst, wie das Licht heller leuchtet, vielleicht einen kleinen Grappa? Nur kosten den Grappa und höchstens vielleicht einen zweiten noch, einen doppelten. Noch einen, weil es so ein schönes lebendiges Feuer und vor deinen Augen vor der Tür schon die Dämmerung. Wo wird er her sein, der Pizzabäcker, der Koch? Aus Napoli, aus Palermo? Ein Holzfeuer. Vorfrühling, Abend und Rauch. Wieder März. Das nimmst du alles im Kopf mit. Das spürst du in deinen Adern. Bißchen Wind. Und der Tag mit der Welt in den Abend hinein. In den Läden das Licht. Eilig die Leute. Gleich Ladenschluß. Die Obstkisten. Eine gestreifte Markise. Eine dicke Frau mit Tüten und Einkaufstaschen. Eine Frau mit Blumen. Eine Frau im Pelzmantel. Eine Dame mit einem Hündchen. Mit leichten Schritten zwei Schulmädchen. Vielleicht vom Nachmittagsunterricht oder Ballettstunden. Die eine im grünen Anorak. Lieferwagen. Ein Taxi. Zwei Lederjacken. Das Taxi hält. Ladenschilder. Schaufenster. Licht in den Läden. Auf und zu die Türen. Vor dem Tabakladen ein Mann im Kamelhaarmantel, ein Herr. Seidenschal. Mantel offen. Und hebt den Arm, um die Zeit anzuhalten und zündet sich eine Zigarre an. Dicht hintereinander die Lieferwagen am Gehsteigrand. Autos hupen. Aus der Reinigung eine Frau mit zwei großen Paketen voll Sonntagskleidern und Sorgen. Ein Radfahrer auf dem Gehsteig. Blumen. Ein Blumenladen. Ein festlicher Abend für reiche Leute. Jeder Weg ein Heimweg jetzt. Beim Bäcker die Kundschaft. Wie angewachsen im Licht. Verzaubert. Zwei Zeitungsverkäufer mit großen Taschen und eilig. Mit fremden Wörtern und dampfendem Atem. Ausländer. Dunkle Gesichter. Frau mit Kinderwagen. Schaufensterpuppen. Ein Ehepaar. Eine Frau, die jeden Abend abgeholt wird. Ein Mann, eine Frau und ein Kind. Dreirad mit. Mit Tüten die Frau. Der Mann trägt das Dreirad. Zwischen ihnen das Kind. Wird drei sein. Noch klein. Abendmüd. Alle drei abendmüd. Noch Brot kaufen und dann heim. Weiter vorn in der Straße Kinder mit Rollschuhen. Das Leben und wie es ruft und nicht aufhört zu rufen. Eilig die Leute. Gleich Ladenschluß. Ist dir kalt? Dem Abend entgegen, dann umgekehrt und mit dem Abend zurück. Im Gegenlicht. Als ob du dein Leben lang schon so gehst. Vom Reuterweg her der Feierabendverkehr

aus der Innenstadt. Viele Lichter. An der Ecke ein Zeitungs-
kiosk. Rundherum Schaukästen.

Im neuen Pflasterstrand, du weißt nicht die Nummer, in diesem
oder dem nächsten soll eine Rezension für mein zweites Buch.
Sowieso mit zwei Jahren Verspätung. Einmal langsam jetzt um
den Kiosk herum. Rundherum Schaukästen, der ganze Kiosk
aus Glas. Zeitungen, Zeitschriften, Titelbilder, Plakate, Farbfotos, Frauen, Frauen und alle sehen dich an. Als ob du sie kennen müßtest. Nicht auszuhalten, so viele! Allein nur die in den
Modezeitschriften und wie sie sich vor deinen Augen aufblät-
tern, drehen, anziehen und ausziehen lassen. Augen und Haar
und Haut und wird augenfällig alles dir zum Geheimnis. Schon
als Kind. Erst noch mit den anderen Kindern im Gras, im Heu,
bei den Kirschbäumen in den Paradiesgärten. Und dann auf dem
Schulhof. Eine Hälfte des Schulhofs für Jungen und eine für
Mädchen. Und dazwischen ernstgemeint ein gepflasterter Gehweg, da schreiten die Lehrer den Tag und die Teilung der Welt
und die Pausen ab. Jetzt bist du sechs. Alles ruft nach dir. Hell
sind die Schulhofmorgen. Kein Krieg mehr. Im Kaufladen gibt
es Ankleidepuppen zum Ausschneiden. Das neue Geld und im
nächsten Jahr die ersten Versandhauskataloge und werden dann
von Jahr zu Jahr dicker. Immer bunter auch. Die Frauen und
Frauenbilder, wie denn sich alle merken und dann im Gedächtnis behalten für immer? Als ob du zu jedem Gesicht und zu jeder Gestalt ein Leben dir ausdenken sollst. So besessen und
sorgsam, als ob du es immer wieder selbst leben müßtest. Immer
nochmal, immer neu. Und es dir erzählen lassen mit ihren Wörtern. Und vorher für sie zusammensammeln die Wörter. Wie
bunte Steine, wie Münzen. Die Stimmen dir ausgedacht. Jahreszeiten, Orte, Begegnungen. Spielt jede sich selbst. Und müßten
alle noch vorkommen und immer wieder vorkommen in deinem
Leben. Im Glas der Schaukästen schon der Abend und wartet.
Und hat sich darin gespiegelt mit vielen Lichtern. Nicht zu fin-

den der Pflasterstrand. Ich hätte ihn jetzt sowieso nicht gekauft. Außer für Zigaretten und Espresso bleiben mir höchstens vier Mark im Tag. Am Leben bleiben, mußt du dir sagen, sagte ich mir. Die Schönheit. Dein ganzes Leben lang vollzählig alle Tage und jede Frau dir lebendig als Bild. Überhaupt jede Einzelheit. Ein Gedächtnis. Viele Leben. Und was schreien die Abendzeitungen? »Stophs Nichte verließ Prager Botschaft!« meldet die Rundschau, als ob sie schon öfter mit mir besorgt darüber gesprochen hätte. Im letzten Licht um den Kiosk herum und wie in den Scheiben der Abend brennt. Und dann die Schlagzeilen, Gesichter, Zahlen, Wünsche und Verheißungen als Neonschriften und Leuchtbilder über den Himmel und durch meinen Kopf. Erscheinungen. Vom Dorf. Also ich. Vor sieben Jahren vom Dorf in die Stadt. Frankfurt am Main. Kiosk mit Großstadtabend. Nicht weit vom Opernplatz. Hell der Abglanz des Abends. Der Himmel noch eben hell. Auf der Kreuzung eilig die Zeitungsverkäufer. Erst ein paar Jahre lang Jugoslawen, dann Türken, dann Inder und Pakistani. Jetzt die meisten aus Bangladesh. Papyra nurr das Hirr! Nix sprakken doitsch viel Gewörte! Mitten auf der Fahrbahn. Grell die Mützen und Zeitungsjacken aus Plastik. Als zweite Haut durchsichtig trüb einen Regenumhang für jedes Wetter. Und sooft die Ampel rot wird, schnell zu den Autos hin. Schwere Taschen und Zeitungsstapel. Wechselgeld, Goldklumpen, Wörter. Nur schnell im Wind, schnell! Die Münzen jeden Tag im Mund hin und her und eisern auswendig lernen. Der Wind mit zunehmender Geschwindigkeit, Fahrtwind. Die Zeitungstasche, Zeitungen, Turnschuhe. Spring doch! Spring! Nur immer mitzählen! Nicht zu zählen vergessen! Wechselgeld, Goldklumpen, Zeitungen – und immer die Autos und immer die Straße und immer die Ampel im Auge. Springen sollst du! Im Verkehr, im Abendgedränge. Zwischen den Autos hin und her auf der eiligen Fahrbahn. Atemlos. Die Fahrbahn dröhnt und vibriert. Rot die Ampel. Bremsen quietschen. Reifen, die Fahrbahn schlingert, der Wind bleibt zurück. Wie die

Ampeln, Scheinwerfer, Rücklichter, Bremslichter glühen. Abend. *Wer träumt uns?* Wo ist der Tag uns denn hin? Die Luft von den Abgasen blau. Die Zeitungsverkäufer im Gegenlicht. Unerlöst. Schatten. Schnell weiter! Mit vielen Lichtern auf seinem hohen Wagen der Abend die Straße entlang und über die Kreuzung. Europa. Die Ampeln von rot auf grün. Die Straße, die Straße ruckt an. Sechs Fahrspuren. Alles dröhnt und die Straße fängt an zu fahren.

Die Telefonzelle. Eben freigeworden. Und fängt schon an, mich zu kennen. Auswendig die Nummer. Und bin sicher, sie sind jetzt daheim. Gleich Sibylle. Ich wußte, daß du es bist, sagt sie. Hast du schonmal? Sind eben erst reingekommen. Carina im Flur noch beim Schuhausziehen. Muß neuerdings alle Bändel und Knoten und Schleifen allein, weißt du ja. In der Bibliothek, sagt sie (ich sah alles gleich vor mir), und sogar auf dem Kurfürstenplatz fünf Minuten lang in der Sonne. In der Bibliothek Myriam und Claudine getroffen und mit zu ihnen. Und jetzt auf dem Heimweg schnell eingekauft. Carina hat nach dem Kinderladen geschlafen. Fast zwei Stunden. Auch richtig tief. Froh, weil ich selbst so müd, sagt Sibylle. Erschöpft! Und mich ausgeruht. Und du? Bist du umgezogen? Wie ist es? Gut, sagte ich, den Umzug schon vormittags. Mit nur einer einzigen Fahrt den Umzug! Großartig! Wirklich großartig! Doch das hätte ich auf jeden Fall gesagt und so sagte ich noch dazu: Alles richtig! Als ob ich mir alles selbst ausgedacht hätte! Und das wahrscheinlich, das weiß sie, hätte ich andernfalls nicht gesagt. Dann Carina. Jetzt hat sie die Schuhe auf, sagt Sibylle, und will selbst mit dir. Eine Schleife und einen Knoten, sagt Carina, wo bist du? (Ich konnte sie vor mir sehen. Den Eifer in ihrem Gesicht und wie sie am Telefon mich meint!) In einer Telefonzelle, sagte ich, aber jetzt wohne ich schon beim Domi und bei seinen Eltern im Haus. In der Bibliothek, sagt sie, und mit der Myriam Radfahren auf dem Kurfürstenplatz. Und da sind übers Gras ein Hund und noch ein Hund! Ein schwarzer und noch einer! Zwei große Hunde! Und sind miteinander gerannt. Erst übers Gras und dann auch beim Brunnen! Wie bei uns auf dem Kurfürstenplatz die Sonne gescheint hat, hat da bei dir, wo du warst, wo du jetzt bist, hat da auch die Sonne gescheint? Das Buch von der Maus verlängert, sagt sie, und neu noch ein Buch mit Fischen und mit einem Schiff! Und noch zwei! Will dir die neuen Bibliotheksbücher zeigen! Und Sibylle nochmal. Kommst du noch? Nicht zu müd? Du mußt nicht! Doch, sagte ich, unbedingt! Sowieso! Nur nach Möglichkeit erst noch etwas zuende. Bloß abtippen. Wird mit jedem Abtippen anders. Bloß bis zum nächsten Absatz. Zuende ja nie, sagte ich und hätte die letzten drei Sätze gern gestrichen. Aber kann auch gleich, wenn du meinst, daß es sonst zu spät für Carina? Nein, sagt sie, laß dir Zeit! Sie hat nachmittags ja, hat gut zwei Stunden geschlafen und bleibt jetzt noch lang wach. Acht, halb neun. Wenn du zwischen halb neun und neun kommst. Also weiterschreiben, sagte ich mir und dann durchs Westend zu Fuß. Was meinst du, wie weit? fragte ich. Wie lang wird man brauchen von hier bis zur Jordanstraße? Wie spät? Ich muß ja die Uhr noch stellen! Den Elektrowecker von dir. Bloß leihweise mit, weißt du ja. Nur geliehen. Genau wie die Zeit. Für kurze Zeit nur geliehen. Du kriegst ihn zurück, sagte ich, du hast ja die Wanduhr noch. Du weißt doch, du kriegst ihn sobald wie möglich zurück. Zehn nach sechs. Und bis nachher, bis gleich! Vor der Telefonzelle schon der nächste. Ein Gesicht in der Dämmerung. Ein Mensch ohne Namen. Und du gibst ihm die Tür in die Hand. Ich dachte, es sei schon später. Noch so früh und die Zeit wie ein unverhofftes Geschenk. Du kannst dir Zeit lassen! Mit Langsamkeit jedes Ding, jeden Augenblick. Als ob die Zeit sich ab jetzt mehr Zeit nimmt für uns und wir könnten endlich nun mit der Welt in Verbindung treten und kämen erstmalig auch zu uns selbst. Und siehst noch die Hunde rennen, siehst den Brunnen im Licht und das Licht, wie es anfängt zu gehen.

Zurück, zurück in der Dämmerung jetzt. Ist dir kalt? Kaum noch Wörter übrig. Und mußt dir jeden Schritt vorsagen und vor dir herdenken, mußt den ganzen Weg auf Schritt und Tritt vor dir herdenken. Vergiß nicht die Uhr zu stellen, sagte ich mir. Immer noch bei der Telefonzelle. Grau, leer, abendmüd, ein Schatten hier auf dem Gehsteig am Straßenrand. Zu Füßen des Abends. Und schon der nächste in der Telefonzelle. Auf und zu die Tür. Zurück in das Zimmer jetzt, sagst du dir, Licht an und gleich weiter. Nie müde geworden! Beim Schreibtisch die Lampe an und einen Espresso. Erst einen, dann den zweiten, den dritten und so immer weiter. Mit vielen Wörtern im eigenen Kopf herum und immer zwischen Schreibmaschine und Kochplatte hin und her und dazu eine Zigarette an der andern anzünden. Kettenraucher. Bei der Lampe sitzen und schreiben, während über mir im Oberlichtfenster erst wie Wasser der Himmel, wie Rauch, dann mehr und mehr abendblau und dann dunkel wird und das Zimmer sich immer deutlicher darin spiegelt – da oben sitzt er und schreibt. Auf und zu die Tür oder hätte mein Gedächtnis mir das Zufallen der Tür nur aus dem Archiv nachgeliefert: eine alte westdeutsche Telefonzellentür mit einem schweren Eisenrahmen und der Schließmechanismus vom Winter her noch zu hart eingestellt. Zu die Tür und ein Baumstamm, die Rinde mit hellen Flecken. Am Rand des Gehsteigs ein hoher Baum. Eine Tür, die immerfort zufällt in deinem Gedächtnis. Zurück jetzt! Den Rückweg finden! Die ganze Zeit zehn nach sechs. Zurück und den Absatz, die Seite zuende. Such dir deinen und alle Namen, den vergangenen Tag, einen Weg, ein paar Wörter und Bilder für unterwegs. Such dir ein Gedächtnis zusammen in deinem abendmüden Gedächtnis! Und dann in der Dunkelheit mach dich auf den Weg! Wie weit? Wie lang wird man brauchen? Es zieht mich, es zieht mich! In weiter Ferne sah ich mich gehen. In der Jordanstraße die Haustür, als sei es immer noch meine eigene Haustür und in den Fenstern ist Licht. Auf die Haustür zu und mir jeden Schritt vorsagen! Die Haustür!

Jetzt klingelst du! Du hast noch den Schlüssel, aber du klingelst! Carina wird gleich aus dem vierten Stock dir entgegen. Hat schon gewartet. Mein Kind, meine Tochter. Schon auf dem obersten Treppenabsatz, schon bei der Wohnungstür, immer im voraus schon fängt sie mit dir zu sprechen an. Lang bevor ihr euch seht. Jedesmal wieder als helle Stimme und eiliges kleines Gepolter kommt sie dir die Treppe herunter mit vielen Wörtern entgegen. Bald viereinhalb. Seit sie auf der Welt ist, bis jetzt ja noch jeden Tag mit ihr. Und seit der Trennung erst recht, seit der Trennung die meiste Zeit morgens und abends bei ihr. Seit der Trennung nur immer ein Kommen und Gehen. Immer nur unterwegs zu ihr und eilig die Zeit. Als ob man schnell im Kalender blättert und nicht aufhören kann zu blättern. Und nicht genug Luft. Das spürst du am Herz. In der Wirklichkeit, in Gedanken: unentwegt zu ihr hin. Und immerfort Abschied auch. Zu ihr und immer ja auch unterwegs zu mir selbst. Die Nachmittage mit ihr und die Wochenenden. Sibylle an den Wochenenden nach Gießen und Carina und ich in der Jordanstraße. Die alte Wohnung. Ein Vater, ein Kind. Und die Zeit miteinander, als sei nichts geschehen. Seit sie auf der Welt ist, mit ihr gelebt. Und geschrieben ja auch jeden Tag. Erst das zweite Buch zuende und dann mein drittes Buch. Ein Buch über das Dorf meiner Kindheit. Geschrieben sogar in der Abstellkammer. Sogar ja auch vorher noch in der Jordanstraße, als ich jeden Tag wieder nicht wußte wohin. Nach der Trennung. Als die neue Zeitrechnung anfing und ich längst hätte ausziehen sollen! Nach Möglichkeit rückwirkend auszuziehen, aber wohin? Geschrieben und mit Carina und jetzt hier im Westend mein erster Tag und mit der Welt in den Abend hinein. Der erste März. Mindestens die nächsten drei Wochen hier beinah wie bei mir selbst und in Sicherheit. Zeit und Papiervorräte. Schlaf, Lampen, Höflichkeit, Haustürschlüssel. Es ist warm. Hell eine Schreibtischlampe zum Ein- und Ausschalten. Richtige Schubladen. Eine neue blauschwarze Luxusseife. Frisch ausgepackt, eigens für mich. Und was für ein gutes Bett. Die Schreibmaschine in Ordnung. Eine elektrische Schreibmaschine und kann benutzt werden. Eigentum. Selbst gekauft. Tageszeiten, die Tage, du siehst dich kommen und gehen. In die Zeit hinein. Sogar im Schlaf noch in Sicherheit. Was soll denn passieren die nächsten drei Wochen? Wieder März. Das Buch wird noch lang nicht fertig. Der Obstkorb. Milch, Mineralwasser, Espresso und manchmal etwas essen. Ab und zu. Du kannst jeden Tag schreiben! Und merk dir den Kirschkern! Ein Kirschkern vom vorigen Jahr. Der Winter vorbei. Noch am Leben. Mann, Frau und Kind. Eine Trennung, aber alle drei noch am Leben. Zur Not reichen mir auch zwei Mark im Tag. Für mich und mein Kind. Für mich allein zur Not auch mit nix. Also beinah wie früher ja wieder. Am Leben und auf der Welt, sagst du dir. Auf der Welt bleiben, immer noch einen Tag und auch morgen wieder! Nur nicht krankwerden! Fang jetzt nicht zu frieren an! Und Carina jeden Tag sehen! Jetzt ist sie schon bald viereinhalb! Wird schon großwerden! Wenn nur Sibylle nicht zwei Wochen vor meinem Auszug zu mir gesagt hätte: Wenn ich will, kann ich machen, daß du Carina gar nicht mehr siehst!

3

Wieder März. Früh auf jeden Tag. Zigaretten, Espresso, Notizzettel. Mir die ersten paar Wörter zusammensuchen für unterwegs und gleich los. Gleich aus dem Haus und die ruhigen Morgenstraßen im Westend. Grau, aber hell der Tag. Zehn nach acht, gleich halb neun, zwanzig vor. Unter Bäumen und schnell gehen, schnell! Durch das Westend nach Bockenheim in die Jordanstraße. Mein Kind, meine Tochter, Carina. Sitzt auf der Fensterbank. Hat auf der Fensterbank auf mich gewartet. Ein Giebelfenster im vierten Stock. Dachgeschoß. Die Heizung summt. Vor dem Fenster der Tag. Alle Wintermorgen meines Lebens dort beim Fenster versammelt und wie sie sich drängen. Carina im Schlafanzug. Ein gelber Schlafanzug mit Enten und Gänseblümchen. Gerettet, sagst du dir, beinah schon für heute gerettet! Aber wie blaß sie ist! Und noch klein! Ist sie immer so blaß? Winterkind. Stadtkind. Wird sich gleich anziehen jetzt. Muß nur erst noch ein bißchen herumgeschleppt und gewärmt und gekitzelt werden, mit Körper und Händen und Stimme gewärmt und gekitzelt. Muß sich doch sattlachen auch! Und wollen uns bald auf den Weg machen! Wie hier in der Wohnung immer noch jeder Morgen nach Milchkaffee und jeder Milchkaffee nach Vergangenheit riecht und schmeckt. Sibylle vor dem Kleiderschrank, Sibylle in der Küche, im Bad. Immer hin und her. Jetzt im Flur. Carina will sich jeden Morgen nicht anziehen, ruft sie. Und dann aus der Küche: Bevor du nicht da bist! Und dann zur Tür herein. Zehn vor neun. Wann bist du aufgestanden? Du weißt ja, du mußt sie nicht morgens holen! Doch, sagt Carina, soll aber! Hat schon dreimal angefangen, sich anzuziehen, aber die Stofftiere! Immer wieder die Stofftiere! Die Stofftiere rufen nach ihr! Sibylle mit Milchkaffee. Milchkaffee auch für mich. Eine große Tasse. Den ganzen Weg zu Fuß, fragt sie. Als ob wir uns jetzt erst kennenlernen. Gehst du immer zu Fuß? Wie gehst du von dort aus? Ihr Haar frischgewaschen. Und das Kleid?

Warum nur gerade heute gerade in diesem Kleid? Lila. Schon alt.
Ein langes Kleid. Und schmiegt sich so an, der Stoff. Sie muß
doch wissen, daß es mein Lieblingskleid ist! Milchkaffee, immer
noch eine Tasse. Und mir an der Tasse die Hände wärmen. Alle
Türen offen. Der enge Flur. Vor der Wohnungstür auf dem obersten Treppenabsatz immer noch Bücherkartons und in der Wohnung die leeren Wände. Sobald ich ausgezogen war, Ende Januar, konnte Sibylle keine Bücher mehr sehen. Angestrengt, sagt
sie jetzt, und du auch. Müd und angestrengt siehst du aus. Und
wirst immer dünner. Du auch, sagte ich, aber blaß bin ich nicht.
Carina schon fast fertig angezogen. Nur noch Mütze, Anorak,
Schal und die Winterstiefel. Braucht bald neue Schuhe. Die
Stofftiere rufen nach ihr. Mit klagenden Stimmen. Von allen Seiten rufen sie und hören nicht auf zu rufen. Muß noch die aussuchen, die heute den ganzen Tag mitdürfen (wollen natürlich
am liebsten immer gleich alle, klar!). Sowieso dann auch gleich,
sagt Sibylle, muß selbst auch gleich los und in den Verlag! Sowieso beinah ja der gleiche Weg. Du müßtest sie wirklich nicht
jeden Tag holen. Carina im Anorak. Jetzt ihr den Reißverschluß
zu. Nicht den Schal und erst recht nicht die Haare einklemmen!
Rechts und links vom Reißverschluß ein Zierbörtchen mit Eskimomuster. Ihr alter grüner Anorak. Aus dem Secondhandladen.
Schon den zweiten Winter. Und seit vorgestern endlich keine
Handschuhe mehr, aber immer noch Mütze und Schal. Mütze
und Schal und wie immer die Umhängetasche. Und gleich gehen, komm! wenigstens gleich jetzt zu gehen anfangen, komm!
Besser wir wären schon weg! Vorher schon. Eine ganze Weile.
Längst gegangen, Carina und ich. Nur nicht gleichzeitig alle
drei! Nicht mit Sibylle, nicht aus Versehen alle drei auf einmal
die Treppe hinunter und vor uns her unsre Morgenstimmen.
Erst im Treppenhaus und dann vor der Haustür und in unsrem
Gedächtnis. Kalt oder nicht so kalt? Wieder März. Vor der
Haustür. Die Luft kosten. Beinah wie früher. Als ob es so sein
muß. Als sollte das so. Als ob wir immer zusammen so in den

Tag hinein. Jeden Tag wieder. Immer noch. Sibylle, Carina und ich. Carina bei uns in der Mitte und alle drei nah beieinander. Als sei nichts geschehen.

Hätten uns vor der Haustür wiedergefunden und wüßten nicht, wie es weitergeht. Sich losreißen, aber wie? Vor der Haustür, als ob wir alle drei auf den Tag, auf die Zeit, auf uns selbst hier warten. Haben alle Glocken geläutet? Ist der Tag nicht gekommen? Den Abschied lernen! Hätten vergessen, daß wir hier stehen. Hätten vergessen, warum wir hier stehen. Und auch vergessen, wie lang schon. Und wer wir sind oder sein wollten. Als ob wir alle Morgen so vor der Haustür. Die Erde hat sich bewegt. Und nach dem Wetter sehen. Immer wieder mit Sachkunde und Geduld nach dem Wetter sehen. Und nicht wissen, worauf wir warten. Noch zu der Tannenbaum. Eine alte Frankfurter Eckkneipe. Macht jetzt jeden Tag später, macht oft erst abends, oft gar nicht, oft erst am nächsten Tag auf. Unser Hausmeister mit Raucherbein, Krücke, Aktentasche, Feuerzeug, Zigaretten und Bildzeitung. Und immerfort grüßend. Kettenraucher. Reval und Roth-Händle. Grüßt, hat gegrüßt, grüßt nochmal, grüßt und winkt. Gleich wird er umkehren und doch noch zu uns hier herüber. Uns mal wieder sein Leben erzählen. Sozusagen als Schicksal. Und wie die Zeit vergeht. Hausmeister immer erst abends. Tagsüber Lagerverwalter in Eschborn. Früher ranghoher höherer Kriminalbeamter in Hannover. Seinerzeit. Kennt sich aus. Immer eine Flasche Korn in der Aktentasche. Maria. Sie hieß Maria. Oft zwei Flaschen Korn und wie sie sacht klirren bei jedem Schritt. Wie in seinem Bauch oder tief in der Erde drin. Und jetzt fällt dir ein, daß er tot ist. Raucherbein, Krücke, zur Kur. Erst den Fuß, dann das Bein bis zum Knie, dann doch lieber ganz amputiert. Rentenantrag. Und bevor das zweite Bein drankam, sich besonnen und dem ersten Bein eilig nachgestorben. Längst tot und begraben unser Hausmeister. Und wirst ihm noch oft auf der Treppe und hier vor der Haustür. In Gedanken, im Hof, im Keller, in deinen und seinen Gedanken. Gespräche auch. Im Zigaretten- und Zeitungsladen, wo es auch Schnaps, aber nur zum Mitnehmen. Oder höchstens als Stammkunde schnell im Stehen an der Theke! Schnell unter der Hand! Korn, Weinbrand, Rumverschnitt, Jägermeister und Underberg. Die Hanni ihrerseits auch. Der Hanni gehört hier der Laden. Also Prost! Und gleich noch einen! Lottozettel, die Lottozahlen, Fußballtoto, die Sportzeitung, schnell noch einen Korn, Weinbrand, Doppelkorn, einen Doppelten, einen Flachmann und gleich abgekippt! Kann er sich nachher im Tannenbaum beim Trinken umso mehr Zeit lassen. Hausmeister mit Leib und Seele. Ist der Tannenbaum noch nicht auf, geht er auch ins Jordaneck, aber lieber ist ihm der Tannenbaum. Jederzeit! Ist doch klar! Aber immer! Wirst ihm von hier bis zum Westbahnhof immer wieder, wirst ihm an jeder Ecke, wirst ihm in dieser und jener Gestalt. Sogar mehrfach. Von allen Seiten. Mit Hut und ohne Hut. Mit Krücke, ohne Krücke. Hier noch aufrecht. Hier ist er noch jünger. Dort schon gehörig ins Torkeln geraten. Begegnungen. Oft und oft. Und aus jeder Eckkneipe seine Stimme. Gespenster. Die Zeit. Meine sieben Frankfurter Jahre an mir vorbei. Die Zeit, wer wir sind und warum wir hier stehen? Ist die Zeitungsfrau schon vorbei? Oder war das gestern? Und die Kinder? Entlaufen? Schon groß oder wo? Alle Schulkinder längst in der Schule und deshalb die Stille so still? Die verwaisten Kaugummiautomaten. Auf dem Gehsteig Konfetti und Silberpapierchen. Der griechische Laden schon auf. Lebensmittel und Obst. Obstkisten. Eine gestreifte Markise. Schafskäse, Joghurt, Retsina, Ouzo. Eine griechische Großfamilie, vier Generationen. Kind, Hund, zwei Urgroßmütter, Thrakien, Thessalien, das Pindosgebirge. Der Hund noch klein. Das Kind schläft im Wagen. An der Wand Kreta, Mykonos, das Meer und der Hafen von Ithaka. Die Hafeneinfahrt. Davor die Ladentheke mit Waage und Marmorplatte. Der Laden als Wohnküche. Ikonen, Öllämpchen, Dauerfernsehen, Kundschaft, Olivenöl, die besten Oliven. Blau und weiß die Markise. Der Hund ausgewachsen, ein deutscher Schäferhund. Das Kind längst ein Schulkind. Erstklässler. Jeden Morgen mit Anorak, Mütze und Ranzen. Bald sieben. Ein Junge. Der Hund mit ihm bis ans Schulhoftor jeden Morgen. Der Hund in Wahrheit ein Wolf. Wo geht die Zeit mit uns hin? Der Morgenbriefträger mit der Morgenpost und dem heutigen Tag. Mit großen Schritten von Haustür zu Haustür. Beinah wie vom Dorf, so ein freundlicher städtischer Morgenbriefträger. Und all die Jahre immer ein Auge drauf, daß es uns gut geht. Muß als Briefträger jetzt ja denken, daß wir hier stehen und auf ihn, auf den Briefträger warten. Was für ein wichtiger Brief soll das sein, auf den wir hier warten? Stehen und warten. Stehen in den Vormittag hinein. Stehen und können nicht weg. Auf die Ferne zu. In die Zeit hinein. Zukunft. Stehen alle drei in die gleiche Richtung. Schon auch die ersten bessergestellten Witwen hier aus dem Viertel. Pelzmantel, Haarnetz, Hut. Rouge mit der Puderquaste, aber dezent nur, kaum einen Hauch. Kinderstube. Und je einen Tropfen Parfüm im Ausschnitt und hinter dem linken Ohrläppchen. Wie in der Brautzeit. Wie sind seither die Friseure aalglatt und fremd und sündteuer geworden! Und auch immer jünger! Und untreu die Spiegel, Verräter! Schlüsselbund, Portemonnaie, Einkaufszettel. Wie der Schuh heute drückt. Es wird doch nicht Gicht sein! Doch nicht gerade heute, nicht jetzt, nicht ausgerechnet am heutigen Tag zum erstenmal Gicht und der Anfang von Alter, Siechtum und Tod? Noch schnell die Tabletten und Tropfen für Blutdruck, Herz, Kreislauf und beinah schon ein bißchen zu spät dran. Seit zwölf Jahren Witwe. Pfandbriefe, Rente, vier Sparbücher, festverzinsliche Wertpapiere. Und immer noch rüstig. Mit ihren treuen haltbaren Einkaufswagen als bessergestellte Witwen jetzt nach und nach alle unterwegs auf die Leipziger Straße. Und wir? Zusammen, zu dritt? Vater, Mutter, Kind. Und so eine Ähnlichkeit alle drei. Noch in den Bäckerladen? Schnell jeder ein Hörnchen, wie ein freundlicher Mond jedes Hörnchen, und uns daran festhalten? Carina auch ein Hörnchen, aber lieber noch ein Rosinenbrötchen! Am liebsten eine Apfeltasche und von Sibylles Hörnchen und meinem Rosinenbrötchen je einmal abbeißen! Sie für uns anbeißen! Gegenwart. Eben noch alle drei. Und dann vor der Ladentür in Eile in zwei verschiedene Richtungen (die Registrierkasse klingelt, das Türglöckchen bimmelt) oder auch noch zusammen vor dem weltweiten Schaufenster des Expeditionsausrüstungsladens und jeden Gegenstand einzeln? Kleinfamilie. Eltern mit Kind. Jeden Gegenstand einzeln betrachten, bedenken, als ginge es um uns und um eine Zukunft? Ums Leben? Eine Forschungsreise? Eine Expedition? Unser Anteil an Ferien für viele Jahre. Der vorige Sommer und der Sommer davor. Wo gehen wir hin? Hätten vergessen, warum wir hier stehen. Hätten längst selbst einen Laden aufmachen sollen. Unseren eigenen Laden. Verträge, Beteiligungen, Gewinnstreben. Und damit reichwerden in der Vergangenheit. In der Vergangenheit eine Zukunft. Und jetzt fällt uns ein, daß wir etwas vergessen haben und müßten nochmal ins Haus zurück. Dringend! Entweder du oder ich? Oder erst du und dann ich? Nur nicht gleichzeitig! Ab jetzt nie mehr gleichzeitig. Und wie unser Kind mit seiner Kindheit, mit Anorak, Mütze, Schal und Umhängetasche neben uns steht. Und was denn auch nur vergessen, was kann das sein? Sibylle in Eile zur Straßenbahn und Carina und ich Richtung Campus. Sibylle winkt und wir stehen und gaffen. Erst wenn sie weg ist, fangen wir auch an zu winken. In die Leere hinein und winken dafür umso länger. Oder soll Sibylle das Fahrrad, im letzten Moment ihr altes geschenktes Fahrrad mit seinem Rost aus dem Keller herauf? Zwei Speichen fehlen. Der Tag gähnt. Wir stehen und blinzeln. Je länger man steht, umso mehr Speichen sieht man fehlen. Soll man sich die Augen reiben? Die Reifen nicht aufgepumpt. Die Luftpumpe muß erst geölt oder ist gar nicht da. In Vergessenheit. Ein vergangener Tag. Wir mit dem Buggy, Carina und ich. Sie ist schon länger zu groß für den Buggy. Nur wenn sie müde ist, dann wieder ein Weilchen doch nicht zu groß. Oder wird gerade im Buggy immer gleich müde. Seit die zuständigen Behörden (eine Verschwörung!) in Frankfurt alle Bürgersteige mit Steuergeldern gepflastert und zum Pflastern von Amts wegen diese Hundsknochensteine und zwar quer zur Fahrtrichtung, seither ist das Rattern beim Buggyfahren kaum auszuhalten. Verquer und häßlich die Steine und nageln dir stur den Blick an den Boden. Ein Geflimmer. Vom Rattern Herzrhythmusstörungen. Wie zur Einübung eines Schlaganfalls! Und gleich im Kopf einen Brief an die Stadtverwaltung. Auf jedem Weg einen Brief. Und sich nicht überfahren lassen!* Wo stehen wir jetzt, wo soll man sich suchen? Ungültig. Eine alte Fotografie. Wo soll man sich blitzschnell hinwünschen? Der Buggy wo? Im Hausflur am Fuß der Treppe? Im Keller der Buggy? Noch mit dem Schlitten ein bißchen reden? Gedenktage? Endlich die restlichen Bücherkartons in den Keller? Das ganze Alphabet in den Keller und Sibylle wäre schon unterwegs? Den Winter auch mit in den Keller. Gut verpackt und die Jahreszahl drauf. Und mit dem heutigen Tag bei den früheren Wintern einsortiert und ordentlich aufgestapelt. Sich losreißen, aber wie? Zum Abschied den Abschied! Oder soll das doch nur die Probe? Alle drei nochmal zusammen über die Leipziger Straße? Letztes Mal und uns dabei Zeit lassen? Eine Ausnahme, eine Reise, ein neues Leben oder immerhin noch ein Stück Weg, ein paar Schritte zusammen? Und dann noch bis zu dieser, zur nächsten Ecke? Ist die nächste jetzt die hier oder doch erst die nächste? Das ist schwer zu entscheiden! Dort vorn – erkennst du uns nicht? Den Abschied, dann winken und immer noch einmal winken. Sich umdrehen und winken. Sich nicht überfahren lassen. Nicht unter die Straßenbahn! Du auch nicht! Erst recht nicht mit Kind! Sich nicht von verwirrten Verkehrsschildern anrempeln lassen!

---

* Mit den Briefen jeden Stein einzeln zielsicher ins Rathaus zurück, in den Römer. Anbei in Eile Ihr Aktenzeichen!

Wind in den Augen! Staub, Sandkörner, Wind! Den Abschied lernen. Anfang März. Grau, aber hell der Tag. Und auch schon nicht mehr so kalt. Vor der Haustür. Mit der Schwerkraft hier auf dem Gehsteig. Vor sechs Jahren eingezogen. Verheiratet nicht, auch damals schon nicht. Und seither ein Kind. So leer der leere Fleck Gehsteig vor unsren Füßen, so leer und so hell. Wie ehemals. Wie gewesen. Und die Erde hat sich bewegt. Muß man stehen und blinzeln. Bald alt. Stehen angewachsen. Verzaubert. Wie vor einem Erdbeben. Die Glocken? Haben alle Glocken geläutet? Gleich wird uns alles einfallen, was wir im Leben vergessen haben. Und die Luft. Die Luft, die sich regt, als hätte sie Flügel. Die Luft. Wie die Luft schmeckt. Der heutige Tag. Stehen und stehen und können nicht weg.

Sibylle bei der Wohnungstür. Carina und ich in den Kinderladen. Erst unsre Stimmen im Treppenhaus noch und dann mit uns durch die Jordan-, die Merton-, die Dantestraße. Am Campus vorbei. Über den Beethovenplatz. Durch die Schwindstraße jeden Tag und uns Zeit lassen. Siehst du, da gehen wir! Vor den eigenen Blicken her. Über die alte Erde. Und kommen jetzt noch einmal in den Winter. Winterstraßen. Ein Schneegestöber. Schnee. Immer mehr Schnee. Der Schlitten. Carinas Schlitten. Eine rotweiße Zugleine. Und blauweißblau wie die Erinnerung an einen Wintertag mit Sonne und Schnee und feingezeichneten blauen Schatten auf dem Schnee das Muster ihrer Fausthandschuhe mit Bändel. Wie ein vergangener Tag die Handschuhe. Weg können sie nicht sein, aber da sind sie auch nicht. Als ob man sich selbst sucht – wo suchen? Anorak, Mütze, Schal. Ihre Umhängetasche. Den Schlitten mit oder nur in Gedanken den Schlitten und wie der Schnee knirscht bei jedem Schritt. Wenn man den Schlitten nicht mithat, muß man ihn beharrlich herbeireden! Auf dem Beethovenplatz im hohen Schnee die Christuskirche aus schwärzestem schwarzem Gestein. Wie schon vergessen steht sie im Schnee, wie ein Andenken. Wie die Vergangenheit in einer

Schneekugel. Schalldicht oder doch beinah schalldicht. Überdeutlich die Einzelheiten. Und jedes Ding gut aufgehoben und an seinem Platz. Nur weiter! Der Gehsteig. Torpfosten, Vorgärten, Amseln. Wenn Schnee liegt, auch Elstern und Krähen in großer Zahl. Dann ein Stück Weg, da ist der Schnee ganz verweht. Beinah wie im Wald, so verweht. Wieder der deutsche Schäferhund aus dem griechischen Laden. Der mit dem Kind geht, der Hund. In Wahrheit ein Wolf. Außer ihm und uns weiß das keiner. Wo sind die Kinder alle? Nur weiter, komm! Immer tiefer in den Winter hinein, Carina und ich. Und ihr wieder von ihrem Schlitten, wie das zuging. Der Schlitten ist zu dir gekommen! Noch einmal den Tag ihr erzählen. Hoher Schnee. Es hat aufgehört zu schneien. Hell der Tag um uns her und wie im Schnee in der Frostluft die Stimmen klingen. Auch schon nachts hier gegangen. Mit Mond und ohne Mond. Durch den Schnee, hoher Schnee. Jeden Morgen muß ich zu ihr sagen: Zieh-jetzt-deine-Stiefel-an, / sonst-werd-ich-ein-ganz-böser-Mann! Vorher kann sie die Stiefel nicht anziehen. Ist dir kalt? Kalte Füße? Immer tiefer in den Winter hinein. Die Stadt. Schon jahrelang Winter. Mein erstes, mein zweites Buch. Meine sieben Frankfurter Jahre noch einmal an mir vorbei. Winterstraßen. Noch früh. Der Himmel ein allgegenwärtiger Blick. Langsam die Winterstraßen. Wieder der Beethovenplatz. Die Christuskirche. Immer wieder im Schnee über den Beethovenplatz um die Christuskirche herum, als ob wir den Weg nicht finden. Wer sich im Schnee verirrt, geht im Kreis (auch wieder angefangen, Tolstoi zu lesen!). Der Winter an uns vorbei, viele Winter. Und jetzt vom Beethovenplatz in die Schwindstraße. Anfang März. Kein Schnee mehr. Den Buggy nicht mit. Nicht eben noch auf einem sonnenblinkenden Dreirad Carina und neben mir her? Erst zwei und dann drei Jahre alt (halb drei, sagte sie, bin bald halb drei!). Lang sie getragen auch. Im Arm. Auf der Schulter. Gestern noch, sagst du dir. Also ich. Vor zwei, vor drei, vor vier Jahren. Gestern oder vorgestern. Ist das jetzt der heutige Tag? Oder auch schon gewesen? Und sind vielleicht nur die Steine, die: Wart einmal, wart einmal! sagen, sooft wir vorbeigehen. Jeder einzelne Stein. Langsam die Straßen. Mein Kind und ich. Neben mir her mein Kind. Klein und dicht an der Erde noch. Und bleibt lang noch klein. Manche Tage, als ob alle Straßen sich steil vor uns aufgestellt hätten. So mühsam, als gingen wir immer bergauf. *Sind doch wir, die hier gehen?* Durch die Schwindstraße in den März hinein. Eine ruhige Seitenstraße. Noch ein paar alte Häuser übrig. Stehengeblieben. Häuser mit Erkern und Giebelfenstern. Dicke Eichenholztüren und hohe Vortreppen. Rosenstöcke und Schmiedeeisen. Bäume, ein Gärtchen vor jedem Haus. Türklopfer, Wappen und Jahreszahlen und geruhsam die Zeit. Läßt sich Zeit. Als Türknauf ein Löwenkopf, Messing. Und wie ein Dauersegen über jeder Haustür zuverlässig ein Vordach und eine Lampe. Sooft du vorbeigehst, jeden Tag wieder, hinter jedem Fenster weißt du dich sitzen. Eine große Familie. Teppiche, Bücher, Papiervorräte und vom Fußboden bis an die Decke voll Zeit und Stille die geräumigen hohen Schränke. Geborgen, gerettet, in Sicherheit. Und du sitzt und schreibst Bibliotheken. Anfang März und wie eifrig die Vögel schon sind. Wie sie gleich wissen, daß wieder März ist. Grau, aber hell der Tag, hell und geräumig. Carina neben mir her. Den Anorakreißverschluß ihr ein Stück weiter auf jetzt und den Schal nicht so eng. Bald Frühling. Wie der Frühling geht, weißt du ja, zu ihr sagen. Die Kirschen. Die Walderdbeeren. Erst müssen die Bäume blühen. Im Juni mit Zwillingskirschen die Ohren sich schmücken. Barfuß. Barfuß im hohen Gras. Bald jeder Kirschkern ein Baum. Walderdbeeren muß man so essen, daß man sich an jede einzeln erinnern kann. Und sie nachschmecken zu jeder Zeit. Und sie sich aufsagen aus dem Gedächtnis. Man muß sie essen und beim Essen sie der Reihe nach auswendig lernen. Wie die Wörter und Zeilen in einem Gedicht. Erst Frühling, dann Sommer. Gras, Moos, Heidekraut, Waldwege. Im Sommer die Sonne, die kennt uns, die Sonne. Immer im Sommer wird unser

Kind ein Zigeunerkind. Noch oft und oft Walderdbeeren und nicht zu zählen die Sommer, so viele. Vor drei Wochen an einem Samstag mitten im Winter einen Sommer uns ausgedacht. Einen Sommer und in den Sommer hinein eine Reise, Carina und ich. Ein Samstag im Februar. Es war der kälteste Tag des Jahres. Jetzt muß man: Weißtdunoch, weißtdunoch? sagen, den Steinen zunicken und sowieso ja allzeit dem Sommer entgegen. Ein Sommer, der erst noch kommt.

In der Schwindstraße grün eine Fichte. Die Spitze abgebrochen oder verschnitten. Dicht überm Zaun die Äste und über den Gehsteig und weit in die Straße hinein. Mit der fehlenden Spitze fast wie eine Pinie. Und also im Süden, sooft wir vorbeigehen. Erst von weitem, dann aufblicken. Jeden Tag einmal im Süden. Den Schlitten mit. Dann nur noch in Gedanken den Schlitten. Kein Schnee mehr. In den März hinein, Carina und ich. In einer anderen Geschichte mit ihr eine Kuh aufs Feld, auf die Weide. In Fortsetzungen. Eine ganze Weile schon. Den Weg muß man miterzählen. Jeden Tag mit der Kuh ein paar Schritte weiter und immer zusehen, daß sie auch mitgeht und weiter mitgeht, die Kuh. Wie Milchkaffee hellbraun und weiß und mit breiten Hörnern. Sind in der Geschichte schon länger mit ihr unterwegs. Und im wirklichen Leben gerade hier in der Schwindstraße einmal eine Frau mit einem Pferd. Wie ein ehemaliges Reiterstandbild. Genug jetzt! Vom Sockel herunter und zu Fuß heim oder wo geht sie mit dem Pferd hin? Mit Stiefeln die Frau. Lippenstift, Lidschatten, Reithosen, Stiefel und ein Tuch um die Haare, einen Reiterturban. Sie führt das Pferd am Zügel. Wir mußten gleich stehenbleiben. Stehen und ihr nachsehen, ihr und dem Pferd. Und deutlich den langsamen Hufschlag im Ohr. Also kein Spuk, keine Fata Morgana. Und fortan uns erinnern, Lebensgröße, sooft wir hier gehen, Carina und ich. Jeden Tag wieder will sie alle früheren Tage noch einmal und dazu den heutigen sowieso. Und was morgen und immer, was noch alles sein wird. Im Kopf die Welt und zusammensammeln. Wie die bunten Orangenpapierchen, für die sie extra eine Holzschachtel hat. Mit Deckel. Einen Geizkragenkasten. Sind bunt, die Orangenpapierchen. Immer anders. Verschieden. Muß man glattstreichen und vor die Lampe halten, vors Auge. Wie Kirchenglas leuchten sie. Knistern, wenn du sie glattstreichst. Jedes Bild ein Geheimnis. Mit anderthalb angefangen. Immer vorm Einschlafen noch einmal den Kasten mit den Orangenpapierchen und mit jedem Orangenpapierchen alle Lampen der Reihe nach. Immer vorm Einschlafen ganz zuletzt schnell alle Buchstaben und die Uhr will sie lernen und vollzählig auch die Zahlen dazu. Und jeden Tag neue Wörter. Die Wörter im Mund hin und her und herausfinden, wie sie schmecken. Und dann, halb im Schlaf schon, unbedingt nochmal zum Fenster: ob vor dem Fenster noch alles da und an Ort und Stelle? Und die anderen Fenster auch. Ein Glas Milch! Und die Stofftiere besser zudecken! Und ob sie noch Durst? Oft hat so ein Stofftier am Abend nochmal schrecklich Durst! Die Stofftiere zählen, trösten und zudecken – wollen von ihr nur! Anfang März. Langsam die Straßen. Haben sich gleich Carinas Schritt angepaßt. Kennen uns, fangen zu reden an. Kommen uns langsam entgegen. März. In den März hinein. Schon der zweite März. Sind doch wir, die hier gehen? Kein Schnee mehr. Den Buggy nicht mit. Riecht nach Rauch. Wie bei einem Gartenfeuerchen auf dem Dorf, wenn der Winter vorbei ist. Wir wollen uns Zeit lassen! Jetzt ist es halb zehn. Auf dem Campus der neue Springbrunnen. Und davor stehenbleiben, ein Vater, ein Kind. Wie der Springbrunnen rauscht und sprüht. Beinah als ob er ein Lied weiß. Ein paar Schritte weiter kann man schon auf einem Mäuerchen sitzen. Studenten, auch Pärchen. Die schönsten Studentinnen. Zum erstenmal dieses Jahr. Sie werden auf ihren Semesterarbeiten sitzen, um sich nicht zu erkälten. Allein nur hier auf dem Campus in knapp drei Minuten vier ehrlichen Bettlern begegnet. Hat jeder sein Leben mit. Trägt jeder sein Leben als Bündel mit sich herum. Mußten dem dritten und vierten seinen Groschen als Anteil dann schuldig bleiben und uns freikaufen mit Zigaretten. Gleich weiter. Der Tag mit uns mit. Mit vielen Stimmen der Tag. Und immer wieder komm sagen, komm! Damit sie in Gang bleibt, die Welt, und sich weiterbewegt. Und auch zu Carina: Komm! Immer wieder. Zu ihr und zur Welt und zu jedem einzelnen Augenblick. Bis sie und die Welt und jeder einzelne Augenblick mir nicht länger mehr zu widerstehen vermögen und auch endlich anfangen und sagen komm zu mir, komm! Und kommen jetzt an die Kreuzung. Ecke Siesmayerstraße. Hohe Bäume. Bis in den Himmel hinein die Bäume. Immer wenn sie blühen und dann den ganzen Sommer lang und bis weit in den Herbst hinein weiß man wieder, daß es Kastanien sind. Ein paar Jahre lang in den Kinderladen und ein paar Jahre lang heim.

4

Mit ihr die Morgen. Jeden Morgen mit ihr in den Kinderladen.
Notizzettel, Straßen, die Bilder alle im Kopf mit. Mein Kind.
Eine Kindheit. Für die Kinder im Kinderladen gibt es die Welt
und den Kinderladen und die anderen Kinder und ihre großen
eckigen Übereltern schon immer. Der David, die Meike, die
Myriam. Neun Uhr morgens. Halb zehn. Jedes Kind steht mit
seinem Namen da. Ein Kinderladen in einem besetzten Haus.
Letzten Sommer vor einem Jahr schon und im letzten Sommer
dann wieder wochenlang stümperhaft renoviert. Ohne Plan. Mit
geliehenem unzulänglichem Werkzeug. Schlaflos. Nie genug
Zeit. Und von nix keine Ahnung, das siehst du ja selbst. Woher
nur die Zuversicht? Und kein Geld. Nie Geld für Material. Für
keinen Nagel, keine Schraube, kein Werkzeug, für kein einziges
Ding, für nicht einen Handgriff den richtigen Namen gewußt.
Die eigenen Hände. Illegal. Ein besetztes Haus. Letztes Jahr und
das Jahr davor bis weit in den Herbst hinein renoviert. Bis weit
in den Herbst hinein hat letztes Jahr und das Jahr davor für die
Kinder und auch für uns selbst im Kinderladen der Sommer gedauert. Immer wieder den Fußboden, die Fußbodenleisten, die
Fensterrahmen, wie im Traum Wandschränke, Heizkörper, Hei-
zungsrohre, jede Tür und die Wand, hier vor meinen Augen die
reglose brüchige Wand dick mit Farbe. Sonnengelb. Drei Sorten
Gelb und dazu das Morgenlicht. Heizungswärme. Überall noch
die Wintersachen herumverstreut. Spielzeug, Kissen, Spielzeugkisten. Eine Trompete. Ein Glanz wie aus purem Gold. Die vergangenen Tage. Nach Wollsachen, Heizung und Winter riecht
es. Sind die Kinder schon alle da? Der David, die Meike, die
Myriam und der Marcel. Der Domi, der Jochen, die Katherina,
die Milena und die Lucy. Auf den Sommer zu. Erst Frühling,
dann Sommer. Und bald auch die Kindergeburtstage wieder.
Bunt eine ganze Gesellschaft von Kindergeburtstagen. Werden
nächstens der Reihe nach fünf, die Kinder. Immer im Kinder-

laden über den Kindern die Eltern zu grüßen vergessen. Jetzt diesen wie jeden Morgen im Kinderladen als Bild zu den Bildern in meinem Kopf. Werden später sortiert. Carina? Carina längst mit ihrem eigenen Tag. Wie ein Garten ihr Tag um sie her. Der Kinderladen. Farben. Die Umhängetasche. Ihr Anorak mit dem Eskimomuster am Reißverschluß. Morgenlicht. Carina mit Glaskugeln, Zaubersprüchen, Vogelfedern und Steinen. Sie hingebracht, noch die Stimmen im Ohr. Nie den Abschied gelernt. Sie hingebracht und gleich weiter. Anfang März. Grau, aber hell der Tag. Sobald ich allein bin, schnell gehen. Im Westend die ruhigen Morgenstraßen. Überall Vögel. Noch früh. Gehen, schnell gehen! Im Gehen die Schuhe schonen! Schnell gehen und mich nicht aus den Augen verlieren! Nicht zu atmen vergessen! Schnell gehen und weit in die Ferne den Blick: anders hältst du dein Leben nicht aus! Schnell mir im Gehen ein paar Wörter, den Anfang vom nächsten Satz, eine Zukunft als Zukunft! In Gedanken schon vor mir her, in Gedanken schon längst an den Schreibtisch zurück und gleich weiter mit dem Manuskript. Die Eppsteiner Straße. Vorgärten. Bäume. Das richtige Haus. Das Hoftor offen. Weiß eine Mauer. Vor der Haustür die Bäume sind Fliederbäume (noch kahl, vier Fliederbäume in einer Reihe). Der Schlüssel? Der Schlüssel paßt! Noch früh. Wird auf zehn. Gleich mit den Wörtern die Treppe hinauf. Sooft du zurückkommst, ist alles noch da!

Am Schreibtisch. Unter dem Oberlichtfenster. Mein Manuskript, Notizblöcke, Zettel, Mappen, ein Ordner. Die Schreibmaschine. Abschreiben, lesen, korrigieren und abschreiben, ohne Ende abschreiben das Manuskript. Mein drittes Buch. Ein Buch über das Dorf meiner Kindheit. Selbstgespräche, Espresso, Kaffee, Zigaretten, die Zeit. In den Tag hinein. Das Dorf. Um mich her das Dorf, immer wieder das Dorf aufbauen. Und zurück, mich zurückdenken und sehen, wie die Sonne sich jeden Tag um mich und das Dorf herumbewegt hat. Kindheit. Das Dorf. Ich und das Dorf. Ich in der Mitte. Die Sonne am Himmel. Das Dorf in der Sonne. Jeden Tag einmal das Dorf in der Sonne langsam um mich herum und die Sonne jeden Tag einmal um mich und das Dorf. Jahr und Tag. Jedes Wetter. Das Dorf steht auf einem Basaltfelsen. Selbstgespräche, Notizblöcke, Zettel. Kopf voller Bilder und damit im Zimmer herum. Hell das Licht. Es ist warm. Der Obstkorb, die Tulpen, die Bücherrücken. Als Gast. Das Bad und im Vorraum zum Bad Kochplatte, Kühlschrank und Waschmaschine. Im Kühlschrank ein Licht. Meine Vorräte. Mach dir einen Kalender! Mit den Vorräten reden und das kleine perfekte Bad betrachten. Im Bad an der Wand ein Boiler mit bunten Lämpchen. Kontrollichter. Rote und gelbe Lämpchen. Als ob ich hier meinen eigenen Leuchtturm. Signalanlagen. Eine Fabrik. Will man baden, muß man bei diesem Boiler, damit er Bescheid weiß, auf einen Knopf drücken. Gleich noch ein Lämpchen: Rot-rot! Und jetzt fängt der Boiler zu summen an. Leise nur. Nachmittag. Ein Boiler und summt wie die Zeit. So-lang er summt und das Lämpchen leuchtet, mußt du dich geduld-den. Zigaretten, Espresso, die Gegenwart. Barfuß. Den Boiler, das Lämpchen, dich und die Gegenwart im Auge behalten. Bar-fuß und nah bei dir selbst. Noch Gegenwart oder schon stehen-geblieben die Zeit? Bis endlich die Stille einrastet. Hörbar, mit Nachdruck. Bis knarrend die Zeit wieder anruckt. Am Boiler der Knopf springt vor und das rote Lämpchen geht aus. Er-loschen. Zwei andre noch an. So oft schon benutzt, der Knopf, so oft schon angefaßt worden, daß er inzwischen wie Elfenbein. Auch so glatt. Jetzt an der Seife riechen, die Tulpen zählen und Badewasser einlaufen lassen.

Baden, Espresso, der Schreibtisch, das Oberlichtfenster. Das Nebenzimmer. In Licht und Stille das Nebenzimmer und hat schon gewartet, ist immer da – es ist doch kein verbotenes Zim-mer! Mit mir selbst, mit meinen Gedanken durch das Neben-zimmer. Von Fenster zu Fenster und von oben den Tag und die

Kreuzung. Die leere Seitenstraße. Noch eben kaum zehn Uhr morgens und jetzt, wie es scheint, spät am Nachmittag schon. Kaffee, Zigaretten, mein Manuskript. Einen Apfel essen. Eine Orange schälen. Als Gast. Mit dem Obstmesser. Unter dem Oberlichtfenster am Schreibtisch. Beinah schon im Himmel, so hoch. Und dabei die Gegenwart in den Händen. Ergiebig und saftig und süß. Die Zeit. Für die Zeit Sibylles alten Elektrowecker mit Stecker und Schnur. Und wie er vor Anstrengung stöhnt. Nur geliehen, das weißt du. Nur geliehen der Wecker. Baden, sooft es mir einfällt. Die Schreibtischlampe. Dämmerung. Vogelstimmen. Vom Reuterweg her der Feierabendverkehr. Und in die Dämmerung hinein mir wieder das Dorf aufbauen. Der stöhnende alte Elektrowecker jetzt mit dem Gesicht zur Wand oder steht schon seit gestern so? Schlafen! Das Bett – ein Sofa zum Ausziehen. Man kann blitzschnell ein Bett daraus. Bett oder Doppelbett. Jederzeit. Kaum mehr als drei Handgriffe. Ein Lämpchen beim Bett. Die Stille. Hier in meiner Höhe von allen Seiten die Stille und warum nicht ein kleiner Schlaf? Und wie sie gleich leiser werden und nicht mehr so drängend, die Stimmen in meinem Kopf. Jeder Ort, jeder Augenblick hat eine andere, hat seine eigene Stille. Jede Tageszeit hat ihre eigene Stille. Und der Schlaf ist ein Land. Noch wie immer ein Buch, aber kaum drei Zeilen gelesen und auch schon eingeschlafen. Und schläfst, als ob du getragen wirst. In den Schlaf, in die Stille hinein. Auf den Horizont zu. Aufwachen und beim Aufwachen gleich alles wiedererkennen. Die Stille, das Licht und die Vogelstimmen. Den Obstkorb. Die Farben der Tulpen. Den abgetretenen hellen Fleck Zeit auf dem Fußboden. Jetzt fängt er zu wandern an. Und dicht vor meinen Augen die Schneegebirge der Bettdecke. Und nach und nach dann auch mich und den Ort und die Zeit auch erkennen und das Summen und Rauschen der Zeit. Oder sind wir immer wieder und ist alles schon einmal gewesen?

Am Ende des Vormittags oder mittags um zwei, um halb drei, um drei (manchmal kam mittags die Sonne durch) oder kurz vor Ladenschluß den Grüneburgweg entlang. Wenigstens jeden Tag einmal. Und wie jemand anders. Als Fremder hier gehen. Einkaufen, wenigstens Milch kaufen im HL, oder doch wieder nur mein Geld zählen? Obstladen, Fischgeschäft, Bäcker und Metzger. Die Zeit und die Sorgen und Schuhe bedenken. Und mich und das Brot und die Zeit und die Äpfel und Fische auf später vertrösten, die Zukunft, den morgigen Tag. Am liebsten kurz vor Ladenschluß den Grüneburgweg. Nach Möglichkeit jeden Tag zweimal. Vor meinen Blicken her, hinter mir selbst drein. Die Sonne soeben gegangen. Und ich müd und fremd dem Abend entgegen. In den Abend hinein. Vor bis zur Eschersheimer Landstraße. Anfang März. Grau und leer kam die Dämmerung. Viele Lichter im Abend. In der Dämmerung immer wieder mir selbst und den vielen Gesichtern begegnen und mir meine Bilder zusammensammeln. Er wäre sonst nicht gewesen, der Tag. Dem Abend entgegen und mit dem Abend zurück und im Gehen die Schuhe schonen. Die Telefonzelle. Und fängt schon an, mich zu kennen. Zwei Kneipen, der Kiosk, Plakate und Frauenbilder. Von weit her die Zeitungsverkäufer. Schon lang unterwegs. Immer dichter der Feierabendverkehr im Reuterweg und die Luft vom Abend und von den Abgasen blau. Die Innenstadt eine ferne Feuersbrunst. Ist dir kalt? Abendmüd, immer müder und auf jedem Heimweg zuletzt vor der Autorenbuchhandlung stehenbleiben und mir das Alphabet und meinen eigenen Namen zusammensuchen im Kopf. Selbst durchsichtig oder beinah durchsichtig hier im Licht vor dem Laden. Mir mühsam vorbuchstabieren meinen eigenen Namen. Am Abend, am Rand des Lichts. Stehen und sehen, wie sich im Schaufenster der Vorplatz, die Straße, der Abend spiegelt. Und stünde ich innen, der Laden mit den Regalen und Bücherrücken als Spiegelbild vor der dunklen oder noch eben dämmrigen Straße (ich hatte mir für mich selbst in der Not lang eine Halbtagsstelle in einer

Buchhandlung oder Bibliothek gewünscht und ausgedacht und gewünscht, gern auch als Handlanger und oft genug mich vergeblich beworben). Kein Geld, keinen Namen, kein Einkommen. Durchsichtig oder unsichtbar in der Dämmerung und dann müd heim am Abend. Als Gast, vergiß nicht, als Gast! Und im Gehen die Schuhe schonen! Ich ging, als sei ich jemand anders. Mit mir selbst. In der dritten Person. Und sowieso alles nur leihweise. Leihweise lernt sich leicht! Noch dämmrig oder schon dunkel? Nicht nochmal zur Telefonzelle? Wieder mein restliches Geld zählen, den Schuhen gut zureden und noch einmal den Grüneburgweg? Und weiter zur Hauptwache und auf die Zeil. Hauptwache, Zeil, Konstablerwache, Hauptbahnhof, Güterbahnhof, Gallusviertel und Mainzer Landstraße. Von da an dann als Gespenst. Nicht umkehren können und als Gespenst weiter. Fremdes Pflaster. Die Steine kennen mich nicht. Noch einmal alle Straßen, den Abend, die Stadt? Durch mich hindurch die Stadt? Wieder wie gestern müd heim am Abend? Oder ist immer schon alles gestern gewesen? Heimwege. Die Autorenbuchhandlung. Das Schaufenster der Autorenbuchhandlung. Auf dem Vorplatz vor dem Schaufenster der Autorenbuchhandlung zum Stehen gekommen und mich selbst nicht mehr kennen. Durchsichtig oder beinah durchsichtig und im Fenster ist Licht. Müd heim am Abend. Und sooft ich heimkomme, jedesmal gleich weiter mit dem Manuskript. Wenigstens die letzte Seite, wenigstens die letzten drei Zeilen noch einmal lesen und weiter. Gleich weiter. Wenigstens den Anfang vom nächsten Satz.

Früh auf jeden Morgen und zu ihr, zu Carina, und mit ihr in den Kinderladen. Der Tag mit uns mit. Oder allein und Kaffee, Zigaretten, Espresso und nur in Gedanken mit ihr und Sibylle den Morgen. Hier in meiner Höhe allein. Allein und gleich weiter mit dem Manuskript. In den Tag hinein. Selbstgespräche. Im Westend die ruhigen Morgenstraßen. Zigaretten kaufen im Grüneburgweg. Du gehst, als könntest du auch jemand anders sein.

Laß dir Zeit! Nie vorher von hier aus den Tag und die Stadt betreten. Dann Carina und den Kinderladen über Mittag im Kinderladen besuchen oder die Stille vorfinden und in der Stille ein leeres Haus, ein verlassenes Haus und dann sind die Kinder im Park. Von weitem schon sie erkannt. An ihren Jacken und an ihren Stimmen und an ihrer und meiner Freude sie gleich schon von weitem erkannt. Gute Augen. Ein Märztag und auch schon nicht mehr so kalt. Mein Kind, meine Tochter, Carina. Sie abgeholt, Anorak, Mütze, Schal und die Umhängetasche, und mit ihr in den Nachmittag. Siehst du, da gehen wir. Ein Vater, ein Kind. Sie heimbringen. Geschichten, Milch, Obstteller, Buntstifte, Bilderbücher, die Wohnung und uns und alle früheren Nachmittage in der Wohnung noch einmal. Mit ihr auf Sibylle warten, dann zurück und im Gehen, in Gedanken die nächsten Wörter schon. Wie es weitergeht. Wörter, Notizzettel, Kugelschreiber, noch einen halben Satz und die Bilder alle im Kopf mit. Zurück und sooft du zurückkommst, ist alles noch da. Auch wieder angefangen, Tolstoi zu lesen. Die Bücher aus der Bibliothek. Zuerst die frühen Erzählungen noch einmal. Und sooft es mir einfällt, gleich mit drei Handgriffen aus dem Sofa ein Bett oder Doppelbett. Wie still es ist. Mein Leselämpchen. Die Bücher beim Bett. Und mich in der Stille in einen ruhigen kleinen Schlaf hineinlesen. Als ob ich nun doch noch loslassen lerne! Wenigstens anfangen, es zu lernen, sagte ich mir. Oft am Mittag, am Nachmittag, in den Abend hinein. Manchmal auch vormittags schon. Nicht lang. Ein paar Augenblicke. Minuten. Sogar noch im Schlaf bei mir selbst. Und beim Aufwachen beinah keinerlei Zeit vergangen. Wenn ich aufwache, soll es noch hell sein. Gleich das Bett weggezaubert, er wäre sonst umgehend zum Erliegen gekommen, der Tag.

Badewasser, den Boiler einschalten, Espresso. Das Licht und die Stille im Nebenzimmer. Manchmal mein Gastgeber nebenan und arbeitet still vor sich hin. Gleich gemerkt, wir stören uns nicht. Seine Akten. Sein Schreibtisch. Die Schreibtischlampe. Der Frieden der Welt. Ich sah ihn aus nächster Nähe mit seinen Papieren im Lampenlicht sitzen, als ob ich ihn schon seit Jahren mit seinen Papieren aus nächster Nähe so im Lampenlicht sitzen sehe. Mit ihm bei seinem Schreibtisch und Wäsche aufhängen. Ein Wäscheständer zum Auf- und Zuklappen. Bald fünf Jahre Väter schon, er und ich, und müssen an unsre Väter denken. Er hängt die Wäsche auf und ich neben ihm mit einer Geschichte, wie mein Vater als fremder Mann aus dem Krieg heimkam. Oder stehen im Nachmittagslicht, stehen mit unseren Lebensgeschichten bei der offenen Tür. Immer abwechselnd, einmal er, einmal ich, mit je einem Arm am Türrahmen angelehnt (er heißt Peter wie ich). Die Waschmaschine hinter der Wand wie die Erinnerung an eine unbeholfene Erinnerung an das Meer. Eine Meeresbrandungsimitationsmaschine. Bald ja wie unsere eigene Waschmaschine in der Jordanstraße, mußt du dir sagen. Hatten sie kurz vor Carinas Geburt vom Vorschuß für mein erstes Buch, Sibylle und ich. Umständlich ausgesucht. Preise und Leistung vergleichen. Kundendienst, Garantie und ob sie auch hinpaßt, so eng ist die Küche. Eine Stehküche, jahrelang eine Stehküche. Sogar zur Verbraucherberatung und Testberichte gelesen, das war Sibylles Idee. Es ist wahr, besonders am Abend und wenn du mit deinen Abendgedanken müd neben dir selbst sitzt und weißt nicht gleich, wer du bist und worauf du wartest. Als ob du dein Leben lang schon so wartest. Vielleicht eh und je auf dein Leben wartest. Und weißt nicht, was du dir wünschen sollst. Dann ganz besonders klingt die Waschmaschine wie unsre eigene. Haargenau oder fast haargenau. Beinah wie früher. Wie aus einem früheren Leben. Ein Gleichnis, ein dröhnendes Gleichnis. Und wohin damit? Später, mußt du dir sagen. Noch lang nicht. Gehört in ein anderes Buch. Einen Apfel essen! Seit ich nicht mehr trank, schien alles noch mehr auf mich einzustürzen. Von unten Domi, der Sohn, und zeigt mir ein Schiff. Playmobil. Willst du einen Apfel? Lieber eine Banane, sagt er, die gehn so gut auf. Ich wollte von Bratäpfeln erzählen, geriet aber auf unverdrossenen Feldwegen in eine Geschichte über oberhessische Kartoffelfeuerchen nach dem Krieg. In die Asche hinein die Kartoffeln. Mit Schale, dicht bei der Glut. Ich stand beim Schreibtisch. Vogelstimmen. Das Oberlichtfenster offen. Er sitzt mit seinem Schiff auf dem Teppich. Zwei Bananen. Aber nicht im Haus, nicht in den Zimmern, sagt er, die Feuerchen! Nein, sagte ich, im Herbst. Am besten, man hat eine warme Jacke an. Den Kragen hoch. Eine warme Jacke mit vielen Taschen. Draußen im Herbst, im Wind auf dem Feld. Im Haus ja die Öfen. Mit Brennholz. Große Scheite. Selbst aus dem Wald geholt. Gutes trockenes Holz, Buchenholz. Und Tannenzapfen, sagte ich, also Fichtenzapfen. Am Abend im Haus. Da ist es warm, da kann man dann Bratäpfel machen. Alle Abende Bratäpfel. Und dabei von früheren Abenden und von den Bratäpfeln früherer Abende immer wieder erzählen. Und von Kartoffelfeuerchen im Herbst, im Wind auf dem Feld. In unserem Haus in Görzhain, sagt er, warst du da schon? Da sind solche Öfen! Wann kommt die Carina? Bald, sagte ich. Morgen oder übermorgen. Oder dann nach dem Wochenende. Es war der Tag nach meinem Einzug, der zweite März. Weit offen das Oberlichtfenster und schon die Dämmerung. Vogelstimmen. Die Stille. Und Märzabendluft. Und vom Reuterweg her gedämpft der Feierabendverkehr. Und wenn sie kommt, bleibt sie dann auch hier und schläft hier? Klar, sagte ich. Morgen oder gleich nach dem Wochenende. Und oft! Immer wieder! Kann ich noch eine Banane? Und holt sie sich diesmal schon selbst. Jetzt hast du noch eine übrig. Sie gehn so gut auf. Klapp, sagt der kleine Abfalleimer im Vorraum vom Bad jedesmal zu dem stillen Bad, wenn der Deckel zufällt. Bald Abend. Ich mit dem Rücken zum Schreibtisch. Domi vor mir auf dem Teppich. Beine ausgestreckt. Warme Hausschuhe. Vier Bananen in zehn Minuten. Aus einer Nichtraucherfamilie. Der einzige Sohn. Und muß mir beim Rauchen immerfort zusehen. Rot die Glut. Rauchwolken. Das offene Oberlichtfenster. Im offenen Oberlichtfenster schon die Dämmerung. Und nebenan läuft mein Badewasser ein. Zwei Lampen im Bad. Kein Fenster. Nur ein paar dicke Glasziegel in der Wand zum Zimmer. Gerade in Augenhöhe. Und wenn im Bad Licht ist und hier im Zimmer die Dämmerung, dann leuchten diese Glasziegel wie im Herbst am Abend in Staufenberg ein Stallfenster. Golden das Licht. Leuchten wie alle Fenster im Dorf, wenn du als Kind im Herbst abends heimgehst. Rauschend mein Badewasser in die Wanne. Und dann, sagte ich, die gibt es ja auch noch! Die wirst du nicht kennen. Vielleicht gibt es die auch schon gar nicht mehr. Die eingedämpften, die Dampfkartoffeln. Im Herbst, im Oktober. In einem großen Kessel. Der Kessel auf einem Wagen, zu dem eine Zugmaschine mit Schornstein gehört. Bald wie ein Schiff diese Zugmaschine mit Schornstein und Wagen. Haushoch der Kessel und mächtige Dampfwolken. Die brauchen Platz. Am besten ein großer Hof. Am besten beim Heinbauer auf dem Hof. Der hat auch den größten Nußbaum. Jung und alt, das ganze Dorf wird sich da beim Kessel zusammenfinden. Die Kinder zuerst. Im Herbst, im Oktober und im November. Jedes Jahr wieder. Beinah wie bei einem Schlachtfest. Mit den Händen muß man sie essen! Man ißt sie und wärmt sich beim Essen die Hände dran. Frisch und heiß die Kartoffeln in der naßkalten Herbstluft. Entweder hell die Luft, trocken und kalt und bald schon der erste Frost. Das wird dann ein Wetter zum Holzfahren. Oder in Nebel und Dämmerung, da sind die Dampfkartoffeln am besten. Mit Salz. Der Salznapf von Hand zu Hand. Hat mancher sich auch sein eigenes Salz mitgebracht. Aus Anstand. In ein Stückchen Papier eingefaltet. Ein Tütchen. Die Tütchen macht man sich selbst. Genau wie die Kienspanhölzer und Fackeln und Fidibusse und auch die Gedanken dazu. Domi vor mir auf dem Teppich. In der Dämmerung. Große Augen. Sitzt auf dem Teppich und daneben sein Schiff. Mit dem Abend jetzt auf die Küste zu. Pullover und warme Hausschuhe. Bald Geburtstag. Bald fünf. Nebenan rauschend mein Badewasser. Hinter den Glasziegeln Licht und in den Abend hinein wieder das Dorf um mich her, das Dorf und die Stimmen.

Als Gast. Kommen und gehen. Kopf voller Bilder und die meiste Zeit in Gedanken woanders. Als Gast und mit meinen Gastgebern, einmal mit ihm und einmal mit ihr und manchmal mit ihm und mit ihr ein Gespräch, Gespräche, die Fortsetzung eines Gesprächs. Einen Gruß. Noch ein Wort vielleicht oder zwei. Im Märzlicht. Am hellen Vormittag. Beinah wie auf dem Dorf in der Woche vor Ostern. Da *muß* man doch vor der Haustür stehenbleiben! Im Hof, vor der Tür, auf der Treppe, in ihrer Wohnung und öfter noch in Gedanken und mit mir selbst. Sie heißt Birgit, er Peter. Mit ihr in den Kinderladen. Vorgärten, Vögel und hell der Tag um uns her – war das heute Morgen? Mit ihm und dem Abend in seinem Arbeitszimmer. Im Hintergrund die Stadt und mein Badewasser oder die Waschmaschine spielt Meeresrauschen. Auf die Nacht warten. Blau die Dämmerung. Alle Lampen an. Im einundvierzigsten Lebensjahr und als Gast. Bist du müde? Eben aufgehört zu arbeiten. Ich konnte die Stadt um mich spüren und in mir drin, als sei ich selbst diese Stadt. Das Manuskript auf dem Tisch. Mein drittes Buch. Wird noch lang nicht fertig. Dann wieder mit der Vergangenheit im Nachmittagslicht bei der offenen Tür, er und ich. Die Tür zu seinem Arbeitszimmer. Geschichten. Mittags sie, er und ich in der Küche. Kaffee, Politik, ein Brot, einen Imbiß, eine Mahlzeit, das Feuilleton, eine große Schüssel Salat. Servietten, Weingläser, Mineralwasser. Zwei Sorten Mineralwasser. Die Salatschüssel aus Italien. Neben den Weingläsern die Lichtflecken als helle *zitternde* Augenblicke. Erst auf dem Tisch und auf den Servietten und dann auch in meinem Gedächtnis. Und alles schon einmal gewesen oder immer wieder zum erstenmal? Mittags manchmal bleibt sie stehen, die Zeit. Muß man sich mit Kaffee, Zigaretten, Badewasser, Uhrzeit und Zeitungswörtern behelfen. Bis sie anruckt und anruckt und dann ruckend und zögernd wieder in

Gang kommt oder muß erst noch mehrfach mühsam angeschoben werden, die Zeit. Morgens Birgit und ich in den Kinderladen. März, ein Märzmorgen. So eifrig die Vögel. So hell das Licht auf dem Gehsteig, daß der Märzstaub vor deinen Füßen dir wie eine Bilderschrift, eine Botschaft. Nicht auch gestern schon? Wollen uns Zeit lassen! Sie und ich mit den Kindern in den Nachmittag. Offene Türen. Die Kinder im Nebenzimmer, Carina und Domi. Im Nebenzimmer oder immerzu rein und raus. Sie sagen dein Peter und mein Peter zueinander, je nachdem welchen Vater sie meinen. Oft in der Dämmerung Domi zu mir. Meistens mit einem Schiff. Mit zwei Schiffen. Mit noch einem Schiff. Sieben Meere. Die Waschmaschine. Mein Badewasser. Immer am Abend mit meinem Tag und dem Leben muß ich nochmal durchs Westend. Erst noch mein Geld zählen! Am besten du zählst es zwei-dreimal! Und vorher noch durch den Grüneburgweg. Kurz vor Ladenschluß. Wenigstens vom Reuterweg bis zur Eschersheimer Landstraße, wenigstens jeden Tag einmal den Grüneburgweg hin und her. Und dann mir ein paar lange Gedanken zusammensuchen und zu Fuß nach Bockenheim zu Carina. Gute Nacht zu ihr. Sie ins Bett bringen. Sie dreimal hintereinander ins Bett bringen. Am Rand der Nacht entlang meinen Weg, wie über einen weiten verlassenen Strand. Such dir ein paar Länder und Städte für unterwegs. Die Namen. Den Kopf voller Bilder. In der Jordanstraße Carina, Sibylle und die Wohnung. Ab jetzt als Besuch an der Haustür klingeln. Carina hat schon gewartet. Ein Schlafanzug mit Marienkäfern, also ist sie noch klein. Jeden Abend zu ihr, als ob es das letzte Mal: es ist immer das letzte Mal und wir haben es jedesmal nicht gewußt! Fremd, überall fremd, sagte ich mir. Klingeln und als Besuch zu Besuch. Nie den Abschied gelernt. Vielleicht nachher noch meinen Freund Jürgen treffen. Und für den Rückweg einen anderen Weg ausprobieren. Nicht daß du noch anfängst und in die eine oder in die andere Richtung Heimweg womöglich sagst.

Müd heim am Abend. Bei der Tür und nicht wissen, ob du kommst oder gehst und wer bin ich? Dann aber doch bei ihnen in der Küche mit ein paar heutigen letzten Worten noch. Ein Glas Tee. Die vorletzte Zigarette. Oder schon gestern? Dann allein auf der Treppe. Mit den Schlüsseln und mit mir selbst im Gespräch. Loslassen oder wenigstens anfangen, es zu lernen. Weit zurück jetzt der heutige Morgen (in weiter Ferne sah ich mich gehen). Als ob du jeden Tag wieder dein ganzes Leben und immer nochmal, immer wieder von Anfang an. Also ich. Wie ein einziger langer Tag, war das immer schon so? Noch baden? Gleich Mitternacht oder Mitternacht längst vorbei. Der kommende Morgen jetzt näher als der vergangene. Auch gestern schon. Wie immer wieder der gleiche Moment. In Nacht und Stille die Treppe hinauf. Jeder Lichtschalter an seinem Platz. Jeder Lichtschalter mir zu Diensten. Die Nacht knarrt und atmet. Die Dachbalken knarren. Wie ein Schiff vor der Ausfahrt das Dachgeschoß. Nochmal das Fenster auf. Immer noch eine vorletzte letzte Zigarette. Schon spät sowieso. Und für diese Nacht jedenfalls beinah schon in Sicherheit. Fast schon gerettet. Mein Leselämpchen. Bücher, die Stille. Vielleicht sogar Schlaf in der Nacht, tiefer Schlaf. Oder immer noch vor dem Nachtfenster der Autorenbuchhandlung? Hättest dich in deiner Müdigkeit fast dort vergessen! Ein langer Tag. Das Gewicht der Welt. Und dann erst vor meinen Blicken her auf die Haustür zu? Gehen. Jeder Weg begonnen als Monolog und dann wird ein Gespräch daraus. Im Gehen, in Gedanken. Mit mir selbst, immer weiter. Ein Monolog. Ein Gespräch. Viele Stimmen im Kopf. Gehen und gehen und durcheinander und gleichzeitig Gespräche in alle Richtungen. Ein langer Tag. Es ist ein langer Tag gewesen.

Über Carina, den Tag, mein Manuskript und das Dorf. Mit Wörtern. Sprechen. Ein Gespräch. Ich und das Dorf. Über mich und den Tag und die Umstände. Was jetzt ist. Gott und die Welt. Ob man nicht doch mit allem nur immer sich selbst meint? Über mich noch am wenigsten (von mir lieber gar nicht erst anfangen!). Das Manuskript. Das Manuskript wird mein nächstes Buch. Das Dorf. Die Leute im Dorf. Das Dorf meiner Kindheit. Kleinbauern, Handwerker und auf Schicht alle Tage ins Eisenwerk und in die Schamottsteinfabrik. Staufenberg im Kreis Gießen. Für die ersten Nachkriegsjahre muß man die Flüchtlinge extra noch zählen. Abziehen oder dazuzählen, je nachdem. Über Brot. Über Brotmarken, Lebensmittelkarten, die Zuteilung und wie man amtlich die Seelen zählt. Über Kartoffeln, Steine, die Währungsreform. Über Bucheckern, Kartoffelkäfer und Kornfelder. Und über den Wind über Kornfeldern. Heiß und trocken ein Sommerwind. Nicht vergessen den Wind! Über Brot, Mehl, die Sonne, das Hungerjahr Sechsundvierzig und wie immer den heutigen Tag. Frankfurt. Der Grüneburgweg. Jeden Tag wenigstens einmal den Grüneburgweg. Immer hin und zurück. Einmal in den Tag hinein und einmal am Abend. Also doch zweimal. Mindestens zweimal und immer hin und zurück. Carina, die Kinder, der Kinderladen. Im Westend die ruhigen Morgenstraßen (das war heute Morgen). Carina, Sibylle, die Jordanstraße. Alle Abende in der Jordanstraße. Vollzählig eine Versammlung von Abenden. Finden alle sich ein. Und er, also ich, als Besuch zu Besuch. Meine sieben Frankfurter Jahre. Carina, Sibylle, die Trennung, der Winter. Erst ein Regen- und dann ein Schneewinter. Ein langer Winter und soll jetzt vorbei. Übers Eis. Übers Eis und mit Wörtern den Weg mir. Lebendig. Am Leben. Er lebt! Also ich. Zurück und unterwegs mir mein Leben erklären. Heimwege. Die Autorenbuchhandlung. Die Stadtbibliothek. Tolstoi, Mandelstam, Schlaflosigkeit, Wasser trinken! Die Tolstoi-Biografie von Schklowskij. Mein Manuskript. Der Verlag. Vor fünf Jahren vom Verlag einen Vorschuß für mein erstes Buch und zu trinken aufgehört. Eine elektrische Schreibmaschine. Arbeitstisch, Stühle, ein Bett. Sibylle und ich. Die Waschmaschine auch von dem Vorschuß noch. Bücherregale. Ein Frühling. Sibylle im fünften Monat. Bald schon die ersten

Kindersachen und dazu die Gedanken sich. Jeden Monat einen Scheck vom Verlag. Vorher eine leere Wohnung, unsre erste richtige Wohnung in Frankfurt, und kam mir zuerst hell und weit, kam mir riesengroß vor, so leer. Die Schecks immer gleich zur Bank. Solang es dauert, sagten wir uns. Wie Schmetterlinge, die jeden Tag immer noch einen Tag an den Sonnenschein glauben. Schmetterlinge sind fleißig! Mitten in der Arbeit an meinem zweiten Buch zu trinken aufgehört. Am 10. März 1979. Aufgehört und gleich weiter mit dem Manuskript. Jetzt beide Bücher vor meinen Augen als fertige Bücher im Bücherregal. Bei meinen Gastgebern in der Wohnung. Als Gast. Er nimmt Platz. Also ich. Tee, Zigaretten, noch ein Glas Tee. First Flush Darjeeling vom Himalaya. Ein helles flüssiges Gold. Wie das Licht auf alter chinesischer Seide. Vielleicht sind dort die Abende so. Wie in einem großen offenen Stundenbuch. Gegenwart. Ich als Gast. Im Regal meine Bücher. Zwischen anderen Büchern. Haben dort ihren Platz. Die Kinder mit ihren Stimmen, mit einer Mundharmonika, mit Vogelstimmenpfeifchen und einem Xylophon im Nebenzimmer und dann wieder vor unsren Füßen mit Schiffen und Bauernhoftieren aus Holz und aus Plastik. Grasland, Weideland, Viehweiden, Felder, Obstbäume, Gärten, fruchtbare Gegenden. Vielleicht in den März hinein mehrere aufeinanderfolgende Nachmittage und im gleichen Sessel immer wieder den gleichen Tee und sooft du aufblickst, der gleiche Moment. Immer ich! So eine klare kostbare Farbe der Tee. Sitzen hier wie auf einem Berg. Drei Uhr nachmittags oder stehengeblieben die Zeit und hell die Sonne durch die hohen Fenster herein. Bücherrücken, fertige Bücher. Auch wenn ich nicht da bin, gibt es die Bücher. Richtig im Laden gekauft, sagst du dir. Also gibt es mich doch, also bin ich doch wirklich! Schriftsteller. Schriftsteller und hier am hellen Nachmittag. Gegenwart. Platz genug. Als Gast und legal. Ein bequemer Sessel und nicht einmal hungrig. März und lebendig die Stadt um mich spüren. Gleich wird durch die offene Tür mein Kind, meine Tochter, Carina!

Bald viereinhalb! Und wenn sie hereinkommt, sie ansehen wie zum erstenmal! Wie für immer! Noch ein Schluck Tee und weiter über die Gegenwart. Über Carina. Über mich und den Kinderladen. Zahngeschichten. Gern stundenlang über Schlaflosigkeit. Über Prag und ob man mich dort noch gehen sieht? Ob ich jetzt noch dort gehe? Über Prag und Wien und Triest. Aus Böhmen und mit vielen Wörtern über den Wald. Vom Wald. Aus dem Wald gekommen. Erst zu Fuß aus dem Wald und die Wege wohl längst wieder zugewachsen. Aus dem Wald und dann immer auf den Horizont zu. Viehwaggons, Flüchtlingslager, Holzschuhe, Zigeunerwagen und Viehwaggons. Über die Liebe. Neun Jahre mit Sibylle. Vom Schreiben. Schon immer geschrieben. Von weither und immer auch die Papiere noch nicht in Ordnung. Noch nie. Vom Schreiben. Behörden. Ein Kind – und kommt eben zur Tür herein. Von meiner Mutter und von meinem Vater und von meinem Kind. Über Stundenbücher, Tee und Gewürze. Wie kommt er jetzt auf Gewürze? Über Mandelstam, Jessenin, Bunin, Samjatin, Pilnjak. Von Triest aus den Balkan und nach Istanbul oder erst Venedig und dann weiter nach Oberitalien. Den Seeweg nach Indien. Über Farben, die Ferne, Rembrandt und Pieter Bruegel. Von Bruegel die Monatsbilder. Aber es sind ja nur fünf, also doch Jahreszeiten? Aber hätte dann keinen Frühling, nur Winter, Nachwinter, Herbst und zwei Sommerbilder. Einen langen beschwerlichen Nachwinter, der nicht gehen will. Vor zweieinhalb Jahren die Meisterwerke der flämischen Malerei, ein Buch aus der Stadtbibliothek. Aus der Zweigstelle der Stadtbibliothek in der Seestraße. Immer wieder die Leihfrist verlängern lassen. Und einen ganzen Winter lang die Heimkehr der Jäger. Immer abends. Allein und auch mit Sibylle und Carina die Heimkehr der Jäger. Carina und ich auf dem Bild oft ein Stück weit mit ihnen mit. Durch den Schnee. Dann ihnen nachsehen. Lang. Immer abends. Stehen und den Abschied lernen, Carina und ich. Und letzten Herbst wieder das gleiche Buch. Vor der Trennung. Bevor die neue Zeitrechnung anfing. Schon mit dem neuen Buch angefangen, mein Dorfbuch, mein drittes Buch. Das Manuskript auf dem Tisch. Notizblöcke, Mappen, ein Ordner. Drei Arbeitstische. Manuskriptschränkchen, eine Familie. Und ein paar Wochen lang wieder den düsteren Tag aufgeschlagen. Und auch jetzt noch beim Schreiben das Bild in Gedanken oft vor mir und um mich herum. Wie kann er vorbei sein, der vergangene Herbst? Oder doch Monatsbilder und man fände die übrigen noch? Wenigstens daß man wüßte, es hat sie gegeben. Und kann sie sich ausmalen, Jahr um Jahr. Zu den Monaten, wie sie kommen und gehen und mit jedem Jahr besser die Bilder. Bis du dich endlich dann kennst. Oder doch wenigstens nun bald anfangen kannst, dich langsam kennenzulernen oder noch einmal kennenzulernen.

Als Gast. Mit den Gastgebern. Gespräche. Ein Gespräch. Wenigstens den Anfang von einem Gespräch oder so tun, als wäre es ein Gespräch. Wenigstens zur Probe. Wenigstens in Gedanken. Sowieso eher schweigsam und ungeschickt. In sich hineinversunken. In der dritten Person. Auch früher schon. Scheu. Sprachlos. Ein Tölpel. Und benimmt sich auch wie ein Tölpel. In Gedanken wo weiß ich auch nicht. Immer tiefer in sich hinein. Denk dir ein Thema, einen Satz, denk dir Wörter und Klugheiten aus. Aber bis du dir für den Anfang einen Anfang als Anfang gefunden und ausgedacht und zurechtgegrübelt, bis du bei dir selbst so weit bist, ist vielleicht schon ein anderer Tag. Sind sie gar nicht mehr da. Längst woanders. Drei Themen weiter. Schon die nächste Generation. Und jetzt stehst du neben dir selbst. Die ersten drei Wörter im Mund. Wie Münzen die Wörter. Erst noch wie Münzen, dann wie Feldsteine groß und schwer. Und du stehst – ganz woanders zum Stehen gekommen. Stehen und schlucken. Aufgewachsen in einem Dorf, in dem die Menschen, die Einwohner eh und je mit Fremden nicht reden konnten. Dort auch fremd. Aus Böhmen. Das bleibt. Mit vierzehn eine Lehrstelle in einem dumpfen finsteren Kramladen in der Kreisstadt und fremdes Zeug schleppen. Fremde Wörter im Mund. Verkantet. Schwer. Bleiben kleben. Selbst als Lastträger alle Tage mich auf dem Markt verkauft. Aus Böhmen und ohne Haus. Immer nur nachts geschrieben und über das Schreiben zu keinem Menschen ein Wort. Mit fünfzehn mein erstes Glas Wein und dann einundzwanzig Jahre lang nicht mehr nüchtern geworden. Dann aufgehört zu trinken. Du hast aufgehört und nach dem Aufhören mußt du alles neu lernen. Atmen, essen, schlafen, allein und mit Menschen sein. Gehen – wie geht das? Wie man einen Raum betritt. Und wie man ihn lebend wieder verläßt. Lebendig, am Leben, er lebt! Also ich. Wenigstens drei- oder viermal in meinem Leben neu sprechen gelernt. Für jeden Ort und für jeden Anlaß jedesmal wieder neu. Nur die einfachen Wörter. Nur die, die du als Kind schon gekannt. Hier also? Verloren? Gestern auch? Morgen wieder? Von weither. Und fremd, überall fremd. Hast du nicht nach der Trennung gedacht, du wirst nie mehr ein Wort? Zu keinem Menschen je wieder ein Wort! Fortan als Stein. Die Trennung. Nach der Trennung eine neue Zeitrechnung und immer noch fassungslos. Kein Wort oder nur das Allernötigste, nur was unbedingt sein muß! Kein Gesicht oder für mich selbst, als hätte ich kein Gesicht mehr! Kaum noch Wörter und gleich auch wie taub. Einzelhaft. In mir ist es totenstill. Aber ein Kind! Schriftsteller und ein Kind! Nichtehelich als Vater ein Kind! Und natürlich dem Kind eine Welt schuldig. Der Welt und den Büchern die ungeschriebenen Bücher noch schuldig. Also am Leben bleiben. Auch ohne Geburtsurkunde. Amtlich. Mit Behörden. Und in die Welt. Unter Menschen. Jeden Tag wieder am Leben bleiben und unter Menschen und in die Welt. Und jetzt fängst du noch einmal an. Erst noch jedes Wort handgeschnitzt. Steine auch. Und mit den Zähnen knirschen. Schwer. Eine mühsame Sprache. Dann mich hinreißen lassen, das geht! Sowieso keine Wahl. Wie mit einer Zigeunerfiedel – oder bin ich selbst die Zigeunerfiedel? Der Boden schwankt. Es ist immer das eigene Leben. Mich hinreißen lassen.

Mein Manuskript und das Dorf. Carina, Sibylle, die Trennung. Nicht nur jeden Tag wieder mein ganzes Leben noch einmal, es auch jeden Tag neu erzählen und neu erfinden. Nicht die Not lang und breit, die behältst du für dich. Ist ungültig wie der Staub in der Abstellkammer. Kann man später Geschichten daraus. Immer wieder das restliche Geld zählen und kein Wort, immer wieder kein Wort von der Not. Mit fünfzehn *Hunger* gelesen und alle Tage als Lastträger durch die Straßen. Zeit, die mir nicht gehört. Sogar noch im Gehen dringelesen und es mit mir herumgetragen. Von Hamsun. Nicht die Not, Angst, Verrücktheiten! Davon jetzt kein Wort jederzeit (kann man später umso besser Geschichten daraus!). Nicht die einzigen zwei letzten Schuhe als Monolog und dabei auf einem Bein. Abwechselnd rechts und links (alles schwankt!) und mit Händen und Füßen fuchtelnd die Wörter und Schuhe herumzeigen, ein Beweis! Doch nicht ich! Auch nicht die Schuhe ausziehen und sie als Sorgen, als greifbare Sorgen von Hand zu Hand gehen lassen. Und keinesfalls als Symbol die Schuhe. Von meinem Schatten und seinem Geflüster kein Wort. Angst nicht! Die Abstellkammer nur beiläufig. Als Marotte. Mein Schatten, das bin doch nicht ich! Vom Wein der Vergangenheit. Flaschen und Gläser und Sonnenuntergänge. Auswendig jeden Schluck. Vom Abschied und wie man ihn lernt. Und die es immer gibt, überall, die Gefängnisse. Herrgott, Mauern sah ich! Carina, Sibylle und die Trennung. Sooft ich aus der Stadt komme, ist es die Stadt. Säufer, Bettler, Obdachlose und die Statistik. Der Winter vorbei, aber in der Innenstadt auf vielen Plätzen immer noch unrasierte verkaterte Männer mit umgefärbten Soldatenmänteln und in dicken Winterjacken. Pelzjacken, wattierte Jacken, drei Jacken übereinander. Handschuhe, Fäustlinge, Mützen mit Ohrenklappen. Narbengesichter. Schnapsnasen. Zahnlücken. Wie Kriegsgefangene oder ehemalige Kriegsgefangene. Verlierer auf jeden Fall. Und meistenteils wortlos. Zottelige Männer und stehen mit Sammelbüchsen und seltsamen Tieren. Mit Tieren, die Zirkustiere darstellen sollen. Bergziegen, Lamas, Esel. Die Esel ihre Vorderfüße bescheiden nebeneinandergestellt und mit frommen Eselgesichtern. Wie für Heiligenbilder. Als ob sie gemalt werden sollen. Als ob sie sich vorstellen, auch noch hochauf beladen zu sein. Links und rechts schwere Packtaschen. Bündel, Decken und Tragekörbe voll mit Gewissensbissen und als überkommenes Schicksal ein grober betrunkener Sack obendrauf. Damit sie in ihrer Eselsdemut dann froh sein können, daß sie das alles nicht. Gottlob. Jedenfalls im Moment nicht. Froh und dankbar (die Esel). Mit ihrem Hochmut vereinzelte Lamas. Um zu zeigen, es geht sie nichts an. Auch wenn mit ihnen öffentlich hier gebettelt wird alle Tage, es geht sie nichts an. Benzingestank, Blicke, Lärm, wie die Menschen sich drängen. Sogar wenn sie Hunger und Durst, den ganzen Tag Hunger und Durst – das geht sie als Lamas nichts an. Haben als Lamas hier in der Fremde mit absolut nix was zu tun! Bergziegen, die im Gedränge mit großen Nasenlöchern gierig die Luft einsaugen. Nichts entgeht ihnen. Allen Kindern sehen sie nach und warten mit funkelnden Augen, ob etwas passiert. Beleidigte Ponys. Ein Steinbock. Ein Widder. Einmal ein Dromedar. Dösend oder gibt sich den Anschein. Selten ein altes Pferd. Fußkrank. Hat Kummer. Man sieht ihm den Kummer an. Oft bleiben Kinder vor den Männern und Tieren stehen. Im Stallgeruch. Eine zugige Ecke. Bleiben stehen, bis sie von ihren Aufsichtspersonen weggezerrt werden. Sind die Kinder allein, dann gehen sie gar nicht mehr weg. Dann nehmen die Männer mit den Sammelbüchsen und Ersatzzirkustieren sie abends mit. In der Dämmerung. Finsternis, Wind. Gleich die Nacht. Weiß keiner, wohin sie gehen.

Vor der Börse die Zeitungsverkäufer und schon der Abend mit vielen Lichtern. Haufen Volks. Ein Geschrei. Immer wieder durch mich hindurch die Stadt. Das bist du alles selbst, wirst es sein und bist es gewesen. Frankfurt am Main als Baustelle, Gleichnis, Wohnort und Arbeitsplatz. Sich erinnern. Und auch wer wir selbst sind. Sich erinnern und heimfinden. Wie die Zeit vergeht. Sind wir nicht alle schon unser Leben lang unterwegs in den Himmel? Seit sieben Jahren jeden Tag wieder durch die Stadt. Hungrig oder nicht, darum geht es jetzt nicht. Mit Wörtern, mit vielen Wörtern. Tee trinken, ein Gespräch. Gern auch bei jedem Wetter über das Wetter. Kein Tag ohne Wetter. Ein Buch ohne Wetter mag ich nicht lesen oder muß mir das Wetter dazudenken. Jeden Tag zweimal den Grüneburgweg und dabei die Ladentüren und Tageszeiten, die Tage, das Licht und die Dämmerung, Plakate, Schaufenster, Steine und alle Gesichter auswendig lernen. Über Müdigkeit mit Begeisterung. Über mich und die fremden Gegenden. Wörter wie Brot. Wenn ich an etwas denke, gleich fängt es zu leuchten an! Und leuchtet und glüht und muß vor mir aufflackern, brennt! Wieder März. Immer ich. Manche Tage im März wird die Luft uns leicht. Nur zu Gast, sagst du dir. Also kommen und gehen. Die Fliederbäume im Hof. Vor einer weißen Mauer. Vier Fliederbäume in einer Reihe. Genau wie in Staufenberg bei uns im Hof unterm Küchenfenster die seinerzeitigen Gemeindeamtsfliederbäume. Genauso knorrig verrenkt. Mit den gleichen Gebärden. Und wie ich als Kind darauf kam, wie ich merkte: sie stehen so da, sie stehen da so beisammen, damit ich an ihnen hinauf! Rechts und links mit Ästen und Knoten und Gabeln je ein geduldiger Stamm mir als Halt. Wie nach Maß. Fliederbäume. Stehen und warten darauf, daß du kommst. Dann breitbeinig in den Bäumen stehen, in lichter Höhe, und zum Küchenfenster hinauf nach meiner Mutter rufen. Mit sieben, mit acht. Mit fünf schon. Ich wußte genau, wer ich bin. Das ganze Dorf jedes Jahr im Mai und im Juni im Flieder versunken. Und hier in der Eppsteiner Straße der Nadelbaum vor dem Haus? Rote Beeren und die Nadeln wie Farne so weich. Ein Lebensbaum? Eine Eibe? Auch ohne Namen, ich kann mich an Nadelbäume erinnern und an ihr Rauschen, noch aus einer Zeit, als es Laubwald noch gar nicht gab. So ernst und dunkel der Baum und das Haus steht daneben und lächelt. Ein weißes Haus. Eingezogen am ersten März. Dann als Gast jeden Tag. Auf jedem Weg mir mein Leben erklären. Und dabei immerfort kommen und gehen (in weiter Ferne sah ich mich gehen). Nie vorher von hier aus den Tag und die Stadt betreten. Geduld, sagst du dir, du siehst doch, sie haben Geduld. Oft mit mir selbst, oft allein und in Eile. Nicht selten uns gar nicht begegnet. Oft mit mir allein die Treppe hinauf und dann lang in der Stille unter dem Oberlichtfenster. Kommen und gehen. Die Tage auch. Und ab und zu, wenn es sich ergibt, mit den Gastgebern ein Gespräch. Beiläufig. Wörter, nur die einfachen Wörter. Eine Geschichte. Den Anfang von einer Geschichte. Das Wetter. Den heutigen Tag. Mein halbes Leben ja hier vor der Haustür unbedacht ausgebreitet, so ein heller Vormittag ist das gewesen. Vor der Haustür und auf der Treppe. Gestern auch. Morgen wieder. Fünf Gläser Tee getrunken und dazu ein paar Worte miteinander, das also kannst du noch. Dann hinauf und mein Badewasser. Tür offen. Licht im Bad. Mein Badewasser läuft ein. Hin und her in Gedanken. Dann barfuß hin und her. Teppich und Holzfußboden. Und dabei schon mein Hemd auf. Knopf um Knopf. Einen Apfel essen. Eine Orange schälen. Ein Stück Ananas mit dem Obstmesser. Und mit den Augen den Himmel im Oberlichtfenster. Zigaretten. Espresso. Vor oder nach dem Baden oder vor und nach dem Baden Espresso? Bett auch vorher oder nachher oder vorher und nachher? Warum nicht ein kleiner Schlaf? Warum nicht zweimal ein kleiner Schlaf? Nachmittag oder Nacht. Schon mit drei Handgriffen mir das Bett – es funktioniert jedesmal! Notizzettel. Selbstgespräche. Das Dorf. Die Schreibmaschine ausschalten. Noch durch das Licht und die Stille im Nebenzimmer. Nachts auch. Nachts mit den Straßenlampen die Nacht in das leere Zimmer herein und die Stille noch deutlicher. Barfuß. Mit mir selbst im Gespräch. Erst nur mit mir selbst und dann in Gedanken mit jedem, der mir jetzt einfällt. Gespräche in alle Richtungen. Mit lautem Rauschen mein Badewasser und wie der Strahl aus der

Leitung hervor und immerfort sprudelnd ins Wasser und sich dabei überstürzt, das spürst du in deinen Adern. Nachmittag oder Nacht und beinah wie immer der gleiche Moment. Wie das Licht auf dem Wasser zittert. Gegenwart. Und gleich ist die Wanne voll.

5

Am Rosenmontag, Carina und ich. Warum heißt er Rosenmontag? Sowieso dieses Jahr ziemlich spät. Das Jahr 1984, ein Schaltjahr. Der fünfte März. Mittags mit der S-Bahn nach Höchst. In Höchst gibt es ein Kulturzentrum. Vorher meine Zeit in der Abstellkammer. Januar, Februar, eine Höhlenzeit. Ich schrieb, ich mußte mir jeden Tag wieder einen Weg durch den Tag und durch meinen Kopf suchen, durch die Schrift und die Zettel vor mir auf dem Tisch. Espresso, Zigaretten, der Tag. Ich ging zu Carina. Sitzen und schreiben und nicht zum Gespenst werden. Wie im eigenen Kopf drin, dicht unter der Decke sitzen und nicht genug Luft. Und in der Abstellkammer, das weißt du, geht es auch nicht mehr lang. Bald abgelaufen die Zeit und was dann? Zwischen meinen Manuskriptseiten, Zetteln und Notizbüchern eine Zeitschrift, ein alter Pflasterstrand. Als Schreibunterlage, wenn ich mit der Hand schreibe. Noch aus der Jordanstraße und sooft er mir zwischen den Manuskriptseiten zu Gesicht kommt, gleich mein früheres Leben, die neue Zeitrechnung. Gleich Wörter wie Trennungskind, Wohnungsmarkt, obdachlos, arbeitslos, Arbeitsamt, Sozialamt, Jugendamt, Fürsorge, Amtsvormundschaft. Gleich wie Gerichtsurteile die Wörter. Im gleichen alten Pflasterstrand ein Veranstaltungskalender mit unseren letzten Tagen. Vor der Trennung, im Herbst, die ehemalige Gegenwart. Längst verjährt. Eine Sage. Und die Adressen der Veranstalter. Freie Theater, linke Buchhandlungen, Musik- und Kulturkneipen. Eine Tucholsky-Buchhandlung in Offenbach. Weil sie so heißt, rief ich an. Und ein Kulturzentrum in Höchst. Aus Verzweiflung und Zuversicht. Und damit ich auf der Welt bleiben kann. Ich mußte drei-viermal anrufen. Schriftsteller. Also ich. Ein Telefon mit Gebührenzähler. Im Flur vor der Abstellkammer. Mitten im Winter. Erst die Buchhandlung immer wieder und dann in Höchst das Kulturzentrum. Kulturtreff Höchst. Berthold Dirnfellner. Bis jetzt nicht, sagt er. Auch noch kein

Konzept, aber vielleicht im Herbst dann mit Lesungen anfangen. Vielleicht die erste schon im September. Vielleicht auch mit mir eine Lesung. Er hat von meinen Büchern gehört. Er kennt den Verlag. Er hat im Verlag die Jugendbriefe von Sinclair herausgegeben. Germanist. Schreibt selbst. Können uns Anfang März, er sieht im Kalender nach. Am fünften, das ist Rosenmontag. Uns am fünften März treffen. Das war vor zwei Wochen. Am 21. Februar. Mach dir einen Kalender! Weit zurück ein vergangener Wintertag und in der Ferne wie Blei die Straßen in mattem Glanz. Und haben den Himmel gespiegelt und trübe Lichter. Mit Selbstgesprächen bei meinen Zetteln am Tisch. Die ehemalige Gegenwart. Ein Tisch, der mir nicht gehört. Höchst und Offenbach sind in Frankfurt noch Ortsgespräche. Und in meine Gedanken hinein, an diesem 21. Februar, in die Zeit hinein mir mit Strichen und Zahlen einen Kalender gemacht, den Anfang eines Kalenders. Einen März, an den ich glauben kann. Auf einen Gratiszettel. Ein Stück Verpackung, beinah schon wie Zeichenkarton oder Zeichenkartonersatz. Kugelschreiber und Zuversicht. Und jetzt Carina und ich mit der S-Bahn nach Höchst. Mittags im Kinderladen sie abgeholt. Der richtige Tag. Berthold Dirnfellner. Und wer ich selbst bin. Nur ja nicht den Namen vergessen! Mein zweites Buch für ihn mit. Das Buch und die Rezensionen. Vielleicht heute schon eine Lesung vereinbaren, den Termin und das Honorar. Vielleicht gibt er mir einen Vorschuß! Und dann hätte ich einen Vorschuß! Vielleicht, sagte ich zu Carina. Verstehst du, das lernt sich nicht leicht – vielleicht! Muß man vielleicht immer wieder, immer neu vielleicht lernen! Jedesmal! Mein zweites Buch mit. Das schwarze Buch.

In Höchst auf dem Bahnhofsvorplatz. Naßkalt, ein trüber Tag. Ein Zug pfeift. Und wie die verrotteten Fabriken, die Farbwerke, gottverlassen vom Himmel herabhängen. Carinas Schal zurechtziehen (sie hat von Sibylle ein Halstuch als Schal) und ihr den Anorakreißverschluß weiter zu. Der Autor in der dritten

Person in einem engen blauschwarzen Emigrantenmantel aus dem Jahr 69. Schon einmal hiergewesen, schon oft. Ich seh mich als Kind hier in Höchst noch beim Umsteigen. Aus Oberhessen. Vom Dorf. Landkreis Gießen. Aber eigentlich dort auch fremd, eigentlich von viel weiter her. Neun Jahre alt. Allein. In der Bahnhofshalle. Nur keine Angst! Erst in der Bahnhofshalle. Dann am Eingang. Dann vor dem Eingang. Hier auf dem Bahnhofsvorplatz. Dann dort vor der Apotheke. Die Apotheke am Bahnhof. Vier oder fünf Stockwerke und so grau. Grau ist praktisch. Fünf Stockwerke und ein Wolkenkratzerdach aus der frühen Adenauerzeit. Die Bahnhofsuhr, einäugig, läßt mich nicht aus dem Auge. Der Tag, die Gesichter der Häuser. Allein in die Stadt, von Ecke zu Ecke und dabei die Schritte zählen. Mich umsehen, jeden Schritt Weg vor mir herdenken immer wieder (hätte mir einen Kompaß, einen Plan, eine Taschenlampe, Kerzen, Streichhölzer, Steigeisen, einen Strick, eine Strickleiter, Geheimtinte, einen roten Faden und Sonnenblumenkerne, besser noch Erbsen für den Weg, wie im Märchen, Erbsen, Kirschkerne, Kieselsteine oder wenigstens eine Garnrolle und ein Stück Kreide einstecken sollen!). So von Ecke zu Ecke und mich und den Tag und die Zeit und den Rückweg nicht aus den Augen verlieren. Neun-zehn-elf Jahre alt, immer am ersten Tag vor den Herbstferien oder an einem schulfreien Samstag Ende Februar, Anfang März. Meine böhmische Tante im Taunus besuchen. Und hier beim Umsteigen zwischen den Zügen immer wieder vorsichtig in die Stadt. Auf eigene Faust. Nur keine Angst! Jedesmal noch eine Ecke weiter die Straßen von Höchst und mich und den Tag und mein eigenes Leben. Expeditionen. Wer ich bin und was noch alles sein wird. Der erste Ferientag. Mein Leben in Freundschaft neben mir her. Von da an die Stadt und mich und mein Leben bei jeder Ankunft gleich wiedererkannt. Später von Frankfurt aus manchmal Sibylle und ich einen Tag, einen Nachmittag, einen Abend hierher. Mit Grund und ohne Grund. Oft nichtmal einen Vorwand als Grund. Erst Sibylle und ich, dann Carina, Sibylle und ich. Und jetzt also ich und Carina. Die meiste Zeit Winter oder Nachwinter. Die Gesichter der Häuser. Ein Zug pfeift. Damals und jetzt die Gesichter der Häuser. Ein einziger langer Traum ist die Zeit für uns: träumt sich selbst. Siehst du die Bahnhofsuhr, zu Carina sagen, und siehst du, was sie uns für ein Gesicht macht? Alle Uhren! Besonders die Bahnhofsuhren! Aber die hier am allermeisten von allen! Schon immer! Mein Emigrantenmantel. Nachwinter. Alle Knöpfe zu. Eng. Ein enger Tag. Über den Bahnhofsvorplatz, mein Kind und ich. Über den Bahnhofsvorplatz und auf die Lichter der Innenstadt zu. Mit einem Kind verbleibt man nicht lang in der dritten Person. Und sowieso hier auf Schritt und Tritt unsre gestrigen Tage. Jeder mit seinem Gemurmel. Und kommen uns zögernd entgegen.

Sibylle und ich, statt daß wir nach der Arbeit immer nur einkaufen und beim Einkaufen immer die gleichen Wege gehen (weißt du noch, sagt er sich, also ich zu mir selbst), sind oft in fremde Stadtviertel. Nach Bornheim, nach Sachsenhausen, nach Höchst und in alle Vororte. Mitten in der Woche ein Nachmittag wie in einer anderen Stadt, einem fremden Leben. Erst recht mit Carina. Mit ihr mit der Straßenbahn, U-Bahn, S-Bahn (muß man vorher sein Geld zählen!) und sie schläft unterwegs. Wird aufwachen und den Schmetterlingen nachsehen. Gegenwart. Erst kaum fünf Monate, dann ein Jahr, dann nächstens jetzt bald schon zwei. Und ist selbst an manchen Tagen uns so leicht wie ein Schmetterling, wie ein Gänseblümchen und wir müssen mit zahlreichen Namen sie schmücken! Sie lang auf dem Arm und in einer Tasche getragen. Aus Cord, blau, eine Kindertasche, die man auf der Brust trägt, US-Patent. Einmal mit der Straßenbahn und einmal zu Fuß, es ist nie die gleiche Stadt. Carina auf Sibylles Arm und Carina mit einem Dreirad. Carina kann sprechen. Carina mit vielen Wörtern. Carina schon bald zweieinhalb. Schmetterlinge. Carina im Buggy und Carina mit einem weißen

Hut (manchmal ein Sommertag in der Stadt; manche Sommertage sind lang wie ein Jahr!). Sie schläft und ist dann wieder bei uns. Haben Milch für sie mit, Maimilch, Junimilch. Ein Stück Gurke. Fencheltee, Erdbeeren, Kirschen, Mirabellen, Pflaumen, Birnen, einen Apfel für jeden. Ein langer Sommer. Einen Apfel und ein Stück Brot. Kaufen uns Wurst beim Metzger. Ein Vorortmetzger. Beinah schon wie auf dem Dorf. Hörnchen und Apfeltaschen in einem Bäckerladen und wie durch den Tag die Türglocken läuten. Erst durch den Tag und dann später in deinem Gedächtnis. Kleingeld, kleine Münzen und nachher nach Möglichkeit noch das Geld für ein Eiscafé. Capri. San Marco. Venezia. Andernfalls ein Cola im Stehen in der nächstbesten Frankfurter Eckkneipe. Eine Abendkneipe. Hat eben erst aufgemacht. Der Bierhahn tropft. Der Wirt mit einem halbvollen Wirtsglas. Ein Glas, das nie leer wird. Vor der offenen Kneipentür wartet der Abend. Seitenstraßen. Eine Eckkneipe wie in einer Bierflasche. Ein Abend aus braunem Glas. Ein Imbißgrieche aus Rhodos. Ein Frankfurter Vororttürke mit einem Mund voller Goldzähne und mit einem prächtigen Samowar. Den Rückweg finden. Sowieso fremd, überall fremd, und gerade deshalb soll jedes Haus in jeder Straße mich jederzeit kennen. Besonders am Abend. Hätten uns vorhin da im Gras, am Rand, bei dem Mäuerchen, unter einem Baum oder war das der vorige Sommer? Hätten uns beizeiten neben der Straße einen Platz in der Sonne, im Schatten (erst Frühling, dann Sommer). Bei den Steinen, am Fluß, auf der Böschung: der Fluß fließt vorbei. Wiesen, Obstbäume, das Paradies, ein verlassener Garten, ein Garten, der wie der Himmel allen und keinem gehört. Da hinten beim Zaun, bei den Himbeersträuchern und Schmetterlingen. Hätten uns eine ruhige Mittagsstunde auf einer Wiese aussuchen sollen, erst ausdenken und dann suchen und dann schließlich auch finden. Einen stillen Fleck Erde für uns, einen Sommertag. Und den zugehörigen Himmel. Kamillen am Wegrand. Die Kirschen schon reif. Paradieslicht. Mitten im Sommer, im Gras, im

Moos, einen Augenblick Schlaf. Und stehengeblieben die Zeit. Manchmal ein Sommertag ist lang wie ein Jahr. Auf den Abend zu in Rödelheim, Griesheim, Offenbach, in der Hanauer Landstraße. Vielleicht kommt doch, bevor sie geht, die Sonne noch durch. Schon wieder Freitag. Bald Abend. Muß man sein Geld zählen und die Zukunft bedenken, den morgigen Tag. Die Zeit erfragen, einen Weg suchen, sich ein paar Namen zusammensammeln, abendmüd, ein Gedächtnis. Frankfurt am Main. Wenigstens in Bockenheim die Basaltstraße könnten sie später doch für mich umbenennen. So helle Septembertage. Da war es, daß Frankfurt anfing für mich. Wir haben einen Stadtplan, aber haben ihn meistens nicht mit. Kann man später zu Hause in Ruhe nachsehen, wo man war und wo das gewesen ist, wo man sich verlaufen hat. Und wohin sich verlaufen. Und woran es lag. Und wo man sich auch noch gut hätte verlaufen können. Ganze Stadtviertel, die nicht drauf sind. Ganze Stadtviertel, die in der Dämmerung unwiderruflich auf- und davonschwimmen und versinken in Abend und Rauch. Zuletzt noch einkaufen. Hin und her in den fremden Straßen. Im Gegenlicht, im Abendgedränge (wie die Bilder sich drängen!). Ein Plus-, ein Penny-, ein HL-Supermarkt, ein Orientladen mit Gewürzen und Wasserpfeifen und Wolken von windleichten bunten Tüchern. Ein Kaufhaus, ein Milchgeschäft, Markthallen, Straßen, der Main. Schiffe auf dem Main. Eine Brücke, ein Steg, ein Sonnenuntergang. Vielleicht Griesheim. Zigaretten, Espresso, Notizzettel, Einkaufszettel, ein Obststand im letzten Licht. Fremdsprachen. Babylon. Stimmen. Die Sonne geht unter. Und dann dem Tag hinterdrein mit all den Tüten und Zetteln und Bildern und Wörtern und Einkaufsnetzen und Tragetaschen und mit dem Gewicht der vielen fremden Leben uns auf den Heimweg jetzt. Wie nach einer langen Reise. Den Rückweg finden! Da vorn geht der Tag. Haben uns mittags im Kinderladen getroffen, um Carina abzuholen, Sibylle und ich. Ein paar Jahre lang uns so getroffen und mit unserem Kind in den Tag hinein. Lieber so, statt mit

Sparbüchern, Sorgen, Krankheiten, Magengeschwüren, Wohnung, Wohnungseinrichtung, Zweitwohnung, Bausparvertrag, Versicherungen, Pfandbriefen, Festzinsen, Haus- und Grundbesitz, ein Haus- und Grundbesitzerkinn oder -doppelkinn, Rheuma, Krebs, Allergien und Schadenersatz, einen Anwalt, einen Raumausstatter, einen Innenarchitekten und Designer als Raumausstatter, Therapeuten, Vermögensberater, die falschen Wörter, ein Haus, einen Anbau, alle zwo Jahre ein neues Ambiente, Arthrose, Arthritis und immer die gleichen Gedanken und Wege nur und mit unseren Taschen, Tüten, Akten und Sorgen die ganze Zeit auf die eigene Haustür zu und bald alt – lieber anders und neu jeden Tag, lieber fremd, überall fremd, so dachten wir uns und sagten es auch zueinander. Oder dachte ich nur, daß wir es uns dachten? Und war das nur ich allein, der es sagte und immer öfter und immer lauter und immer dringlicher sagte? Ein Monolog? Jahrelang ein einziger, immer der gleiche, jeden Tag wieder einundderselbe einzige sture rostige Monolog? Auf der Durchreise.

Einmal zu dritt hier in Höchst auf dem Bahnhofsvorplatz. Ein Zug pfeift. Carina war zwei. Manchmal will sie, daß es so ist, als ob sie allein geht. Vor uns her oder stehenbleiben und lang stehen, wo es ihr einfällt. Stehen, solang sie Lust hat. Ein Weltbild. Wir sollen nicht weg sein, Sibylle und ich, nur eben einen Abstand einhalten. Vielleicht damit sie sich besser denken hört und ihr genug Platz bleibt und Zeit für wichtige Selbstgespräche. Allein. Allein mit sich und der Welt. Ein alleinreisendes Kind. Steht klein und allein vor einem Schaufenster mit einer Strumpfreklame und hörst du, was sie sich selbst sagt: Ein Bein! Is wo abgange! Muß wieder anmacht wern! Und nur ein paar Schritte weiter das Reisebüro. Ein Nachmittag in der Vorweihnachtszeit und wir alle drei vor den Schneeplakaten im Schaufenster. Seit Jahren kein Geld, Sibylle und ich, und auch nicht mehr verreist gewesen. Schon seit wir in Frankfurt sind, nicht mehr. Mit Carina noch nie. Sie war zwei. Ein geschenkter Schneeanzug. Pelzstiefel, Fausthandschuhe, Mütze, Kapuze und Schal. Die Fausthandschuhe mit Bändel. Im Dezember ein Nachmittag. Erst lang vor dem Schaufenster, dann aus der naßkalten Dämmerung in den Laden. Ins Licht, in die Wärme. Und nach Prospekten fragen. Kataloge. Preislisten. Bayern, Österreich, die Schweiz und Italien. Slowenien auch? Auch Slowenien und die Karpaten. Noch nie mit einem Reisebüro verreist (bisher immer und überall als ein einzelner Mensch nur!), aber jetzt kann ich nicht aufhören, in den Prospekten zu blättern. Im Stehen, in der Kälte. Von allen Seiten die Welt und neigt sich zu mir und muß immerfort wirr und heiß auf mich einreden. Vielleicht Fieber. Naßkalt. Schon spät. Eine neblige Dämmerung. Wir wollten endlich schon weitergehen alle drei und ich konnte nicht aufhören. Tirol, die Steiermark, Kärnten. Jedes Tal, jedes einzelne Dorf. Ober- und Niederösterreich. Das Mühlviertel und das Waldviertel. Zum Rand hin, wo es nach Böhmen geht. Aber auch Sankt Moritz, Meran und die Dolomiten. Und wie billig! Nur ja die Zuschläge nicht vergessen! Für die Zuschläge Zeichen beinah wie Verkehrsschilder. Wie für Analphabeten und Führerscheinprüfungen. Heizung, Hauptsaison, Frühstück, Halbpension, Vollpension, Skilift, Balkonzimmer, Dusche und Bad. Manchmal die Bahnfahrt mit drin und manchmal auch wieder nicht. Aber wieviel kostet, wenn man es mitbringt, jeder Tag mit einem freien unabhängigen Kind, einem Kind, das sich selbst gehört? Vor dem Reisebüro in der Dämmerung. Bei den Pfützen und Mülleimern. Ich konnte nicht weg! Nur immer weiter blättern und lesen und davon reden, in die Luft hinein reden! Ich konnte nicht aufhören. Dämmerung, Leuchtschriften. Alles feucht. Nasse Straßen. Naßkalt die Dämmerung in uns hinein. Wir hatten kein Geld, schon seit Jahren kein Geld. Eine Halbtagsstelle in einem Antiquariat und nachts schreiben. Mit Sibylle und Carina die Nachmittage. Oft kaum das Geld für die Straßenbahn. Miete, eine Gasrechnung, Milch, Butter, Brot. Und jetzt bin ich fassungslos, weil es die Berge, den Schnee und die Zimmer in den Gasthöfen wirklich gibt und immer noch gibt. Sogar Schnee *und* Sonne! In den Gasthöfen Gaststuben mit Kachelöfen. Glühwein am Abend. Tafelspitz, Ente, Gans, Rehbraten, Steinpilze. Tafelspitz ißt man eher mittags. Wenn ich mir etwas vorstelle, gleich wird es deutlicher als die Gegenwart. Ich, wenn ich fassungslos bin, ich bleibe auch fassungslos! Daß es so billig! Daß wir mit den Prospekten hier vor dem Schaufenster stehen: standen bei den Pfützen, standen im Schneematsch, im eingebildeten Schneematsch, standen am Rand des Winters. So billig und auch noch legal! Daß wir mit dem Geld (wenn wir es gehabt hätten) einfach hätten hineingehen können und gleich bar bezahlen! Gleich los! Oder doch lieber erst nächste Woche? Oder im Januar? Erst da- und dann dorthin? Manche gibt es, die zahlen mit Scheck. Mit Kreditkarten. Den Schnee gibt es wirklich, wir haben ihn nur ein paar Jahre vergessen! In Meran endlich die Briefe an Milena lesen. Das Buch vor zwei Jahren schon nach der Arbeit für zwei Mark aus einem Wühlkasten hinter der Konstablerwache. Den besten Tafelspitz gibt es bei Joseph Roth. Das Reisebüro ein einzelnes kleines Häuschen, hellerleuchtet, ein Kiosk in einem winzigen Park. Ein amtlicher Grünstreifen, der zum Bahnhofsvorplatz gehört. Hier am Rand des Winters. Hörten die Züge fahren. Dämmerung, Leuchtschriften. Schon die Nacht. Nacht und Wind in den Bäumen. Und riecht es nicht auch nach Schnee? Mit den Namen und Prospekten war mir beinah schon wie in den Bergen oder zumindest, als seien wir nun endlich dahin unterwegs. Nacht, Wind, Schneeluft. Die Beskiden, Zakopane, der Kaukasus, Pamir, Tienschan, der Himalaya. Vor dem Schaufenster. Stehen immer noch vor dem Schaufenster. Stehen im Dunkeln. Naßkalt. Leuchtschriften durch die Pfützen. Eilig der Abend an uns vorbei. Eine Bushaltestelle. Ein Autobus. Eine Straßenbahn hellerleuchtet über die Kreuzung. S-Bahnen, Güterzüge. Dezember. Dann im nächsten Jahr mit Carina die erste Reise. Der Sommer bevor sie drei wurde. Sowieso jeden Sommer wird unser Kind ein Zigeunerkind. Jetzt das Reisebüro nur von den anderen Straßenseite aus und im Vorbeigehen zu ihr und auch zu mir selbst: Weißt du noch? Einmal die Schneeberge dort im Schaufenster! Einmal mit Sibylle da vorbei! Weißtdunoch, weißtdunoch!

Über den Bahnhofsvorplatz, mein Kind und ich. Taxistand, Kiosk, zwei Säufer, Plakate, Bushaltestellen, Schnee, Schneematsch, Schneereste, Pfützen. Der Bahnhofsvorplatz. Mittag. Ein Zug pfeift. Die Gesichter der Häuser. Eine Grünanlage, ein Park, das Reisebüro am Rand des Parks, unsre gestrigen Tage. Vor uns ein Blinder über die Straße. Brille, Hut, Armbinde, Blindenstock und ein schwarzer Mantel. Wir als Augenzeugen und an Gantenbein denken. Ampel, Zebrastreifen, Commerzbank. Mein Konto bei der Commerzbank. Ich konnte an keiner Bank mehr vorbei, ohne daß mir ein bißchen schlecht wird. Erst jäh ein Schreck, beinah wie ein Stolpern – und gleich danach wird mir zuverlässig ein bißchen schlecht. Nur so im Vorbeigehen. Schon länger. Oft nach dem Schlechtwerden erst den Grund: Da ist ja eine Bank. Erst nur bei Sibylles Sparkasse in der Leipziger Straße und bei der Commerzbank Bockenheim. Dann alle Zweigstellen. Inzwischen bei jeder Bank. Behörden auch. Sogar die amtlichen Mülleimer. Über den Bahnhofsvorplatz, mein Kind und ich. Güterzüge, S-Bahnen, eine alte Eisenbahnbrücke. Ein Zug pfeift, durch all die Jahre einundderselbe Zug. Fremd die Zeit, fremd. Straßenecken, die Kreuzung. Über die Kreuzung jetzt und dabei deutlich hören, wie zwei Straßen weiter eine Straßenbahn in die Kurve einbiegt und an der Endstation knirschend zum Stehen kommt. Fußgänger, Schulkinder, Ladeneingänge. Im tauben Mittag, mein Kind und ich. Die Königsteiner Straße. Innenstadt, Fußgängerzone. Die Hauptgeschäftsstraße. Nachwinter. Trübe Lichter. Rosenmontag. Auf eins wird es gehen. An der Ecke und die Straße entlang vor den Läden und Imbißkneipen Schüler und Jugendliche. Extra eher frei heute, seit drei Stunden die Schule schon aus! Morgen auch eher frei, morgen ist Fastnachtsdienstag. Und jetzt hier und wollen nicht heimgehen, aber wohin? Porzellan, Haushaltswaren, ein Optiker, Uhren, Schmuck, Jeans, Schuhe, Damenmoden, eine Reinigung, ein Bäcker, ein Metzger, Jeans, Schuhe, Bratwurst, Gyros, Döner, Pizza, Zeitungen, Zigaretten. Ein Eduscho, ein Tchibo, Wolle, Schuhe, drei Bäcker, das Hertie in Höchst. Immer noch Weihnachtsstollen. Muß man auf das Haltbarkeitsdatum! Und die überzähligen Kalender auch mit jedem Tag billiger jetzt, ein Schaltjahr. Drogerien, Apotheken, der Aldi, ein Fischgeschäft, Spielwaren, Herrenoberbekleidung, Bürobedarf, Süßigkeiten, Pralinen, ein Bäcker. Winterjacken, billige Socken, Restposten Winterjacken. Stiefel im Sonderangebot. Rosenmontag. Auf eins wird es gehen. Geht schon länger auf eins. Gerade heute Mittag so viele Cowboys und Prinzessinnen. Ritter auch. Direkt aus dem Kindergarten. Bärte, Augenbrauen, die Köpfe verdreht und kein bißchen müde oder schlafen im Gehen. Kleine Sorgengesichter. Hüte, Kronen, Prinzessinnenschleifchen und prächtige Trommelrevolver. Und wie soll man wissen, ob diese gewaltigen Mütter auch wirklich ihre wirklichen Mütter sind und wo sie von diesen gewaltigen Müttern und Lügenmüttern jetzt in den Mittag, in den tauben versteinerten Mittag hinein, so zielstrebig hinverschleppt werden? Und gleich den Kopf mir mit mancherlei Hofstaat, mit Intrigen, Kutschen und Pferden bevölkern. Neuschwanstein. Die letzten Büffel, dann nur noch Prärie. Zwei alleinige Mädchen mit einem Hüpfseil: Faschingszoll! Stirnfransen, Zahnlücke, Pferdeschwanz. Und von einem Fuß auf den andern, verlegen und todesmutig. Acht vielleicht, die andre eher noch jünger. Kalt ist es. Naßkalt, ein trüber Tag. Je einen Groschen also, freiwillig je einen Groschen und dazusagen: Aber eigentlich gültet Faschingszoll nur für die Autos. Die eine noch schnell einen halben Knicks. Ja, aber dürfen ja nicht auf die Fahrbahn! Bezahlt und beide gleich weiter, Carina und ich. Noch DM 41,83. Carina alle

Einzelheiten im Kopf mit. Die größere mit einer Flauschjacke wie von einem waschechten hellblauen Eisbär. Handtäschchen, Halskette, Armbanduhr. Beide mit Lippenstift. Lippenstift oder Kinderlippenstift? Papierblumen beide. Eine Armbanduhr, die wie eine richtige echte Armbanduhr aussah. Konfetti, Luftschlangen, Schnee, Schneematsch, Schneereste. Und eine große Stille die Straße entlang. Der Schnee wohl eher Schnee aus früheren Jahren. Jetzt hier als Erinnerung nur. Überzählige Reste. Wird die Stadt, die Verwaltung, die Stadtverwaltung, von der Städtischen Straßenreinigung einsammeln lassen und als Aktenvorgang mit Kennziffer zu den städtischen Vorräten. Werden sachgemäß aufbewahrt. Im Etat für künftige Winter. Carina neben mir her. Von Sibylle ein Halstuch. Eigene Gedanken. Eigene Gedanken und trödeln und dann wieder große Schritte. Und macht ein Carinagesicht.

Die Schüler mit Münzen, Ranzen und Taschen. Wollen gern laut sein, einen richtigen guten Lärm, einen Aufruhr, aber wie? Von den Größeren viele mit Zigaretten. Öffentlich. Rosenmontag. Ihre Taschen da beim Eingang oder daneben, egal, ihre Taschen alle auf einen Haufen. Eltern, die Wohnung, Vergangenheit, Schule – alles da auf den Haufen geschmissen. Und jetzt hier auf dem Gehsteig großspurig mit Zigaretten, mit Wörtern, mit Redensarten. Von der Hand in den Mund und von Mund zu Mund und sich räuspern. Manche die Gesichter mit Farbe. Vielleicht auch nur Kreide. Vielleicht in der Schule, vorhin als sie freibekamen, noch schnell im letzten Moment. Weiß die Gesichter. Und hier und da schwarz einen Strich, schwarz und rot. Nicht Übermut. Keine Masken. Wie ein Schreck im Gesicht. Wie ausradiert. Leer. Wie mit Salbe. Aussatz. Gebrandmarkt. Verstrahlt. Abgeschafft das Gesicht. So stehen sie. Schaufenster. Leere Himmel. Wie Blei die Straße in mattem Glanz. Eine Schneeballschlacht? Nicht genug Schnee. Kaum Schnee. Wahrhaftig ja kein bißchen Schnee. Mit Papierkugeln schmeißen! Konfetti, Luftschlangen,

Klopapier, Prospekte und Zeitungen. Die Jacken und Taschen als Rüstung und Schild. Hätten uns Klopapier in der Schule mit! Einer hat einen Äppelkrotzer. Kann man nicht ein paar Eier kaufen? Tausend Stück und damit in den trüben Tag hinein! Mit Flaschen schmeißen, volle und leere Flaschen! Die Würstchenbude umschmeißen! Ein Feuer anzünden! Mit Pappbechern, Pappdeckeln, Wurstresten, Knochen, Servietten, Pommes und Senf! Mit halben und ganzen Brathähnchen schmeißen! Gebraten und roh. Die rohen direkt aus der Tiefkühltruhe. Eisige Eisklumpen dran. Mit Ranzen, Schuhen, Schulheften. Mit toten Tauben! Mit lebendigen Katzen! Mit Namen und Schimpfwörtern schmeißen, mit Papierkugeln, Tennisbällen und allem, was sich an Beleidigung, Dreck und Abfall nur findet. Jacken und Taschen als Schild. Zeitung und Weltatlas schnell vor den Schreck im Gesicht. Schnell davorhalten! Einer schreit, einer wirft, einer springt. Einer winkt mit der Mütze. Einer breitet die Arme aus, wie wenn er im Kino in einem spannenden Film mit Jugendverbot gleich tot umfallen wird und gleich danach dann der Film auch zuende. Und wo geht man nach dem Film hin? Wollen gern fröhlich sein, siehst du. Oder wenigstens laut und unbekümmert und großartig. Und müssen dauernd sich räuspern. Wollen gern singen und wissen kein Lied. Nochmal ins Hertie rein? Sind heut schon dreimal im Hertie gewesen. Mit der S-Bahn nach Frankfurt? Ins Bahnhofsviertel und Flipper und Kino und Spielautomaten? Hin und her und dabei frieren und frierend die Nutten vergleichen? Erst ins Bahnhofsviertel und dann in die Breite Gass' und auf die Zeil? Aber woher das Geld? Wo nimmt man das Geld her? Für einen ordnungsgemäßen Banküberfall fehlen ihnen Führerschein, Fluchtauto, Fahrpraxis, Schußwaffen und gut ausgebildete zuverlässige Komplizen. Mindestens zwei. Nächstes Jahr nicht versetzt werden und dann als Lehrling, als Stift, als Azubi. Oder erst zum Bund? Wenn sie doch wenigstens endlich achtzehn: mit achtzehn den Führerschein und einen Alfa, einen BMW, einen Porsche. Wenigstens einen Opel Kadett – warum heißt er Kadett? Freiwillig auf zwei Jahre zum Bund und einen Manta mit Gürtelreifen und Alufelgen. Warum wird der Ford Capri nicht mehr gebaut? In die Fremdenlegion – die gibt es doch hoffentlich noch? Wie lang das doch dauert, bis man endlich achtzehn wird! Fußballweltmeister, Boxer, zum Film, eine Rockgruppe werden und in die Charts! Am liebsten eine ausländische Rockgruppe mit Indianerschmuck, Lackstiefeln, Baseballmützen und ultravioletten Samtanzügen, aber können ja nichtmal Mundharmonika! Hätten sollen als Kind schon mit einer Elektrogitarre und jeden Tag eisern üben! Solang es geht, in die Schule und dann mit Beziehungen zu den Farbwerken, ist das beste, was dir in Höchst passieren kann. Wie es damals aufgemacht worden ist, das Hertie in Höchst, da ist es für Höchst und die ganze Gegend, von Griesheim bis Liederbach, Hofheim und Kelkheim, für den ganzen Vordertaunus und bis nach Bad Soden und Kronberg sogar: ein wahres wahrhaftiges Weltwunder ist zu der Zeit in Höchst das Hertie gewesen. Hat lang sich gehalten. Also nochmal ins Hertie rein jetzt.

An der Ecke die Großen, die richtig Großen, die ganz Großen. Oberschüler, Berufsfachschule und was sie nicht alles sind. Ausgelernt. Umschulen. ABM. Wer bei der Arbeit heut frei hat. Zwei beim Bund, einer nächstens zum Bund oder Zivi. Und der mit den Locken, der Johnny, Locken und Lederjeans, sogar schon im Knast gewesen. Knast oder Jugendknast. Kann Karate. Stehen mit offenen Bierflaschen. Sind alle sechzehn oder noch älter. Mindestens sieben Mann. Zigaretten, offene Bierflaschen, eine Taschenflasche mit Whiskey, einen Flachmann mit Korn. Haben ein Radio zum Tragen mit. Zwei Lautsprecher. Stereo. Radiocassettenrecorder. Lederjacken, Jeansjacken, Bomberjacken. Prima Cowboystiefel! Echte Bomberjacken! Groß und breit auf dem Gehsteig alle. Und die normalen Leute, die ducken sich, ziehen die Köpfe ein. Geduckt und im Bogen um sie herum. Schleichen sich. Fußvolk. Würden gern schimpfen und tun sich nicht trauen. Krieg, sagt ein Arbeitsloser, der mit zwo Sechserpacks aus dem Aldi kommt und schon sowieso nicht mehr nüchtern. Einen Krieg! Müßt ihr erstmal einen mitgemacht, ha! Und dann könn mier weiterreden! Sie lachen, aber nur nebenbei. Kaum daß sie richtig hochgeguckt haben. Ein besserer Rentner bleibt stehen und dreht sich umständlich um. Krieg? Einen Krieg? Zwei Kriege? Zwei Weltkriege! Hebt den Arm. Einwandfrei! Tadellos! Jetzt fällt ihm das passende Wort nicht ein. Jetzt merkt er, daß der andere zwar annähernd Altersgenosse, ein Deutscher und mutmaßlich Kriegsteilnehmer, aber angetrunken und schäbig. Mit zwo Sechserpacks aus dem Aldi und beinah ja schon richtig ein Penner. Nicht daß jemand denkt, er hätte mit dem was zu tun! Wenn ihm jetzt doch das passende Wort! Gottlob noch rüstig! Gedächtnis erstklassig! Wird von den meisten meistens viel jünger geschätzt. Früher auch schon immer. Früher erst recht. Besonders die Damenwelt. Regelmäßig. Nur hier bei den Lümmeln, den Halbstarken, ausgerechnet jetzt will ihm in der Aufregung das Wort nicht! So laut und so groß und so breit und stehen hier in der Überzahl, ganz aus Leder. Beinah wie seinerzeit die Russen und Amis! Und jetzt, obwohl er im Recht ist, jetzt fällt ihm das Wort nicht ein! Kommt nicht! Haben sowieso nur ein bißchen gelacht, sich gereckt und kaum aufgeblickt. Vielleicht hat einer von ihnen: Geh weiter, Opa! gesagt, aber wenn, dann hat er das gar nicht gehört. Oder sie meinen den andern, den Arbeitslosen, den Asozialen, den ohne Zukunft, den mit den zwo Sechserpacks aus dem Aldi. Er hingegen: Buchhalter, Stabsfeldwebel, Hauptbuchhalter. Um ein Haar Prokurist geworden. Noch rüstig. Seit zwei Jahren Rentner und immer noch Fortschritte. Und da fangen seine Füße auch schon wieder zu gehen an. Auf einmal merkt er, er hat es eilig. Mit Hut und Mantel. Hut, Mantel, Aktentasche. Und gleich da vorn um die Ecke, siehst du. Der andre, der Arbeitslose, der mit den zwo Sechserpacks, wo der hingeht, das wissen wir nicht! Wahrscheinlich da, wo er immer hingeht. Vielleicht eine Ecke mit Sofa, Farbfernseher und Fernbedienung. Vielleicht auch nur schwarzweiß, kriegt nix als wie nur das Erste, nur höchstens das Erste. Mit Streifen, mit Schneegeflimmer. Und öfter auch noch der Ton weg. Und noch nichtmal mit Fernbedienung. Muß er immer extra die Bierflasche aus der Hand und selbst aus dem Sessel hoch oder jedesmal nach der Frau ein Geschrei. Scheißkasten. Ein Wackelkontakt. Ehefrau. Ölofen. Vaterland. Sozialhilfe. Beistelltischchen. Oder längst auf und davon die Frau und eine Sammlung von Playboy-Heften neben dem Sofa. Oder gleich hinterm Bahndamm. Solang so ein Sechserpack eben vorhält. Zum Glück hat er zwei. Kennt sich aus! Uns soll das egal sein! Uns kümmert das nicht! Selbst nächstens bald fünfzehn schon und mit den Großen hier an der Ecke. Mindestens sieben Mann. Rosenmontag. Wer dabeisteht, gehört auch dazu. Der Radiocassettenrecorder auf einem Abfallkorb, der da sowieso steht. Steht immer da. Im Radio Bob Marley. Wahrscheinlich eine Cassette. Vielleicht die Batterien schon nicht mehr so gut oder warum nicht ein bißchen lauter?

Jetzt ein Auto und hält. Schwarz ein Granada, ein Buckelcoupé. Am Straßenrand links und mit laufendem Motor. Wie für einen Überfall. Verbeult, rostig, riesengroß, so ein alter Schlitten. Liegt tief auf der Straße. Vielleicht extra niedriger aufgesetzt oder weil die Stoßdämpfer nicht mehr viel taugen. Gleich beide Türen auf und laut die Musik. Die Rolling Stones. Angie. Das ist doch der Marco. Der Marco mit Sonnenbrille. Und wer sitzt daneben? Die auf dem Gehsteig alle jetzt bei der Fahrertür. Geduckt. Drängen sich. Immer dichter zusammen. Das Auto selbst wie mit Sonnenbrille. Und sieht auch bewaffnet aus, schwer bewaffnet. Geduckt, duckt sich zum Sprung! Motor läuft! Laut die Musik! Was werden sie reden? Dann der Johnny und noch einer. Einer der nicht von hier ist. Beide eilig ums Auto herum. Cowboystiefel und Riesenschritte. Der Beifahrer raus. Beide von rechts auf den Rücksitz. Der Beifahrer rein. Türen zu. Angie jetzt fast schon zuende. Vollgas. Laut die Musik und gleich los. Reifen quietschen. Die ganze Straße entlang die Fußgänger bleiben stehen. Manche mit jäh einem Schreck. Der Tag auch stehengeblieben. Die Häuser stehen und gaffen. Wie niedrig der Himmel hängt. Schwarz und groß so ein alter Buckelgranada. Liegt wirklich tief auf der Straße. Wer weiß, was sie im Kofferraum drin? Wer weiß, was sie vorhaben? Vollgas! Musik! Die Musik fliegt davon. Laut der Motor und die Reifen quietschen. Blitzschnell beschleunigt und mitten auf der Fahrbahn mit der schlingernden Fahrbahn ins Schlingern geraten. Noch schneller und auch schon weg. Den Whiskey auch mit. War dem Johnny sein Whiskey. Eine silberne Taschenflasche mit Lederbezug. Hat er immer mit. Kennt hier jeder. Am Straßenrand. Immer bleibt man zurück. Stehen jetzt nur noch zu fünft. Jetzt auch wieder Bob Marley. Das Radio auf dem Abfallkorb. Der Abfallkorb, der da sowieso steht, wo er immer steht. Noch leiser als vorher das Radio jetzt, wird immer leiser. No woman, no cry.

Und die Mädchen? Mädchen keine? Keine Mädchen! Oder kaum, wirklich kaum, beinah fast wie gar keine Mädchen. Nur da, ein Stück weiter, die drei oder vier. Einmal sind es drei und dann vier, fast schon fünf und dann wieder doch nur drei. Als ob man schlecht sieht, nie der gleiche Film, und sich immer wieder verzählt hätte. Wie alt? Vielleicht vierzehn und die eine und andre vielleicht auch schon fünfzehn oder nächstens bald fünfzehn. Und gerade jetzt wollen uns ihre Namen nicht einfallen. Weil so ein trüber Tag ist. Und sie stehen da so am Rand, so weit weg. Wie angebunden stehen sie da. Oder als ob sie daran gewöhnt sind, angebunden zu sein und deshalb so stehen, auch wenn sie es einmal nicht sind. Dort vorn und stecken die Köpfe zusammen. Noch drei von ihnen nämlich im Hertie drin, vielleicht auch im Hertie zusammen aufs Klo (die Mädchen gehen immer zusammen aufs Klo und Make-up und Lippenstifte probieren!). Und vielleicht deshalb stehen jetzt die andern so da. Sie stehen, als ob sie warten. Kann sein auch, sie kämen ganz gern. Wollen vielleicht bloß gerufen werden. Vielleicht auch mehrfach und immer wieder gerufen. Vielleicht auch geholt. Am besten man fragt nicht lang und nimmt sie sich einfach mit. Warten vielleicht nur darauf. Oder wollen sie hier vor dem Hertie und direkt nach der Schule mitten in Höchst am hellen Mittag nicht mit den wilden Jungen zusammenstehen, weil die ganze Stadt sich gleich umdreht und gafft? Vielleicht lieber auf Abstand? Auf Sichtweite und sich entrüsten, wie bei ihnen daheim schon ihr Leben lang ihre eigenen Mütter? Die anderen Mädchen wohl nach der Schule erst noch schnell heim, die Sonja, die Kerstin, die Stefanie? Trifft man später vielleicht. Werden angerannt kommen, angemalt und ein bißchen verkleidet und aufgeregt und parfümiert. Wie Blumen, wie bunte Vögel. Und flattern auch so. Vielleicht im Eiscafé, in der Milchbar, im Jugendzentrum, im Schuppen dann. Und ausprobieren, wie man sich mit Sekt fühlt. Sektlaune und Musik oder ist heut da keine Musik? Die Vanessa, die Jasmin, die Sabine. Sind manche dabei, die sind toll! Die anderen jetzt ein Stück näher oder kommt es uns nur so vor? Da drüben im trüben Tag. Stehen und stecken die Köpfe zusammen. Warum uns nur ihre Namen nicht einfallen? Wie früher, wie wenn sie gern spielen wollen und sollen sich aber nicht dreckig machen, so stehen sie da am Rand.

Und doch. Eine noch. Die ist anders. Kommt die Straße entlang. Da kommt sie. Kommt mit dem Wind daher. Woher denn auf einmal der Wind? Trüb und feucht, so ein Tag ist das doch gewesen. Rosenmontag. Naßkalt. Ein trüber Tag. Vielleicht noch von dem Granada der Fahrtwind oder bringt sie ihn mit, den Wind? Anders als alle! Jetzt ist uns, als ob wir die ganze Zeit schon auf sie gewartet hätten. Als wüßten wir jetzt erst, warum wir hier stehen. Schnell kommt sie. Kommt und gleich zu den Großen hin. Steht und wendet beim Sprechen den Kopf hin und her.

Schwarze Locken. Dünn ist sie. Man muß sie immerfort ansehen. Anders geht es nicht. Beim Sprechen, keinen Augenblick hält sie still. Muß alles und jeden berühren mit ihren Augen, faßt Mensch und Ding mit den Händen an. Jeden mit dem sie spricht. Sooft sie es merkt, fällt ihr ein, daß sich das nicht gehört. Nimmt den Blick zurück, nimmt die Hände zurück, stellt die Füße zusammen (vorher von einem aufs andre Bein, ein Gezappel, ein Tanz), steht und die Hände fest ineinander. Ganz schmal macht sie sich und muß doch gleich wieder anfangen mit der Grapscherei, wenigstens an sich selbst herumgrapschen. So flinke Hände. Und dreht sich und steht da als Anblick. Wie soll man den Anblick aushalten? Hätten wir doch einen Namen für sie! Wir wissen nicht, wie sie heißt. Wir müssen sie Angie nennen! Weil das Lied uns davonfuhr. Wo wer heute Nachmittag hingeht, die Schule, die Schulaufgaben, die S-Bahn oder was wird sie sagen? Und wir stehen wie taub dabei. Die Augen voll Wind, die Ohren voll Wind und neben uns selbst. Hat sie nach dem Johnny gefragt? Immer wenn er nicht da ist, fragt sie nach ihm. Und wenn er da ist, guckt sie ihn nicht an. Oder kommt uns das nur so vor? Ein graues Kleid, dunkle Wollstrümpfe. Hätten nie gedacht, daß Grau eine so phantastische Farbe. Auch an einem trüben Tag. Könnte noch kürzer, das Kleid, solche Beine. Weil es so kurz ist und der Wind an ihr zerrt und weil sie nicht und nie stillhalten kann und muß immer so an sich herumgrapschen, fragt man sich, was sie wohl drunter an und muß es sich dauernd vorstellen. Ein graues Wollkleid und so schmal steht sie zwischen den Lederjacken. Sieht es nicht auch so aus, als ob er an ihr, der Wind, viel heftiger zerrt? Hat ihn doch mitgebracht auch. Jahrgang achtundsechzig? Jahrgang neunundsechzig? Fragst du wie alt, sagt sie siebzehn, wird rot und sagt, übernächste Woche siebzehn! Oder wird sie nicht rot? Wie der Wind an ihr zerrt. Beinah schon davongerannt, dann aber doch nicht. Sind unsre Blicke und halten sie fest.

So viele Fragen, die man für sich und darf keine verlorengehen. Noch Schülerin? Welche Schule? Wo wohnt sie? Wer sind ihre Eltern? Eltern wird sie doch haben? Vielleicht wohnt sie in Unterliederbach. Vielleicht schon eine Ausbildung angefangen? Haben wir sie nicht auch schon mit einem wortlosen kleinen Bruder gesehen? Mit einem Hund, einem großen verzauberten Hund gesehen? An schulfreien Samstagmorgen auf einem Mofa gesehen? Auf einem Mofa im Parka, im Anorak und dazu geile Strumpfhosen. Haar im Wind, zusammengebunden das Haar. Samstagmorgen. Noch früh. Und wie eilig die Wolken ziehn. Strumpfhosen, Halstuch, ein ernstes Gesicht. Auf dem Mofa sehr aufrecht und der Wind rennt neben ihr her. Sie auch schon in der Straßenbahn, in der S-Bahn gesehen und – genau als ob wir sie träumen und träumen uns selbst: unterwegs in die Ewigkeit – oft auch mittags hier in der Stadt. Viele leere vergangene Mittage. Und uns ausdenken, was wir zu ihr hätten sagen können. Und erst recht ihre Antworten. Oder geht sie in eine Waldorfschule, in die Odenwaldschule? Geige? Klavier? Hat sie nicht auch eine türkische Freundin, die sich bei ihr immer heimlich umzieht? Wüßten wir doch ihren Namen! Angie ist nur so ein Notbehelf. Beinah schon davongerannt (weil der Wind an ihr zerrt) und wie ihre Augen lachen. Ob sie in einem Mietshaus wohnt? Hinterm Bahndamm? Eine Werkswohnung? Ausländer? In der Siedlung? Oder reich? Chefarzt der Vater, Professor? Rechtsanwalt? Filmproduzent? In Höchst gibt es keine Filmproduzenten! Vielleicht in ganz Deutschland nicht! Oder ist sie selbst die türkische Freundin, die sich immer bei ihrer Freundin umziehen, heimlich umziehen muß? Ohne Freundin und im Heizkeller, auf dem Dachboden, schnell! Und eine deutsche Freundin sich ausdenken! Jeden Tag weiter. Immer mehr Einzelheiten. Eine deutsche Freundin mit deutschen Eltern und deutschen Geschwistern und alle mit deutschen Namen! Ein deutsches Haus mit deutschen Möbeln und mit einem deutschen Geruch. In einer Plastiktüte die verbotenen Anziehsachen und immer gleich wieder versteckt! Schnell weg! Eine Plastiktüte, auf der Tiffany draufsteht. Und sich jedesmal nicht erwischen lassen! Zweimal beinah schon davongerannt und immer noch da. Wie sie tanzt. Der Wind neben ihr, der Wind auch immer aufm Sprung. Das Kleid, als ob sie es vor einer Woche von ihrer Mutter in Frankfurt in einem teuren Laden gekauft gekriegt hat. Vielleicht aber doch in Höchst hier beim Hertie. Preiswert. Ein Sonderangebot. Vielleicht schon im Herbst vor einem Jahr, so kurz ist das Kleid. Könnten uns immer ihre Adresse vorsagen. Könnten gehen und das Haus grüßen, immer wieder das Haus grüßen, wenn wir nur wüßten, wo sie wohnt. Wenn wir das nur wenigstens wüßten. Könnten ihr jeden Tag wenigstens einmal begegnen. Und hätten die übrige Zeit ihren Namen und die Erinnerung. Und zu der Erinnerung immer neu die Erwartung dazu. Zweimal beinah schon davongerannt und jetzt rennt sie wirklich los. Der Wind mit ihr mit. Sie rennt, das Kleid um die Beine. Immer höher hinauf das Kleid um die Beine. Den Fußgängern weicht sie aus. Jäh stehengeblieben. Was ruft sie? Eifersüchtig der Wind, behält es für sich. Sie steht, der Wind zerrt an ihr. Das Kleid, ihre Haare flattern. Wie der Wind ihr das Kleid von hinten zwischen die Beine weht. Sie mit dem Blick zurück. Die Fußgänger sehen sie an. Die mit den Lederjacken stehen und lachen. Was ruft sie, was hat sie gerufen? Streicht sich übers Kleid. Hebt den Arm. Winkt, winkt oder sieht es nur aus, als ob sie zurückwinkt? Nur so mit dem Arm durch die Luft? Und weiter, gleich weiter! Die blassen verwischten Mädchen da auf dem Gehsteig im Vorbeirennen nur gegrüßt (also doch hier in Höchst zur Schule?) und ins Hertie hinein. Durch den Haupteingang an der Ecke ins Hertie hinein. Wüßten gern mehr von ihr. Hätten zuhören sollen. Doch waren so mit ihrem Anblick beschäftigt, wie hätten wir da auch noch zuhören können? Und schon gar nicht selbst etwas sagen. Am liebsten unsichtbar und sie immer nur ansehen. Sich selbst vergessen. Ihr zusehen, bei allem was sie tut, ihr immer nur zusehen und sich vergessen dabei. Vielleicht wenn wir mehr von ihr wüßten: könnten uns dann auch selbst besser kennen. Müßten nicht von Mal zu Mal fürchten, wir sehen sie nicht mehr. Oder noch schlimmer: daß es sie gar nicht gibt. Bloß geträumt. Oder wenn es sie gibt, leicht zu verwechseln. Man merkt sie sich nicht. Andre ja auch. Müßten erleben, sie wiederzutreffen und weg der Zauber! Nicht aufzufinden, dauerhaft nicht mehr da! Jetzt bleibt uns nur, daß wir warten, ob sie wieder herauskommt. Drei Ausgänge mindestens hat das Hertie in Höchst. Und dann die nächste Begegnung. Und so immer weiter. Die Lederjacken. Das Radio. Der Nachmittag. Rosenmontag. Im Radio Cat Stevens. Lady D'Arbanville. Aber so leise, daß man es schon länger schon beinah gar nicht mehr hört.

6

An den Kindern vorbei! Zuerst die ganz Kleinen. Schon besiegt, die letzten Indianer. An den Plastikrittern, an zarten herrenlosen Tänzerinnen, arbeitslosen Cowboys, gefangenen Räubern und geraubten versklavten zwangsverschleppten Prinzessinnen vorbei. Entlaufene Könige, entmündigte Königskinder. Zauberer, Hexen, ein Polizist, Robin Hood, ein Tiefseetaucher, Astronauten und schon auch die ersten Marsmenschen. An Kindergartenmüttern, an Schulkindern und Passanten vorbei, an den Schülern und größeren Schülern vorbei. An den Jugendlichen und an der Musik vorbei. An Bierflaschen, Stimmen und Lederjacken vorbei, Lederjacken und Bomberjacken. Am Aldi, am Hertie vorbei. An den Rentnern und Arbeitslosen vor dem Aldi und vor dem Hertie vorbei. Mittag, ein Zug pfeift. An der steingesichtigen Zeit vorbei, durch die Schattenspiegel der Schaufenster, mein Kind und ich. Ein Zug pfeift. Schieferdächer. Wie Blei die Straße in mattem Glanz. Sind doch wir, die hier gehen? Mit dem Nachmittag. Und kommen jetzt noch einmal in den Winter. Schneeflocken, Schnee, Konfetti, ein dichtes Gestöber – und alles wie schon gewesen. Die Straße. Am Ende der Straße, als ob es schon lang auf uns wartet, ein Haus. Ein hohes ernstes Eckhaus aus rotem und gelbem Backstein. Ein Doppelhaus, ernst, aber nicht unfreundlich. Einmal Sibylle und ich. Vor vielen Jahren einmal. Eine Anzeige in der Neuen Presse, in der Rundschau, im Blitz-Tip. Wohnungsmarkt. Vermietungen. Unser erster Winter in Frankfurt. 1977/78, ein schwerer Winter. Vom Dorf. Also ich. Aufgewachsen in einem Dorf, in dem die Menschen zu der Zeit mit Fremden nicht reden konnten und dort auch fremd. Deshalb dann Schriftsteller. Viele Jahre lang immer wieder mein erstes Buch geschrieben. Und dann für die letzte Fassung der Reinschrift extra nach Frankfurt, Sibylle und ich. Wir sind in unserem ersten Jahr in Frankfurt aus Not fünfmal umgezogen. Wohngemeinschaften, ein Abbruchhaus, ein besetztes Haus, ein geliehener Tisch. Ein Zimmer, das vielleicht in sechs Wochen für ungefähr vier Wochen frei wird, vielleicht. Aber dann kann es sein, daß die Heizung nicht geht. Lang dieser erste Winter. Als ob er kein Ende nimmt. Die Reinschrift zuende und gleich mein zweites Buch angefangen. Ein Buch über Frankfurt. Sibylle als Hilfskraft in einem Büro. Leichte Arbeit, das heißt sie zahlen so wenig wie möglich. Ich schrieb. Ich schrieb jeden Tag, als ob es mein letzter Tag hier auf Erden. Immer auch die Papiere noch nicht in Ordnung, noch nie! Wir wohnten in Niederrad und hätten da längst schon ausziehen sollen. Selbstgespräche. Kein Geld. Wie immer kein Geld. Damals trank ich noch. Mit mir selbst allein, besonders beim Schreiben und so jeden Tag durch den Tag. Wie wenn du fällst und fällst und der Aufprall bleibt aus. Schreiben und auf den Abend zu wieder den Main entlang in die Stadt und Sibylle abholen. Über die Eisenbahnbrücken. Am Westhafen vorbei. Halbe und ganze Tage zu Fuß unterwegs und mit Anstrengung im eigenen Kopf herum. Nichtmal als Zeitungsträger und Prospektverteiler eine Arbeit gefunden. Nicht als Packer und auch nicht als Aushilfspacker. Schriftsteller nur für mich selbst. Ich wußte nicht, wie das geht, eine Wohnung finden. Ich las jeden Tag alle Zeitungsanzeigen. Ich merkte, daß ich an die Wohnungen in den Anzeigen nicht glauben konnte (früher auch schon nicht!) und las trotzdem jeden Tag weiter die Anzeigen. Rundschau, Pflasterstrand, Blitz-Tip, die Frankfurter Allgemeine und reihenweise gratis die geschwätzigen Anzeigenblättchen. Als ob ich die Zeitungen täglich in mich hineinfressen müßte und komplett sie vertilgen zwecks Ordnung und Sorgen und Magenschmerzen. Damit es aufgebraucht wird, das Papier. Wohnungsmarkt. Stellenanzeigen. Jede Woche um drei-vier Handlangerarbeiten mich beworben, die ich jedesmal nicht bekam, wieder nicht. Immer noch Winter oder Nachwinter. Hätten längst ausziehen sollen, aber wohin? Längst abgelaufen die Zeit. Manchmal ging ich für dreißig Mark Blut spenden. Winter, Nachwinter. Dann acht

Wochen lang Regen, jeden Tag Regen. Sechsundfünfzig Tage lang jeden Tag Regen. Und wie grün dann danach jedes Gras und die Blätter an allen Hecken und Bäumen. Sogar in der Stadt. Und dann ging ich und fand eine Arbeit als Anrufbeantworter und Schreibautomat in einem Büro mit fünf Briefkastenfirmen und fünf verschiedenfarbigen Telefonapparaten. Fünftagewoche. Fünf Stunden pro Tag. Hinter der Konstablerwache. Ganz am Ende der Zeil, wo sie schon beinah nur noch wie aufgemalt und fängt schon an abzubröckeln, die Zeil. Als Anrufbeantworter, Schreibautomat und Buchungsmaschine. Immer von acht bis eins. Schlecht bezahlt, scheints aber doch legal immerhin und mit rechten Dingen. Der Winter vorbei. Der Regen hat aufgehört. Die Reinschrift fertig. Mit dem zweiten Buch angefangen. DREISSIG JAHRE D-MARK!* Und inzwischen ist Juni. In-

* Einmal so tief in Gedanken, daß ich vor der Paulskirche in die Absperrung zwecks ungestörter Ankunft der Ehrengäste zum DM-Festakt und merkte es nicht einmal. Auch nach mehrfachem amtlichem Anruf nicht. Nur immer weiter so vor mich hin in Gedanken. Und dann – was für ein Gedränge? Geschrei? Und wieso jetzt auf einmal gefangen? Ein Zauber, ein böser Zauber? Verhext? Wer ist das und hat sich in großer Zahl von hinten auf mich gestürzt, hält meine Arme fest und dreht sie mir geschickt auf den Rücken? Zu Füßen der Säule. Aus Stein ein Gedenkstein. Mit einem Sockel als Sockel und hoch auf der Säule eine lichtgrüne Frau. Die Freiheit und hat nicht die Augen verbunden. »Wir sind geschlagen, nicht besiegt. In solcher Schlacht erliegt man nicht.« Ernst-Moritz Arndt, 1849. Und wenn du noch einmal aufblickst: DREISSIG JAHRE D-MARK! Fahnen, Musik, Polizei, Geheimpolizei, Militärkapellen. Und ich? Vorläufig festgenommen. Waffen? Keine Waffen? Personenkontrolle! Ausweiskontrolle! Gesicht? Gesinnung? Gedankenkontrolle! Amtliche Drohungen! Erneute Ausweiskontrolle! Wie sich zeigt, mehrfach vorbestraft! Und ob ich nicht besser aufpassen kann? Dann frei oder wie man das nennen soll. Verletzt? Unverletzt! Allein und frei und weiter mit meinen Gedanken. Le-

nenstadt Höchst. Altbau. Dachwohnung, hell und geräumig. Mit der Zeitungsanzeige Sibylle von der Arbeit abholen (man muß daran glauben!) und mit ihr mit der Straßenbahn Nr. 12 nach Höchst. Ein großer ernster Hausbesitzer. Das Dachgeschoß von der Straße zwei Meter zurückversetzt und rings um das Dachgeschoß ein Balkon. Früher eine einzige große Wohnung, beinah wie ein Extrahaus auf dem Dach. Und jetzt in Ein- und Zweizimmerwohnungen unterteilt. Eine ist frei. Zwei Zimmer, Küche, Bad, Balkon und ein großer Flur. So dicht am Himmel. Leer kam die Wohnung mir riesengroß vor (je länger man darin wohnt, umso kleiner werden die Wohnungen!). Balkontüren, große Fenster. Weit der Blick. Bis zum Horizont. Mir gleich ausdenken, wie Sibylle den Balkon mit Topfpflanzen vollstellt, ein Garten, ein Wald, eine Wildnis. Und dazu eine Gießkanne, grün mit gold oder ganz und gar golden? Und zu all den anderen Büchern, die ich sowieso schreiben muß, auch noch Höchst aufschreiben, die Stadt und die Farbwerke. Jeder Ort hat seine eigene Zeitrechnung. Aufschreiben die Tage, die Stadt und die Zeit. Die Farbwerke. Tag- und Nachtschichten. Den Main und wie er fließt und fließt und nicht aufhört zu fließen, den Main und vor deinen Augen immerfort weiter flußabwärts die Zeit. Und von hier bis zum Taunusrand die Gärten, Wiesen und Obstbäume. Die Autobahnauffahrten, Tankstellen, Dörfer, Siedlungen, Friedhöfe, Kornfelder, Feldwege, Sommertage, Jahreszeiten, Supermärkte und Einkaufszentren, das ganze weite fruchtbare, seit ewigen Zeiten von Menschen besiedelte Sommerland und wie es mehr und mehr zugebaut wird. Den Taunus, den Wald auf den Hängen. Die Zeit geht ins Land. Und Schnee und Regen und Sonne und Wind. Und an manchen Tagen leicht und ledig immer wieder die Wolkenschatten über den Wald hin.

bendig. Am Leben. Auf freiem Fuß. *Beinah* die Macht gekippt und es nicht einmal gleich gemerkt, so mächtig ins Träumen! »Minister brauchen viel Platz.« Uwe Johnson, 1962.

Und wie wir hier jeden Tag kämen und gingen, Sibylle und ich. So hoch in der Luft und die Augen voll Himmel. Viel Himmel. Gerade auch hier an der Kreuzung Königsteiner und Bolongarostraße. Mitten in der Stadt. Und beinah wie auf einem Turm (schon mein Leben lang will ich einen Turm!). Adresse, Beruf, Arbeitgeber und Bankverbindung. Alles aufgeschrieben. Verheiratet? Nicht verheiratet! Früher auch schon nicht! Immer die gleiche Frau und nicht verheiratet. Ernst, aber nicht unfreundlich der Hausbesitzer und zuletzt bei der Tür noch zu ihm gesagt: Nur halbtags im Büro, weil ich schreibe! Und mich selbst noch darüber gewundert. Es wird das Wort Arbeitgeber gewesen sein. Wie soll man es loswerden? Und Sibylle gleich darauf auf der Straße zu mir: Das mit dem Schreiben, das hättest du ihm nicht sagen müssen!

Und jetzt Carina und ich. Das Eckhaus. die Kreuzung. Über die Kreuzung? Zum Bolongaro-Palast? An dem alten Hotel vorbei? Höchster Hof. Erstes Haus. Alle Lichter an. Das schönste Schieferdach weit und breit. Und steht in der Nachwinternachmittagstrübnis und wartet, daß gleich die Kutschen vorfahren. Das alte Jahrhundert. Im Speisesaal alle Tische gedeckt. Kronleuchter. Leere Spiegel. Noch den Nachhall der Stimmen, ein Menuett, eine Spieluhr. Als ginge sie hier im Reigen, die Zeit. Mit zierlichem Schritt. Und kommen sie näher, die Räder? Oder weg, mit der Zeit immer weiter weg und verklungen schon gleich? Ob nicht ein Herr Holterling oder Hölderlin aus Bad Homburg sich angesagt und eine Nachricht für uns hinterlassen? Oder wäre schon angekommen? Und sollte nicht vielleicht auch für uns ein Salon mit Schlafkammer vorbestellt sein? Ein Salon mit Erkerfenstern, mit Blick auf den Fluß, ein Salon in dem schon ein Kaminfeuer brennt? An den Main? Den Mainberg hinunter ans Ufer? Die Bäume noch kahl. Das Restaurantschiff. Leer. Liegt verlassen im tiefsten Winter. Der Steg versperrt. Dahinter ein Hausboot, der Fluß und die Niddamündung. Auf dem Hausboot ein künstliches Storchennest, winterfest, Plastik. Mit Plastikstorch, Lebensgröße. Warum nur ein einziger Storch? Gern auch auf so einem Hausboot mit Vordeck und Lampen und vielen Fenstern einmal ein Buch schreiben! Kommt keine Fähre? Gibt es die Fähre schon gar nicht mehr? Am Fluß, auf dem steilen Ufer, Carina und ich. Und spüren, wie der Fluß an uns zerrt, der Fluß und der Wind und die Ferne. Stehen und warten, ob er noch einmal zufriert. Du merkst es zuerst an der Farbe und wie die Stille noch stiller wird. Muß man sich hineinversenken. Geduld. Die Vögel auch. Reglos. Auf der Reling die Möwen vom Dienst. Und die Wintervögel, Elstern und Krähen, als Vorhut der Dämmerung. Sitzen in den Bäumen, kleine Häufchen Unglück, und warten mit uns. Oder wäre gefroren, der Main. Und dann immer dunkler die Tiefe unter dem Eis und lockt so, dann fängt es zu tauen an. Lang bevor das Eis bricht, ein Schmatzen und Tauen und Knistern schon, ein Geflüster – du hörst es wie in dir drin. Stehen und warten, ob der Fluß nicht bald jetzt ins Fließen gerät, ob die Erde sich nicht bewegt? Im Wind, auf dem steilen Ufer. Muß sie ihre in meine Hand. Siehst du uns stehen? Ein Vater, ein Kind. Wir stehen und stehen und können nicht weg. Ist dir kalt? Erst lang am Ufer versteinert und dann durch die Altstadt. Mein Kind und ich. Blaubasaltpflaster. Alter Schnee in den Ecken. Schieferdächer. Vergangenheiten. Läden, Kirchen, das Schloß und wie stehen hier die Jahrhunderte und die Mauern so eng. Und keine Tür? Auch diesmal hier keine Tür? Den Weg, einen Weg finden! Überall noch die Spuren vom letzten Krieg. Als ob er gerade hier noch nicht so lang her oder hätte in Wahrheit nie aufgehört. Ruinen, ein Kirchturm und schwer der Himmel. Das Pflaster ist naß. Fachwerkhäuser. Und lassen uns nicht aus den Augen, drängen sich dicht aneinander. Vereinzelt Begräbnisgestalten. Wer sind sie? Wo gehen sie hin? Die Häuser auch wie in Witwenkleidern. Und immer enger die Straßen. Drei Läden nebeneinander. Ein Grieche, ein Türke, ein Italiener. Lebensmittel und Obst. Genau nebeneinander alle drei. Das muß vor langer Zeit einmal, daß wir uns Weintrauben hier gekauft haben. Einmal Weintrauben und einmal einen Apfel jeder. Erst noch Altweibersommer und dann ein Herbstnachmittag. Und jetzt? Die Äpfel nur in Gedanken. Nicht stolpern! Gingen gern schon dem Frühling entgegen. Aber in Höchst, wenn du nicht weißt wohin, wenn du müd bist und keine Tür findest, wenn du so mit dir selbst gehst, in Höchst wirst du dich am Ende immer zu Füßen der Farbwerke wiederfinden. Hungrig? Hungrig oder nicht, darum geht es jetzt nicht! Am Osttor, am Nordtor, beim Güterbahnhof. Vor dem Westtor, am Rand des Abends. Ein Krieg, der nie aufgehört hat. Ein Zug pfeift. Kein Frühling.

Wären vorher schon umgekehrt. Die Äpfel als fernen Herbstnachmittag im Gedächtnis. Gleich an der Kreuzung umgekehrt und zurück oder doch um die Ecke ins Eiscafé? Capri, San Marco, Venezia. Ein Eiscafé, das den ganzen Winter lang aufhat. Nämlich so lang und so schmal, dazu noch beim Eingang die Theke. Vierzehn Eissorten. Im Sommer hauptsächlich Straßenverkauf. Da drängt sich alles, da kommt man kaum durch. Deshalb also: für einen Ersatzmieter den Winter über von vornherein viel zu eng. Noch nichtmal als Laden für Weihnachtsschmuck und Saisonartikel. Nichtmal als Ausstellungsraum und Vitrine für Pelzmützen, Holzperlen, künstliche Blumen oder Nürnberger Lebkuchen. Deshalb als Eiscafé den ganzen Winter lang auf, so ein Glück für uns! Sowieso schon viel Glück im Leben gehabt. Beim Eingang die Theke und wenn man sich, jeder mit seinen Gedanken, durchgequetscht hat, drei winzige Tische, die Garderobe, ein Spiegel, der Schirmständer und der Durchgang zum Klo. Aber ein Markusplatz und das Meer an der Wand, also doch Platz genug. Ein Birnensaft, ein Epresso. Der Wandspiegel, ein Marmortischchen und du siehst dein Spiegelbild in Italien sitzen. Und mußt gleich dir dein Leben ausrechnen, eine Zukunft. Die Kellnerin, jung, dunkle Locken und beinah ja wie gestern ein Schulmädchen noch in ihrem engen schwarzen Rock und mit Spitzenschürzchen und Geldtasche. Ein kurzer Rock, große Schritte. Dann wieder steht sie und träumt. Als ob es ihr erster oder zweiter Tag hier. Hat mitten im Winter als Eiscafé-Kellnerin angefangen und wir sind die ersten Gäste. Ein italienisches Schulmädchen aus Verona, Vicenza, Padua. Eine Venezianerin. Geburtsort Venedig. Eine Frankfurter Vororttürkin aus Griesheim, aus Höchst. Bald siebzehn und immer nur nachmittags hier, nach der Schule. Aus Jugoslawien, aus Split, aus Dubrovnik. Weit weg, steht und träumt. Aus Äthiopien, Ägypten, vom Nil. Eine griechische Göttin aus Kelkheim im Taunus. Der Vater Hilfsarbeiter in einem Getränkevertrieb in Bad Vilbel. Aus Patras. Vom Peloponnes. Gebrochen Deutsch. Arbeitshandschuhe und Gummistiefel. Abfüller, Lagerarbeiter, Lader und Zuträger. Schleppt Kisten und Kästen mit vollen und leeren Flaschen. Feierahmd. Jeden Feierahmd erst die Firmenlastwagen, dann den Firmenhof und den Himmel abspritzen. Ein Regenbogen. Den Teer, Unkraut, Gras und Zement, einen gepflasterten Gehweg, ein Vordach, die Einfahrt, den Firmenparkplatz abspritzen. Und zuletzt, ganz zuletzt jedesmal an den eigenen Füßen die zwei eigenen Gummistiefel. Und dann noch die Pfützen. So große dreckige Pfützen. Lang noch die Pfützen wegspritzen. Feierahmd. Und hats mit der Bandscheibe. Seit fünfzehn Jahren gebrochen Deutsch. Ein besiegter Vater. Die Mutter geht putzen. Unter der Hand. Privat. Jeden Tag eine andere Putzstelle. Oder zwei oder drei. Die Kellnerin hat uns gleich erkannt, hat uns zugelächelt. Wie aus einem früheren Leben. Vielleicht einer anderen ähnlich, die wir wo einst gesehen? Die genauso dunkelhaarig und fremd, die einmal mit uns, lang mit uns, die wir vor langer Zeit einmal rennen sahen im Wind. Von weitem nur. Wo wird sie hingerannt sein? Zigaretten, Espresso, die Zukunft. Carina den Birnensaft mit einem grünweißrot geringelten Strohhalm. Fragst du sie in sechs Wochen nach diesem Strohhalm, weiß sie noch die Farben und von dem Birnensaft jeden einzelnen Schluck. In sechs Wochen ist schon April. Mit dem Strohhalm in kleinsten Schlückchen den Birnensaft. Ist er gut? Nickt nur und seufzt und muß weitersaugen, sieht der Kellnerin sachkundig zu. Ich wußte, sie findet sie schön. Wünscht sich für sich selbst für später schon länger so dunkle Locken und ein eigenes Eiscafé. Das Eiscafé am liebsten zusammen mit Jürgens französischer Freundin Pascale, aber inzwischen haben Jürgen und Pascale sich in Frankreich für den Rest ihres Lebens getrennt und wo wird Pascale jetzt sein? Bezahlen! Vorher und nachher das Geld gezählt. Carinas Anorak zu. Mein Buch mit, mein Buch nicht vergessen, das schwarze Buch. In der Manteltasche die Rezensionen. Und dazu im Kopf einen mehrtägigen Monolog. Die Kellnerin hat uns zugelächelt. Eingeweiht, eine Verbündete. Oder waren gar nicht im Eiscafé. Das Geld gespart und nur von früher her uns erinnert (die Kellnerin hat uns zugelächelt!) und vorher an der Kreuzung schon umgekehrt oder hätten uns ohne Garnrolle, Erbsen und Kieselsteine am Ende nun doch noch verlaufen, verloren, verirrt und im letzten Moment erst den Rückweg. Wie spät? Kurz vor eins mich auf den Weg und Carina im Kinderladen abgeholt und so blieb es in meiner Vorstellung die ganze Zeit ungefähr eins oder kurz nach eins oder lieber ein bißchen früher noch. Aber in Wirklichkeit sicher längst zwei, halb drei, eher noch später. Wird Zeit. Zurück durch die Einkaufsstraße. Noch der gleiche Nachmittag. Rosenmontag. Zurück, die Straße kommt uns entgegen. Passanten, Schüler, Rentner, Lederjacken und Schaufensterpuppen oder verzaubert. Auf uns zu die einen, in die Ferne die andern. Und schien doch, als ob sie bleiben. Jeder an seinem Platz. Genau wie vorher. Reglos die Leute. Steht jeder in seine Richtung. Wie auf einem Bild. Muß die Schwerkraft, der Nachmittag, stehengeblieben die Zeit. Wie schon gewesen. Musik, die Stimmen nur aus dem Gedächtnis. Nochmal der Granada. Schwarz oder dunkelstes Dunkelblau, beinah schwärzer als schwarz. Groß und geduckt und die Scheiben getönt. Die Straße

98

hinauf und hinunter, als ob er auf Beute aus. Vom Wind begleitet und laut die Musik, ein Spuk, ein Gespensterschiff. Oder längst weg? Längst weg und du siehst ihn nie wieder. Die Schöne, wir wissen nicht, wie sie heißt, wir müssen sie immer noch Angie nennen! Nochmal vorbeigerannt. Ihr Haar, ihre Beine. Immer enger und kürzer das Kleid, sie ist längst herausgewachsen. Rennt wie ein Tier, wenn es flieht und flieht und nicht weiß, wohin es flieht. Wohin? Wohin so schnell weg jedesmal? Und wird dabei immer dünner. Ladeneingänge, Schaufenster, die Gesichter der Häuser. Und hinter dem Lärm und den Stimmen eine große Stille mit uns die Straße entlang. Wie schon besiegt die Schüler. Versprengt, auf der Flucht. Verloren die Schlacht. Schulkinder. Faschingszoll. Die Gesichter mit Kreide. Eine große Stille. Ich hätte weinen mögen über jedes einzelne Kind. Vorher der Himmel nur trüb und schwer, jetzt immer mehr Wolken. Eilig die Wolken und immer stärker der Wind. Schon spät! Uns beeilen! Mein Buch mit, das schwarze Buch. Und dazu seit Tagen im Kopf einen Monolog. Nicht vergessen und nirgends liegenlassen das Buch und im Kopf immer weiter den zugehörigen Monolog. Carina mit mir. Eigene Gedanken. Mit vielen Bildern den Nachmittag für sich selbst, eine Welt für sich. Neben mir her und länger schon nichts gesagt. Große Schritte. Von Sibylle ein Halstuch. Und gegen den Wind erst recht ein Carinagesicht.

Zu spät dran. Er heißt Berthold Dirnfellner. Kulturtreff Höchst. Wollen hoffen, er geht nicht weg! Hat sowieso vielleicht länger zu tun. *Faschingspreis! Vier Kräppel eine Mark zwanzig!* Vorher schon an drei Bäckerläden vorbei, nur mit Mühe daran vorbei. Immer ist man zu spät dran und weiß doch genau, wie Pünktlichkeit geht. Schnell vier Kräppel und dann uns beeilen! Gefüllt oder ungefüllt? Gefüllt! Verschieden, vier Sorten! Apfelmus, Pflaumenmus, rote Marmelade und gelbe. Also Erdbeer und Aprikosen. Apfel sind die mit Zuckerglasur. Bei dem Pflaumenmus außen Zucker und Zimt. Die roten mit Zucker, die gelben mit Puderzucker. Je einen. Und packt sie uns in eine Tüte. Carina auf Zehenspitzen. Muß der Verkäuferin über die Theke hin gespannt zusehen. Probiert im Kopf, sie ist groß, Brille, Silberhaar, Dauerwellen und jeden Tag als Verkäuferin in einer Bäckerei oder gehört ihr die Bäckerei? Vier Kräppel einszwanzich. Ein Glöckchen bimmelt. Die Verkäuferin hat uns zugelächelt. Zu spät, immer noch zu spät dran. Am besten, man ißt die Kräppel gleich und geht dann umso schneller. Am besten, jeder von jedem die Hälfte, aber mit welchem jetzt anfangen? Und wie sie halbieren ohne Messer und Waage und Tisch? Im Gehen. In Eile. Sich vorbeugen und dabei Obacht, daß man nicht tropft! Carina lernt von mir, wie es geht. Mit den Händen. Das hat sie schon öfter. Sind gut! Im Gehen. Wenn wir nicht jeder von jedem die Hälfte, könnten dann jeden Kräppel praktisch auch immer gleich ganz in den Mund. Dafür ist ihr Mund noch zu klein. Und dann auch die Vielfalt der Welt – muß man doch kosten und auskosten! Also Hälfte um Hälfte mit Begeisterung und Präzision. Nicht tropfen! Und im Kopf schon weitergerechnet, S-Bahn, Eiscafé, Kräppel, vier Kräppel einszwanzich. Bleiben DM 35,63, aber nachher noch die Straßenbahn und muß auch bald wieder Milch kaufen. Bananen, Orangen, vier Äpfel. Zwei rote, zwei grüne Äpfel. Das Geld und die Tage zählen. Zeit, einen Vorrat an Zeit aufgespart. Milch und Brot für mich und mein Kind. Voll Zucker schon sie und ich, aber gut die Kräppel! Und mit vollem Mund: Hier heißen sie Kräppel. In Staufenberg auch. In Berlin die Berliner sagen Pfannekuchen. Sie sind laut. Sie haben es meistens eilig. Und im Rheinland und in Westfalen die Rheinländer und die Westfalen und Münsteraner, die sagen Berliner. Münsteraner gibt es Pferde und Menschen. Spritzgebäck gibt es auch. Bei uns daheim, bei uns in Böhmen und bei meiner Mutter in unsrer böhmischen Flüchtlingsküche in Staufenberg haben wir Krapfen gesagt. Muß man deutlich, sonst wird es ein Fisch. Und schmeckt gleich ganz anders! Sahen die Fische und ihre glasgespiegelten Schattenbilder, Carina und ich, in den

Tiefen der Schaufenster und hoch über der Straße davonschwimmen. Die Flossen, als ob sie winken. Und hätten uns gemeint. Den Sog auch gesehen. Die Strömung, Farne und große Luftblasen, die langsam aufsteigen. Als Kind mir Krapfen gewünscht, die wie Kürbisse oder Bischofsmützen, nur kleiner. Wenigstens wie Knoblauch, wie Kirchturmzwiebeln oder Fleischtomaten, Mohnkapseln, Reichsäpfel, Königskronen. Wie Rosen auch. Rosen und Rosenknospen. Sind Landsleute und Verwandte bei uns zu Besuch, dann kann es vorkommen, daß wir Kobliha zu den Krapfen sagen. Lieber sind mir Quarkbuchterln und Mohnbuchterln, böhmische. Buchterln und Powidltatschkerln. Aber die gibt es nicht mehr, seit meine Mutter, die du nicht gekannt hast, tot ist. Manche Buchterln sehen wie Waldpilze aus. Wie eine undeutliche Erinnerung an Waldpilze, die man einmal an einem stillen dunklen Tag auf einem vergessenen Fleck im Wald stehen sah. Vielleicht in einem anderen Land. Solche Tage im Wald, die gibt es. Das beste Pflaumenmus, außer in Böhmen Powidl, hatten die Bauern in Staufenberg. Große Tontöpfe voll. Weil es im Dorf keinen Honig gab, sagten sie eh und je Hoink zu ihrem Pflaumenmus. Die Tontöpfe auf der Kellertreppe. Zwei Sorten Keller im Dorf: Lehmkeller und Felsenkeller. Imker nur in den Nachbardörfern. In Ruttershausen, in Odenhausen, in Salzböden, in Treis und in Nordeck. Merk dir die Namen! Aufgegessen die Kräppel. Ehrlich geteilt die Vielfalt der Welt und gleich dann die Hände sauber, mein Kind und ich. Am besten, man leckt sie sich ab. Gegenseitig geht auch. Dann mit sauberen Händen von der Kleidung den Zucker abstreifen. Auftupfen oder abstreifen, je nachdem was man besser kann. Mein Mantel, ihr Anorak und das Halstuch. Vier Sorten Zucker und Krümel. Manchmal hilft auch blasen, als hätte man sich verbrannt. Oder sich schütteln und prusten wie gegen große Kälte und nach einem starken Schnaps. Oder als sei man ein Münsteraner, ein Pferd. Vergessen auch, wenn man weiß, wie das geht. Sich selbst und die Krümel vergessen. Oder schnell in den Wind hinein, in die Zukunft, die Ferne. Mit großen Schritten. Mit Zuversicht und beim Gehen fest mit den Füßen auftreten. Furchtlos. Ein furchtloser Riese. Furchtlos und satt. Hätte für den Zukker und die Krümel besser meine alte Wildlederjacke und einen anderen Tag. Aus dem Mai 68 die Jacke. Nochmal die Hände ablecken. Und bedenken, daß man eigentlich auf der Straße nicht ißt. Früher auch schon nicht. Anstandshalber. Sind gute Kräppel gewesen. Jetzt wird aber wirklich Zeit, daß wir uns beeilen. Wollen hoffen, er ist noch da. Wie hoffen geht, weißt du ja.

Dort auf dem Zebrastreifen einmal ein Blinder. Oder jedenfalls einer mit Armbinde, Blindenstock, schwarzer Brille. Doch nicht aus einem Buch? Nicht nur vom Hörensagen? Nicht uns ganz und gar ausgedacht diesen Mann mit dem Blindenstock? Mit eigenen Augen! Selbst ja auch da gegangen! Vorhin erst, am heutigen Tag! Schritt für Schritt. Dem Abend entgegen. Schon die Dämmerung. Sind doch wir, die hier gehen? Jetzt auf die Eisenbahnbrücke zu, Carina und ich. Vor der Eisenbahnbrücke eine Kneipe und ein Fahrradladen wie aus meiner Kindheit. Ein Kiosk, eine Kneipe, die Fünfziger Jahre. Gespenster. Neben dem Kiosk noch ein Kiosk und daneben noch eine Kneipe. Ein Besoffener und drei Angetrunkene mit einer schwankenden singenden Frau. Aus den Kneipen Musik. Aus jedem Kiosk Musik. Karneval. Fastnacht. Rosenmontag und Faschingsmusik. Drei rote Rosen im Haar. Heimatlos. The rivers of Babylon. Alle Tage ist kein Sonntag. Von allen Seiten und gleichzeitig die Musik. Und die Frau, wie es scheint, kennt jedes Lied, hat ein großes Herz und kann sich jedesmal nicht entscheiden. Immer wieder nicht. Ein großes Herz. Dauerwellen. Pfennigabsätze. Einer ab, eben abgebrochen! Alles schwankt, schaukelt, kippt! Trotzdem tanzen? Oder soll sie sich jetzt mit ihrem ganzen Gefühl und in ihrem besten Samtkleid oder ist das Organdy und mit der angefeuchteten Stimme da vor der Pfütze voll trübem Himmel auf die nasse Vortreppe setzen und alle Lieder mit Inbrunst, alle auf einmal? Die drei Angetrunkenen hilfreich um sie herum. Nur der eine Besoffene, bei aller Bereitwilligkeit, doch mehr mit seinen eigenen Angelegenheiten. Eine S-Bahn, ein Zug pfeift, ein Güterzug über die Brücke. Und wir an der Musik vorbei, mitten durch die Musik durch. Musikschwaden. Bratwurst, Bockwurst, Krakauer, Pommes und Hähnchen vom Grill. Halbe und ganze Hähnchen. Rauch. Wolken von Bratenfett, Rauch und Musik. Durch die Musikwolken. An den Pfützen, an den Fünfziger Jahren vorbei. An den Menschen und Kneipen und Mauern vorbei. *RAF – Hungerstreik! Freiheit für! Weg mit der Neutronenbombe!* Unter der Eisenbahnbrücke durch, unter der schon groß und rostig der Abend wartet. Groß, schwer und finster, eine Tropfsteinhöhle aus Eisen und Stein. Das Skelett einer Tropfsteinhöhle. Hätten vor einer Stunde schon, hätten gleich vom Bahnhof aus in diese Richtung, aber ohne Umwege mag ich nicht. Kann nicht! Ein Ziel und direkt darauf zu – das wäre, wie wenn die Stadt nicht wirklich. Kein Mensch da. Als ob man die Welt ignoriert. Eine Beleidigung für die Welt. Als ob es sie gar nicht gibt. Unter der Brücke durch, als ob wir jeden Tag so unter der Brücke durch, Carina und ich. Und weiter die Straße. Links, auf der linken Seite. Am Haus steht Kulturtreff. Er hat mir den Weg ganz genau. Berthold Dirnfellner. Mein Buch für ihn mit. Rezensionen dazu. Und im Kopf einen Monolog. Begonnen am 21. Februar, gleich nach dem Telefongespräch. Gleich nach dem Gespräch ihn nochmal angerufen und ihm gleich alles doppelt, mindestens doppelt! Und dann gleich im Kopf mit dem Monolog angefangen. Ginge gut auch als Rede für den Nobelpreis. Arbeitsbericht. Nachruf. Exposé. Ein Klappentext zu meinem Leben. Komplett auch das Buch als Zitat. Erst das Buch, dann die Welt eins zu eins. Dazu Auszüge aus den mehrspurigen Simultanaufzeichnungen, mit denen der Autor als geborener Angeklagter (jemand muß ihn verleumdet haben!*) dem vielköpfi-

---

* Jemand muß ihn verleumdet haben, schon vor der Geburt!

gen unerbittlichen Gremium in seinem Kopf immer wieder sein Leben erklärt, immer weiter (allwissend, gehässig und von nix keine Ahnung das Gremium!). Zur Umkehr zu spät! Ginge es nicht um den Autor als Person, könnte er sich geschickt als Bote: Soll das nur abgeben. Er ruft dann noch selbst an! Also ich! Vorher auch schon ein Anruf: Jetzt schicke ich Ihnen! Gleich kommt einer! In Eile? In Eile geht auch nicht, muß ihn ja überzeugen. Will gleich eine Zusage. Nach Möglichkeit mit Termin. Und dazu einen Vorschuß. Die Hälfte oder wenigstens die Hälfte von der Hälfte. Zu spät, immer wieder zu spät kommen und jedesmal sagen, sonst bin ich immer pünktlich! Die Hausnummer? Neununddreißig? Neunundvierzig? Neunundfünfzig? Mit neun jedenfalls. Und hoffentlich unter hundert. Die ganze Zeit sie gewußt. Oder dachte doch, daß ich sie weiß. Sich den falschen Tag einreden. Das richtige Haus nicht gefunden. Müdigkeit, Zweifel. Man verläuft sich im eigenen Kopf. Kann nicht weiter. Kehrt um. Hat die Wirklichkeit uns schon aufgegeben? Aber Carina! Carina mit so vielen Schritten so lang schon neben mir her. Immer auf den Horizont zu. Erst noch getragen worden, dann gehen gelernt. Erst klein und dicht an der Erde noch. Und jetzt schon bald viereinhalb. So ein weiter Weg – da können wir jetzt doch nicht umkehren, nach so einem weiten Weg. Weiter den Monolog und was daraufhin er zu mir und dann ich zu ihm und dann wieder er zu mir. Gesichtsausdruck. Gesten. Weit kann es nicht mehr jetzt! Und Carina? Meinetwegen so große Schritte? So unverdrossen und glaubt daran, daß wir hier gehen und immerfort weiter neben mir her! Mit jedem Schritt!

Und jetzt, zu dem Monolog und der Müdigkeit und den Stimmen in meinem Kopf auch noch die aus dem Manuskript. Mein Dorfbuch, mein drittes Buch. Ein Kapitel über die Sonntage auf dem Land und über Sonntagsspaziergänge. Die nie stattfanden, weil die Männer immer zu müd und die ganze Woche über auf Schicht zu Buderus. Nach Lollar. Ins Eisenwerk, auf die Hütt.

Und nach Mainzlar in die Schamottsteinfabrik. Immer schwere Werkschuhe an den Füßen. Sicherheitsschuhe mit Stahlkappen. Die meiste Zeit Nachtschicht und Spätschicht, um das kostbare (spärliche) Tageslicht auch weiterhin für die Feldarbeit aufzusparen. Aufs Feld auch in Werkschuhen. Werkschuhe oder Gummistiebel. Und mit dem Tag und den Jahreszeiten wie immer zu spät dran und sowieso ja mit keiner Arbeit je fertiggeworden; die Sonntage sind zu kurz. Schon vor der Trennung, im Herbst schon mit diesem Kapitel begonnen. Die Frauen sind es, die sich immer wieder die Sonntagsspaziergänge ausdenken. Nur drei Sätze hatte ich schreiben wollen. Dann also ein Kapitel über die Frauen im Dorf, die Mütter, die Hausfrauen. Siehst sie in der Küche stehen. Beim Fenster. Am Hoftor. Eben vom Feld herein. Vor der Haustür. Zum Schuppen hin. Aus dem Stall gekommen. Am Morgen, am Abend. Wischen die Hände sich an den Schürzen ab. Und kommen und fangen an, auf mich einzureden. Die Mühe, die Arbeit. Ich soll mir ihr Leben, ich soll mir ihre Hände ansehen. Sie bringen mir ihre Sorgen. Ich kann sie denken hören. Sie denken schon immer lauter. Im Recht sowieso. Bedrängen mich, mischen in alles sich ein. Sie bestehen auf diesem Sonntagsspaziergang. Gerade weil er nie stattfand. Deshalb erst recht. In aller Ausführlichkeit wollen sie ihn erzählt und immer wieder erzählt haben. Als Entschädigung, als Andenken und zur Erholung. Und damit man sich die Ewigkeit ihrer Werktage umso besser vorstellen kann. Für uns Erdenvolk die Sonntage sind so kurz. Natürlich doch einen Vorschuß, sagen sie jetzt. Wer es auch ist, der ihn zahlt, nur unbedingt nehmen! Bei den heutigen Preisen und wird alles jetzt immer teurer! Also warum nicht gleich noch ein bißchen mehr? Oder überhaupt regelmäßig? Also mal sagen, beispielshalber wie ein Eisenbahnschaffner. Wie so ein Gemeinderechner, der seine Tage auf dem Gemeindeamt absitzt. Neben einer Tischlampe mit einem grünen Schirm, die im Herbst, im Winter, im Nachwinter immer schon am Nachmittag brennt. Das Geld einstecken, auch wenn man dafür seinen Namen jedesmal wieder schriftlich hinschreiben muß. Erst nachzählen und dann einstecken! Das ist wie mit dem Milchgeld, sagen die Frauen. Das Milchgeld, das ihnen die Molkerei zahlt. Aber unter der Hand ja auch noch das andere Milchgeld, wenn die aus der Nachbarschaft am Abend mit Milchkannen milchholen kommen. Meistens am Abend. Meistens schickt man die Kinder. Milch und Eier. Und bei Buderus ist Freitag Zahltag gewesen. Warum ich nicht längst ein eigenes Haus? Erst das Haus, dann einen Anbau und dann den Anbau vom Anbau. Das Geld nehmen, sagen sie, und dann soll ich nur immer weiter so und mich ganz nach ihnen richten und das auch noch in das Kapitel hinein, alles aufschreiben! Das Sonntagskapitel. Immer mehr dazu, immer weiter. Beinah schon ein Buch im Buch. Dann im Januar auch noch ein Kapitel über die Kinder im Dorf und wie sie im Jahr 1950 auf einen Zirkus warten. Und rennen dem Zirkus entgegen. Auf der Schosseeh, die uns gleich mitnimmt. Das Buch wird noch lang nicht fertig. Wie auf einem sinkenden Schiff, sagst du dir, die Frauen und Kinder zuerst und nicht aufgeben, nur keinesfalls aufgeben. Und deshalb immer weiter so: immer tiefer hinein mich geschrieben. Viele Stimmen im Kopf. Aber auch den Monolog jetzt, begonnen am 21. Februar – und seither noch immer der gleiche, weil ich so müde bin, ein einziger langer Tag seither und das Ende des Winters, Nachwinter, ein Nachwinter, der nicht gehen will, und in meinem Kopf als Maschinengemurmel immer weiter der Monolog. Keine Pause. Häuser. Hausnummern. Die Gesichter der Häuser. Wie Blei die Straße in mattem Glanz. Die Straße, die uns nicht kennt. Schon seit der Eisenbahnbrücke so vor uns her, als ob sie Kilometer und Kilometer immer so weiter. Kilometer und Meilen und Werst. Viele Tagesreisen. Wegpfähle. Meilensteine. Erst Land- und dann See- und dann preußische Meilen. Postmeilen. Rußland, Sibirien, die Mongolei. Am Rand des Tages, in weiter Ferne, die Chinesische Mauer. China. Die verbotene Stadt. Dort vor uns die Kinder. Das Jahr nach der Währungsreform oder das Jahr danach. Als es das neue Geld gab. Aus dem Dorf und nach Lollar die Kinder und auf der Lollarer Hauptstraße bei den trüben Lichtern dem Zirkus entgegen. Jetzt müd und wollen es sich nicht eingestehen. Bald schon vorbei der Tag und sie haben den Heimweg noch vor sich. Hörst du sie reden? Da gehen sie. Das bin ich. Wie Blei die Straße in mattem Glanz und hat den Himmel gespiegelt. Häuser. Hausnummern. Carina und ich. Das richtige Haus. Am Haus steht Kulturtreff. Und jetzt am Haus vorbei in den Hof. Still im Hof noch ein kleines Haus. Fensterläden. Eine geduldige Haustür, die gleich anfängt zu lächeln. Wie eine Kinderzeichnung das Haus. Und hat schon gewartet. Wie spät? Auf die Tür, auf die Haustür zu, Carina und ich. Carina mit einem Halstuch von Sibylle. Aus unserem ersten Jahr in Frankfurt. Aus einem indischen Laden. Türkis und mit Silberfäden das Halstuch. An so einem düsteren Tag. Fast als ob Sibylle dabei ist und mit uns, so ist schon den ganzen Mittag mit seiner Farbe, den Falten und Silberstreifen das Halstuch als Anblick für mich.

Er hat schon auf uns gewartet. Ein freundliches Gesicht. Die Begrüßung und gleich nach der Begrüßung hast du schon kaum noch Wörter übrig. Kaum Atem. Mein Mantel, ihr Anorak mit dem Eskimomuster am Reißverschluß und Sibylles Halstuch (trüb und feucht und wie schon gewesen der Tag). Und wer wir selbst sind, Carina und ich. Sonst immer pünktlich. Ein Vater, ein Kind. Das Buch. Steht alles im Buch drin. Hier ist das Buch, aber wo jetzt mein Monolog und der 21. Februar, wo? Die Rezensionen. Stehen und schlucken. Nicht genug Luft. Dies also die Rezensionen. Eine Auswahl. Und knistern so, knistern wie Eis, wenn es anfängt zu tauen. Kaffee? Cola? Kaffee und Cola? Carina Orangensaft. Mitten im Raum eine Spielzeugkiste. Ein großer Raum, beinah schon ein Saal. Und wo sitzen, da oder dort? Berthold Dirnfellner. Jünger als ich. Überhaupt ja fast jeder inzwischen. Bankkassierer, Zahnärzte, Richter, Redakteure und Taxifahrer. Genau wie der Staat und das neue Geld. Wie ging das denn zu? Alle jünger als ich. Ist seit ein paar Jahren schon so und muß dir gerade heute am Rosenmontag. Die schönsten Frauen siehst du in fremden Städten, in fremden Zügen, durch fremde Fenster. Jetzt schnell eine Stimme mir und mit dieser Stimme ihm das Buch und mein Leben und warum es das schwarze Buch heißt. Mit vierzig. Im einundvierzigsten Lebensjahr. Als Gast nur und fremd. Keine Arbeit, kein Geld, keine Wohnung und immer auch die Papiere noch nicht in Ordnung. Weite Wege jeden Tag. Hungrig oder nicht. Nie müde geworden. Weite Wege und wie mit fünfzehn jetzt jeden Tag wieder auf der Suche nach einem freundlichen Gesicht. Und das auch dazu sagen. Nimm Platz! Vielleicht dort auf dem Stuhl, da beim Tisch, auf dem Nachmittagssofa? Carina schon bei der Spielzeugkiste. Übervoll eine rote Kiste und reicht ihr bis über die Nase. Wollen wir sie ausschütten, fragt er. Ein blauer Teppich. Carina schüttelt den Kopf. Oft die erste Zeit stumm, aber sieht alles und hat schon angefangen. Und ich? Wer ich selbst bin? Lieber da oder dort? Stuhl, Sessel, Sofa und ob man bequem sitzt? Sonst immer pünktlich. Mitten im Buch zu trinken aufgehört. Seit sieben Jahren in Frankfurt. Geschrieben schon immer. Sein freundliches Gesicht. Und soll ich jetzt mir selbst noch einmal die Geschichte, mein Leben, die Zeit, mir immer neu, mir jeden Tag weiter mein Leben erzählen oder ihm wie ein offizieller Nachrichtensprecher die Rezensionen vorlesen? Eine Verlautbarung! Muß man in der dritten Person! Und laß dich nur ja nicht beirren! Erst als Nachrichtensprecher die Rezensionen und dann wieder ich und mit vielen Stimmen das Buch ihm. Frankfurt am Main. Das Buch als Gesang. Wie mit einer Zigeunerfiedel. Als sei ich selbst die Zigeunerfiedel. Egal auch, wie lang es dauert – anfangen und sich nicht unterbrechen lassen! Auch wenn er mich für verrückt hält! Solang er nur mich und meine Bücher und den heutigen Tag mir glaubt! Bereit ist zu glauben! Und daß wir hier sitzen, das auch! Und die Welt, also meine! Carina jetzt mit dem Spielzeug. Aus Holz einen Wagen, eine Eisenbahn, eine gelbe Ente. Bringt mir jedes Ding einzeln und ich muß es betrachten, nicken, den Namen sagen. Ausprobieren jedes einzelne Ding und den zugehörigen Namen. Manches Ding hat drei Namen. Jedes Ding von allen Seiten betrachten. Und es weiter an Berthold dann, damit er auch nickt und jedem Ding seinen Namen sagt. Und dann muß sie schnell zur Kiste zurück, muß gleich das nächste Stück holen. In Strümpfen. Die Stiefel dort bei der Heizung. Ruhen sich aus. Vier Fenster zum Hof. Vor den Fenstern der Tag und fängt schon zu gehen an und mein Herz tut mir weh (das vergißt du gleich wieder!). Das Spielzeug. Der Nachmittag. Jedes Spielzeug von meiner in seine Hand. Die Lesung auf jeden Fall, sagt er und macht eine Lampe an und wir sitzen bei der Lampe, als ob wir uns lang schon kennen (hätten uns längst kennen können). Kulturtreff, Kinderhort, Schülerladen, Jugendzentrum, Vereinshaus, Kulturtreff. Sind selbst, sagt er, nur zu Gast hier und froh für die Räume. Kaffee. Zigaretten. Cola. Carina mit jedem Stück Spielzeug, alles einzeln, Stück für Stück, und sie lächelt und leuchtet, als sei ein Geheimnis dabei und sie die Zauberfee, die als Zauberfee dafür zuständig ist. Und sich Ding um Ding für uns ausdenken oder überhaupt erst erfinden muß. Und dazu den Augenblick auch. Klein und leicht hin und her und die Arme wie Flügel. Bringt manchmal auch zwei zugleich. Jedem eins. Holzpferd und Teddybär. Lastauto, Taschenlampe, ein Hüpfseil, ein Netz und ein Ball und ein schlafender blauer Vogel. Und muß im Auge behalten, daß wir sie auch austauschen, aber vorher von allen Seiten betrachten. Nicht die Namen vergessen! Nicht zu nicken vergessen! So kommt sie und geht und kommt. Und ich in Gedanken schon mit meinem Einzug hier. Sowieso mir überall Wohnungen. Sicherheit. Gegenwart. Zeit. Türen und Fenster und Häuser für mich. Unter jedem Himmel. Hätten mit Carina gut wohnen können in so einem Hof, wenn er immer da ist. Warum nicht mit der Zeit zu dem Haus unser Haus sagen? Wenigstens unter uns. Wenigstens in Gedanken. Könnten die Fensterläden nächstens grün anstreichen. Oder wenigstens immer wieder davon reden, daß wir sie nächstens grün anstreichen. Könnten manchmal im Hof sitzen. In der friedlichen Gesellschaft vieler redselig stiller Nachmittage. Dann merkst du, wie müde du bist. Langsam die Zeit. Es ist warm. Carina in Strümpfen. Kinderzeichnungen an der Wand. Bunte Bilder. Vor den Fenstern der Tag. Die Spielzeugkiste ist rot, der Teppich blau, gelbe Dielen. Nur ganz unten noch Zeug in der Kiste. Carina kann kaum noch dran. Und wer ist das? Wer kommt jetzt dazu? Dušan. Dušan ist hier der Geschäftsführer. Dušan aus Prag. Noch ein freundliches Gesicht. Du hast selbst ja in Prag gelebt. Kommst aus Böhmen. Mit zwanzig, mit zweiundzwanzig in Prag und verliebt. Ein paar Jahre immer wieder nach Prag und dann das Jahr 68. Jetzt haben wir uns die Hände geschüttelt. Das Buch, sagt Berthold. Allein schon der Titel. Er fängt heute noch damit an. Und im September die Lesung. Eher Ende September. Zweihundert als Honorar. Davon hundert als Vorschuß gleich jetzt. Dušan nickt. Zwei Fünfzigmarkscheine. Zwei *richtige* Fünfzigmarkscheine! Zwei! Vorder- und Rückseite echt! Den Termin dann noch rechtzeitig. Jedenfalls im September! Erst Frühling, dann Sommer. Und dann weit in die Zeit hinein ein langer heller September, sagte ich mir. Immer noch ein Tag. Spätsommer. Zeit genug. Gehört alles mir! Das Geld einstecken und am Leben bleiben. Kein Unfall. Nie krank. Keiner stirbt. Jetzt ist die Kiste leer. Die Kiste jetzt wieder einräumen. Dušan, Berthold, Carina und ich. Dann mein Emigrantenmantel. Der Nachmittag. Carinas Anorak mit dem Eskimobörtchen. Nicht mehr lang und der Anorakreißverschluß kann nicht mehr. Klemmt, geht nicht auf, geht nicht zu. Schon immer fadenscheiniger auch das Eskimobörtchen und wird ausfransen und mit seinen Fäden und Fransen dem erschöpften Reißverschluß in den Weg. Ihr alter grüner Anorak aus dem Secondhandladen. Immerfort Abschied. Und nicht das Halstuch vergessen, von Sibylle ein altes Halstuch. Vor sieben Jahren nach Frankfurt gekommen, Sibylle und ich. Berthold mit meinem Buch und hat auf der letzten Seite meinen Geburtstag gefunden. Er hat auch am 10. Juni Geburtstag. Sechs Jahre jünger als ich. Im September die Lesung. Den Vorschuß schon heiß in der Tasche. Jetzt liest er mein Buch. Und wir sehen uns bald. Hätten uns längst schon kennen können. Zum Schluß sagt man alles doppelt. Mit vierzig – letztes Jahr mein Geburtstag. Sibylle, Carina und ich unterwegs in den Süden und wie wir uns dabei Zeit lassen. Von Colmar bis Lons-le-Saunier an diesem Tag und mittags lang auf einer Juniwiese, ein Paradiestag. Diesen Tag hat es wirklich gegeben. Jetzt noch einmal zum Abschied den Abschied (keinen Hut, keinen Schirm, keine Aktentasche?) und dann mit Carina über den Hof.

Zurück. Zurück in der Dämmerung, sie und ich. Merk dir das Haus! Unter der Eisenbahnbrücke durch, als ob wir immer so, als ob wir alle Abende hier. Ein Zug pfeift. Alles tropft. Die Mauern glänzen vor Nässe. Wie verirrt die Scheinwerfer eines Autos an uns vorbei. Mein Vorschuß? Noch da? Gerade wenn man unverhofft glücklich zu Geld, das verliert sich besonders leicht. Nach Höchst, nach Keller und Nässe und Rauch, nach Vorfrühling, März, nach den Farbwerken riecht es. Der eine Kiosk steht mitten in seinem Lärm und glüht und wackelt und dröhnt. Hat noch lang nicht genug. Laut die Musik. Es geht alles vorüber! Ein Schifferklavier. Der zweite Kiosk jetzt zu. Wie vernagelt. Auf die Nacht warten. Ein Hund steht und pißt. Und die Frau mit der Stimme? Die Lieder? Der heutige Nachmittag? Die Frau mit dem fehlenden Absatz? Sie und ihre drei angetrunkenen ritterlichen Begleiter? Wo sind sie hin? Wollen hoffen, daß sie einen guten Platz, daß sie rechtzeitig wenigstens in die Kneipe zurückgefunden haben. Und der andere, der Besoffene mit seinen fremden eigenen Angelegenheiten hoffentlich auch. Die ganze Gesellschaft. Die Handtasche auch noch da. Vielleicht erst einen ruhigen warmen trockenen Platz, eine Nische mit Musikbox, und zur Ruhe ein Weilchen. Nur keinen Streit, keinen Ärger. Bier oder Glühwein und Frankfurter Gulaschsuppe mit Brot und Löffel. Und dann weiter von Kneipe zu Kneipe und noch lang nicht genug. Die Läden noch auf? Mit goldenen Fenstern und Türen jetzt in der Dämmerung das Reisebüro. Im Park unter hohen Bäumen. Und leuchtet und ruft. Abend und Wind in den Bäumen, Wind. Ein Zug pfeift. Die Autos mit ihren Lichtern. Als Schatten die Menschen durch das Licht vor den Ladeneingängen. Eilige Schatten. Wir auch. Grau, durchsichtig, unsichtbar. Nicht zur S-Bahn jetzt, mit der wir gekommen sind – mit der Straßenbahn heim. Die Zwölf. Zwischen hohen dunklen Häusern, Carina und ich. Als ob wir hier jeden Abend. Bist du müd? Ist dir kalt? Nicht zu locker das Halstuch und auch nicht zu fest? Dunkel die Häuser, mit ernsten Gesichtern. Die Endstation. Hellerleuchtet die Straßenbahn. Abfahrbereit. Steht und wartet. Türkis und mit Silberstreifen das Halstuch. Merk dir das Haus! Merk dir das Haus und den Tag und den Weg und die Namen! In der Straßenbahn. Alle husten. Die ganze Straßenbahn hustet. Gleich fangen wir auch an zu husten, Carina und ich. Die Sibylle, sagt Carina und zerrt an dem Halstuch und deutet mit der Hand in die Luft, damit ich nur ja alles was sie sagt, auch gleich richtig vor mir sehe. Unverzüglich. So deutlich, wie es nur geht! Die Sibylle! Also die Sibylle hat gesagt, heute Abend weiß sie schon, was für ein Tier ich dann morgen! Sie macht mir ein Tierkleid! Das ist doch morgen, wenn wir in den Kinderladen alle als wie was ganz anderes gehen? Und ich will ein Tier sein! Aber erst muß sie einen Stoff finden! Und sie sagt es mir heute Abend schon! Hat die Sibylle gestern und heute zu mir gesagt! Sagt Carina und deutet jedes Wort mit der Hand in die Luft. Alle husten. Langsam die Straßenbahn. Durch die Vororte. Nied, Griesheim, Nied und noch einmal Nied. Die Scheiben beschlagen. Und sooft du darüberwischst, um zu sehen, wo wir sind, trüb das Detail einer Ecke, an der wir schon dreimal vorbei und kommt ruckweise wieder angekrochen. Lang und lang die Mainzer Landstraße entlang, beinah wie unter der Erde. Eine Vor- oder Nachhölle. Die Scheiben beschlagen und wie die Fahrgäste sich wie Jenseitige darin spiegeln, wir auch. Und die ganze Fahrt über mit beiden Füßen den Wagenboden fest vorwärts drücken, damit sie nur ja auch fährt und fährt und nicht aufhört zu fahren, die Bahn. Damit die Welt in Gang bleiben kann. Und wir sitzen uns gegenüber, als ob wir jeden Tag so mit der Straßenbahn heim, Carina und ich. Eine halbe Ewigkeit die Mainzer Landstraße. Die Bahn von Ampel zu Ampel. Stehtruckt-steht und immer dichter die Scheiben beschlagen. Und genau an der richtigen Stelle beide mit beiden Händen uns schnell je ein Guckloch, im rechten Moment: Hier geht es zu Jochen und Elda! Und sehen, ob der Bär auch noch da? Auf dem Bürgersteig. Ausgestopft. Mindestens zwei Meter zwanzig. Ein Braunbär. Und kennt uns. Vor dem Laden für Autositzschonbezüge aus Fell. Hätten aussteigen und durch die Dämmerung. Oft schon zu Jochen und Elda. Kennen sie aus dem Kinderladen. Licht im Fenster? Könnten an der Haustür klingeln und bei ihnen als Besuch über Nacht. Wie in einer fremden Stadt oder als seien wir obdachlos. Auf der Flucht. Auf der Flucht und gemeinsam und fortan immer weiter so. Beieinander bleiben, Carina und ich. Statt nur immer Abschied und Trennung! Jeden Tag Abschied und Trennung! Dann am Platz der Republik umsteigen. Auf die Achtzehn warten. Geht dort nicht der Blinde? In der Dämmerung, zwischen vielen Lichtern. Und wir stehen im Geniesel. Und fangen zu schmelzen an, lösen uns auf. Wie Schnee, wie Schokolade, wie Seife, merkst du es auch? Stehen und warten. Schrittweise hin und her. Stehen und schmelzen so weg. Wo bleibt jetzt die Achtzehn? Nur höchstens jede dritte Bahn auf den Fahrplänen kommt auch wirklich. Ein Betrug. Schwarz auf weiß. Amtlich. Sie schreiben das bloß so an. Stehen hier, als ob wir jeden Abend so umsteigen müßten, mein Kind und ich. Geht dort nicht wieder der Blinde? Schon der zweite oder dritte Blinde, seit wir hier stehen! Und alle die gleichen

Bewegungen, alle im gleichen Mantel? Wie eine Höhle die Dämmerung um uns her. Dann die Achtzehn. Langsam. Mit letzter Kraft. Übervoll und mit angelaufenen Scheiben. Alle husten. Die ganze Straßenbahn hustet. Gleich fangen wir auch an zu husten. Mit der Achtzehn am Messegelände vorbei. Die Achtzehn, die von Ampel zu Ampel, wie immer, mehr steht als sie fährt. Aber jetzt kommt ein hoher Springbrunnen rauschend daher. Wie aus lauter Licht. Kommt feierlich angefahren.

7

Mit der Achtzehn. Wie immer. Die Haltestelle in der Schloßstraße. Tag vorbei. Und beim Kaiser noch Ovomaltine, weil ich
wußte, Carina will manchmal gern Ovomaltine und Sibylle findet Ovomaltine immer zu teuer (ihre Mutter fand Ovomaltine
auch schon immer zu teuer!). Nur schnell! Im letzten Moment,
bevor sie gleich zumachen! Die Kassiererin so vorwurfsvoll, als
ob wir absichtlich den ganzen Tag vertrödelt hätten, damit sie
hier auf uns warten muß. Ovomaltine und zwei Liter Milch.
Dann durch den Abendtorbogen in die Jordanstraße. Längst
dunkel. Unter dem Torbogen die Stille. Und dann unsre Stimmen. Und wie in der Stille die Stimmen klingen. Und das Echo
der Stimmen von früher. Carina neben mir her. Schon lang so
neben mir her. Jetzt am Abend mit ihrer in meiner Hand. Müd
heim am Abend. In den Fenstern ist Licht. Vor ein paar Jahren
noch, als ich mein zweites Buch schrieb, da war meine Müdigkeit so groß, daß ich oft meinen Namen nicht wußte. Und auch
nicht, wer ich bin. Und ich dachte, das gibt es, daß man an Müdigkeit sterben kann. Besiegt von der Müdigkeit. Wie am Wegrand ein müdes Pferd. Immer auf der Treppe, auf allen Treppen.
Besonders in fremden Treppenhäusern. Jedes Haus ist ein fremdes Haus. Ein paar Jahre lang für mich selbst immer wieder
gedacht, daß ich einmal in einem Treppenhaus sterbe. Ohne
Himmel, fremd, eine Mantelgestalt. Personalausweis und Amtl.
Meldebestätigung in der linken Brusttasche (Innentasche). Keine Geburtsurkunde? Keine Geburtsurkunde! Muß sein Leben
lang ohne oder wie ging das zu? Ein Fremder. Argwöhnisch das
Treppenhaus. Kennt ihn nicht. Unbekannt. Überall fremd. Unerlöst. Anonym (muß sein Leben in fremden Treppenhäusern
zugebracht haben!). Rosenmontag. Auf der Treppe. Die Treppe
hinauf. Müd heim am Abend, mein Kind und ich. Immerhin
einen Vorschuß! Es ist ein langer Tag gewesen. Heimkommen.
Abend. Die Uhr. Fünf vor sieben. Sibylle bei der Lampe. Näh-

zeug. Hellbraun ein Tuch, ein Stück Stoff. Es gibt Grießbrei. Was für ein Tier? Dein Kostüm? Das verrat ich dir nach dem Essen, sagt sie zu Carina und lächelt wie einstudiert. Wie jemand anders. Ihr kommt spät. Und zu mir: Bleib zum Essen! Du mußt mir dann helfen bei dem Kostüm! Grießbrei mit Zucker und Zimt. Und gleich die Not und die Sorge, gleich das Jahr 48, meine tote Mutter, der Krieg noch nicht wirklich vorbei (seit ich auf der Welt bin, ist Krieg!). Und mit meiner toten Mutter, mit den Schatten, der Not und der Sorge gleich alle Abende meiner Kindheit jetzt mit zu uns an den Tisch. Sowieso der gleiche schüttere hellbraune Stoff, aus dem schon meine Mutter mir 1948 für eine Weihnachtstheateraufführung einmal einen Zwergenumhang genäht hat. In Staufenberg in der Gaststätte Geissler die Weihnachtstheateraufführung. Beim Louis im Saal. Überall Tannengrün. Jedes Kind bringt Weihnachtsplätzchen von daheim mit. Meine Schwester als Engel und ich erst ein Zwerg aus dem Wald und im letzten Akt dann als Baum. Wie immer der Jüngste, viele Jahre lang immer wieder bei allem der Jüngste gewesen. Grießbrei mit dem Löffel. Sieben Uhr. Kurz nach sieben. Gleich halb acht. Warum ist die Lampe so trüb? Das Haus zittert. Die Heizungswärme, eine alte abgestandene Wärme. Die Bücher in Kisten verpackt, in Kartons. Ein Teil schon im Keller, die anderen noch auf dem obersten Treppenabsatz. Die Regale fast leer. Bis Tschechow ist sie gekommen. Sitzen und kauen. Grießbrei muß man doch nicht kauen! Wie die Nacht aufs Dach drückt. Nicht genug Luft! Eben erst zehn nach sieben und jetzt schon gleich acht. Und wo ist der Nachmittag hin? Immerhin einen Vorschuß! Carina ins Bett bringen, sagte ich mir, bleiben bis sie schläft und dann gleich dringend – aber wohin? Mit mir selbst in die Nacht hinein. Selbstgespräche. Ein Monolog. Erst einen Monolog und dann immer weiter. Nicht umkehren können und im Kopf Gespräche in alle Richtungen. Dringend meinen Freund Jürgen treffen? Edelgard treffen? Jürgen und Edelgard? Zusammen? Getrennt? Erst sie und dann ihn, dann doch beide? Und dann? Mit Umsicht. Erfahrung. Nicht daß du nachher hier sitzt und wenn du gehen sollst, schon beim Gedanken zu gehen, bricht dir jedesmal wieder das Herz!

Zehn nach acht. Nicht die Zeit, nicht die Uhr aus den Augen verlieren! Nicht daß du hier sitzt wie verzaubert und könntest nicht weg! Carina jetzt schon im Schlafanzug. Fellhausschuhe. Ein blaugrüner Schlafanzug. Keine Bilder drauf. Ein Häschen, sagt Sibylle mit dem Stoff in der Hand. Wenn du willst, auch ein Osterhase! Und zu mir: Die Ohren? Der Schwanz? Wie soll man am besten die Ohren? Wie geht ein Hasenschwanz? Hast du noch Zeit? Hilf mir den Stoff abstecken! Den Stoff heute Nachmittag in der Seestraße im Secondhandladen. Ein Secondhandladen mit einer Tauschzentrale für Kindersachen, Spielzeug und Sorgen. Sogar gebrauchte Schwimmflügel, Lego, Playmobil und guterhaltene Kaleidoskope. Ein Anschlagbrett, kleine Zettel. Ruhige Schildkröte abzugeben! Neuwertig! Neuwertig hat jemand mit einer anderen Handschrift dazu. Den Stoff erst im letzten Moment. Vorher in allen Kaufhäusern, sagt Sibylle, vorher lang nichts gefunden. Ich dachte, ihr seid vielleicht in der Bibliothek, aber die Bibliothek hat ja montags zu. So spät. Rosenmontag. Wo seid ihr gewesen? Carina Ovomaltine, Sibylle Milchkaffee, ich Milchkaffee und Zigaretten. Fünf vor halb neun. Wie müde ihr sein müßt, sagt Sibylle und gähnt. Strumpfhose, ein grauer Pullover. Gern durch die Jahre die Pullover mit ihr geteilt. Weiblich. Sie riechen so gut und schmiegen sich so. Warm oder kalt die Ovomaltine? Kein Obst. Die Orangenzeit bald vorbei oder ist schon vorbei. Anfang März, aber jeden Abend noch einmal der Winter. In Höchst, sagte ich, mit der S-Bahn. Mit der S-Bahn hin und zurück mit der Straßenbahn. Bei ein-n Berthold, sagt Carina. In sein-n Haus. Der hat eine Kiste mit Sachen. Und jetzt einen Hasen zeichnen. Erst nur mit Kugelschreiber, dann Buntstifte, dann dick bunte Wachskreide. Erst einen, dann viele Hasen. Carina holt ihre Stoffhasen, lockt sie mit vielen Stimmen herbei. Sucht redend und rezitierend die Bilderbücher mit Hasenbildern zusammen. Hat auch noch die Schokoladenosterhasen mehrerer Jahre. Nach Jahrgängen aufgestellt. Dort bei den roten und goldenen Nikoläusen auf ihrem roten Schränkchen. Halb neun durch. Warum nur so dunkel, sagte ich. Man kann ja kaum denken, so dunkel! Ist es hier immer so dunkel gewesen? Die Deckenlampe. Eine von den sechs Glühbirnen brennt nicht. Muß Sibylle erst neue Glühbirnen und vergißt es jedesmal wieder. Bei zwei anderen erst kürzlich Vierzig-Watt-Birnen rein. Behelfsweise. Vierzig statt sechzig. Die Stehlampe zurechtrücken. Aus dem Schlafzimmer noch ein Nachttischlämpchen dazu. Schlimmer als vor der Währungsreform, sagte ich, aber so lang ist Sibylle noch nicht auf der Welt. Jahrgang 55. Und fangen jetzt an, gemeinsam den Stoff abzustecken. Messen, probieren, abstecken, dann mit Wachskreide noch mehr Hasen. Carina neben mir. Will sie abzeichnen. Kopf, Ohren, Hasenschultern. Aufgeregt! Muß die Luft anhalten! Gerade weil ihr in ihrer Begeisterung die Bogen so gut gelingen, kommt sie mit den Bogen und ihrer Begeisterung immer weit über den Rand hinaus. Sibylle beim Abstecken. Wie eine Katze, die sich räkelt und streckt. Lange Beine. Immer schon gern ihre Beine gezeigt. Seit ich nicht mehr hier wohne, trinkt sie immer mehr Kaffee. Stellvertretend. Immer noch eine Tasse. Große Sessel. Lichtgrau. Mit Samt bezogen. Vier Stück. Sibylle in ihrem mit angezogenen Beinen. Carina bei mir mit. Selbst ja allein schon die Lehnen der Sessel wie Polsterstühle weich und bequem und geräumig. Die beiden anderen Sessel mit Bilderbüchern, Plastiktüten, Post, Schallplatten, Schallplattenhüllen, Kochbüchern, Verlagsprospekten, Nußknacker, Servietten, Handtuch und Spielzeugkollektion. Eine blaue Wolldecke, das Halstuch, Carinas Mütze, ihre Umhängetasche. Vor fünf Jahren die Sessel in einem Möbelbunker billig gekauft. Wie beinah alles was du hier siehst, vom Vorschuß für mein erstes Buch. Und tragen uns, diese Sessel, fahren mit uns durch die Zeit. Türkis und mit Silberstreifen das Halstuch und genauso jetzt in der Ferne der heutige Nachmittag. Gleich neun. Noch ein paar Hasen zum Abgucken für Carina (sie werden schon immer besser!). Noch schnell die nächste Anprobe mit Sibylle. Und dann gehen! Zigaretten, Kaffee, noch einen Kaffee. Sibylle auch noch einen Kaffee. Ihr beim Abstecken helfen. In Gedanken schon unterwegs. Ihn anrufen, Jürgen! Ob er daheim? Seit er aus Portugal zurück ist, ein Ein-Zimmer-Apartment mit Einbauküche in einem gelbgekachelten Apartmenthaus in der Schloßstraße. Wo ihn keiner kennt, wo kein Mieter den andern kennt. Über einer Tankstelle. Apartmenthaus mit Tiefgarage und Fahrstuhl. Einbruchsicher. Nummern statt Namen an allen Klingeln, Türen und Briefkästen. Ihn anrufen, treffen, abholen. Mit ihm ins Elba und im Elba mit ihm auf Edelgard warten. Sie anrufen, sie herbeireden! Oder wenn er mit ihr verkracht ist, mir anhören, warum er sie immer lieben wird, aber ab jetzt zu Recht nie mehr sehen will. Gestern auch schon nicht! Ich bin sein Zeuge. Und sooft die Tür aufgeht, mit dem Blick zur Tür hin. Ob sie kommt? Ob sie nicht doch kommt? Ob sie es jetzt endlich ist? Wenn das Elba heut zu, ins Bastos, ins Albatros, in den Pelikan. In den Tannenbaum nicht! Der Tannenbaum nur ein paar Häuser weiter, hier gleich hinter der Wand, der Tannenbaum ist mir zu nah (und selbstredend den ganzen Abend lang ununterbrochen kein Wort, nicht ein einziges Wort von Sibylle!). Man sagt der Pelikan und der Tannenbaum, aber das Albatros. Gleich ihn anrufen, sagte ich mir, noch von hier aus. Unser altes Telefon. Kennt mich. Oder lieber doch erst umsichtig meinen Aufbruch und unterwegs eine Telefonzelle. In Sicherheit. Abstand. Sowieso mich jetzt wieder gewöhnen an Telefonzellen (wie die Lichter von Sternbildern weit über die Stadt hin die Telefonzellen in meinem Kopf: die ganze nächtliche Stadt mit ihren Straßen, Plätzen und Telefonzellen ein weiter verzweigter Sternenhimmel, der sich langsam um mich herum und an mir vorbeidreht). Gleich los und im voraus jetzt schon die Nacht um mich spüren, die Nacht und die Stadt und den Freiraum der nächtlichen Straßen. Frei. Allein. Die Nachtluft, den Sog und die Ferne. Nur noch die Anprobe, den Schnitt noch ein bißchen verbessern, die Zeichnung. Das wichtigste sind die Ohren! Für Carina noch schnell ein paar Hasen auf Vorrat (immer besser die Hasen!). Was sucht sie? Sucht die Zettel mit Hasenbildern, die ihr erst kürzlich im Sommer, im vorigen Sommer, letzten Sommer vor einem Jahr, einmal abends in einer Kneipe in Saintes-Maries de la Mer ein Kind von weither, ein Mädchen aus Belgien gemalt und geschenkt hat. Mehrere aufeinanderfolgende Abende. Für Carina der Sommer bevor sie drei wurde. Elaine hieß das belgische Mädchen. Blond. Pferdeschwanz. Und schon groß, bald schon sechs! Damals schon bald schon sechs! Die sucht sie jetzt also, Carina: von diesem Mädchen die Zettel mit Hasenbildern! Holzschachteln, Schuhkartons, Umhängetasche. Ihr rotes Schränkchen, ihr Kaufladen – eher eine Schatzhöhle, ein Silber-, ein Gold-, ein Diamantenbergwerk, ein ergiebiges Labyrinth, ein Archiv aus Pappdeckel, Farbe und Tesafilm, ein Welturarchiv. Sucht-murmelt-sucht und wird sie gleich finden, die Bilder. Hasenbilder auf Kneipenzetteln. Und, geordnet nach Augenblicken und Tagen, auch den dazugehörigen Sommer. Nicht den vorigen Sommer. Den Sommer davor. Gleich neun. Nacht ums Haus. Und mit der Nacht noch einmal der Winter zurück. Nacht und Winter.

Gehen, wie geht das? Edelgard treffen. Edelgard an ihrer Haustür abholen und mit ihr und dem ganzen vergangenen Winter in das Eiscafé in der Friesengasse. Im Winter ist das Eiscafé eine Pizzeria. Mit Jürgen ins Elba, ins Bastos, ins Albatros. Und dann schließlich doch in die Stadt. In den Club Voltaire, in den Jazzkeller, ins Jazzhaus, ins Storyville oder gibt es das Storyville schon nicht mehr? In die Bodega (hieß die früher auch schon Bodega?) und noch einmal in den Jazzkeller. Beinah wie vor zwanzig Jahren. Beinah wie mit fünfzehn. Mensch, wie auf

Wallfahrten sind wir hierhergekommen. Noch einmal den ganzen Abend lang von Kneipe zu Kneipe und von ihr immer wieder, von Edelgard. Mit vielen Wörtern von ihr und dann vielleicht kommt sie doch noch selbst. Lang von ihr und von uns und der Zeit. Bis sie kommt. Bis sie schließlich doch noch selbst kommt. Und die Zeit auch zu uns zurück, viele Vergangenheiten. Und dann mit ihr oder an sie denken und weiter in die Nacht hinein, er und ich. Wie früher, wie eine Reise durch viele Länder noch einmal. Nur jetzt keinen Wein mehr für mich und ihm sachkundig zusehen, wie er beim Trinken nur mäßig trinkt. Langsam. Cote du Rhone. Rosé. Erst rosé und dann rot. Einen Rioja, einen Portwein, noch einen Rioja. Nicht daß ich mitzählte, ich saß nur dabei. Ich konnte ihn riechen, den Wein. Riechen und nachschmecken jeden Schluck in seinem Glas. Den Portwein erst recht (Portwein oft früher beim Schreiben getrunken!). Portwein, den nächsten Rioja, dann woanders einen anderen Rotwein. Wie schmeckt er? Nicht schlecht! Burgunder? Bordeaux? So von Kneipe zu Kneipe und zwischendurch, weil sie keinen Averna hatten, einen Amaretto. Zu süß, sagt er, hätte ich doch lieber noch einen Portwein, aber das war ja vorhin in der Bodega oder die Kneipe davor, wo sie den guten Portwein hatten. Das Storyville gibt es schon lang nicht mehr. Man vergißt das nur zwischendurch immer wieder. Man denkt aus der Ferne daran, als ob es noch existiert. Oder Sherry, sagte ich. Wenn du schon keinen Schnaps trinkst. Noch nicht einmal zwischendurch. Beinah als sei es so abgesprochen, so bedächtig trinkt er den ganzen Abend lang vor meinen Augen. Von Kneipe zu Kneipe. Wie früher. Und dann ganz zuletzt, spät in der Nacht allein in der Eppsteiner Straße. Die Zeit, die mir bleibt. Nur zu Gast, sagst du dir. Muß man immer neu lernen! Heimkommen, zurück aus der Welt und gleich weiter mit dem Manuskript oder wenigstens beim Ausziehen die letzte Seite noch einmal lesen. Vor dem Zähneputzen. Spät in der Nacht, in der vorgeschrittenen Stille. Leselämpchen, Bücher, das Bett bereit abzuschwimmen. Als Gast bei mir selbst. Mitternacht längst vorbei. Und barfuß im Zimmer herum. Meine Notizzettel mir zurechtlegen und mir in Gedanken noch einmal den vergangenen Tag und dann für morgen den ersten Satz. Aber vorerst ja noch hier! Vorerst ja noch nicht gegangen! Zehn nach neun. Sibylle mit dem Stoff. Carina steht zur Anprobe bereit. Mit dem Gesichtsausdruck eines Hasen, der auf sein Hasenfell wartet. Auch bereit ist, weiter zu warten, aber wartet als Hase nun wirklich schon lang! Der Nachmittag wo? Wo geht die Zeit mit uns hin? Sibylle näht. Carina sucht Zettel, spielt Hase, hält die Luft an und zeichnet. Mit glühenden Ohren sitzt sie und zeichnet Hasen. Gern nah bei uns beiden. Einerseits aus Gewohnheit, andrerseits weil es so selten jetzt neuerdings. Sie hat Fäden, eine Sammlung von Fäden. Mit einem Faden den Bogen legen! Ohren, Kopf, Hasenschultern, Konzentration! Legt mit vielen Fäden aus ihrer Sammlung von Fäden mit Sorgfalt ein rundes Häschen (kann sein, ich half ihr dabei) und zieht dann an den Fäden entlang andächtig ihre Linien. Muß dabei die Luft anhalten! Aber auch wenn sie die Luft anhält, verrutschen die Fäden. Verrutschen jedesmal wieder. Können nicht stillhalten! Unbelehrbar! Fangen zu kriechen an! Wälzen sich, wollen auf und davon! Geht auf halb zehn. Nur kurz morgen in den Verlag, sagt Sibylle. Erst ja Carina als Häschen verkleiden und mit ihr in den Kinderladen. Du auch noch Kaffee? Schwarz oder Milchkaffee? Mittwoch Gesangsunterricht. Mittwochnachmittag, wenn du da Zeit für Carina, sagt sie. Nimmt seit der Trennung wieder Gesangsunterricht. Halb zehn. Zwanzig vor. Sie seufzt, rutscht mit angezogenen Beinen auf dem Sessel herum und warum so schuldbewußt mit den Augen? Warum so ein Rätselblick? Carina schon sowieso nur noch mit Hasenbewegungen. Das Gesicht eines geistesabwesenden Häschens. Und bevor das Kostüm nicht fertig, kann sie nicht ins Bett, wie soll ich da gehen? Noch fünf Minuten. Und wenigstens dann vor dem Schlaf, sagst du dir. In der späten Stille nach Mitternacht. Vor dem Schlaf und allein. Wenigstens dann im letzten Augenblick noch den letzten Augenblick bei mir selbst und mich und die Stille wiedererkennen. Noch fünf und dann noch einmal fünf Minuten. Die Uhr läßt sich Zeit. Von meinem Freund Jürgen die Uhr. Das Zifferblatt hat er selbst gemacht. Hing in Barjac bei ihm an der Wand. In Frankreich, im Süden, in der Provence. In dem Restaurant, das er und Pascale sich schon immer gewünscht hatten. Die Wand auch selbst. Eigenhändig. Alle acht Wände. In einem alten Haus, das vorher Jahrzehnte leerstand. Ein großer Kamin. Den Kamin selbst neu ausgemauert. Beleuchtung, Decke, Fußboden, Türen, Speisekarten, Kaminfeuer, das ganze Restaurant selbst gemacht. Vier kleine Kneipentische, gebraucht gekauft. Pascale bedient an den Tischen und er steht in der Küche und kocht. Vorher mehr als drei Jahre mit ihr gelebt, gute Jahre. Und Pläne, die Zeit, eine Gegenwart mit Pascale. Keine Kneipe, ein Restaurant. Man durfte nicht Kneipe sagen. Schon gar nicht im Spaß. Die Zeit, eine Gegenwart und die Landschaft dafür, einen Ort in der Zeit. Eigenhändig ein Zifferblatt für die Uhr. Für das Restaurant einen Namen sich ausgedacht. Gewohnheiten. Alltag. Jeden Tag eine Speisekarte. Und dann ist es vorbei und er muß allein vor dem Feuer noch die Reste und Restbestände abbrennen und versaufen, Ordnung muß sein! Eichenholz aus den Cevennen. Der Kamin zieht gut. Und kam im Oktober hierher zurück und wollte nach Portugal oder egal, nur weg! Der Sommer auch vorbei. Alle Sommer. Und kommt und bringt uns die Uhr. Schon November. Sibylle hängt die Uhr gleich im Flur auf. Über der Tür zum Bad. Geht richtig! Tickt sie auch nicht zu laut? Kaum zwei Wochen danach unsre Trennung und dann eine neue Zeitrechnung. Gleich zehn. Carina nah bei uns beiden. Schon zweimal fast eingeschlafen. Muß sich die Augen reiben und natürlich kein bißchen müde. Ein langer Abend. Das Haus zittert. Sibylle näht. Die Heizung summt. Beinah wie vor der Trennung ein Abend. Wie früher. Bevor die Häuser zu zittern anfingen. Genäht hat sie selten, genäht nur im Notfall. Bis zur Trennung war die Trennung für uns undenkbar. Sogar dann, sogar lang danach, sogar in Wahrheit ja jetzt noch undenkbar, sagte ich mir. Gleich dann gehen! Sibylle im Sessel. Den Blick auf das Nähzeug in ihren Händen. Und so blaß. Strumpfhosen. Lange Beine. Ich wußte genau, wie sie sich anfühlt. Jetzt am Abend, in diesem grauen Pullover. Ein Abend wie vor der Trennung. Nachher dann noch baden, hätten wir uns gesagt. Vergangenheit. Viele Abende. Wenn sie nicht näht, wird sie lesen. Schreibt Tagebuch, Briefe, eine Pornogeschichte für mich.

Schreiben eher erst, wenn Carina im Bett ist. Höchstens jetzt schon Notizen und wie sie sich in der Geschichte mir später vorspielen wird. Musik. Spielt Gitarre, liest Noten, als ob sie Musik hört. Mit Carina die neuen Bilderbücher aus der Bibliothek und verkleiden sich beide. Man hört es am Kichern und Rascheln. Hätten gern, ich erkenne sie nicht! Erst nicht gleich. Und dann später immer noch nicht. Erst recht nicht. Auch nachträglich nicht. Wie ein Theatertölpel soll ich mit meiner Verwunderung vor ihnen stehen. Oder wollen verwechselt werden zumindest. Erst die Kostüme und backen dann Plätzchen als Überraschung. Muß man drei Tage später mit Verwunderung sagen: Warum klebt die Küche so? Warum sind all unsre Vorräte an Lebensmitteln seit drei Tagen so ineinandergemischt? Sibylle schreibt, liest, hat sich Arbeit aus dem Verlag mitgebracht. Vergangenheit. Hätte mit Pascale, mit Elda, mit dem halben Kinderladen und mit ihrer Mutter telefoniert. Liest Korrektur. Hilft mir meine frühen, aber auch meine gestrigen Handschriften lesen, hat mir den Bart und die Haare geschnitten, repariert unseren alten Staubsauger, repariert eine Steckdose, spaziert in meinen Manuskripten herum. Lange Abende. Hat einmal sich vorgenommen, die Landkarten der Vergangenheit, zwei große Kartons (lieber würde ich Kisten sagen, aber es sind Kartons!), diese Landkarten und dazu die Jahre, die Reisen, die Länder und Gegenden zu sortieren. Und jetzt schon seit Tagen Europa, Nordafrika und der Nahe Osten im Zimmer. Und breiten sich immer weiter. Überschwemmungen, Erdbeben, neue Länder. Carina muß sich nicht wundern – kennt uns schon immer, gehört ja dazu. Die Landkarten über den Teppich hin. Meeresküsten. Einmal bin ich am Nordkap gewesen! Sibylle schon seit Tagen Abend für Abend zwischen den Landkarten auf dem Teppich und muß die Länder auswendig lernen, Stadt, Land, Fluß. Sibylle und Carina spielen Eiscafé, Kaufladen, Bibliothek. Wer willst du sein? sagt Carina zu mir. Ich kann jetzt nicht, sagte ich. Du siehst, ich muß diesen Block vollschreiben und es dann gleich verbessern. Ich muß mit einer so hohen Geschwindigkeit schreiben, daß ich es am Ende dann selbst kaum noch lesen kann. Und morgen erst recht nicht. Gut, aber wenn du mitspielen könntest, Peta, wer wärst du dann? Am liebsten alleinig ein heiliger Wolf, sagte ich. Alleinig sagt man nur in Staufenberg. Ein Wolf geht nicht! Dann ein Bär. Ein müder Bär, der sich jetzt endlich bald ausruhen will. Das geht nicht! Wir spielen, wir sind eine Bibelthek. Da kommen nur Menschen. Dann am liebsten ich und ein Lieblingsbuch und ein Bett in der Bibelthek. Wenigstens so einen grauen Sessel! Sie sagt immer Bibelthek. Wir sagen selbst schon nur noch Bibelthek, Sibylle und ich. Und im Eiscafé, Peta? Ein Gast, der jetzt nicht gestört werden will. Er hat einen Tisch für sich allein. Er sitzt da und schreibt. Warum schreibt er nicht daheim? Daheim läßt man ihn nicht, sagte ich. Vielleicht hat er eine Art Familie daheim. Das gibt es. Also die Eissorten, sagt sie. Ananas, Arrangen, Aprikose, Banane und Abernuß. Kein Eis, sagte ich, nur einen Espresso. Am liebsten immer noch einen. Alle fünf Minuten einen Espresso. Bring nur immer noch einen! Gut, aber du mußt jeden Espresso extra bestellen. Und du mußt hier müssen Sie Sie zu den Leuten. In meinem Eiscafé. Sie aber auch, sagte ich. Die Vergangenheit. Abende. Wir hatten Bukol zu Besuch. Die Katze von Jürgen und Pascale, also werden sie verreist gewesen sein. Noch bevor sie nach Frankreich gingen. Carina muß jeden Abend Eiscafé spielen. Bukol wäre auch ein Gast, sagt Carina. Nein, er ist mein Eiscaféhund. Ein Wolfshund, er hört nur auf mich. Ich hätte auch ein Pferd, sagt sie. Nur daß du es weißt. Ein weißes Pferd. Nein, drei Pferde. Gibt es auch Silberpferde? Drei also! Die Farben sag ich dir später! Aber meine drei Pferde wären woanders. Da drüben sitzt unsichtbar die Pascale. Im Spiel siehst du sie, aber ihr tätet euch noch nicht kennen! Gut, sagte ich (wieder ein paar Abende später) und dachte, ich könnte jetzt weiterschreiben. Bringen Sie nur immer weiter immer noch einen unsichtbaren Espresso! Stellen Sie ihn hier neben meinen Schreibblock, aber nicht zu dicht an den Rand! Jetzt will sie rauchen, sagt Carina, du mußt ihr jetzt Feuer geben! Vergiß nicht, du kennst sie nicht! Sag auch nicht du zu ihr! Sie hat ein grünes Kleid an und große Ohrringe. Goldene große Ohrringe. Mit großen wertvollen blutroten Glastropfen drin. Wie die eine Fischfrau einmal in Marseille. Die schöne Fischfrau, die so schöne Haare hatte. Wenn ich sie nicht kenne, brauch ich ihr doch nicht Feuer geben, sagte ich. Sie sitzt auch viel zu weit weg. Sie hat sowieso immer mindestens drei-vier Feuerzeuge in ihrer Handtasche. Sie nimmt sie überall mit. Du weißt doch, sie steckt überall alle Feuerzeuge ein und wundert sich dann über die vielen Feuerzeuge. Wenn Sie hier in mein schönes Eiscafé sitzen wollen und schreiben, dann müssen Sie etwas bestellen! Also noch einen Espresso! Ich hab ihn schon dreimal bestellt. Lüg nicht, sagt sie, du hast jedesmal jeden gleich ausgetrunken, wie er noch heiß war. Das merken Sie dann beim Bezahlen, sagt sie. Wollen Sie auch einen Saft? Aprikosensaft! Frischen! Frisch ausgepreßt! Gut, sagt sie, hier steht er schon. Er ist unsichtbar. Schmeiß ihn beim Schreiben nicht um! Dann Kaufladen. Das muß im gleichen Jahr ein paar Abende später. Sibylle sagt zu mir: Du schreibst so schnell, daß du beim Schreiben die Luft anhältst! Und dann zwischendurch keuchst du! Nur wenn ich mit der Hand schreibe, sagte ich. Und auch dann nicht immer. Du mußt bedenken, daß ich bei der Arbeit im Laden und im Gehen und beim Einkaufen und unterwegs und beim Essen und auch sonst oft nicht dazukomme. Mit fünf in die Schule. Mit vierzehn zu arbeiten angefangen und seither dauernd zur Arbeit. Nie genug Zeit. Und immer kommt mir das Leben dazwischen. Und wieviel Zeit schon vergangen ist. Weg die Zeit. Und ich immer mehr in Verzug. Und richtig gekeucht, sagte ich, ist das noch nicht! Mehr nur als Rhythmus. Und wie es erst wäre, wenn ich Musik könnte!

Nach meinem zweiten Buch hatte ich ihr freiwillig versprechen müssen, mit dem Schreiben eine Weile zu warten. Sowieso fing der Sommer an, ein Zigeunerleben. Nicht der vorige Sommer. Der Sommer davor. Für Carina der Sommer bevor sie drei wurde. Im Herbst alle drei aus dem Süden zurück und inzwischen das Buch erschienen, mein zweites Buch. Wie eine lange Allee, so ein Herbst. Eine lange Allee und Carina bei uns in der Mitte. Hohe Himmel. Herbst. Herbstwind. Eine lange Allee und wir immer auf den Horizont zu und wie die Blätter fliegen. Wo geht die Zeit mit uns hin? Das Jahr 82 und fing an zuendezugehen. Da muß es gewesen sein oder gleich dann im Januar. Auf einmal schon mittendrin, jeden Abend meine alten Notizbücher und die Zettel zu sortieren. Dann die Notizen in große Hefte übertragen und vorerst mit der Hand weiter. Das ist noch nicht richtig gearbeitet. Die Schreibmaschine seit Monaten zugedeckt und auf dem Tisch ganz nach hinten zurück an die Wand geschoben. Manuskriptschränkchen. Drei Arbeitstische. Zwischendurch mit Sibylle und Carina Marktplatz, Baustelle, Bahnhof, Schiff, Kaufladen spielen. Wie ein einziger langer Abend. Sibylle und Carina mit Knöpfen. Vergangenheit, Knöpfe, ein Nähkästchen. Langsam die Zeit. Nachher dann noch baden. Jetzt schon das Badewasser und Lavendelöl aus Barjac, also gleich in Gedanken dorthin. Kein Mond heute? Der Fingerhut noch von meiner Mutter. Wahrscheinlich von ihrer Mutter. Muß ihn aus ihrer Mädchenzeit in Franzensbad mit in die Ehe und dann von Böhmen nach Staufenberg. Aus Silber und schwarz von der Zeit.

Und jetzt probiert ihn Carina. Erst auf den Daumen, auf beide Daumen. Und dann der Reihe nach auf jeden einzelnen Finger. Auch wenn es spät wird, dann noch alle drei baden, hätten wir uns an so einem Abend gesagt. Die Fellhausschuhe für Carina im letzten Oktober auf der Berger Straße in einem griechischen Laden. Lammfell. Warm sind sie. Zutraulich. Anschmiegsam. Deshalb ja eigens sie ausgesucht. An einem Herbstnachmittag, Sibylle, Carina und ich. Die Berger Straße herunter. Auf die Innenstadt zu. Sanft bergab. Man läßt sich Zeit und sieht die Wolken ziehen über der Stadt. Im Sessel. Im Sessel und abendmüd. Zigaretten. Noch fünf Minuten. Das Ende der Stille, noch einmal das Ende der Stille abwarten. Und gleich dann. Wird Zeit. Vergiß nicht zu gehen! Noch ein paarmal Gute Nacht zu Carina. Den Mantel. Eng. Meinen blauschwarzen Emigrantenmantel. Sowieso untröstlich. Zigaretten, Papiertaschentücher, Notizzettel, Schlüssel. Die Nacht ums Haus. Schon im voraus die Nacht um mich spüren. Nacht und Winter. Schon März, aber jeden Abend der Winter noch einmal zurück. Den Mantel anziehen. Mit der alten Wildlederjacke wäre der Aufbruch mir leichter. Bei Tag und im Sommer noch leichter. Den Mantel an. Alle Knöpfe zu. Die Luft anhalten und noch fünf und dann noch einmal fünf Minuten. Noch schnell die Ohren, den Hasenschwanz! Und daß sie nur ja auch richtig! Und dann gleich gehen, sagte ich mir. Sowieso vorbei. Weg ist weg. Nicht oft, aber manchmal hat Sibylle doch auch früher genäht. In Staufenberg schon. In Frankfurt. Die Vergangenheit also. Sonst würdest du ja jetzt hier im Lampenlicht das lebende Bild nicht erkennen. Gleich jetzt, gleich gehen! Noch fünf Minuten. Die Uhr im Auge. Von meinem Freund Jürgen die Uhr. Über der Tür zum Bad. Müssen den ganzen Abend lang die Tür zum Flur aufgehabt haben. Gegenwart. Beinah wie früher. Die Tür auf und Licht im Flur. Oder aus Gewohnheit immer wieder mit dem Blick durch die Wand. Wie die Nacht aufs Dach drückt! Das Haus zittert! Nicht genug Luft! Die Uhr an der Wand. Den ganzen Abend lang ihren starren Blick gespürt. Und jetzt gehen, wie geht das?

8

Am nächsten Tag. Solang die Menschen erzählen, kommt immer ein nächster Tag. Nach dem Kinderladen, Carina, Domi, Birgit und ich. Durchs Westend. Noch früh, auf zwei wird es gehen. Faschingsdienstag. Die Kinder müd und verkleidet. Domi als Cowboy, was nicht ganz leicht, weil seine Eltern andere Vorstellungen für ihn und für seine Zukunft. Und von der Zivilisation. Auch wegen der Schußwaffen, aber er will unbedingt. Er muß! Auch wegen der Schußwaffen und insgesamt, also Cowboy. Und Carina im Osterhasenkostüm. Das wichtigste sind die Ohren. Der braune Stoff als Umhang über dem Anorak. So dünn, so ein seltsamer Stoff. Beinah wie Kreppapier und muß von dem gleichen Kriegs- oder Nachkriegsballen, wie damals der für meinen Zwergenumhang Weihnachten 1948. Erst ein Zwerg, dann als Baum, Doppelrolle. Gerade nur zum Verkleiden der Stoff, sonst zu nix zu gebrauchen. War vielleicht diesmal vom letzten Ballen der letzte Rest. Aufgebraucht. Und gerade jetzt muß mir unsere Armut aus all den Jahren so deutlich. Vom ersten Tag an. Seit wir uns kennen, Sibylle und ich. Jeder mit seiner Geschichte. Und Carina als Kind unsrer Armut. Der braune Stoff. Ihre Mütze. Und an der Mütze die Ohren. Auch die Ohren mit Stoff bezogen. Ohren aus Pappe. Aufrecht. Zwei Hasenohren. Der Schwanz ein Wollbüschel. Und wie die Kinder von Anfang an, alle Kinder: Müssen gutwillig die Welt uns glauben. Und sich darauf einlassen. Sie sich von uns aufhalsen lassen. Und schleppen sich ihr Leben lang damit ab. Beide neben uns her jetzt. Unverzagt. Verkleidet und müd und noch klein. Durchs Westend. Ruhige Mittagsstraßen. Zum Ende des Winters hin. Und andere verkleidete Kinder. Immerhin größer. Ein paar Jahre älter. Müd uns entgegen. Cowboys, Prinzessinnen, Zauberer. Indianer auch, aber glauben selbst nicht daran. Farbe in den Gesichtern und unter der Farbe blaß. Wie auf Pfoten Carina, aber eher wie eine Katze. Und zwischendurch manchmal pflichtbewußt hoppeln. Sooft es ihr einfällt und wieder einfällt. Als Osterhase vom Dienst. Die Ohren wie müde Ausrufezeichen. Auf zwei wird es gehen. Unterwegs in die Eppsteiner Straße. Carina zum erstenmal mit mir. Schon jetzt bereit, alles gut zu finden, weil ich bei ihrem Freund Domi und bei den Eltern vom Domi im Haus wohne. Nur zu Gast, sagst du dir. Also vorerst. Einstweilen. Also jeden Tag neu. Als Gast auf dem Heimweg. Müd in den Mittag hinein. Immer langsamer jetzt. Die Kinder auch. Stolpern. Stehen in Gedanken (die Straße ist stehengeblieben!). Kriegen die Füße kaum hoch und wissen ihre Namen nicht mehr. Erkennen sich selbst nicht. Birgit den Vormittag über in der Schule und jetzt die Schule im Kopf mit. Als Lehrerin eine halbe Stelle. Die Schule, Kollegen, das Lehrerzimmer, der Stundenplan. Das Haus auf dem Land. Den Fußboden abschleifen. Fenster und Türen neu streichen. Bilder, ein Bild malen! Soll sie doch promovieren? Ihre Eltern mit der Bäckerei in Ulm. Promovieren und die Doktorarbeit als Buch? Das Haus in der Schwalm. Für die Wochenenden beinah schon zu weit. Aber bei dem Haus ist ein Gärtchen. Ja, sagte ich, morgens und abends schreiben. Immer neu anfangen. Jeden Morgen und jeden Abend. Und Carina jeden Tag sehen. Sie wenigstens einmal jeden Tag sehen! Muß ihr aber dazu auch noch mindestens Gute Nacht jeden Tag! Sonst gern manchmal mit. Gern ein Stück Weg zusammen. Besonders am frühen Nachmittag. Die Stadt und mit jemand anders wie jemand anders. Zeitweilig. Als Erleichterung. Schon sechs Tage als Gast zu Gast. Im Gehen kann man gut reden. Im Gehen ist alles leichter. Fremde oder keinerlei, jedenfalls manchmal dann nicht meine eigenen Angelegenheiten. Noch am ehesten nachmittags eine Pause. Und mit den Kindern ja sowieso. Wie jetzt, sagte ich. Gegenwart. Mit den Kindern müd in den Mittag hinein. Langsam die Straßen. Wie in Zeitlupe. Immer am Mittag, am Nachmittag eine überwältigende Müdigkeit. Jedes Ding wird groß, nah und undeutlich. Manchmal wie von innen erleuchtet. Matt, durchsichtig, nur mit Mühe noch zu erkennen. Hüllt dicht mich ein und geht durch mich hindurch. Und Stimmen, viele Stimmen in meinem Kopf. Und als ob alles gleichzeitig. Jederzeit. Immer. Wieder der Sommer, als ich ein Jahr alt war. Oder der Sommer davor, der Sommer nach meiner Geburt. In Tachau im Böhmerwald. Gleich wird meine Mutter mit mir in die Stadt gehen. Im summenden hellen Mittag. Entweder im Gras zwischen Hecken und Gärten bergab einen schmalen Weg oder unter Bäumen eine weiße Mittagsstraße hinunter. Steil bergab. Gleich unser Aufbruch. Meine Mutter schon auf mich zu. Trägt mich? Nimmt den Kinderwagen? Meine Schwester will immer den Wagen schieben. Vögel. Das Licht. Wie das Licht mit den Schatten spielt. Mitten im Krieg dieser Mittagsfrieden. Und seither jeden Mittag wie immer nochmal der gleiche Moment. Wie schon gewesen. Alle Menschen wie Menschen, die ich als Kind schon gekannt. Alle schonmal gesehen. Als sei nichts je vergangen. Oft schon hier, viele Leben. Jetzt im Westend. Vorgärten. Alleen. Oft mit Sibylle und Carina hier. Einmal da gegangen. Einmal dort uns begegnet. Als ob man seinen Schatten zurückläßt. Reglos. Sein Spiegelbild. Schautafeln mit Gedanken und Augenblicken. Verzauberte Doppelgänger als Stellvertreter auf jedem Weg. Und jetzt in den Mittag hinein. Trüb. Ein grauer Tag. Faschingsdienstag. Kinder, immer wieder Kinder an uns vorbei. Uns entgegen die Kinder. Allein und zu zweit und in Gruppen. Schulkinder. Größere. Maskiert oder teilmaskiert. Und was ihre Masken bedeuten. Und wo gehen sie damit hin? Einmal hier gegangen, noch eben mit Sommergedanken gegangen, und da fing es vor meinen Augen zu schneien an.

Vor fünf Jahren Faschingsdienstag, Sibylle und ich. Mußten beide bis Mittag arbeiten, also ab Mittag frei und treffen uns an der Hauptwache. Unter meinem Arm in einer braunen Papiertüte eine große Flasche Whiskey. Unverzollt. Aus Beständen der US Army. Kentucky. Old Bourbon. Eine Flasche Jim Beam mit Griff. Die hat mir bei der Arbeit ein Fensterputzer geschenkt.

Gerade bevor ich ging, im letzten Moment. Lang hin und her mit meinen verqueren gläsernen Erwägungen und dann an der Hauptwache in ein Gepäckfach die Flasche. Widerstrebend und mit ernsthaften Vorbehalten, wie man in einer Ausnahmesituation ausnahmsweise die Waffen ablegt. Auf Widerruf. Waffen und Rüstung. Die Vorbehalte mit ins Gepäckfach. Ein freier Nachmittag. Ausnahmsweise frei. Auch noch beide gleichzeitig und wie die Stadt grölt. Wollen in den Wald, Sibylle und ich. Mit der U-Bahn. Und mir wenigstens noch einen Flachmann für unterwegs. Als Entschädigung für die eingeschlossene (in Gefangenschaft geratene) Whiskeyflasche. Damals konnte ich schon keinen eigenen Alkohol mehr um mich haben, keinerlei Vorräte. Nicht einmal in Gedanken! Nur immer das nächste Glas! Und noch einen Schluck auf den Weg! Hätte ich die Whiskeyflasche mit in den Wald genommen, so wäre ich nicht zurückgekommen. Nicht lebend. Eine Gallonenflasche. Eine halbe Gallone. Hatten kaum Geld. Faschingsdienstag braucht man keine Fahrkarte. Daß die U-Bahn überhaupt so weit aus der Stadt heraus und bleibt gar nicht unter der Erde, fährt lang mit uns durch den Vorortschnee. Die U 3 bis zur Endstation. Erst noch bunt und gesprenkelt im Schnee die Menschen, Scharen von Menschen. Alle mit uns mit der U-Bahn gekommen. Pfadfinder, Skiträger, Hundebesitzer, ein Wanderverein. Eltern mit Kindern. Mit Schlitten und Elternstimmen. Dann nur noch Sibylle und ich. Und der Schnee. Und der Wald. Waldbäume. Grau und diesig die Luft, aber hell vom Schnee. Immer steiler bergauf und immer mehr Schnee. Durch die Hohemark auf den Altkönig. Warum Hohemark, warum Altkönig? Sie wußte es nicht. Obwohl sie als Kind schon in Frankfurt und also hier zuständig für die Namen. In so einem Flachmann, wenn man ihn erst einmal aufgemacht hat, ist nicht viel drin. Kalt. Hoher Schnee. Ein praktischer Schraubverschluß. Ich wollte mir wie immer den letzten Schluck aufheben. Wenigstens bis uns ein Ort entgegenkommt, an dem es etwas zu trinken gibt. Bald ankommen! Ankommen und gleich im Stehen einen Schnaps, höchstens zwei. Weinbrand, Korn, Wodka – je nachdem. Gern auch Schlehenschnaps, wenn es Schlehenschnaps gibt. Und dann in der Wärme stundenlang Grog oder Glühwein, sagte ich mir. (Vielleicht kann man die Schuhe ausziehen und vor einem Feuer sitzen! Nach so einem langen Weg durch den Schnee: vielleicht kommt man an und es ist ein anderes Land!) Steil bergauf. Hoher Schnee. Inzwischen auch längst schon den letzten Schluck, womöglich mehrfach den letzten Schluck. Auf so einen letzten Schluck ist auch kein Verlaß. Er rettet uns nicht. Für den Rückweg (falls man nicht dortbleibt) den Flachmann dann auffüllen lassen. Und am Ende des Wegs aus dem Schließfach die Flasche Jim Beam. Und zu Sibylle: Nur jedenfalls für den Heimweg als Rückweg dann nicht den gleichen Weg. Auf keinen Fall! Schon mein Vater konnte das nicht. Sein Haus am Ende des Wegs hat zwei Eingänge. Zurück dann zum Westbahnhof. Müd heim am Abend. Und die Flasche ein paar Tage später erst aus dem Schließfach. Muß man die Tage zählen und mit passenden Münzen nachzahlen. Inzwischen mit dem Verlag den Titel für mein erstes Buch, den Termin, einen Vorschuß, folglich Schriftsteller. Die Flasche mit heim. Unhandlich. Schwer. Und am 10. März aufgehört zu trinken. Ein Samstag. Ein langer Tag mit mir allein. Vom Morgen an. Erst noch getrunken, dann aufgehört! Die Flasche nur eben angebrochen. Die Flasche dann jahrelang im Regal bei dem alten Weltatlas. Sooft ein Besuch zu Besuch kommt, ihm Whiskey anbieten. Gleich wenn er hereinkommt. Egal wer es ist. Jahre und Jahre, bis sie dann endlich leer, die Flasche. Ich dachte, sie wird nicht leer! Der Weltatlas aus dem Jahr 1913. Im Herbst dann mein erstes Buch und ein Kind.

Weiter jetzt müd in den Mittag hinein. Kinder, Schulkinder. Uns entgegen die Kinder und an uns vorbei. Masken. Geheimnisse. Was werden sie reden? Im Gehen, mit leisen Stimmen. Wo gehen sie hin? Oder siehst sie auf der anderen Seite in einem Hofein-

gang. Da im trüben Tag. Beim Tor. In der Einfahrt. Stehen beieinander, als ob sie sich keinen Rat wüßten. Länger schon. Jetzt
und in Ewigkeit nicht. Ein fremder Volksstamm. In seiner eigenen Zeitrechnung. In einer Vorzeit, die keinen Namen hat. No-
maden. Indianer, Jäger und Beerensammler. Hier zwischen dem
Glas und der Schrift und den Ladeneingängen, Mauern und
Baustellen. In Gruppen und einzeln die Kinder. Masken, Thea-
terkostüme, Räuberzivil. Kinder und Jugendliche. Wie nach
einer verlorenen Schlacht. Geschlagen, versprengt, auf der
Flucht. Aber wissen nicht einmal, wieviel sie noch sind und wie
und wo sie sich sammeln sollen? Sich sammeln und dann wohin?
Die Wildnis nicht mehr. Und auch nicht mehr den Traum von
der Wildnis. Keine Büffel. Nicht Wisent, noch Wildpferd. Müd
bin ich, der Weg ruckt. Der Gehsteig so hart. Und weiter hier
gehen mit Carina und Domi und Birgit. Mit meiner Müdigkeit
in den Mittag hinein. März, wieder März. Unter Bäumen, im
Westend. Die Feldberg-, die Friedrich-, die Altkönigstraße. Eine
Eisprinzessin. Pelzmütze, Pelzstiefel, Eistanzkostüm mit Pelz-
besatz. Pelz oder Watte? Schlittschuhe über die Schulter. Und
ein dicker weißer Pullover. Blond, lange Beine. Tanztrikotbeine.
Der Pelz wie mit Rauhreif. Aus den Karpaten, aus dem Kaukasus, aus Sibirien. Erst dreizehn oder beinah schon sechzehn? Mit
zwei Jungen bei einem Torpfosten. Ein Torpfosten mit einer
Kugel aus Stein. Einer hält ihre Hand. Beide sehen sie an. Alle
drei rauchen. Und da wird es gewesen sein, daß mir aufging,
jetzt kommt gleich die Straßenecke, von der ich jedesmal wieder
nicht weiß, wie sie heißt, wo sie ist, wie man hinkommt. Ob es
sie wirklich gibt? Und immer noch gibt? Glaubst zu träumen.
Immer von einem zum andern Mal. Vorgärten, hohe Bäume.
Gerade am Ende der Straße. So still ist es hier. So dicht und ver-
wachsen die Vorgärten. Und sogar ohne Laub die meiste Zeit
dämmrig unter den Bäumen. Balkontüren, Erkerfenster, Eisengitter und Torpfosten. Und gerade hier zwei winzige Läden.
Secondhand-Kindersachen und ein Indienladen. Noch aus der

Zeit, als es in Frankfurt noch viele Indienläden gab. Aus dem späten Blumenzeitalter. Saris, lange Kleider, Schmuck, Wickelröcke und bunte Hemden. Bestickte Hemden und Batikhemden. Tee, Räucherstäbchen, Moschus, Patschuli und seidige Baumwolltücher in allen Farben. Nebeneinander die Läden. Beinah als könnte man sie nicht glauben. Hier im Westend. In diesen ehrwürdigen Westendwohnhäusern. Hinter ruhigen Vorgärten. In einer so stillen Straße. Zwei Läden nebeneinander. Markisen. Ein Gehweg mit alten Steinplatten. Ein Vordach über dem Eingang, ein Vordach wie ein Hotelportal. Und doch sind die Läden winzig, sind eng und klein. Still ist es, still und dämmrig. Gerade hier jedesmal ist die Stille so deutlich, als müßte sie etwas bedeuten. Stimmen. Ein Vogel ruft. Eine Tür geht. Einmal auch Sommer. Im Nebenhaus ist ein Fenster offen. Sind Zeichen vielleicht, doch wie soll man die Zeichen deuten? Jeder Ton jetzt, als ob er mich meint. Als sei ich gerufen worden, so rührt jede Einzelheit mich hier an. Und auch schon vorbei. Die Straße zuende. Du gehst um die Ecke, gehst noch eine Ecke weiter und stehst auf dem Grüneburgweg. Wie eben erst aufgewacht. Gleich springt der Tag dich an. Gleich der Tag und die Stadt. Andere Angelegenheiten. Sowieso wie immer ein bißchen zu spät dran. In Frankfurt. In Frankfurt ein Frankfurter Fußgänger. Und bis zum nächstenmal wirst du wieder nicht wissen, ob es die Straßenecke wirklich gibt und immer noch gibt? Nicht bloß geträumt? Jemand anders? In Wahrheit woanders? Schon in unserem ersten Jahr in Frankfurt einmal hier vorbei, Sibylle und ich. Doch auch einmal ein indisches Tuch hier, türkis oder wie? Türkis und mit Silberstreifen, das Halstuch von gestern. Und leicht wie der Wind. Seither sieben Jahre. Und dann noch einmal nachmittags mit Sibylle. Vor zwei, vor zweieinhalb Jahren ein Freitag. Der Herbst, als Carina zwei war. Wollen übers Wochenende zu Jürgen und Pascale. Schon jeden Tag Vorbereitungen. Und dann hat Carina mit Pascale ausgemacht, daß Pascale und Jürgen sie Freitag im Kinderladen abholen. Sibylle auf ihrem Heimweg vom Verlag holt mich von der Arbeit ab. Wie still es ist in der Wohnung. Sind wir hier bei uns selbst daheim? Kaum erst halb zwei. Siehst du, sagte ich, jetzt bin ich aus Versehen sogar zu früh von der Arbeit weg. Passiert einem selten. Zum Glück ist ja Anne im Laden. Sonst kommt sie meistens zu spät. Sowieso die bequemste Arbeit, die ich je hatte. Wie das ist, am hellen Tag ohne Kind und auch noch zu zweit, du und ich. Alle beide. Und können uns sogar Zeit lassen. Hier also. Als ob man unverhofft bei sich selbst zu Besuch. Endlich aufräumen jetzt oder am hellen Mittag ins Bett? Lieber gleich hier bei den Matratzen und Sesseln im großen Zimmer und vor dem Fenster der Himmel. Kaum je genug Schlaf und nie Zeit, aber wird vielleicht ja am Ende dann doch noch fertig, mein zweites Buch. Das mußte ich damals jeden Tag zwanzigmal sagen. Konnte bald schon nichts mehr sagen und denken und tun, ohne das vorher zu sagen. Vorher und nachher. Wie ein Gebet. Barfuß mitten im Zimmer. Beinah wie zum erstenmal hier. Wie aus dem Himmel gefallen Carinas Sachen überall in der Wohnung. Und das Telefon schweigt. Was für dicke Teppiche wir doch haben. Und kennen uns sieben Jahre. Wirklich, sagte ich, wie ich mit Jutta zur Tür herein und du vor dem hohen Fenster. Du stehst auf dem Tisch, hast einen Vorhangstoff für das Fenster und hast einen Hammer in der Hand. Seither sieben Jahre. Wieder Oktober. Wir kommen und gehen, als ginge uns nichts je verloren – wir auch nicht. Wir haben den Hammer ja jetzt noch. Und jetzt ein Kind, das schon ohne uns Sachen anfängt und denkt sie sich ganz allein aus. Ein Kind, das natürlich nicht immer Zeit haben kann für uns. Auf einmal so still. So dicke Teppiche. Ein Herbstnachmittag. Vor dem Fenster der Himmel. Jede Wohnung hat ihre eigene Stille. Sibylle schon beim Ausziehen. Erst sich und dann mich. Und wie ihr dabei immer die Haare übers Gesicht fallen. Und als dann die Zeit wieder anfing, sagten wir zueinander: Komm, es ist Herbst! Noch lang, bis es dunkel wird. Wollen durchs Westend zu Fuß, du und ich. Zu Fuß und uns Zeit lassen.

Und dann am Grüneburgweg die U-Bahn nach Eschersheim. Oft zu der Zeit ein paar Tage bei Jürgen und Pascale. Bücher mit. In einer Einkaufstasche mein Manuskript mit. Aber nur zur Sicherheit, besser gar nicht erst auspacken. Oft erst dort wieder angefangen mit Essen und Schlaf. Ihre Stimmen noch in meinen Schlaf hinein. Eine Dachwohnung, halb in den Bäumen. Ein Frankfurter Vorort. Und doch wie auf einer Reise, wie in einem anderen Land jedesmal.

Im März, in den Mittag hinein. Carina, Domi, Birgit und ich. Cowboy nie! Mich einmal als Jäger verkleidet. Muß das Jahr 1949. Mit einem grünen Filzhut als Jäger und von meiner ganzjährigen oberhessischen Flüchtlingskindwintermütze vom Roten Kreuz, vom am-rikanischen Roten Kreuz, von dieser Mütze die selbstgefundenen Eichelhäherfedern an den grünen Filzhut. Extra umgesteckt. Über meine tägliche Jacke einen Gürtel als Jägergürtel. Dazu die Stofftasche, die meine Mutter meiner Schwester immer auf Schulausflüge mitgibt. Als Jagdtasche. Und richtig – auch ein Gewehr! Als Gewehr einen Stock mit Strohkordel. Besser wäre ein Kälberstrick, ein Lederriemen, ein echtes Gewehr. Wenigstens ein echtes Spielzeuggewehr, aber jetzt hast du immerhin den Stock mit Strohkordel als Gewehr. Das Gewehr also auf der Schulter. Nach Jägerart. Rechts oder links? Noch besser schräg. Soll man Jagdgewehr sagen? Immer einen noch besseren Stock als Jagdgewehr im Holzschuppen finden. Jeden Tag dreimal. Erst nur im Holzschuppen, dann auch an jedem Wegrand und bei den Scheunengärten. Und jedesmal das Strohkordel sorgfältig auf- und wieder zubinden. Die Strohkordel wollen das nicht! Schon Tage vorher bei uns daheim in der Küche mich jeden Abend als Jäger geübt. In der Küche und auch im Flur. Im Flur ist es abends dunkel. Den Flur als nächtlichen Wald. Die Dielen knarren. Der Wald rauscht. Und ein Lichtschimmer unter der Küchentür, damit du am Ende auch wieder heimfindest aus dem Wald. Kann auch das Jahr

1950, bevor wir im Frühling umziehen und haben außer der Küche dann auch noch ein Zimmer. Die meisten Flüchtlingskinder im Dorf dürften gar nicht zu ihrem Vergnügen im Flur auf- und abgehen, dort wo sie wohnen! Bei Tag nicht und abends erst recht nicht! Die Eichelhäherfedern immer um- und auch jeden Tag sorgsam zurückstecken wieder. Sollen auch nicht geknickt werden! Nicht abgenutzt! Leider nur der Hut wirklich grün, die anderen Sachen muß man sich gründenken (im Dunkeln geht es gleich leichter!). Jetzt fehlt mir als Jäger ein Hund! Über die Kreuzung zu den Bauern, bei denen wir jeden Abend unsere Milch holen. Weil es den Namen Zecher oft gibt im Dorf, heißen sie bei uns die Milchzechers. Sie haben einen Rauhhaardackel, den Waldi. Im Winter wird abends die ganze Familie in der Küche sitzen. Ich sagte, ich bin ein Jäger! Übermorgen, am Faschingsdienstag! Den Hut und das Gewehr und alles hab ich schon! Nur der Hund, ob sie mir ihren Hund leihen? Als Jägerhund! Ich würde ihn mittags abholen und am Abend zurückbringen. Mit Halsband und Hundeleine oder ein Stück Strohkordel. Bring ich dann auch mit zurück. Noch nie was verloren. Ja, sagten sie, erst ja und dann aber. Der Waldi ist alt, der geht nicht mehr gern. Am liebsten liegt er hier bei uns beim Ofen in seiner Kiste. Wie jetzt. Mit mir wird er schon gehen, sagte ich. Und setzte mich zu ihm auf den Fußboden, damit er sich schon gewöhnen kann. Mit mir gehen alle gern! Bestimmt will er selbst gern mit und den ganzen Nachmittag lang ein Jägerhund sein. Lieber hätten sie nein gesagt, aber jetzt sagen sie zu mir: Du kannst ja dann Dienstag kommen und kannst es mit ihm probieren. Ich wußte schon sowieso, daß er gern mit mir mitgeht. Schon immer beim Milchholen mich darüber gewundert, daß bei den Milchzechers alle kaum ein Wort reden. Mit keinem. Auch untereinander nicht. In ihrer Küche nicht und auch nicht zu den Kühen, wenn sie am Abend die Kühe ausspannen. Den ganzen Tag nur höchstens das allernötigste. Sogar die Kühe wissen das schon. Mich wortlos darüber gewundert. Für mich allein. Beim Milchholen keine Milch verschütten! Am Dienstagmittag mir den Hund und die Leine geholt. In Staufenberg gehen die Kinder am Faschingsdienstag durchs Dorf. Von Hoftor zu Hoftor, von Haus zu Haus. Zum Schreiner, zu allen vier Schustern, zum Küfer, zum Klempner, zum Schmied. Gern auch zum Sattler-Otto, wenn er daheim ist und noch nicht zu betrunken. Zum Gärtner auch. Sein Haus steht am Dorfrand. Ganz hinten beim Schindgraben steht für sich allein dem Gärtner sein Haus. Zum Bäcker, zu den Metzgern und in die Kaufläden und Gastwirtschaften. Den Oberdorfkaufladen mit Gastwirtschaft nicht vergessen! So gehen die Kinder vom Mittag an durch das Dorf. In neuerer Zeit und wenn das Wetter es zuläßt, auch zu den Behelfsheimen auf der Schanz. Mit Mundharmonika, Pfeifchen, Trommel und Blechtrompete. Eine goldene Blechtrompete. Einen Heringseimer als Trommel. Und schrill eine kürzlich erst wiedergefundene (übriggebliebene) Kirmesschalmei. Wenigstens einer muß eine Ziehharmonika mithaben, ein Schifferklavier. Der Theatersaal auf der Burg ist den ganzen Tag für die Kinder offen. Zu der Zeit war er sowieso immer offen. Zündblättchen. Streichhölzer. Flintenputzer als Fackeln. Das Konfetti macht jeder sich selbst. Die Flintenputzer wachsen für uns an der Lahn. Taschenlampen. Eisenbahnerlampen. Die letzten Dickwurzköpp, schon ganz verschrumpelt. Wer es so lang aushält, hat sich seit Weihnachten ein paar Wunderkerzen aufgehoben. So lang aufgehoben, aber jetzt weiß man nicht, wo sie sind? Kräppel gibt es und Ribbelkuchen. An allen Haustüren. Die Kräppel gefüllt oder ungefüllt? Bonbons, mit Glück eine ganze Handvoll. Im Dorf sagt man Guts-chen und Zuckersteine. Die Musik selbstgemacht, eine Zirkusmusik. Bald Abend. Am liebsten ein Feuerchen anzünden! Am liebsten viele kleine Feuerchen überall auf den Straßen. Und wir könnten von einem zum andern gehen und Reiser nachlegen und Holz und brauchtes kein Haus und hätten es warm. Ein paar haben Dörrpflaumen mit. Da kann man untereinander so tun, als wäre es Kautabak.

Echter Matrosenkautabak, den man sich jetzt in den Mund stecken tut. Kann gut auch braun ausspucken, stundenlang mächtig herumspucken. Tabaksaft. Einmal, wie es schon das neue Geld gab, ist ein Lastauto von Lollar herauf über die Schanz und zu uns ins Dorf gekommen und hat unter den Kindern am-rikanische Pepsicolafläschchen umsonst verteilt. Fremde Männer mit bunten Mützen. Faschingsdienstag im Dorf tut uns jede Haustür kennen. Die Kräppel gefüllt oder ungefüllt? Man sieht es ihnen nicht an! Ribbelkuchen und Amerikanerplätzchen und Zuckerkringel gibt es am Faschingsdienstag bei uns an den Haustüren. Die letzten Winteräpfelchen. So lang im Keller gelegen, ganz runzlig und wie sie immer noch lächeln. Man reibt einen Apfel blank und muß gleich hineinbeißen! In jeden Kräppel auch gleich hineinbeißen – man muß doch wissen, ob er gefüllt ist? Gefüllt und womit gefüllt? Brezzeln, Blechweck, Kräppel und Spritzgebäck. Alle Hände voll und Musik. Lang die Zeit. Und bis weit in den Abend hinein. Ich als Jäger. Jagdtasche, Gürtel, Gewehr. Ein grüner Hut aus dem Böhmerwald. Nicht meine Eichelhäherfedern verlieren! Sie sind so schön hellblau. Sind zart. Selbst gefunden. Sind meine, sind kostbar! Als Jäger weit durch die Welt und einen lebendigen Hund mit. Mir als Fernglas die Hände gewölbt. Vor die Augen die Hände. Stehenbleiben. Das Fernglas anheben. Und durch das Fernglas mit beiden Augen den Blick in die Ferne. Man glaubt es fast selbst. Der Hund auch, der Hund steht daneben und wartet ernst. Als Hund neben meinem rechten Fuß wie ein richtiger Jägerhund, der sich auskennt mit Jagdgeschichten.

Carina in ihrem Häschenkostüm. Bist du müde? Schüttelt den Kopf. Die Ohren wie Ausrufezeichen. Und muß gleich hüpfen als Gegenbeweis. Und einmal, vor vielen Jahren einmal in der Woche nach Ostern. Noch Ferien. Nach den Ferien komm ich schon in die zwote Klasse. Demnach bevor ich sieben, also das Jahr 1950. Staufenberg im Kreis Gießen. Es muß ein Frühling gewesen sein! Ich und mein Schatten bei einem Hasenstall. Im Hof vor der Bürgermeisterei. Nachmittag. In der Sonne. Ich wußte genau, wer ich bin. Man steht in der Sonne und fängt unwillkürlich zu lächeln an. Vom Schindler der Hasenstall. Sind junge Häschen dabei. Der Herr Schindler ist hier der Schuldiener. Wir wohnen in einer Flüchtlingswohnung über der Schule. Gerade erst eingezogen. Das ganze Dachgeschoß ist für die Flüchtlinge ausgebaut worden. Ich steh oft bei dem Hasenstall. Ich will, daß die Hasen mich kennen! Jetzt kommt die Frau Schindler aus dem Haus. Nämlich die Frau vom Schuldiener, also die Frau Schuldiener. Sie hilft ihrem Mann jeden Tag bei der Arbeit. Flüchtlinge. Außer dem Schuldiener gibt es noch den Gemeindediener. Der ist höher. Hausbesitzer. Ein Einheimischer. Wahrscheinlich mit Amtlichen Bekanntmachungen jetzt amtlich im Dorf unterwegs. Im Dorf und in der Gemarkung. Die Frau Schindler über den Hof. Mit Kopftuch und Schürze. Schon vorher hast du sie mit ihrem Kopftuch im ersten Stock immer wieder am Fenster gesehen. Jetzt kommt sie und bringt den Häschen Kartoffelschalen. Wie sie schon wieder gehen will, bleibt sie noch einmal stehen und fragt mich, ob mir die jungen Häschen gefallen. Ich sagte ja und hörte mich selbst nicht. Als hätte ich keine Stimme, das gibt es. Deshalb dann noch extra deutlich genickt. Welches gefällt dir am besten? Das schwarze! Noch klein. Es ist so schön schwarz und sein Fell glänzt. Jetzt macht sie den Hasenstall nochmal auf. Aus Latten und Maschendraht eine Tür. Und nimmt das schwarze Häschen heraus. Die Tür wieder zu. Und setzt das schwarze Häschen mir auf den Arm. Dann schenk ich es dir! Und drehte sich um und ging. Ich wußte, sie wäre gern noch stehengeblieben. Das Häschen auf meinem Arm. Warm ist es. Richtige Augen. Schwarz und lebendig. Sein Fell glänzt. Du spürst, wie sein Herz klopft. Das sieht man sogar. Den Arm um das Häschen, beide Arme (es hat keinen Schreck gekriegt!). Im Hof, in der Nachmittagssonne. Nicht mehr lang und die Frauen aus der Zigarrenfabrik kommen auf ihrem Heimweg die Straße herauf. Die aus den Nachbardörfern mit Fahrrädern. Märzstaub. Die trockene helle Osterzeiterde. Gern würden die Kinder im Dorf in der Osterwoche alle schon barfuß gehen. An solchen Tagen kann dir geschehen, daß du einen Kirschkern findest. Knochentrocken gebleicht nach dem langen Winter. Nach soviel Schnee, Frost und Finsternis. Stehen und blinzeln. Die Hühner hört man. So ungewohnt hell ist das Licht. Ein Kirschkern vom vorigen Jahr. Ein Kirschkern im März. Und so leicht. Den Kern auf der Hand. Und weißt, es wird wieder Sommer sein. Erst Frühling, dann Sommer. Die Straßen noch nicht geteert. Nur der Rinnstein mit Blaubasaltpflaster. Der Steinbruch ist hinter der Burg. Im Rinnstein fließt Wasser und daneben wächst Moos. Immer in der Woche vor Ostern werden im Dorf zum erstenmal die Hühner herausgelassen. Die Hähne krähen. In jedem Hof ein Gegacker. Sie wissen, der Frühling kommt bald! Oder ist das jetzt schon der Frühling? Mit den Taubenschlägen genauso. Und überhaupt alle Vögel so eifrig. Erst recht die, die auf eigene Rechnung leben. Sind unsre Schwalben denn schon zurück? Und die Bachstelzchen auch? Wenn nicht, dann muß man ab jetzt jeden Tag mit ihrer Ankunft rechnen. Sobald die Hühner heraus sind, immer auch Habichte über dem Dorf. Immer mindestens einer. Als ob sie unter sich ausmachen, wer an der Reihe ist. Die erste Zeit wieder draußen, da wollen die Hähne gar nicht mehr aufhören mit dem Krähen. In jedem Hof, in den Hintergäßchen und Grasgärten. Vom Morgen an, über Mittag und bis weit in den Nachmittag hinein. Unentwegt krähen sie. Und von jedem Dach herunter die Tauben. Als wollten sie uns das Heimweh lehren, die Tauben, so ein Rufen und Gurren ist das. Die Hühner, die Vögel, eine Säge und Kinderstimmen. Im Rinnstein das Wasser blinkt und beeilt sich. Jede Sorge nimmt so ein eiliges Wasser dir ab. Nimmt sie mit und gleich auf und davon. Die Turmuhr mit ihrem Läuten klingt immer so, wie du dich gerade fühlst. Auf und zu die Türen. Ein Glöckchen bimmelt, ein Pferd wiehert, ein Tor knarrt, ein Hoftor, ein Scheunentor. Mit nickenden Köpfen dem Waldkaiberkoarl sein Pferdegespann vorbei. Ein Kuhwagen schlurfend vorbei. Große Holzspeichenräder mit Eisenreifen. Ein Traktor und hat es eilig. Dem Schmied sein Gehämmer. Sobald die Sonne scheint, muß im Dorf einer Holz hacken. In jeder Straße. Mindestens einer. Zum erstenmal auch die Fenster den ganzen Tag wieder offen. Wenn nicht den ganzen Tag, dann doch über Mittag. Frisch geputzt alle Fenster. Auch schon die ersten Bienen. Es ist eher selten bei uns hier im Dorf, aber manchmal fängt eine Frau für sich allein daheim in der Küche zu singen an. Selbst vielleicht merkt sie es gar nicht. Oder mit Kopftuch und Schürze im Hof die Frauen. Stehen und rufen die Kinder, die Katzen, die Kühe mit Stimmen, als ob sie singen. Die Hunde, sooft sie können ins Freie. Und genauso die Kinder. Müssen zusammenhalten. Tun sich unter sich und mit den Hunden verbünden. Vor den Haustüren, beim Zaun, in jedem Hof Kinder. Die Hunde nach Möglichkeit aus dem Dorf und ins Feld hinaus. Und die Kinder den Hunden nach. Die Ferne, die Ferne. Erkennen untereinander uns jederzeit an den Mützen. Von weitem schon. An den Mützen und an den Stimmen. Haben Vogelstimmenpfeifchen. Rufen wie die Indianer rufen. Wie aus dem Himmel herunter ein einsamer Bussard. Jedes Kind im Dorf kann mit Gaumen und Zunge ein Pferd nachmachen. Schritt und Trab und Galopp. Ein Eisenbahnzug aus dem Tal herauf. Muß man stehen und horchen. Erst noch der Zug und dann wieder mit seinen vielen Stimmen von allen Seiten das Dorf. Die Fenster offen. Mittags die ersten Bienen. Hummeln. Ein Schmetterling. In der Sonne, wenn du die Augen zumachst, hörst du die Sonne summen. Immer deutlicher. Ein Gesang, eine Kirchenorgel. Nicht mehr lang und der Kuckuck fängt an zu rufen. Jeden Tag ruft er dann aus dem Wald. Das Dorf und die Stimmen. Jeder einzelne Ton. Nur die erste Zeit, nur gerade die Wochen um Ostern ist das, daß jedes Ding mit uns spricht. Alles ruft! Erst recht, wenn auch noch Ferien sind und die Sonne scheint. Nur gerade die erste Zeit jedes Jahr, später fällt es uns nicht mehr so auf. Stehen und das Häschen im Arm. Stehen und mir alles für immer merken. Und schnell heim! Du hast nicht gewußt, daß jemand so reich sein kann, daß er ein lebendiges junges Häschen verschenkt. Und auch noch das schönste! So reich und dazu noch so großmütig! Jetzt mit dem Häschen und schnell. Neben uns her unsre frohen eiligen Schatten. An den Gemeindeamtsfliederbäumen unter unserem offenen Küchenfenster vorbei. An den neugebauten Flüchtlingsholzschuppen vorbei. Im Schatten jetzt unsichtbar unsre Schatten, aber immer noch neben uns her. Wie gut das frische Holz riecht. Dann ein Mirabellenbaum. Man kann gut Bilder hineinsehen in seine Rinde. Und sein Harz wie Bernstein in Bernsteingeschichten. Wie von der Sonne verschenkte einzelne Sonnenlichttropfen, wie helles flüssiges Gold. Schmeckt bitter. Schmeckt gut und reicht lang im Mund. Beim Haus um die Ecke und jetzt werden wir gleich sehen, ob die Pflaumenbäume schon blühen? Um die Ecke und auf unsre Haustür zu. Ihm einen Namen geben, dem Häschen! Geschenkt! Vielleicht hat der liebe Gott, der mich kennt, seine Hand im Spiel. Ich war sicher, das Häschen könnte mich denken hören. Das warme Häschen im Arm, mein Häschen. Und heimrennen mit dem Häschen. Ich wußte, ich fall jetzt nicht hin. Ich wußte, meine Mutter ist daheim in der Küche. Meine Schwester kommt bald. Mein Vater am Abend. Mit dem Häschen zur Haustür. Hell der Weg vor uns her. Und mein Herz hüpft vor Freude. Und war von da an dein Häschen dann, sagt Carina. In der Gegenwart gehen. Die magische Straßenecke in der Wirklichkeit wiedergefunden. Sie noch jedesmal wiedergefunden. Und mich auch. Die heutige Mittagsmüdigkeit unbeschadet durchquert. Eine Lagune, ein stilles Meer. Am besten man läßt sich treiben! Und schon den ganzen Weg nicht geraucht! Auch vorher im Kinderladen nicht! Sogar auf dem Hinweg schon nicht, obwohl Kettenraucher! Und gehen hier in den Mittag hinein. Gerade vor uns eine ganze Schar

Kinder. Jungen und Mädchen. Azteken, Tscherokesen, Tscherkessen, Tschetschenen, Mongolen. Eine goldene Horde. Johlend und mit einem hellen Leuchten vor uns über die Straße. Vorgärten, Bäume. Die Eppsteiner Straße. Gleich jetzt zwischen den Bäumen das Haus. Und kommt uns entgegen. Die Fenster voll Himmel. Ein weißes Haus. Wieder März. Gleich Tee, viel Tee trinken. Als Gast und den Nachmittag um mich spüren. Und die eingesparten Zigaretten gleich alle nachrauchen. Schnell meine Notizzettel und mir ein paar neue Wörter dazu. Deutlich schreiben! Schreib alles! Vergiß auch nicht die Eisprinzessin und ihre beiden Begleiter! Begleiter? Beschützer? Bewacher? Immer noch ein Glas Tee. Gegenwart. So eine klare kostbare Farbe der Tee und noch lang bis es dunkel wird. Das Teeglas als Gegenwart in den Händen. Zerbrechlich. Mit der Gegenwart und dabei schon im voraus die Wörter im Mund, derweil die Kinder im Nebenzimmer und um uns herum auf dem Fußboden längst mit ihren eigenen Angelegenheiten. Stundenlang Tee. Und wenn sie dann kommen, haben Hunger und Durst und sich müde gespielt, dann weiter mit den Geschichten. Erst beim Erzählen sieht man, was daraus wird. Als Förster immer wieder durchs Fernglas die ruhige Ferne. Am Abend den Hund zurück und den wortlosen Milchzechers in ihrer Abendküche, Vater, Mutter und Tochter, der Schwiegersohn war nicht da, und später daheim auch meiner Mutter den Tag erzählt und wie der Hund die ganze Zeit mit mir mitging. Mit mir gehen alle gern! Bestimmt wird er heute Nacht gut schlafen, der Hund. Hat meine Mutter am Abend zu mir gesagt.

9

Morgens zu ihr, zu Carina und mit ihr jeden Tag in den Tag hinein. März. Noch früh. Grau, aber hell der Tag. In den März hinein. Mein Kind und ich. In Gedanken schon ein paar Jahre den Weg. Mit ihr und dem Tag in den Kinderladen. Sie hinbringen und immerfort Abschied. Noch einen Augenblick, einen letzten Blick, noch fünf und dann noch fünf Minuten. Ihr Bild mir für immer. Die Welt. Jedes Bild. Carina nicht eben noch kaum erst zwei und jetzt schon bald viereinhalb? Bei der Tür. Nie den Abschied gelernt. Alle Türen im Kinderladen letzten Sommer dick mit weißer und gelber Farbe. Drei Sorten Gelb. Den ganzen Kinderladen wochenlang stümperhaft renoviert. Letzten Sommer und auch schon den Sommer davor. Illegal. Ein besetztes Haus. Immer im Kinderladen über den Kindern die Eltern zu grüßen vergessen! Jetzt noch! Immer wieder! Müd die Kinder am Morgen, müd und blaß. Wintergesichter. Stadtkinder. Alle husten. Hätten sollen beizeiten! Müßten als Frankfurter Kinder wenigstens manchmal länger woanders sein! Schon den ganzen Winter husten sie so. Seit September schon. So kurz war der Sommer in diesem Jahr. Und jetzt? Sind gebracht worden. Angeliefert. Stehen in ihren Anoraks und mit Schals und Mützen und Jacken im Flur, als ob sie nicht weiterwüßten. Jetzt nicht und später nicht. Waisenhauskinder. Kaspar-Hauser-Gesichter. Verlorene kleine Verzweiflungsgestalten. Stehen mit verwachsenen Schatten gekrümmt an der Wand entlang. Wie in einer Anstalt zwecks Aufbewahrung. Deshalb nach kaum ein paar Schritten bist du noch einmal umgekehrt und zurück: da sind sie schon gar nicht mehr da! Nur ihr Zeug. Bilderbücher. Spielsachen. Die kleinen roten Plastikautos zum Draufsitzen. Aus ihrem zweiten Sommer auf Erden. Draufsitzen, sich mit den Füßen abstoßen und die Welt, noch neu, fängt zu fahren an. Vor drei Jahren am Anfang des Sommers. Eine gute Idee! Die Kinder gezählt, bei den Eltern das Geld zusammengesammelt und für jedes Kind so ein rotes Plastikauto. Spielsachen, Spielzeugkisten und die Jacken und Mützen und Anoraks überall. Hingeschmissen. Auf Hockern und Stühlen. Auf den roten Plastikautos. Über die Spielzeugkisten. Auf Matratzen und Kissen und auf dem Fußboden. Und liegen kreuz und quer und mit ausgebreiteten Armen. Liegen als ob sie winken. Als ob es die Jacken und Mützen und Anoraks sind, die Meike, David, Carina, Domi, Myriam, Katerina und Milena heißen – oder wenigstens stellvertretend für die Kinder hier mit den Namen und Gesten im Flur, in den leeren Zimmern und in meinem Kopf. Und kennen sich, sind auch als Jacken und Mützen und Anoraks noch untereinander befreundet. Immerhin gar nicht schlecht die gelbe Farbe auf dem Fußboden und an den Wänden, Türen und Fensterrahmen. Wie ausgeschüttet. Drei Sorten Gelb. Sonnengelb. Alle Eltern schon weg. Und die Kinder? Die Kinder längst hinterm Haus. Zu sechst auf der hohen Schaukel. Und die nicht draufsind, zerren daran. Im Matsch. Bei dem Anarchistentümpel. Auf dem Mäuerchen, auf den Mülleimern, bei den Flaschenscherben. Erst auf dem Mäuerchen und auf den Mülleimern, dann auf der großen Mauer. Über die Mauer aufs Schuppendach, aufs Garagendach, wo die Ziegel teils weg, teils zerbrochen und die Dachpappe durchgerostet – nein morsch! Darunter die Balken auch morsch, sei Jahren schon morsch oder weggefault, nicht mehr da. Die Regenrinnen sind durchgerostet. Durchgerostet, löchrig und lose. Die Regenrinnen, an denen sie sich immer festhalten, wenn sie geschubst werden oder ganz von allein auf dem schrägen Dach (auf den Jahresschichten von nassem Laub oder was daraus wird, viele Jahre, Jahrzehnte!) blitzschnell ins Stolpern und Rutschen geraten. Nur schnell übers Dach in die Bäume hinein. Haushohe Kastanien und Linden. Auf die ist Verlaß. Hinterm Haus oder auf die Straße hinaus. Das Tor ewig offen. Aus dem Hof auf die Straße. Die Straße entlang und gleich um die Ecke auf die Bockenheimer Landstraße. Kennen sich aus! Indianergeheul! Triumph! Jedes Kind eine kräftige Stimme.

Einen Überfall auf das Büdchen. Ein Büdchen mit Bockwurst, Kaugummi, Süßigkeiten, Erfrischungen, Flaschenbier, Zigaretten, Langnese-Eis. Ein Frankfurter Büdchen mit Flaschenbiergärtchen, Vordach und Tradition. Täglich vier Sorten warme Suppe mit Einlage, außer im Hochsommer. Der Büdchenbesitzer, was also hier der Wirt ist, der kennt die Kinder ja all die Jahre her schon, der hat die Kinder ja direkt gern. Ein Frankfurter Büdchenbesitzer aus Offenbach. Hat auch eine Schallplatte von sich selbst da am Büdchen ausgestellt. Zur Besichtigung. Für Musikfreunde. Vielleicht sogar zu verkaufen die Platte (kann man käuflich erwerben!). Auf der Hülle er selbst als Farbfoto. Eigenhändig. Plattenstar. Nur seither noch ein bißchen zugenommen. Siehst du ja selbst. Ungefähr sich verdoppelt. Hier in seinem Frankfurter Büdchen mit Imbiß und Flaschenbier. Daß die Kinder hier durch und vorbeigerannt sind, siehst du daran, daß noch überall Passanten stehen. Kopfschüttelnd. Gaffen, drohen die Straße entlang. Aufgebracht. Fassungslos. Ringen die Hände. Schnappen nach Luft. Schimpfen laut auf den leeren Gehsteig herunter. Auch überall ja noch die Spuren und Reste und Scherben von dem Indianergeheul. Alle Eltern längst weg. Zur Arbeit, in die Uni oder wo sie sonst als Eltern jeden Tag hinrennen. Und die Aufsicht? Betreuer? Bezugspersonen? Wie soll man sie nennen? Der Herbert und die Liesel! Die von uns Eltern so schlecht bezahlt werden, daß man sich wundern muß, wovon sie wohl leben und daß sie immer noch jeden Tag kommen. Können aber auch nicht gut wegbleiben, weil sie als Arbeitnehmer noch das Geld für mehrere Monate ausstehen haben. Gerade erst einen Vorschuß auf den Abschlag für ihr Dezembergehalt von den zahlungsfähigeren unter den Eltern zusammengesammelt. Im März. Von Weihnachtsgeld keine Rede. Und wer wird sie nach dem Kinderladen noch einstellen? Illegal, ein Kinderladen in einem besetzten Haus. Wo sind sie? Wo soll man sie suchen? Entweder mitgerannt mit den Kindern (die sich dann schon um sie kümmern) oder werden in der nicht zuende renovierten Küche auf Holzkisten zwischen den eingetrockneten Farbeimern sitzen und sich Kaffee mit dem hochgefährlichen Tauchsieder. Mehrfach mit Isolierband geflickt. Isolierband, das immer wieder abgeht. Weil es den Wasserdampf nicht verträgt, an dessen Erzeugung es mitwirkt. Geht die Heizung? Große Kaffeetassen und sich daran die Hände wärmen. Was heißt Arbeitnehmer. Wenigstens sind sie zu zweit und die Kinder halten jederzeit zu ihnen. Ihre Zeit, die Geduld, die Tassen und den Kaffee bringen sie sich als Bezugspersonen von daheim mit. Weil hier nämlich nie keiner ist, kein Kaffee. Auch kein Geld für Kaffee in der Kaffeekasse. Nicht einmal eine Kaffeekasse, die ist beim Renovieren abhanden. Sowieso nur ein leerer Pappkarton ohne Deckel. Wie still es im Kinderladen ist, wenn er unverhofft leer ist. Tageslicht, Putzdienstlisten und trübe Fenster. Drei Wasserhähne und alle drei tropfen. Jetzt weißt du Bescheid und kannst dich für heute getrost auf den Weg machen.

Mit ihr in den Kinderladen. Sie hinbringen und gleich weiter. Gleich durchs Westend, gleich mit dem Tag an den Tisch zurück, gleich weiter mit dem Manuskript oder erst noch zum Zahnarzt? Nur zwei Ecken weiter die Zahnärztin in der Myliusstraße. Erst kürzlich zwei Zähne, rechts und links unten die Weisheitszähne mir ziehen lassen und jetzt immer noch zur Nachbehandlung, so gewaltige Wurzeln. Besonders der zweite. Hier unten links. Ungefähr jeden zweiten Tag. Manchmal auch ganz früh schon zu ihr, schon auf dem Weg zu Carina, auf meinem Hinweg. Es dauert nicht lang. Sie nimmt mich schnell zwischendurch dran. Reinigen, einpinseln, mir und der Wunde gut zureden. März. Auf dem Weg zu ihr und im Wartezimmer, bevor ich gleich drankomme, immer zahlreiche gute Einfälle. Nachher fragst du dich, wo sie nur hin, wo sie alle geblieben sind? Immerhin mir die Zahl gemerkt, ihre Summe. Und sie mühsam jetzt wieder zusammensuchen, damit mir nicht ist, als hätte ich etwas veruntreut. Und sehen, ob sie sich als haltbar erweisen. Im Mund noch den Zahnarztgeschmack. März und gleich weiter. Gehen, schnell gehen. Manche Tage im März wird die Luft uns leicht. Zurück in die Eppsteiner Straße. Rückwege. Hat schon auf mich gewartet, die Straße – und vor mir her? Nein, nicht vor mir her – nimmt mich mit! Schnell gehen, tief atmen und weit in die Ferne den Blick. Anders hältst du dein Leben nicht aus. Vorgärten. Bäume. Die Eibe. Das weiße Haus. Gleich mit den Wörtern! Notizzettel, Wörter, Zahnarztgeschmack. Mund voller Wörter. Beide Hände voll. Gleich mit den Wörtern die Treppe hinauf. Zurück und sooft du zurückkommst, ist alles noch da! Auf dem Heimweg am Morgen mir Milch gekauft. Milch und für zwei Mark vierzig Käse aus Holland. Zwei Äpfel. Bananen. Mit Sorgfalt ausgesucht drei gelbe Bananen. Die schönsten! Beinah wie selbstgepflückt. Für mein Kind und falls Domi zu mir. Und auch für mich selbst. Falls du wieder drei Tage zu essen vergißt, sagt er sich (kennt sich). Mein Geld zählen! Mineralwasser, Milch und Brot. Kochplatte, Kühlschrank, Obstkorb. Das kleine Bad mit Boiler und Glasziegelfenster. Mein Espressokännchen. Zigaretten, Espresso und vom Vorraum aus am Boiler die bunten Lämpchen. Und gleich weiter mit dem Manuskript. Nur zu Gast. Und deshalb bei jedem Heimkommen immer gleich weiter. Jede Zeit nutzen, solang du nicht weißt, wieviel Zeit dir noch bleibt. Gerettet? Vorläufig gerettet? Wie lang?

Mein Badewasser. Tolstoi lesen. Ein kleiner Schlaf. Im Schlaf wird mir warm. Und dann das Oberlichtfenster weit auf und – als ob das Zimmer fährt, als ob der ganze Dachstuhl mit mir rauschend dahinfährt – in einem stetigen breiten Strom die Märzluft von draußen herein. Wie spät? Wieviel Uhr? Märzluft, Dämmerung, Vogelstimmen. Vom Reuterweg her der Feierabendverkehr. Und in der Dämmerung mir wieder das Dorf aufbauen. Notizblöcke, Zettel, mein Manuskript. Noch keinen Titel. Ein Dorfbuch, da muß man einen langen Atem. Wie im Buch die

Frauen mit ihrem Leben und dem Sonntagsspaziergang. Wie die Kinder, wenn sie aus dem Dorf gerannt sind. Auf die Ferne zu. Immer weiter die Kinder. Aus dem Dorf und zur Schosseeh hin und müssen sich sagen, sie werden nicht müde. Wir geben nicht auf! Zigaretten, Espresso, den letzten Absatz noch einmal abschreiben und weiter mit dem Manuskript. Die gleiche Zahnärztin auch schon vor der Trennung, also jetzt wie aus einem früheren Leben. Immer schon ihr von Carina erzählt. Schon vor der Geburt damit angefangen und bei jedem Besuch immer weiter von ihr. Fünf Jahre. Aber noch nicht von der Trennung. Noch keine Wörter dafür! Noch nicht dazu gekommen im Zahnarztstuhl mit offenem Mund, mit dem Schmerz und den blanken Geräten im Mund. Manchmal ein Morgen ohne Carina. Sibylle bringt sie in den Kinderladen. Gleich beim Aufstehen dann, mit den ersten bitteren Morgenzigaretten (wer bin ich doch gleich?), die Sätze von gestern lesen und korrigieren. Durch das Licht und die Stille im Nebenzimmer. Dann mit dem ersten Espresso unter dem Oberlichtfenster. Ich wollte die Tulpen zählen. Oder hast du sie schon gezählt? Zählst und zählst – und zählst jedesmal neu? Mir schon länger Musik, mir ein Radio gewünscht! Sitzen und schreiben. Über dem Schreibtisch der Himmel. Ein Baum, Astspitzen, vom Dach des Nachbarhauses ein heller Fleck. Gerade genug, um hier in der Höhe auch weiterhin an die Erde glauben zu können. Wieder März. Im März wird man mit den Vögeln wach. Lang die Zeit, ein heller geräumiger Vormittag. Zwischendurch Carina im Kinderladen besuchen. Mittags gehst du, direkt aus der Arbeit heraus, den Kopf voller Bilder. Wie immer ein bißchen zu spät dran und im Gehen erst einen Monolog, dann Gespräche in alle Richtungen. Sie sehen, beeil dich! In den Kinderladen, in den Grüneburgpark, in den Palmengarten. Du kannst es kaum abwarten, sie zu sehen. Im Palmengarten lassen sie die Eltern, die ihre Kinder nur schnell abholen wollen, ehelich oder nicht, umsonst rein. Inoffiziell. Unter der Hand. Nur schnell rein und gleich wieder raus. Die

Frau an der Kasse glaubt mir, daß ich ein Vater bin. Auch ohne Papiere. Auch wenn sie uns nicht, sogar wenn sie uns nie zusammen sieht, mich und mein Kind. Auch wenn wir dann durch den zweiten Ausgang hinaus oder sogar durch die Seitentür mit dem Drehkreuz. Sie glaubt es mir trotzdem. Erfahrung. Sie wohnt in Eschborn. 1962 gebaut. Ein eigenes Haus. Drei Jahre gebaut. Aber aufgewachsen in Bockenheim. Nicht weit vom Hessenplatz, in der Marburger Straße. Der Mann schon in Rente und sie hier noch ein paar Jahre halbtags. Sie glaubt es mir jedesmal wieder. Und genauso ihre Kollegin. Aus Gleiwitz und wohnt am Ostpark. Schon zwei Jahre Witwe. Beide kennen mich schon von weitem. Sie kennen mich schon am Schritt. An meiner Ungeduld und Versunkenheit und an der alten Jacke. Im Gehen die Schuhe schonen!

Am hellen Mittag. Im März, in den Tag hinein. Vorgärten. Amseln. Im März sind die Amseln verliebt. Durchs Westend und immer wieder den alten Tagen begegnen (wie es raschelt, das Laub; ein Herbst, ein vergangener Herbst!). Jetzt gehst du und holst dein Kind ab. Muß sie jeden Tag sehen! Einmal morgens eilig sie hingebracht, dann zur Zahnärztin. Dann schon auf dem Heimweg und nochmal umgekehrt. Schnell zurück und sie im Kinderladen durchs Fenster. Als Anblick. Einmal im Kinderladen hinterm Haus und einmal im Grüneburgpark nur von weitem sie mit den anderen Kindern. Und einmal die Kinder alle auf dem Weg in den Grüneburgpark. Weit vor dir in der Siesmayerstraße. Bunt, eine langsame Karawane. Du hörst sie immer noch reden. Durch all die Jahre hell ihre Stimmen. Seit dem Sommer bevor sie zwei wurden, gehen sie hier. Seit dem Frühling vor diesem Sommer. Unter Bäumen. Ein breiter Gehsteig. Als Anblick, als Bild nur. Wie früher. Oft mit ihr. Oft mit ihr und Sibylle. Oft mit ihr und Sibylle und den anderen Kindern. Oft so gegangen. Auch manchmal früher schon so aus der Ferne sie. Wie aus dem Jenseits. Als ob man sich selbst sieht. Nur damit du das Bild dir für immer. Gut aufheben im Gedächtnis! Zu ihr und immer auch unterwegs zu mir selbst. Kommen und gehen. In Gedanken und eilig, die meiste Zeit eilig (wo denn nur in Gedanken?). Zurück und sooft du zurückkommst, ist alles noch da! Vergiß nicht die bunten Lämpchen am Boiler und jetzt ist das Wasser heiß. Bei jedem Aufwachen gleich alles wiedererkennen. An den Tisch zurück, der mir nicht gehört. An meinen Arbeitstisch in den Wolken und mein Manuskript aufwecken. Gleich mit vielen Stimmen das Dorf: fängt von allen Seiten zu reden an! Bloß geliehen der Tisch und die Zeit und gleich weiter mit dem Manuskript. Im März. Jeder März auch ein Anfang wieder. Immer noch März. Mappen, ein Ordner, mein Manuskript, Notizblöcke, Zettel und zwischen den Notizblöcken, Zetteln, Mappen und Manuskriptseiten noch aus der Jordanstraße eine Zeitschrift, ein alter Pflasterstrand. Als Schreibunterlage und für den jähen Schreck der Erinnerung, sooft er dazwischen hervor. Und schon auch die ersten fertigen Kapitel (vorerst fertig, sagte ich mir) und wie sie der Reihe nach ihren Platz einnehmen. Auf dem Tisch und im Buch und in meinem Kopf. Und Musik, immer wieder Musik mir gewünscht. Am liebsten eine Zigeunerfiedel. Am liebsten selbst die Zigeunerfiedel! Hin und her. Mit mir selbst. Durch das Nebenzimmer und an den Tisch zurück. Zähl die Tulpen! So viele, so rot und so gelb und orange! Für die Zeit Sibylles alten Elektrowecker mit Schnur. Steht die meiste Zeit mit dem Gesicht zur Wand. Gerät zwischen die Manuskriptseiten. Will nicht stören. Verkriecht sich. Leihweise lernt sich leicht. Schreiben. Zuerst eine Farbe, ein Bild, dann die Wörter dafür. Nur probeweise, fürs erste, damit du dann bessere finden kannst. Du suchst dir die ersten Wörter zusammen und kostest sie, kaust sie, trägst sie mit dir herum. Bis es zwei halbe Sätze wenigstens. Und an einem guten Tag, der im übrigen leer bleiben muß, an so einem Tag diese zwei halben Sätze mit Vorsicht (auf Widerruf) auf ein Blatt Papier. Und dann immer wieder abschreiben die zwei halben Sätze, lesen und abschreiben. Bis ein Buch daraus wird. Sitzen und schreiben. Neun Uhr morgens. Kurz nach neun. Eben erst neun vorbei und jetzt schon gleich elf. Espresso, Milchkaffee, Zigaretten. Die Zeit, Gegenwart. Am Schreibtisch und *gleichzeitig* in den Tag hineinschlafen, so ein Zimmer ist das. Wie der Tisch, das Regal, der Fußboden, wie das ganze Zimmer nach Bienenwachs riecht, nach Honig. Selbstgespräche. Nicht nur dauernd die Vergänglichkeit, auch die Gegenwart immer wieder neu lernen! Unter dem Oberlichtfenster. Alles ausgebreitet. Sitzen und schreiben. Während es über mir und in mir drin und um mich herum immer heller wird. Elf Uhr vormittags. Gleich elf. Vorfrühling. Anfang März. So helle Tage und daß sie mir leicht oder wenigstens dennoch leicht! Zur Nahrung ja sowieso, aber oft auch als Mantel die Wörter mir. Nur zu Gast. Nie vorher von hier aus den Tag und die Stadt und mein Leben betreten. Hell eine Vormittagswelt. Die ganze Zeit ging es auf elf.

Freitagmittag Carina aus dem Kinderladen abgeholt und mit ihr durchs Westend zu mir. Beide in einer großen Müdigkeit. Langsam das Haus. Hat uns im letzten Moment erst erkannt. Wie in Zeitlupe an den schweigenden Wohnungstüren vorbei, mein Kind und ich. Durch die Stille von Stockwerk zu Stockwerk die Treppe hinauf. Bis ins Dachgeschoß und vor der eigenen Tür (nur zu Gast) lang die Schlüssel gesucht, bevor du merkst, du hast sie ja von der Haustür her noch in der Hand. Carinas Anorak, ihre Umhängetasche. Hunger? Durst? Die Gastgeber übers Wochenende verreist. Wir sollen in ihrer Wohnung im zweiten Stock für die Katze Futter hinstellen. Am besten nachmittags zwischen fünf und sechs. Hier sind die Schlüssel. Auf drei wird es gehen. Geht schon länger auf drei. Stehen im Nebenzimmer, Carina und ich. Im Zimmer der Nachmittag. Nachmittagsstille. Vor dem fremden Schreibtisch eine Playmobil-Ritterburg, Palisaden, Blockhäuser, eine Goldgräberstadt, ein Indianerlager. Wie der Rand der bewohnten Welt, als die Erde noch eine Schei-

be. Vom Domi, von gestern, vorgestern, vorvorgestern. Jeden
Nachmittag hat er damit gespielt. Die bewohnte Welt. Immer
mehr Ansiedlungen und immer größer die Ansiedlungen. Und
weiter vorn auf dem Teppich seine Schiffe. Schon zur Ausfahrt
bereit. Hohe Masten. Zweimaster, Dreimaster. Alle Segel ge-
setzt. Schräg das Nachmittagslicht. Lange Schatten. Du kannst
damit spielen! Sie schüttelt den Kopf. Wollten baden, spielen,
essen, den Nachmittag um uns her ausbreiten. Sie ist zum zweitenmal bei mir. War vorher noch nicht über Nacht und will bis
zum Sonntag bleiben. Ihre Tasche auspacken. Viele Wörter. Und
daraus soll für uns unser heutiger Nachmittag. Und finden uns
wieder mit hängenden Armen und leeren Händen. Ganz benommen vor Müdigkeit beide. Vielleicht krank? Fieber? Den
Boiler beschwichtigen, die Uhrzeit beschwichtigen und gleich
das Bett für uns. Zum Ausziehen, ein Doppelbett. Sie hilft mir
dabei. Decken, Kissen, ein Lämpchen beim Bett. Ist dir kalt?
Beim Vorlesen in meinem Arm und muß sich an mir festhalten,
als ob sie über einem Abgrund. Dick und bunt ein Janosch-Sam-
melband. Die Maus hat rote Strümpfe an. Von ihrem letzten
Geburtstag und als sie dann im Herbst krank wurde, saß ich
wochenlang bei ihr am Bett und las ihr jeden Tag wieder aus diesem Buch vor. Dazu meine Verzweiflung und auswendig jedes
Bild und wie wir darin herumwandern. Erst ihre Krankheit,
dann die Trennung und dann wird sie wieder krank. Das
schlimmste, wenn Kinder krank sind: gleich als hätten sie jeden
Lebenswillen verloren! Als ob sie schon aufgeben! Wollen nicht
mehr! Bereit loszulassen! Vielleicht ja nur ihre Art, das Fieber
zu ertragen und die Erschöpfung, bis sie wieder zu Kräften
kommen. Aber du kannst nicht aufhören, dich zu fragen, ob du
ihnen nicht genug Leben gegeben hast und warum nicht jeden
einzelnen Augenblick ihnen deine Freude an der Welt und an
ihrem Dasein gezeigt und mit ihnen geteilt? Sie zittert! Wir zittern beide! Ich merkte, daß ich selbst so angespannt wie am
Rand über einem Abgrund. Fieber, Schüttelfrost und nicht auf-

hören können zu frieren. Sie seufzt, hält sich an mir fest, zuckt und wird schwer in meinem Arm. Das Buch beiseite. Noch im Einschlafen zucken, als ob wir abstürzen. Eingeschlafen und gleich im Schreck wieder aufgewacht, sie und ich.

Noch nicht einmal zwanzig Minuten vergangen! Gleich auf, meine Hose an und Espresso aufsetzen. Aufgeschreckt hin und her. Zigaretten. Beim Bett ein Lämpchen noch an. Ist dir kalt? Sitzt im Bett, blaß und ein Grübelgesicht. Müd und noch klein. Eine dicke gestopfte Strumpfhose an. Oft gestopft. Den Pullover hat Pascale ihr gestrickt. Paßt auch nicht mehr lang. Durst! Kalte Milch! Trink nicht soviel kalte Milch, sagte ich, weil ich selbst aus Ungeduld immer vielzuviel kalte Milch trinke. Lieber langsam und kleine Schlückchen. Am besten warm und mit Honig. Vorher etwas essen. Immer erst essen, sagte ich, lauter fertige Sätze, und alles gut kauen! Müssen nachher noch Milch kaufen. Milch und Obst. Das Geld zählen. Ein Brot kaufen. Willst du Weißbrot, aber man kann nicht immer nur Weißbrot. Essen, baden, die Uhrzeit und gleich eine Reihenfolge für den Rest des Tages, für morgen und Sonntag und für unser restliches Leben. Nummern, eine Reihenfolge und auch die Wörter dafür. Wie auf kleinen Täfelchen die Nummern und Wörter im Kopf und anfangen, sie zu sortieren. Gleich das Bett weg oder nur schnell die eine Hälfte? Oder lassen es schon für den Abend? Der Abend vorerst noch in Kisten verpackt. Der Espresso fing an zu kochen. Mir alles laut vorsagen! Erst die Milch! Zuallererst einen Einkaufszettel! Zigaretten, Milch, Obst. Dann unser Badewasser. Den Boiler an. Eine Reihenfolge. Die bunten Lämpchen und wie Honig das Licht in dem Glasziegelfenster. Schon März, wieder März. Und sind es nicht gerade morgen fünf Jahre, seit ich zu trinken aufgehört? Und genau auch wieder ein Samstag! Noch mehr Milch für Carina und sie will, ich soll jetzt schon den Boiler an. Laß mich die Milch dir warm, sagte ich (nicht die Hand auf die heiße Kochplatte legen!), und wollen gleich alles richtig! Erst einkaufen, dann baden! Eine Reihenfolge, auch wenn die bunten Lämpchen am Boiler wie Leuchtfeuer oder Weihnachten. Signallampen. Nachtschiffe. Sternbilder. Kein Licht im Bad, bloß die Tür offen – dann sind sie am schönsten! Und daß man bei meiner Mutter gleich nach dem Baden nicht aus dem Haus gehen sollte. Aber damals mußte für ein Bad jedesmal in der Waschküche ein Kessel angeheizt werden und die Waschküche war im Hof und der Hof auf der anderen Straßenseite. Das Holz im Wald selbst uns zusammengesucht und aus dem Wald heimgetragen. Ein finsteres fremdes Land, die meiste Zeit Winter. Und du hast sie nicht gekannt, meine Mutter. Lieber erst etwas essen! Was gab es im Kinderladen? Will aber! sagt sie. Trink nicht dauernd kalte Milch, sagte ich drei- oder viermal. Immer noch verstört, weil wir vorher so gezittert – und was soll das Zittern bedeuten? Die Reihenfolge auch nur, weil wir gerade erst jäh aus dem Schlaf aufgeschreckt und mein Leben mit der neuen Zeitrechnung sowieso hoffnungslos durcheinander und aus der Bahn. Warum weiß ich nicht sowieso jeden Tag, was die Kinder essen? Dauerhaft aus allen Fugen die Welt und mein Leben! Für immer? Und einstweilen noch keine Wörter dafür. Vielleicht nie! Und jetzt mein Streit mit ihr um die Reihenfolge. Unser erster Streit. Will aber! sagt sie. Immer willst du alles bestimmen, sagt sie. Und oft sagst du meine Wörter zuerst! Und dann sagt sie: Will zur Sibylle! Gut, sagte ich, als hätte ich immer gewußt, daß es einmal so sein wird. Mein Hals zu eng. Müssen nur vorher anrufen! Damit wir wissen, ob sie daheim ist! Müssen zur Telefonzelle. Und fing gleich an, ihre Stiefel und meine Schuhe zu suchen. Hätten keine Reihenfolge gebraucht, hatten beide recht. Wie jeder, wie immer. Wie wir alle unser Leben lang recht haben, im Recht sind, im Recht bleiben. Und fürs Leben gekränkt und untröstlich. Alle und jeder. Und die Welt als Käfig im Kopf, im eigenen Kopf. Weiter stur ihre Stiefel und meine Schuhe suchen, je zwei. Die müssen ja dasein! Unter uns die beträchtlichen Hohlräume von vier Etagen und ein tiefer bislang unbetretener Keller. Zittert das Haus? Mein Hemd an, die Knöpfe zu. Mein Kind, meine Tochter, Carina. Ein Vater, ein Kind. Einmal ein Kind gehabt. Mir war, ich hätte sie schon für immer verloren. Freitagnachmittag. Sitzt auf dem Bett und will ihre grüne Hose anziehen, die sie schon den ganzen Winter lang beinah jeden Tag anhat. Grün wie von Amts wegen ein hessischer Polizist, aber geflickt und mit Hosenträgern. Und gerade jetzt will mir nicht einfallen, wo wir die Hose herhaben. Vom Flohmarkt, von anderen Eltern? Getauscht? Umsonst? Ein Geschenk? Aus dem Secondhandladen in der Seestraße? Aus einem anderen Secondhandladen? Gut, sagte ich und wußte, ich würde die Schuhe und Stiefel jetzt endlich gleich finden. Untröstlich. Wir gehen telefonieren! Das Telefon in der Telefonzelle im Grüneburgweg geht nicht. Die nächste Telefonzelle nur ein paar Schritte weiter in der Wolfsgangstraße. Wir gehen telefonieren und wenn Sibylle daheim ist, kann ich dich gleich hinbringen. Zwei Schuhe, zwei Stiefel. Mein Kind, meine Tochter, Carina. Nächstens bald viereinhalb. Sitzt mit der grünen Hose mit einem müden kleinen Verzweiflungsgesicht auf dem Bett. Gehen die Knöpfe an den Hosenträgern wieder nicht auf oder gehen sie wieder nicht zu oder sind da von je her gar keine Knöpfe dran, sondern Druckknöpfe, Schlaufen und Schnallen? Sitzt klein und allein auf dem Bett und sagt: Will doch nicht zu ihr! Hab es nicht gewußt, hab es nur so gesagt. Gut, sagte ich, aber du weißt, du kannst, wenn du willst. Können zur Telefonzelle und sie anrufen und vielleicht bis dahin weißt du es dann. Ja, sagt sie, zur Telefonzelle, aber dann wieder mit zu dir. Erst die Hose und dann die Stiefel. Braucht bald neue Schuhe. Die Stiefel an und gerade jetzt kann ich nicht zu ihr sagen: Zieh jetzt deine Stiefel an, / sonst werd ich ein ganz böser Mann! Vielleicht nie mehr. Hat mit zwei ganz allein das Wörtchen beleidigt gefunden (bebeibigt) und wollte es gern und wußte nicht, wie es geht – also öfter mit ihr gespielt, daß wir üben! Jeden Tag üben! Jetzt die restliche kalte Milch, jeder noch schnell einen Schluck und uns dann auf den Weg. Denk auch dran, daß wir nicht vergessen, daran zu denken, für die Katze das Futter! Gleich fünf. Wahrscheinlich kennt die Katze die Uhr. Denk du auch dran, sagt Carina zu mir. Will auch die Uhr lernen! Standen im Nebenzimmer und sahen die Dämmerung einfallen am Rand der bewohnten Welt. Iglus, Jurten, Indianerzelte, Blockhäuser, Palisaden, eine Goldgräberstadt. Ruinen, Gemäuer, eine Ritterburg oder die Erinnerung an eine Ritterburg. Obelisken, ein Hafen, ein Kai, eine Mole, der Teppichrand, Strandgut, Ballast, die Schiffe zur Ausfahrt bereit. Vom Horizont her der Abend über das Meer. An das Meer muß man glauben! Noch zum Fenster: ob vor dem Fenster noch alles da? Dann mit ihr auf der Treppe. Ein Freitagabend, noch früh. Im März ein Wochenende und fängt eben erst an. Außer uns alle weg. Das Haus leer. Steht verwundert und horcht. Muß träumen und in sich hineinhorchen.

Domi, Birgit und Peter übers Wochenende verreist. Die Wohnung im zweiten Stock. Dosenöffner, Napf, Löffel, Katzenfutter in Dosen. Alles schon in der Küche zurechtgestellt und nochmal ein Zettel für uns auf dem Tisch. Die Katze heißt Nicko. Mit ck, ein Kater. Wir sollen die Küchentür offenlassen und das Fenster im Bad. Im Bad ist das Katzenklo. Noch während wir dem Dosenöffner gut zureden, kommt die Katze aus dem Bad. Gestreift. Kommt durch eine eigene Klappe in der Badezimmertür, grüßt und gleich mit dem Blick zur Uhr hin. Zwanzig nach fünf. Die Uhr geht vor, sagten wir. Heute Hühnerfleisch. Gestreift, groß, ein Kater. Und umschmeichelt uns höflich. Kennt mich schon. Immer hast du alles schon vor mir, sagt Carina, aber beim nächstenmal will ich vor dir dran! Dann sollst du mein Kind. Der Katze beim Fressen zusehen und uns dann mehrfach höflich von ihr verabschieden. Erst vor der Haustür Carinas Anorak zu. Geht schwer. Man muß den Reißverschluß überlisten. Immer mich über das Börtchen mit dem Eskimomuster gefreut. Rechts und links vom Reißverschluß. Immer beim Auf- und Zumachen auch befürchtet, daß so ein Börtchen nicht ewig. Nicht mehr lang. Schon immer dünner der Stoff. Wird ausfransen und die Fäden und Fransen dann gleich in den Reißverschluß. Nicht mehr lang und der Reißverschluß klemmt. Mit Ungeduld wird es auch nicht besser. Am Ende zerreißen die Zeit und der Stoff und was soll dann werden mit uns und mit unseren Tagen und Wegen? Sind dir die Stiefel noch nicht zu eng? Braucht bald neue Schuhe! Den Anorak zu. Bunt und schön ein Börtchen mit Eskimomuster. Und diesmal beim Zumachen endlich kapiert, daß dieses Börtchen nur deshalb, weil darunter der Stoff vorher schonmal ausgefranst. Längst vorher schon ausgefranst. Deshalb extra aufgenäht dieses Börtchen! Ihr grüner Anorak aus dem Secondhandladen. Schon den zweiten Winter. War anfangs noch viel zu groß und wird langsam jetzt knapp. In meinen eigenen letzten zwei Schuhen neben ihr her. Werden auch nicht mehr lang, diese Schuhe. Im März, ein Märzabend. Schon die Dämmerung, grau und leer. Herz müde. Wie bei Tagesanbruch. Im Morgengrauen, wenn wir erschöpft sind und uns vorkommen will, daß wir keinen Ausweg und nicht genug Luft. Zum Ersticken! Wie alter Schnee ist die Stille vor Tag. Wie kalte Asche. Als ob dich dein Leben erdrückt. Und können auch keinen Ausweg finden, weil es keine Auswege gibt. Immer zum Ende des Winters hin am meisten erschöpft und der Frühling kommt nicht ins Land. Die Telemannstraße? Die Oberlindau hinauf? Sind Parallelstraßen. Erst noch mit Anstrengung, jeden Schritt einzeln. Als ob alle Straßen sich vor uns steil aufgestellt hätten. Vorgärten. Hinterm Zaun eine Katze. Ist das nicht der Nicko? Und durch die Vorgärten neben uns her. Genau wie der Nicko! Genauso groß und die gleichen Streifen an seinem Katzenanzug! Und bleibt auch gleich stehen und nickt uns zu. Aber wie aus der Wohnung gekommen als Katze? Doch nicht mit uns? Hätten sie doch auf der Treppe und erst recht bei der Haustür bemerken müssen. Also ihn, den Nicko, wenn er es ist. Oder doch nur ähnlich? Läuft ein Stück vor und muß sich umdrehen, ob wir auch nachkommen? Ob wir auch sehen, wie geschickt sie als Katze jedesmal wieder über die Trennzäune zwischen den Vorgärten? Also er, der Kater. Das muß doch der Nicko! Und wartet, sooft wir stehenbleiben. Und zuletzt übern Zaun zu uns auf den Gehsteig und läßt sich streicheln. Siehst du, jetzt gibt er es endlich zu! Streicht um Carinas Stiefel, als ob er als Kater das Märchen kennt. Eine ganze Weile mit uns noch den Abschied gedehnt und dann durch die Gärten davon. Die Straßen leer. Leere Vorgärten. Sogar Parkplätze frei. Vielleicht doch Samstag? Hätten nicht knapp zwanzig Minuten, sondern vierundzwanzig Stunden und zwanzig Minuten geschlafen, Carina und ich – als ob wir vorher lang krank gewesen und hätten es nicht gewußt. Sind doch wir, die hier gehen? Hat sie einmal morgens auf dem Weg in den Kinderladen nach langem Grübeln gefragt. Und das war noch vor der Trennung. Auf jedem Weg mir mein Leben erklären. Auf den Abend zu, sie und ich. So leer und so still um uns her, als ob alle Leute, als ob die ganze Stadt, die Bevölkerung, Einwohner, mit dem Wochenende schon dem Frühling entgegen. Komm, manchmal muß ich komm zu ihr sagen. Und sie zu mir: Komm du auch! Ganz oben in der Oberlindau Reihenhäuser aus den Fünfziger Jahren. Ein Mann, der sein Auto putzt. Ein Mann, der sein geputztes Auto betrachtet. Noch nachpolieren? Das neue Auto. Neu und nach fünf Jahren immer noch neu. Erst lang und lang neu und dann immer wie neu. Polieren und nachpolieren! Damit es auch weiterhin wie neu bleibt! Einer mit Gummistiefeln. Und neben den Gummistiefeln steht reglos ein Dackel. Ein Mann, der den Garten aufräumt. Pfeift und hat seinen alten Hut auf. Einer, der Garten und Keller aufgeräumt hat. Erst den Keller und dann den Garten. Und jetzt neben der Haustür bei der Kellertreppe. Hält seinen alten Hut in der Hand und streicht sich über die Stirn. Vier Amseln sehen ihm dabei zu. Der Winter vorbei. Nach Moos, nach Efeu, nach Erde riecht es. Nach Gartenerde. Nach Keller und Abend und März. Hinterm

Haus Reiser, Stroh und trockenes altes Laub für ein Gartenfeuerchen aufgeschichtet. Die Kellertür offen. Im Keller ist
Licht. Erst den Hut, dann die Hand betrachten. Seit wann eine
so alte Hand? Seit wann geht der Arm so schwer? Seit wann
denn ein alter Mann? Noch das Moos von der Kellertreppe abkratzen und aus den Fugen und zwischen den Pflastersteinen
herauskratzen! Auch wenn es nicht stört und sieht sogar schön
aus – Ordnung muß sein! Noch die Türschlösser ölen? Haustür,
Kellertür, Garage und Gartentürchen? Die Türgriffe putzen?
Die Scharniere putzen und ölen, solang es noch hell ist? Oder
gleich gehen und das Feuer anzünden? Oder brennt vielleicht
schon? Riechst du nicht schon den Rauch? Oder ist das beim
Nachbar? Vom Nachbar der Nachbar? Erst der Krieg und die
Bomben. Alles weg, alles weg! Die Trümmer dann auch weg.
Rückwirkend den Krieg schließlich doch noch so mitgewonnen
und dafür den Frieden versäumt. Schnell über Nacht neue
Reihenhäuser. Und jetzt weiß niemand mehr, wie es hier vorher
gewesen ist. Als Nachbar (als Nachbar vom Nachbar) mit Gedanken und Gartenschere neben einer kahlen Hecke. Die Hecke
erschrickt! Ein alter Mann. Arbeitshandschuhe. Schwer die Gartenschere. Kommt ihm vor, als ob er schon länger so steht. Seit
zwei Jahren Nichtraucher. Stehen und auf eine Eingebung warten, auf den richtigen Tag. Amseln, viele eifrige Amseln. Und
wundern sich, daß im Rinnstein kein Wasser fließt, wenn doch
überall gekramt und aufgeräumt und geputzt wird und die Frei-
tagabende fast schon wie Samstage sind. Hätten noch langsamer,
Carina und ich. Uns Zeit lassen und Kalenderbilder zusammensammeln. Über die Straße und auf die Telefonzelle zu. Warum
Wolfsgangstraße, wenn es kein Druckfehler ist? Mietshäuser.
Eine Grünanlage, die die Mietshäuser trösten soll. Mietshäuser
aus den Fünfziger Jahren. Kaum je Passanten. Die Telefonzelle
meistens leer. Die im Grüneburgweg oft lang besetzt. Oft drei-
vier Leute, die mit ihren Sorgen, mit immer mehr Sorgen im
Grüneburgweg als Schlange, als wachsende Schlange vor der

unparteiischen Telefonzelle. Wem gehört denn die Zeit? Stehen und sind im Recht. Daß uns nur ja keine Sorge verlorengeht! Und auch die Reihenfolge der Sorgen erhalten bleibt! Sind die Glastüren kugelsicher? Immer ist vor uns ein Feind in der Telefonzelle. Ein Todfeind, ein Narr, ein Verrückter. Oder fallen wieder die Wörter und Münzen durch? Fallen erst durch und bleiben dann stecken – also defekt! Hier hingegen meistens kein Mensch. Die Telefonzelle hat schon gewartet. Das Telefon geht. Man sieht die eingeworfenen Münzen hinter Glas eine lange schräge Bahn hinabrollen. Sogar Fünfzigpfennigstücke nimmt der höfliche Automat. Still ist es. Der Abend wartet. Sandkasten, Schaukel und Rutsche. Als ob eben noch Kinder hier gespielt haben müßten, aber wo sind die Kinder hin?

Niemand da? Nicht daheim? Lang das Freizeichen und wie es uns in die Ohren klingt. In Telefonzellen muß man Carina hochheben. Zweimal bis zum Ende das Freizeichen. Vielleicht ist Sibylle in Gießen? Können es später nochmal. Ja, sagt Carina, da ist sie! Jetzt weiß ich es wieder! In Gießen! Muß jetzt aber doch nicht mit ihr am Telefon. Wollen jetzt da hingehen, wo wir gesagt haben, daß wir dann hingehen wollen, du und ich! Der Himmel, das trübe Licht und die späte Nachwinternachmittagsstille – alles wie angehalten. Stehengeblieben die Zeit. Noch eben hell. Jetzt ist es schon jeden Tag länger hell, siehst du. Leer die Stadt. Freitagabend. Sind alle schon dem Frühling entgegen, nur Sibylle noch einmal in den Winter zurück, nach Gießen. Komm! Auf den Grüneburgweg! Müssen Milch kaufen! Suchen uns Obst aus! Wollen sehen, was für ein Brot wir für uns! Im Grüneburgweg ein Wiener Caféhaus mit einem Wiener Caféhausbesitzer aus Bukarest, aber eigentlich stammt er aus Crajova. Wiener Mokka und echter bessarabischer Mohnstrudel. Muß man vorher sein Geld zählen! Sowieso weißt du jetzt immer genau, wieviel du hast und wieviel etwas kostet und was dir danach noch bleibt. Auch die Pfennige. Trotzdem zählen! Am besten zwei-dreimal! Das rumänische Wiener Caféhaus, drei Frankfurter Bäcker, ein Odenwaldmetzger, ein spanischer Obststand, ein türkischer Obststand. Ein Fischgeschäft mit Bildern vom Meer und riecht auch nach Meer. Und bei uns im Nebenzimmer am Rand des Abends die Schiffe. So groß und verlassen, so menschenleer. So ein stilles Zimmer und die Schiffe warten darin. Carina mit ihrer Hand zu mir. Wollen den Grüneburgweg entlang dem Abend entgegen und dann mit dem Abend zurück. Der Himmel noch eben hell. Schaufenster. Ladeneingänge. Viele Lichter im Abend. Im Grüneburgweg eine Stehpizzeria will ich dir zeigen! Abenddunkel und alt. Ein Eckhaus, das schönste Haus in der Straße. Pizza zum Mitnehmen, aber auch Stehtische und Barhocker. Die Tür immer offen. Eine Pizzeria mit einem großen gemauerten Ofen. Man kann dem Pizzabäcker bei der Arbeit zusehen. Singt bei der Arbeit. Nicht laut, nur für sich. Vielleicht weiß er es gar nicht. Singt und spricht mit sich selbst und mit jedem Ding. Auf einem Wandbrett ein kleines Radio. Wo wird er hersein? Aus Palermo, Messina, aus Syrakus? Manchmal ein Freund, der ihn bei der Arbeit besucht. Aus Catania, ein Landsmann. Sind früher ja beinah Nachbarn gewesen. Deshalb jetzt ein kleines Glas Rotwein jeder. Müssen das Feuer betrachten und den Tag vor der offenen Tür. Radio spielt. Sizilien. Erst haben wie immer die Mandelbäume geblüht. Im Februar. Und jetzt fangen wohl schon die Pfirsiche an und die Aprikosen. Zweitausendvierhundert Kilometer. Die billigste Pizza dreiachtzig. Salat gibt es auch. Ich wünschte, er hätte auch Suppe. Am liebsten zu jeder Zeit eine kräftige heiße Minestra. Rinderbrühe, Kartoffeln, Lauch, Zwiebeln, Sellerie, Möhren, Tomaten und Fenchel. Erst die Zutaten und die Wörter dafür und wie sie gemacht wird. Dann der Geruch und der Anblick und dann fängt man zu essen an. In der Dämmerung ist das Feuer am schönsten. Einmal Eiche und dann wieder Fichte und Kiefernholz. Du riechst es bis auf die Straße heraus. Vorfrühling, Abend, Rauch. Komm mit, ich zeig dir den Abend! Ein lebendiges Feuer! Jedesmal muß ich denken, daß ich das gleiche Haus schon woanders einmal. In einem anderen Land, aber wo? Ja, sagt sie, ich vielleicht auch schon. Vielleicht mit dir zusammen und du mit mir. Hast du den Mohnstrudel schon probiert? Ist es weit? Schmeckt er gut? Komm du auch, sagt sie und drängt mich und zerrt an mir. Der Wind vor uns her. Der Himmel fängt an zu leuchten. Die Straße jetzt sanft bergab. Auf den Abend zu. In die Zeit, in die Zukunft hinein. Zu den Lichtern hin, sie und ich. Viele Wörter. Mein Kind und noch klein und mit vielen Schritten neben mir her. Und muß sich beeilen, hüpft, stolpert, drängt mich und zerrt an mir wie das Leben selbst. Werden zurück und der Nicko kommt uns durch die Klappe in der Badezimmertür mit einem Katzenlächeln entgegen. Hat vielleicht über die Simse seinen Weg, seinen Katzenweg (schwindelfrei!) und deshalb soll das Fenster im Bad immer offen? Bist du es, wenn wir dich treffen, jedesmal selbst oder siehst du nur immer so aus und bist es manchmal dann doch nicht?

10

Samstagmittag Edelgard treffen. Wir stehen am Opernplatz und
sie steigt aus der Straßenbahn aus. Ich dachte, ihr kommt, ihr
steigt ein, sagt sie. Ja, aber dann bist du ausgestiegen, sagten wir.
Lieber zusammen zu Fuß durch die Freßgass. Habt ihr lang warten müssen? Hatten sie auf dem Weg hierher dreimal angerufen
– aus drei verschiedenen Telefonzellen. Kennst du das Pferd mit
Flügeln? Da auf dem Dach, sagt sie, ja, aber meistens vergesse
ich hinzusehen. Wir nicht, sagten wir, uns grüßt es. Durch die
Freßgass. Grau, beinah wie im Winter noch, so ein Tag. Parfüm,
Handtaschen, Pelzmäntel. Delikatessen und wie sie am besten
verpackt werden. Man kann sich die Sachen auch bringen lassen
(braucht man eine Adresse!). Jeder darf sich ausdenken, sagt
Carina, welche Süßigkeit er sich ausdenkt. Zum Aussuchen. Die
er essen will, aber nur ausdenken! Jeder eine! Ein gebratenes
Rebhuhn, sagte ich. Rebhuhn geht nicht! Warum nicht, wenn
man es sich aussuchen darf und in Wirklichkeit sowieso nicht
bekommt? Sie sind ja auch schon gerupft und im Schaufenster.
Ja, aber sollen nicht, sagt sie. Den Süßigkeiten ist es egal, aber die
Rebhühner wollen das nicht! Kalt. Naßkalt. Wie im Winter die
Luft, sagt Edelgard, deshalb Weihnachtsnougat oder noch lieber
Lübecker Marzipan. Früher, sagte ich, früher wenn ich auf
jemand gewartet habe, konnte ich den Straßenbahnen immer
schon von weitem ansehen, ob es die richtigen sind. Ob der drin
ist, auf den ich warte. Meistens auf Frauen gewartet. Es den
Kneipen auch immer gleich angesehen. Überhaupt jedem Haus.
Und auch den Augenblicken und Tagen, wie sie beschaffen sind
und was sie bedeuten sollen. Jetzt, glaub ich, geht es nicht mehr.
Ich hätte nicht gedacht, daß man es so schnell verlernen kann.
Du mußt dich entscheiden, sagt Carina. Sag eine Süßigkeit oder
du spielst nicht mit! Aber wenn du hier mit uns gehst, dann geht
es nicht, daß du nicht mitspielst. Weil wenn du nicht hier gehen
würdest, dann würden wir auch nicht hier gehen, ich und die

Edelgard. Am Goetheplatz in eine Straßenbahn voller Fußball-fans, also wird es die Fünfzehn zum Stadion gewesen sein. Alle in bunten Jacken und mit Fußballfanmützen. Nicht für die Ein-tracht, sondern als Feinde hier angereist. Mit Adidas-Taschen, Radiocassettenrecordern, schweren Taschenlampen und Fähn-chen zum Zuschlagen. Und Büchsenbier jede Menge. Bier und Bundesliga und Bier. Aus dem Ruhrgebiet, sagt Edelgard. Als Kind einmal da in den Ferien gewesen. Laut alle. Und konnten schon jetzt kaum noch stehen, die meisten. Schon vor dem Spiel. Die ganze Straßenbahn wie besoffen. Und immer lauter. Der Fahrer in seinem Glaskasten wagt nicht, sich umzudrehen. Fallt nicht auf das Kind, sagten wir zu ihnen, und schmeißt nicht mit Bierbüchsen! Oder wenn, dann in die andere Richtung! Und trinkt sie wenigstens vorher auch richtig aus! Uns ist die Ein-tracht auch egal! Einer kotzt. Muß sich festhalten. Kotzt. Die leeren und halbleeren Bierbüchsen rollen zur Fahrt auf dem Fußboden vor und zurück. Überall Pfützen, der ganze Wagen voll Pfützen. Am Hauptbahnhof steigen wir aus. Lieber schon in der Münchener Straße. Hätten gar nicht erst einsteigen sollen. Immer wenn mehr als fünf Leute auf einem Haufen, sagte ich. Und wenn es die Fünfzehn war, die kommt doch am Goethe-platz gar nicht vorbei? Reihenhäuser aus braunem Backstein, sagt Edelgard. Doppelhäuser. Und hinter den Häusern Holz-schuppen und Kaninchenställe. Zechentürme, Hochöfen und Fabrikhimmel. An jeder Ecke eine Eckkneipe. Mein Onkel im-mer auf Nachtschicht. Wenn er schläft, muß man leise sein! Und haben dich die Kaninchen gekannt? fragt Carina. Hast du sie gefüttert? Die von meiner Tante? Ja, jeden Tag in den Ferien, sagt Edelgard. Stehen in der Münchener Straße auf dem Geh-steig, fremd zwischen lauter Fremden. Griechen, Türken, Ara-ber, Afrikaner, Portugiesen, Mexikaner, Chilenen, Inder und Pakistani. Hätten eine Familie sein können, Mann, Frau und Kind. Eben erst angekommen. Ohne Gepäck. Keine Papiere oder die falschen Papiere. Man weiß nicht, aus welchem Land.

Polizeisirenen, Martinshorn, Überfallkommando. Von drei Seiten Sirenen. Und wir stehen sprachlos, wie taub. Und müßten jeden Tag wieder so ankommen. Jeden Tag unser Leben neu. Kalt, naßkalt. Undeutlich, wie hinter Glas der Tag und die Scheibe beschlägt. Und sehe uns gleich danach am Lokalbahnhof in Sachsenhausen. Hätten zurück und mindestens einmal umsteigen müssen oder gleich beim erstenmal am Goetheplatz in die Siebzehn. Und die betrunkenen Sportfreunde dann nicht zum Stadion, sondern alle nach Offenbach und stehen und schwanken und müssen gewaltig anbrüllen gegen die Offenbacher. Am Lokalbahnhof und das Eiscafé hat schon auf. Sind noch beim Putzen und Einräumen. Vielleicht eben erst aufgemacht und wir sind die ersten Gäste? Was meint ihr? Daß sie gerade erst wieder aufgemacht oder hatten den ganzen Winter auf und jetzt bloß ihr Frühjahrsputz? Beides, sagen sie beide. Oder putzen so gründlich alle paar Wochen? Überhaupt jeden Samstag? Immer wenn nicht viel zu tun ist, was meint ihr? Wir glauben, daß sie aufhaben und daß wir mit dir hier sitzen, sagt Carina. Läßt sich die Eissorten vorlesen. Erdbeer, Kirsch, Maracuja, / Ananas, Heidelbeer, Himbeer, / Malaga, Pistazien, Mokka, Nuß, Vanille und Schokolade. Und lernt sie auswendig wie ein Gedicht. Alle wahrscheinlich gibt es noch nicht, sagte ich. Erst im Sommer. Das macht nichts. Dann weiß ich sie wenigstens schon, wenn wir im Sommer wieder hierherkommen. Hab ich Maracuja schonmal probiert? Oder schmeckt es überall jedesmal immer sowieso anders? Ohne italienische Eiscafés, sagte ich, wäre es in Deutschland noch weniger auszuhalten, wenn man nicht dauernd Bier trinkt. Bier und Korn. Äppelwoi. Riesling aus Römergläsern. Mosel mit Würfelzucker. Asbach, Underberg, Jägermeister. Falls an diesem Samstag der 10. März war, sagte ich: Wenn heute der 10. März ist, dann sind es heute genau fünf Jahre, seit ich zu trinken aufgehört habe. Ein Samstag wie heute. Bis in den Nachmittag hinein noch getrunken, dann aufgehört. Der längste Tag in meinem Leben. Vielleicht ja in jedem

Leben mehrere längste Tage. Edelgard hat ihr Geld gezählt, macht das Portemonnaie zu und sagt: Jeder ein Stück Kuchen von mir. Immer im Sitzen sucht Carina für ihre Füße bei mir einen Halt, eine Stütze, weil ihr vom Stuhl aus die Erde so fern. Edelgard zieht ihre Jacke aus. Ein graues T-Shirt. Sind alle drei nicht warm genug angezogen, sagte ich. Schon der 10. März und doch beinah wie im Nachwinter noch, so ein Tag. Und wußte auf einmal, daß wider Erwarten doch wieder Frühling. Ich konnte es spüren. Schon März und noch da und wirklich die Welt. März und das Leben zu mir zurück. Wie früher. Die Jahreszeiten, die Reihenfolge. Jeder einzelne Tag als ein langer Tag Gegenwart. Erst Frühling, dann Sommer. Alles nochmal, noch einmal, noch oft. Ich aber schon, sagt Carina. Sogar zu warm, wenn ich meinen gelben Schneeanzug von meiner Omi anhätte, die Sibylles Mutter ist, der mir jetzt schon zu klein wird. Die gleichen Stiefel wie jetzt. Meinen roten Schal, den wir im Kinderladen schon länger nicht finden. Meinen roten Schal und die andere Mütze und meine Schlittenfahrhandschuhe. Ich dachte, du hättest deinen blaugrünen Pullover an, sagte ich zu Edelgard. Den Pullover, der wie das Meer ist. Wie das Meer, wenn man aus der Ferne drandenkt. Nein, sagt sie, diesmal nicht. Diesmal mußt du mich so. Und läßt das Wort nehmen schnell weg-verschwinden. Glatt verschluckt. Weil die Jacke so eng, sagt sie. Eigentlich von Besino, dem ist sie auch schon zu eng. Besino ist Edelgards Sohn. Ihr Sohn und Jürgens Sohn. Schon fünfzehn. Einmal eine Zeit, da war er noch klein und wir haben zusammen gelebt.

Samstagmittag. Gleich Ladenschluß. Vor dem Eiscafé, zwischen Straßenbahnen und Bussen die Fußgänger, geübte eilige Frankfurter Fußgänger mit Einkaufstaschen und Plastiktüten. Samstagmittag. Pakete aus der Reinigung. Blumen, Sonntagskuchen, Bild, Rundschau, Brigitte, die Fernsehzeitung, noch schnell in die Apotheke, zur Telefonzelle, zum Geldautomat, Zigaretten.

Manche direkt vom Friseur und wie neu. Manche die frischgereinigten Sachen aus der Reinigung auf Kleiderbügeln mit Plastikfolie über dem Arm. Mit Sorgfalt. Mit Vorsicht. Wie eine Gesinnung. Werbewoche. Gleich Ladenschluß und wo bleibt die Straßenbahn? Wo steht das Auto? Wo ist das Parkhaus hin? Vor dem Eiscafé mit ihren Einkäufen und Absichten aufgeschreckt hin und her. Vor der Scheibe. Hinter der Scheibe. Als ob sie den Eingang nicht finden, den Fluchtweg, den Tunnel, den Notausgang. Wenigstens ab und zu, dachte ich, müßte ich doch einen von ihnen erkennen. Wenigstens jeden hundertsten ungefähr oder jeden Tag einen oder zwei. Jeden zweiten Tag. Und dann wiedererkennen. Vielleicht nur weil ich vom Dorf bin, dachte ich es. Müßte nicht der Mann von Sibylles Mutter jetzt draußen vorbei? Er heißt Peter wie ich. Kommt jeden Samstag aus Oberrad in die Stadt. Einkaufen. Lottozettel. Auf der Zeil die Schaufenster. Die Sonderangebote alle Samstage und Preise vergleichen. Neue Schuhe. Jeden zweiten Samstag zum Friseur. Eine neue Jacke. Vollwaschbar. Kochfest. Trocknergeeignet. Indanthren. Soll man als nächstes jetzt einen Trockner zur Jacke dazu? Aber besser man bringt sie doch in die Reinigung. Werbewoche. Dann ist es billiger. Chemische Reinigung. Kleiderpflege. Sicher ist sicher. Haarspray. Mundwasser. Niveacreme. Sonderpreis. Zwölf Paar Socken. Ein paar Jahre lang jeden Samstag ein Hemd. Ein Cityhemd, Freizeithemd, T-Shirt, ein Sweatshirt, einen Rolli mit I oder Y für modebewußte Büroangestellte und gesellige Teilzeitvergnügungen. Herrenartikel. Ist die Sammlung komplett, fängt er mit Westen an und Pullovern. Erst Pullunder und dann Pullover. Modebewußt. Neuheiten. Sonderangebote. Manchmal bei den Sonderangeboten ein Sonderangebot, bei dem Größe und Farbe nicht stimmen, aber sonst tadellos und preisreduziert. Stark preisreduziert. Extrastark preisreduziert. Sieg um Sieg. Nicht selten zum halben Preis. Hat vier Bademäntel. Hauptsächlich falls er einmal unverhofft in die Klinik. Und zuletzt mit dem ganzen Zeug jeden Samstag, mit Einkäufen, Sorgen, Kassenbons, Tüten, Absichten und dem Samstagmittag hier auf die Straßenbahn warten. Uhr? Armbanduhr? Bald wieder einmal eine neue! Dringend! Sich umsehen! Sich informieren! Gleich nächsten Samstag fängt er damit an. Mit der alten Uhr will die Zeit nicht mehr recht. Kommt die Straßenbahn eine halbe Ewigkeit nicht. Kommt und kommt nicht herbei. Nebenan eine Bier- und Schnapskneipe. Reihen von Spielautomaten. Zigaretten. Ein Cola, ein Bier. Auch den Reisebüro-Katalog nicht vergessen. Einmal wird er samstags im Lotto gewinnen. Genauso ein Samstag wie heute. Von da an dann jeden Samstag. Ein Cola. Ein Asbach-Cola. Dann mit der Sechzehn mit allen Paketen und Tüten nach Oberrad. Geht auf zwei, er wird jetzt schon daheim sein. Die meisten aus Oberrad und aus Niederrad, aus Ginnheim, aus Schwanheim, aus Goldstein und Hausen, sind jetzt schon erfolgreich daheim. Kühlschrank voll. Zwei Kühltruhen bis zum Rand. Günstig eingekauft! Nichts vergessen! Immer vorgesorgt! Zahnpasta, Seife, Waschmittel, Haarschampon, Duschseife, Zukunft, Deodorant. Aus der Reinigung die gereinigten Sachen. Vielleicht einen Asbach jetzt? Schon gestern gebadet. Die Wäsche wäscht sich von selbst. Noch einen Asbach? Asbach trinkt auch unser Chef. Wie ruhig wir wohnen. Ein ruhiger Vorort. Fernsehen, Lottozahlen, Versandhauskataloge. Gute Luft und vor den Fenstern viel Grün vor den Fenstern. Mit den Reisebüro-Prospekten Jahr für Jahr viele Feierabende und Wochenenden und dann im Urlaub den Urlaub. Muß auch sein. Und diesen Urlaub mit dem Urlaub vom Vorjahr vergleichen. Das vergangene Jahr und das Jahr davor. Heim und die Tüten auspacken. Alle drei Jahre neue Polstermöbel. Und können praktisch den heutigen Tag mittels Fernsehen, Asbach und Video-Fernbedienung schon am Mittag beenden. Soviel Zeit gespart. Und immer auf Vorrat. Als Autobesitzer erst recht. Als Autobesitzer Freitagnachmittag ins Main-Taunus-Zentrum, ins Hessen-Center, nach Neu-Isenburg, nach Hanau, nach Griesheim, nach Egelsbach. Mit Kundenkarte. Großer Kundenparkplatz. Goldene Kundenkarte. Schon am Freitag die Woche komplett. Bleibt für den Samstag nichts übrig. Müssen sie joggen. Brauchen Turnschuhe, Tennissocken, Stoppuhr, Walkman und Trainingsanzug. Alles doppelt. Zum Wechseln. Auf Vorrat. Müssen in Turnschuhen, Tennissocken, Trainingsanzug (den Walkman vergessen, die Stoppuhr stimmt mit der Gebrauchsanweisung nicht überein!) mit dem Auto zum Waldrand und genau nach Vorschrift den Trimm-dich-Pfad. Null Fehler. Immer wieder null Fehler. Sobald die Stoppuhr umgetauscht ist, jeden Samstag mit immer besseren Bestzeiten. Die beste persönliche Bestzeit. Nur leider ohne Aufsicht und Urkunden. Auch reichlich ungepflegt so ein Trimm-dich-Pfad. Umsonst. Kost nix. Kann ja jeder. Ist wie mit dem Wetter. Besser mit Markenturnschuhen und Zehnerkarte ins Fitness-Studio. Zehnerkarte oder Monatskarte? Wochenend-Zehnerkarten! Preiswert. Im Abonnement. Im voraus bezahlen ist gut für den inneren Schweinehund. Damit der Samstag nicht ganz und gar ausfällt. Müßte sonst ja abgeschafft und wozu hätten wir dann die Gewerkschaften? Wozu Woche für Woche die Woche? Und sonntags zum Geldautomat. Demnächst flächendeckend die Geldautomaten. Damit der Sonntag auch nach dem Ausschlafen noch einen Sinn. Er wäre sonst nicht gewesen. Und wir wüßten nicht, wer wir sind und wozu. Name, Kontonummer, Geheimzahl, Betrag. Als Autobesitzer kann man auch Sonntagabend spät noch zum Flughafen einkaufen fahren.

Die Samstage von früher, sagte ich zu Edelgard. Weißt du noch? Das Jahr 1950 und das Jahr 1951. Samstagmorgen die Sonntagskuchen zum Backen zum Bäcker gebracht und im Dorf wurden alle Fenster geputzt. Das ganze Dorf steht in der Sonne und blinzelt. Damit man sie nicht verwechselt, die Kuchen, kleine Zettel an jedes Blech. Gegen Mittag die fertigen Kuchen abholen und auf dem Heimweg mit den fertigen Kuchen nicht stolpern. Im Sommer barfuß. Alle Fenster offen. Zehn Pfennige hat es gekostet, wenn der Bäcker den Kuchen mitbackt und nicht verwechselt. Im Oberdorf und im Burgackerweg noch außerdem Backhäuschen. Daheim die Sonntagskuchen oben auf den Küchenschrank und nicht angerührt. Nicht einmal daran denken. Dauernd dran denken, daß man nicht daran denkt! Alle Schlafzimmer ungeheizt. Eishöhlen. Speisekammern hatten die Flüchtlinge nicht. Oft nicht einmal ein Stück Flur. Was für Kuchen? fragt Carina. Alle Sorten, sagte ich. Hessische Streuselkuchen. Oberhessische Ribbelkuche, die normalen und die für Beerdigungen. Blächweck für Hochzeiten, Kindstaufen und Beerdigungen. Marmorkuchen, Nußkuchen, Frankfurter Kranz, die sind alle drei evangelisch. Schmant-, Schmer-, Zwiebel- und Speckkuchen. Apfel, Apfelstreusel, Streusel mit Apfel. Rhabarber mit Zucker, viel Zucker. Überhaupt Unmengen Zucker, sobald es ihn wieder gab. Jedes Jahr den ganzen August und September und noch weit in den Oktober hinein unzählige Pflaumenkuchen. An Ort und Stelle heißen sie Quoatschekuche. Unzählig, das sagt man so. Altweibersommer. Alle Fenster offen, die Haustüren offen. Pflaumenkuchen und gleichzeitig Hoink einkochen, also oberhessisches Pflaumenmus. Die Wespen direkt schon süchtig danach. Keine Wolken. Wochenlang nicht ein einziges Wölkchen am Himmel. Immer im September fangen die Wespen an, an das ewige Leben zu glauben. Vorher immer wieder Stachelbeer-, Erdbeer- und Kirschkuchen. Man denkt, der Sommer hört gar nicht mehr auf. Mirabellen- und Blaubeerkuchen. Erdbeerkuchen und Erdbeertorte. Käsekuchen, Mohnkuchen und Blätterteigpasteten. Böhmische Apfelstrudel, Mohnstrudel, Striezel und Butterstriezel. Drei Sorten Bienenstich. Butterkuchen und Zimtkuchen aus Mähren und aus der Walachei. Kräppel und Krapfen und Powidltatschkerln haben wir letzten Montag schon durchgenommen, Carina und ich. Römischkatholische Namenstagskuchen, Kommunionkuchen, Pfingstkringel. Heilige Firmungs-Buttercremetorten, süße Häschen und Osterlämmchen aus Biskuitteig. Sie haben so sanfte Gesichter. Sie sind so schön rund und zart. Sie wollen gefressen werden. Man fängt mit dem Kopf an. Dreikönigskuchen, Osterlaibchen, Geburtstagskuchen. Die Geburtstagskuchen darf man sich als Geburtstagskind aussuchen. Muß man gut wünschen lernen. Im Herbst, wenn es kalt wird und die Doppelfenster schon eingesetzt sind (zwischen den Doppelfenstern tote Wespen und schlafende Marienkäfer), dann gibt es Honigkuchen und Gewürzkuchen, morgens oft Nebel und bald auch das erste Früchtebrot zum Probieren. Erst Nebel und bald dann auch Rauhreif am Morgen. Und ihr habt sie alle aufgegessen? fragt Carina. Ja, sagte ich, alle. Jahrelang. Immer wieder. Mein Vater und ich haben den Weihnachtsstollen immer mit Butter und Honig gegessen. Am liebsten dick mit kandiertem Honig. Wenn die Butter zu kalt ist, muß man sich Scheiben abschneiden und legt sich die Scheiben als Scheiben drauf. Eigentlich, sagte mein Vater, ist es ja fast schon zu süß, aber wenn ich denke, wie oft ich gehungert habe. Mir nicht, sagte ich, ich kann auf den Honig noch Zucker und Puderzucker. Man kann gut auch zwei Sorten Honig, hellen kandierten und Waldhonig, dunklen, der eben noch flüssig. Puderzucker ist auf dem Honig wie Mehl. Ist wie feiner Schnee, der nicht bleibt. Ist nicht süß genug und weht leicht davon. Besonders wenn man beim Essen mit vollem Mund spricht. Deshalb auf den Puderzucker noch Zucker. Dick Zucker drauf. Und wie in einem Bergwerk innen im Stollen drin Marzipan. Dein Vater, der Löwe? fragt Carina. Ja, sagte ich, den du auch kennst. Mein Vater, der Löwe. Die Lebkuchen und Weihnachtsplätzchen ein andermal. Gehört Schnee dazu. Kommen extra dran. Die Samstage von früher. Spätestens um drei Uhr nachmittags muß das ganze Haus nach Sonntagskuchen und Bohnerwachs riechen. Wie der Fußboden glänzt. Erst wird der Hof gekehrt und die Straße gekehrt. Samstagabend riecht es nach Seife und frischer Wäsche und am Sonntag dann auch noch nach Bohnenkaffee. Ab 1952 vielleicht auch manchmal am Samstagnachmittag schon nach Bohnenkaffee. Muß man sich

Anlässe ausdenken und hätte dann einen Anlaß. Aus Bremen der Bohnenkaffee. Onko-Kaffee. Onko-Rot? Onko-Gold? Soll man ein viertel Pfund oder ein halbes Pfund? Achtel Pfund gibt es bei uns im Kaufladen auch, aber nicht bei so einem Luxus wie Bohnenkaffee. Rot oder Gold? Onko-Silber, den gibt es ja auch noch. Und wahlweise Klips-Kaffee. Gerade erst aus dem Kaufladen zurück und schon riecht und duftet das ganze Haus nach Festtag und Bohnenkaffee. Erst mahlen! Eine Kaffeemühle ist kein Spielzeug, wird den Kindern jedesmal wieder gesagt. Zum Kaffeemahlen am Samstagnachmittag gehören außer dem Bohnenkaffee Kraft, Eifer und Ausdauer dazu und immer auch ein besonderer Stuhl. Ein Küchenstuhl, den es nur einmal gibt auf der Welt. Manche schwören auf Hocker und Schemel. Ein Polsterstuhl, sogar wenn wir einen hätten, kommt nicht in Frage. Bei uns daheim war es unsere mitgebrachte böhmische Holzkiste, die zu der Zeit als Kohlenkiste neben dem Ofen stand. Auf der Holzkiste eine Decke. Öfter schon umgefärbt. Jetzt grau oder gar keine Farbe. Zivilgrau. Wird mit viel Geschick immer wieder gefaltet und auf bewährte Weise zusammengelegt, damit man bequemer sitzt. Noch aus einem Durchgangslager die Decke. Hat im Krieg und danach noch mehrfach die Seiten gewechselt. Erst als Pferdedecke für die Soldatenpferde. Dann zu Fuß und besiegt als Kriegsgefangenendecke. Und mit wechselndem Kriegsgeschick noch ein paarmal erobert worden. Vielleicht öfter auch übergelaufen, hin und her und überall treu gedient. Und schließlich eine Decke für Flüchtlingslager und Viehwaggons. Am Ende zivilgrau und müde bei uns in der Küche. Reichlich abgetragen. Abgetragen, umgefärbt, oft obdachlos und immer wieder gewaschen. Zivilgrau. Neutral. Wärmt sie überhaupt noch? Jetzt ist der Kaffee gemahlen. Erfahrung. Nur immer soviel, wie gerade gebraucht wird. An der Kaffeemühle eine sinnreiche kleine Holzschublade mit Girlande und Messingknauf. In diese Holzschublade fällt der gemahlene Kaffee, wenn es mit rechten Dingen zugeht, fein gemahlen hinein. Die Girlande ist mehr zur Verzierung. Der Messingknauf wird gebraucht. Kuchen, Bohnerwachs, Bohnenkaffee. Drei Uhr nachmittags. Samstag. Ein Wandkalender. Die Küchenuhr tickt. Die Kalender gibts gratis im Kaufladen. Edeka. Sind so Bilderchen für jede Woche. Jetzt fängt das Kaffeewasser zu kochen an. Und dann kann man das neue Radio einschalten. Vielleicht überdies mit einem zuverlässigen Nachbarn zusammen schon länger eine Zeitung abonniert. Aber nur samstags. Aus Gießen, den Gießener Anzeiger. Am Abend lasse ich mir von meiner Mutter einen Turban machen. Aus unserem schönsten Handtuch. Von Wilhelm Hauff erst Saids Schicksale und dann die Karawane gelesen. Ich bin sieben. Das Morgenland gibt es jeden Tag und auch schon den Seeweg nach Indien. Den ganzen Abend mit Turban. Mit Würde, damit er nicht rutscht. Mit Würde und dabei ein Übergewicht im Kopf. Wie jemand anders. Damit man sieht, wer man andernfalls anderswo vielleicht auch noch sein könnte. Also ich. Wie ein Prinz, sagt meine Mutter an diesem Abend immer wieder zu mir. Und damit man sich nach dem Bad nicht erkältet, für die Nacht einen Ziegelstein mit ins Bett. Besser noch einen Dachziegel. Auf dem Ofen angewärmt und mit Tüchern umwickelt, so heiß. Nacht, Wind ums Haus. Stundenlang lesen und die Tücher mit den Füßen nach und nach abstreifen. Immer weiter lesen. Immer stärker der Wind. Die ganze Nacht lesen. Und bei euch, fragte ich Edelgard. War in eurem Flüchtlingsfamiliengemeinschaftswohnhaus auch die Gemeinschaftswaschküche im Keller? Wer wann Waschtag hat, ist für alle Ewigkeit festgelegt, genau wie die Namen der Wochentage. Aber für das Badewasser am Samstag muß man Uhrzeit und Ordnung und Reihenfolge immer neu aushandeln und sich in einen Plan eintragen oder wieder einen neuen Plan machen. Am besten mit rotem Tintenstift und auf Pappdeckel und dann in der Waschküche den ummauerten Waschkessel anheizen. Beizeiten anheizen. Jeder mit seinem eigenen kostbaren Anmachholz aus dem Wald. Extra mit rotem Tintenstift so einen schönen Plan, beinah wie gedruckt. Wunderschön. Und jetzt verläuft die Schrift in dem heißen Dampf! Nach zwei Wochen fängt auch der Pappdeckel an sich zu wölben. Muß man schon bald einen neuen Plan. Mit Sorgfalt. Mit Mühe. Und erst hinterher sieht man, wer wieder mit lauter Änderungen. Da fing dann die Zeit der Neubauten an. Jetzt riecht es Samstagabend auch schon nach Niveacreme, nach Haarschampon und nach Fichtennadel-Badetabletten. Das Haarschampon riecht nach Reichtum und Abenteuer und städtischem Friseurladen und die Niveacreme nach Sommer und Sommerferien und Wasser. Nach Zukunft und Film und Amerika. Und als ob wir nun nachträglich doch noch den Krieg mitgewonnen. Wenigstens in der amerikanischen Besatzungszone. Die Badetabletten werden halbiert. Manche sind dann beleidigt und krümeln. Extra Lux-Seife. Speick-Seife. Die Seife Fa. Neue Frottee-Handtücher (aber bleiben vorerst im Schrank!). Es gibt Leute, die haben ein Wohnzimmer und in diesem Wohnzimmer für sich selbst einen eigenen echten Fernsehapparat drinstehen. Ich wußte, was ein Fön ist. Elektrisch. Man kann sich damit die Haare trocknen. Wer einen hat. Doch ich dachte, daß sei nur ein Nebeneffekt. Hauptsächlich muß er für etwas anderes sein, aber was kann das sein? Wofür? Weißt du noch, wie du mir deinen Schulweg, sagte ich zu Edelgard, gezeigt hast? Hat sie einen gehabt? fragt Carina. Klar, sagten wir, einen guten. Und wie wir morgens im Wind zum Kanal gerannt sind, weißt du noch? sagte ich. Fahren dort Schiffe? fragt Carina. Klar, sagten wir, der Mittellandkanal. Wind vom Meer. Einmal sind wir dortgewesen. Da hat sie mir alles gezeigt, sagte ich. Wir hatten die Nacht davor nicht geschlafen. Deshalb war es ein langer Tag für uns. Und Hagel, Schnee, Regen, Sturm und dazwischen immer wieder die Sonne. Erst Nebel, dann Sonne. Und eine ganze Sammlung von Regenbogen. Im Februar. Als ob alle Wetter der Kindheit noch einmal hätten vorbeiziehen wollen, an diesem einen einzigen langen Tag. Damals hatten wir auf der ganzen Welt nichts als ein altes

Auto. Welche Farbe? fragt Carina. Rot. Die Heizung ging nicht. Es fehlte ein Thermostat. Rot und mit weißem Dach. Sooft wir einsteigen, nehmen wir uns vor, die Heizung reparieren zu lassen, sobald wir zu Geld kommen. Gleich vom ersten Geld einen neuen Thermostat und die Heizung dann immer auf Hochtouren. Bevor man einsteigt und losfährt, sagte ich, muß man außen an den Scheiben jedesmal erst das Eis abkratzen. Meistens mit kalten Händen. Aber dann frieren ohne Heizung während der Fahrt die Autofenster von innen zu. Erst nur beschlagen, dann Eis. Vom eigenen Atem. Je mehr man spricht, umso dicker das Eis. Der Zigarettenanzünder ging auch nicht, aber meistens gute Musik im Auto. Meistens der AFN. Jetzt unser Kuchen. Ich Käsekuchen, Carina Sahnetorte, Edelgard Tiramisu. Warum habt ihr in der Nacht nicht geschlafen? fragt Carina. Wir waren in Hamburg. Wir hatten viel zu bedenken. Außerdem mußte ich trinken. Da reicht oft der Tag nicht aus. Auch die Nächte vor dieser Nacht schon kaum je genug Schlaf. Als Kind, sagte ich, als ich noch nicht pfeifen konnte, schon immer probiert. Immer wenn ich allein bin, sieht der Himmel mich an. Dann kann ich mich denken hören. Gerade als ich beim Heinbauer seiner hohen Scheune vorbeiging. Hinter der Scheune vorbei, und dann in der Gartenstraße an den Zäunen und Baustellen von 1948 vorbei. Eben angefangen. Die ersten Neubauten nach dem Krieg. Eigenleistung. Familien. Verwandtschaft. Der Schwiegersohn. Auch Nachbarn untereinander. Also mit Nachbarschaftshilfe. Alles selbstgemacht. Sobald der Rohbau, sobald vom Rohbau eine erste Ahnung nur steht, macht man die Küche fertig. Mit einem Ofenrohr als Ersatzschornstein. Und kann schon einziehen. Auch schon angefangen, als Flüchtlinge sich eine Flüchtlingskirche zu bauen. Gerade da war es, daß ich merkte, ich kann pfeifen! Erst ist es fast wie ein Schreck! Kann richtig pfeifen! Schnell heim und den ganzen Weg vor mir her pfeifen. Damit ich es nicht verlerne, bevor ich es meiner Mutter zeigen kann. Dann meiner Schwester, wenn sie endlich heimkommt. Meinem Vater am Abend erst. Und den Leuten, bei denen wir wohnen. Und im Kaufladen und beim Bäcker. Und nach und nach allen Hunden und Kindern im Dorf. Keine Angst, nicht mehr müde, sich auskennen auf der Welt und jeden Weg entlang pfeifen. Und jetzt, sagt Carina. Probier! Laut-mittel-leise! Erst Schubert und dann wie ein Vogel. Jetzt verlernst du es auch nicht mehr, sagt sie. Bald, sagt sie, das weiß ich, bald kann ich auch richtig pfeifen! Dann merk ich mir auch, ab wo ich es kann und verlern es nicht mehr.

Samstagmittag. Die Läden jetzt zu. Kaum noch Leute draußen vorbei. Soeben hat vor unsren Augen der Nachmittag angefangen. Wohin, sagten wir zueinander, wohin? Für den Flohmarkt zu spät. Er ist auch nicht mehr am Main. Ist neuerdings auf dem Schlachthof. Zwecks Ordnung! Muß sein! Erst kürzlich im Februar dort, Carina und ich. Es war der kälteste Tag des Jahres. Wohin jetzt? Können wir nicht, fragt Carina, dahin, wo die Edelgard als Kind? Wo der Wind vom Meer kommt. Wo ihr einmal gerannt seid im Wind. Zu weit weg, sagten wir. Und auch alles längst umgeändert. Wie in Staufenberg, sagte ich. Weißt du ja. Höchstens tief im Wald kann man denken, es ist noch geblieben. Müssen trotzdem bald einmal nach Staufenberg wieder. Hätten im Winter schon mit dem Schlitten. Du weißt ja, das Geld! sagte ich zu Carina und zu mir selbst. Vielleicht wenigstens in den Stadtwald, sagt Edelgard. Immerhin besser als nix, sagt sie, zuckt zusammen und hält die Hand vor den Mund. Was rede ich nur für ein Zeug! Schon gedacht, ich krieg von dir ein paar Ohrfeigen, sagt sie zu mir. Wie früher, sagte ich, als ich so in dich verliebt war, daß ich ein paar Jahre lang nicht aufhören konnte, dich anzusehen. Du hast mir immer aus anderen Ländern, sagt sie, eilige Karten geschrieben, in welche anderen Länder du jetzt fährst und wie die Städte und Meere und Schiffe heißen. War ich da schon auf der Welt? fragt Carina. Ihr sollt nicht immer mit allem schon vor mir anfangen! Samstagmittag,

halb drei. Wir bezahlen. Edelgard den Kuchen, ich eine Erdbeermilch, eine heiße Schokolade und einen Milchkaffee. Kennen
uns seit dem 9. Februar 68. Samstagnachmittag. Sie haben die
Theke geputzt und die Scheiben, die Spiegel hinter der Theke
und vor dem Spiegel Regale aus Glas. Alles abgewischt, geputzt
und poliert. Zwei Frauen, ein Mann. Jetzt kommt noch ein junges Mädchen dazu. Und fangen jetzt an, die Flaschen und Gläser
und Eisbecher wieder einzuräumen. Ein langer Nachmittag. Ein
Familienbetrieb. Aber ein Eiscafé, sagt Carina, habt ihr noch
nicht gehabt. Auch früher nicht. Alle beide! In den Stadtwald.
Bald einmal wieder nach Staufenberg. Und auch zu Fuß die Bor-
sigallee und die Hanauer Landstraße. Notfalls für mich allein.
Bis zum Industriegebiet am Osthafen, wo außer mir nie ein
Mensch geht. Speditionen, Werkstätten, Fabriken und Lagerhallen mit leeren Fenstern. Bankrott oder haben heut frei. Andere durchgehend. Schichtbetrieb. Tag und Nacht. Qualm, Rauch,
Flutlicht. Und stöhnen und stampfen und keuchen. Hafen-
becken mit Laderampen und Kränen und die Möwen messen die
Abstände aus. Und rufen sich Zahlen zu, weit durch die Luft.
Frachtschuppen. Gleisanlagen. Reihen und Reihen von rostigen
alten Güterwagen und will keiner mehr damit spielen. Nicht zu
zählen die Krähen und schleppen sich schwer durch die schweren rußigen Eisenbahnhimmel. Schienen und Leitungsmasten
und Himmel und Krähen und Schienen und zwischen den
Schienen Stellwerkhäuschen, die nicht mehr benutzt werden.
Schon länger nicht. Stehen leer. Manche wie Türmchen, so hoch
und so schmal. Unten aus dunklem Backstein, manche auch gelb
und die Ziegel glasiert. Und oben ein Glaskasten, der rundherum übersteht. Beinah wie ein Leuchtturm. Gerade so ein
Stellwerkhäuschen, daß dort auf dem Industriegelände am Osthafen zwischen den Schienen steht und nicht mehr gebraucht
wird, hätte ich gern. Galvanisier-Anstalt für Zeit, Erinnerungen
und jede Art innerer Bilder. Dauerhafte Vergoldungen. Ich
könnte hoch oben in dem überstehenden Glaskasten sitzen,

Fenster nach allen Seiten, viel Himmel, und jeden Tag schreiben. Ein Leuchtturmwärter, den sie vergessen haben. Nachts erst recht. Neonlicht und noch Schreibtischlampen. Nachtlichter, Sternbilder, Signale und Leuchtreklamen. Die ganze Nacht. Fenster in alle Richtungen. Schiffe auf dem Main. Züge fahren. Wahrscheinlich zittern die Häuschen auch. Und wo der Glaskasten übersteht, wird man die Leere unter den Füßen spüren. Und hat einen guten Blick. Beim Schreiben ist so ein Abgrund nicht schlecht. Müßte dann nur noch sieben Leute finden, die bereit sind, mir einen Tag jede Woche mein Essen zu bringen. Essen, Espresso und Zigaretten. Also jeder je einen Tag. Sieben Leute, die muß man doch finden können. Zwei seid ihr ja schon. In den Stadtwald also. Und Edelgard zeigt uns den Weg. Leer der Platz vor dem Eiscafé. Der neue Häuserblock mit dem Supermarkt und den Läden und Kneipen und einer Zweigstelle der Stadtbibliothek. Behörden auch. Bürgernah. Glas und Beton und steht wie ein Riff ohne Meer. Ein Riff und das Meer weg. Wann denn gebaut und was war hier vorher? Während wir drinsaßen, ist der Häuserblock um uns her noch gewaltiger, ist in den Himmel gewachsen. Auf der anderen Straßenseite Jugendliche mit Skateboards. Jeansjacken, Jeansjacken mit Lammfell, bunte Haare. Zu fünft. Sie tragen die Skateboards. Sie sahen nicht aus, als ob sie viel Geld hätten. Wie Angehörige eines fremden Volksstammes vor dem Kino-Eingang vorbei. Carina sah sie zuerst. Muß sich gleich vorstellen, wie es wäre, auch schon so groß und ein Skateboard und mit ihnen dorthin, wo sie hingehen. Sie tragen die Skateboards wie Wappenschilde, wie eine Rüstung. Als ob sie sich ihre Sprache erst noch erfinden müßten, so gehen sie. Oder längst abgeschafft vollzählig alle Wörter. Vor langer Zeit schon verlorengegangen. Mit all ihren fahlen Farben in einer großen Stille am Kino-Eingang vorbei und um die Ecke. Richtung Affentorplatz. Der Supermarkt zu. Reinigung, Zigarettenladen, Bäckerei, Blumen, ein Eduscho, ein Tchibo, Wolle, Hüte, Damenmoden, Schuhe, eine Videothek, die Zweigstelle der Stadtbibliothek, Bankfilialen, alles zu. Leer der Platz. Auf das Ende der Dreieichstraße zu langsam ein altes Paar. Mann und Frau auf dem Heimweg. Wintergestalten. Jeden Samstag um diese Zeit an der gleichen Stelle vielleicht und die übrige Zeit gar nicht da? Leer der Platz. Naßkalt. Bißchen Wind. Von den Brauereien her riecht es nach Hopfen und Gärung. Der leere Platz mit dem Häuserblock in der Mitte eine große vergessene Sonnenuhr ohne Sonne und stehengeblieben die Zeit. In weiter Ferne Sirenen. Polizei, Feuerwehr, Krankenwagen. Samstagnachmittag. Zwei dösende Vorortbusse. Leer der Platz. In alle Richtungen leer. Und bleibt leer. Endlich jetzt eine Straßenbahn. Ist sie echt? Erst noch wie ein Spielzeug, dann Originalgröße und braucht eine Ewigkeit, bis sie vor uns hält. Hat sie keine Nummer? Nur der Fahrer, sonst niemand drin. Tonbandansage, Lichtschranke, automatische Türen. Sobald die Bahn mit uns abgefahren ist, kann der Platz abgeräumt oder wird zitternd kopfüber. Wie ein Mißgriff bei einem Dia-Vortrag. Ein Irrtum. Wären die Fußballfans mit in dieser Bahn gewesen, man hätte wenigstens sicher sein können, daß sie am Ende beim Stadion ankommen. Wenn auch vielleicht zu spät und nicht bei sich im Suff und wie blind. Oder war es doch Offenbach, wo sie von Dortmund, von Gelsenkirchen, von Duisburg, von Wanne-Eickel aus hinwollten? So ein Stadion ist und bleibt unbelehrbar. Auf drei wird es gehen. Das Jahr 1984. Der zweite Samstag im März.

11

Undeutlich eine Wiese. Fahl, beinah farblos das Gras. Erst grau, dann ein mattes Grün. Durch das fahle Gras, über die schweigende Wiese, Edelgard, Carina und ich. Auf ein Waldstück zu. Laubwald, noch kahl. Noch nichtmal ein Wäldchen – ein Waldstück. Du führst uns, zu Edelgard sagen. Schon beim Aussteigen nicht mehr gewußt, wo wir sind. Auch früher schon hier herum. Als wir in Niederrad, sagte ich, da bin ich die meiste Zeit ja, weißt du noch, bin alle Wege zu Fuß. Nach Höchst, nach Schwanheim, nach Griesheim und jeden Tag mit dem Tag in die Stadt. Und die Stadt und die Tage zunehmend mir als Spuk. Ich auch. Ein Phantom, von Gespenstern umgeben. Am Main entlang. Das Niederräder Ufer, den Sternkai, den Schaumainkai, die Main-Weser-Brücke. Die Speicherstraße, am Westhafen vorbei und den Untermainkai. Alle Mainbrücken immer wieder. Über die Mainbrücken hin und her wie ein Wiedergänger. Aber auch durch die Gutleut-, die Schleusen-, die Hafenstraße und durch den Tunnel. Durch die Mainzer Landstraße immer wieder, als sei ich dazu verurteilt. Bei den Kliniken vorbei. Die Kennedy-Allee, die Mörfelder Landstraße, die Niederräder Landstraße und die Deutschordenstraße. Und sie alle jetzt noch im Magen spüren. Sechs Jahre seither. Ist das die Autobahn, die so dröhnt? Auch beim Trampen schon hier vorbei. Zu Fuß. Eingefangen zwischen Autobahnteilstücken, Zubringern, Abfahrten und Kreuzungen, die kilometerweit in das Umland, das Unland hinein. Halbe und ganze Tage für ein kurzes Stück Stadtautobahn. Der einzige Fußgänger weit und breit. Und womöglich noch in die falsche Richtung. Oder selbst mit Auto und betrunken auf Umlaufbahnen geraten. Zehn Jahre Suff und Straßen. Zehn Jahre und noch zehn Jahre. Solang noch ein Schluck in der Flasche und die nächste in Aussicht, kann einem als Säufer ernstlich ja kaum was passieren. Durch das Waldstück jetzt, an seinem Rand hin. So ein schütteres kleines Waldstück – wie man auch geht, man geht immer am Rand. Und der Wald steht wie leergeräumt. Eher wie eben erst aufgestellt, sagst du dir. Keine Wurzeln? Ohne Wurzeln die Bäume? Von Fachleuten fachgerecht aufgestellt. Qualitätswald. Bestandsgarantie. Lebensgröße. Und mit Sorgfalt befestigt. Wie echt. Direkt beinah wie echt! Und so still, als ob die Erde, jeder Fleck Erde, die Pflanzen, die Steine und jedes Ding, als ob die Welt insgesamt längst aufgehört hätte, mit uns zu sprechen. Und wir dann auch mit uns selbst. Schon länger. Wir antworten nicht! So still, aber hinter der Stille ein Dröhnen, ein wachsendes Dröhnen. Von allen Seiten. Und kommt auf uns zu. Oder wie im eigenen Kopf drin. Wir gehen, Carina bei uns in der Mitte. Von beiden je eine Hand. Durch das Waldstück oder durch ein Stück Waldstück. Am Rand hin und über den Rest einer Wiese. Sand, Löcher, Erdhaufen, Narben, ein Graben, ein Pfad und verläuft sich. Gestrüpp. Binsen. Ein Graben, ein Rinnsal, ein ausgetrockneter Bach. Ein Streifen hohes Gras. Präriegras, Büffelgras. Eine Katze von weitem. Grau. Und duckt sich ins Gras. Und hätte aus der Ferne gut auch der Nicko gewesen sein können. Ein Nicko, der nicht erkannt sein will hier in der Ferne. Oder winkt sogar. Hat uns ein Zeichen, siehst du. Wir sollen ihn jetzt auf keinen Fall stören!

Spuren, ein Pfad, ein Weg, ein befestigter Weg. Beton. Beinah schon eine Straße. Reichsautobahnbeton. Betonplatten wie für Panzer. Jede Katze gehört sich selbst, sagt Carina. Und kommen jetzt an zwei Pfosten vorbei. Aus Stein. Stehen Wache. Verzaubert. Erst die Pfosten und dann ein Platz, wo einmal ein Haus stand. Nur noch die Grundmauern. Hier die Wände, da eine Tür. Zementfußboden. Kein Keller? Mit Probeschritten zwischen den vormaligen Wänden, als ob alles noch steht. Klingt unter den Füßen hohl. Dort der Schornstein und hier die Treppe. Hier darfst du nicht durch, hier war keine Tür! Habt ihr auch als Kinder mit Kreide euch Häuser und darin gewohnt? Viel wirklicher als daheim! Eher mit einem Stein, mit einem Stück

Holz in die Erde gekratzt, weil die Welt noch nicht flächendeckend geteert, sagte ich, du bist vier Jahre jünger als ich. In Schuppen, in Scheunen, im Wald. Auf jedem Dachboden auch. Hatten als Kinder in Staufenberg überall solche Plätze. Geheime Eingänge. Auf der Burg Felsenkeller und einen unterirdischen Gang. Gartenhäuschen, Baumhäuser, Waldhütten. Verlassene Steinbrüche auch. Und sowieso ja den Turm und die Oberburg als große verzweigte Ruine. Hier also war die Küche. Hier konnte man von der Küche aus in den Hof. Dort muß ein Schuppen gewesen sein. War es groß? Ein Wohnhaus und wer hat drin gewohnt? Wann abgerissen? Warum? Ob es einen Oberstock, ein Dachgeschoß gab? Hier der Garten. Im Garten die Jahreszeiten. Zwei Apfelbäume, ein Birnbaum, ein Kirschbaum, ein Pflaumenbaum – alle abgesägt. Wäscheleinen. Hasenstall, Hühnerstall, Hundehütte. Holunder beim Haus. Wer sie wohl waren und wie sie gelebt haben? Ob man sie noch spüren kann, hier zwischen den verschwundenen Wänden und Mauern, wenn man nur lang genug bleibt? Dort eine Feuerstelle. Asche. Muß neu! Landstreicher, sagten wir, Penner, Obdachlose. Meistens kennen sie solche Plätze, kennen sich aus. Wäre es doch noch und könnte jetzt unser Haus! Wenigstens die nächsten paar Stunden! Daß ich einschlafen könnte und noch im Einschlafen Edelgard und Carina mit ihren Stimmen aus dem Nebenzimmer oder von unten herauf. Und beim Aufwachen auch ihre Stimmen. Beim Aufwachen soll es noch hell sein! Carina bückt sich. Ein Küchenmesser mit Plastikgriff, grün. Wie neu. Kein bißchen Rost. Wir lobten es alle drei. Ich finde immer die besten Sachen, sagt sie. Und gleich überlegen, was wir noch alles finden müßten, um uns hier mit Leben und Hausstand. Wenigstens für den Anfang. Du mußt es einstecken, sagt sie. Und nicht verlieren! Grüne Griffe, die gibt es nicht oft. Hätten Eltern und Kind, hätten Gegenwart spielen können. Carina als Eltern, Vater *und* Mutter, und wir ihre ungleichen Kinder. Die einander nicht ansehen dürfen. Man soll es nicht merken. Nicht, das heißt niemals. Ein Bahnwärterhäuschen? Eine Haltestelle? Die Endstation? Ein kleiner Bahnhof und nie ein Zug? Und weil nie ein Zug kommt, dann schließlich gemerkt, daß ja auch keine Schienen und deshalb den Bahnhof dann abgeschafft? Eingespart? Abgerissen und aus den Listen gestrichen? Kapelle? Klosterfiliale? Kleine Wohngemeinschaft von Einsiedlern? Eine Gartenwirtschaft? Vergessen und in die Erde versunken? Zollhaus? Grenzübergang? Niemandsland? Jenseits? Ich stand bei der Asche und merkte, Carina geht Kreise um mich herum. Warum? Was bedeutet es? Sie lacht und geht weiter Kreise.

Jeder mit seinem Bild von dem Haus. Und machen uns jetzt auf den Weg. Nahebei eine Krähe. Hat die ganze Zeit uns im Blick gehabt. Fliegt krächzend auf. Wird uns ordnungsgemäß ein Stück weit begleiten, dann gleich zurück und nachsehen, warum wir so lang hier gestanden? Nur weil das Gras hier so elend und fahl, sagte ich. In Niederrad weiß ich eine Tankstelle mit praktischem künstlichem Rasen. Auslegeware. Grasgrün. Haltbar, wasserfest, hitze- und frostresistent. Eher noch grüner als grasgrün. Niederrad ist der einzige Ort, wo ich nie mehr wohnen will – oder soll ich vielleicht gerade deshalb nochmal hin? Damals dort fast schon verloren für immer, so kam es mir vor. Unser erster Winter in Frankfurt. Kein Geld. Der Winter nach der Schleyer-Entführung. Sowieso im Suff meine Paranoia, aber jetzt kam dazu, daß ich das Trinken kaum noch aushalten konnte. Aus dem Haus und dabei jedesmal denken, du kommst nicht zurück. Sibylle jeden Tag zur Aushilfe in ein Büro in der Innenstadt. Eine Katze! In den Gärten ums Haus eine Katze und lebt für sich. Wild und scheu, eine graue Katze und konnte mir nicht widerstehen. Kommt und sitzt bei mir, wenn ich schreibe. Allein nur für ihr Kommen hat sie oft schon den halben Tag gebraucht. Muß sofort umkehren und verschwinden, wenn sich etwas regt. Aber hört auch nicht auf zu kommen. Kommt und sitzt bei meinen Selbstgesprächen. Liegt auf der Fensterbank. Ein Dachfenster nach Südwesten. Am Fenster mein Arbeitstisch. Schreib das Buch zuende! Schreib alles! Mein erstes Buch. Die Katze oft auf der Straße neben mir her, aber sobald ein Mensch auftaucht, unter die parkenden Autos. Einkaufen, auf die Post, zum Metzger. So still, so ein friedlicher Vorort. Immer wenn ich in Niederrad aus dem Haus ging, damit gerechnet, daß man auf mich schießt. Gezielt. Ein gezieltes Mißverständnis. Von Amts wegen oder dank Bürgerinitiative. Das Postamt wie eigens dafür schon hergerichtet. Jede Straßenecke ein künftiges Tatortfoto. Im Supermarkt an der Kasse. Vor dem Metzgerladen in der Triftstraße eine hohe Treppe, die sich gut dafür eignet (erst lassen sie dich noch die Wurst bezahlen!). Öfter auch vorläufig festgenommen. Vorbestraft. Mehrfach vorbestraft. Und beim Erkennungsdienst scheints immer die gleichen gemeingefährlichen Fahndungsfotos und die Fingerabdrücke sind immer wieder meine eigenen Fingerabdrücke. Wie die Zeit vergeht. Noch unser großes altes Auto, mit dem wir nach Frankfurt kamen. Von einer Reise übrig. Steht vor der Tür oder zwei Ecken weiter und fängt schon an zu zerfallen. Du gehst Zigaretten kaufen wie jemand anders, wie in einem Buch. Und kommst erst nach Tagen zurück. Bin das wirklich noch ich? Einmal Sibylle und ich nachts von der Straßenbahn heim. Weit und breit die einzig sichtbaren Lebewesen. In der Bruchfeldstraße vom Rand der Nacht her aus weiter Ferne ein einzelnes letztes Auto und direkt auf uns zu. Will uns überfahren! Jedenfalls es versucht, so getan! Noch extra schneller und auf uns gezielt! Die Katze duckt sich ins Kellerfenster und wartet auf mich. Manchmal ging ich für dreißig Mark Blut spenden. Damals wurden überall in Frankfurt die Gehsteige mit diesen Hundsknochensteinen gepflastert und einen Abend bei uns in der Straße wollen mir zwei Typen mit solchen Steinen den Schädel einschlagen. Die Steine schon in der Hand. Eine Baustelle. Jeder mit einem Stein. Mitten auf der Straße. Sie knien auf mir, sie drücken meinen Kopf auf die Fahrbahn und erklären es mir ganz genau. Keine Räuber! Ein Nach-

bar und der Nachbar vom Nachbarn. Noch jung. In der Eckkneipe Stammgäste. Im Vereinsvorstand. Einwohner, Hausbesitzer oder die Söhne von Hausbesitzern. Nein, du warst noch
nicht bei uns, sagte ich zu Carina, du warst noch in meinem
Himmel. Mußten erst noch eine Wohnung finden und einen
Verlag für mein erstes Buch. Und alles vorbereiten, Sibylle und
ich. Und sehen, daß es uns besser geht. Jetzt durch das Gras alle
drei. Gras, Gestrüpp, Pfähle, ein Pfad. Die Teiche, sagt Edelgard.
Hier waren doch Teiche? Hat vielleicht diesmal die Silberfolie
nicht mehr gereicht oder waren es trübe Teiche? Ja, eher trüb.
Dunkle Plastikfolie und die ist ihnen ausgegangen. Oder wollen
sich Samstagnachmittag bloß wegen uns nicht nochmal extra die
Mühe. Gräben, Narben, die nackte Erde. Brennesseln, Binsen,
Büffelgras. Vor uns ein Wäldchen, ein Waldstück, noch kahl.
Hell die Birkenstämme im trüben Tag. Carina bei uns in der
Mitte und von beiden je eine Hand. Wenn es sein muß, auch hin-
tereinander. Aber nicht loslassen! Durch die Stille, durch das
Dröhnen hinter der Stille. Nicht loslassen! Auf keinen Fall los-
lassen! Aus dem Stadtwald heim wie nach einem Krieg. Wie aus
dem Jenseits noch einmal zurück. Mit dem Nachmittag durch
das undeutliche, das abnehmende, das schwindende Land.
Graben und Wiese und Graben. Stehen in Angst, die Bäume.
Müssen all ihre Kraft zusammennehmen, nur um zu bleiben.
Überzählig. Verraten. Gestrüpp, Strauchwerk. Eine Elster, die
uns gern ausgefragt hätte, eine Elster mit blanken Augen. Schräg
eine Böschung. Plastiktüten, Papierfetzen, Abfall, Müll. Jede
löchrige alte Plastiktüte, jeder einzelne Fetzen Papier wäre gern
eine Elster! Ums Leben gern. Elster und Schnecke und Wurm.
Der ganze Müll, wenn er könnte, finge leidenschaftlich zu kriechen an. Selig. Das ewige Leben. Ein Graben, ein Weg und dort
vorn die Straße. Und wenn du dich umdrehst (aber man soll sich
nicht umdrehen!): die schwarzen Punkte, die Krähen! Dort wo
wir vorher standen, jetzt auf einmal soviele Krähen! Vor uns die
Straße. Leitungen, Drähte, Straßenbahnschienen. Still der Him-

mel, bedeckt. Hätten ein Feuerchen anzünden sollen. Unsrerseits. Für uns selbst. Damit wir uns wärmen und zur Erinnerung. Eigenbedarf. Und zum Staunen der Krähen. Sooft du dich umdrehst: immer mehr Krähen! Man soll sich nicht umdrehen, heißt es.

Die Straße, eine Biegung, ein kleiner Platz. Eine Straßenbahnhaltestelle. Edelgard, Carina und ich. Und jetzt die Straßenlampen. Als ob sie uns sehen können. Wir kommen und gleich gehen die Lampen an. Noch hell. Wie spät wird es sein? Schon den ganzen Tag schräg eine bleiche Mondsichel und sieht uns an. Stehen und warten. Nicht lang und eine Straßenbahn kommt. Vor unsren Augen um die Biegung und auf uns zu. So langsam, als ob sie längst wüßte, daß wir es sind, die hier stehen. *Sonderfahrt.* Eine Bahn ohne Nummer und Fahrziel. Der Fahrer nicht zu erkennen hinter der Scheibe. Und wir sind die einzigen Fahrgäste. Wären jetzt die Fußballfans drin, sie hätten ihr Spiel schon hinter sich oder für immer verpaßt. Vielleicht das Stadion mit der Rennbahn, die gibt es ja auch noch, verwechselt. Ganz umsonst den Weg und wissen nicht mehr, war es Duisburg oder Dortmund oder wo sind sie her und auch keine Rückfahrkarten. Weder Rückfahrkarten noch Erinnerung. Nicht Namen noch Bild. Aber nicht ein einziger Fußballfan in der Straßenbahn. Wir sind die einzigen Fahrgäste. Manchmal wie jetzt auf den Abend zu. Das eigene Leben. Man sitzt da und sagt kein Wort. Und nach einer Weile. Dann sitzt man schon länger da. Und sagt schon länger kein Wort. Kein einziges Wort. Am Lokalbahnhof umsteigen. Der Abendfelsen. Das Riff. Viele Lichter. Umsteigen und alle drei mit den Blicken zum Eiscafé hin, als ob wir uns noch darin suchen. Die nächste Straßenbahn mit uns über den Main. Groß und grau, beinah wie der Himmel der Main. Es ist nie der gleiche Fluß. Und viele Lichter jetzt – wie in einem Schleppnetz schwimmen die Lichter im Wasser. März und noch hell. Viele Lichter im Abend. Müssen am Opernplatz raus, Cari-

na und ich. Bald, sagen wir jetzt zu Edelgard, wir kommen bald!
Die ersten warmen Tage! Demnächst! Immer im März ein paar
erste warme Tage! Denk an uns, denk dauernd an uns! Wir rufen
dich an! Wir kommen und klingeln bei dir an der Haustür! Wir
holen dich ab! Am liebsten schon morgens! Wir gehen mit dir in
das Eiscafé in der Friesengasse und auf den großen leeren Platz
mit den Bauwagen. Die bunten Bauwagen, die wie Zirkuswagen
aussehen. Mit Ofenrohren und Schornsteinen. Oder stehen sie
schon nicht mehr da? Und wollen, wenn wir dann kommen, mit
dir auch bei den Gärten am Bahndamm entlang. Wenn dann die
Sonne scheint. In der Sonne. Hinter den letzten Häusern, wo
keine Straßen mehr sind. Wo man an solchen Tagen den Taunus
sieht und in der Ferne die Ferne. Oder sind die Gärten schon
abgeräumt? Wächst kein Gras mehr? Ist die Ferne längst weg
und der Taunus auch nicht mehr da? Und denk daran, Jürgen zu
grüßen! Ich seh ihn nicht, sagt sie, wir sehen uns nicht. Wir
hatten Streit und jetzt kommt er nicht. Ist böse auf mich. Ist beleidigt. Gerade wenn er beleidigt ist, sagte ich, und heute ist
Samstag, da ruft er doch unbedingt an. Am Abend. Spät vielleicht, aber ruft auf jeden Fall an. Spätestens dann um Mitternacht. Er wird von Kneipe zu Kneipe gehen müssen und aus
jeder Kneipe ruft er dich an. Dazwischen auch noch Telefonzellen. Und zwischen den Kneipen und Telefonzellen noch extra
andere Kneipen eigens zum Telefonieren. Hat recht, weiß alles
und kann es dir jedesmal besser erklären. Im Hintergrund Musik und Stimmengewirr. Im Hintergrund Stammgäste, Wirt und
Bedienung, die ihm bezeugen, daß er da ist und wirklich! Und
wie die Nacht rauscht. Weithin das Echo der Nachtstadt. Ver-
nunft. Argumente. Wird immer nochmal und noch einmal anrufen müssen, um dir zu sagen, warum er mit dir nicht sprechen
kann. Weder jetzt noch in Zukunft. Sag ihm Grüße! Vergiß
nicht! Siehst du, da ist es jetzt wieder! Und kennt uns! Das Pferd
mit Flügeln! Denk an uns, sagen wir, an uns und den Frühling!
Wir kommen bald! Und müssen jetzt schnell an die Fahrer-

kabine klopfen, damit der Fahrer uns schnell noch rausläßt. Im letzten Moment. Alle Türen schon zu, aber er macht für uns nochmal auf. Wird also ein Ausländer und noch neu! Als Mensch und als Straßenbahnfahrer noch neu bei der Straßenbahn und in Frankfurt. Anfänger. Weil die richtigen echten Frankfurter Straßenbahnfahrer sagen: Zu spät! Hätten vorher! Nicht pennen, wohl taub, kann ja jeder! Manche sagen: Verboten! Selbst schuld! Besser aufpassen! Oder sitzen in Fahrtrichtung. Pensionsberechtigt. Ungerührt. Reglos. Als hätten sie nichts gehört. Gleich wirst du stumm! Unsichtbar! Eine fixe Idee! Gar nicht da! Die Tür auf, er macht uns die Tür auf! Schnell raus! Nur der Mann und das Kind. Die Frau nicht. Die Frau bleibt drin. Die fährt weiter mit. März. Ein Märzabend. Viele Lichter im Abend.

Opernplatz. Reuterweg. Samstagabend. Grau und leer eine lange Vorfrühlingsabenddämmerung. Der Reuterweg wie sonst auch. Wie immer. Eine lange gerade Ausfallstraße nach Norden. Vier bis sechs Fahrspuren. Man geht und die Autos zischen vorbei. Für eine so breite Fahrbahn und die hohen Häuser ist der Gehsteig zu schmal, sind die Autos zu schnell. An den Häusern vorbei. Die Häuser als hohe senkrechte Kanten nur. Gegenüber der Rothschildpark. Noch kahl. Undeutlich. Blaß wie ein Wandteppich. Man geht und geht und weiß nicht wohin mit dem Blick. Nach Norden. Geradeaus. Lang auf das ferne zerfließende Ende der Straße, lang auf den Abend zu. Unser Leben lang, wenn wir müde sind, scheint es, als ob die Straßen sich steil vor uns aufstellen. Wie auf einer Kinderzeichnung. An so einem Abend im Vorfrühling kann dir geschehen, daß du vor Müdigkeit und Erinnern auf einmal keinen Schritt weiter kannst. Nicht nur jetzt, auch in Zukunft nicht. Nie mehr. Aber nicht, wenn ein Kind mit ist. Bist du müde? Neben mir her und schüttelt den Kopf. Aber sonst, wenn sie nein sagt, nicht müde, dann hüpft sie gleich zum Beweis. Haben ein Abkommen, sie und ich, daß ich sie jederzeit trage. Auf den Schultern trage, weil die Wege so weit. Wenn es sein muß, den ganzen Tag. Außer wenn sie im Gehen Geschichten erzählt haben will. Hast du Hunger? Ich weiß nicht, sagt sie. Für mich allein weiß ich auch nie, ob ich Hunger habe. Seit die neue Zeitrechnung anfing, schlampig und schlecht und zu wenig und nur immer im Stehen gegessen. Die meiste Zeit Brot oder nicht einmal Brot. Von Espresso und von Zigaretten gelebt und von meiner Unruhe. Magenschmerzen? Auf Anhieb! Eine neuartige Magenempfindlichkeit. Innerlich, ein Gefühl, sagst du dir. Und ist da und verlangt seinen Text. Mit der Zeit dann noch besser beschreiben. Wenn ich nicht esse, ißt Carina auch nicht. So ist sie: sie ist so! Im Gehen endlich kam ich darauf, daß für Carina Edelgard zu Pascale wird. Wenigstens ab und zu. Pascale oder ihre Nachfolgerin oder eine Stellvertreterin von Pascale und Carina bereit, sich mit ihr zu verbünden. Oder wird selbst Pascale, denkt an Edelgard und weiß wieder, daß es Pascale wirklich gibt. Als sie zwei war, Carina, einmal nach dem Einschlafen gleich wieder aufgewacht. Kopf heiß! Durst! Noch mehr Durst! Kann-nicht-einschlafen! Am Anfang des Abends sind Pascale und Jürgen bei uns gewesen und jetzt sitzt Carina mit Stirnfalte im Bett und sagt: Muß die Pascale immer-wieder-sehen! Ich will sie sehen-und-sehen und sie dann oft und immer-und-immer-noch sehen! Jedesmal! Ich will jeden Tag daran den-ken, daß-ich-sie sehen will! Vor zwei Jahren bei uns in der Wohnung ein Abend. Milch! Wir haben ihr Milch gebracht, Sibylle und ich. Sie sitzt mit dem Milchglas im Bett. Als ob sie nie mehr schlafen will, so sitzt sie im Bett und trinkt kalte Milch. Erst kalte, dann warme Milch. Milch mit Honig. Ein Kind und noch klein. Alles erst gestern. Und wie groß seither ihre Ver-luste, sagte ich mir. Noch mit zu Edelgard, aber es wäre spät ge-worden. Wird immer spät. Und ist doch unser letzter Abend schon wieder. Müssen schon wieder zu zählen anfangen. Und wie um uns her die Zeit zittert. Und muß immerfort wegflim-mern. Jeder einzelne Augenblick. Die Vergänglichkeit. Und hat dich gepackt und läßt dich nicht los. Und zieht so, zieht und zieht an deinem Herz. Noch eben hell. Wie aus Glas jetzt der Mond, eine Lampe aus weißem Glas. Mit unserer Müdigkeit unten an den hohen senkrechten Häusern entlang. Sind Festungen. Sind Attrappen. Jedenfalls unbetretbar. Wohnt niemand drin, den wir kennen könnten. Kein Mensch wohnt darin. Auf der anderen Straßenseite der Rothschildpark. Wandteppich. Bild. Eine Fototapete. Und wird schon eingerollt. Da vorn geht der Tag. Meine Magenschmerzen? Unverzüglich. Zuverlässig und unverzüglich. Von jetzt an, sooft du dran denkst. Auf Anhieb, auf Abruf. Und auch schon mit dem Abschied, merkte ich, angefangen. Morgen ist Sonntag. Gegen Abend, die gleiche Uhrzeit wie jetzt. Auswendig jeden Schritt Weg und sie heimbringen. Sonntags, das weißt du, sonntags ist alles immer am schlimmsten!

Das Messer? fragt sie und zuckt vor Schreck, hast du noch das Messer? Klar! Und von außen die Hand auf die Tasche. Noch da! Meine alte Wildlederjacke aus dem Mai 68. Noch beinah nie was verloren, sagte ich, nur höchstens beinah. Nur höchstens verloren und wiedergefunden. Können uns nachher die Äpfel damit, obwohl wir Äpfel sonst ja nicht mit dem Messer essen. Können die Äpfel in Hälften, in Viertel, in Achtel und die Achtel dann nachzählen und im Bett essen. Vorher aus den Achteln jeden Apfel noch einmal rund und schön. Man kann sie schälen und ißt die Schale dann extra. Gut auch für Kiwis das Messer. Besonders der grüne Griff und die Kiwis unter der Schale auch grün, aber anders grün. Will es bei dir, sagt sie, lassen! Aber du mußt dran denken, daß es von mir ist und wie ich es heut gefindet hab. Und zum Zwiebelschneiden, sagte ich. Schon lang will ich wieder einmal ein Zwiebelbrot essen. Wie als Kind nach dem Krieg. Immer abends beim Ofen. Unsre ersten Jahre in Deutschland. Sobald wir erst einen Ort hatten. Vier Wände, Küchentisch, Lampe, Strohsack, Brot, einen Ofen. Aus Böhmen eine böhmische Holzkiste. Mitgebracht. Kann man abends beim Ofen sitzen und den ganzen Weg zurückdenken. Muß nur sehen, sagte ich, wo ich eine Zwiebel herkriege. Sie verkaufen sie nämlich nicht einzeln. Entweder Zwiebelbrot oder das Brot, dünne Scheiben, dünn, aber nicht zu dünn, auf dem Ofen geröstet und eingerieben mit Knoblauch. Butter auch, wenn man Butter hat. Butter und Salz. Noch im Spätherbst Bucheckern sammeln. Muß man dauernd sich bücken und bücken oder gleich auf der Erde kriechen. Sammeln und zählen und weiterkriechen. Im toten, im raschelnden Laub. Taube Bucheckern gibt es auch. Jeden Tag mit Taschen und Tüten und Töpfen und Kannen in den Wald. Mit Zuversicht. Es muß das Jahr 1947 gewesen sein. Tüten gab es nicht. Nur selbstgenähte Leinentaschen. Leinen und Wachstuch und Filz und Uniformstoff. Einen Kopfkissenbezug. Alle Sorten hungrige Brotbeutel und leere geduldige Mehlsäckchen. Leer. Sauber. Schon länger leer. Aber hauptsächlich Milchkannen für die Bucheckern. Bis es vor unsren Augen zwischen den Bäumen vom Himmel herunter zu schneien anfing. Es schneit! Bis in den ersten Schnee hinein jeden Tag im Wald Bucheckern gesammelt. Für die Bucheckern soll es echtes Öl geben und erstklassige Margarine oder Gutscheine für echtes Öl und erstklassige Margarine, so heißt es. Amtlich. Zur Margarine sagt man jetzt Butter. Und die Butter, die echte Butter, heißt gute Butter. Milchbutter. Kuhbutter. Gute echte Kuhbutter, richtige Butter. Kuhmilchbutter. Rahmbutter. Sahnebutter. Oder richtige echte Gutscheine für Ersatzöl, gutes Ersatzöl und prima Margarine-Ersatz. Vielleicht Ölpulver? Trockenöl? Oder Nahrungsmittel-Sammelwertpunkte für die Zukunft, die gibt es ja angeblich auch noch, die Zukunft. In den Wald immer ein Stück Brot mit und einen Apfel jeder. Zum Holzsammeln auch in den Wald. Kann man abends beim Ofen sitzen und hat mit dem Holz ein Feuer im Ofen. Bratäpfel müßte man machen! Auf Brotkartenmarken gab es braunen Rationszucker, aber manchmal kam er nicht bei uns an. Dann ist er diesmal leider wieder nicht angekommen. Ab 1951 dann zu dem Brot und dem Apfel auch noch ein Stück Speck mit in den Wald. Speck oder Dörrfleisch. Jedenfalls wenn es kalt ist. Im Sommer sowieso Himbeeren überall und Heidelbeeren und Walderdbeeren, wo du gehst und stehst. Die besten Plätze. Ganze Sommer in den Wäldern. Bald dann die Pflaumenzeit und die Äpfel im Herbst. Äpfel und Nüsse. Und denk dran, daß wir nicht vergessen, daran zu denken, daß wir wie gestern dem Nikko sein Futter. Er wird schon warten. Vielleicht begegnen wir ihm vor der Haustür. Oder er hat es eilig, geht unter der Küchenuhr auf und ab und kann die Aufschriften und Abbildungen auf den Dosen schon auswendig. Und auch das Gelächter des Dosenöffners. Oder mußte dringend weg und hat uns einen Zettel geschrieben. Oder war er es doch? Auf der Wiese? Und ist von der Wiese noch gar nicht zurück? Denk du auch dran, sagt sie zu mir.

Müd heim am Abend, mein Kind und ich. Die alte Erde. Wieder März. Nur zu Gast. Samstagabend. Und wie sind, seit ich ein Kind war, überall in den Städten und auf dem Land die Samstage und Sonntage öde und immer öder geworden. Erst recht, seit die Leute anfingen, einer dem andern schöne Wochenenden zu wünschen. Sogar auf dem Land. Und gehen in Freizeitkleidung. Bunt und gefleckt. Sogar bei der Arbeit. In Freizeitkleidung in die Fabrik, auf den Acker, aufs Feld, auf den Friedhof, in die Kaufhäuser, in den Baumarkt, in den Supermarkt, durch die Fußgängerzonen, auf die Bank, ins Parkhaus, zu den Geldautomaten, zum Arzt, in die Klinik, ins Grab. Freizeitwörter. Das Fernsehprogramm. Das Fernsehen. Das wahre Leben im Fernsehen. Eine Zukunft? Bald flächendeckend die Zukunft. Müd heim als armer Mann. Kinder haften für ihre Eltern. Selbst ja als Vater ein Freizeit-, ein Trennungs-, ein Wochenendvater, mußt du dir sagen und dabei wird dir heiß. Heiß und elend. Mein Gesicht fing zu brennen an. Matt die Luft auf der Haut, Abendluft,

Märzluft. Die ganze Rechnerei mit dem Geld und den Tagen und Sorgen und Ausgaben später dann. Sowieso ja die Zahlen alle im Kopf. Immerhin ein Messer gefunden, das Straßenbahngeld gespart (aber eigentlich auch nicht übrig gehabt) und für mindestens drei Tage Essen daheim. Bett und Tisch, alles da. Und Carina bei mir. Seit gestern Mittag schon neben mir her. Werden dann noch vor den Bücherregalen im Schaufenster der Autorenbuchhandlung, sie und ich. Nebeneinander. Verdoppelt. Einmal drinnen und einmal draußen. Sind doch wir, die hier stehen? In der Dämmerung. Der Mond jetzt als Silbermond. Und die Stille am Himmel wie Kirchenglas blau. Eine hohe Stille. Und im Fenster die Straße und in der Straße der Abend. Stehen und stehen und können nicht weg. So lang in den Abend hinein mit der Märzabenddämmerung hier gestanden und müssen dann am Ende wohl doch noch einmal auf den Grüneburgweg. Nur ein paar Schritte hin und her. Mit der Gegenwart, sie und ich. Samstagabend. Kommt Wind auf? Alle Läden längst zu. Einzeln ein hoher Baum. Hell sein Stamm. Und die Äste im Lampenlicht bis an den Himmel. Eine einzelne hohe Platane. Schaufenster. Lampen. Der Gehsteig leer vor uns her. Die Stehpizzeria. Tür offen. Ein Feuer im Ofen. Genau wie gestern nach Vorfrühling, Abend und Rauch wird es riechen. Nach Sizilien, nach Pizza und frischem Brot. Ein Samstagabend im Grüneburgweg. Mann mit Hund. Der Wind. Zwei Radfahrer uns entgegen. Still ist es. Immer stärker der Wind. Zwei Zeitungsverkäufer mit schweren Taschen eilig vorbei. Große Schritte. Wollen selbst uns beeilen, komm! Noch zwei Zeitungsverkäufer. Eine ganze Gruppe von Zeitungsverkäufern. Schwere Taschen. Jeder eine andere Sprache. Die Zeitungsverkäufer vom Opernplatz, vom Reuterweg, vom Alleenring und von der Eckenheimer Landstraße. Inder und Hilfsinder. Aus Eritrea, Algerien, Rumänien und Bangladesh. Nix sprakken duitsch viel Gewörte! Plastikmützen und Zeitungsjacken. Die Gesichter im Dunkeln, die Gesichter als Knoten nur (Gesicht braucht er nicht!) und jeder drei schwere

Taschen oder sind das nur ihre Samstagabendgespenster und müssen sich als Gespenster mit den Taschen von gestern hier schleppen? Aus Gewohnheit und um weiterhin standzuhalten dem Wind und weil sie um diese Zeit nirgends sonst einen Platz auf der Welt: weil sie dort, wo sie wohnen, im Schichtbetrieb wohnen. Sechzehn Inder auf neunzehn Quadratmetern, ein Haus in der Schleusenstraße. Ein Leben rund um die Uhr. Frankfurter Nachtkneipenrosenverkäufer aus Thailand, aus Pakistan. Erfroren. Vertrocknet. Mit Blumengesichtern. Und hier mit den frierenden Rosen als Schatten, als eilige Schatten vorbei. Die Rosen mit Moschusduftspray. Mit Flieder, Jasmin, mit Patschuli. Warum sind die Rosen so grau? Samstagabend. Ein Mann, eine Frau, ein Paar, ein verliebtes Paar. Wie schön sie sind! In die Stadt, ins Theater? Eine Autotür. Samstagabend-taxis. Schnell weiter, mein Kind und ich. Dämmerung, Abend, der Wind weht. Gestern Abend die Kinder. Eilig zwei Mädchen mit einem Tier, einem Kätzchen. Und im Wind, in der Dämmerung an uns vorbei. Im Arm, in der Jacke das Kätzchen. Noch klein und verwundert. Vielleicht als Geschenk. Und die Mädchen so aufgeregt, als hätten sie zu dem geschenkten Kätzchen auch noch beide Geburtstag, vielleicht die ganze Woche Geburtstag. Gestern. Ist dir kalt? Carina mit ihrer Hand jetzt zu mir. Und stehen hier, sie und ich, stehen im Dunkeln, im Wind auf dem Gehsteig. Stehen und warten, als müßten sie noch einmal kommen. Als ob sie hier Abend für Abend, als ob sie mit dem Kätzchen immer wieder hier gehen! Abend, Nacht, Wind im Gesicht. Musik. Eine Autotür. Stimmen. Das Wiener Café-haus dunkel. Längst zu. Das Fischgeschäft mit den Bildern vom Meer. Plakate. Das Schaufenster ausgeräumt und kein Licht. Zurück ins Haus und die Treppe hinauf und im Nebenzimmer auf dem Fußboden sitzen und den Schiffen nachsehen, wie sie mit vollen Segeln in den Abend hinein. Auf den Horizont zu. Die Ritterburg oder ein Zelt im Indianerlager? Der Nicko wird schon auf uns warten. Wollen sehen, ob wir ihm nicht ansehen können, wo er gewesen ist. Vielleicht schläft er den ganzen Tag. Katzen schlafen auf Vorrat. Genau wie die Schreibmaschinen, wenn man sie gut zudeckt. Ist dir kalt? Wollen umkehren jetzt. Komm, wir rennen! In der Nacht, im Wind, immer stärker der Wind. Haustürschlüssel schon in der Hand. Hungrig auch. Wie kalt sich der Schlüssel anfühlt. Silbern der Mond und auch wie ein Schiff. Ein Silberschiffmond. Jetzt! Schnell im Wind! Komm! Schnell zurück und den ganzen Weg rennen! Mit der Gegenwart. Schon dem Frühling entgegen. Samstagabend. Der zweite Samstag im März. Und hätte gut auch die wilde scheue Katze aus Niederrad, die wir heute im Gras von weitem nur. Aus unserem ersten Frankfurter Winter.

12

Im März. Noch früh. Helle Märzmorgen. Im März wird man mit den Vögeln wach. Besonders im Westend mit seinen hohen Bäumen, den vielen Vorgärten und Alleen. Besonders ich und besonders in diesem besonderen Jahr. Du weißt noch nicht, wie es wird. Noch am Leben. Zigaretten, Espresso. Früh auf und gleich aus dem Haus, so ein März, solche Morgen sind das. Mein Leben und wer ich bin. Notizzettel, die letzten Zeilen von gestern, der Anfang vom nächsten Satz. Nie vorher von hier aus den Tag und die Stadt und mein Leben betreten. Im März, meine Märzmorgenwege. Carina abholen und mit ihr in den Kinderladen. Sie und den Morgen, den Weg und den Kinderladen als Bilder mit in den Tag und weiter zur Zahnärztin. Eilig. Mit meinem hellen Morgengefühl. Nur die Nachbehandlung. Zwei tiefe Wunden, wo vorher die Weisheitszähne, rechts und links unten. Noch den Weg und vom Weg her und aus dem Wartezimmer die ersten Wörter im Kopf, im Mund, auf der Zunge. Kugelschreiber und Notizzettel in der Tasche. Gut festhalten den Schmerz! Und nicht verlieren die Wörter! Vom Zahnarztstuhl aus das wandgroße Fenster im Blick. Vor dem Fenster Blumenkästen mit Heidekraut. Grau, aber hell der Tag. Und auch im Zahnarztstuhl noch, auch aufgebahrt und mit offenem Mund weiter die Helligkeit in mir drin. Ganz deutlich. Die behältst du, die bleibt. Der Morgen. Das Heidekraut zittert im Wind. Jetzt, sagt die Zahnärztin und hat die Wunde gereinigt, besprochen und eingepinselt, jetzt sieht es schon gut aus! Rechts ist es fast schon geheilt. Oder erst zu ihr, im Vorbeigehen (sie nimmt mich gleich dran, zwischendurch) und dann Carina abholen. Sie und ich jeden Tag in den Morgen hinein. Weit und hell sind die Morgen im März. Mit ihr in den Kinderladen. Sie im Kinderladen besuchen. Im Grüneburgpark, im Palmengarten. Muß sie jeden Tag sehen! In den Kinderladen und mit dem ganzen Kinderladen noch einmal durch die Siesmayerstraße und wollen uns

Zeit lassen. Unter Bäumen, ein breiter Gehsteig. Durch die Siesmayerstraße in den Grüneburgpark. Wie früher. Beinah wie früher. Als ob mein Leben noch bei mir, als sei nichts geschehen. Die Kinder nächstens bald fünf. Jeden Tag um einen Tag älter die Kinder. Bald groß. Sie zählen die Tage schon jeden Tag selbst mit. Gleich am Anfang, bald nach ihrer Geburt schon die Kinder, die ersten zusammengebracht. Erst nur drei oder vier und sehen, wer sich dazufindet. Sie gemeinsam herumtragen auch. Erst nur so und von Tag zu Tag, für immer noch einen Tag. Und fingen dann an zu krabbeln, die Kinder. Da sagten wir Krabbelstube. Und eine Weile danach dann sagten es auch schon die Kinder. Und jetzt mit ihren Namen und Stimmen und Jacken und Mützen und jedes Kind mit seiner Geschichte hier auf dem Gehsteig unter den Bäumen neben mir her. Oft so gegangen. Und jetzt aus all den Jahren immer noch jedes Kind an mir spüren. Mit seinen Augen und Händen und lebendig dazu seine Wärme und das Gewicht.

Carina abholen und immer aus der Jordanstraße den Morgen, die Wohnung und Sibylle als Schmerz und als Bild mir, als Anblick. Zu jedem Schmerz auch das Datum dazu. Verlust um Verlust. Ihr Haar, eine rote Strumpfhose und ein dicker bunter Pullover. Wird nachher noch eine rote Cordhose über die Strumpfhose. Milchkaffee oder nicht? Ob sie an diesem Tag Tee oder Milchkaffee, wie blaß sie ist und was sie gesagt hat. Mit ihrer Stimme gesagt. Zu dem Tag, zu Carina, zu mir. Hätten längst gehen wollen! Schon lang mir das Geld gewünscht, Sibylle einen guten Mantel zu kaufen. Mantel und Schuhe. Eigentlich zwei Paar Schuhe. Rückwirkend einen Wintermantel, der mit uns die Zeit überdauert. Und bald einen künftigen Frühjahrsmantel für einen Frühling mit Zukunft und dazu passend die Tage und Kleider. Eine Übergangszeit. Auf Schmuck kam ich nicht. Sie wäre auch nicht darauf gekommen. Oder du denkst ihn dir aus. Pauschal für die Ewigkeit und in Eile, Diamanten und Gold. Und vergißt ihn gleich wieder. Vor zwei Jahren nach vielen mühsamen Erwägungen einmal ein dünnes silbernes Halskettchen ihr zum Geburtstag, weil das alte zerrissen. Verschluß defekt. Bleibt nicht zu. Ein Halskettchen wie für ein armes Kind. Und jetzt nur ja darauf achten, sie nicht zu berühren. Unter keinen Umständen. Außer mit Blicken. Die Blicke nur als verbotene Blicke. Milchkaffee, eine große Tasse. Carina mit Mütze, Schal, Anorak. Muß aber noch mit den Stofftieren und mit ihrer Umhängetasche verhandeln. Wie hier in der Wohnung immer noch jeder Morgen (sagst du dir jeden Morgen) nach Milchkaffee und jeder Milchkaffee nach Vergangenheit riecht und schmeckt. Hätten längst gehen wollen! Ich stand bei der Tür und wußte mich bei der Tür stehen. In Gedanken immer noch mit den Mantelkäufen der Vergangenheit. Rückwirkend. Neun Jahre. Mindestens einen Mantel pro Jahr. Und was ich ihr noch alles schuldig geblieben bin in diesen neun Jahren. Und nicht auf den Preis achten! Mein Leben und wer ich bin. Wer ich bin und wie es dazu gekommen ist. Bei der Tür. Wie gestern. Immer kommt man und geht. Carina und ich in den Kinderladen (ganzes Leben im Gedächtnis), sie hinbringen und gleich weiter. Im März. Meine Märzmorgenwege. Dann zurück. Noch früh. Im Westend die ruhigen Morgenstraßen. Auf zehn wird es gehen. Beeil dich! Tief atmen. Schnell gehen und weit in die Ferne den Blick. Noch schneller – dann ist es vielleicht erst halb! Halb zehn. Kurz nach halb. Noch kaum erst neun. Je schneller du gehst, umso früher. Zurück in die Eppsteiner Straße. Hat schon auf mich gewartet, die Eppsteiner Straße. Nimmt mich mit. Man kann auch gleich morgens zu schreiben anfangen. Zigaretten, Espresso und gar nicht erst aus dem Haus, dann dauert es Stunden und Stunden, bevor es neun Uhr wird. Neun Uhr morgens. Immer noch einen Espresso. Sitzen und schreiben. Ein Tagespensum, ein gutes. Dann noch eins. Und so immer weiter, ein Tagespensum nach dem andern. Erst lang, bis es neun wird. Und dann bleibt es stundenlang neun. Ein heller geräumiger

Vormittag und hat noch nicht einmal richtig angefangen. Unter dem Oberlichtfenster. Am Tisch bei den Tulpen. Mit meinem Manuskript. Manuskript, Notizblöcke, Zettel und Schreibmaschine. Ausgebreitet der Vormittag. Du hast ihn die ganze Zeit vor dir. Neun Uhr. Kurz vor neun.

Sitzen und schreiben. Gar nicht erst aus dem Haus oder wenn, dann nur kurz! Nur was unbedingt sein muß und dann so schnell wie möglich zurück! Zurück und gleich weiter mit dem Manuskript. Nur höchstens als Ausnahme ab und zu einen Umweg. Nicht oft. Beinah nie. Da und dort. Die Feldberg-, die Friedrich-, die Altkönigstraße. Als ob man im Gehen ins Grübeln gerät und mit jedem Schritt weiter ins Grübeln. Immer tiefer hinein. Die Unterlindau, die Oberlindau, die Telemannstraße. Lieber eine Ecke vorher schon in die Oberlindau, damit du auch nichts verpaßt! Nur ja nichts übersehen! Die Bomben, der Krieg, noch überall Spuren. Vierzig Jahre. Und siehst den Häusern den Schreck von den Bomben ja sogar jetzt noch an. Durch die Oberlindau, weil wir hier einmal in einer Wohngemeinschaft. Ein Januarabend. Mein Freund Jürgen und ich. Ende Januar. Wegen einer Kleinanzeige im Pflasterstrand. Vor kaum sechs Wochen. Keine Arbeit, kein Geld, keine Wohnung. Wie immer kein Geld. Beinah wie noch einmal mein erster Winter in Frankfurt. Nur daß ich jetzt auch noch ohne Sibylle. Ein Kind und nicht bei mir. Ohne Kind. Ohne Liebe. Mit Büchern, die keiner braucht. Und zahlungspflichtig als Aktenvater. Nach der Trennung. Ich wohnte noch in der Jordanstraße. Muß dringend ausziehen, unbedingt ausziehen! Aber wohin? Jürgen gerade erst aus Sizilien zurück. War vorher in Portugal. Die Kleinanzeige. Eine Wohngemeinschaft, zwei Zimmer frei. Eins ganz und eins für mehrere Monate. Studenten. Pädagogik und Psychologie. Zwei Jura. Alle im zweiten oder dritten Semester und alle mit den gleichen PC-Programmen. Alle wie Geschwister. Ihnen gleich unser Leben erzählt und die Sechziger Jahre.

Hochstapler oder nicht einmal Hochstapler. Nur eben alte Geschichten von Leuten mit alten Geschichten. Schriftsteller, sagte ich. Dicke Bücher. Mein Mai 68 ist der Prager Frühling gewesen. Wir trinken mit ihnen Tee. Wind und Regen ans Fenster. Im Radio Bruce Springsteen. Radio, Plattenspieler, Cassettenrecorder. Eine Stereoanlage mit bunten Lämpchen. In jedem Zimmer eine. Der alte Parkettfußboden. Hohe Räume mit großen Fenstern. Hätten die Zimmer dringend gebraucht, Jürgen und ich! Oder wenigstens ein Zimmer für einen von uns! Oder die Aussicht darauf! Demnächst! Eine Zukunft! Wenigstens in der Zukunft eine Zukunft. Müd. Erschöpft. Und werden uns gleich auf den Weg. Zeit zu gehen! Sitzen im Licht, in der Wärme. Sitzen hier mit dem Tee und mit unserer Winterabendvergeblichkeitsmüdigkeit und mit den alten Geschichten, von denen wir denken, daß es unsre Geschichten sind. Oder kommen uns jedenfalls jedesmal wieder so vor, als ob sie es dauerhaft sein könnten. Ein Erkerfenster, Fernseher und Computer und die Bildschirme sehen uns an. In weiter Ferne sah ich uns sitzen. Zigaretten. Noch ein Glas Tee. Noch fünf Minuten. Bleiben sitzen, bis wir ganz genau wissen, daß wir hier nicht einziehen werden. Auf keinen Fall. Nichtmal wenn wir die Zimmer bekämen. Blau das Haus. Mit einer hohen Freitreppe. Mit Erker, Gesims und Vorgarten. Über der Haustür eine weiße Kugellampe. Das Nachbarhaus gelb. Sieht genau gleich aus. Gleich oder seitenverkehrt. Da hat vor sieben Jahren der Suhrkamp-Lektor gewohnt, für den ich die vorletzte Fassung von meinem ersten Buch schrieb. Vor ihm her, damit er sie lesen kann. Dann für die Reinschrift eigens nach Frankfurt. Und jetzt gehst du hier und bist immer noch da. Im März ein Morgen, noch früh. Manche Tage im März wird die Luft uns leicht. Bergab die Straße, der Innenstadt zu. Kaum merklich bergab, aber immerhin, sagst du dir mit Begeisterung. Schon das ist ja selten in Frankfurt. Bergab, also auch bergauf. Wie die Straßen in Staufenberg und davor in Tachau in Böhmen. In Tachau, wo alles anfing. Wie in Prag auf der Prager Kleinseite.

In Paris am Montmartre. In Marseille, in Triest, in Istanbul. Nur ein paar Schritte noch. Und merk dir die Lampe über der Haustür. An den Steinen die Zeit ablesen. Auswendig lernen die Stadt. Jeden Tag ein Stück weiter auswendig. Und dann schnell zurück. Zurück und gleich weiter mit dem Manuskript – es wird kaum erst neun Uhr sein.

Durch die Friedrichstraße und sehen, ob die magische Straßenecke noch da? Auch in der Wirklichkeit? Ob es sie gibt und immer noch gibt und ob sie ihren Zauber auch weiterhin? Die Friedrichstraße, die Feldbergstraße und dann ja auch noch die Fürstenberger, die gibt es ja auch noch. Neun Uhr morgens. Die ganze Zeit ging es auf neun. Die Stadt dazu bringen, daß sie es ohne mich nicht gut aushält! Durch den Grüneburgweg, den anderen Teil des Grüneburgwegs. Den Teil, den ich sonst nicht. Nicht so oft. Vom Park bis zum Reuterweg. Nur ein paar Schritte. Noch früh. Ein Märzmorgen, kühl. Und jetzt fängt ein Genesel an. Ein kleiner Regen, sacht nur vom Himmel. Wie Tau, der fast unbemerkt fällt, ein verspäteter Morgentau. Und auch schon vorbei. Und gleich danach auch der Himmel hoch. Gleich auch die Vögel wieder. Wird immer heller. Und leicht die Luft, leicht. Die Straße naß. Straße und Gehsteig wie mit einer Gießkanne. Auf dem Gehsteig Gummibärchen. Hingefallen. Verstreut. Viele, ein ganzer Haufen. Kreuz und quer liegen sie. Angetrunken? Berauscht? Ein Volk? Jetzt kommt die Sonne durch und sie fangen zu funkeln an. Wie Schmuck, wie Edelsteine und Gold. Und noch dazu frisch besprengt. Da *muß* man doch stehenbleiben! Ich hätte gern sie Carina gezeigt. Gern meiner Mutter, die tot ist. Wie sie leuchten und funkeln vor meinen Füßen! Sie gern meinem Vater gezeigt, den ich immerhin hätte anrufen können. Wem noch? Meiner Schwester, als sie zwölf Jahre alt war. Sie zwölf und ich sechs. Kronjuwelen. Ein Schatz. Wie im Märchen. Im Weitergehen den Schatz meiner toten Mutter und ihn auch Carina erzählen. Und meiner Mutter auch von

Carina und Carina von meiner Mutter. Auch jedes Frankfurter Eichhörnchen hier im Westend immer baldmöglichst Carina erzählen. Eh und je viele Eichhörnchen im Westend und im Grüneburgpark und rennen mir meistens über den Weg, wenn Carina nicht bei mir. Nicht nur jedes einzelne Eichhörnchen ihr erzählen, vollzählig auch die Hunde, Katzen und Vögel. Begegnungen. Ort und Zeit. Gern wäre sie eine Katze. Schon immer. Eine Katze, die ihrerseits noch eine Katze hat. In der Nachbarschaft, als Bekanntschaft. Oder hätten als Katzen ein Katzenschloß, eine Villa, ein Körbchen. Manchmal ein Tier und spricht von sich selbst und erzählt uns seine Geschichte. Vorgärten, Spatzen und Amseln. Im März sind die Amseln verliebt. Nur Obacht auf Hunde, Katzen und Autos, wenn man eine Amsel ist. Carina und ihre Stofftiere. Und die Tiere, die wir uns ausdenken. Und die, denen wir begegnen. Manchmal ein Wolf in der Stadt. Wie der, den du auch kennst. Der mit dem Kind geht. Der Schäferhund aus dem griechischen Laden. Nur zur Tarnung ein Halsband und in Wahrheit ein Wolf. Manchmal ein Tier und läßt ihr durch mich etwas ausrichten. Wir erzählen uns auch die Kinder. Kinder mit Laternen. Noch klein. Am Kurfürstenplatz. Laternenkinder. Ein Umzug. Und sind durch den Abend und hatten ein Lied mit. Es ist schon eine Weile her. Ein Reiter war nicht mit. Muß man sich dazudenken, das Pferd auch dazudenken. Mit Sorgfalt. Sattel, Zaumzeug und Hufschlag. Wie dazudenken geht, das weißt du! Öfter ihr auch von einem Kind, einem Mädchen – dann merkt sie, das bin ja ich! Ihr ihre gestrigen Tage erzählen. Manchmal einen Tag im voraus! Und meinen Weg durch die Stadt. Schulkinder jeden Mittag, Schulkinder und die größeren Schulkinder. Und dann die ganz großen, sagt sie, die großen, das sind die Schüler. Aber zuerst wird man ein Schulkind. Viele Schulkinder jeden Tag. Nachmittags auch Indianerkinder, Tscherkessen, Mongolen, Waldkinder. Abende gibt es, sogar in Frankfurt: Frankfurter Abende und stille Abendhöfe und Hauseingänge und Torbögen, wie den am Ende der Jordanstraße. Lang die Dämmerung, lang und still. Da können Kinder sich unsichtbar! Oder als Schatten im Schatten mit anderen Schatten und wie mit Flügeln. Einmal ein Kind mit einer Königskrone. In der Adalbertstraße. Wo ich immer merke, daß ich wieder vergessen habe, einen größeren Bogen um die Commerzbank herum. Aus Gesundheitsgründen. Golden die Krone. Da kommt ja ein König, denkst du. Aber dann aus der Nähe doch nur aus goldener Pappe die Krone. Steht Burger King drauf. Ein kleiner Junge mit Krone und gelbem Schulranzen. Kaugummi und ein bißchen dick. Beleidigt, ein ehemaliger Engel. Als Engel erst kürzlich fristlos entlassen worden und deshalb beleidigt und weiß jetzt nicht, was er anfangen soll als Engel, als ehemaliger, als entlassener Engel. Abfindung keine. Blaß sind ja alle Frankfurter Kinder am Ende des Winters. Gestern. Vorgestern. Und woran könnte er denn gedacht haben? Von der Schule heim oder kommt ganz woanders her und läßt sich tragen vom Mittag. An der Bockenheimer Warte und die ganze Straße entlang klingeln die Straßenbahnen. Mittag und überall Kinder. Kindergeschichten. Käfergeschichten. Mäusegeschichten. Vielleicht bald schon die ersten Schmetterlinge. Oder wenigstens anfangen, jeden Tag darauf zu warten. Märzhimmel. Viele Vögel. Vogelflüge erzählen. Das Pferd mit Flügeln. Ungefähr da, wo wir ihm immer begegnen. Am Rand des Himmels. Und wundert sich, wo du bleibst. Den Nicko auch öfter. Meistens ist er es selbst. Und wüßte gern, was alle Katzen gern wüßten. Schon länger gern wüßten. Wie man als Katze, allein daheim, die Kühlschranktür aufmachen kann? Katzen können im Dunkeln lesen. Meistens hat der Nicko es eilig. Aber vergißt nie zu grüßen und fragt jedesmal nach dir. Die Myliusstraße, die Wiesenau, die Freiherr-vom-Stein-Straße. Weiter mit mir, in Gedanken. Immer weiter so und nur darauf achten, daß man bei seinen Selbstgesprächen nicht zu laut und keine allzu heftigen Bewegungen. Niemand anrempeln beim Gestikulieren! Wieder ein eiliges städtisches Eichhörnchen über die Straße und gleich dazuzählen für Carina. Lieber ein bißchen aufrunden! Rote gibt es und dunkelbraune. Ein italienischer Delikatessenladen. Wein, Grappa, Parmaschinken, Coppa, Salami, Mortadella und Parmesan. Vorspeisen, viele gute Vorspeisen. Eingelegte Zucchini und Auberginen und Pilze und Paprika und Oliven und Peperoni und ein ganzes Sortiment von italienischem Kaffee. Mir öfter schon vorgenommen, hier öfter vorbei und dabei jedesmal für den Augenblick in Italien. Auf dem Gehsteig eine schmale dunkle Frau mir entgegen und ich dachte, da kommt meine Mutter. Den Kaffee besser in Bockenheim, weil die italienischen Läden in Bockenheim billiger sind. Vielleicht Anfang sechzig die Frau. In der Sonne. Ich weiß nicht, wen sie in mir sieht. Und sahen uns an und wußten, wir müßten uns beide noch einmal umdrehen. Aus welchem Land und wohin? Und ich? Vergiß nicht die Kugellampe über der Haustür! Vergiß nicht das Leuchten der Gummibärchen! Auf neun wird es gehen. Geht schon länger auf neun. Gehen. Die Sonne. März und die Luft im Gesicht, Märzluft. Die Morgenvögel. Nur ein paar Schritte noch, dann zurück. Die Treppe hinauf, zurück an den Tisch. Schon die ersten vier Wörter für den nächsten Satz und gleich weiter mit dem Manuskript. Heim, sowieso die ganze Zeit auf dem Heimweg (im Gehen die Schuhe schonen!) und immer unterwegs zu mir selbst. Am liebsten mit dem ganzen Kinderladen! Mit allen Kindern um die Gummibärchen herum! Und wie sie leuchten, die Kinder auch! In der Sonne, die mit uns spielt. Die Kinder erst anderthalb oder höchstens zwei. Wie Tau der Regen, ein kleiner Regen und hat gleich wieder aufgehört. Und stehen und staunen, damit es dir nach Jahr und Tag wieder einfallen kann. Jetzt fängt es an, neun zu läuten. Von allen Seiten die Morgenglocken. Neun Uhr.

Nur zu Gast. Abends auf den Grüneburgweg und dort jeden Abend mir und dem Abend begegnen. Im letzten Licht. Erst noch im letzten Licht und dann lang mit mir die Märzabenddämmerung. Die Stehpizzeria. Tür offen. Lebendig das Feuer. In der Dämmerung ist es am schönsten. Grau das Haus. Die Fassade verblichen. Steinbögen über den Fenstern. Wie im Süden ein Haus. In Triest. In einer Seitenstraße von Mailand. Auf dem Festland, nicht weit von Venedig. In Treviso. In Mestre. In Rom, in einem Vorort von Rom. In Salerno. Am Rand des Meeres. In Split, in Dubrovnik, in Thessaloniki. Und jedesmal im Vorbeigehen, als ob ich das gleiche Haus schon einmal woanders. In einem anderen Land, aber wo? Und wer bin ich gewesen? Eine Reise, sagte ich mir, eine weite Reise! Und suchen das Haus! Gern, wenn ich das Geld gehabt hätte, im Vorbeigehen jedesmal einen Espresso. Wenigstens jetzt am Abend. Einen Espresso und mit dem Pizzabäcker von Italien und dem heutigen Tag. Oder auch nur in Gedanken mit ihm ein Gespräch und ihm bei der Arbeit zusehen. Und wie er mit andern und mit sich selbst spricht. Landsleute, Gäste, Kunden. Wie um mich auszuruhen. Einen Augenblick an der Theke, eine Pause. Und den Espresso pro forma nur, das hätte mir schon gereicht. Rotwein. Ein kleines Glas Rotwein. Nicht trinken den Rotwein, nur sehen und riechen. Und in Gedanken noch einmal alle Flaschen und Gläser meines Lebens. Auswendig jeden Schluck. Und wie es mich sehnt jetzt! Rund um das Mittelmeer an allen Küsten werden in den Kneipen um diese Zeit kleine Teller mit Oliven auf die Theken und Tische gestellt, Oliven, Pistazien und Salzmandeln. Und die Gläser noch einmal gefüllt. Anisschnaps. In jedem Land heißt er anders. Mit dem Abend die Schiffe aufs offene Meer hinaus. Noch ein Schluck und der Himmel fängt an zu leuchten.Vor dem großen gemauerten Ofen an der Theke und dem Pizzabäcker bei der Arbeit zusehen, bei seinem Tagwerk und Dasein. Ihm und dem Feuer und dann wieder dem Tag vor der offenen Tür. Im Stehen. Nur einen einzigen Augenblick. Als ob du dich ausruhst. Die meiste Zeit Abend. Ein Pizzabäcker aus Palermo, Messina, aus Syrakus. Und singt bei der Arbeit. Nicht laut, nur für sich. Vielleicht weiß er es nicht einmal. Und seine Arbeit für ihn jeden Tag wie ein langes Gespräch mit sich selbst. Ein kleines Radio auf einem Wandbrett. Immer schnell einen Espresso und ich wüßte längst, wo er her, ob es sein Laden ist und welchen Sender er bei der Arbeit jeden Tag hört. Oder auch weiterhin nur im Vorbeigehen. Vor der offenen Tür. Jede Einzelheit. Das Feuer und wie es riecht. Eichenholz. Und nimmst alles mit. So oft du vorbeikommst. Gehört zu dem Tag mit dazu. Eingänge. Lichter. Gleich Ladenschluß oder eben zugemacht. Im Gedränge die heutigen Zeitungsverkäufer und die Gespenster der Zeitungsverkäufer von gestern – von manchen ist nur der Atem noch übrig. Ohne Stimme. Warm und lebendig ein kleines Wölkchen. Wie Rauch. Und noch da und vergeht. Erst da und dann nicht mehr. Selbst ja auch, sagst du dir, Zeitungsverkäufer, Säufer, Penner, Prospektverteiler und obdachlos – alles schon gewesen. Als Prospektverteiler meistens nicht! Sie wollen dich nicht! Muß wohl irgend verdächtig! Da nehmen sie lieber Analphabeten! Erst noch im Gedränge, im Licht vor den Ladeneingängen, dann allein. Allein und mit meiner Unruhe. Als Schatten jetzt, stumm, auf dem leeren Abendgehsteig. Den Grüneburgweg. Die Eschersheimer Landstraße. An der Musikhochschule vorbei. Die Eingangshalle erleuchtet. Musikschüler. Studenten mit Instrumenten. Ein Liebespaar. Einer steht vor einem Plakat. Zwei kleben Zettel an. Eine Gruppe von Pärchen. Ein Hausmeister. Zwei Mädchen mit Notenmappen. Ein Mädchen mit einer Geige. Leicht geht sie. Selbstvergessen. Und ich unsichtbar in der Dämmerung. Als müßte ich an der Musikhochschule immer heimlich vorbei. Verstohlen. Ein verbotener Bezirk. Als ob ich immer noch mit Sibylle und darf ihr keinesfalls hier begegnen. Den Schreck schon im voraus bei jedem Schritt! Als ob ich hier gehe, um ihr zu begegnen! Um ihr immer wieder fast zu begegnen! Als ob ich hier gehe für diesen Schreck! Und dabei doch vor kaum zehn Minuten erst mit ihr am Telefon – und wohin jetzt? Säufer, Penner, Obdachlose. Auf der anderen Straßenseite ein Mann mit Mütze und Stiefeln. Und hat an einem

Strick ein großes gehörntes Tier. Eilig. Zwo Kinder mit. Als Schatten. Grau in der Dämmerung. Atem dampft. Große Schritte. Das Tier auch schnell und zielstrebig. Und die Kinder eilig ihm nach. Immer mehr Bettler und sieht jeder mir anders ähnlich, ein Spuk. Immer mehr Leute, die die Abfalleimer und Mülltonnen durchstöbern. Besonders zur Innenstadt hin. Und im Vorbeigehen die städtischen Papierkörbe. Mustern den Inhalt, nehmen sich Zeug. Teils heimlich, teils unverhohlen. Gehen. Im Gehen die Schuhe schonen (ich ging, als sei ich jemand anders!). Bis zum Eschersheimer Turm. Beim Turm und die Lichter anstarren, dann zurück. *Essen aufschreiben!* Ein Zettel, ein gelber Zettel und auf dem Zettel steht: Essen aufschreiben! Für mich selbst? Daß ich essen soll? Nicht zu essen vergessen? Oder fertige Mahlzeiten mir? Wie auf Speisekarten? Die Speisen nur hinschreiben? Abwechslung, Kalorien, Vitamine? Frühstück mit Ei. Mit Rühreiern, Schinken, Speck, Eierpfannkuchen. Wachteln zum Frühstück. Räucherfisch, einen Rollmops. In Blockschrift. Gebratene Tauben. Immer wieder in Ruhe frühstücken! Schwarz auf weiß. Und zwei schriftliche warme Mahlzeiten pro Tag. Mindestens zwei! Und wie man sie anrichtet. Wie für ein Fotoalbum. Jedes Foto mit Datum und Uhrzeit. Farbfotos. Dia-Serien. Einen Werbefilm und den Film dann mit Wörtern. Mit Buntstiften. Bilder. Bilderchen. Ganze Reihen von Bilderbogen. Und kauen, gut kauen! Alles aufschreiben, also mach dir einen Kalender! Oder als tägliche Einkaufszettel? Die Musikhochschule jetzt hellerleuchtet. Alle Fenster und Türen. Essen hast du dir auf einen Zettel und weißt jetzt nicht mehr, was das bedeuten soll? Immerhin meine eigene Handschrift, aber wie es gemeint war? Vielleicht für die Leute im Buch das Essen? In der Nachkriegszeit. Die Einwohner. Und die Flüchtlinge? Die Flüchtlinge auch! Daß sie genug! Auf jeden Fall reichlich! Vorräte braucht man! Und wie sie als Einwohner und als Flüchtlinge abends am Küchentisch. Unter der Lampe. Hat jede Flüchtlingsfamilie jetzt einen Küchentisch und eine Lampe? Was sie essen und zu essen sich ausdenken dreimal täglich. Das Essen und die Wörter dafür. Blut- und Leberwurst, Rotwurst, Mettworscht, Hackfleisch, Querrippchen, Leiterchen, Schweinebauch, Schweinefüße. Rippchen mit Kraut. Schlachtplatten, Kotelett, Speck, Bohnen, Kohl, Kohlsuppe, Graupensuppe, Brotsuppe, Erbsensuppe. Erbsen, Bohnen und Linsen, Lauch und Spinat. Eintopf, große Töpfe mit Eintopf. Das ganze Dorf riecht nach Eintopf und die Wolken ziehen tief. Salz-, Pell- und Bratkartoffeln. Kartoffelzeit. Kartoffeln und Steine und Brot. Ohne Sauerteig. Selbstgebacken das Brot. Teils gebacken und teils herbeigebetet. Sitzen und kauen. Gut kauen die Wörter. Und dabei wie ein reuiger Blinder den Küchentisch und die eigenen Hände betrachten. Als sei es für immer, daß man so sitzt und den Küchentisch und die eigenen Hände betrachtet. Vorher lang wortlos im Dämmer, im immer dichteren Dämmer. Im seinerzeitigen Nachwinter. Im Abendwerden. Das ganze Dorf wortlos im immer dichteren Dämmer gesessen. Erst hungrig, dann lang gekaut und dann nicht mehr so hungrig. Steck ein den Zettel! Gut aufheben! Auf jedem Weg im Kopf an dem Buch weiter oder müßte immer neu mir mein Leben erklären. Dämmerung, Abend, Wind im Gesicht. Dort eine Frau und ein Kind. Wie auf einem Bild. Stehen und warten. Und ein Mann mit einem Paket. Mit Tasche, Spielzeug und Dreirad. Er ruft und ruft – und jetzt schnell! Schnell über die Straße und zu ihnen hin! Im März, in der Märzabenddämmerung. Das sind wir doch selbst, Sibylle, Carina und ich! Die Läden gleich zu. Gehen und nicht in Panik! Oder wenn, dann nur kurz! Nur kurz und schnell weiter! Als ob mich jemand gerufen hätte!

Durch den Grüneburgweg. Erst dem Abend entgegen, dann mit dem Abend zurück. Die Telefonzelle. Kleingeld, kleine Münzen. Und wie von meinen Sorgen immer möglichst viele mit in die Zelle hinein, ein Gedränge und müssen sich aufdringlich um mich scharen. Müssen als Sorgen durch den Mund, müssen mit offenem Mund in meinen Mund hineinatmen. Keuchen. Erst mit in die Zelle (gleich die Scheibe beschlägt) und dann auch in jedes Gespräch hinein (lieber nicht das Wort Zelle, wollen es lieber so lang wie möglich vermeiden!). Und die zahlreichen übrigen Sorgen, für die beim besten Willen kein Platz – sie sehen es selbst, aber wollen es einfach nicht einsehen! Stehen vor der Tür, stehen als Ausrufezeichen und Drohungen, als Vogelscheuchen, Paragraphen, Galgen und Elendsgestalten. Stehen und drängen sich, stehen Schlange. Recken sich in die Höhe, spielen Pantomime, fangen zu winken an. Windmühlen. Wollen sich einmischen. Gestikulieren. Müssen an die Scheibe klopfen. Halten Grimassen bereit. Halten selbstgemachte Plakate hoch. Schautafeln. Heben die Arme. Fuchteln mit guten Vorsätzen, mit der Zeit, mit Zahlen und Fahnen und Krücken. Hüpfen und kriechen im Kreis. Mich nicht ablenken lassen! Als Vater mein Kind anrufen. Erst anrufen und dann zu ihr. Carina. Muß sie jeden Tag sehen. Nach Möglichkeit mehrmals täglich. Schon unterwegs jetzt und wie der Weg an mir zieht. Mir vorher auf dem Grüneburgweg genug Atem und Zeit und viele Bilder zusammengesammelt. Mein Leben und wer ich bin. Wer ich bin oder war. Und zu sein gedachte. Und was davon noch übrig. Ich und die seinerzeitige Zukunft also. Notizzettel, Zeit, Zigaretten. Nicht in Panik! Fang jetzt nicht zu frieren an! Mir die nächsten vier Wörter, den Anfang von einem Gedanken und damit durch den Abend. Die Läden jetzt zu. Leere Straßen. Mit dem Abend noch einmal durchs Westend. Zu Fuß. Hungrig oder nicht, darum geht es jetzt nicht! Durch die Stille. Oft schon am Morgen und manche Tage zwei-dreimal den Weg hin und her. Müd, immer müder. Kaum daß du dich selbst noch erkennst. Aber du gehst und die Welt dir entgegen. Schon dunkel? Du gehst und solang du gehst, kann dir nichts passieren! Jetzt am Abend, als ob ich einen weiten leeren Strand entlanggehe und dieser Weg eh und je zu mir, zu meinem Leben, nur vielleicht zu einer anderen Zeit meines Lebens gehört. Einen weiten verlassenen Abendstrand oder durch die Wiesen, die vorher hier. Noch nicht lang da, das Westend. Bockenheim vor den Toren der Stadt. Ein Dorf, eine Kleinstadt, ein Ort für sich. Und man ging aus der Stadt durch die Wiesen nach Bockenheim. Ein paar hundert Jahre lang. Gehen. Mit mir selbst und allein. Wieder als Kind übers Feld. Immer noch. Bei den Teichen am Moor entlang. Die sauren Wiesen, die Flüchtlingsgärten, die Borngärten. Von der Lahn herauf. Von Mainzlar her mit der Nacht übers Feld. Durch den Schindgraben und den Knochen zuhören. Alte Schindgrabenknochen. Länger schon ein Gespräch mit ihnen. Und hinter dem Bretterzaun in Nacht und Nebel vom Metzger Philipp die Silberfüchse. Die bellen so fremd. Durch Dämmerung, Brachland und Stille. Als Kind und müd heim am Abend. Fremd auf der Welt. Frierend und hungrig und müd auf die Lichter des Dorfes zu. Jetzt nie mehr heim, sagst du dir. Von außen die Fenster. Auswendig lernen die Stadt. An den Steinen die Zeit ablesen. Die Stadt dazu bringen, daß sie es ohne mich nicht gut aushält! Beeil dich! In Gedanken. Nur schnell! Du kommst an die Warte. Wo früher der Schlagbaum. Und vorher durch ein Westend, das diesmal noch gar nicht aufgestellt. Wieder nicht. Noch nicht gebaut. Oder warum sonst es mit keinem Blick wahrgenommen? Und wo denn hingedacht unterwegs? Wo bin ich, wenn ich nicht bei mir bin? Und Carina? Noch wach? Lebendig, am Leben? Hat schon gewartet und kennt mich? Mein Kind und wie sie jeden Weg entlang neben mir herfehlt! Selbstgespräche. Als Spuk, als eiliger Spuk an der Warte vorbei. Kalt ist es. Um mich im Abend die Schlagzeilen, Straßenbahnen und Zeitalter. Knirschend der Abend auf seinen vielen schimmernden Wagen vorbei. Bei Tag schon März. Aber jede Nacht in die Nacht hinein kommt noch einmal der Winter zurück. Schnell in die Jordanstraße. Licht in den Fenstern. Die Haustür. Du klingelst. Du hast noch den Schlüssel, aber du klingelst (ein Lernprozeß!) und gleich summend die Tür auf. Das Treppenlicht. Carina auf der Treppe schon mir entgegen. Mein Kind und noch klein. Solang ich nur dafür sorgen kann, daß ihr die Welt bleibt und ihr und der Welt nichts passiert, kann mir nichts passieren. Jedesmal einen weiten leeren Strand entlang. Trockenen Fußes. Am Rand der Nacht. Durch eine große Stille. Durch Dünen und Sand. Wo bin ich? Wann mag das sein? Kommt erst noch? Schon gewesen? Mir war, ich müßte den Wind erkennen. Die Zeit und mich, den Augenblick und die Gegend am Wind erkennen. Dünen, Sand, Ginster, Strandkiefern, Sanddorn. Halten sich fest. Müssen sich ankrallen mit aller Kraft. Und stehen und wehen im Wind. Die ganze Nacht Wind. Über Felsen, durch Wald, Waldheide, Tundra. Durch Vergangenheit, Schnee und Zeit. Übers Eis. Übers Eis! In Nebel und Dämmerung durch ein versinkendes Abendmoor und über die Wiesen. Kein Mond heute? Kommt er noch? Der Schnee, fängt er nicht schon zu treiben an? Tauwetter? Ebbe und Flut? Wann denn nur schon einmal so gegangen? In die Nacht hinein und den Rückweg noch vor mir. Im Wald. Dann der Süden. Heiß ist es. Gluthimmel. Steile Straßen. Hafenspeicher. Erst der Süden und dann ein Pariser Boulevard. Russischjüdische Emigrantenläden unter der Hochbahn in Brooklyn. Eine New Yorker Vortreppe am St. Marks Place, Manhattan. In Wien in der Inneren Stadt. Wien im Schnee, hoher Schnee. Nach Kierling zu Kafka. Stille Wintermorgen in Amsterdam. Ein Hotelflur in Moskau. Der Kreml. Der Rote Platz. Und jetzt fängt es zu schneien an. Moskauer Abende. Ein altes Mietshaus in Prag. Im Treppenhaus bunte Glasscheiben. Wege, die ich zu anderen Zeiten in meinem Leben als Heimwege. Früher. Lang vor Carina. Ehemalige Heimwege? Vergangene Heimwege? Längst verjährt. Und andere, die noch nicht dran. Aus einer späteren Zeit die Wege, die kommen erst noch. Du wirst dich und die Wege, wenn sie an der Reihe sind, dann schon erkennen. Auf der Welt bleiben! Noch viele Länder! Immer noch eine Stadt! Wie jetzt hier in Frankfurt. Seit sieben Jahren in Frankfurt. Aber auch vorher immer gewußt, daß du einmal diese Nachtstraßen. Erst einmal, dann oft. Immer wieder. Gehören zu deinem Leben dazu. Solang du gehst, kann dir nichts passieren! Oft als Kind. abends, zu spät dran. Müd und den ganzen Tag mich verlaufen. Wo denn hin? Immer weiter hinaus mich verlaufen. Weit weg, halb im Schlaf schon, im vorletzten letzten Moment, bevor ich mich hätte aufgeben müssen für immer – gerade von da an dann meinen Heimweg am Rand des Himmels entlang. Zwischen Nachtlaub und Sterngeflimmer. In Ruhe und ruhig atmen. Und so mich jedesmal wieder gerettet. Angekommen. Gleich da!

Vor meiner Ankunft im Kopf schon die Ankunft. Und dann bei der Ankunft gleich den Aufbruch mir vorbereiten. Nur kurz! Muß dann gleich, muß dringend! Muß jetzt bald! Muß jetzt aber wirklich bald! Mit Umsicht! Nicht daß du dann, sagt er sich (also ich zu mir), am Ende da sitzt, hättest längst schon gegangen sein wollen und sollen und sitzt da und kannst nicht weg! Schlimmer als Heimweh, sagte ich mir. Im voraus schon, auf der Treppe. Und davor den ganzen Weg lang so atemlos, als sei ich schon auf der Treppe. Wenn du nur erst auf der Treppe und hörst, sie kommt dir die Treppe herunter entgegen! Wenn du erst soweit bist, dann bist du für heute für den Augenblick fast, sagt er sich, schon gerettet! Gleich bei der Ankunft den Aufbruch. Ihr nur schnell Gute Nacht! Mein Kind, meine Tochter, Carina. Jeden Abend nochmal mit Hasenumhang. Für sich selbst, in der Wohnung. Als Hase ein Hasenleben, Hasengedanken, ein Hasengesicht. Wenn sie schon den Schlafanzug anhat, sie ins Bett bringen. Andernfalls sie dazu bringen, daß sie den Schlafanzug anzieht. Braucht bald neue Schlafanzüge. Sind alle zu klein. Schon lang. Immer mehr zu klein. Besonders wenn an den Hosen ein Fußteil noch dran und die Füße passen da nicht mehr rein. Was sollen die Füße denn denken, so eng? Von mir läßt sie sich ohne Krach ins Bett. Durch die Jahre. Ein Spiel. Bis sie schläft. Und dann höchstens noch fünf Minuten. Nicht viel Zeit. Kaum Zeit. Die Zeit, die mir bleibt. Und gleich weiter. Gleich zurück! Will morgen in aller Frühe, sagte ich oder hatte es schon dreimal gesagt, will wirklich früh aufstehen! Muß dann noch telefonieren! Kannst du doch hier, wird Sibylle zu mir sagen. Nein, ein Anruf, den ich erwarte. Auch nachher den Abend mit meinen Gastgebern noch. Mit Birgit und Peter, du kennst sie ja auch. Wir essen öfter zusammen. Sie lassen dich grüßen. Erst noch mit Jürgen und Edelgard. Also vorher noch. Erst mit ihm, dann mit ihr. Erst ihn nur aus der Telefonzelle, dann doch noch ins Elba, ins Bastos oder mal sehen. Kneipen. Die Nachtstadt. Mit ihm von ihr und mit ihr dann von früher und wo geht die Zeit mit uns hin. Wenn ich bei ihm oder ihr von Sibylle und Carina anfange, kann ich damit nicht mehr aufhören. Essen, fragt Sibylle. Und was wird sie anhaben? Willst du nichts essen? Neinnein, vorher schon! Sogar mehrfach! In der Eppsteiner Straße. Mit meinen Gastgebern und allein. Zu Mittag erst spät am Nachmittag heute. Immer im Grüneburgweg durch die offene Tür. Mehrmals täglich. Du kennst doch die Stehpizzeria im Grüneburgweg! Das schönste Haus in der Straße. Nachher noch mit Jürgen. Erst kocht er, dann gehen wir essen, dann nochmal mit zu ihm. Vorhin unterwegs eilig und anonym eine eilige Stehpizza in einer fremden Stehpizzeria ohne Namen. Ein Abbruchhaus in der Adalbertsraße. Sogar zwei. Erst in der Schloßstraße und dann in der Adalbertstraße. Zweimal die gleiche Stehpizzeria. Sie glaubt es mir sowieso nicht! Das ganze Gespräch nur in meinem Kopf! Gemüsesuppe, Kalbsleber, Kalbsmedaillons, ein Steak und mitten im Winter vier Sorten Salat. Eher schon Nachwinter. Vorfrühling. März. Auch gestern schon. Außerdem mir mein Essen jetzt immer schriftlich. Auf Zettel. Schwarz auf weiß. Extra Essenszettel. Regelmäßige warme Mahlzeiten. Die Zettel mit Sorgfalt! Gut aufheben! Datum, Uhrzeit, Unterschrift und Kontrollnummer. Und später der Reihe nach abheften. Chronologisch. Wie Kontoauszüge. Gleich gehen! Die ganze Zeit schon mit Abschied, Aufbruch und Rückweg. Mir für den Rückweg als Thema ein Thema. Gedanken, Bedingungen, Umwege und Stationen wie für eine

Expedition. Morgens wird der Aufbruch mir leichter. Der Tag wartet. Carina geht mit mir. Wollen hoffen, sie wacht nachts nicht auf. Sie spricht im Schlaf und man muß ihr aus dem eigenen Schlaf heraus unverzüglich die richtigen Antworten, sonst schreckt sie hoch und kann nicht mehr einschlafen! War oft krank diesen Winter. Nachdem ich auszog, hat sie geträumt, eine Frau hat mich in die Erde eingegraben und sie muß mich wieder ausgraben. Schreckt oft aus Träumen auf und dann muß man sie in den Schlaf streicheln, in den Schlaf reden, in den Schlaf atmen. Sibylle aber sagt: Was ist? Was hast du? Schlaf jetzt! Und hält ihr Vorträge. Am nächsten Morgen sind beide blaß und verbittert. Sehen den Tag nicht und drehen die Gesichter beiseite, um einander nicht ansehen zu müssen. Gleich gehen! Wie spät? Tür offen. Im Flur die Uhr an der Wand. Zittert das Haus? Wird es nicht mit der Nacht mit uns in die Erde versinken? Müd siehst du aus, wird Sibylle zu mir sagen. Vorher von Fenster zu Fenster und die Vorhänge zu. Wie für einen langen Abend daheim. Als ob wir immer noch beide hierhergehören. Sie und ich und zusammen. Rote Vorhänge. Eine Stehlampe. Graue Sessel. Vier Stück. Gebraucht und wie billig wir sie gekauft haben. Seit wir sie besitzen, muß ich darüber staunen, daß wir so große graue Sessel besitzen. Wie ist es, fragt sie, für dich in der Eppsteiner Straße? Ruhst du dich gar nicht mehr aus? Auf neun wird es gehen. Jetzt geh! Es wird Zeit! Hätte ich einen Wunsch freigehabt, ich hätte einschlafen wollen. Gleich im Sitzen. Höchstens die Schuhe aus oder nicht einmal das. Nur die Augen zu. Loslassen! Sibylle dort neben der Lampe. Sibylle in einem Sessel. Sibylle in der Küche, im Bad, im Flur hin und her. Und hinter der Wand Carina und schläft. Und atmet im Schlaf. Gleich neun. Erst gleich neun, dann gleich zehn. Neinnein, sagte ich, Termine. Verabredet. Da und dorthin. Die leere Nachtstadt im Kopf. In Gedanken schon unterwegs. Hast du wieder einmal die Frau mit den beiden Pudeln? Siehst du sie manchmal noch? Und gleich mein Schreck, weil wir ihr früher oft ja zusammen begegnet und deshalb jetzt meine Frage wie ein unzulässiger Hinweis auf eine gemeinsame Vergangenheit. Einseitig. Eine Annäherung. Ja, sagt Sibylle. Gestern. Vorgestern. Von der Adalbertstraße her durch die Homburger Straße. Eilig dem Tag hinterher. Und hat laut vor sich hingeredet. Wie immer im Regenmantel. Ein Männerregenmantel und große Schritte. Und fuchtelt beim Gehen, auch wenn sie eigentlich keine Hand frei. Fuchtelt mit Armen und Gegenständen. Muß mit dem ganzen Körper zucken und fuchteln. Der Kinderwagen voll Plastiktüten und aufrecht die beiden Pudel. Jeder Pudel mit einem Halstuch. Und lassen sich von ihr fahren. Wo wird sie wohnen? Vielleicht hinter dem Westbahnhof? Sie sieht jetzt noch ärmer aus, sagt Sibylle.

Mach dich auf! sagt er sich (in weiter Ferne sah ich mich sitzen). Dort hinter dem Westbahnhof auch schon lang nicht. Lang nicht mehr dortgewesen. Lagerhallen, Güterschuppen und haushohe Blechcontainer. Vergessene Eisenbahnwagen. Schon ganz verwittert. Ein Kran, Laderampen und Gleise. Eine rostige alte Fußgängerbrücke über die Gleise. Warum dort nicht? Die Nacht keucht. Züge fahren. Die Strecke nach Gießen. Und an Staufenberg denken. Hindenken! Als ich mein zweites Buch schrieb, oft um Mitternacht nochmal aus dem Haus und dort herum, dort am Rand entlang. Nach Mitternacht. Die Gaswerke. Alte Fabriken. Beinah wie unter der Erde. Auf der Fußgängerbrücke bei jedem Schritt ein rostiges altes Echo mit. Neben dir her das Echo. Begleitet dich. Kommt dir nach. Und auf der eisernen Wand in großen eiligen Buchstaben mit einer Spraydose: Alles Lüge! Und daneben: Nur ich nicht! Seit zwei Jahren schon. Aber jetzt weißt du nicht, ob der zweite Satz von der gleichen Hand? Erst mit deinem müden Echo über die rostige alte Fußgängerbrücke und dann die Schienen entlang und über die Emser Brücke zum Güterbahnhof und weiter ins Gallus. Lang auf der Emser Brücke. Die Erde bebt. Hin und her

Eisenbahnzüge. Frankfurt. Die Nacht. Noch hier und dort Büdchen offen. An den Büdchen die Säufer. Meistenteils Penner. Als
ob sie sich in der Nacht um ein Feuer versammeln, so stehen sie
an den Büdchen. Jeder mit seiner Flasche. Und sagen sich, daß
der Frost jetzt bald ausgespielt hat. Und wo der Mond bleibt
heut Abend? Bald Vollmond. Kalt ja, kalte Nächte, die können
noch kommen! Aber das schlimmste jetz doch geschafft,
Mensch! Noch ein Schluck. Die Flasche noch mehr als halbvoll.
Durch den Winter jetz größtenteils sinn mier durch, sagen sie.
Was jetz noch kommt. Handbewegung. Du gehst nur vorbei.
Jenseits der Kreuzung. In weiter Ferne. Auf der anderen
Straßenseite vorbei. Und doch als ob du sie reden hörst, jeden
von ihnen. Als hättest du selbst dort dein halbes Leben bei ihnen
am Büdchen gestanden. In die Nacht hinein. Schneller jetzt! Nie
mehr ein Wort. Zu keinem Menschen je wieder ein Wort, sagt er
sich. Oder mit einem einzigen langen Satz ab jetzt jedem der
kommt immer wieder mein Leben, mein ganzes Leben! Und so
immer weiter! Eckkneipen. Die Nacht im Gallus. Den Rangier-
bahnhof hörst du stampfen. Braun und schwer ein Frankfurter
Nachthimmel. Undurchsichtig. Ein Gewölbe, von unten beleuchtet. Seit Wochen schon gehst du so. Die nächste Kneipe.
Ein Cola und gleich bezahlen, gleich weiter. Die Nachtluft, der
Sog und die Ferne. Den ganzen Winter schon so. Schon jahrelang Winter. Die Frankenallee. Die Mainzer Landstraße. Zigaretten. Meine alte Wildlederjacke. So spät, sagt Sibylle. So spät
und wie müd du jetzt sein mußt. Ruhst du dich gar nicht mehr
aus? Zeit zu gehen! Warum nicht wenigstens schon bei der Tür?
Gute Nacht und du auch. Aber wie kann sie ohne mich sein heute Abend? Gleich gehen, sagte ich mir. Weg ist weg! Alles weg
und verloren! Vielleicht kannst du jetzt endlich gehen. In Gedanken schon unterwegs. In Gedanken schon vor mir her. Auf
dreierlei Wegen schon vor mir her. Mich beeilen! Und nicht in
Panik! Keinesfalls Panik! Oder wenn dann nur kurz! Nur kurz
und gleich weiter! In die Nacht hinein. Und so müde, daß du das

Ende des Wegs jetzt kaum noch zu erreichen vermagst mit deinen Gedanken. Am liebsten schon vorher, schon längst zurück. Nur zu Gast. Ich wäre längst auf dem Heimweg. Schon unterwegs anfangen, mich auszuziehen. Auch wenn es kalt und noch weit. Reißverschluß, Knöpfe auf. Ein Kleidungsstück nach dem andern und alles schon in der Hand tragen, damit dann beim Ankommen das Ankommen umso schneller. Damit die Ankunft dir leicht. Die Schuhe auch in der Hand schon. Zurück! Ankommen! Loslassen! Alles fallenlassen! Auch wer du selbst bist. Und gleich ins Bett. Zur Not auch mit Mantel und Schuhen ins Bett! Den Mantel mußt du erst suchen! Den ganzen Weg nimmst du mit ins Bett! Du schleppst ihn ja jedesmal mit! Nur schnell! Hätte viel früher schon! Hätte ich doch eine Wärmflasche! Ein elektrisches Heizkissen! Mehrere! Das ganze Zimmer mit elektrischen Heizkissen auslegen! Mein ganzes Leben damit! Lieber auch vorher gebadet! Rückwirkend, alles rückwirkend! Und die Zeit mir dann gutschreiben lassen. Am liebsten mit vielen elektrischen Heizkissen seit Stunden im Schlaf liegen! Schon seit meiner Kindheit. Spätestens seit der Schulzeit. Gar nicht mehr aufstehen. Wie in meinem letzten Jahr in der Schule. Schon damals verloren? Und wer soll jetzt bei meinem Schlaf sitzen? Was wird aus der Welt, wenn ich schlafe?

Allein in die Nacht, immer tiefer in die Nacht hinein. Beinah wie erfrieren oder unter der Erde. Es ist wie vergehen. Nie mehr ein Wort. Zu keinem Menschen je wieder ein Wort. Zu frieren anfangen. Nicht aufhören können zu frieren. Du fällst! Alles schwankt! Die Straße rennt vor mir her. Sehstörungen oder ein Schneegestöber. Wie blinde Augen die Flocken. Und ankommen wirst du nie! Vielleicht wirklich als Kind schon verloren gewesen? Aber dann ist es nicht meine Schuld, sagt er sich. Dann bin ich frei! Gerettet! Noch außer Atem. Im letzten Moment. Im Augenblick der größten Gefahr, das weißt du, kommt die Ruhe zurück. Das bist du dann selbst. Egal wie spät und wie weit noch. Gehen und atmen. Jede Einzelheit an ihrem Platz. Und wartet, daß du sie zur Kenntnis. Erst sehen, dann wiedererkennen. Still die Nacht. Atmet. Der kommende Morgen schon näher als der vergangene. Mein Kind schläft (ich sah alles vor mir!). Ruhig jetzt. Laß es spät werden oder stehengeblieben die Zeit. Straßenlampen. Wie geduldig die Steine sind. Überhaupt jedes Ding. Warum nicht für den Heimweg die halbe Nacht und am Ende auch Heimweg sagen. Auf der Seite des Lebens. Oft so gegangen. Gleich da. Zurück und sehen, was das Manuskript zu dir sagt. Auch wenn es spät ist. Bei jedem Heimkommen als erstes die Notizzettel von unterwegs aus der Tasche. Reichtümer. Schätze. Aus der Welt bringst du dir die Welt mit. Ein langer Tag. Und vergiß nicht in der Oberlindau die Lampe über der Haustür! Vergiß nicht das Leuchten der Gummibärchen! Vergiß nicht die dunkle Frau auf dem Gehsteig! Wie deine Mutter so schmal! Vergiß nicht die offenen Büdchen im Gallus und die Penner an den offenen Büdchen! Vergiß nicht den Güterbahnhof, die Nacht und die Stimmen der Penner! Eckkneipen. Lichter. Alles ruft! Jedes offene Büdchen ein Lagerfeuer, ein Stern in der Nacht. Sternbilder. Die Stadt vom einen zum andern Ende ein weiter verzweigter Sternenhimmel. Und dreht sich und zieht mit dir mit. Bald Vollmond. Die Stille. Schon spät. So gehst du dein Leben lang mit dir heim. Vor zwei Wochen eingezogen. Morgen sind es zwei Wochen. Bald schon der Morgen, der morgige Tag. Du kannst ihn schon spüren. Im Manuskript den letzten Absatz noch einmal und sehen, wie es weitergeht. Wenigstens die nächsten zwei Sätze oder so weit es dich eben trägt. Sehen, wo es dich hinträgt. Nachher dann bald schlafen auch. Zeit für alles. Immer noch am Anfang des Buchs. Und muß daher beim Schreiben und im Leben jeden Schritt Weg mit Anstrengung vor mir herdenken. Überhaupt mir von Schritt zu Schritt mühsam erst schaffen den Weg. Abends durchs Westend in die Jordanstraße. Mit mir selbst und allein und am Rand immer wieder. Am äußersten Rand entlang. Alle Abende. Wie der

Weg an mir zieht. Notizzettel, Selbstgespräche. Ein Thema für unterwegs. Mahlzeiten. In der Eppsteiner Straße aus dem Haus, als ob du jetzt essen gehst. Und kommst in die Jordanstraße, als kämst du vom Essen. Und manchmal mein Leben ein Stück weit in Freundschaft neben mir her. Die Haustür. Carina gleich aus dem vierten Stock mir entgegen. Als helle Stimme und eiliges kleiner Gepolter die Treppe herunter. Schon auf dem obersten Treppenabsatz, schon bei der Wohnungstür, immer im voraus schon fängt sie mit mir zu sprechen an. Müssen uns jeden Tag sehen, sie und ich. Nach Möglichkeit mehrmals täglich. Deshalb ja. Damit wir die Wörter, die wir füreinander haben, nicht zu lang aufheben müssen! Damit wir uns nicht aus den Augen verlieren! Damit uns nur ja nichts verlorengeht und wir auch nicht!

13

Am Abend in der Jordanstraße Carina ins Bett bringen und bei
ihr bleiben, bis sie schläft. Beinah selbst mit eingeschlafen. Dann
im großen Zimmer nach Notizblöcken suchen. Auf allen Sesseln, Matratzen und Teppichen noch Carinas Spielzeug. Solang
Carina wach ist, leuchtet das Spielzeug und jetzt läßt sein
Leuchten nach. Lampenlicht. Die Wohnung ist überheizt. Zittert das Haus? Sibylle hat die Vorhänge zugezogen. Es geht auf
halb zehn. Muß noch die Küche aufräumen, sagt sie und mir ist,
als ob ich sie immer noch denken höre. Jeden Tag, sagt sie, nehm
ich mir soviel vor und dann am Abend schaff ich kaum, die zwei
Teller zu spülen. Und geht aus dem Zimmer. Gleich zehn. Am
liebsten bleiben! Die Jacke an. Zigaretten. Die Notizblöcke
einstecken. Nachtstraßen. Die Nacht wartet. Jetzt hast du die
Straßen. Dann im Treppenhaus mit meinem müden Herz. Es
war für sie mit mir auch nicht leicht! Das fällt dir zum erstenmal
ein und du würdest es ihr gern sagen. Ein andermal! Oder am
Telefon. Am besten am Telefon, sagst du dir schnell. Und bist
dann auf der Treppe doch umgekehrt. Sibylle in der Küche.
Auch mit mir nicht leicht, sagst du und mußt dich räuspern. Nur
damit du weißt, daß ich das weiß! Du im Flur und sie in der
Küche. Eine Stehküche, die so eng ist, daß wir die Tür aushän-
gen mußten und in den Keller tragen, damit man überhaupt in
die Küche rein kann. Rein und raus und sich darin umdrehen.
Du stehst im Flur, du sagst es ihr überstürzt und willst gleich
wieder gehen. Nein, warte! sagt sie. Muß sich erst die Hände am
Geschirrtuch abtrocknen und kommt und umarmt dich. Vor der
Küche im Flur. Bei der Wohnungstür. Lang steht ihr so und
müßt euch festhalten aneinander. Rückwirkend noch einmal, für
die ganzen neun Jahre. Carinas Atem, die Wohnung, die Nacht
ums Haus. Nachtstraßen. Als könntest du durch die Wände
sehen. Sogar mit geschlossenen Augen. Zittert das Haus? Und
stehen und Sibylle an dir spüren. Lang steht ihr so. Wie ein Bild

von Chagall. Ein Liebespaar, das zum Himmel auffährt. In einem großen Buch das Bild. In Gießen im Gymnasium in der Schulbücherei, du warst dreizehn. Lang so mit Sibylle im Flur bei der Tür, dann gegangen. Nacht, gleich die Nacht nimmt dich auf. Einen Umweg als Heimweg. Jetzt hast du die Straßen. Was hat Sibylle aber angehabt? Zuerst noch einen dicken bunten Pullover und eine rote Cordhose. Aber als du gingst, den Pullover längst aus und bloß lila ein T-Shirt mit langen Ärmeln. Und dazu immer noch die rote Cordhose oder schon nur noch Strumpfhosen aus dicker Wolle? Strumpfhosen rot oder dunkelblau? Warm und sich an mir festgehalten und mich gehalten! Jetzt hast du die Straßen. Oft ist mir, als ob Carina aus dem Schlaf nach mir ruft.

Und dann, danach, ein paar Tage später. Wieder am Abend machst du dich auf den Weg. Noch früh. März. Noch lang hell. Unterwegs eine Telefonzelle mit Aussicht. Erst Sibylle und Carina, dann Jürgen, aber niemand hebt ab. Weiter durchs Westend und über den Campus und dann in der Gräfstraße auf dem Gehsteig unter Bäumen, die schon lang auf den Frühling warten. Ins Bastos. Jürgen? Nicht da. Im Spiegel der Abend. Du trinkst einen Espresso im Stehen. Dann die Leipziger Straße kurz vor Ladenschluß. Sibylle und Carina immer noch nicht daheim. Ich wünschte, sie kämen mir jetzt gleich entgegen! Lang in der Dämmerung müd und leer leere Seitenstraßen. Ludolfusstraße, Weingarten, Falkstraße. Du kommst auf den Hessenplatz. Haben zuerst hier gewohnt, als wir nach Frankfurt kamen, Sibylle und ich. Für sechs Wochen ein Zimmer in einer Wohngemeinschaft. Und jetzt mußt du die Fenster ansehen. Große Dachfenster. Ein altes gelbes Backsteinhaus mit einer Toreinfahrt, in der schon der Abend wartet. Der Spielplatz jetzt leer. Alle Kinder sind heimgegangen. Um den Platz die Laternen und das Schweigen der alten Häuser. Eine persische Autowerkstatt, ein indischer Obstladen, ein Getränkevertrieb, ein Wollgeschäft,

Pullover und Wolle, ein Kleiderladen mit Räucherstäbchen und daneben in einer Reihe vier Änderungsschneider. Italiener, Griechen, Türken, Armenier und bei allen noch Licht. Und mindestens jedes zweite Haus eine Kneipe. Unter den Kastanien am Hessenplatz und dir vornehmen, daß du wieder hier gehst, wenn die Kastanien blühen und dann einen langen Sommer. Einen Sommer, der bleibt. Haushohe Kastanien. Eine Telefonzelle. Sibylle und Carina jetzt daheim. Sind nach dem Kinderladen noch mit zu Jochen und Elda, sagt Sibylle, und zum Essen geblieben. Die Kinder wollten es so. Carina zieht gerade den Schlafanzug an. Wo bist du? In der Telefonzelle am Hessenplatz, sagte ich. Und komm jetzt gleich! Muß Carina noch Gute Nacht sagen! Sag ihr, daß ich gleich komme! Dann am Telefon gleich noch mit Edelgard. Lang mit ihr. Zwanzig Minuten, eine halbe Stunde oder noch länger. Du kommst aus der Telefonzelle und es ist dunkel. Hätten uns lieber treffen sollen, statt so lang miteinander zu telefonieren! Beinah sie gleich nochmal angerufen, um ihr das zu sagen und kann sein, wir hätten wieder so lang telefoniert. Du hörst noch die Tür zufallen, eine Telefonzellentür, die immerfort zufällt in deinem Gedächtnis. Und spürst die Nacht und den Wind im Gesicht und über dir rauschen die Bäume. An der nächsten Ecke, vor einem Büdchen das zu ist, drei Penner. Ihre Schlafsäcke, Taschen und Plastiktüten an der Hauswand. Und sie stehen und streiten, weil das Büdchen zu ist. Geschlossen. Haben alle drei recht. Jetzt kommt ein vierter dazu, legt sein Zeug zu ihrem Zeug und weiß gleich alles besser. Hast du die Penner nicht schon öfter gesehen? Und siehst sie immer wieder? Siehst sie reden und gestikulieren, als ob sie dir winken. Als ob sie schon lang nach dir rufen, so stehen sie da. Dann durch die Mulanskystraße und wieder ist dir, als ob du am Rand, am äußersten Rand gehst. Nicht nur am Stadtrand und am Rand von Bockenheim, wo es zum Bahndamm geht und zu den Schrebergärten, sondern am Rand deines Lebens. Am äußersten Rand der bewohnten Welt. Und wohin? Im Gehen den Wind auf dir spüren und dann kommt dir vor, daß dir alles egal ist. Nur jetzt oder immer? Von jetzt an immer? Solang du gehst jedenfalls! Solang du so müd bist und gehst und im Gehen den Wind auf dir spürst. Die Mulanskystraße, die Konrad-Broßwitz-Straße. Alte Frankfurter Mietshäuser. Nach Nacht und nach Kohlen und Kellern riecht es und nach März und nach schwerem Rauch. Und so still das Licht in den Fenstern. Ein Radfahrer. Eine Frau mit zwei Kindern. Mit ihren Schatten von Lampe zu Lampe. Sind auf dem Heimweg. Du hörst ihre Stimmen und wüßtest gern, was sie sagen und dein Herz tut dir weh. Sind auf dem Heimweg, sind spät dran und sind jetzt gleich da. Schulkinder, sagt Carina in meinem Gedächtnis. Trüb das Laternenlicht, parkende Autos und eindringlich schweigen die Haustüren. Wie noch einmal ein Winterabend. Ein Winterabend, den du schon oft erlebt hast. Wie in einer stillen Wolke treibt die Straße mit dir dahin. Still und dunkel. Wie in einer Höhle, wie unter der Erde, so ein Abend ist das. Du hörst den Wind, hörst die Züge am Bahndamm. Und den Schlag einer Turmuhr. In Nacht und Stille ein einzelner Glockenschlag. Es wird die Sankt-Jakobskirche – wie spät kann es sein? Du kommst auf den Kirchplatz, der leer im Lampenlicht unter einer Dunstglocke liegt, leer und zur Nacht gerichtet. Wieder eine Telefonzelle und jetzt ist bei Sibylle besetzt und bei Edelgard niemand da. Dann das Eiscafé in der Friesengasse und Edelgard sitzt nicht drin. Nur im Vorbeigehen das Eiscafé, dann die Nachtschaufenster der Zweigstelle der Stadtbibliothek in der Seestraße und schnell weiter. Am Kurfürstenplatz der Brunnen ist abgestellt. Auf der Schloßstraße eine hellerleuchtete Straßenbahn und der Wind fährt vorbei. Noch eine Telefonzelle, aber geht nicht. Defekt. Gleich, sagst du in Gedanken zu Sibylle und Carina, gleich jetzt komm ich! Und beeilst dich auf dem letzten Stück Weg und die Treppe hinauf, du gehst immer schneller!

Sibylle blaß. Ein verschlossenes Gesicht. Jetzt kommst du, sagt sie und macht mir die Tür auf mit ihrem verschlossenen Gesicht. Einen Umweg, sagte ich, und noch telefoniert. Edelgard läßt dich grüßen. Birgit und Peter lassen dich grüßen. Stumm die Wohnung. Die Regale ausgeräumt, leere Wände. Ein Bühnenbild, das nicht fertigwurde und jetzt wieder abgeräumt werden kann. Zu spät, sagt Sibylle. Carina schläft. Gleich mein Schreck und dann danach erst sagte ich mir: Es ist nichts passiert! Warum erschrickst du denn so? Sie schläft und dann wacht sie wieder auf! Sibylle setzt sich. Dunkle Strumpfhosen. Ein kurzer Rock, den sie schon lang hat. Wie dünn sie geworden ist. Schön und angespannt. Schon den ganzen Tag geht sie in diesem kurzen Rock herum. Die Zeit, sagte ich. Daß die Zeit auch so schnell! Du mußt ja nicht jeden Abend, sagt Sibylle. Du verwöhnst sie nur und von mir will sie sich dann gar nicht mehr ins Bett bringen lassen! Du mußt sie überhaupt nicht jeden Tag sehen! Schon gar nicht morgens und abends! Doch, sagte ich, unbedingt! Und dann meine Müdigkeit erst gemerkt. Nur einen einzigen Augenblick jetzt beim Schlafen ihr zusehen, sagte ich, und dann geh ich wieder! Und das muß auch nicht sein, sagt sie. Immer übertreibst du alles! An jedem anderen Tag hätte sie das vielleicht auch, aber dann gleich danach zu mir gesagt: Ruh dich aus! Wo warst du? Willst du gefüllte Paprika mit kleinen griechischen Nudeln? Was sagt Edelgard? Soll ich uns guten Kakao kochen, weil du immer zuviel Kaffee trinkst und ich in letzter Zeit auch? Und jetzt sagt sie: Immer soll alles so sein, wie du es dir ausdenkst! Steht auf und geht im Zimmer herum, damit ich sie ansehen muß. Und ich sagte: Unsinn oder nie im Leben! Alles ganz anders! Und hätte lieber vom Hessenplatz und den Pennern und mir und vom Rand der bewohnten Welt gesprochen. Die Kastanien am Hessenplatz. In der Konrad-Broßwitz-Straße eine Frau mit zwei Kindern und sind auf dem Heimweg gewesen. Daß ich ihr in Gedanken immer noch all meine Tage erzählen muß, weiß Sibylle nicht. Seit der Trennung können wir nicht mehr miteinander streiten! Sibylle erst im Sessel, dann auf Strümpfen im Zimmer herum und setzt sich dann auf die Matratzen. Mitten im Zimmer die Matratzen. Für uns und Carina. Zum Spielen. Für Regentage. Kinder zu Besuch. Der halbe Kinderladen bei uns zu Besuch. Zum Spielen, Lesen, Vorlesen und für unsere Ausschweifungen. Sogar Matratzen und Kissen mit Samtbezug. Eine sinnvolle ökonomische Unordnung, aus der jeden Tag wieder unser Leben entstand und für Carina die Welt. Eine Kindheit. Sibylle auf den Matratzen und muß erst recht ihre Beine zeigen. Sie schläft, sagt Sibylle, schläft schon länger als eine Stunde und du mußt jetzt nicht zu ihr. Hätten beide beinah immer weiter so. Anpassen, Ordnung, ein Einsehen! Nicht nur immer alles nach deinem Kopf, sagt sie. Wer recht hat, hat recht! Bei Carina am Bett, sagte ich mir, siehst sie schlafen, siehst sie atmen im Schlaf und dann endlich kannst heimgehen! Und will schon aus dem Zimmer und schnell zu ihr hin. Nicht! sagt Sibylle. Doch, sagte ich. Muß! Du sollst nicht, sagt sie, es muß nicht sein! Aber es ist mein Leben, sagte ich, was heißt denn, es muß nicht? Und will zur Tür und Sibylle springt mich an, das kann sie schon immer gut! Hält mich fest! Du sollst nicht! Ich will es nicht! Du mußt Carina nicht sooft sehen! Faucht und kratzt und umklammert mich. Beinah wie früher im Spiel! Wild und schön und ich muß sie zähmen oder wenigstens festhalten! Schulter und Handgelenke, fest beide Handgelenke! Erst beide und dann nur noch eins! Sie kniet vor mir auf den Matratzen, kniet und windet sich. Ihr Haar fliegt. Der Rock ist verrutscht. Sie würde gern beißen! Sie sieht mich an und wartet, ob ich sie schlage. Sie hat mir den Hals und die Hände zerkratzt (ein abgebissenes Ohr, das ginge ja noch, aber wenn sie mir in die Nase beißt!). Sie zerrt mit dem ganzen Körper, um sich zu befreien. Sie ist stark. Manchmal im Zorn fängt sie vor Zorn zu schielen an. Sieht schön aus. Bisher ist sie mit ihrem Zorn meistens auf meiner Seite gewesen. Fest ihre in meiner Hand. Das sind doch nicht wir, die hier streiten. Laß mich jetzt zu ihr, sagte ich, damit ich dann gehen kann! Ich bin so müde! Sie loslassen. Abstand. Sie reibt sich die Handgelenke. Laß uns aufhören, sagte ich. Das sind wir nicht! Am Abend ist es still in der Jordanstraße. Sibylle auf den Matratzen und sieht mich an. Nur ein einziges einfaches Wort von ihr und wir hätten Frieden für heute.

Du sollst nicht, sagt sie, du mußt jetzt Carina nicht sehen! Du übertreibst damit, wie mit allem! Und Carina ist schon genauso! Doch, sagte ich. Muß! Weil ich ihr Gute Nacht sagen wollte! Und wenn man denkt, daß man einen Menschen noch am gleichen Tag sieht und dann sieht man ihn nicht, das ist unerträglich! Kann sein, daß ich ziemlich laut sprach. Das bildest du dir alles nur ein, sagt sie. Du mußt endlich einsehen, daß die Welt nicht nur für dich da ist! Du mußt lernen, wie man sich anpaßt! Nein, sagte ich. Laß mich jetzt gehen und sie ansehen! Nur einen einzigen Augenblick! Du weißt, bei mir wacht sie nicht auf. Und will schon, will endlich jetzt zu ihr! Mein Kind! In Gedanken schon zu ihr hin! Drei Schritte über den Flur und die Tür läßt du auf. Licht braucht man nicht. Leise! Carina unter dem Nachtbild und als ob die Wände sich öffnen. Siehst sie schlafen. Siehst sie atmen im Schlaf. Noch hier bei Sibylle im Zimmer, doch in Gedanken schon dort am Bett. Immer hast du gedacht, was für ein Frieden es doch für Rembrandt gewesen sein muß, seine schlafende Frau und die Kinder zu zeichnen. Viele Jahre lang. Immer wieder. Und den Sohn, wie er liest. Du hast oft bei Carina am Bett gestanden. Sie spürt meine Nähe im Schlaf. Ich kann sie berühren. Sie murmelt und seufzt, sie streckt sich im Schlaf und schläft tiefer weiter. Gleich zu ihr. In Gedanken schon vor mir her, in Gedanken schon auf die Tür zu und jetzt sagt Sibylle: Wenn du zu ihr, wenn du ins Zimmer gehst, ruf ich die Polizei! Das kann sie doch nicht gesagt haben! Und nimmt das Telefon. Ich will sie einen Augenblick ansehen, sagte ich. Nur kurz da stehen und sonst nix! Nein, sagt Sibylle und hält das Telefon fest, als ob ich es ihr wegnehmen will oder an die Wand schmeißen. Das nächste Polizeirevier nur eine Ecke weiter, das 13. in der Schloßstraße. Immer viele Streifenwagen davor und sie haben lauter extragroße Polizisten. Sie würden kaum drei Minuten brauchen. Schon will ich trotzdem schnell zu Carina, da schreckt mich die Vorstellung, sie wacht auf und sieht ihre ineinanderverkrallten Eltern, wie sie sich über ihr Bett neigen und in der Dunkelheit stumm und erbittert kämpfen. Keuchend. Eine Bestätigung sämtlicher Albträume! Sind also doch wahr! Sind echt! Sieht vom Bett aus im engen Flur bei der Wohnungstür zwei riesige Polizisten, die sich hereindrängen und mit ihren eckigen Schultern gerade noch zwischen die Wände passen und müssen ihre Polizistenköpfe vorstrecken, weil unter der niedrigen Decke kein Platz dafür ist. Die Dienstmützen unter die Achseln geklemmt. Und die Deckenlampe im Flur beleuchtet von unten ihre Uniformjacken, Gesichter und Messingknöpfe. Bewaffnet. Zuständig und bewaffnet. Der Staat. Nur zwei oder hinter ihnen wie in einem Zauberspiegel immer noch zwei? Und vor der Haustür der Streifenwagen mit lautlosem Blaulicht. Mietshäuser. Eine stille Straße. Die Nachbarn kennt man vom Sehen. Und was willst du ihnen sagen? fragte ich. Du sollst gehen, sagt Sibylle. Wenn du jetzt nicht gehst, ruf ich die Polizei! Carinas Atem im Schlaf – oder ist sie nicht da? Nur das leere Zimmer und im Dunkeln ein leeres Bett? Aber dann siehst du ihre Strümpfe, Pullover und Spielsachen und weißt, daß sie ruhig schläft. Warum denkst du, daß du das darfst? Das darf ich, sagt sie und zuckt, es ist ganz richtig so! Wenn du jetzt nicht gleich gehst, ruf ich die Polizei! Das darf nicht wahr sein, sagst du dir, das kann nicht sein. Und im nächsten Moment kommt dir vor, du hast immer gewußt, daß dir das einmal geschehen wird. Vielleicht bist du selbst der Verrückte und weißt es und willst es dir nur noch nicht eingestehen? Sibylle mit dem Telefon auf den Matratzen und sieht dich an. Das Haus zittert! Lichtschalter, Türgriffe, Schubladen, jeder Gegenstand mit entsetztem Blick! Sollst du aus dem Fenster, sollst du unverzüglich ordnungsgemäß aus dem Fenster springen, damit sie nur wenigstens einen Augenblick daran zweifelt, daß sie im Recht ist? Nicht das Fenster bei meinem Arbeitstisch, sondern viel besser geeignet das Giebelfenster und vorher schnell noch zwanghaft den Vorhang glattstreichen! Und schon fängst du zu fallen an! Du fällst, du spürst, wie du fällst und hast alles schon immer gewußt! Morgen, sagt Sibylle, kannst du sie sehen! Du stehst mitten im Zimmer, dann gehst du, dann bist du gegangen.

Vor der Haustür alles noch da. Vollzählig. Alles wie immer. Überall parkende Autos. An der Ecke der Tannenbaum mit seinen Kneipenlichtern und Stimmen und wenn du jetzt etwas trinkst, dann muß es etwas sein, daß du in dich hineinschütten kannst und es brennt und leuchtet und glüht in dir drin und du kriegst nicht genug davon – aber du hast vor fünf Jahren aufgehört, denn du kannst nicht mehr trinken! Wie spät? Du schaust auf dein Handgelenk, aber zuletzt mit sechzehn eine Armbanduhr und dann nicht mehr! Ein paar Schritte weiter noch einmal! Dicht vor die Augen dein Handgelenk und betrachten, befühlen, betasten! Das war vor fünfundzwanzig Jahren. Eine Uhr, eine Armbanduhr, deine erste Uhr und man konnte die Zeit ablesen. Jetzt in keine Kneipe! In der Homburger Straße an dem griechischen Laden vorbei, der schon lang nicht mehr da ist. Nur in deinem Gedächtnis noch immer an Ort und Stelle. Lebensmittel und Obst, die Obstkisten, der Lieferwagen und die Ladenbesitzerfamilie mit Großmutter, Kind und Hund. In Wirklichkeit ist da schon lang eine türkische Kneipe, in der jeden Abend um Geld gespielt wird. Weiter. Die Adalbertstraße, eine hellerleuchtete Straßenbahn, die Nacht und der Wind. Durch die Seestraße. In Unruhe! Nie mehr schlafen? Kann sein, daß ich mit mir selbst sprach! Du gehst und du weißt, du wirst das nie mehr los! Nichts wird man je wieder los! Oft hier mit Sibylle und Carina. Zum Einkaufen, in die Zweigstelle der Stadtbibliothek, mit dem Nachmittag langsam die Leipziger

Straße entlang und auf den Kurfürstenplatz und Zeit gehabt für jedes Bild, jedes Blatt, jeden Stein. Bald nach Carinas Geburt sie in einer Tasche getragen. Schnell von der Arbeit heim und mit ihr jeden Mittag, damit Sibylle sich ausruhen kann. Vorn auf der Brust die Tasche und beide Arme um sie und in ihren Augen der Tag, da war sie sechs Wochen alt. Mit ihr durch die Seestraße nach Rödelheim oder am Bahndamm entlang zu den Schrebergärten. Ein Zug pfeift. Vögel, Gräben, ein Bach. Damals gab es noch Wiesen in Bockenheim. Carinas erstes Jahr. Im September zu uns auf die Welt gekommen und dann sind wir mit ihr lang durch den Spätherbst und Winter auf ihren ersten Frühling zu. Oft hier gegangen. Und jetzt mußt du mit deinem Leben mitten auf der Straße weiter, damit du es aushältst, damit es dich nicht erdrückt! Autos, die Fahrer hupen. Sie fuchteln mit ihren Lichtern, sie winken und fahren um dich herum. Einer bremst und klopft an die Scheibe. Narren, sagte ich und wischte sie alle mit der Hand aus dem Weg. Kein Streifenwagen. Bei Tag kann man von hier aus den Taunus sehen. Wohin jetzt? Kratzer an Händen und Hals. Ob Sibylle jetzt telefoniert? Auf den Matratzen. Sie räkelt sich und spricht mit dem nächsten Mann. Er ist der Meinung, Kinder sollen nicht stören und gibt ihr in allem Recht. Und ich? Wohin? Erst auf die Lichter zu, dann nach Rödelheim und dann zu Fuß in den Taunus? Einen Weg suchen, den du einmal als Kind schon? Lang stadtauswärts? Die Mainzer Landstraße, die Darmstädter, die Hanauer, die Friedberger? Gehen und gehen, bis du von dir selbst nichts mehr weißt? Oder dann später Edelgard treffen? Um Mitternacht, wenn sie heimgeht. Mitternacht oder kurz danach. Erst Edelgard und dann Jürgen. Immer wieder Autos hupend und winkend an mir vorbei. Mußt nicht aufwachen, sagte ich zu Carina. Wenn heute Nacht im Apfelbaum, so fängt ein Gedicht an. Ein andermal sag ich dir, wie es weitergeht. Und dann haben wir ja auch für den Sommer noch zwei Zeilen aus einem andren Gedicht. Schlaf weiter und morgen früh hol ich dich ab. Wind, die Augen voll Wind und wie taub und die Lichter flimmern. Du stehst und atmest und ruhst dich im Stehen aus. Nur kurz, dann gleich weiter, schnell weiter!

14

Nur zu Gast. Lernt sich leicht. Muß man immer neu. Überall nur zu Gast. Sowieso. Die Telefonzelle im Grüneburgweg. Vom ersten Tag an. Immer von dort aus meine Gespräche. Privat und geschäftlich. Was für ein Geschäft, was treibt dich? Meine Gastgeber sagten, du kannst gern von hier aus. Aber ja! Jederzeit! Im Nebenzimmer auf dem Schreibtisch ein Telefon. Ein Nebenanschluß von ihrem Telefon unten. Muß man nur auf einen Knopf. Er zeigt mir gleich, wie es geht. Mach dir darum keine Sorgen, sagt er. Du wirst ja nicht dauernd mit der ganzen Welt um die halbe Welt. Sowieso meistens doch Ortsgespräche. Trotzdem, sagst du dir, lieber gar nicht erst anfangen. Keine Schulden! Arm, aber ehrlich! Manchmal kommt ein Anruf für mich. Sonst immer zur Telefonzelle. Wie an meinem ersten Abend. Beinah wie früher in Staufenberg. Die Telefonzelle gegenüber. Im Borngäßchen. Beim Brunnen. An der Schulhofmauer. Weißdorn, eine Vogelbeerhecke, ein sandiger Vorplatz. Wo im Sommer mittags die Hühner sich eingeschart haben, um in der Hitze zu dösen. Und die Pferde warten mit hängenden Köpfen, bis sie beim Schmied an der Reihe sind. Ein Dorfmittag. Heiß. Es ist die Vergangenheit. Die Pferde stehen und wissen nicht, ob sie nicht alles nur träumen. Sich auch. Und wenn, dann schon lang. Jetzt gehst du zur Telefonzelle. Die Uhrzeit, das Kleingeld, Notizzettel. Den ganzen Tag jeden Tag von jeglichem Wechselgeld passend die Münzen zusammensammeln. Und zu all dem Aberglauben und den übrigen Rechnereien in meinem Kopf auch dafür noch eine doppelte Buchführung. Schwer von den Münzen die Taschen. Beeil dich! An der Autorenbuchhandlung vorbei. Über den Reuterweg. In Gedanken woanders. Den Himmel im Blick. Über den Reuterweg und nicht überfahren worden! Auch diesmal nicht! Wieder nicht! Immer wieder mein erster Abend. Immer wieder den Reuterweg unverletzt überquert – das bringt Glück! Mit dem gleichen Glück jetzt gleich telefonieren! Die Münzen. Alle Nummern im Kopf. Und auch wer ich selbst bin. Aber zur Sicherheit auch noch Zettel mit. Der Grüneburgweg. Die Telefonzelle. Und fängt schon an, mich und meine Angelegenheiten zu kennen. Carina und ihr Gute Nacht. Erst Carina und dann Sibylle. Lang mit Carina. Nochmal mit ihr den vergangenen Tag. Heute und gestern und alle Tage. Mit Sibylle nur schnell für morgen. Kurz und sachlich. Wie ein Vertrag sein soll. Ein Protokoll. Eine gelungene Gebrauchsanweisung. Wer Carina holt, wer sie bringt. Was im Kinderladen zu tun ist. Wer wann warum? Und dann sagt sie: Iß! Schlaf! Quäl dich nicht! Hast du es warm? Als ob sie mich kennt! Nochmal mit Carina. Ihr nochmal und immer nochmal Gute Nacht (himmelhoch blau die Dämmerung um die Telefonzelle, kirchenglasblau eine hohe Stille vom Himmel herab und als ob du mit der Welt im Abend ertrinkst) und dann doch jedesmal dem Tag hinterdrein mit meiner Müdigkeit durchs Westend den Weg und Carina noch einmal sehen. Gute Nacht! Sie ins Bett, solang sie noch klein, nur eben schnell sie ins Bett. Immer wieder mein erster Abend. Es ist immer das letzte Mal! Sie ins Bett bringen und dann gleich gehen, gleich weiter! Haustüren. Telefonzellen. Alle Nummern im Kopf. Mit meinem Leben von einer Telefonzelle zur andern und jedesmal durch das Glas der Himmel und sieht mir beim Telefonieren zu. Die ganze Stadt sieht mir zu (immer neben mir her die Stadt!). Mit Edelgard über gestern und heute und wo jetzt der Frühling bleibt? Carina fragt auch schon jeden Tag. Mit Carina immer vom Mond, der jetzt zunimmt. Bald Vollmond. Alle Abende mit Carina. Einmal danach dann mit Edelgard telefoniert und von da an immer erst mit Carina und dann mit Edelgard und mit ihr von Carina sprechen. Erst nur am Telefon und dann mit ihr in das Eiscafé in der Friesengasse. Sie an der Haustür abholen und mit ihr erst in das Eiscafé (im Winter ist es eine Pizzeria, ein großes italienisches Winterwohnzimmer, ein Familienfestzimmer für alle Tage und jeden Anlaß) und dann in die Weinstube in der Florastraße. Und wenn dann auch wieder jetzt ist, sagt Carina, aber in Wirklichkeit schläft sie schon. Nur in meinem Kopf kann sie lang und lang noch nicht einschlafen. Jeden Abend! Wenn dann auch wieder jetzt ist und Sommer. Wenn dann im Sommer auch wieder jetzt ist. Diesen und den nächsten und noch einen Abend erst mit Carina und dann mit Edelgard. Und weiter, wen noch?

Meinen Freund Jürgen, weil er mich nicht erreicht hat. In der Jordanstraße nicht und in der Eppsteiner Straße auch nicht. Und ihn jetzt auch nicht erreichen. Am besten du gehst zu ihm hin. Hol ihn ab und mit ihm in die Stadt. Wie vor zwanzig Jahren mit ihm in die Stadt und die halbe Nacht von Kneipe zu Kneipe. Unter dem Mond. Im März. Unser alter Frankfurter Mond. Schon unterwegs mit ihm und dem Mond zu sprechen anfangen, aber dann kommst du an seine Haustür und er ist nicht daheim. Noch eine Telefonzelle. Wen noch? In Höchst Berthold Dirnfellner. Damit er auch weiterhin weiß, ich und sein Vorschuß, wir gehen ihm nicht verloren. Die Tucholsky-Buchhandlung in Offenbach. Damit sie wissen, wo ich geblieben bin und um zu hören, ob es bei unsrem Termin bleibt. Eine Lesung in ihrem Laden am 28. März. Bei meiner Schwester in Lollar. Erst besetzt und dann niemand da. Mit meinem Vater lieber in Gedanken als am Telefon. Ihm ist es auch lieber. Mit Anne. Anne, die mit mir im Antiquariat gearbeitet hat und jetzt zu mir sagt: Ist es gut dort? Immer noch gut? Wir sehen uns ja gar nicht mehr! Wir müssen uns unbedingt sehen! Den Verlag? KD Wolff? Nicht so gern. Im Verlag ist Sibylle. Wie soll ich da an den Verlag denken können? In dieser Zeit im Winter und Nachwinter ein paar Wochen lang mir nicht mehr sicher, ob es den Verlag überhaupt? Und wenn ja, ob es ihn auch für mich noch gibt, den Verlag? Von einer Telefonzelle zur andern. Ein langer Märzabend. Auf einmal so still in meinem Leben. Nur die Münzen in meinen Taschen klingeln bei jedem Schritt. Vögel, eine Amsel. Noch lang hell. An so einem Abend im Vorfrühling kann dir geschehen, daß du vor Müdigkeit und Erinnern auf einmal keinen Schritt weiter kannst. Nicht nur jetzt, auch in Zukunft nicht. Nie mehr! Märzabenddämmerungen. Müd mein Herz. Immer zum Ende des Winters hin am meisten erschöpft und der Frühling kommt nicht ins Land. Als ob ich jeden Abend wieder so gehe. Wohin? Bei Tag und am Abend. Wohin? Die Sorgen sowieso alle mit. Und zu den Sorgen aus einem alten Pflasterstrand, noch aus der Jordanstraße, einen Veranstaltungskalender und die Adressen der Veranstalter. Frankfurt und Umgebung. Rhein-Main. Freie Theater, linke Buchhandlungen und Galerien, Musik- und Kulturkneipen. Und werden schon immer weniger. Manche gibt es schon gar nicht mehr. Und die noch übrig sind, haben kein Geld, suchen Räume, müssen nächstens ausziehen und finden nichts. Du rufst sie an, sagt er sich. Alle! Der Reihe nach! Warum nicht? Also ich! In der dritten Person rufst du an. Statt Brot. Schwer die Taschen. Voll Münzen. Und wollen sehen, was du ihnen sagst. Also er. In der dritten Person. Und die Antworten. Hören und sehen. Autorenlesungen. Termine, Honorar, eine Lesung. Schriftsteller. Also ich. Nein, ohne Gitarre. Und auch nicht Klavier. Und den eigenen Namen buchstabieren. Mit Sorgfalt. Fehlerlos. Immerhin mehrere Seiten mit Namen und Telefonnummern. Sowieso meistens erreicht man die meisten von ihnen nicht gleich und kann es dann später wieder. Gern auch noch öfter probieren. Manchmal die Telefonzelle im Grüneburgweg besetzt. Nicht nur besetzt, sondern auch noch ein Mensch drin, der aussieht, als ob er nie mehr aufhören wird zu telefonieren. Und vor der Tür warten drei oder vier, die aussehen, als ob sie nur darauf warten, daß sie an der Reihe, um dann auch nicht mehr aufzuhören. Oder der Apparat defekt. Verstockt. Will nicht mehr. Schicksalhaft. Funktioniert nicht! Dann in die Wolfsgangstraße. Erst durch ein stehengebliebenes spätes 19. Jahrhundert, dann die Sirenenstille der Nachkriegszeit. Carina und ich immer noch mit unserem Freitagabend hier an den Vorgartenzäunen entlang. Unerlöst. Der Himmel ein leerer Spiegel. Die meiste Zeit Abend. So still, als ob du nachträglich noch deine eigenen Schritte hörst. Schon die Dämmerung? Mietskasernen. Ein verlassener Spielplatz. Abgelegen die Telefonzelle. Nur für mich. Hat schon gewartet. Nimmt auch Fünfzigpfennigstücke und zeigt an, wie lang beim Sprechen das Geld reicht. Damit man mehr davon hat, wie es hinschwindet und vergeht. Oft auch extra hierher, um wirklich in Ruhe. Ungestört. Auch wie eine Andachtsübung der Weg. Eine Wallfahrt. Sich vorbereiten. Und damit sie gut ausgehen sollen, die Angelegenheiten. Sollen gelingen! Die Telefongespräche, der heutige Tag und immer wieder mein Leben. Überdies die Sorgen und Gespenster schon alle zu der anderen Telefonzelle. Aus Gewohnheit. Drängen sich dort vor der Tür. Und bis sie es merken und anfangen nachzukommen, das braucht seine Zeit, das kann dauern. So ungewohnt, so eine Stille in meinem Leben und um mich herum.

Zeitungen, der Hessische Rundfunk, Redaktionen. Die Stadt dazu bringen, daß sie es ohne mich nicht gut aushält. Die Stadt und die Zeit und die Welt. Also Münzen, viele Münzen einwerfen und immer wieder meinen Namen buchstabieren. Unbeirrt. Laut und deutlich. Sich nicht ablenken lassen. Immer rechtzeitig Münzen nachwerfen. Und wie verrückt daran glauben. Die Zukunft. Herr Soundso. Dr. Soundso. Morgen ab zehn, sagt man dir. Also die ganze Nacht darauf warten, den Münzen gut zureden (soll man sie nicht doch ein bißchen polieren und nachpolieren?) und dann am nächsten Tag wieder. Vorher in der Nacht öfter nachgesehen, ob die Telefonzelle noch geht. Ob sie überhaupt noch da? Ab fünf Uhr morgens Generalproben. Dann ab fünf vor zehn schon in der Zelle die Luft angehalten. Alle Wörter im Mund bereit. Zehn Uhr. Du wartest noch zwei Minuten. Noch nicht da! Wird sicher bald. Muß jetzt jeden Moment. Also mehrfach den Grüneburgweg. Hin und her als Gemurmel, als Flamme, als Schreck und als Flächenbrand. Und es jedesmal wieder probieren. Zwischendurch die Telefonzelle öfter in Feindeshand. Jetzt ist er da, aber eben nochmal kurz raus. Kann er Sie nicht zurückrufen? Dann hat er Besuch, dann ist er in einer Besprechung. Schon die zweite Besprechung. Dann besetzt, stundenlang besetzt. Dann meldet sich niemand (wird hoffentlich nichts passiert sein?). Jetzt spricht er am anderen Apparat. Vielleicht mit dem Papst. Zurückrufen geht nicht. Wieso hat er einen anderen Apparat und du hast davon nichts gewußt? Anschließend Redaktionskonferenz. Eine Sitzung. Vielleicht später dann, spät am Nachmittag oder ist es schon spät am Nachmittag? Wenn er dann nicht schon heim oder wo er sonst immer hin. Eine Villa. Familien. Privatleben. Vielleicht hat er alles doppelt. Besser morgen! Nein, morgen ist nicht so gut, morgen hat er einen wirklich vollen Kalender. Aber übermorgen oder an jedem anderen Tag. Immer wieder ab zehn. Bitte-danke! Für ein Vermögen und dazu noch vergeblich den ganzen Tag telefoniert. So leichte Taschen jetzt, also wieder anfangen, dir passend die Münzen zusammenzusammeln. Daß die Taschen das immer noch aushalten. Tag vorbei. Müdigkeit. Wie nicht gewesen der Tag. In der Telefonzelle und um die Telefonzelle herum Zigarettenschachteln, Dreck, Kippen, Kaugummipapierchen. Erst auswendig lernen den Abfall. Und dann ihn im Magen spüren. Also pflichtbewußt aufgefressen. Und wie war doch nochmal dein Name? Die Zukunft. Eine lange Liste mit Namen und Telefonnummern aus der Werbebranche. Noch aus dem tiefsten Winter. Drei DIN A 4 Blätter. Grau. Eine Winterfarbe, die sonst nicht vorkommt bei meinen Papieren. Eine fremde Handschrift. Hat im Februar, Anfang Februar im Verlag ein Freund von KD für mich. Rudolf Schönwandt. Genau an dem Tag, als mir der zweite Weisheitszahn gezogen wurde. Der, der nicht loslassen wollte. Danach dann die Liste. Seither auf der Liste die Nummern der Reihe nach. Man muß daran glauben! Schriftsteller. Also ich! Und soll Grüße von Rudolf Schönwandt. Ob einer von den Werbeleuten eine Beschäftigung für mich? In der Gegenwart? In der Zukunft? Entweder hat oder weiß? Talent, Praxis, Erfahrung? Ob einer Werbefachmann ist oder nicht, muß der Erfolg immer neu. Bei den Namen Tips, Hinweise, Anmerkungen. Drei DIN A 4 Blätter. Ich konnte nicht alles lesen. Seit Anfang Februar schon mit der Liste. Die meisten sind schwer zu erreichen. Manchmal sagt einer gleich ab, dann kann ich ihn abhaken. Mit Erleichterung. Nicht streichen, nur abhaken. Sind immer noch viele übrig. Soll ich mir wünschen, daß es bei allen nichts wird? Gleich von vornherein? Lieber kein Geld, wie immer kein Geld und jeden Tag weiter an dem Manuskript, aber wie lang noch? Oder könnte doch beides vielleicht? Warum nicht Werbetexte und ganze Kampagnen, alles selbst erfunden! Im Halbschlaf, im Gehen, in Gedanken woanders. Für Bier, Reisen, Autos, Parfüm. Inzwischen längst Fachmann! Erfolgreich! Und jeden Tag essen! Für die Grafik auch gleich mit zuständig, für die Grafik reicht mir ein Bleistift. Und als Designer. Marktführer. Weltfirmen. Alles für den Stundenlohn eines gelernten Prospektverteilers und auch noch jeden Tag dankbar dafür. Solang ich nur weiterschreiben und auf der Welt bleiben kann. Legal. Und Carina jeden Tag sehen. Immerhin eine lange Liste, sagt er sich, mußt du dir sagen. So ein ernsthaftes graues Papier. Säurefrei. Dein Beitrag zum Umweltschutz. Auch wenn nach und nach alle absagen, reicht die Liste als Hoffnung dir dennoch bis weit in den Frühling hinein. Immer noch in der Telefonzelle. Längst vollzählig nachgekommen die Sorgen. Gespenster. Leibhaftig. Bedrängen mich. Mischen sich ein. Und wie sie mir ähnlich und immer ähnlicher. Allesamt. Kaum daß mir Luft bleibt zum Atmen. Manchmal bleibt eine Münze stecken, dann können die Wörter nicht durch. Mein Name ist Ihre Anzeige in der Rundschau wegen einer Wohnung vom letzten Freitag. Aber selbst wenn ich das Geld hätte, würde ich die Wohnung nicht kriegen! Vielleicht will ich sie gar nicht? Besser arbeitslos oder doch besser Schriftsteller sagen? Schriftsteller und Journalist! Eine Wohnung? Eine Zukunft als Woh-

nung? Und vielleicht denkst du nur, daß du sie willst! Eine
Zukunft, die einstweilen benutzt werden kann? Möbliert? Bewohnbar die Zukunft? Wenigstens vorerst und auf Widerruf?
Zukunft keine? Aber was dann? Eine Anstalt? Behörden? Arbeitsamt, Jugendamt, Amtsvormundschaft, Gericht, Sozialamt,
Fürsorge, Krankenkasse? Nummer? Name? Geburtsurkunde?
Keine Geburtsurkunde? Aus Böhmen. Nie seßhaft gewesen!
Aus Böhmen und immer auch die Papiere noch nicht in Ordnung. Noch nie! Und jetzt in der Telefonzelle. Schon ganz heiser
der Apparat. Hört sich an, als ob du die Stimme verstellst – ist
verdächtig! Wenigstens wissen sie nicht, wo du bist und von wo
aus du anrufst. Bis jetzt nicht! Weiß keiner, sagt er sich (in der
dritten Person). Bis sie das raushaben, wieviel Zeit wird dir da
noch bleiben? Schon jahrelang auf der Flucht. Immerhin noch
auf freiem Fuß. Eine öffentliche Telefonzelle. Gefangen. Sich
selbst als Geisel. Der Gefangene einer öffentlichen Telefonzelle.
Und alle Nummern besetzt. Erst besetzt und dann hebt keiner
ab. Sirenen! Martinshorn! Von allen Seiten Sirenen und nähern
sich. Mußt du stehen und horchen! Reglos! Die Luft anhalten,
damit nicht die Scheibe beschlägt und dann wirst du unsichtbar!
Wie spät? In der Zelle. Keine Zelle, eine Kabine. Stehen und
kaum ein paar Wörter noch, um mich daran festzuhalten. Nicht
genug Luft! Eine Ohnmacht, aber im Stehen. Eine kurze senkrechte Ohnmacht. Und umzingelt von Sorgen.

Litfaßsäule und Zeitschriftenkiosk und wie sich die Farben im
Abend entzünden. Und alle Bilder und jedes Wort, jeder Titel
sagen und flüstern und schreien nur immer Liebe, Geld, Ruhm.
Ein Baum. Einzeln und wie geschält, so hell ist die Rinde. Eine
einzelne hohe Platane. Und zeigt in den Himmel. Und steht für
den Süden. Italien. Eher noch die Provence. Schwer meine Taschen. Voll Münzen. Die Sorgen. Müdigkeit. Kopf voller Bilder.
Zettel mit. Viele Wörter im Mund. Die Telefonzelle. Noch zu
früh? Alle Nummern besetzt? Jemand vor mir drin? Mich ein-

stimmen auf das Telefon! Und damit diese Angelegenheit, sagst du dir, oder was es sonst ist – soll gut ausgehen! Erst noch ein paar Schritte auf dem Grüneburgweg. Durch den Grüneburgweg jedesmal wie durch drei-vier verschiedene Leben. Hin und her und dem Tag und mir und dem Abend begegnen. Passanten. Ladeneingänge. Die Zeitungsverkäufer und ihre Gespenster. Geduldet, sagt das Asylrecht. Müd und mit brennenden Füßen. Rückenschmerzen. Das kann nicht nur meine Müdigkeit, sagst du dir. Und nicht nur der heutige Tag. Muß von Jahren und Jahren sich angesammelt. Eine Gesamtmüdigkeit. Muß auch die Müdigkeit der Zeitungsverkäufer und die der Toten. Schleppst du mit und trägst sie auf dir herum. Ihre vielen Leben. So einen weiten Weg gekommen. Aus Nepal, aus Indien, aus Bangladesh, aus Staufenberg und aus Pakistan. Aus Staufenberg und davor aus Böhmen. Erst vertrieben und ohne Ort. Obdachlos. Auf der Flucht und dann durch die Lager. Zu Fuß und mit Viehwaggons. Schon lang unterwegs. Und jeden Tag wieder jeder mit seinem Leben als Bündel. Von Küste zu Küste. Durch den Tag, durch die Länder und Klimazonen und Zeitalter. Jeder jeden Tag wieder den ganzen Weg hin und her. Und immer auch die Papiere noch nicht in Ordnung. Jeder Schlaf träumt uns heim. Wie die Länder, durch die wir gekommen sind, schwer an uns hängen. Eine Last, ein Gewicht. Familien und Bündel und Zeitungstaschen. Tage und Sorgen. Heiser. Beinah keine Stimme mehr. Nicht daß du noch dir selbst zum Gespenst. Und müßtest ohne Blick auf dem Gehsteig an dir vorbei wie die Zeitungsverkäufer und ihre Gespenster. Daß dir nur ja nicht auch noch wie ihnen die Sprache abhanden. So durch den Abend. Frei. Allein. Nur erst allein oder auch schon verloren? Lang durch den Abend. Die Stadt. Viele Stimmen. Der Nachklang der Stimmen. Die Lichter der Stadt. Vielleicht Fieber. Auf der Haut spüren die Lichter der Stadt und wie sie zittern. Wie Lichter im Wasser, so müssen sie immerfort zittern. Wie Nadelstiche die Lichter. Die Pizzeria. Tür offen. Das Feuer. In der Wirklichkeit nicht, aber in

Gedanken im Vorbeigehen ab und zu einen Espresso. Selten. Sparsam. Dann öfter. Erst manchmal, dann jedesmal. Sooft du vorbeikommst. Umso öfter vorbei. Extra mich auf den Weg und Umwege auch. Wenn es sowieso nur in Gedanken, warum nicht auch einen Salat? Gern mit Tomaten. Sie haben so gutes Öl. Und wie das Leben selbst, so lockt dich der Essig mit seinem Aroma. Vom Wein nur das Licht und die Farbe und sparsam auch daran riechen. Eingelegte Paprika einen Streifen. Du suchst ihn dir nach der Farbe aus. Und fünf saftige fette Oliven auf einer Untertasse. Die Coppa mit Pfeffer und Salz. Zwei dünne Scheiben Salami und ein kleines Glasschüsselchen mit Mozarella. Nur kosten! Ein Stück harten Käse und den Namen dazu. Und zu dem Namen die nahrhafte Gegend, aus der dieser Käse kommt. Und als Abschluß ein winziges Stück Gorgonzola. Eine Salzmandel. Eine Pistazie. Grün soll sie sein, die Pistazie und von den Mittelmeerländern erzählen. Ob er Gemüsesuppe hat? Alles muß man sich ausdenken! Immer im Vorbeigehen. Das Feuer. Der offene Eingang. Langsam jetzt, langsam. Vielleicht mußt du stehenbleiben. Und dann kann dir geschehen, du stehst und stehst. Alles ruft! Es zieht dich. Es hat dich gepackt. Kannst nicht weg! Das Feuer! In der Dämmerung ist es am schönsten! Nicht nur sehen, auch spüren das Feuer – bin es selbst! Vor der offenen Tür. Im Wind, in der Dämmerung. Und sehen, wie ich brenne. In der Kneipe das Feuer und auch in mir drin! Als ob ich mehrere Leben gleichzeitig. Wie immer. Im Augenblick mindestens drei oder vier. Hier mit dem Abend. Da drin mit den Namen und Vorspeisen schon und als Feuer. Als Gast, als Landsmann, als Pizzabäcker, als Wirt. Und dort vor mir her. Schon die Straße entlang. Gegenwart. Mit der Gegenwart. Die Gegenwart mit in die Zukunft hinein. In der Dämmerung. Vorfrühling, Abend, Rauch. Nicht nur Eingang und Pizzeria, immer auch im Vorbeigehen das Haus. Grau das Haus. Die Fassade verblichen. Steinbögen über den Fenstern. Und wo nur im Süden, in welchem Land genauso ein Haus schon einmal? In

Marseille, in Bari, in Brindisi? In Alexandroupolis, in Cavala? Vielleicht in einem anderen Land jeden Tag dran vorbei und jetzt suchst du und suchst und kannst es nicht finden in deinem Gedächtnis. Nicht das Haus, nicht die Stadt und auch nicht deine zugehörigen Tage und Wege. Also mit dir selbst in Gedanken weiter, immer weiter die Reise auf der Suche danach. Bastia, Napoli, Piräus? Die Telefonzelle. Notizzettel, Münzen und mich jedesmal wieder einstimmen auf jedes neue Gespräch. Als ginge es um mein Leben, jedesmal um mein Leben. Ein lebendiges Feuer. Auswendig alle Nummern und auch wer ich selbst bin. Die Sorgen. Keine Geburtsurkunde. Kein Geld, keine Wohnung, kein Einkommen. Schon mein ganzes Leben lang keine Geburtsurkunde. Schon jahrelang auf der Flucht. Müdigkeit. Weite Wege. Und jetzt die Stadt dazu bringen, daß sie es ohne mich nicht gut aushält. Erst die Stadt, dann die Zeit und die Welt. Und beeil dich! Mich einstimmen. Zu Fuß. Weite Wege. Hungrig oder nicht, darum geht es jetzt nicht! Oft am Ende in der Telefonzelle. Die Münzen aufgebraucht. Scheibe beschlagen. Die ganze Telefonzelle beschlagen von meinem Atem. Kaum noch Wörter übrig. Keinen erreicht. Von Gespenstern umgeben. Nicht einen einzigen Menschen, sagst du dir, noch nichtmal mich selbst erreicht. Müd, erschöpft, ohne Namen. Durchsichtig schon vor Müdigkeit. Unsichtbar. Vor lauter Vergeblichkeit kriegst du jetzt die Tür nicht mehr auf. Hier zu Füßen des Abends. Gefangen. In der Telefonzelle gefangen. Schwer die Tür. Reicht deine Kraft jetzt nicht mehr, reicht nicht aus. Immer in der Telefonzelle an meinen Freund Jürgen denken. An seinen Anruf aus Portugal. Im Dezember sein Anruf und er konnte nicht fassen, daß wir uns getrennt, Sibylle und ich. Und daß ich gleich sagte: Nein, wirklich endgültig! Am Telefon, eine Woche vor Weihnachten. Von wo hast du angerufen? Aus Aljezur, sagt er. Und seither, sooft ich nicht weiterkann, fällt mir sein Anruf ein. Muß ihn noch fragen, aus einer Kneipe oder von wo? Jetzt die Tür! Nie müde geworden. Zwei Stunden telefoniert. Das

Wechselgeld einer ganzen Woche. Und nicht einen einzigen Menschen. Herz müde. Und wie leicht meine Taschen jetzt. Eine alte westdeutsche Telefonzellentür mit Schließmechanismus und Eisenrahmen. Zigaretten. Gleich gehen! Im Gehen die Schuhe schonen! Fingerabdrücke? Keine Fingerabdrücke? Alle Beweisstücke mit? Nix vergessen? Die Telefonzelle, die mich und meine Angelegenheiten längst kennt. Die Tür! Mit aller Kraft jetzt die Tür! Die Tür auf und hinaus in den Abend!

Im Dezember sein Anruf. Ende November die Trennung und seither eine neue Zeitrechnung. Ich wohnte noch in der Jordanstraße. Die Vergangenheit jeden Tag. Sibylle, Carina und ich. Eine Zweizimmerwohnung mit Bad und Stehküche. Ausziehen, aber wohin? Im Sommer meine Arbeit im Antiquariat verloren, unser letzter Sommer. Dann die Liebe verloren. Ein Kind. Nichtehelich als Vater, als aktenkundiger zahlungspflichtiger Vater, als Aktenvater ein Kind. Kein Geld, keine Wohnung, kein Einkommen und mit meinem dritten Buch angefangen. Die letzten Tage. Und dann? Danach? Vorerst also in unserem großen Zimmer aus den überzähligen Matratzen und Kissen (sind eigentlich Spielkissen) Nacht für Nacht ganz zuletzt mir ein Bett, ein einsames Bett. Nach Mitternacht. In der Stille. Die Zeit, die mir bleibt. Die Morgen zu dritt noch. Milchkaffee alle Morgen. Sibylle in den Verlag. Carina und ich in den Kinderladen. Sie hinbringen. Gegenwart. Beim Hinbringen muß man sich Zeit lassen. Dann zurück und gleich weiter mit dem Manuskript. Keine Arbeit und jeden Tag schreiben. Das Dorf. Ich und das Dorf. Kaffee, Zigaretten, Musik und vor dem Fenster der Tag. Wolken ziehen. Dann jeden Tag die gleichen schweren Winterhimmel. Mit mir selbst in den Tag hinein. Beim Schreiben immer die gleichen vier oder fünf alten Schallplatten. Bob Dylan, Joan Baez, Janis Joplin, Mahalia Jackson, die Beatles. Oft tagelang die gleiche Platte, das gleiche Lied auf der gleichen Platte. Wenigstens wenn ich schreibe, soll sie stehenbleiben, die Zeit. Den alten Plattenspieler von Sibylle. Er ist rot. Wie ein Spielzeug. Schon als wir uns kennenlernten, hatte sie ihn. Schleift, aber geht noch. Man muß ihn nur kennen, sich damit auskennen. Ihn anschubsen ab und zu. Aber auch nicht zu fest. Ihm zureden auch. Sowieso beim Schreiben immer mit meinen Selbstgesprächen und gestikulierend im Zimmer herum. Vom Plattenspieler zum Fenster. Zwei große Fenster. Zwischendurch pissen, mein Spiegelbild grüßen und zurück an den Tisch. Drei Arbeitstische. Noch da und doch schon Vergangenheit. Die Schreibmaschine. Vor dem Fenster der Tag. Bücherwände. Manuskriptschränkchen. Drei Arbeitstische und um mich das Dorf. *Da sitzt er und schreibt!* Immer wieder das gleiche Lied. Jedesmal extra aufstehen und mir dabei Endlos-Tonbänder ausdenken und als Gegenwart das ewige Leben. Vielleicht ist ein Lied schon zuviel? Vielleicht nur immer die gleichen drei Töne aus immer dem gleichen einunddemselben einzigen Lied? Kaffee, Zigaretten, die Zeit. Mit vierzehn zu arbeiten angefangen und jetzt alle zwei Wochen zweihundertzwanzig Mark vom Arbeitsamt. Vor knapp vier Wochen die Trennung und immer noch fassungslos. Jeden Tag schreiben. Ein Kapitel über die Frauen im Dorf. Schon vor der Trennung damit begonnen. Immer gegen Mittag, nach ein paar Stunden Schreiben fällt mir alles gleichzeitig ein. Allwissend und allgegenwärtig, aber ist es nicht auch wie ertrinken? Espresso, Milchkaffee, Tee, die Musik. Immer neu die Musik oder eben abgelaufen und ich wollte sie neu und vergaß es jedesmal wieder. Die Trennung auch. In Gedanken immer weiter mit Sibylle. Ihr das Buch, Satz für Satz, ihr mich und den Tag und das Schreiben erzählen und dabei immer weiter schreiben. Geht auf Mittag. Jeden Tag wieder – wie immer der gleiche Moment. Bald dann Carina abholen, sagte ich mir. Noch Zeit. Wieviel Uhr? Oder war das gestern? Vorhin? Die Frauen, die Sonntage und das Dorf. Das Jahr 1947 und das Jahr 1950. Ein Sonntagsspaziergang, der nie stattfand. Und jeden Schritt Weg, immer wieder jeden Schritt Weg mit ihnen. Mein drittes Buch.

Noch keinen Titel. Vielleicht wird es nie fertig. Jeden Tag schreiben, jeden Tag mich und den Tag und die Uhrzeit und Carina nicht aus den Augen verlieren. Das Telefon! Wie früher! Du erkennst es an seinem Klingeln: das Telefon klingelt! Bin das ich? Ich dachte, Sibylle ruft aus dem Verlag an. Ich vergaß die Musik und die Zeit anzuhalten. Jürgen. Mein Freund Jürgen. Aus weiter Ferne. Du hörst ja Bob Dylan, sagt er, ich bin hier in Portugal. Beim Schreiben, sagte ich, dann später Carina abholen. Uns getrennt, Sibylle und ich. Du hast uns ja auch gekannt. Er ist parteiisch. Schon immer. Er kann nicht glauben, daß ein Mensch, der mit mir gelebt hat, fortan ohne mich sein kann. Doch, sagte ich. Endgültig. Da gibt es nix zu begreifen. Wo bist du? Wie ist es? Ruf bald wieder an! Muß ausziehen! Dringend ausziehen! Aber wohin? Denk an mich, ruf an, schreib und komm! Denk dauernd an mich, sagte ich. Dann in der Stille erst einen Atlas, dann im Atlas Portugal, dann in Portugal Aljezur suchen. Der alte Shell-Atlas, noch aus unsrem letzten Auto. Erst nur den alten Shell-Atlas, dann auch meinen großen Weltatlas aus dem Jahr 1913. Ein Anruf aus Portugal. Aljezur. Ein Hotel, Kneipen, die Post? Telefonzellen? Solang es eine Kneipe mit Telefon gibt, geht er nach Möglichkeit nicht auf die Post. Vor ein paar Jahren noch mußte man alle Auslandsgespräche erst umständlich anmelden und dann stundenlang wie vorläufig festgenommen auf die Verbindung warten. Ganz am Rand von Europa und hat im Hintergrund meine Musik gehört. Ist es nicht sogar seine Platte? Eine Woche vor Weihnachten. Ein Wintertag. Freitag. Geht auf Mittag. Bald dann mich auf den Weg. Rechtzeitig mit dem Aufhören anfangen. Aufhören muß man beizeiten. Aufhören will gelernt sein. Haben den Kinderladen probeweise in den Mittag hinein verlängert und brauchen deshalb für das Abholen keine festen Zeiten mehr einhalten. Und wo liegt Aljezur? Weit im Süden? Am Rand? Eine Stadt? Eine Hafenstadt? Berge? Die Küste? Wie ist es? Wie leben sie dort? Neun Jahre mit Sibylle und mit ihrem alten Plattenspieler. Neun Jahre und vier

Wochen. Carina im September vier geworden. Nie gedacht, daß wir uns trennen. Jedenfalls nicht, solang Carina noch klein. Und dann später doch auch nicht. Erst recht nicht. Hat sie es schon gesagt? Kaum zwei Wochen nach der Trennung sagte Sibylle zum erstenmal zu mir: Wenn ich will, kann ich machen, daß du Carina gar nicht mehr siehst.

Und jetzt ist März. Im März jeden Tag mit dem Morgen. In den Morgen hinein. Helle Märzmorgen. Die Morgenvögel. Schon überall Knospen. Jeder März auch ein Anfang wieder (oder war das schon gestern, daß du dir das endlich einmal hast aufschreiben wollen?). Zur Zahnärztin. Im Vorbeigehen. Eilig. Die Nachbehandlung. Bei ihr im Schwebesitz. Fast waagrecht und deshalb wie Felsen am Horizont, wie ein Doppelriff, wie alte aufgegebene Kähne meine weitgewanderten schäbigen Schuhe vor Augen. Verwittert und alt und grau oder gar keine Farbe. Erst nur beiläufig, dann mit immer mehr Sorgen sie betrachten und dann philosophisch. Schuhe, zwei Stück. Und dabei wissen, daß ich wenigstens für die nächsten paar Minuten erlöst, entschuldigt, nicht zuständig. In fremder Hand. Gut, sagt sie und leuchtet von oben in mich hinein. Eine verstellbare Zahnarztlampe. Wie ein Sonnenuntergang. Wirklich sehr gut schon. Links war es besonders schlimm. So tiefe Wurzeln, aber jetzt sieht es schon wirklich gut aus. Noch ein paarmal einpinseln und dann ist es geheilt! Und läßt den Zahnarztstuhl mit mir drin elektronisch-pneumatisch zur Landung ansetzen. Neun Uhr morgens. Gerade erst neun vorbei. Betonblumenkästen mit Heidekraut vor dem Fenster. Bißchen Wind. Grau, aber hell der Tag. Gedanken, Notizzettel, meine alte Wildlederjacke. Mich gleich wiedererkannt, jetzt nach der Behandlung. Und weiter, schnell weiter. Märzstaub. Hell der Gehsteig vor meinen Füßen, so leer und so hell. Im einundvierzigsten Lebensjahr. Seit vierzig Jahren Weisheit, unentwegt Weisheit, auf Schritt und Tritt Weisheit erfahren. Und immer noch hängst du dem Irrglauben an, zu bestimmten

Zeiten nicht auf bestimmte Ritzen im Gehsteig treten zu dürfen. Behält man besser für sich. Aber wer sagt dir, sagt er sich, daß du *andernfalls überhaupt bis jetzt überlebt hättest?* Vor zwei Wochen eingezogen. Morgen sind es zwei Wochen. Bald Vollmond. Bald schon Mitte März. Und im Gehen mir eine Sammlung von hellen Morgenwörtern.

Schlafen! Ein kleiner Schlaf. Warum nicht ein kleiner Schlaf? Am Mittag, am frühen Nachmittag. Sofa zum Ausziehen. Man kann blitzschnell ein Bett daraus. Gästebett. Wahlweise Bett oder Doppelbett – das entscheidest du jedesmal neu! Bett, Leselämpchen, Bücher, die Stille. Sogar noch im Schlaf bei mir selbst. Wie am ersten Tag. Und beim Aufwachen soll es noch hell sein. Du wachst auf und beinah keinerlei Zeit vergangen. Hat also doch ein Einsehen. Wenigstens ab und zu. Hat gewartet, die Zeit! Badewasser, Zigaretten, Espresso. Am Boiler die bunten Lämpchen. Vor oder nach dem Baden Espresso? Oder vor und nach dem Baden? Erst baden, dann schlafen oder umgekehrt? Obstkorb, Blumen, Lämpchen beim Bett. Reich fühlst du dich. Sicher. Baden, schlafen, baden, Zigaretten, die Zeit, Notizzettel, mein Manuskript. Die Tulpen. Mir Musik, mir ein Radio wünschen! Seit der Trennung, seit die neue Zeitrechnung anfing, nie genug Schlaf. In der Abstellkammer oft mit jähem Schreck aus dem Schlaf heraus. Gleich in Panik. Fünfmal jede Nacht in Panik und husten, schwitzen, Wasser trinken. Der Schreck bist du selbst! Das Haus zittert. Die ganze Nacht Wasser trinken, um nicht zu ersticken. Vorher in der Jordanstraße die letzten Tage und Wochen immer ganz zuletzt jede Nacht in der vorgeschrittenen Stille als Bett mir ein Notbett im großen Zimmer. Lang nach Mitternacht. Schon dem kommenden Tag entgegen. Wie aufgebahrt liegen und mit Anstrengung atmen. Zittert das Haus? Schon mein Leben lang nicht genug Schlaf. Nachts geschrieben und bei Tag die Welt und als Handlanger mir mein Geld verdient. Jahre, Jahrzehnte. Solang ich trank, jeden Schlaf nur als Ohnmacht, ein tiefes Loch. Kaum je mehr als zwei Stunden Schlaf. Solang ich trank, immer wieder versucht, zweimal täglich mich zu betrinken. In aller Ruhe. Rund um die Uhr. Es ging nie ganz auf. Blieb immer vom Vortrag vom Suff mir ein Überhang. Beinah fast geschafft! Und am nächsten Tag auch wieder fast! Als Kind schon nie genug Schlaf. Schlaflos. Nachts gehen und die Leute wecken. Schlaft jetzt nicht! Bald schon werdet ihr ohnehin tot sein, tot für die Ewigkeit! Erst den Krieg, dann die Lager und Straßen und Viehwaggons. Alle Einzelheiten im Kopf mit. Nichts verlieren! Und ankommen wirst du nie! Loslassen, aber wie lernt man loslassen? Und wer soll denn aufpassen auf die Welt und auf mich, wenn ich schlafe? Am ehesten nachmittags noch. Jeden Nachmittag wieder. Immer der gleiche Moment. Sacht um mich her in Bewegung der Tag. In der Schwebe, im Gleichgewicht. Die Erde dreht sich. So mild ist das Licht. Mensch und Ding, alles hat seinen Platz. Weiß jeder jetzt, wer er ist und was er zu tun hat. Jetzt am ehesten kannst du die Welt ein Weilchen sich selbst überlassen. Der Himmel ins Zimmer herein. Augen zu. Und wenn du aufwachst, ist alles noch da.

Vor zwei Wochen eingezogen. Bald Vollmond. Bei jedem Ortswechsel dauert es jedesmal eine Weile, bis sie alle nachkommen, die Gespenster und Sorgen. Und wie in dem Schlaflied die sechs oder zwölf oder vierzehn Engel, nur größer, lauter, mächtiger, zahlreicher! Bewaffnet! Rasseln mit Ketten! Müssen vollzählig Aufstellung nehmen. Laut Dienstplan. Um mich und mein Bett herum. Nachtdienst. Erst noch um mein Bett herum, dann mit Stiefeln in meinem Kopf. Soviel Schlaf schon zuwenig, obwohl er mir zusteht, von Rechts wegen zusteht, ein wachsendes Defizit. Warum nicht auch am hellen Vormittag, also jetzt? Gleich das Bett. Mit drei Handgriffen. Bett oder Doppelbett? Kaum Schlaf letzte Nacht. Auch die Nächte davor nicht. Spät heim. Geschrieben, gelesen. Lang in die Nacht hinein mich müde und immer müder und dann wieder wach gelesen. Wie früher. Die meiste Zeit kaum zwei Stunden Schlaf. Und in aller Frühe schon aus dem Haus. Zahnärztin, Notizzettel, Carina abholen und mit ihr und dem Tag in den Kinderladen. Mit dem Kinderladen in den Grüneburgpark. Die Kinder mit vielen Stimmen, der Weg wie ein Lied mit uns mit. Dann allein in die Bibliothek, auf die Post und mit meinen Sorgen und Zetteln und vielen Münzen von Telefonzelle zu Telefonzelle. Seit Jahren ein bißchen zu spät dran. Schnell gehen, tief atmen und weit in die Ferne den Blick. Auf jedem Heimweg mir meine Bilder zusammensammeln. Auswendig lernen die Stadt. Schon die nächsten Wörter mir suchen. Zwei halbe Sätze. Zurück und gleich weiter mit dem Manuskript. Ein Tagespensum. Ein gutes Tagespensum. Erst eins und dann noch eins. Ein Tagespensum nach dem andern. Schon mindestens drei oder vier – und den Plural von Pensum dann später im Duden. Es gibt einen Duden, Kunstbücher, eine kleine unfehlbare Lehrerhandbibliothek in Reichweite neben dem Schreibtisch. Und jetzt ist es elf. Schon stundenlang elf. Immer heller der Himmel über dem Oberlichtfenster. Der Obstkorb. So klare Farben die Tulpen. Bett, Bücher, Lämpchen beim Bett. Gerade bei Tag die Gespenster und Sorgen oft anderweitig, zumindest zeitweilig anderweitig. Vielleicht mit Sonderaufträgen. Urlaubsscheine. Passierschein. Oder auf meinen Spuren eigenmächtig ins Trödeln und sich als Gespenster verzettelt. Ein langer Vormittag. Elf. Die ganze Zeit schon elf Uhr. Und bleibt noch stundenlang elf. Lesen. Eh und je nur im Liegen gelesen. Lesen, dann hell in den Mittag hinein mein Schlaf. Leicht und ruhig auf den Horizont zu. Als ob man mich trägt. Im Schlaf wird mir warm. Und wenn du aufwachst, beinah keinerlei Zeit vergangen. Also warum nicht auch vormittags und vielleicht dann am späten Nachmittag noch einmal? Mich in den Schlaf lesen. Zwei Stunden lesen und dann, wenn du Glück hast, schläfst du knapp zehn Minuten. Manchmal auch umgekehrt. Und den Schlaf dir als wachsendes Guthaben oder wie die Zinsen eines wachsenden Guthabens. Jedenfalls aufschichten, aufeinanderstapeln, zusammenzählen und horten und immer weiter sich daran erfreuen. Ertragreich. Ein Garten. Gesundheit. Ein mächtiger Baum. Und wächst. Soll gedeihen. Mein Tagschlaf. Oft nur ein paar Minuten. Loslassen! Oder wenigstens anfangen, es zu lernen. Schlafen, als sei der Schlaf meine einzige Heimat. Am Vormittag in den Mittag hinein. Und spät am Nachmittag noch einmal. Und in der Dämmerung aufwachen. Eine Handbreit offen das Oberlichtfenster. Bald Frühling. Über dem Oberlichtfenster ein Meer von Abendhimmel und im Zimmer die Dämmerung. Stille. Erst grau und dann grün, so sind hier im März die Dämmerungen. Und unter dem Fenster eine Amsel. Genau wie in Staufenberg im Jahr 1950. Da war ich sieben. Wir sind gerade erst umgezogen. Eine Flüchtlingswohnung in einem neu ausgebauten Flüchtlingswohnungsgemeinschaftsdachgeschoß ganz oben unter dem Schulhausdach. Die Amsel alle Abende in den Obstbäumen hinter den Flüchtlingsholzschuppen. So deutlich ist dir die Erinnerung, daß du jetzt in der Dämmerung den ganzen Weg noch einmal zurückdenken mußt. Eben aufgewacht. Aufgewacht, als ob mich jemand gerufen hätte. 1950 ein Abend im März und die Amsel singt. Und von da an dann immer wieder. Solang ich dortblieb und sooft ich dorthin zurückkam. Immer im Vorfrühling. Alle Abende. Jedes Jahr. Entweder in den Obstbäumen hinter den Flüchtlingsholzschuppen oder in den Gemeindeamtsfliederbäumen unter unserem Küchenfenster. Badewasser. Die Amsel. Abend, die Zeit. Vorfrühling. Mitte März. Vom Reuterweg her der Feierabendverkehr. Notizzettel, Manuskript, Schreibmaschine. Und in den Abend hinein mir wieder das Dorf aufbauen.

15

Früh am Abend mein Nachmittagsschlaf? Dann wird es nachts spät. Warum nicht? Es wird sowieso spät. Also mit dem Nachmittagsschlaf in den Abend hinein. Jeden Tag wieder für den Tag zwei-drei Stunden zuwenig. Rund um die Uhr. Reicht die Zeit nie ganz aus. Laß es spät werden! Lang in die Nacht, immer wieder lang in die Nacht hinein. Sitzen und schreiben. Schon Jahre, Jahrzehnte. Seit ich mit vierzehn zu arbeiten anfing und mir deshalb alle Tage vom Tag nix mehr übrigblieb für mich selbst. Manuskripte, Notizblöcke, Zettel, die Schreibmaschine. Meine erste Schreibmaschine. Das Dorf schläft. In Nacht und Stille das Dorf. Schon den Wecker für morgen früh gestellt. Bei der Lampe, mit mir selbst bei der Lampe sitzen. Spät, immer später. Mit fünfzehn mein erstes Glas Wein und dann einundzwanzig Jahre lang nicht mehr nüchtern geworden. Die Gläser und Flaschen, immer noch ein Schluck. Wein alle Sorten, Wermut und Schnaps und süßen billigen Wein. Gift, Wachtabletten, jeden erstbesten Fusel beim Schreiben. Drei Sorten Wachtabletten, Zigaretten, Kaffee. Wenn du hast, auch Musik. Gegen Müdigkeit die Musik und damit die Zeit stehenbleibt. Der Suff auch gegen Müdigkeit. Gegenwart. Solang du schreibst, immer jetzt. Eine unerschöpfliche Gegenwart. Und so durch die Jahre. Kein Geld. Wie immer kein Geld. Und nie genug Schlaf. In Staufenberg zwei Winter ohne Ofen im Mantel geschrieben. Immer tiefer in die Nacht hinein. Und die Stille wächst. Erst in Staufenberg. Dort hat es angefangen. Am Küchentisch, unter der Lampe. Der alte Küchentisch meiner Mutter. Die Lampe aus dem ersten Jahr nach der Währungsreform. Und lang nur für mich, für den Schrank. Schreib solang für dich, bis das was du schreibst genauso wird, wie du es haben willst. Immer wieder von vorn. Zwanzigmal jede Seite. Und alle paar Jahre holst du so eine alte Geschichte wieder hervor. Weinflecken, Korrekturen, die Zeit. Und fängst noch einmal an. Zehn Jahre und noch zehn Jahre. Beinah wie immer der gleiche Moment. Dann für mein erstes Buch nach Frankfurt. Schlaflos. Längst Kettenraucher. Wie auf der Flucht, so sind wir vor sieben Jahren hier angekommen. Manuskripte. Rotwein. Unser überladenes rostiges altes Auto. Sibylle und ich. Und dann vor fünf Jahren zu trinken aufgehört. Der längste Tag. Mitten in meinem zweiten Buch aufgehört. Und wußte, ich muß auch ohne Suff gleich am nächsten Tag weiter. Schreib das Buch zuende! Und das am Ende auch noch mit in das Buch hinein. Erst das letzte und dann danach noch ein allerletztes Kapitel. Wörter, Notizzettel, Selbstgespräche. Immer tiefer in die Nacht hinein. Immer ich. Gegenwart. Und zuletzt, wenn du aufblickst, ist es immer die gleiche Nacht. Gleich zehn, sagst du dir seit Stunden. Bald mit dem Aufhören anfangen. Kurz vor elf. Geht auf Mitternacht. Mitternacht eben vorbei. Lang nach Mitternacht. Schon länger, schon die ganze Zeit hast du aufhören wollen. Immer stiller die Nacht um mich her. Und wenn du dann endlich aufgehört hast, auf einmal bist du zu müde, um überhaupt noch ins Bett. Du hast vergessen, wie man das macht. Hättest dir einen Notizzettel, besser noch Karteikarten und die Reihenfolge der Handgriffe mit Skizzen und Nummern. Hättest üben, hättest beim Schreiben wenigstens schon anfangen sollen, dich auszuziehen. Und schlafen – wie geht das? Einen Anfang finden! Fenster auf und die Nacht hereinlassen. Immer noch eine vorletzte letzte Zigarette. Schuhe aus. Hemdknöpfe auf und barfuß im Zimmer herum. Aus dem Sofa ein Doppelbett, damit mir im Schlaf nicht von allen Seiten der Abgrund so nah. Licht im Bad, Lämpchen beim Bett und die anderen Lampen schon aus. Ruhig atmen. Die Schreibmaschine zudecken, anders kann sie nicht einschlafen. Das Manuskript zusammen, damit es mir nicht in den Schlaf hinein. Barfuß. Ganzes Leben im Gedächtnis. Nur höchstens mein Name fällt mir nicht ein. Lämpchen, Bücher, das Bett bereit abzuschwimmen. Noch einmal barfuß durch die Laternennachtstille im Nebenzimmer. So spät in der Nacht. Und ganz nah bei mir selbst jetzt. Und wie deutlich von allen Seiten das Schweigen der Gegenstände. Geht es nicht schon auf den Morgen zu? Lesen. Lang lesen. Lang in die Nacht hinein. Mehrfach mich müde und immer müder und dann wieder wach gelesen. Zigaretten. Wie meine Augen brennen. Sibylles alter Elektrowecker mit dem Gesicht zur Wand. Fängt es nicht schon an hellzuwerden? Hätte eher aufhören sollen! Hätte nach dem Schreiben noch baden, da kam mir die Müdigkeit übergroß vor. Baden und noch einmal in die Nacht hinaus. Wenigstens ein paar Schritte. Und spüren, wie sie um mich her atmet, die Nacht. Morgen dann früh ins Bett. Oder war das gestern? Vorgestern? Vorvorgestern? Ist es jeden Tag wieder, daß du am nächsten Tag endlich einmal früh ins Bett gehen willst? Wenn ich sowieso nach dem Schreiben nicht einschlafen kann, warum nicht gleich durcharbeiten? Mich um die Uhrzeit nicht kümmern. Nacht oder Tag, egal. Todmüd und hellwach. Nie mehr schlafen. Und nur immer weiter mit dem Manuskript. Das Buch zuende, nur kurz einmal aufgeblickt und gleich das nächste. Wenigstens nicht mehr wie früher die Stunden, Minuten, Sekunden, jeden einzelnen Augenblick als schmerzhafte Lichtexplosion im Kopf und dazu laufend ausrechnen, wieviel Zeit mir an Zeit noch bleibt, bis wieder der Wecker klingelt und ich als Handlanger mich auf den Weg machen muß und den Tag und mein Leben fristgerecht abliefern in der Zentrale. Handlanger, Lastträger, Anrufbeantworter, Schreibautomat und dankbare Buchungsmaschine. Ausschlafen? In den Tag hinein? Sogar im Halbschlaf noch rechnen. Wie soll man sich Ruhe ausrechnen? Könnte bis zehn, könnte ausnahmsweise sogar bis zum Mittag. Aber auch wenn ich spät ins Bett und nicht einschlafen kann, muß trotzdem früh auf! Muß sehen, wie er in Gang und immer wieder in Gang kommt, der Tag! Wie es weitergeht. Einzelheiten, die Welt und ob alles noch da? Und weil ich nicht ohne das Morgenlicht, jeden Tag wieder nicht ohne das Morgenlicht sein kann! Früher auch schon nicht!

Im Schlaf manchmal noch in der Abstellkammer. Im Schlaf in meinen Schlaf in der Abstellkammer zurück oder wie in einer Kiste. Und die Kiste schon in der Grube? Schwer die Erde drauf, schwere Erde. Oft im Schlaf, im Halbschlaf, als ob sie mich ruft, Carina! Sie spricht ja auch wirklich und wartet auf Antwort und ruft aus dem Schlaf. Als ob wir im Schlaf, als ob wir mit unsrer Unruhe, sie und ich, als ob wir einander suchen müssen als Schatten; der Schlaf ist ein Land. Nachts jäh aus dem Schlaf, jäh auf im Schreck und mich fragen, wie ich ohne die beiden Holzkästen? Wenn ich sie nun nicht hätte? Wie hätte ich da mit meinem Leben und dem Manuskript, Papier, Notizblöcke, Mappen, ein Ordner, wie denn nur seit der Trennung zurechtkommen sollen? Und erst recht ja in Zukunft! Fest, haltbar, auch genau die richtige Größe. Zwei Holzkästen, die du schon lang hast. Der eine früher als Schublade, der andere einmal mit zwei Flaschen Cognac. Geschenkpackung. Kiefernholz beide und ohne Deckel. Noch aus einer Zeit, als ich sie zwar auch schon benutzt, aber nur beiläufig – sie noch gar nicht wirklich gebraucht hätte, nicht unbedingt! Noch unterm Schreibtisch, noch da? Gleich nachsehen! Mehrfach nachsehen! Sich überzeugen! Erst sich überzeugen und dann sich vergewissern! Mehrfach und immer wieder! Oder ist das jede Nacht, daß du so aufwachst? Dreimal jede Nacht? Alle paar Stunden? Immer der gleiche fahrige Albtraum und vergißt ihn dazwischen jedesmal wieder? In Zukunft öfter auch tagsüber! Regelmäßig! Nicht daß sie mir aus dem Gedächtnis und dann auch in der Wirklichkeit nicht mehr da! Weg ist weg! Wegverschwunden! Und die Wirklichkeit? Nicht daß ich unbedacht mich und die Zeit aus den Augen und hier immer weiter! Und vergessen, daß ich nur zu Gast! Nachsehen, keuchen, ein Hustenanfall (noch aus der Abstellkammer der Hustenanfall!). Die Holzkästen unter dem Tisch hervor. Sie betrachten, betasten, sie im Arm, in den Händen und von allen Seiten betrachten. Am besten du schreibst sie dir auf! Mit Datum und Uhrzeit! Am besten jedesmal wieder! Zwei Stück, zwei! Soll man sie ausmessen? Auf jeden Kasten Kasten drauf-schreiben und den eigenen Namen? Aber keine Adresse? Ohne Deckel zwei Kästen, sehr praktisch. Sind da, sind vorhanden. Kann man das Manuskript rein! Gleich ausprobieren! Manu-skript, Notizblöcke, Ordner, Mappen, Gedanken, Zettel usw. – alles rein! Wörter und ganze Sätze! Deckel drauf? Deckel sind keine vorhanden! Alles rein! Und weiter, gleich weiter! Nichts verlieren! Die Zukunft! Auch selbst nicht verlorengehen! Am Leben bleiben und weiter, nur immer weiter! Und die Schuhe? Wie lang noch? Wann zuletzt sie mit Sorgfalt und Sachkenntnis? Meine letzten zwei Schuhe und dann? Leder, Nähte und Sohlen. Den Schuhen gut zureden. Ihnen Ansprachen halten! Mir die freundlichen Gesichter meiner Gastgeber ins Gedächtnis. Die Holzkästen wieder ausräumen und unter den Tisch zurück und zurechtrücken. Seid nur ruhig und harret aus! Und von jetzt an beim Schreiben oft mit einem Fuß nach ihnen. Sie suchen, mich reiben, anlehnen, aufstützen mit dem Fuß. Damit sie wissen, ich weiß, sie sind da! Genau wie Carina, sobald sie neben mir sitzt, nach Möglichkeit immer einen Fuß bei mir. Mindestens einen. Kinderladen, Eiscafé, Straßenbahn. Im Gras. Auf einem Mäuer-chen. Im Gras und auf einem Mäuerchen lieber noch nicht, noch zu kalt. Mit Bilderbüchern im Bett. Längst Schlafenszeit und kein bißchen müde. Vier Lieblingsbilderbücher. Im Sessel. Ein langer Nachmittag. In einem von den großen Sesseln aus licht-grauem Samt, sie und ich. Man kann darin wohnen. Auf einem Stuhl neben meinem Stuhl und mit Buntstiften. Mit vielen Bunt-stiften. Mit allen Buntstiften, die wir finden. Und müssen uns damit immer wieder helle leuchtende Augenblicke auf kleine Zettel. Und dazu überdeutlich die Gegenstände in diese Augen-blicke hinein. Damit wir uns und die Augenblicke und Tage an diesen Gegenständen wiedererkennen. Und damit wir auch dau-erhaft Namen dafür. Carina auf einem Stuhl neben meinem Stuhl und muß immer mit mindestens einem Fuß zu mir. Am besten sich bei mir und dem Stuhlbein einhaken mit dem Fuß.

Auch früher. Schon immer. Von Anfang an. Auf meinem Schoß, in der Eisenbahn und auf jedem Sitzplatz. Wird Jahre und Jahre noch. Und macht meine Hosen staubig. Staub oder Schlimmeres. Bis ihre Füße dann endlich im Sitzen auch bis auf die Erde. Ein Nachmittag in der Jordanstraße. Die Stehlampe neben dem Tisch. Alle Lampen an. Sibylle beim Gesangsunterricht. Und wer hat die Buntstifte alle so sorgfältig angespitzt? Du sagst, du warst es nicht, sagt Carina und zappelt mit ihren Füßen. Und ich weiß, ich war es nicht! Also muß es wohl die Sibylle! Vielleicht als Überraschung für uns! Weil wir sind ja immer die, die mit den Buntstiften malen, das weiß sie!

Und nach jedem Erwachen und sooft du heimkommst, zurück aus der Welt, im Gehen, noch in den Pausen, beim Essen, sogar im Schlaf noch: immer gleich weiter mit dem Manuskript. Jedesmal. Wenigstens die letzte Seite, wenigstens die letzten drei Zeilen noch einmal lesen und weiter, gleich weiter. Wenigstens den Anfang vom nächsten Satz. Als Gast und gerettet, vorerst gerettet. Einen Aufschub. Und wenn sie mich holen? Ich hätte es noch im Gehen weiter! Stehend. Unter dem Galgen. Vor der Mauer. Bevor sie dir wie immer die Augen verbinden. Jetzt teilt er die Kugeln aus. Aber wenn sie mich einmauern? Über den Kopf die Arme oder dicht an den Körper? Einmauern unverzüglich! Einmauern ohne Raum, ohne Zeit, ohne Licht und ohne Papier! Keine Luft? Mir jeden Tag als Aufschub noch einen Tag Aufschub! Nur geliehen die Zeit und wie lang? Auf der Welt bleiben! Immer noch einen Tag! Nur nicht krankwerden! Fang jetzt nicht zu frieren an! Am Leben und auf der Welt und Carina jeden Tag sehen. Immer weiter das Dorf aufschreiben. Ein Dorfzeitalter. Jeden Tag wieder fürs erste gerettet. Die Zeit, die mir bleibt. Und dann? Danach? Was dann? Die Tulpen wolltest du zählen. Den Obstkorb, immer wieder den Obstkorb ergänzen, als ob ich ihn jeden Tag malen müßte. Vor zwei Wochen eingezogen. Oft Carina bei mir. Oft Carina und Domi.

Manchmal auch Domi allein. Am Nachmittag, früh am Abend. Kommt und ißt eine Banane. Wenn keine Banane da ist, auch einen Apfel, aber lieber sind ihm Bananen. Sie gehen so gut auf. Hat lang in der Stille im Nebenzimmer für sich allein gespielt. Und kommt jetzt und zeigt mir ein Schiff, einen Traum, ein Bilderbuch, einen silbernen Playmobil-Ritter. Nebenan seine Playmobil-Ritterburg. Der Ritter könnte er selbst sein! Sitzt bei mir in der Dämmerung (im April wird er fünf). Um uns das Dorf und ein oberhessischer Nachwinternachmittag im Jahr 1949 oder 1950. Er auf dem Bett und ich auf dem Schreibtischstuhl mit dem Rücken zum Schreibtisch (ein Drehstuhl). Ich auf dem Bett und er auf dem Teppich. Hast du geschlafen? Schläfst du immer mitten im Tag? Ja, sagte ich, nachmittags. Meistens. Wenn es still ist. Früher nicht, aber jetzt meistens schon. Aber nachts schläfst du auch? Einmal vor einem Einstein-Foto denkt er, das bin ich. Du bist es und weißt es nur nicht! Kommt zu mir und ist froh, daß er seine Eltern jetzt einmal nicht braucht. Märzabenddämmerung. Oberlichtfenster auf. Unter dem Fenster die Amsel. Weiß sie, daß wir hier sitzen? Vielleicht schon, aber dann ist die Frage, ob sie auch weiß, daß sie es weiß? Und wir? Wir wissen, daß wir es wissen! Weil wir wissen, daß wir es auch morgen noch wissen! Er hat bald Geburtstag, bald fünf. Warme Hausschuhe. Sitzt und sieht mir beim Rauchen zu. Lämpchen an. Immer dichter die Dämmerung um uns her. Sitzen und reden, Domi und ich. Von Carina und uns und dem Kinderladen und dem heutigen Tag. Von seinen Großeltern. Von Schiffen und Häfen, vom Meer. Von Staufenberg. Eine Ritterburg, die jetzt ein Hotel ist. Und weiter oben auf dem Berg, hoch über der Ritterburg noch eine Burgruine. Die Ruine viel größer als die Ritterburg, die jetzt ein Hotel ist. Von meinem Hund. Der Hund, den ich als Kind hatte. Warum hast du jetzt keinen mehr? Er könnte hier bei uns liegen und aufpassen. Wenn du einen Hund hättest, würde der jetzt mich schon kennen? Klar, sagte ich, längst! Oder draußen, sagte ich. Mit ihm durchs Feld. Und sah es gleich vor mir. In der Dämmerung. Carina auch mit. Der Hund, die zwei Kinder und ich. Ein weites Feld. Ferne Lichter. Den Mond nicht vergessen. Bald Vollmond. Wie ein Wolf, sagte ich. Schwarz und ein weißer Fleck auf der Brust. Wie ein froher kleiner Wolf sah er aus. Ich hab ein Bild von ihm. Ein Foto, wie er mit mir vor der Haustür sitzt. Auf dem Bild bin ich acht und sein Fell glänzt. Mittags hat er mich von der Schule abgeholt, jeden Mittag. Nur jetzt gerade das Bild nicht da. Nicht zur Hand. Wo kann es sein? Vielleicht bei meiner Schwester in Lollar? In Görzhain, sagt er, wo das Haus ist. Wenn wir immer da wären, sagt er, dann könnte ich auch einen Hund haben! Aber dann könnte ich nicht jeden Tag in den Kinderladen. Lang die Märzabenddämmerung. Lang in die Märzabenddämmerung hinein die Amsel unter dem Fenster. Wollen warme Milch trinken, sagte ich. Du auch? Du wolltest doch auch mit uns nach Görzhain, sagt er. Ja, sagte ich, sobald ihr wieder hinfahrt. Alles schon ausgemacht! Wahrscheinlich das Wochenende nach dem, das jetzt kommt. Oder das Wochenende darauf. Und die Carina dann auch mit? Klar, sagte ich und merkte, wie in der Dämmerung über das weite Feld eine große Zuversicht auf mich zukommt. Noch zehn Tage. Mindestens noch zehn Tage. Dann mit Carina ein Wochenende auf dem Land. Und sie sagen doch auch nicht, danach packst du dann gleich deine Sachen, packst die Zeit und dein Zeug ein. Zehn, fünfzehn Tage, die ganze Zeit März. Und in der Zwischenzeit jeden Tag weiter so. Und wie weit ich dann schon mit dem Buch. Immer selbst mich beim Schreiben gewundert, was kommt und wie es sich anhört. Und gerade bei diesem Buch froh für jeden Satz, jedes Bild, jede einzelne fertige Seite. Auch noch den Nicko, sagt Domi, aber ein Kater ist ja anders als wie ein Hund. Klar, sagte ich. Schon dunkel jetzt. Die Amsel hat aufgehört. Jetzt trinken wir warme Milch! Und dann, wenn du willst, kann ich dir die Ritterburg in Staufenberg aufzeichnen. Kannst du sie auswendig? Klar, sagte ich, als Kind ja daneben gewohnt. Nie verstanden, warum sie alle jeden Tag auf

Schicht zu Buderus und in die Schamottsteinfabrik, die Männer im Dorf. Statt daß sie Ritter geblieben wären! Gehst du noch zur Carina heute? Klar, sagte ich. Vorlesen. Sie ins Bett bringen. Jeden Abend. Wir trinken die Milch aus, dann geh ich. Aber vorher mußt du mir noch auswendig die Ritterburg! Deinen Hund und die Ritterburg! Ich geh dann auch in Hausschuhen mit dir bis zur Haustür! Weil es nicht geregnet hat, geh ich mit dir bis ans Hoftor mit! Vor zwei Wochen eingezogen. Bald Vollmond.

Mit Carina. Mit Carina und Domi. Domi morgens mit mir in den Kinderladen. Manchmal Domi, Birgit und ich. Müssen wir uns heut wieder beeilen, fragt er vor der Haustür. Mittags mit Birgit die Kinder abholen. Und mit ihnen, mit den Kindern. Mit dem ganzen Kinderladen. Mit allen Kindern Schritt für Schritt in den hellen Mittag hinein. Und über uns Äste mit Knospen. Knospen, die in den Himmel hängen. Kastanien, Linden, Ahorn, Platanen. Hell eine Straßenbahn über die Kreuzung. Eine blühende Litfaßsäule. Ein Kiosk, bunt, ein Frankfurter Büdchen. Mit den Kindern seit Jahren bekannt, dieses Büdchen. Geschäftsbeziehung und Freundschaft. Vor dem Büdchen in Nebenrollen drei Säufer. Ein Büdchen mit Vorplatz und Vordach. Mit Plakaten und Fensterläden. Und steht da und breitet die Arme aus. Die Siesmayerstraße. Die Feldberg-, die Friedrich-, die Altkönigstraße. Vom Kinderladen zum Palmengarten. Im März, in den März hinein. Mittag, ein langer März. Vom Palmengarten zum Grüneburgweg, zum Campus, zum Kinderladen. Und auf jedem Weg noch einmal durch die Jahre. Jedes Kind ganz für sich ein Gedächtnis. Kastanien, Ulmen, Birken, Weiden und Weidenkätzchen. Forsythien, ein Mandelbaum, Frankfurter Flieder. Grau, aber hell der Tag. Überall Knospen. Erst noch ganz klein die Kinder, dann laut, dann müd, dann mit vielen Wörtern. Die Mehrzahl der Wörter noch neu und zum Ausprobieren. Wie Federbälle – so bunt und so leicht hin und her. Alleen, Vorgärten, Amseln, Eichhörnchen, Vogelflüge. Wieviel Eichhörnchen seit gestern? fragt Carina mich jetzt. Seit du bei mir warst gestern Abend, Peta, wieviel? Und hat sie nicht gestern Eicherchen noch gesagt, weil sie Eichhörnchen noch gar nicht sagen konnte? Im Grüneburgpark. Immer wieder mit den Kindern im Grüneburgpark. Durch das Gras, altes Gras. Mittagsmüd. Auf den Sommer zu. Müd und die Kinder auch müd. Im Park in den Bäumen die Tauben. Und fangen zu rufen an. Als sollten sie uns das Heimweh lehren, so rufen sie durch die Zeit in den Mittag hinein. Rufen und rufen und sehen uns nach. Über die Wiese. Durch den Park. Durch den oberen Grüneburgweg, die Freiherr-vom-Stein- und die Liebigstraße. Erst lang, als kämen wir nicht vom Fleck. Dann auf einmal die Kinder so große Schritte, daß die Straße kaum mitkommt. Fängt zu schlingern an, rutscht und gerät ins Torkeln, die Straße. Und schüttelt die Kinder und schmeißt sie fast um. Muß man das Gelächter einsammeln. Sollten Schippe und Besen dafür. Erst retten die Kinder! (Wollt ihr gerettet werden, ihr Kinder?) Und wenn man sie glücklich gerettet hat, der Straße gut zureden, damit sie stillhält. Damit sie sich wieder befestigen läßt. Und dann das Gelächter einsammeln. Mit Sorgfalt. Die Blicke und das Gelächter. Und weiter in tiefem Ernst. Bedächtig jetzt. Schritt für Schritt. Nicht nur die Straße befestigt, auch wie es scheint, die Zeit angehalten. Nur in der Stille die Tauben. Immer dringlicher rufen sie! Was wollt ihr von uns? Wie soll man sie nur verstehen? Als sei schon an diesem Märzmittag für ein paar Stunden Sommer gewesen. Eine Probe. Die Vorschau. Und wir durch die Wiesenau, durch die Altkönigstraße. Und die Tauben rufen uns nach. Die Häuser sehen uns an. Hohe Bäume. Die Eppsteiner Straße, die schon auf uns gewartet hat. Vergiß nicht und sorg dich, rufen die Tauben. Nicht daß dir am Ende noch eine Sorge abhanden. Verloren und weg für immer! Verschlampt und veruntreut! Und du hättest es nichtmal gemerkt! Als ob sie uns anbinden mit ihrem beharrlichen Rufen, die Tauben. Unsichtbar ihre Bänder. Und dehnen sich, ziehen und ziehen an uns! Lassen nicht los!

Mittags gehen und die Kinder abholen, Birgit und ich. Manchmal auf dem Hinweg schon einen Umweg. Gespräche auch. Manchmal ein Stück mit Erleichterung. Neben ihr her und die Erleichterung deutlich gespürt. Neben ihr her und die Erleichterung nicht einmal gleich bemerkt. Unter Bäumen. Im Westend. Hier und da ein ruhiger kleiner Westendladen. Damenmoden. Eine Parfümerie. Ein Wollgeschäft. Beinah als käme man als Besuch zu Besuch. Vielleicht sogar bei sich selbst als Besuch zu Besuch. Nicht sogar schon einmal hiergewesen? Läden mit Kinderzimmer und Läden mit Baldachin, rotem Teppich und Vorgarten. Durch den Tag und neben ihr her, als ob Zeit, Geld und Schmerz für mich nicht existieren. Ein strohhelles Leinenkostüm für den Sommer. Eine Parfümverkäuferin, die wie eine Parfümreklame aussieht in ihrem neuen blaugrauen Frühjahrskostüm und mich für den skeptischen Ehemann hält, der mit Charme überzeugt werden muß. Einen Weg, einen Umweg. Die Kinder abholen und mit ihnen in den Tag hinein. Fast wie ausruhen. Das gibt es also, das kannst du, das geht noch. Mit einer Frau, einer anderen Frau. In ihren fremden Angelegenheiten neben ihr her und wir wollen uns Zeit lassen. Das strohhelle Leinenkostüm für den Sommer (gleich steht man und fängt an zu blinzeln, so hell!) dann doch nicht gekauft, obwohl es zu ihr und dem Sommer gut paßt. Ein Wollgeschäft. Wolle aus Schottland. Eigenimport. Wolle aus Griechenland. Wolle aus Kaschmir. Wolle und Seide. Alles Eigenimport. Mit unsrem alten VW-Bus, sagt die Frau, der der Laden gehört. Mein Freund ist Whiskeytrinker. Erst immer nur Schottland und Irland und höchstens noch die Bretagne. Jahrelang. Whiskeytrinker, aber kann sich inzwischen schon ganz gut umstellen. Hat es gelernt. Mit der Zeit. Zuerst die Wolle nur immer für mich selbst mit. Und meistens zuviel gekauft. Das Henna auch, das Henna ist aus der Türkei. Wollen nächstens auch nach Australien. Wolle und Seide und Henna und Räucherstäbchen und zum Hof hin die Wohnung. Tee. Mandelplätzchen. Wollt ihr einen guten Whiskey?

Wollt ihr nicht noch ein Glas Tee? Schaut ruhig öfter rein, sagt sie. Die nächste Ladentür einen Nachmittag und zwei Ecken weiter. Der gleiche langsame Tagtraum. Farben. Bilder. Ein Nachmittagstraum. Die Kinder mit ihren Stimmen. Der Tag mit uns mit. Wenn du ein Wort findest, hebst du es auf. Schulkreide, Aquarellblöcke, Pinsel. Eine Preisliste für Leinwand, Keilrahmen und Staffeleien. Birgit streicht Ausstellungstermine in Zeitungen an. Wären auch ins Städel, konnten nur nicht gleich einen geeigneten Tag dafür finden. Die Kinder vor neben hinter uns her. Einmal hüpfen sie und dann kriechen sie wieder. Geheimnisse. Geheimsprachen. Stolper nicht! Mit geheimen mächtigen Wörtern die Kinder. Sind viele Jahre weit weg jetzt. Haben uns vergessen und müssen dann umso lauter rufen. Rufen und kommen angerannt durch die Zeit. Im Westend die ruhigen Mittagsstraßen und du läßt dich treiben mit deinen Gedanken. Bißchen Wind. Ein Frankfurter Märzhimmel. Schon öfter benutzt. Sie haben viele. Sie nehmen sie immer wieder. Die Kinder jetzt auf einem Mäuerchen. Brauch eine Hand von dir, Peta! Ba-lan-cie-ren! Schnell die Hand, Peta! Lang dein Blick in die Wolken und dabei viele Bilder im Kopf. Nur einmal, ein einziges Mal nur im Städel gewesen. Mit Sibylle. Vor fünf Jahren mit ihr, als sie schwanger. Ein Sonntag am Anfang des Sommers. Still. Ein überzähliger Sonntagvormittag. Der Himmel bedeckt. Mittagswolken. Rhein-Main-Wolken. Die von jetzt und von damals die Wolken. Solche Wolken gibt es in Oberhessen das ganze Jahr nicht. So gehst du, ein Frankfurter Fußgänger. Seit vielen Jahren ein Frankfurter Fußgänger. Und weißt, du wirst einmal in Amsterdam. Auf einmal jetzt weißt du es ganz genau. Eine Zukunft also? Am Wasser, du siehst dich gehen. Einen Kai und Kanäle entlang und über viele Brücken. Möwen. Das Licht auf dem Wasser. Die Spiegelbilder der Möwen. Durch die Jahrhunderte. An hohen Backsteinkirchen, an Schiffsmasten und Giebelhäusern vorbei. Als Fremder. Ein schwarzer Mantel. Am Morgen. Am Nachmittag. Von der Nordsee die Nordseewolken herein und über die Stadt hin. Zu den Bildern gehst du. Ins Rijksmuseum. Vielleicht hast du Geld, dann kaufst du dir einen Katalog und gehst zum Essen ins Restaurant. Im Katalog einen Sommertag finden. Auf Leinwand? Auf Holz? Jahreszahlen. Eine Skizze, eine winzige Tuschezeichnung und du nimmst sie im Kopf mit. Einen Sommer, der nicht vergeht. Ganze Tage ins Rijksmuseum und dann wieder hundertmal nur einen einzigen Augenblick. Nur für den Anblick der flüchtigen Wolken und Wolkenschatten. Seit gut dreihundert Jahren schon. Auf einem Bild. Die Zeit im Spiegel. Kreuzigungen, Seeschlachten, Ratsherren, Kaufleute, Bauern. Und in jeder Hauswirtschaft und unter jedem Dach eine zähe zielstrebige alte Frau mit einer flämischen Flügelhaube. Kann nicht sterben und kann sich nicht ausruhen. Muß mit beiden Händen und allen ihren Gedanken immerfort alles zusammenhalten und das Haus und die Welt und die Enkel versorgen. Einmal als Braut gemalt worden und seither ist die Zeit ihr nur noch im Spiegel vergangen. Gegenwart. Ein Fenster zur Welt und manchmal eine offene Tür. Dann gehst du in das Bild hinein. Ein Obstkorb. Blumen. Gesichter. Hinter jedem Raum der wirkliche Raum. Die Blumen sind Morgenblumen. Tee, eine Zuckerdose und Segelschiffe. Auf der Zuckerdose auch Segelschiffe. Ein Fenster. Vor dem Fenster der Himmel. Das alte Jahrhundert. Das Obst und der Nachmittagsfrieden als Stilleben. Wasser und Wind und die Wolken bei Ruisdael. Die Wolken und hinter den Wolken das Licht. Jedesmal wenn du kommst. Immer wieder gekommen. Kein Bruegel? Du suchst ihn vergeblich. Wiederkommen, oft und oft wiederkommen. Reich an den Reichtümern der Jahrhunderte vorbei. Jeden Tag. Auch wenn du nicht weißt, als wer du hier gehst? Eine Zukunft? Am Leben bleiben? Wiederkommen für jedes Detail. Und sooft du kommst, bei Rembrandt die Zeit und den Schimmer der Zeit. Dann auch zu ihm ins Haus und ihm bei der Arbeit zusehen. Er einmal als alter Mann und beim nächstenmal wieder ein Jüngling. Manchmal hat er mir zugenickt. Und ich? Am Leben? Und

Zeit, hätte Zeit? Ein Exil? Zeit genug? Einen Paß? Also ich? Eine Zukunft? Hell und geräumig die Tage mir? Sind es dann meine eigenen Tage? Nicht weit vom Museum ein Haus? Eine Wohnung? Und jeder einzelne Tag? Möwen? Das Licht auf dem Wasser? Gehört alles mir? Wartet? Ist immer da? Wartet und ich war noch nie dort? Mit dem Mittag durchs Westend, Birgit und ich und die Kinder. Und jeder ja immer auch durch den eigenen Kopf. Heimwege dehnen sich. Auf Heimwegen wird man schnell müd. Mittagsmüd. Der Sommer noch fern. Langsam die Zeit und wir in den Tag hinein. Wie wenn du in Freundschaft neben dir selbst her und davon wird dir leicht. Und sogar die Zeit und daß sie vergeht. Vergeht und dabei an dir zieht, ein Schmerz, ein beständiger Schmerz. Aber jetzt für den Augenblick kommt dir vor, du könntest es aushalten. Wenigstens zeitweilig aushalten. Das gibt es also. Das geht noch. Das kannst du. Dies und das. Wörter. Wörter und ganze Sätze. Aber auch schweigend nebeneinander her. Sogar jeder in seinem eigenen Schweigen. Überall Knospen. Und bald schon gelb die ersten Forsythien. Und die ganze Zeit aus dem Park die Tauben. Hinter uns her, den ganzen Weg entlang hinter uns her. So eindringlich rufen sie, daß du schon selbst kaum noch schlucken kannst. Richtig Halsweh vor Heimweh. Sie rufen und rufen und hören nicht auf zu rufen.

Mit dem Tag auf den Grüneburgweg. Allein. Mit mir selbst. Immer ich. Mittagshimmel. Uhrzeiten. Schulkinder. Aus dem ganzen Westend die Schulkinder auf dem Heimweg. In ganz Frankfurt jetzt. Überall. Quer durch Deutschland. Und trödeln und rufen und rennen. Sie jeden Tag sehen! Am liebsten sie alle kennen! Sie und auch ihre Namen, Heimwege und Haustüren, sagte ich mir. Kaum Schlaf letzte Nacht. Hungrig. Hellwach. Überwach. Und direkt aus dem Schreiben heraus auf die Straße. Zeitschriften, Titelbilder, Plakate. Die Telefonzelle. Bist du nicht der, der dort in der Telefonzelle fuchtelt? Begegnungen. Ich und der Tag. Die Schulkinder. Schüler, Jugendliche, Gruppen und Pärchen und Gruppen von Pärchen. Indianer, Rennfahrer, Räuber, Filmhelden, Popmusikgruppen, Fußball, Karate, Science Fiction, das Fernsehen, Automaten, ein Boxer. Eine Prinzessin, eine gefangene Prinzessin, eine schöne Sklavin, eine Prinzessin mit einem Hofstaat. Ein Mädchen mit einem Dackel. Alleinstehendes Kind mit Hund. Fahrradkinder. Ein Mädchen auf einem Mofa. So ernst ihr Gesicht und der Wind rennt neben ihr her. Sibylle mit neun und Sibylle mit zwölf und Sibylle mit fünfzehn. Und kommt mir von allen Seiten entgegen. Blumen. Ein Blumenladen. Eine Schöne im grünen Anorak und den Bus noch eben erreicht. Pferdeschwanz. Große Tasche. Vielleicht zum Musikunterricht? Sie nicht auch schon öfter gesehen? Und in Gedanken immer noch mit Sibylle. Ein einziges langes Gespräch. Sibylle und Carina. Den Tag mit ihnen, als ob sie noch allzeit neben mir her. Ihre Stimmen in meinen Tag, in alle Gedanken hinein und in jedes Erwachen. Wie früher. Und ich noch dabei, ihren Schlaf zu bewachen. Als ob sie immer noch jeden Tag am Ende des Wegs auf mich warten. Beeil dich! Die Pizzeria. Das Feuer. Die offene Tür. Und die Zeitungsverkäufer? Keine Zeitungsverkäufer? Nur höchstens unsichtbar ihre Seelen um diese Zeit. Unbehaust. Schatten. Wissen nicht, wer sie sind. Fieber. Schüttelfrost. Ein Ersatzschlaf im Gehen. Als Gespenst in der U-Bahn. Abgelegt. In einem Kasten verwahrt, im Gemeinschaftskasten. Und werden dann aufgerufen, falls man sie braucht. Werden reanimiert. Oder stehen als Nummern, stehen krumm und schief, jeder anders schief. Erschöpft. Die Wörter, die wenigen kostbaren fremden Wörter wie Münzen im Mund. Diebesgut, glühende Kohlen. Stehen und haben wie die Hühner bei Max und Moritz alle einunddenselben Faden verschluckt. Nur nicht herumzappeln jetzt! Stehen und ein paar Jahre die Luft anhalten! Stehen und stehen. Stehen in sich hinein. Aufgereiht. Stehen vor dem Vertrieb an. Damit sie, wenn er dann aufmacht, nur ja auch rechtzeitig an Ort und Stelle. Vor dem

Vertrieb. Damit sie dann schon da stehen. Für den heutigen Tag und als Nummer die richtige Nummer. Schief. Asymmetrisch. Eine Nummer mit Zeitungstaschen. Mit der Last als Gewicht. Zum Kriechen verdammt. Statt Flügel. Rechts und links Zeitungstaschen. Der Vertrieb. Die Zentrale. Wie vor Gott stehen sie. Und Stimmen keine? Stimmen nur zwecks Zeitungsverkauf. Im übrigen stumm. Auch mit sich selbst stumm. Innerlich stumm. Jederzeit. Stumm wie ein Stein, der in einem Teich auf dem Grund oder tief in der Erde drin. Als Nummer auf Abruf und stumm. Schaufenster. Läden. Schon überall Osterhasen. Und die restlichen Kalender jetzt von Tag zu Tag billiger. Schulkinder. Pfützen. Kinderstimmen. Die bunten Ranzen der neueren Gegenwart. Ein Bäckerladen. Kaugummiautomaten. Im hellen Mittag. Bunt der Tag, groß und breit. Und Schritt für Schritt mir entgegen. Hier gehen, als ob ich mir alles immerfort ausdenken müßte – andernfalls nicht gewesen! Nicht der Tag, nicht die Stadt und ich auch nicht. Zur Eschersheimer Landstraße und nicht umkehren können. Zur Musikhochschule? Wenigstens in die Richtung? Nur ein paar Schritte? Gleich mein Schreck! Gleich kaum noch Atem! Du selbst bist der Schreck! Und wie mein Herz klopft! Du weißt, Sibylle ist im Verlag! Und doch war mir, als könnte ich ihr jeden Augenblick jetzt hier im Mittag begegnen. Als ginge ich hier, um sie noch einmal kennenzulernen. Sie und mit ihr mich selbst. Es ist immer das erste Mal. Selbstgespräche. Jetzt geht sie neben mir. Die Schulkinder. Jedes Kind sieht dir ähnlich, sagte ich fast ohne Atem. Als hätte ich das schon öfter zu ihr gesagt. Oft so gegangen. Als ob ich lang schnell gerannt, so atemlos jetzt. Wie auf einem Berg und die Luft so dünn. Jedes Kind sieht dir *anders* ähnlich! Vor der Musikhochschule hin und her, eine ganze Weile lang hin und her, als sei ich mit ihr hier verabredet. Muß jetzt doch jeden Augenblick! sagt man sich. Hätte ich eine Uhr gehabt, ich hätte nicht aufgehört, auf diese Uhr einzureden! Mich losreißen? In die Innenstadt? Wenigstens bis zum Eschenheimer Turm? Schon die ersten Bettler! Immer mehr Bettler! Säufer, Penner, Obdachlose! Übt jeder lebenslang seinen großen Monolog ein. Muß mich selbst daran hindern, im Vorbeigehen in jeden Abfallkorb mit dem Blick! Erst nur mit dem Blick und dann auch die Hände dazu! Nur ausnahmsweise einmal und kannst dann nicht mehr aufhören! Nicht für mich! Nur sehen, was da für die Penner bereitliegt! Erst einmal, dann immer! Übungshalber. Erfahrung. Von Korb zu Korb. Von Abfall zu Abfall. Sachkunde. Kennerschaft. Ein Weltbild aus Zeitungswörtern und Müll. Alles auffressen! Jedesmal wieder pflichtgemäß alles auffressen! Wenn du am Turm nicht umkehren kannst, wird es schwierig. Hauptwache, Bahnhofsviertel, Gutleut- und Gallusviertel. Güterbahnhof und Mainzer Landstraße. Gehen und im Gehen dich ausruhen? Schnell gehen, tief atmen und weit in die Ferne den Blick! Über die Zeil und ins Ostend. Hanauer Landstraße. Osthafen. Offenbach. Die vielen fremden Leben und wie du dich damit abschleppst, eine Last, ein Gewicht. Und von Tag zu Tag mehr. Zu keinem Menschen je wieder ein Wort – oder fortan wie mit einer Zigeunerfiedel jedem dein Leben, als sei es sein eigenes! Keine Ziehharmonika, eine Zigeunerfiedel. Nicht eben noch Mittag und du wolltest nur ein paar Schritte hin und her auf dem Grüneburgweg? Nur schnell Milch, einen Liter Milch kaufen für mich und mein Kind. Und jetzt hier unabsehbar mit Verlust und Gewinn. Und in viele fremde Leben verstrickt. Und wie alles von allen Seiten immerfort auf mich einreden muß! Heimwege. Haustüren. Kinder. Frau und Kind. Mann, Frau und Kind. Alles ruft! Noch überall seh ich uns gehen. Zurück? Auf dem Heimweg schon? Oder wieder nicht umkehren können? Haben Glocken geläutet? Manchmal mittags ein lauer Wind. Kinderstimmen. Manchmal ein Moment, hell ein Augenblick und kommt dir entgegen. Als hättest du immer gewußt, daß so ein Moment, daß dieser Augenblick einmal zu deinem Leben gehört.

Telefonzellen. Meine Müdigkeit. Muß bald Socken aus der Jordanstraße. Socken, Zeit, Wäsche und Hemden. Die Sorgen auch. Immer weiter mir Münzen zusammensammeln für die Telefonzellen. Und nicht vergessen die Sorgen. Vollzählig. Eine Zukunft. Eine Zukunft aus Sorgen. Schwer von den Münzen die Taschen. Alle Zahlen und zusätzlich zahlreiche Berechnungssysteme im Kopf. Und wer weiß, wie lang mein Kopf und die Taschen das aushalten? Und die Schuhe? Das Gewicht in den Taschen. Drückt auf die Seele und drückt auf die Sohlen und zerrt an den Nähten. Müdigkeit. Die Schwerkraft bei jedem Schritt. Durch die Sohlen die alte Erde. Also behutsam. Die Luft anhalten. Jeden Schritt einzeln und ihn dir für immer merken. Wiedererkennen jeden Fleck Erde. Manchmal ein Stück Weg, da hat sich unter deinen Füßen die Erde bewegt. Manchmal ein Stück Weg und beim Gehen kaum den Boden berührt, so leicht. Jetzt nur mit ihr, mit Carina, im Gehen das Gewicht, meine Müdigkeit und die erschöpften Schuhe manchmal noch vergessen. Notizzettel, Kugelschreiber. Schon wieder kann der Verfasser seine Schrift nicht lesen! Die eigene Handschrift! Sich selbst! In der Müdigkeit nach dem Schreiben und auf jedem Weg immer neu mir mein Leben . Nur gerade solang du schreibst, ist alles erlaubt, gut und richtig. Und so, daß es keiner Erklärung bedarf. Die übrige Zeit im Belagerungszustand. Verraten. Umzingelt. Und dann wieder auf der Flucht. Milch, einen Liter Milch mit Haltbarkeitsdatum wolltest du kaufen! Oder war das gestern? Jemand anders? Ein früheres Leben? Vom Tag und vom Schreiben erschöpft. Mittag, Nachmittag. Wie betrunken vor Müdigkeit. Grell die Welt, laut, nah und undeutlich. Zerrt an mir. Läßt mich nicht los. Als Kind, schon immer vor dem Einschlafen Stimmen gehört. Wie aus einer anderen Welt diese Stimmen. Beharrlich. Mit unverständlichen Einzelheiten. Und immer dichter um mich herum. Was wollt ihr von mir? Dann im Einschlafen zwischen den Stimmen versinken. Wie in einem Netz. Als ob du darin ertrinkst. Wie eine Karawane der Grüneburgweg jedesmal durch meinen Kopf. Das nimmst du alles mit!

Rund um die Uhr. Vom Morgen an. Jeden Tag wieder. Jeden Tag mit dem Tag in den Tag und am Abend dann noch einmal anfangen. In die Nacht hinein alle Abende. Wo ich auch bin und mit jedem Buch wieder. Immer der gleiche Rhythmus. Am Mittag, am Nachmittag meine sonstigen Angelegenheiten und weite Wege. Die Welt. Sorgen, Post, eine Expedition. Dann zurück aus der Welt und lesen. Im Liegen lesen. Mein kleiner Schlaf und dann fängst du noch einmal an. Sowieso ja auch morgens und abends wie zwei verschiedene Menschen. Mindestens zwei! Und das auch für die Arbeit benutzen. Noch aus Staufenberg, noch aus der ersten Zeit meiner Halbtagsarbeit diese Tageseinteilung. Büro oder Buchhandlung. Aushilfe. Handlanger. Gelegenheitsarbeit. Schriftsteller. Die Morgen zum Geldverdienen. Aber bevor du gehst und auf jedem Weg immer schon den Text der vergangenen Nacht korrigieren. Unterwegs zur Arbeit. Im Bus, im Zug, in der Straßenbahn, S-Bahn, U-Bahn und von Kneipe zu Kneipe. Den Text der vergangenen Nacht und die letzten Seiten davor. Wie auf einen Umsturz hin. Als sei Schreiben verboten. Und je länger ich jeden Tag weiter so, umso kürzer die Pausen. Nicht auf Essen und Schlafen vergessen! Am besten, du schreibst es dir auf! Notizzettel, Karteikarten, Verordnungen, Einkaufszettel und auch wer du selbst bist. Deinen Namen dir in die Hand. Handinnenfläche. Name und Geburtsdatum. Deutlich schreiben! Und dazu Bestandsaufnahmen. Plakate, die täglich wechseln. Immer mehr Plakate! Schreib alles gleich an die Wand! Je kürzer bei Tag die Pausen, umso weniger Schlaf in der Nacht. Schließlich wie auf einem Schiff. Drei bis vier Stunden Dienst. Und dann ein bis zwei Stunden Pause. Dienst, Bereitschaftsdienst, Dienstbereitschaft. Und wer dreht immer wieder die Sanduhr um? Immer weiter. Rund um die Uhr. Als ob jeder Tag zwei-drei Stunden zuwenig. Von Rechts wegen. Von Rechts wegen zwei oder drei Tage mindestens, die du brauchst für jeden einzelnen Tag und die zugehörigen Nachträge.

Und manchmal: Geschrieben, die Welt – alles richtig! Und genau auch am rechten Platz jedes Ding, jeder Augenblick. Und zu seiner Zeit. Am Mittag, am Nachmittag. Die Arbeit anhalten. Wie die Welt sich sacht weiterbewegt. Paradieslicht. Manuskript zusammen. Notizzettel. Die letzten Nachträge. Hemd auf. Aus dem Sofa ein Bett oder Doppelbett. Falls du baden willst, hörst du das Badewasser schon rauschend einlaufen hinter der Wand. Bett, Bücher, Stille. Barfuß durchs Nebenzimmer und sehen, ob vor dem Fenster alles noch da? Geschrieben, den ganzen Morgen geschrieben. Vorhin aus der Welt heim mit vollem Kopf. Und merkst du jetzt, wie sie nach und nach leiser werden und nicht mehr so drängend, die Stimmen, die vielen Stimmen? Wie ein Gefäß, kostbar, ein voller Krug jetzt der Tag in deinem Bewußtsein. Voll bis zum Rand. Soviel Einzelheiten. Und während du schläfst, wird er ausgeleert, dieser Krug. Muß man umgießen! Nur Vorsicht, nur ja nichts verschütten! Aus dem Krug in ein großes Gefäß. Brunnen, Wasserbecken, ein Teich. So still der See dort im Hintergrund, siehst du. Und nur ja nichts verschütten! Keine Einzelheit! Soll nichts uns verlorengehen! Und den leeren Krug wieder aufgestellt, damit er bereit ist, sobald du aufwachst und weiter der Tag. Kann noch einmal anfangen. Bevor du einschläfst, der Himmel ins Zimmer herein, viel Himmel. Noch im Einschlafen manchmal wenigstens denken, daß ich ihn vielleicht doch noch lerne, den Schlaf! Und auch die Stille. Gelassenheit. Frieden. Du wirst es schon lernen! Ins Licht, in den Tag hinein schlafen und beim Aufwachen soll es noch hell sein! Und am Abend die Amsel. Unter dem Fenster. Alle Abende. In der Dämmerung, in einer Pause des Regens. Erst grau und dann grün sind bei uns hier die Märzabenddämmerungen. Bist du jetzt wach? Die Amsel genau wie die Amsel in Staufenberg im

Jahr 1950 im März in den Obstbäumen hinter den Flüchtlingsholzschuppen und in den Fliederbäumen unter unserem Küchenfenster. 1950 und dann jedes Jahr. Immer die gleiche Amsel.
Wer bin ich? Erst im Halbschlaf noch. Wie betäubt. Und dann
wach! Entweder sie ist es und stirbt nicht. Singt durch die Zeit
an vielen Plätzen ihr Lied. Oder hat es von einer Amsel, die es
von einer Amsel hat, die es sich von unserer Amsel in Staufenberg ganz genau abgehört hat. Ton um Ton. Sogar auch die zuge-
hörige Stille. Die Pausen, jeden Tag die genauen und schwierigen
Pausen in ihrem unverdrossenen täglichen Lied. Hinter den
Flüchtlingsholzschuppen die Obstbäume gehören dem Kauf-
ladenbesitzer. Die Fliederbäume unter unserem Küchenfenster
sind Gemeindeamtsfliederbäume. Die gleiche Amsel, von der
meine Mutter jedes Jahr wieder gesagt hat: Wie früher im Frühling in Franzensbad bei uns in der Kaiserzeit.

16

Carina abholen! Sie im Kinderladen abholen und heimbringen. Zittert das Haus? Sibylle beim Gesangsunterricht, im Verlag oder bei ihrer Mutter. Ich wollte Wäsche waschen! Erst nur ein Vorsatz und praktisch. Ein Plan. Dann gleich mir als Zwang, eine fixe Idee! Nur schnell! Die Wäsche in meiner alten Reisetasche aus der Eppsteiner Straße mitgebracht, wo ich jederzeit auch hätte waschen können. Schwer die Tasche und den ganzen Weg mich beeilt. Die Gebrauchsanweisung? In acht Sprachen eine illustrierte Gebrauchsanweisung für die Waschmaschine – noch da? Auch wenn du sie seit Jahren schon auswendig, trotzdem jedesmal erst diese achtsprachige illustrierte Gebrauchsanweisung suchen! Immer wieder! Gehört genau wie der abgelaufene Garantieschein und die vergangene Zeit für immer zur Waschmaschine und zu unserem früheren Leben dazu. Ein Garantieschein mit einer vielstelligen Nummer wie auf einem Scheck, einem Geldschein. Wie ein Lotterielos. Quittung, Garantieschein, Gebrauchsanweisung. Die Illustrationen auch längst auswendig – Bilder für Blinde! Auch wenn du sogar schon im Schlaf weißt, welche Schalter und Knöpfe: immer erst die Gebrauchsanweisung! Wie als Schlüssel und Zauberspruch! Mehrfach! Mit Sorgfalt! Ohne geht es nicht! In der Küche. Eine Stehküche mit Dachfenster. Unsre alte Küche (aber nicht mehr die gleiche Welt!). Mich beeilen! Besessen! Ein Wahn! Das Kontrollämpchen! Wie ein Signal, wie in weiter Ferne ein Schiff und zieht seine Bahn durch deine Gedanken. Alles in Ordnung, bedeutet das Lämpchen, wenn es nicht lügt. Und als ich die Waschmaschine einschaltete und sie zuverlässig zu stampfen anfing, war mir für den Moment, als sei ich erlöst. Als hätte ich seit einer Ewigkeit gerade darauf gewartet, um endlich wieder ruhig atmen zu können. Wie ein Schiff, wie das Meer, wie die Zeit selbst, so rauscht sie und stampft und keucht. Eine heilige Zeitmaschine. Wie früher. Wie damals, als wir sie gerade erst neu gekauft,

Sibylle und ich. Und mußten ergriffen davorstehen. Eigentum! Neu! Sogar mit Garantie. Barzahlung! Garantie und Rabatt. Und die Lieferungskosten. Vor fünf Jahren. Fürs Leben! Im Hinblick auf Carinas Geburt! Unser erstes Kind! Mein erstes Buch! In unserem ersten Jahr in Frankfurt aus Not fünfmal umgezogen und jetzt eine eigene Wohnung! Mietvertrag! Hell und geräumig die Tage! Zu trinken aufgehört! Für das Buch einen Vorschuß! Die erste eigene Waschmaschine in meinem Leben! Sibylle hat sie ausgesucht. Und auf einmal war alles gestern. Zeitmaschine. Zeit läuft. Jetzt einkaufen, Carina und ich. Müssen zweimal, mindestens zweimal! Erst zum Kaiser und dann auf die Leipziger Straße. Immer kommt man und geht. Mit ihr zusammen sind meine Selbstgespräche dann doch keine Selbstgespräche. Die ersten Tüten heimbringen und uns gleich wieder auf den Weg. Mein Kind und hilft mir. Den Müll mit, die leeren Flaschen. Mittagsmüd. Mit vielen Vorsätzen, Taschen, Tüten und Sorgen müd die Treppen hinauf und hinab und im Neonlicht vor Supermarktkassen stehen und warten. Hunger? Kein Hunger? Wie schon gewesen ein Nachmittag. Die Jordanstraße. Der Kurfürstenplatz. Die Zweigstelle der Stadtbibliothek in der Seestraße. Und wie immer die Leipziger Straße. Hin und her auf der Leipziger Straße. Einzelheiten. Wie früher. Als sei nichts geschehen. Alles noch da. Wem erzählst du die Welt? Manchmal am Mittag, am Nachmittag bleibt sie eine Weile stehen, die Zeit. Du merkst es erst, wenn sie ruckt und ruckt und ruckend wieder in Gang kommt. Zittern die Häuser? Nein, sagt Carina, jetzt nicht! Und faßt zum Beweis eine Mauer an. Merkst du es nicht? Sie ruhen sich aus. Jetzt merk ich es auch, sagte ich. Sie ächzen. Sie gähnen. Sie dehnen und räkeln sich. Sich die Augen gerieben, geseufzt, sich zurechtgesetzt. Und wollen mit uns ein Gespräch anfangen. Warten darauf. Wollen als Häuser immer wieder dieselben Sätze. Mehrfach angeruckt und jedesmal wieder zum Stehen gekommen die Zeit. März und immer noch Nachwinter. Durch die Rohmerstraße und wieder nicht nach der Gans gesehen. Gegenüber vom Postamt. In einem Fenster im dritten Stock. Schon seit wir in Frankfurt sind. Für Carina schon immer. Eine Gans. Eine Lampe als Gans. Lebensgröße. Und wir wissen nicht, wer da wohnt. Wenn du nicht drandenkst, kann ich auch nicht drandenken, sagt Carina zu mir. Dann fällt es mir abends erst wieder ein und dann sagt die Sibylle zu mir, ich soll schlafen. Gehen wir lieber zurück und sehen, ob sie noch da ist? Dann wissen wir, daß sie noch da ist! Wenigstens bis zum nächstenmal! Düstere hohe Häuser und wir mit den Einkaufstüten. Die Sibylle, sagt Carina, wenn sie kommt, dann freut sie sich, daß wir schon eingekauft haben. Besonders wenn sie so spät kommt, daß die Läden gleich zumachen. Und weil alles schon bezahlt ist, braucht sie auch nicht wieder sagen, daß alles so teuer ist. Gerade da fiel mir ein, daß die Wäsche auch trocknen muß! Jäh mein Schreck! Wie ein Absturz! Keinesfalls die Wäsche zum Trocknen in der Jordanstraße ins Bad! Lieber sie naß mit! Lieber jedes einzelne Stück so lang herumtragen, bis es trocken ist! Du mußt sie nicht trocknen, sagt Carina. Du mußt sie nur aufhängen, dann trocknet sie sich von allein. Im Hof, sagte ich. Nicht im Bad, im Hof! Ich helf dir, sagt sie. Die Wäsche in den Korb und den Korb ins Gras. Wäscheklammern. Und ich geb dir aus dem Korb jedes einzeln. Genau wie als ob wir das spielen! Und du hängst es, wo die Leine ist, in der Luft an die Leine. Dann brauchst du dich nicht bücken und ich brauch keinen Stuhl. Weil im Hof ja kein Stuhl ist! Die Wäscheklammern, die wir immer zum Schiffspielen nehmen!

Bleich ein Tagmond. Schon mehr als die Hälfte. Sind in der Bibliothek gewesen, sie und ich. Und kommen jetzt auf den Kurfürstenplatz. Düster, ein stiller Tag. Mir war, als ob sie mich führt. In der Mitte der Brunnen. Abgestellt. Leer. Um den Brunnen die Tauben. Langsam. Mit kleinen Schritten. Immer langsamer. Bleiben gleich stehen. Uhrwerk abgelaufen. Batterie leer. Die mit Batterie sind die neuen Modelle. Zucken noch. Müssen mehrfach noch anrucken und dann ist es still. Stehengeblieben. Fangen zu rosten an. Und die in der Luft? Mit Fernsteuerung! Wenn er aufhört und legt die Fernsteuerung aus der Hand, fallen sie aus dem Himmel. Aber wer? Der mit der Fernsteuerung, der damit spielt. Wenn er auch noch die Schwerkraft abschaltet, bleiben sie in der Luft hängen. Dann wird die Luft eingesammelt. Kein Wasser im Brunnen. Schon seit Dezember kein Wasser im Brunnen. Wie ein Strandpavillon der Kiosk am anderen Ende. Ein vergangener Ferientag. Eine Postkarte und ein Muschelkästchen als Andenken. Erst noch das Andenken, dann die Erinnerung an das Andenken. Bunt der Kiosk, frisch gestrichen. Geschlossen. Das Büdchen ist zu, sagt Carina. Beim Büdchen ein Kriegsrat von jungen Türken und der Mond schon fast voll. Still ist es, dunkel, ein trüber Tag. Und am Rand dort die Kinder? Kommen sie? Gehen sie? Auf die Bank, sagt Carina. Komm! Auch ohne Sonne! Auch wenn der Brunnen nicht geht! Hier auf die Bank, du und ich, und die neuen Bibliotheksbücher ansehen! Nein, nicht *die* Bank! Das ist doch die Menschenfresserbank! Wollen da nicht mehr sitzen! Nur ein Spiel, sagte ich, du hast mitgespielt. Ja, aber dann ist die Frau gekommen und du hast ausgesehen, als ob du sie wirklich frißt! War es eine arme Frau? Sie sah meiner Mutter ähnlich, sagte ich. Jetzt, wenn ich dran denke, wird sie ihr immer ähnlicher. Du hättest sie aber nicht fressen dürfen, sagt Carina. Ich hab sie doch auch nicht gefressen! Ja, aber du hättest es auch nicht gedürft! Erst war es noch gespielt, aber dann hast du wirklich so ausgesehen! Wie meine Mutter als Löwe, sagte ich. Man mußte nur zu ihr sagen: Spiel, daß du ein Löwe bist! Und sofort wird sie ein Löwe! Geht als Löwe gefährlich im Zimmer herum. Knurrt, brüllt ein Löwengebrüll und schüttelt den Kopf, schüttelt ihren Löwenkopf durch die erschrockene Luft. Schwarze Locken. Sobald sie ein Löwe ist, eine richtige Löwenmähne. Manchmal auf allen vieren. Kriecht, hebt den Kopf, duckt sich und zerrt mit den Zähnen an mir. Löwenaugen. Ich wußte, sie ist meine Mutter, aber je länger sie spielt, umso echter. Blaue Augen. Die dunkelsten blauen Augen, die ich überhaupt je bei jemandem sah. Gerade die Augen machen, daß ich denke, sie weiß es nicht mehr. Sie ist wirklich ein Löwe! Und muß sie schnell rufen! Immer wieder! Oft muß ich lang rufen, bevor sie wieder ein Mensch wird und meine Mutter! Wie alt warst du? fragt Carina. Schon in Staufenberg, also vier. Auch mit fünf noch. Aber ist nicht dein Vater der wirkliche Löwe? Der war noch nicht aus dem Krieg zurück. Ich hab ihn danach erst kennengelernt. War niemals jemand dabei? Nein, sagte ich. Nur immer sie und ich. Wir spielten es nur, wenn sonst niemand da war. Deshalb war es ja so gefährlich!

Auf der Bank. Ist dir kalt? Leute mit Taschen und Plastiktüten über den Platz. Meistens Ausländer. Männer und Frauen und schon nicht mehr jung. Griechen, Türken, Jugoslawen. Aus Spanien auch, aus Portugal, aus Marokko. Vom Einkaufen. Von der Arbeit heim. Zur Straßenbahn und zum Westbahnhof. Müd auf den Abend zu. Und wo werden sie wohnen? Über den leeren Platz und der Kies knirscht. Als kämen sie immer wieder vorbei, immer die gleichen, so knirscht jedesmal wieder der Kies. Wie wir warten! Der Frühling? Kein Frühling? Ein Penner mit seinem Bündel und mit vier Plastiktüten vorbei. Mit Hut. Sucht sich selbst, sucht schon länger. Der türkische Kriegsrat in alle Richtungen weg. Am Rand dort die Kinder. Würden gern ein Feuer anzünden. Gern über den Rand hinaus und sehen, wie dort die Welt und am liebsten dann selbst jemand anders. Sollten längst heim, längst auf dem Heimweg, längst schon daheim sein. Schulaufgaben, räum dein Zimmer auf, pack den Ranzen für morgen früh, Abendessen, im Fernsehen das Fernsehen. Und müssen weiter hier stehen, die Kinder, können nicht weg. Die Sibylle kann ein Pferd. Auch ein wildes Pferd, sagt Carina. Aber Löwen, die kann sie nicht. Kann nicht die Edelgard, sagt sie, jetzt hier über den Platz auf uns zu? Und zeigt mit der Hand.

Oder durch die Seestraße? Hätten sie anrufen können, sagte ich. Bald, du wirst sehen, bald jetzt die ersten warmen Tage! Wir holen sie ab und gehen mit ihr bei den Gärten am Bahndamm entlang. Ins Eiscafé auch. Das Eiscafé in der Friesengasse. Und auf den Platz mit den bunten Wagen. Alte Bauwagen sind es und Zirkuswagen. Jetzt dauert es nicht mehr lang! Erst Frühling, dann Sommer! Wollen wieder im Gras sitzen. Sogar hier in der Stadt auf dem Kurfürstenplatz. Löwenzahn. Gänseblümchen. Süß das städtische Heu auf der Wiese. Im Gras und auch dort im Sand, sagt Carina. Wenn dann wieder Sommer ist, lesen wir die Bibliotheksbücher wieder gleich hier auf dem Platz aus. Und essen jeden Tag Erdbeeren und Kirschen dazu. In der Sonne. Süße schwarze Herzkirschen aus der Wetterau. Eine große Tüte voll Kirschen und jeder Kirschkern fängt eine Reise an, ein Vagabundenleben. Ist das, bevor wir dann fahren? Ja, sagte ich, vorher schon. Bevor uns der Sommer dann mitnimmt. Zu den Walderdbeeren und Heidelbeeren und Himbeeren. Wird ein Waldbeerensommer. Komm, es ist kalt! Eine Amsel. Hörst du die Amsel? Wieder März und bald Abend. Kalt? Abendkühl? Bis ins Herz. Wie aus Glas jetzt der Mond. Eine Lampe aus hellem Glas. Bis es ganz dunkel und er dann silbern, das weißt du ja, sagte ich. Und sieht aus, als ob er uns sieht. Siehst du es auch? Sie ist mein Kind und wir haben zusammen kein Haus. Die Tüten und Gedanken zusammen. Und schwer beladen uns auf den Weg machen. Und immer komm sagen, komm! Gehen, der Kies knirscht. Vor uns flattern Tauben auf. Hat doch weitergespielt, sagt sie, der immer mit allem spielt! Der schläft nicht, der spielt und spielt!

Wohin? Warum gehst du hier? Straßenecken, eine Telefonzelle. März und bald Abend. Meinen Freund Jürgen anrufen, weil er mich nicht erreicht hat. In der Jordanstraße nicht und in der Eppsteiner Straße auch nicht. Da und dort, mehrfach nicht. Und ihn auch nicht erreichen. Auch vorher schon, schon am Nachmittag nicht. Auch gestern schon nicht. Gestern und vorgestern. Am besten, du gehst zu ihm hin. In der Schloßstraße ein neues gelbgekacheltes Apartmenthaus mit Tankstelle, Tiefgarage und Fahrstuhl. Klingeln, nichts regt sich! Klingeln, immer nochmal und noch einmal klingeln! Das Haus verzieht keine Miene! Ich stand: kann nicht weg! Auf und ab vor der Haustür. Schon im voraus, schon unterwegs mit ihm ein Gespräch angefangen! Und jetzt? Sooft ich zu gehen anfing, immer nochmal zur Haustür zurück! Den ganzen Tag, ja seit Tagen schon mit meinem Leben, mit allen Plänen und Gedanken auf diese Haustür zu oder jedenfalls kommt es mir vor der Haustür so vor und jetzt ist er nicht da! Vor der Haustür. März und Abend. Noch hell. Eine Straßenbahn klingelnd vorbei. Eine Achtzehn nach Praunheim. Kannst nicht bleiben, nicht gehen, nicht bleiben! Es zieht dich, du weißt nicht wohin. Endlich auf Widerruf ein paar Schritte – nirgendshin! Nur um zu sehen, wie es weitergeht und was aus mir werden soll. Da kommt er! Vor meinen Augen! Direkt aus dem Elba! War vorher im Pelikan. Will ins Bastos. In allen Kneipen, sagt er, such ich dich schon! Vor dem Eingang vom Elba jetzt, er und ich. Unter dem hellen schweigenden Vorabendhimmel. Mit leeren Händen. So ein praktischer Zufall. Er hebt die Hand an die Stirn, als ob er einen Hut sucht. Und über uns weiß der Mond. Gleich ins Elba nochmal. Du warst nicht daheim, sagte ich. Auch schon angerufen, schon öfter. Du mich ja auch. Den Nachmittag mit Carina. Sie heimgebracht. Wieder März. Ein Märzabend und noch hell. Soll ich jetzt einen Espresso oder einen Bitterino? Und du? Im Elba. Erst an der Theke, dann doch einen Tisch am Fenster. Kaum Gäste. Noch zu früh für den Abend. Das Elba im Sommer ein Eiscafé, die übrige Zeit Pizzeria. Wird nach und nach jetzt ein richtiges Restaurant. Speisekarten, Kerzen, Tischdecken, Weinflaschen, Garderobe, Gardinen und Übergardinen. Ein Frankfurter Italiener. Silberne Salzstreuer. Karaffen mit Öl und Karaffen mit Essig auf jedem Tisch. Kristallstöpsel auf den Karaffen. Die Kellner mit Begeisterung. Müssen immerzu Kellner-sein üben. Wie für eine Fernsehserie. Weißt du noch, wie du früher, sagt Jürgen, immer drei oder vier Getränke gleichzeitig vor dir auf dem Tisch? Besonders beim Schreiben. Aber jederzeit auch in allen Kneipen. Wo kommst du her? Hast du Zeit? Der Wirt heißt Rocco. Aus Kalabrien. Und gerade erst wieder dortgewesen. Hätten wir Mäntel angehabt, er hätte uns als Wirt gleich geschickt aus den Mänteln geholfen. Aktenköfferchen, Hut, Mantel, Schal, den Börsenkurier und wie geht das Geschäft? Neuerdings eine Garderobe mit Kleiderbügeln und Hutablage im Elba. Und jeden Schirm in den Schirmständer. Bitterino und Espresso für mich. Und Jürgen noch einen Averna. Mein Bitterino mit Zitronenscheibe und wie ein Campari so rot. Mit Carina, sagte ich, den Nachmittag und bis jetzt. Ich weiß nicht, was schlimmer ist? Die Wohnung mit Sibylle oder die Wohnung ohne Sibylle? Oder nicht in der Wohnung und nur aus der Ferne hindenken? Das Telefon klingelt. Der Wirt gleich zum Telefon. Er ist hier der Chef, sagte ich. Aber heißt der andre nicht auch Rocco? Stimmt, sagt Jürgen. Vielleicht kommt er noch. Oder ist in Sizilien. Spricht immer von Sizilien. Ähnlich sehen sie sich auch. Gut mein Espresso. Napolitanisch. Und dann den Bitterino, als sei es Campari. Vielleicht heißen beide Rocco und fahren abwechselnd nach Italien? Verschwägert? Verwandt? Aber nicht Brüder, keinesfalls Brüder! Und schon gar keine Zwillingsbrüder! Wie sollten denn auch zwei Brüder den gleichen Vornamen haben?

Vor vier Wochen hier mit Edelgard schon einmal das gleiche Gespräch. Sogar auch am gleichen Tisch, sie und ich. Einen Abend im Februar. Mitten im Winter noch. Draußen lag hoher Schnee. Müssen den Gigi fragen, sagten wir damals. Sowieso, sagt Jürgen, ich dachte, ich treffe ihn hier. Kommt oft nach der Arbeit hierher. Oder hat Nachtdienst, dann kommt er vorher. Noch hell draußen. Schon März. Bleibt noch lang hell. Eine Straßenbahn, eine Achtzehn. Lang an der Haltestelle. Dann weiter stadteinwärts. Weißt du noch, sagte ich. Muß Anfang Februar. Als ich vom Zahnarzt kam. In der Myliusstraße die Zahnärztin, die du auch kennst. Rechts unten den Weisheitszahn raus. Eine tiefe Wunde. In der Jordanstraße untröstlich Carina ins Bett gebracht. Ein Schlafanzug mit Marienkäfern. Noch Schnee und schräg eine silberne Mondsichel. Wie aus einem Schmuckgeschäft. Und du und Edelgard, ihr habt mit dem Abend hier auf mich gewartet. Nur ein paar Tage vorher mit Schreibmaschine, Manuskript und Bettdecke mein Umzug aus der Jordanstraße in die Abstellkammer. Der fehlende Weisheitszahn. Mund voll Blut. Mein Mund eine einzige Wunde. Zehn Tage später beim zweiten Zahn Vollmond und alles noch schlimmer. Erst Weisheitszähne, dann nicht mehr. Leer, je ein Loch, eine Wunde, ein Abgrund. So tiefer Winter kann jetzt nicht noch einmal! Hast du sie gesehen? fragt er. Meint Edelgard und will ihren Namen nicht aussprechen, hält das nicht aus! Heute nicht, sagte ich. Letzten Samstag, Carina und ich. Wie heute. Ein trüber Tag. Sind mit ihr im Stadtwald gewesen. Am Waldrand, es ist ja kein echter Wald. Furchtbar, sagt er und spricht die ganze Zeit ihren Namen nicht aus. Oft ist sie wochenlang furchtbar. Jetzt schon lang. Daß sie bei dir nie so ist! Meistens, sagte ich, meistens sind die Menschen gut zu mir! Angeblich war es der Stadtwald. Wollen bald zu ihr, Carina und ich. Sobald nächstens die Sonne. Wenn es warm wird. Muß doch jetzt! Immer im März gibt es in Deutschland ein paar erste warme Tage. Wollen dann mit ihr in die Sonne, Carina und ich. Wieder das Telefon. Als sei es für uns. Die Leute rufen an und bestellen Pizza zum Abholen. Essen im Büro oder vor dem Fernseher. Manche im Auto. Manche ein Auto mit Fernseher. Wie eine Zigarrenkiste ein kleiner Kasten vorn rechts auf dem Armaturenbrett. Fußball. Bundesliga. Ein Länderspiel. Sitzen und kauen. Fernsehkrimis, Werbung, die Tagesschau, eine Talkshow, sitzen und kauen. Deutschland, Europacup, Weltmeisterschaft. Schon Mitte März und bald Vollmond. Hast du Zeit? Hast du eine Handvoll Geld? Zeit und

Geld und Hunger und Durst? Können ja gleich hier vor der Tür unser Geld zählen, sagte ich. Am besten, man zählt es zwei-dreimal und fortan dann jede Stunde nochmal. Als ob wir dafür auf der Welt. In der Zwischenzeit alle Zahlen im Kopf, aber zur Sicherheit auch noch schriftlich. Was für eine Niederlage, daß es uns nicht gelungen ist, das Geld abzuschaffen! Noch nichtmal das geschafft! Aber haben auch keine Ersparnisse. Noch früh, der Abend wartet. In die Stadt, in die Stadt! Er bezahlt und gibt mir vierzig Mark. Auch schon lang nicht mehr im Jazzkeller gewesen. Schreiben dem Gigi einen Bierdeckel, den der Wirt für ihn aufhebt. Und falls er heute noch kommt und hat Zeit, kann er nachkommen. Und wenn er in drei Tagen erst kommt, weiß er, daß wir hier waren und an ihn gedacht haben. Sogar auf ihn gewartet. März. Ein Märzabend. Frankfurt am Main. Eine Straßenbahn. Autos. Verkehrsampeln. Viele Lichter im Abend. Hätten wir Mäntel mitgehabt, der Wirt hätte jedem von uns bei der Garderobe in den richtigen Mantel hineingeholfen. Hut und Schal nicht vergessen? Keinen Mantel, keinen Hut, keinen Schal, keinen Aktenkoffer und auch kein Geschäft. Nicht einmal Autoschlüssel. Nicht einmal eine Familie. Also auch keine Grüße an die Familie. Trotzdem schönen Abend noch! Komm, gehen wir ein Stück zusammen!

Erst zu ihm. Muß erst dies und das noch. Wichtig! Sortieren, einstecken, zusammensuchen. Sich selbst suchen. Die Gedanken zusammen. Gleich, sagt er, gleich soweit. Du weißt, das Leben ist kompliziert. Was er alles einstecken muß. Erst finden, dann einstecken. Und sucht eine Schallplatte. Miles Davis. Hast du Hunger? Möbliert. Ein großes möbliertes Einzimmerapartment mit angegliederter Küchenzeile. Fenster zum Hof. Eine Fensterwand. Möbliert oder teilmöbliert. Küchenzeile, Einbauschränke, Wandregal, Teppichboden. Pflegeleicht. Im Vorraum als Vorraum ein Vorraum mit Sprechanlage, Feuerlöscher, Garderobe und Schuhständer. Ein Fluchtplan mit Notausgang. Ein Thermostat. Wenn es still ist, hört man den Aufzug fahren. Zittert das Haus? Teppichboden. Die angegliederte Küchenzeile mit Kacheln und Neonlicht. Pflegeleicht und funktionsgerecht. Als Bad eine Dusche und alles komplett. Eingebaut. Inbegriffen. Möbliert. Möbliert oder teilmöbliert. Nie vorher so, sagt er. Nie gedacht, daß man so wohnen kann. Nimmt Bündner Fleisch für mich aus dem Kühlschrank. In Scheiben. Abgepackt. Plastikfolie mit Haltbarkeitsdatum. Die Packung schon offen. Und ich gleich im Stehen. Mit den Händen, mit beiden. Direkt aus der Packung. So bin ich. Mit Blick in den Hof. Kauen. Auf und ab, hin und her. Bündner Fleisch und gut kauen. Eine Sommersennhütte. Bergkühe. Sommer. Der Sommer kommt aus dem Tal herauf. Friedliche Weiden. Im Stehen. Mit den Händen. Gierig kauen! Hungrig und dazu die Freude! Dick Salz drauf, viel Salz. Ich wußte, es ist ihm ein Greuel. Warum nimmst du nicht einen Teller, ein Tablett und ein Schneidebrettchen? Hier ist ein Schneidebrettchen aus Marmor. Servietten. Miles Davis und Kerzenlicht. Geduld, Appetit und die ersten Radieschen, Butter und Brot. Im Sitzen. Als Gast. Nicht Geist, sondern Gast. Mit Anstand, Besteck und Beistelltischchen. Dieser Sessel ist am bequemsten, sagt er und muß dazu eine passende Handbewegung. Jedes Radieschen erst waschen, dann trocknen, dann schälen und dann mit Messer und Gabel. Servietten auch. Ich hätte dir alles gekonnt serviert. Ich als Gastgeber und Gastronom, beinah ein gelernter Koch, der in Frankreich ein französisches Restaurant betrieben hat. Eigenhändig. Erst gegründet und dann betrieben. Und lebenslang Sohn einer höheren Tochter und Oberstaatsanwaltswitwe mit Lyzeumsabschluß. Offizierswitwe. Alle Väter sind tote Kriegshelden. Und Oliven und Gurken keine? Kräuter, sagt er, frische Kräuter. Immer ein paar Blumentöpfe und Plastikschalen mit Dill, Kresse, Basilikum, Rosmarin, Schnittlauch und Petersilie auf der Fensterbank. Sogar hier! Früher beim Gärtner nur. Inzwischen in jedem Supermarkt. Muß Riesenmengen davon, sagt er. Höchstwahrscheinlich hauptsächlich aus Wasser, Chemie und Kunstlicht, aber sehen echt aus, grün und adrett. Neuerdings auch in aufgeweichten verdrückten giftgrün gefärbten Pappkartonschachteln mit Aufdruck. Mehrsprachig. Färben im Regen ab. Setz dich doch, sagt er. Anstand. Manieren. Erst gastronomisch garniert, dafür gibt es Regeln, dann geschickt und geschmackvoll serviert. Erziehung. Kultur. Sogar aus Anstand meinerseits auch ein paar höfliche Bissen mit und aus dem Gedächtnis zu diesen höflichen Bissen ein paar Fragen und Antworten über die Oper als Bauwerk, Erlebnis, Kulturgut und wieviel sie uns kostet. Gut kauen! Plauderton. Wie geht es Ihnen? Wie finden Sie? Was meinen Sie dazu? Nicht den Mund zu voll! Und immer komplette Sätze! Fragen auch! Auf Wunsch sogar die eine und andere eigene Meinung. Nur immer in ganzen Sätzen. Dazwischen darf man sich den Mund abtupfen, jeder seinen. Wie heißen die Fingerschalen mit lauwarmem Wasser und einer halben Zitrone, heißen sie Fingerschalen? Wem die Gabel hinfällt, der kriegt eine neue Gabel. Außer es hätte außer ihm keiner gemerkt. Dann kann er sie auch am Tischtuch abwischen. Ja, sagte ich, ja, ich weiß. Aber kann nicht anders. Keine Geduld. Schon länger jetzt keine Geduld. Kann sitzen nur noch beim Schreiben! Und vielleicht noch im Zug, das muß ich noch ausprobieren. In der U-Bahn steh ich schon lieber. Beim Essen auch. Vielleicht nie mehr Geduld! Hungrig. Ein Wolf. Und muß weiter. Den Horizont im Blick. Immer auf den Horizont zu. Das Buch. Muß weiter, nur weiter. Meine Mutter war Putzfrau und ich bin ein Wolf. Das Buch wird mein drittes Buch. Gut kauen! Besonders wenn man eine Weile lang nichts oder fast nichts gegessen hat, muß man gut kauen! Wenn du noch ein Stück Käse jetzt? Gorgonzola, Roquefort, Camembert? Was da ist. Nur schnell! Her damit! Und direkt in die Hand! Aus der Hand in den Mund! Brot nicht, aber Salz, viel Salz! Und dann nicht die Hände waschen. Sehen wo es mich hindenkt mit vollem Bauch. Sobald ich erst satt bin! Du ißt zuviel Salz, sagt er. Schon mein Leben lang, sagte ich. Mir ist es nicht zuviel! Warum ist alles abgepackt? Aus dem Kaufhof, sagt er. Aus der Delikatessenabteilung im Kaufhof. Wildpastete, Räucherlachs, Kaviar, Parmaschinken. Den besten Käse. Kann man gut einstecken. Immer in Eile. Aber höflich und ohne sich vorzudrängen. Und zahlt an der Kasse nur den deutlich sichtbaren Joghurt, die Eier und zwei Liter Milch. Sind die Eier auch wirklich frisch und vom Land? Und einen schönen Tag noch! Manchen Angestellten, wenn sie keine Prämien kriegen, ist es schon egal! Wußtest du, daß es im Kaufhof griechischen Schafsjoghurt gibt mit griechischen Buchstaben drauf? Und kommt aus der Eifel. Nein, nicht aus der Eifel. Von der schwäbischen Alb. Karola ist aus der Eifel. Soll ich dir nicht doch Messer und Gabel? Und wenigstens jetzt, nachdem du gegessen hast, noch einen Imbiß als Imbiß anrichten? Dünn warst du immer schon. Kaum zu glauben, daß du jeden Tag ißt. Mich endlich um Geld, sagt er, kümmern! Allein die Miete hier mehr als fünfhundert im Monat. Und dann kommt eine Rechnung für Heizung, Nebenkosten und Umlagen. Geliehenes Geld. Auch hier raus. Sowieso. Ungeduld. Keine Ruhe. Ich auch, sagt er. Die Tage, die Nerven. Ich rauche fast schon wie du soviel. Die meiste Zeit von Kneipe zu Kneipe und dabei noch in Eile. Sorgen. Kein Geld. Es ist schon weg, bevor man es hat! Und essen nur nebenher. Meistens im Stehen eine eilige Stehpizza in einer Stehpizzeria. Die meisten Stehpizzerias in Abbruchhäusern. Winter. Nachwinter. Die meiste Zeit Abend. Immer länger die Abende jetzt. Immer mehr Abbruchhäuser. Gestern bin ich mit der S-Bahn in Darmstadt gewesen. Schon März und noch dunkel das Land. Mich endlich jetzt kümmern bald, sagt er. Und du? Nur zu Gast, sagte ich. Nur zu Gast und in Wahrheit ein Wolf. Vielleicht geht es noch eine Weile. Schreiben, das Buch weiter und Carina jeden Tag sehen.

Er hat oft mich mit Essen, Zeit, Geld, Tisch und Bett versorgt. Und mir zugesehen beim Schreiben. Noch vor der Zeit mit

Sibylle. Mein erster Leser. Mit Musik, Papier, Schreibmaschine, mit Gegenwart mich versorgt. Zigaretten, vier Wände, Lampen, eine warme Jacke, ein Fenster. Den Wein für den Tag und den Wein für die Nacht. Kauft jeden Tag ein oder klaut das Zeug. Kocht. Geht mit mir auf die Post, in fünf Kneipen, den Bahndamm entlang und durch viele Tage und Bücher und Länder neben mir her. Bis hierher, bis heute. Jahre, Jahrzehnte. Vor vielen Jahren einmal an meinem Geburtstag ihn kennengelernt. Damals war ich siebzehn. Denke ich jetzt daran, ist es ein langer Sommer gewesen. Und dann? Und weiter? Viele Leben. Er auch. Zuletzt mit Pascale in Eschersheim. Eschersheim, wo es zum Vorort wird, wenn man von der U-Bahn kommt. Erst noch ein Vorort, dann beinah schon ein Dorf. Pascale aus Lyon. Aber eigentlich aus einer Kleinstadt nicht weit von Macon. Seit Edelgard seine erste Liebe. Die erste, die er sich selbst glaubt. Drei Jahre dort. Drei Jahre in Eschersheim, er und Pascale. Drei gute Jahre. Dann mit ihr nach Frankreich, wie sie es sich immer gewünscht hatten, beide. In den Süden, in die Provence. Nicht ans Meer, aber auch nicht zu weit vom Meer. Eine Kneipe aufmachen, ein Restaurant. Und auch genau den richtigen Ort gefunden. Barjac heißt der Ort. Alles richtig, alles wie sie es wollen. Wie selbst ausgedacht. Jeden Tag wieder richtig. Und nach einem Jahr sich getrennt, sich für immer getrennt. Und hätte doch gutgehen können. Als alles vorbei war, wußte er es genau. Gleich, sagt er jetzt, gleich soweit! In die Stadt oder erst noch Miles Davis und Tee? Darjeeling first flush. Der beste Tee, sagt er mit Begeisterung. So wie Carina einmal zu mir gesagt hat: Merk dir, Peta, das sind auf der Welt die besten Lutscher! Und zwar in Barjac vor dem Bäckerladen. Eigens hingetrampt, Sibylle, Carina und ich, um Jürgen und Pascale in Barjac zu besuchen und damit wir sehen, daß alles wirklich ist und da und vorhanden. Letzten Sommer. Ein Junimorgen, der Sommer fing eben erst an. Der beste Tee und keiner kann ihn so kochen wie ich, sagt er. Jedenfalls kein Europäer. In Frankfurt schon gar nicht.

Hör dir Miles Davis an! Schon seit Tagen jetzt wieder die gleiche Platte! Genau wie vor zwanzig Jahren in Gießen, sagt er und meint sein altes Dachzimmer in der Wilhelmstraße. Miles Davis und Gene Krupa. Das Wasser kocht, der Tee fängt zu ziehen an. Wir hören den Aufzug fahren. Das Haus zittert und mein Herz tut mir weh. Genau wie im Januar schon und im Februar, als wir hier mit den Zeitungen saßen und in den Anzeigen keine einzige Wohnung, an die wir hätten glauben können. Keine Tasse, ein Glas, sagte ich. Er weiß schon, daß ich Tee nur aus Gläsern trinke. Wieder den Aufzug hören und benommen, wie blind den Teppichboden betrachten. Mein Herz zittert. Warum hier? Wie eben erwacht und du weißt nicht gleich, wer du bist (wer du sein sollst). Tee, noch mehr Tee. Jürgen am Fenster. Jetzt, sagt er, jetzt hast du müd ausgesehen. Für einen Moment so müd wie noch nie! Noch vom Winter, sagte ich, der gilt jetzt nicht mehr. Er dreht die Platte um. Eine alte Platte. So oft gehört, daß wir das Knarren sogar und jeden Kratzer seit Jahren schon kennen und jedesmal wiedererkennen. Gehört zur Musik mit dazu. Miles Davis. Time after time. Nur zu Gast, sagte ich. Oder hatte es vorher gesagt. Iß jeden Tag, sagt er und zählt sein Geld. Jetzt nehmen wir eisern nicht mehr als die Hälfte. Das letzte Geld. Mit in die Stadt diese Hälfte und die andre Hälfte bleibt hier. Beide Hälften gleichviel. Die andre Hälfte als Zukunft unangerührt in den Umschlag zurück. Und den Umschlag wohin? Wohin mit der Zukunft? In die Schublade, in den Schrank, in die Blumenvase? Ist alles zu einfach, also wohin? Soll man es unter dem Teppichboden vergraben? Weißt du noch, wie wir als Räuber jeden Tag? Ein Räuberleben! Sorglose Räuber! Nie mit Geld zurechtgekommen, sagt er (schon immer stolz darauf, daß er nicht rechnen kann!). Es reicht nie. Wird auch immer schwerer, überhaupt noch Geld aufzutreiben. Bevor wir gehen, noch andere Schuhe an, sagt er. Überall Zeitungen. Zeitungsstapel. Muß dringend ausziehen. Kann hier immer nur hastig eilige Gedanken denken, sagt er, immer die gleichen. Gegenwart? Zeit? Eine

Wohnung für Fremde. Am Fenster stehen. Hinterhöfe, Garagen, zwei Pappeln, noch kahl. Abend, März, Dämmerung. Frankfurter Mietshäuser. Und die Amsel? Jetzt eben noch? Hast du es nicht auch gehört? Hat eine Amsel gesungen oder war das nur in meinem Gedächtnis? Als du eben so müde warst, sagt er, oder ein anderer Abend? Meinst du, es ist immer die gleiche? Klar, sagte ich, alle Abende. In jedem Hof. Immer mindestens eine. Überall wo wir sind. Jeden Abend im März. Die erste in Staufenberg, da war ich sieben. Bei uns unterm Küchenfenster. Wir sind gerade erst umgezogen. Der Frühling, bevor ich sieben wurde. Gleich soweit, sagt er. Stellt erst seinen linken, dann den rechten Fuß auf die Heizung und wischt seine Schuhe mit einem Lappen ab. Das Schuhputzen geht auf meine Mutter zurück, sagt er, weißt du ja. Eigentlich auf meine tote Großmutter. Der ganze Familienterror, sagt er und putzt seine Schuhe. Jahrelang als gefährlicher Terrorist im Untergrund und auf allen Fahndungslisten und sich immer mit Sorgfalt die Schuhe geputzt. Tag für Tag. Mehrmals täglich. Gestern in Darmstadt bei meiner Mutter, sagt er. Den ganzen Tag bei ihr gewesen. Jetzt ist sie alt und fast schon wieder ein Kind. Und immer noch meine Mutter und ich hab keine Wörter für sie. Aus dem Haus er und ich, der Himmel noch eben hell. Bündner Fleisch, Lachs und Wildpastete gegessen. Camembert, Gorgonzola, Radieschen, Butter und Brot. Nur drei Oliven und zwei kleine Essiggurken haben gefehlt. Und wo steht er jetzt, unser heutiger Frankfurter Mond?

17

Aus dem Haus und hinein in die Märzabenddämmerung. Er von Edelgard, ich von Carina. Nicht auf die Straßenbahn warten, sagten wir, lieber zu Fuß. Zu Fuß und mit vielen Wörtern! Er von Edelgard und Pascale. Ich von Carina und von meinem Buch. Zwei Straßenbahnen klingelnd an uns vorbei. Er von Barjac und Pascale und von Edelgard und Besino. Besino ist vierzehn, sein Sohn und Edelgards Sohn. Von Besino und Edelgard und von Günter, dem Mann mit dem sie jetzt lebt. Auf dem Campus Papierfetzen, alte Plakate, Müll und der Wind. Jetzt am Abend ein grauer zottiger Niemandslandwind. Beton, Steinplatten, leere Fenster. Hier zieht es immer. Der Brunnen ist abgestellt. Über den Campus und zwei Pennern begegnen. Jedem eine Mark und zwei Zigaretten. Noch kalt, sagen sie, jetzt die Nächte. Bald Vollmond und Dankeschöndankauch! Immer mehr Bettler und Penner, sagten wir zueinander und weiter durchs Westend. Lang durchs Westend, Jürgen und ich. Er von Pascale und Barjac und von Portugal, wo er mit Edelgard, Günter und Besino, nachdem er aus Barjac zurück. Ich von Carina, von mir und von meinem Buch. Kein Geld, keine Wohnung, kein Einkommen. Vom Schreiben, von mir und Carina. Und kein Wort von Sibylle. Immer wieder kein Wort von Sibylle. Lang durchs untere Westend, er und ich, dann über den Opernplatz. Da hat wie immer der Himmel mich angesehen. Und kommen in die Kleine Bockenheimer Straße, eine enge Gasse, in der schon die Nacht wartet. Nacht und Stille. Und wir an den Mauern entlang durch die Stille von Eingang zu Eingang. Noch früh. Vielleicht auch der falsche Abend. Nicht Mittwoch heut? Mittwoch oder Donnerstag? Noch von damals das Echo der Stimmen? Mensch, wie auf Wallfahrten sind wir hierhergekommen. Weißt du noch? Von allen Seiten Musik. Vor allen Eingängen Autos mit offenen Türen. Die meiste Zeit Sommer und Samstagabend oder der Sommer steht vor der Tür. Vorher die ganze Strecke auf der B 3 getrampt. Oft ja den halben Weg zu Fuß. Mit dem Samstagabend lang durch die Dörfer. Wir hatten uns unterwegs in einem Dorfladen hinter Friedberg ungeschickt und erwartungsvoll zwei Flaschen Wein gekauft. Jeder Abend ein Vorabend der Verheißung. Montag ist weit. Und wollen sehen, wer jetzt als nächster mit seiner Lebensgeschichte daherkommt und hält und uns mitnimmt. Also damals. Gestern, sagte ich, alles gestern. Und die zwo Penner vorhin. Kam dir nicht auch vor, daß sie uns ähnlich sehen? Oder denkt man das immer? Oder bin das nur ich, der das immer denken muß? Hin und her in der engen Gasse und dann in den Jazzkeller. Gerade erst aufgemacht oder sind noch beim Aufmachen. Wer spielt? Spielt jemand? Live Musik? Keine Live Musik heute? Hier soll eigentlich das Programm liegen, sagt der, der beim Eingang steht und nicht weiß, ob es heute Eintrittsgeld kostet. Ist Mittwoch? Ich bin heut den ersten Tag erst aus Schweden zurück, sagt er, *und* Grippe! Und wir stehen eine Weile beim Eingang. An der Wand die alten Plakate. Muß erst neue Glühbirnen, sagt er, überall reinschrauben! Immer kommt man und die Glühbirnen sind kaputt. Vielleicht ist er Schwede. Schon lang hier. Ein Schwede, der ziemlich gut deutsch kann. Und hat die Grippe sich auf der Fähre. Er kramt hinter der Tür in großen Kartons und wir stehen bei der Treppe. Dann die Musik lauter und von innen noch einer, der dazugehört. Was ist das für eine Platte? fragen wir ihn und er sagt, ich weiß nicht, geht nachsehen und kommt nicht zurück. Wie es hier immer noch nach Keller riecht, sagte ich. Schon immer. Die alten Steine. Genauso ein beständiger alter Steinkellergeruch wie in Staufenberg im Oberdorf bei den ältesten alten Häusern. Ein alter Nachtgeruch, ein Geheimnisgeruch. Am meisten im Herbst. Häuser mit Lehm- und Häuser mit Felsenkellern. Aus dem Mittelalter. Besonders die Häuser, die um die Burg herum an der Stadtmauer stehen und sind in den Berg hineingebaut. Die haben die tiefsten Keller und stehen am Rand des Felsens unter dem Himmel. Das Dorf steht auf einem

Basaltfelsen. Aber jetzt wird dort alles zugebaut. Dann ist die Platte abgelaufen und wir gehen die Treppe hinauf.

Damals, sagte ich, zwei Mark Eintritt. Du weißt es ja selbst, du warst ja dabei. Nach elf, wenn du Glück hast, kommst du vielleicht umsonst rein. Erst kürzlich sechzehn geworden. Bald achtzehn. Unter Adenauer. Minderjährig, aber vorerst noch nicht vorbestraft. Jeder hat ein bißchen mehr als fünf Mark einstecken. Für Zigaretten muß man zusammenlegen, damit das Geld nachher auf jeden Fall noch für was zu trinken reicht. Damals, sagte ich, und wußten, daß uns nichts passieren kann! Oder weiß man es immer erst nachträglich? Kann sein, es dauert noch eine Weile, bis heut hier der Abend in Gang kommt. Wir gehen ins Jazzhaus. Gleich nebenan. So alt, so ein schmales Haus. Gleich die Treppe hinauf. Wie auf einem Schiff so eng. Könnte gut auch hier! Warum nicht in einer Kneipe wohnen? Oben liegt man im Bett und unten sitzt man und schreibt. Weil es so eng ist, jederzeit alles griffbereit und in Reichweite. Er ein Bier, ich ein Cola. Jedesmal wenn er ein Bier bestellt, muß er sich entschuldigen, weil es so deutsch ist. Trink einen Rum, einen Beaujolais, einen Retsina, einen Averna, einen Sherry, einen Portwein und dann einen Wodka, sagte ich. Und nicht nur die richtigen Gläser, auch jeweils passend dazu ein Gesicht! Kann sein, der Wodka zuguterletzt kommt aus der Rhön. Man sitzt oben und kann übers Geländer nach unten sehen. Die Theke. Hinter der Theke das große alte Tonbandgerät an der Wand. Regale mit Flaschen und Gläsern. Regale mit Platten und Tonbändern. Der Wirt mit Rollkragen, Schnauzbart und Glatze. Seit fünfundzwanzig Jahren. Vielleicht auch schon vor unsrer Zeit. Vor uns – das gibt es. Sah er von oben nicht schon immer so aus? Ist er das selbst? War er es früher auch immer selbst? Und der gleiche Korb, mit dem immer noch die Getränke hochgezogen werden. Ob es irgendwo auf der Welt nochmal eine Kneipe mit so einem Korb gibt? Man sitzt dicht unter der Decke und hört, wenn unten die Tür aufgeht. Und hört auch die Schritte und Stimmen aus der engen Gasse herauf. Die Musik. Oscar Peterson. Erst Oscar Peterson und dann John Coltrane. Und wie die Tonbandspulen sich drehen. Donnerstag? Mittwoch? Nicht viel los heute oder zu früh? Das kann doch nicht sein, daß sie das alles nur für heute nochmal so aufgestellt haben? Für diesen einen einzigen heutigen Abend? Hin und her in der engen Gasse. Hier klingen die Stimmen so eigen. Eingänge. Der Keller, das Jazzhaus und nebenan die Bodega. Er von Pascale und von Günter und Edelgard und ich von Carina. Von Carina und von Pascale und von Staufenberg und Barjac und von Edelgard und Carina und dem heutigen Tag. Von Sibylle nicht. Kein Wort von Sibylle. Von Sibylle nur höchstens soweit es Carina betrifft. Jetzt stehen wir vor der Bodega. Auch so schmal und so hoch das Haus. Hieß die Bodega früher auch schon immer Bodega? Und das Storyville? Das Storyville gibt es schon lang nicht mehr. Schon seit Jahren nicht. Abgerissen. Nur wenn man aus der Ferne drandenkt, dann steht es noch da. Oder war das eine andere Stadt? Am Ende sind gar nicht wir das gewesen, an die wir uns jetzt zu erinnern meinen? Mitten in der Stadt und so still. Lang mit uns die Märzabenddämmerung. Erst grün, dann wie blaues Glas. Die alte Thelonius-Monk-Platte, sagte ich, ist sie bei dir? Bestimmt, sagt er, wenn du sie nicht hast. Und sie ist auch nicht in der Jordanstraße. Dann muß sie bei mir sein. Im Herbst 1959, sagte ich, an einem Freitagabend in Gießen die Platte gekauft. Als Lehrling. Ausnahmsweise einmal eine Stunde eher frei. Statt zum Friseur zu gehen, an diesem besonderen Freitagabend in der Zeit für das Geld die Platte gekauft!

Dann in den Club Voltaire, den gibt es ja auch noch. Wie vor zwanzig Jahren. Die gleichen Stühle, die gleichen Gäste. Und sitzen wie auf einem Bild, ein Bild, das du kennst. Und keiner von ihnen auch nur einen Tag älter geworden. Gehören dazu, müssen immer wieder sich selbst und den heutigen Abend spielen. Bist du oft hier? Er wird von allen Seiten gegrüßt – ein bekannter Untergrundkämpfer, den jeder gern grüßt. Auf einer Tafel die Tagesgerichte. Das meiste schon durchgestrichen. Auberginen mit Reis. Gefüllt oder ungefüllt? Und gerade heute Abend muß es hier so nach Wein riechen, nach verschüttetem Wein und den vergorenen abgestandenen Resten in leeren Flaschen. Inzwischen ihm von meinem Manuskript. Erst an der Bar und jetzt wird ein Tisch für uns frei. Mein drittes Buch. Staufenberg. Im vorigen Sommer, im Juni das erste Kapitel. Als wir zu euch nach Barjac, sagte ich, Sibylle, Carina und ich. Auf der Straße. Beim Trampen. Am Tag vor meinem Geburtstag damit angefangen, am 9. Juni. Auf Bierdeckel, Kneipenzettel und Zigarettenschachteln. Unterwegs. Auf der Straße, in Kneipen, im Gras. Juniwiesen. Und am Abend in billigen bunten Hotels die Zettel abschreiben, jeden Abend. Und bei euch in Barjac dann vom Anfang die erste Fassung mit deiner Schreibmaschine. Dann von Barjac aus eine Woche ans Meer – war das nur eine Woche? Ans Meer und zurück und dabei immer weiter mit dem Manuskript. Es immer wieder lesen und korrigieren und mit dem Manuskript auf den Horizont zu. Die ganze Strecke auf kleinen Straßen getrampt. Mit Sibylle und Carina. Allein vier Tage nur für die Rückfahrt nach Frankfurt. Und dann ein Sommer in der Stadt. Ein langer Frankfurter Sommer. Mein erstes Kapitel – noch nicht über das Dorf. Nur wie man ankommt. Oder kommt man nie an? Über den Weg und die Mühen des Wegs. Wie es ist, wenn man auf dem Weg ist dorthin. Für alle Unbehausten, für die Landfahrer. Für alle die keinen Ort haben. Fremd. Überall fremd. Sibylle, wie immer, liest alle Fassungen mit. Jedes Wort. Eigentlich schreibst du deine ersten Kapitel, um die Leser abzuschrecken, sagt sie nach der Reinschrift zu mir. Ein langes erstes Kapitel. Richtig, du kennst es ja, sagte ich jetzt zu ihm. Im August ihm Fotokopien der einstweiligen Reinschrift mit der Post nach Barjac. Oder war da noch Juli? Erst als dieses erste Kapitel fertig war dann gemerkt, daß ich es ohne dieses erste Kapitel nicht mehr lang ausgehalten hätte auf der Welt. Riechst du auch, wie es hier nach Wein riecht? Jetzt, sagt er, wo du es sagst, jetzt merk ich es auch. Das erste Kapitel, sagte ich, und dann erst konnte ich über das Dorf schreiben. Ein Buch über mich und das Dorf, dachte ich. Dann eher: das Dorf und ich. Dann ging mir auf, daß die Leute im Dorf, die Einwohner, Menschen sind, die bisher in der Literatur noch nicht vorkommen. Beim Schreiben erst ging mir das auf. Als Kind nicht nur jedes Haus, alle Leute im Dorf und die Pferde und Hunde ja sowieso, sondern auch jede Kuh, jede Ziege gekannt. Die Tages- und Jahreszeiten und jedes Wetter. Mit den Bauern aufs Feld. Kleinbauern, Handwerker und dazu noch auf Schicht alle Tage. Zu Buderus und in die Schamottsteinfabrik. Heizer oder Hilfsheizer, Handlanger jedenfalls. Eisenfresser. Nach Möglichkeit Nachtschicht und Spätschicht, um das kostbare spärliche Tageslicht auch weiterhin für die Feldarbeit aufzusparen. Mürrisch und schlecht ernährt. Jeder zeitlebens sein eigener Knecht. Schimpft einer den andern Buderusknecht! Sich zu Krüppeln und tot sich gearbeitet vor der Zeit. Und kein Frühling. Das Dorf eh und je nur über eine schlechtgelaunte Schotterstraße, einen fußkranken steinigen Fahrweg und über ein paar unverdrossene Feldwege zu erreichen. Hierorts keine Obrigkeit. Von alters her. Weder Kirchen noch Polizei. Und die Jahrhunderte wie ein Traum. An der Friedhofsmauer wachsen Granatäpfel. Wenn man auf einem Berg wohnt, führt jeder Heimweg am Ende mühsam bergauf. Und konnten mit Fremden nicht reden, sagte ich. Ein Mittelalter. Bis weit in die hiesigen Fünfziger Jahre hinein dieses Mittelalter. Und hat jedenfalls lang genug gedauert. Du weißt es ja selbst, sagte ich zu ihm. Das sind die Menschen, von denen ich leben gelernt habe. Von meinem dritten bis zu meinem vierunddreißigsten Jahr dort gelebt. Jetzt, sagte ich, schreib ich das Buch, weil sie außer mir keiner kennt. Dann wird unser Essen gebracht.

Auberginen mit Hackfleisch und Reis. Doch vorhin bei dir erst, sagte ich. Ich glaube, ich kann auch gar nicht mehr im Sitzen und richtige warme Mahlzeiten und mit Messer und Gabel essen. Schon gar nicht öffentlich hier im Lampenlicht und wie auf einem Bild. Wie auf einer Bühne sitzen wir hier. Überhaupt nie mehr irgendwas noch in Ruhe, sagte ich. Nirgends. Und sogar wenn, sag doch selbst, wie soll ich sitzen und essen, wenn ich dir doch das Buch erzählen muß! Jetzt und hier! Unverzüglich! Er rückt den Tisch und den Abend und unsre Teller zurecht. Gegenwart. Und schon sieht man ihm die Lust und den Hunger an. Vorfreude. Er ein Bier und ich Mineralwasser, Cola und bitteren Tee. Zettel und Kugelschreiber und mir eben beim Sprechen noch schnell für mich selbst etwas aufgeschrieben. Und sitze hier mit meinen drei Gläsern und dem heutigen Abend und in jeder Hand eine Zigarette. Rechts eine Gauloises und links eine Gitanes. Wie soll ich da essen? Immer will man essen und sitzt da und hat eine Geschichte zu erzählen. Schon daß ich hier sitze, halt ich kaum aus! Wie früher im Suff, sagte ich. Weißt du noch? Wenn ich nach einer langen Saufperiode dann wieder zu mir zurück. Zittrig. Erschöpft. Noch am Leben. Wie in Wellen das Leben zu mir zurück. Man steht und zittert, merkt man ist immer noch auf der Welt und muß alles neu lernen. Das Buch, sagte ich, es schreibt sich von selbst. Das ist gerade das Schwere. Sie drängen sich vor. Sie kommen mit ihren Geschichten. Sie reden mit ihren schweren mühsamen Wörtern in meinen Kopf hinein. Du kennst sie ja auch, aber mehr aus der Ferne. Mit seinem Leben jeder und ich soll dafür eine Sprache. Inzwischen hat er gekostet und fängt jetzt zu essen an. Gut, fragte ich und kann das Hackfleisch und die Auberginen schon riechen und im voraus im Mund spüren jeden einzelnen Bissen. Mit Kümmel, Kreuzkümmel, Kerbel? Sich Zeit lassen. Aufmerksam. Er bläst. Noch zu heiß! Wenn man nicht trinkt, sagte ich. Wenn man aufgehört hat. Letzten Samstag genau fünf Jahre. Seit ich nicht mehr trinke, ist alles noch näher! Noch viel intensiver! Schlimmer *und* schöner! Kaum auszuhalten! In der Türkei, sagte ich, das schöne ölige Gemüse und was für gute Suppen sie haben. Weißt du noch, wie wir einmal zum erstenmal in Istanbul ankamen? War es nicht noch das alte Byzanz und dann erst Konstantinopel und Istanbul? Jetzt kosten! Noch heiß! Mit Sibylle, sagte ich. Mir den Mund verbrannt! Mit Sibylle in Edirne im Basar schon immer morgens Suppen und Gemüse und Feldhühner, Hähnchen und Lamm. Im Oktober. Morgendunst und schon kalt. Kleine Eisenöfen und Pfannen mit Glut. Richtige warme Mahlzeiten schon am Morgen und wenn wir gegessen haben, scheint wieder die Sonne. Oktober. Sind am Ende einer langen Reise dorthin und die Rückfahrt noch vor uns. Morgens und abends schon Herbst und jeden Tag über Mittag immer noch einmal Sommer. Dort gibt es eine alte Karawanserei, sagte ich, und man kann darin wohnen. Ist das in Edirne im Basar, daß sie den Ayran mit Kräutern oder sind es eher die Leute in den Bergen, die ihn so anrühren? Morgens Suppe und Bohnen und warmes Fladenbrot. Morgens die Fleischtöpfe im Basar und dann den ganzen Tag türkischen Tee aus kleinen Tulpengläsern. Feigen und süße Trauben und wo man geht und steht, Mokka und türkischen Tee, sagte ich. Mund voller Wörter. Wieder Abend. Viele Bilder im Kopf. Drei Gläser gleichzeitig. In jeder Hand eine Zigarette. Und jetzt zu essen anfangen! Oft ja gerade mit dir, sagte ich, nach dem Suff ins Leben zurück und wieder angefangen zu essen! Die ersten Bissen. Gut kauen. Auf der Seite des Lebens. Essen – wie geht das? Und wenn man aufgehört hat zu trinken, dann erst recht muß man alles immer neu lernen. Gehen. Atmen. Sprechen auch – für jeden Anlaß wieder neu sprechen gelernt, sagte ich. Und muß deshalb jetzt das Buch und dafür eine Sprache finden. Wie Steine die Wörter. Feldsteine, groß und schwer. Eine mühsame Sprache. Und jetzt, auch mit vollem Mund und schon wieder hungrig und alles zu heiß noch – jetzt muß ich dir das Buch erzählen! Müßten eigentlich ein paar Stühle und Tische beiseite, damit ich beim Kauen herumgehen kann und schnaufen und stöhnen und gestikulieren. In alle Richtungen gleichzeitig. Laut reden und wie mit Flügeln. Gut kauen. Ein Feuer anzünden. Hier zwischen den Wänden herum und Wörter finden für die Bilder in meinem Kopf. Wörter und ganze Sätze. Am Nebentisch drei Frauen und die schönste von ihnen hat sich eine Zigarette gedreht und beugt sich jetzt vor, um das Papier anzulecken. Und die neben ihr legt ihr die Hand auf den Rücken. Alle drei schön. Noch lang auf der Welt bleiben. Man muß sich hinreißen lassen! Und wie es gerade heute Abend nach Wein hier riecht. Genau wie im Sommer 1960 in Wien in jeder Vorortkneipe und in allen Gastwirtschaften. In Wien und auf dem Marchfeld und im Wienerwald, in der Wachau und im Weinviertel und am Neusiedlersee. Damals war ich siebzehn. Weißt du noch, wie wir nach Wien kamen und sagten: Hier bleiben wir, bis wir reich und berühmt sind! Was für ein langer Sommer ist das doch gewesen! Sitzen und essen. Jetzt, sagt er, wo du es sagst, jetzt weiß ich es wieder. Dann vor dem leeren Teller. Das hast du alles selbst aufgegessen. Das Buch, sagte ich. Mein nächstes Buch. Staufenberg im Kreis Gießen. Und bevor wir gehen, einer der uns begrüßt, als ob er uns immer begrüßt. Jürgen kennt ihn. Er hat mein erstes Buch gelesen und kürzlich den Pflasterstrand-Artikel und die Rundschau-Rezension für das zweite. Und jetzt will er es selbst lesen. Keins mit, sagte ich und stand dabei, als würde ich vor der Tür warten. Schon gekauft, sagt er. Ein Lehrer, sagt Jürgen dann auf der Straße zu mir. Lehrer oder an der Uni und bei Amnesty International und im Folterkomitee und da überall. Er macht im Club das Programm. Er und ein Franzose, der Pierre heißt und Pascale kennt. Hätte ich ihn wegen einer Lesung fragen sollen, sagte ich. Gut gegessen. Vorher schon bei dir die Vorspeisen und jetzt in aller Ruhe eine richtige warme Mahlzeit. Weißt du, wie er heißt? Sogar mir kam er bekannt vor. Ich spreche mit ihm, sagt Jürgen. Morgen oder übermorgen. Mit beiden. Du mußt das nicht selbst, sagt er. Sie kennen mich alle. Es steht dir sowieso zu. Und wenn er das Buch liest, auch nur die ersten Seiten, dann kann er nicht anders – er muß! Vor der Tür und die Nacht um uns her. Mitte März und bald Vollmond. Neu gepflastert die Freßgass und neuerdings Fußgängerzone. Gepflastert und von Amts wegen kleine Bäumchen gepflanzt. Jetzt stehen sie und wollen gern bleiben. Baumkinder. Wollen anwachsen. Stehen und halten sich fest. Spürst du, wie sie atmet, die Nacht?

Und jetzt? Nochmal den Jazzkeller, das Jazzhaus und die Bodega? Nochmal in die alte Gasse zurück und sehen, ob jetzt da der Abend in Gang? Nochmal nach der Zeit und nach uns und unseren Samstagabenden suchen und sehen, was daraus geworden? Ob wir das Storyville doch noch finden oder wenigstens im Gedächtnis einen Platz, an dem es vielleicht einmal stand? Vorfrühling, März und ein ruhiger Tag, ein ruhiger Abend. Die ganze Stadt heute Abend so still? Seit wann ist das Leben so leise geworden? Nur eben nochmal zu den Eingängen hin. Sind die Lichter hier immer so trüb? Ob man nicht doch in Frankfurt die Sterne sieht heute Nacht? Gerade hier so eine Kirchenstille und die Mauern stehen so eng, da muß man den Himmel suchen! Und, sagte ich, vielleicht weißt du es auch noch? Im Jazzkeller ein Bild an der Wand, ein Foto. Schon immer. Ein Mann mit einer Trompete. Spielt er? Hat eben aufgehört oder hebt sie an seinen Mund, wie einer der trinken muß? Eine kleine Trompete, ein Horn. Nur so seitlich an einer Säule und niedrig das Bild und vergilbt. War schon immer da. Vielleicht hat es außer mir keiner je angesehen. Steht er auf einem Berg und der Tag fängt an? Als ob er es ist, der den Tag herbeiruft. Gern wüßte ich, wer er ist und ob das Bild noch da hängt. Nochmal von Eingang zu Eingang. Noch die alten Laternen? Das Pflaster von damals? Nochmal und immer nochmal jede Einzelheit und dann hast du alles zusammen und nimmst es im Kopf mit und hast es für immer. Und dann? Goetheplatz, Hauptwache, Katherinenkirche, Kornmarkt, Liebfrauenkirche, Sandhofpassage und Neue Kräme und hier und dort weißtdunoch sagen. Und dabei in Gedanken die ganze Zeit mit ihr, mit Sibylle. Als ob sie immer noch neben mir geht. Schläft Carina? Und da vorn in der Berliner Straße ist doch auch noch eine Jazzkneipe. Zuletzt vor Jahren und nur immer im Suff dort, sagte ich. Kam mir immer vor, es sind mehrere Kneipen oder jedesmal eine andere. Heute Abend dezent im Hintergrund die Musik. Eine erstklassige Stereoanlage. Lester Young. Charly Parker. Musik und Stimmen. Muß telefonieren, sagt er, mich um Geld kümmern! Lieber zum Telefonieren in eine andere Kneipe, aber hier ist weit und breit keine andere Kneipe und nachher wird es zu spät, also doch hier. Kommt zurück und sagt: Scheißgeld! Wird damit jeden Tag schlimmer! Auch mit Edelgard telefoniert! Obwohl ich wußte, es hat keinen Sinn! Hier die Musik und bei ihr Dauerfernsehen und im Hintergrund dieser Günter, der nichts kapiert und in alles reinreden muß! Scheißfernsehen! Sie sitzen davor und beschimpfen den Kasten und lachen ihn aus und sitzen weiter davor. Stundenlang jeden Tag. In die Nacht hinein. Sitzen und trinken Bier und Retsina auf Kredit von den Griechen. Welche Griechen? fragte ich. Zwei griechische Büdchen, sagt er, das zweite schon eher ein Laden. Am Alsfelder Platz. Hat die ganze Nacht auf. Können alle zwei Stunden Nachschub holen. Wie lang, sagt er, kennt sie mich? Er merkt sich nie Jahreszahlen. Sogar ja ein Kind zusammen und wo wir überall schon gewesen sind und gelebt haben, sie und ich. Und weiß nicht, wer ich bin. Und läßt dich grüßen, sagt er. Besino war nicht daheim.

Am besten nie mehr ein Wort, sagt er, sie nie mehr sehen! Auch nicht mehr an sie denken! Aber gerade dafür müßte ich ihr vorher alles nochmal ganz genau erklären! Wie ist der Wein, fragte ich. Gut, sagt er. Rotwein. Rioja. Und trinkt, als ob er mit Bedacht trinkt. Immer noch Charly Parker. Die Boxen. Eine gute Anlage, sagt er. Am liebsten, sagte ich, sind mir immer noch die alten Blues-Sänger, die wir mit sechzehn gehört haben, Eckart

und ich. Gehört und gesehen. Damals manche schon welt-
berühmt. Unverwechselbar. Einzigartig jeder von ihnen. Allein
ihre Namen. Memphis Slim. Louisiana Red. John Lee Hooker.
Und sind doch in jedem Schuppen noch aufgetreten. Sogar in
Gießen. Manche gleich nach dem Koreakrieg eine Europatour
für die Army angefangen und dann jahrelang nicht mehr heim.
Nirgendshin. Ich seh sie jetzt noch in Gießen in der Atlantikbar
sitzen. Eine Ruine hinterm Bahndamm. Ihr jahrelanges Gepäck:
ein riesiger alter Kaufhauskoffer mit zwei Riemen drumrum.
Ein Segeltuchsack als Bündel, ein alter Postsack der US Army.
An jeder Hand einen dicken Siegelring. Ganze Stangen Pall Mall
und Winston und die braune Pi-Ex-Tüte mit einer angebroche-
nen großen Flasche Jim Beam. Sitzen da und sind müd und wissen nicht genau, ob sie eine Rückfahrkarte haben und falls ja,
wohin zurück und wie lang sie noch gilt? Sind müd und sind für
sich selbst auf der Welt und müssen immer wieder neu anfangen,
sie auch. Und was sie singen, ist immer ihr eigenes Leben. Die
haben nichtmal ein Mikrofon gebraucht. Das sind mir die liebsten, sagte ich. Muß doch noch, sagte ich dann. Muß anrufen!
Muß sehen, ob Carina noch wach? Vorhin beim Gehen nur so
eilig ihr Gute Nacht. Sibylle gleich am Telefon. Was ist bei dir?
fragt sie. Hört sich an wie ein Fest. Mit Jürgen, sagte ich. Eine
Jazzkneipe in der Berliner Straße. Schläft Carina? Nein, sagt sie.
Sollte längst, aber schläft nicht. Zuerst hat sie sich von mir immer wieder die Bilderbücher vorlesen lassen, die ihr aus der Bibliothek geholt habt. Und jetzt kann sie sie auswendig und sitzt
im Schlafanzug im Flur auf dem kleinen Schemel und blättert die
Seiten um und sagt sie sich selbst auf und hat kalte Füße. Die
Wohnung, das Lampenlicht, Sibylle und Carina. Ich sah alles
gleich vor mir. Sogar den Mond überm Haus. Sibylle noch vom
Winter blaß. Angespannt. Und wie dünn sie geworden ist! Eine
Trennung. Vorher neun Jahre neben mir her. Und ob sie sich
jetzt die Nachtstraßen und Kneipen vorstellt und wie wir hier
herumgehen, Jürgen und ich? Keine kalten Füße! sagt Carina.

Wo bist du? Das fragt sie jetzt immer. Meistens erzähle ich ihr die Straßenecken und Telefonzellen und was man vom Himmel sieht hier in der Stadt. Den E und den O und den U, sagt sie, kann ich! Den A, den kann ich schon lang! Von Peta den P kann ich! Und den S von Sibylle! Und Carina kann ich mit Buntstiften! Und wenn-ich-alle Buchstaben kann, kann ich dann auch alles lesen und schreiben? Aber auch wirklichst alles? Wo bist du? Mit Jürgen, sagte ich. In einer Kneipe. Nicht weit vom Paulsplatz. Wo vor Weihnachten immer der Weihnachtsmarkt ist, da in der Nähe. Und die Pascale? Sprecht ihr von die Pascale? Bis jetzt noch nicht, bis jetzt noch von der Edelgard, aber bestimmt dann nachher auch noch von der Pascale. Wir gehen noch in ein paar andere Kneipen, sagte ich. Die Sibylle sagt, ich soll endlich schlafen und wenn sie das sagt, dann kann-ich-nicht schlafen! sagt sie. Geh nochmal durch die Wohnung, sagte ich. Geh ganz langsam. Welchen Schlafanzug hast du an? Hast du, als es noch hell war, wieder die Amsel gehört? Trink Milch mit Honig in kleinsten Schlückchen! Geh von Fenster zu Fenster und sag auch dem Mond Gute Nacht! Merk dir den Mond und wo er jetzt steht! Und morgen früh hol ich dich ab! Und dann zu Jürgen: Sie läßt dich grüßen! Sibylle? fragt er. Carina! Beim Gehen Dizzy Gillespie. Was waren das alles für Leute? Eine Firma. Computerfachleute. Ein Fortbildungskurs. Gewerkschaftsschulung. Bildungsurlaub. Von der Krankenkasse, von einer Bank oder sind bei der Stadt und müssen jedes Jahr auf ein Seminar, damit sie danach dann befördert werden. Erst das Seminar und dann einen Leistungssteigerungskurs mit Leistungspunkten und jedes Jahr eine Gehaltserhöhung. Wie gut, daß wir nirgends dazugehören! Am Paulsplatz Passanten. Paare und Gruppen von Paaren. Am anderen Ende ein nächtliches Rollkommando der Müllabfuhr. Sonderauftrag. Zwei haushohe Fahrzeuge. Je fünf Mann Besatzung. Asbesthandschuhe, Mützen, Stiefel, Überstunden und Nachtzuschläge und Jacken mit Leuchtstreifen. Lärm, gelbe Blinklichter auf den Fahrzeugen und daneben die leere Kirche. Warum wohnen wir hier nicht? Wenigstens einer von uns? Wenn schon nicht in der Kirche, dann in einem von diesen Mietshäusern. Dort oben im Dachgeschoß, wo alle Fenster erleuchtet sind. Oder im Haus daneben und kämen jetzt heim. Und hätten dort eine Heizung und Platz und Zeit. Und dort, wo du jetzt bist, fragt er. Alles richtig! Nur daß die Zeit vergeht, sagte ich, aber das ist ja immer! Hier am Paulsplatz sind auch in der Nacht die Tauben noch wach. Hier ist der Merderein einmal seinem alten lieben Gott begegnet. Wer? Der Merderein aus dem schwarzen Buch. Vor der Paulskirche eine Reisegruppe von vierzig Japanern in dunklen Anzügen. Eine lange Reihe. Und steigen der Reihe nach stumm in einen funkelnden glitzernden Luxusbus ein, als ob sie das vorher geübt hätten oder immer noch üben. Lila und schwarz der Bus. Liegesitze. Getönte Scheiben. Mit offenen Türen und als sei er zum Schweben bestimmt. Im Bus kleine Nachtlämpchen an. Und wohin? Nie, nie wirst du wissen, wie es ist, als eleganter müder Japaner im März am späten Abend in Frankfurt am Main am Paulsplatz mit neununddreißig anderen eleganten müden Japanern wortlos in einen dunklen glitzernden Luxusbus einzusteigen!

18

Vor dem Römer in Scharen die Menschen. Frankfurter Einwohner, die alles besser wissen. Sachsenhäuser Frankfurter, die nicht genau wissen, wie sie auf diese Seite gekommen sind und seit wann und warum. Offenbacher, die nicht zugeben wollen, daß sie aus Offenbach sind. Taxifahrer, Touristen, Vorortbewohner. Aus dem Taunus, aus Bad Vilbel, aus Karben, aus Langen, aus Darmstadt und aus Mörfelden. Arbeiten in der Stadt, kommen einkaufen in die Stadt und wohnen schön ruhig im Grünen. Und wollen am Abend nicht heim. Überstunden, Pizza, Kollegen, Kino, die S-Bahn verpaßt. Erst Abendessen, dann in die Spätvorstellung und dann einen Imbiß und Durst. Verliebt, eine Disco, eine Einladung zu einer Modeschau mit Champagner und kaltem Büffet. Kultur. Eine Frankfurter Wärnisasch und dann mit Geschäftsfreunden aus Paderborn ins Bahnhofsviertel. Kultur kann man von der Steuer absetzen. Sind die Theater schon aus? Liebespaare, Büroangestellte und Polizisten auf Streife. Frankfurter Polizisten mit Frankfurter Döner und Überstunden- und Nachtzuschlag. Riesendöner mit Ketchup, Löwensenf und Polizeirabatt. Muß man den Mund weit auf! Hier um den Römer herum geht sichs auf Streife bequem. Direkt friedlich die Nacht hier beim Römer. Sogar die Bettler sind höflich hier und gebildet. Die meisten Frankfurter Polizisten kommen aus dem Knüll und aus dem Reinhardswald und aus dem Waldecker Bergland und aus Gegenden, die man Hessisch Sibirien nennt. Die ersten Jahre in Frankfurt haben sie immer ein bißchen Angst, daß man ihnen ansieht, daß sie Angst haben, sie könnten sich im Dienst in der Stadt verlaufen. Wenigstens gut bewaffnet. Aber wen soll man als Polizist auf Streife im Außendienst nach dem Weg fragen? Polizisten, Passanten, ein Straßenmusikant mit Hut, Hund, Gitarre und Mundharmonika. Am Rand vorbei. Eilig. Der Hund wie ein Wolfsschatten mit. Wo gehen sie hin? Sind die Theater schon aus? Auf der Braubachstraße klingeln die

Straßenbahnen. Die letzten Abendzeitungsverkäufer. Und machen jetzt langsam Schluß. Sowieso alles längst im Fernsehen. Und packen die Schlagzeilen, den vergangenen Tag und ihr Zeug zusammen. Ein türkischer Laugenbrezzelverkäufer. Ein pakistanischer Rosenverkäufer, der vom Main rauf, vom Sachsenhäuser Ufer herauf und mit den Rosen durch alle Kneipen. Nacht für Nacht. Bis zur Börse hinauf, bis zum Eschenheimer Turm und noch weiter. Und einer von oben, ein Rosenverkäufer, der von der Börse kommt und jeden Abend dreimal die Runde bis hinunter zum Main und ans andere Ufer. Oder sind mehrere? In jede Richtung zwei oder drei? Vertriebsgemeinschaft, Familienbetrieb und sehen sich ähnlich? Konkurrenz und sehen alle gleich aus? Genau wie die Markstücke, Tage und Rosen. Ist den Rosen auch nicht zu kalt? Sowieso Kühlhausrosen! Fünf Stück fünf Mark! Rosen, frische Rosen! Wer zehn nimmt, kriegt elf! Für Verliebte, die nicht mehr ganz nüchtern, für knutschende Pärchen, die sich kaum kennen, für Angeber, Ehepaare und Hinterbliebene. Weiße und rote Rosen! Bis nachts um halb drei jede Nacht. Und müssen sich als Rosenverkäufer zwischen den Kneipen und Kontinenten mit ihren Rosen, Blicken, Plänen und Sorgen hier in der Nacht vor dem Römer immer wieder begegnen. Also doch nur zwei? Der eine aus Pakistan und der zwote? Aus Eritrea? Aus Bangladesh? Kein Gesicht? Nix als nur einen Schatten als Gesicht und sich immer beeilen! Frische Rosen! So oft hier vorbei. Müssen mehrere sein und als Schatten im Dunkeln. Immer mehr, immer ähnlicher! Immer schneller immer öfter vorbei! Wer bist du, Bruder? Was treibt dich? Wirst du nie müde? So eilige Schatten, feindliche Brüder und stumm.

Daß nur die Laugenbrezzeln von der Nachtluft nicht feucht und wären dann nicht mehr so knusprig! Aber als Frankfurter Türke aus Sachsenhausen weiß er das natürlich. Kennt sich aus. Hat für jeden Korb weiße Tücher mit. Weiß oder rotweiß kariert. Wer bügelt ihm die? Verkauft hier am Römer jede Nacht Laugenbrezzeln, ofenfrisch, das Stück eine Mark, und daheim ist er längst steinreich? Touristen. Touristen aus dem Schwarzwald, aus Fulda, aus Florenz, aus Rom, aus dem Ruhrgebiet, aus Montana, New York und Texas. Ältere amerikanische Ehepaare in Baseballjacken und Abendkleidung. Die Abendkleidung zum erstenmal an. Am Nachmittag vier Stunden Heidelberg, das ist auch so ein Vorort, und jetzt am Abend den Abend zur freien Verfügung. Wohin? Jetzt wissen sie nicht mehr, wo das war, wo sie sich merken wollten, daß sie da nochmal hinwollen – Sonntagmorgen in Munich the Höfbräuhaus oder vorgestern Mittag in Nurimberry that nice old castle mit Rostbratwurschten? Viel Frankfurter Volk. Einwohner aus dem Nordend und aus Bornheim, die es immer am Ende des Tages bergab zieht, aber wohin? Abwechslung, Atem schöpfen, Abendspaziergang. Frische Luft, Bewegung, nur ein paar Schritte zu Fuß. Schlachtplatten, Leiterchen, Schäufelchen, Frankfurter Würstchen, Handkäs mit Musssick, Eisbein und Rippchen mit Kraut. Pornofilm, Peep Show und Puff. Vorher und nachher sein Geld zählen und eine Quittung mit Mehrwertsteuer. Abwechslung, Bewegung und frische Luft. Henninger, Binding, Äppelwoi. Keine astronomische Uhr? Wenn es in Frankfurt am Römer eine astronomische Uhr gäbe, denn wüßten jetzt alle, warum sie hier stehen! Eine astronomische Uhr mit Königen und Aposteln und wenn es soweit ist, dann weiß man, sie müssen gleich rauskommen! Bemalt und verkleidet, als seien sie echt! Und sie kommen auch wirklich! Der Reihe nach! Alle! Sie kommen und grüßen und zum Schluß kräht ein Hahn und man kann seine Uhr danach stellen! Aber so eine astronomische Uhr, die gibt es hier nicht. Früher auch schon nicht. Trotzdem jeden Abend die Leute. Als ob sie hier stehen und können nicht glauben, daß es keine astronomische Uhr gibt! Stehen und können nicht heimgehen, weil sie schon lang auf den Sommer warten. Alle nicht warm genug angezogen und stehen ungeduldig im Dunkeln. Jeden Abend. Müssen den Sommer herbeiwarten. Erst den Frühling und dann den Sommer. Und stehen und gehen drei Schritte hin und her. Und stehen und stehen. Und auch die Tauben noch wach hier am Römer. Eine Märznacht, bald Vollmond. Wie ein Dom die Nacht vor dem Römer.

Durch den tiefen Schatten am Fahrtor, Jürgen und ich. Und kommen jetzt an den Main. Weit die Nacht, viele Lichter. Auf der Uferstraße eilige Taxis vorbei. Der Eiserne Steg. Hier fahren im Sommer die Schiffe ab. Hier, sagte ich. Sind hier im vorigen Sommer einmal auf so ein Schiff, Sibylle, Carina und ich. Im Juli, ganz früh am Morgen. Fahnen. Ein weißes Schiff. Sibylles Geburtstag. Vom Main auf den Rhein und den ganzen Tag auf dem Wasser. Ein Sommertag ist lang wie ein Jahr. Sogar auch in der Erinnerung noch ist er lang wie ein Jahr. Mondlicht. Der Eiserne Steg. Mondschatten. Fußgänger uns entgegen. Verliebte, ein Pärchen, eine Gruppe von Pärchen. Und was werden sie reden? Auf dem Steg. Siehst die Ufer, die Lichter im Wasser. Und spürst, wie der Fluß an dir zieht. Dann ein Frachtschiff, ein großes. Unter uns durch und flußabwärts. Bordlichter. Die Bugwelle rauscht. Schnell das Schiff. Ein Dieselmotor. Kajüte und Steuerhaus und für Landausflüge ein roter VW – Passat auf dem Schiff. Neu oder sah neu aus. Wie ein Spielzeugauto. Und hast du im Steuerhaus den Schiffsführer wirklich gesehen oder dir nur vorgestellt, wie er dort mit sich allein das Schiff in die Nacht hinein lenkt? Und selbst auch mit, ich auch! An Deck, an der Reling. Allein. Nachtgestalt. Zigaretten. Auf einer Taurolle sitzen. Eine Taurolle und ein dicker alter Pullover als Kissen. Alles zieht an dir, alles ruft. Durch die Stadt und nach Westen der Main und der Wind ihm entgegen. Und beim leisesten Windhauch schon muß das Wasser sich kräuseln. Wie wenn es umkehrt und fließt zurück, so spielt und glitzert es dann. Bei Tag und auch in der Nacht. Als könnte es sich nicht trennen. Die Fußgänger an uns vorbei und leer vor uns der Steg mit den Mondschatten. Vorhin beim Römer die Stimmen beinah noch wie Stimmen aus dem vorigen Sommer. Wie an dem Tag, als wir spätabends vom Schiff kamen, Sibylle, Carina und ich. Und als seien von damals noch unsre eigenen Stimmen dazwischen, so horchst du jetzt in der Nacht mit Anstrengung in dich hinein. Könnte gut auch hier am Fluß, sagte ich, könnte alle Tage hier wohnen! Wie Beckmann vorn an der Untermainbrücke oder da hinten die alten Häuser am Deutschherrenufer. Am liebsten ganz oben. Viel Himmel und immer den Fluß vor Augen und wie er nicht aufhört zu fließen. Jedes Fenster als ob es mich ruft. Erst recht in der Nacht. Und jetzt über den leeren Steg eine helle Gestalt auf uns zu. Groß und dünn. Ein Geflatter. Eine offene weiße Jacke. Mitten auf dem Steg. Bleibt vor uns stehen. Das Reich Gottes! Im Predigerton. Hebt die Arme und wächst in die Höhe. Hot scho ofongt, ihr Leit! Und nickt und verneigt sich. Groß und sehr dünn und muß immerfort mit dem Gesicht zucken. Iiiech, sagt er, waaarr Saulus! Rechts und links in die Jackentaschen die Hände und hebt sie jetzt mit der Jacke zum Himmel, als ob er emporfahren will. Und biiien Paulus, bitte sehr! Sehr dünn. Er leuchtet und schwitzt und knirscht mit den Zähnen. Nur ein zerrissenes Unterhemd unter der offenen Jacke, die auch nicht warm ist. Nickt, hebt die Hand. Schöngunamdnoch, die Herrn! Und schnell weiter! Gleich auf die Ferne zu. Hastig und hell ein Geflatter den Steg entlang. Ein Apostel. Wie dünn er war! Hast du gesehen, wie er zittert? Wie er gleichzeitig schwitzt und friert? Nichtmal nach Kleingeld und Zigaretten hat er uns gefragt. Aber auch nicht mit dem Jüngsten Gericht gedroht. Woher? Aus dem Allgäu? Aus Schwaben? Aus Niederbayern, sagte ich, da haben sie das beste Korn und die schönsten Kirchen. Und den besten Schweinebraten mit Kruste. Schwein und Spanferkel. Beinah wie in Böhmen schon. Seine Schuhe? Wahrscheinlich Stoffschuhe. Aus dem vorigen Sommer oder dem Sommer davor. Alte Leinenschuhe und keine Socken, aber jetzt haben wir nicht drauf geachtet. Und die Jacke? Plastik? So ein mattweißes Zeug aus den späten Sechziger Jahren. Haltbar, praktisch, modern. Also damals. Kleidung für Autofahrer. Damen- und Herrenqualitätsoberbekleidung. Beliebt. Ein paar Jahre lang weit verbreitet. Wasserdicht, wasserabweisend. Kann feucht abgewischt, auch lauwarm mit Seifenlauge. Flott. Haltbar. Adrett. Immer sauber. Markenware mit Markennamen. Qualität und Niveau. Alle möglichen Leute hatten solche praktischen hellen Jacken. Architekten, Büroangestellte, Mitarbeiter im Außendienst. Bauzeichner, Techniker, Ingenieure. Studenten, linke Studenten und Lehrer. Jacken und kurze Mäntel. Und hat einen Namen gehabt, das Material. Gesetzlich geschützt. Seinerzeit in den Sechziger Jahren also. Und jetzt kann sich keiner, kann sich kaum einer noch erinnern. Und die sich erinnern können, fragen sich, wann das war? Und wissen den Namen nicht mehr. Ein Archiv, sagte ich, ein Welturarchiv. Oder wenigstens in Katalogen. Komplett. Ein Gesamtkatalog mit Register und Anhang. Ob er als Apostel seit den Sechziger Jahren in dieser Jacke schon und muß immer weiter rennen? Stoffschuhe? Turnschuhe? Gummistiefel? Sandalen? Die Jacke erst kürzlich gefunden? Brennt das Zeug? Feuergefährlich? Wäre andernfalls nämlich unverwüstlich und wird vielleicht deshalb nicht mehr gemacht. Aber wo sind dann die anderen Jacken und Mäntel aus diesem Zeug aus der Zeit? Und die Zeit auch? Alles abgebrannt oder wohin? Wo geblieben? Aus alten Turnschuhen Joghurtbecher und Plastiktüten, die Zeit auch zu Joghurtbechern und Plastiktüten. Und die benutzten gereinigten Plastiktüten und Joghurtbecher per Schiff und per Luftfracht nach Südamerika, nach Afrika und nach Asien und dort wieder zu Tagen und Jahren und Augenblicken und Turnschuhen. Alte Zeitungen zu Packpapier und das gebrauchte Packpapier wieder zu Zeitungen, Glückwunschkarten und glaubhaften neuen Kalendern. Und aus dem aussortierten gereinigten Restmüll eine zuversichtliche neue Zeitrechnung und die bunten schimmernden Wohnblocks und Elendshütten und Blechcontainer für die statistische Lebenserwartung der dritten Welt. Durch Recycling unsterblich. Und wo rennt er hin? Was wird aus all den Aposteln? Nacht, Wind, Lichter. Auf dem Steg und der Fluß zieht an uns, zieht und zieht.

Einmal Sibylle und ich, sagte ich. Auch auf einer Brücke. Im Sommer. Sind in Paris gewesen und wollen in den Süden. Brauchen mehr als den halben Tag, nur um aus der Stadt zu kommen. Sowieso kaum Gepäck, aber im letzten Moment noch auf ein Vorortpostamt und unser überzähliges Zeug, einen Pullover, Socken, zwei Hemden, ein Buch, ein Paar Schuhe, mit der Post weg. Wohin? Als Päckchen an Manfred Aulbach in Gießen. Unser Freund Manfred. Du kennst ihn ja auch. Packpapier, Bindfaden, Klebstreifen und das Porto. Einen kleinen Karton. Beim Trampen hat man nichts mit. Müssen uns alles erst umständlich ausdenken und zusammensuchen. Kaum Geld. Gleich über Mittag die Läden zu. Auf dem Postamt ein tunesisches Mädchen. Sie hat einen Brief und will Geld nach Tunesien schicken. Übers Meer und dann Berge, die Wüste. Weit im Süden ein Dorf. Sie weiß den Namen, aber kann ihn nicht schreiben und der Postbeamte zuckt die Achseln, gibt ihr Formulare und ein amtliches Buch mit Ortsregister und Postleitzahlen und nimmt immer andere Kunden dran. Sie ist siebzehn. Sie arbeitet als Dienstmädchen und es ist ihr freier Tag. Wir helfen ihr, den Ort und die Zahlen und Buchstaben finden und füllen mit ihr die Formulare aus. Dann weiter. Metro, Bus, noch ein Bus. Vororte und die Vororte von Vororten. Vor ein paar Jahren noch, sagte ich zu Sibylle, ging man zur Place d'Italie und trank in einer von den Kneipen, die dort um den Platz sind, ein kleines Glas Rotwein für sechzig Centimes. Am liebsten im Stehen. Hinter der Theke ein Spiegel. Im Spiegel der Himmel. Der ganze Himmel von Paris in den Süden war jeden Tag vom Morgen bis in die Nacht hinein in diesem Spiegel. Ein kleines Glas Rotwein, einen Pastis, einen heißen schwarzen Kaffee und Gitanes Zigaretten. Man kommt aus der Kneipe. Am Morgen oder geht eben die Sonne unter. Du kommst auf die Straße, du hast noch nicht einmal angefangen zu winken und schon hält ein Auto, das dich mitnimmt bis Arles. Vor ein paar Jahren noch, sagte ich zu Sibylle. Dann lang durch Vororte. Manche direkt aus dem neunzehnten Jahrhundert. Mild das Nachmittagslicht und stehengeblieben die Zeit. Wie auf den Bildern der Impressionisten. Manchmal eine Hausfrau, die uns drei Kilometer weit mitnimmt. Wiesen und Obstbäume. Alte Scheunen, Plakatwände, Sommerhäuser. Eine Kleinstadt. Straßen und Plätze wie in der Provinz. Ein Hühnerhof, Gänse, ein Pferd auf der Weide. Aber dann ist Paris ringsum immer noch ein Stück weitergewachsen. Beeilt sich. Überholt uns jedesmal wieder. Baustellen, Werkstätten, Holzlager, Baustoffe, Baustellen. Kohlen, Heizöl, ein Weinlager, Druckereien, eine Papierfabrik, Kacheln, ein Sanitärgroßhandel. Möbel, Reifen, Chemie, Arzneimittel, Speditionen, ein Güterbahnhof. Kasernen, Mietskasernen, Tankstellen, Autos, Autowerkstätten, Baustellen. Lang zu Fuß immer wieder. Manchmal für ein paar Kilometer eine Hausfrau, ein Behördenangestellter, ein Lieferwagen. Und dann nehmen wir jedesmal noch einen Bus. Die Busse sind teuer. Hätten besser gleich einen Fahrschein für die ganze Strecke. Längst Spätnachmittag. Haben eine große Flasche Cola mit und gehen lang in der Nachmittagssonne, dann im Gegenlicht neben Autoschlangen und Staus und das Cola fängt an zu kochen. Ich trinke es trotzdem und muß dann im Vorbeigehen in immer noch einer Vorortkneipe immer noch einen Schnaps trinken. Für den Magen. Zwecks Gesundheit. Zur Vorbeugung. Jede Kneipe ist anders. Rum oder Cognac? Jedes Glas eine Sonne, die in mir aufleuchtet, glüht und vergeht. Und Sibylle beschreiben, wie das kochende Cola geschmeckt hat. Ausführlich. Es ihr immer besser beschreiben! Gern geh ich auf den Abend zu lang in das goldene Licht hinein.

Nach Süden! Die Straße entlang immer wieder der gleiche hilfsbereite betrunkene Gemüsehändler und sein zuverlässiger Saufkumpan. Mit einem kleinen alten Lastauto, in dem man vorn zu viert sitzen kann. Lesen uns immer neu auf, aber halten an jeder Kneipe. Wie es scheint seit Tagen schon unterwegs beide. Landstraßen, Vorortkneipen. Und hinten auf der Ladefläche schon ganz matt das Gemüse und überreif die Melonen. Dann kommen wir nach Fontainebleau und die Sonne ist untergegangen. Gerade noch Zeit, uns etwas zu essen zu kaufen, bevor die Läden zumachen. Bäume, ein Brunnen, ein ruhiger kleiner Platz und die Vögel sehen uns beim Essen zu. Nicht weit von Paris eine ruhige Kleinstadt für reiche Leute. Wollen essen, solang es noch hell ist. Ein Abendhimmel wie auf einem Bild. Der ganze Ort wie ein Bild und wir sitzen auch auf dem Bild. Ein Wandteppich, eine Stofftapete. Seidenmalerei. Ein Bild auf einer alten Pralinenschachtel, auf einer Keksdose. Kronleuchter in den Restaurants und alle Tische gedeckt. Wir haben Mühe, eine normale einfache Kneipe zu finden. Im Stehen ein kleines Glas Rotwein für mich und einen schwarzen Kaffee, den wir uns teilen, Sibylle und ich. Dann zu Fuß aus der Stadt eine Landstraße und kommen in einen Wald. Laubwald. Im Wald holt die Nacht uns ein und gleich so ein Nebel, daß man fast nichts mehr sieht. Wir haben eine Taschenlampe mit, aber ihr Licht bleibt im Nebel stecken. Nur ab und zu ein einzelnes Auto. Wie ein Spuk und gleich wieder wegverschluckt von der Nacht. Die Scheinwerfer dringen kaum durch. Huscht einer fahrig an uns vorbei und hält dann weit vor uns. Hat uns im letzten Moment erst und kommt wie in einer Filmszene, von der man noch nicht weiß, was sie bedeuten soll, im Rückwärtsgang auf uns zu. Um uns der Wald in Nacht und Nebel versunken. Neu ein großer Peugeot. Geschäftlich, sagt der Fahrer zu uns. Handelsvertreter. Auf der Heimfahrt. Meiner Frau versprochen, daß ich vor elf daheim, sagt er. Hier im Wald ist nachts oft so ein Nebel. Sie gerade eben nochmal aus Fontainebleau angerufen. Sie darf nicht wissen, daß ich Anhalter mitnehme. Sie würde sterben vor Angst. Sie denkt sowieso immer, daß ich ausgeraubt werde. Weil er das sagt, hier in Nacht und Nebel im Wald von Fontainebleau, der schon bei Villon vorkommt, ein Räuberwald, muß ich mir gleich vorstellen, wie es wäre, wenn wir ihn ausrauben müßten. Nur ausrauben oder auch töten? In einem Auto bei Nacht, wenn man so dicht beieinandersitzt, fällt es einem nicht leicht, seine Gedanken für sich zu behalten! Dreißig oder vierzig Kilometer. Er nimmt uns mit bis in seine Stadt und läßt uns im Zentrum aussteigen. Kein Nebel hier. Leer die Stadt. Gutbeleuchtet. Leer und zur Nacht gerichtet. Weit und breit kein Mensch. Man sieht den Kneipen an, daß sie eben erst zugemacht haben. Ich muß da vorn abbiegen, sagt er, gleich zehn vor elf. Meine Frau wird schon warten. Auf einmal hat er es eilig. Mustert das Auto auf Spuren, die ihn verraten könnten. Beweise? Indizien? Während seine Frau kaum zwei Kilometer weiter immer wieder auf die Uhr schaut und mit einer langen Liste durch ihr leeres hellerleuchtetes Haus geht und zum zehntenmal nachsieht, ob sie auch wirklich alles weggeräumt hat. Um elf, sagt er, das ist jetzt gleich, um elf gehen die Straßenlampen aus! Winkt und fährt ab. Kaum Gepäck, Sibylle und ich. Und gehen an schweigenden Schaufenstern und verschlossenen Eingängen vorbei ein Stück die leere gutbeleuchtete Hauptstraße entlang. Jetzt ist der freie Tag des tunesischen Mädchens schon wieder vorbei. Wir kommen auf eine Brücke. Dort in der Gegend fließen alle Flüsse in die Seine oder in die Loire. Sanft und still und verträumt sind dort die Flüsse. Auf der Brücke. Unter einer Straßenlampe. Stehen und winken. Aber die nächsten zehn Minuten nur zwei Autos, denen man ansieht, daß sie hierhergehören. Und da, sagte ich, jetzt also. Wie soll es weitergehen? Sibylle und ich auf der Brücke. Und vom anderen Ufer her eine Gestalt auf uns zu. Und bleibt vor uns stehen und segnet uns. Kein Apostel. Kein Heiliger. Jesus Christus. Bart und Locken und sanfte Augen. Eine alte Hose und barfuß. Eine Lederschnur mit einem kleinen Beutel um den Hals. Und ein goldenes Kettchen. Kein Kreuz dran, ein Bild. Auf dem Bild ist er selbst. Schon mit Heiligenschein.

Schmal. Eine Christusbrust. Nur lose das Hemd um die Schultern. Offen. Espagna, sagt er und zeigt hinter sich. Als ob auf der anderen Seite des Flusses schon Spanien anfängt. Eine Plastikflasche mit Evianwasser. Er trinkt und bietet uns auch an. Seit vierunddreißig Tagen, zeigt er uns mit den Händen, schon unterwegs. Mitten auf der Brücke unter der Straßenlampe. Seine Haut glänzt. Er schwitzt – oder gesalbt wie die in der Bibel. Barfuß und saubere Füße. Ein milder Blick. Wie auf all seinen Bildern. Heilig oder bekifft. Peace. Schalom. Frieden. Wir tauschen Zigaretten, er und ich. Er hat Maisblattgitanes und ich die normalen. Noch jeder dem andern Feuer. Gleich gehen die Lampen aus, sagen wir ihm. Er lächelt und schüttelt den Kopf. Er winkt ab. Er segnet uns noch einmal und dann weiter. Wohin? Nach Paris? Wir sahen ihm über die Brücke nach. Wir sahen deutlich, wie er mit den Füßen beim Gehen den Boden berührt. Warum hat er so saubere Füße? sagte ich zu Sibylle.

Damals, Sibylle und ich, sagte ich. Auf der Brücke. Er ist gegangen. Leer die Straße. So verlassen und still, als ob die ganze Nacht kein Auto mehr kommt. Der Gemüsehändler und sein Saufkumpan wohl auch verlorengegangen. Unter der Straßenlampe, Sibylle und ich, und gleich werden die Lichter ausgehen. Dann hell wie ein Geist, wie eine Erscheinung ein kleiner Citroën und hält. Kein Deux-chevaux, sondern einer bei dem die Heckscheibe schräg nach innen, als hätte er keine. Als sei an dieser Stelle ein Stück aus dem Auto herausgeschnitten oder abgebissen! Hieß er nicht Ami vier oder sechs? Und der Fahrer beugt sich über den leeren Nebensitz und macht uns von innen die Tür auf. Das Auto abgenutzt und verbeult. Damals konnte man den kleinen billigen Autos in Frankreich deutlich ansehen, daß sie aus dünnem billigem Blech gemacht sind. Noch jung der Fahrer. Ein freundliches Gesicht. Bis Auxère? Bis Avallon? Bis Mâcon? Wollen in den Süden, ans Meer. Wir steigen ein und in der Stadt gehen die Lichter aus. Zum Mont Blanc, sagt er. Ferien. Ein Dorf am Mont Blanc. Wir können mitfahren, soweit wir wollen. Als Kind, sagt Sibylle, in ihrer französischen Kindheit zwei Sommer am Mont Blanc. Das Dorf hieß Les-les-? Immer den Namen gewußt, eben noch und jetzt ist er weg! Les Houches, sagt er und sie ist so erleichtert, als ob er ihr ihre Kindheit und einen wichtigen Teil der Welt zurückerstattet hätte. Nach Les Houches, sagt er, da fahr ich hin. Ferien mit seinen Eltern. Eine große Familie. Ein langer Sommer. Und verdient sich dabei noch Geld als Reitlehrer. War in Caen und hat für eine reiche Frau ein teures, ein sehr teures Pferd gekauft. In ihrem Auftrag. Er beschreibt uns das Pferd. Die reiche Frau verläßt sich bei Pferden ganz auf seine Entscheidung. Jetzt steht das Pferd in einem eigens gemieteten Stall nicht weit von Pontoise. Er sagte den Preis für das Pferd und ich vergaß ihn gleich wieder. Keine Musik im Auto. Wir rauchen und trinken Wasser aus Plastikflaschen. Kurz vor Mitternacht oder kurz danach. Landstraßen, eine Landstraßennacht. Fast nur Lastwagen noch unterwegs. Das Auto schwankt wie ein Boot in den Kurven, wie eine Kirmesluftschaukel. Vor einer Woche von Paris zum Mont Blanc und jetzt vom Mont Blanc nach Caen und wieder zurück zum Mont Blanc. Vorher nicht viel und die letzten vier Nächte kaum geschlafen, sagt er. Aber beim Sprechen bleibt man ja wach. Reitlehrer mit Reitlehrerprüfung. Reiten, Tennis, Fechten und Binnensegeln. Man kann sich im Sommer damit leicht das Geld für das ganze Jahr und hat noch Ferien dabei. Im Winter dann Skilehrer. Studiert Jura und Philosophie. Aus Deutschland, sagten wir. Jetzt aus Paris. Schreibt ein Buch, sagt Sibylle ihm von mir. Er ist Dichter. Ecrivain kommt in ihrem französischen Schulmädchenwortschatz nicht vor. Sie französisch, ich englisch mit ihm. Dann wird sie müde. Gerade als ich weitersprechen wollte und ihm von Prag und Marseille und dem Prager Frühling und vom Nordkap erzählen, sagt er zu mir: Ihr müßt sprechen! Sonst schlaf ich ein! Von da an konnte ich nichts mehr sagen. Man sitzt im Auto. Schwer den eigenen Kopf auf dem Hals. Nach vorn der

Blick. Gradeaus. Und immer schwerer der Kopf. Das Auto schaukelt und bäumt sich und springt wie ein Pferd. Er hält vor einer Böschung: Kann-nicht-mehr wachbleiben! Sibylle auf dem Rücksitz und murmelt im Schlaf. Wir steigen aus und legen uns auf der Böschung ins Gras. Noch die Halme und wie sie über mir schwanken. Du machst die Augen zu und dann weißt du nicht, ob du schläfst. Sibylle kam und legte sich zu mir. Helle leichte Nachtwolken, fast durchsichtig. Mir war, als müßte mir schnell nochmal schlechtwerden von dem heißen kochenden Nachmittagscola, aber dann ist es doch nur die Böschung, die mit mir schaukelt und schwankt, wie vorher das kleine alte Auto in jeder Kurve. In den Schlaf hinein noch mit mir verhandeln, ob ich mir nicht zu den drei-vier eiligen kleinen Gläsern Rum und Cognac, die ich im Vorbeigehen im Stehen in den Vorortkneipen trank (gleich fangen die Vororte an, wieder ruckweise an mir vorbeizuziehen), ob ich mir nicht dazu noch eine kleine Flasche Schnaps hätte kaufen sollen? Nicht zu teuer! Mit Umsicht! Muß ja nicht groß! Und hätte sie jetzt oder hätte wenigstens noch einen letzten Schluck! Aber erst war es zu heiß und als die Sonne unterging, waren die Läden schon zu. Erst noch die Erde spüren und dann wie der Schlaf mich trägt. Morgen in den Zeitungen nachsehen, ob in dieser Nacht im Nebel im Wald von Fontainebleau nicht ein Geschäftsreisender auf der Heimfahrt in seinem Auto ausgeraubt und was sie über die Täter wissen? Nur ausgeraubt oder tot? Ist das noch die gleiche Nacht? Immer wieder Sterne und Lastwagen an der Böschung im Bogen vorbei. Alle drei gleichzeitig aufgewacht? Und wie es nach Sommernacht riecht, nach Kornfeldern, Wiesen, Wiesenblumen und Heu. Wir trinken das Wasser aus und fahren weiter. Finden eine Fernfahrerkneipe, die die ganze Nacht aufhat. Kaffee, Sibylle heiße Schokolade und ich Kaffee mit Rum, der wie ein Morgen auf einem Schiff riecht. Sitzen und reden und fängt schon an hellzuwerden.

Damals, sagte ich, Sibylle und ich. Unser erster Sommer. Erst noch Ende Juli und dann schon Anfang August. Sind in Paris gewesen, wollen in den Süden und fahren jetzt mit nach Les Houches am Mont Blanc. Kommen mittags an, es liegt hoch. Kommen hin und bleiben zwei Tage und finden die Bergwiesen und das Haus und den Bach und den Wald, wo Sibylle als Kind zwei lange Sommer lang. Mit zehn und mit elf. Mit ihrer Lieblingsschulfreundin und deren Mutter. Fremde Leute jetzt in dem Haus. Sommergäste. Lis, heißt die Freundin, Lisette. Aber wo? Auch den Bäckerladen und die zugehörigen Wege und Wegränder und Erinnerungen vollzählig wiedergefunden. Wir bleiben zwei Tage. Immer zu Fuß dortherum und den Berg vor Augen. Gehen weite Wege. So hoch und die ganze Zeit im Freien. Heiß, hell, die Luft ist dünn. Und ich kann am Berg nicht schlafen, die ganze Zeit nicht. Nichtmal bei Tag. Zwei Tage am Mont Blanc, dann durch die Dauphine und die Drome ans Meer. In die Camargue, nach Marseille und an die Côte Bleu. Kaum Gepäck. Nicht viel Geld. Zwei leichte Schlafsäcke mit. Richtig zusammengerollt sind die Schlafsäcke winzig. Und beim Ausbreiten die Reißverschlüsse aneinander, damit zum Schlafen für uns beide ein großer draus wird. Vorher ein langer Winter und dann unser erster Frühling. Einmal im Frühling kam unser Freund Manfred zu uns nach Staufenberg und sagte: Bald ist Sommer! An eurer Stelle (wenn ich ihr wäre, sagte er) würde ich mir bei Quelle in Gießen zwei leichte Schlafsäcke kaufen. Neununddreißig Mark einer. Zu jedem Schlafsack ein Nylonbeutel mit Bändel. Sibylle kann die Schlafsäcke blitzschnell so gut zusammenrollen, daß sie jedesmal kleiner werden! Kleiner noch als beim Kauf (kleiner als in Wirklichkeit!). Außen blau, innen gelb. Der Beutel auch gelb. Jeder Schlafsack mit einer Wärmefolie, die erst kürzlich für die Weltraumfahrt entwickelt wurde, aber wärmt nicht besonders. Immerhin spürt man im Schlafsackfutter die Folie und weiß, daß sie erst kürzlich für die Weltraumfahrt. So klein und leicht sind die Schlafsäcke in den Beuteln, man kann sie sich gut an den Gürtel binden. An die Jacke, an eine Tasche. Und dann gleich für den Rest des Tages aus dem Gedächtnis entlassen. Unverlierbar! Man kann unterwegs damit Ball spielen, hin und her. Sibylle kann im Gehen mit den vollen Beuteln jonglieren. Sogar wenn wir drei oder vier solche Schlafsäcke gehabt hätten, hätte sie es gekonnt. Können überallhin. Haben so wenig Gepäck, daß sie es in jeder Kneipe für uns aufheben. Oder wir legen es in ein Gebüsch und wenn wir am Abend wiederkommen, ist es noch da. Ein langer Sommer. Und wissen jeden einzelnen Augenblick, daß uns nichts passieren kann. Ich war zweiunddreißig, sie zwanzig.

19

Am Main. Jürgen neben mir her. Unser erster Sommer, muß ich
jetzt zu ihm sagen. Am anderen Ufer. Unter den kahlen gestutz-
ten Platanen am Schaumainkai, er und ich. Mondschatten. Kieselsteine. Hell die blanke Märzerde unter den Bäumen. Schiffe
auf dem Main. Wann? fragt er. Vor neun Jahren. Im Sommer sind
es neun Jahre. Haben nicht viel Geld und sind sechs Wochen
unterwegs. Die Schlafsäcke mit. Eigens im Hinblick auf diese
Reise die Schlafsäcke ja gekauft. In Paris für zwölf Francs ein
Hotelzimmer. In Marseille sind die Zimmer noch billiger. Sonst
meistens im Freien. Bergwiesen, ein trockenes Flußbett, die
große Sandbank in Saintes Maries-de-la-Mer. Felsen, Pinien, der
Strand. Sibylle vorher monatelang in einer Würstchenbude zur
Aushilfe. Am Rand von Gießen. Eine rostige schiefe Würstchenbude aus Blech. Pommes frites, Bratwurst, Currywurst,
Flaschenbier, Büchsenbier, Korn, Underberg, Cola und Fanta.
Alles klebt, alles riecht nach Wischlappen, Wurstresten, Spül-
mittel und nach altem billigem Fett und abgestandenem Bier.
Die Besitzer hochangesehene Sklavenhalter. Ehepaar, Tochter,
Schwiegersohn. Kommen zweimal täglich überfallartig kassie-
ren. Ein goldener Mercedes 280 SE. Zeigen, wo geputzt werden
muß und entscheiden, daß die abgelaufenen Würstchen noch gut
sind. Selbstredend auch die schimmligen alten Pommes frites.
Hier dann mit Schwamm und Putzmittel, aber gründlich!
Hauptsächlich Säufer als Kunden. Säufer, Penner und Sozialhilfeempfänger, die in Gießen am Trieb und am Eulenkopf wohnen. Ich halbtags in einer Buchhandlung. Schon mit meinem
ersten Buch angefangen. Alle anderen Manuskripte beiseitege-
räumt. Aus den Augen! (Man muß sie einschließen, auch wenn
sie das nicht wollen!) Zehn Jahre lang nur für mich selbst, für
den Schrank geschrieben und das soll jetzt mein erstes Buch
werden! Unser erster Sommer! Wo war ich? fragt er. Er merkt
sich nie Jahreszahlen. Im Knast, sagte ich. U-Haft. Dreizehn

Monate. Einzelhaft. Hungerstreik. Kein Besuch erlaubt. Vorher zum Untertauchen eine Adresse für dich. Im Jahr davor. Im Oktober. Deshalb ja Sibylle kennengelernt. Schülerin und in der Roten Hilfe. Mondschatten. Schiffe auf dem Main. Bald Vollmond. Später dann oft hier am Main auf dem Flohmarkt, sie und ich. In unserem ersten Frankfurter Herbst und dann ein schwerer Winter. Und Carina hat den Flohmarkt auch gern. Sogar Pascale, sagt er. Edelgard und Pascale. Jetzt ist der Flohmarkt nicht mehr am Main. Ist verlegt worden. Amtlich. Zwecks Ordnung. Muß sein. Damit die Behörden, die zuständigen Behörden ihrerseits ihre Ordnung haben. Und weil sie nichts vom Leben verstehen. Und müssen deshalb dauernd Recht behalten gegen das Leben! Noch nie, sagte ich und merkte, daß ich meine Stimme nicht mehr festhalten kann, noch nie etwas aufgegeben. Als Kind eine Welt verloren – vielleicht muß jeder als Kind eine Welt verlieren und doch darf einem das in jedem Leben nur höchstens einmal! Sogar dann hält es das ganze Leben lang vor! Eine Welt verloren und seither nichts je vergessen! Nie seßhaft gewesen, sagte ich, nie den Abschied gelernt! Weg ist weg! Jetzt nach der Trennung werd ich erst recht nie mehr was verlieren können! Am anderen Ufer und von hier aus das Ufer betrachten. Lichter. Die Stadt. Der Fluß fließt vorbei. Wie der Fluß an uns zieht. Und doch auch, als könnte er sich nicht trennen. Als ob er sich nicht losreißen kann, siehst du es auch? Aber falls Pascale, sagt Jürgen, wenn sie schreibt, wenn sie anruft – das würde Sibylle dir doch sagen? Seit November die Tage gezählt! Und Edelgard? Am besten nie mehr ein Wort mit ihr. Ihr schon jahrelang einen letzten Brief. Seit Berlin und wann war das? Neunundsechzig, sagte ich. Warum merkst du dir keine Jahreszahlen? Seit damals, sagt er, fange ich immer wieder diesen letzten Brief an sie an. So ein Brief, der braucht Jahre. Und dann muß man ihn umschreiben, weil in der Zwischenzeit soviel Zeit. Alles anders. Und auch nicht mehr die gleiche Welt. Dann liest sie ihn und ich weiß nicht, was sie denkt! Und wenn sie es sagt, weiß ich nicht, was sie wirklich denkt! Liest ihn nicht! Liest ihn! Liest ihn vielleicht immer wieder und sagt mir, sie denkt nicht daran, ihn zu lesen!

Wenn man kein Wort, sagte ich. Schon immer mir ausgedacht, wie das wäre! Früher manchmal ein paar wenige Tage nur mit einer Frau und noch fremd. Auf der Flucht. Reisen. Eine Liebe auf Zeit. Eine fremde Frau. Ein anderes Land. Zwei Menschen, zwei Länder und kann keiner des andern Sprache. In Bratislava, in Paris, in Pula, in Kemi, in Bastia, in Marseille. Und dazu die Jahreszahlen. Du ja auch. In Finnland und Ungarn geht es besonders gut! Ein paar Jahre lang ist die Welt mir mit jedem Jahr größer geworden. Hell und weit. Ein paar Jahre lang konnte man denken, daß die Welt von Jahr zu Jahr besser wird. Jetzt ohne Wein und mit immer mehr Vergangenheit könnte ich solche kurzen eiligen Zufallsliebschaften gar nicht mehr! Oder wüßte nicht, wie es geht, daß man geht und die Welt und die Ferne dann aushält, die Abwesenheit! Muß in Gedanken immer weiter mit ihnen, mit allen, die mir begegnen. Noch bis in den Schlaf hinein jeden Tag. Mich damit abschleppen! Eine Last, ein schweres Gewicht! Mein ganzes Leben. Jeden Tag wieder. Wenn es ginge, daß man miteinander lebt und kein Wort, keine Wörter! Noch im Schlaf hell die Stille und ihre Nähe spüren. Und jede von ihren Bewegungen. In dir drin und um dich herum alle Tage. Aber nicht sprechen, nur ansehen einander! Nur Blicke, Gesten, Berührung. Mit Sibylle wäre es nicht gegangen, sagte ich. Oder doch? Und gleich müssen mir all die Sorgen und Schulden und Gasrechnungen einfallen. Jahrelang dicke Bücher schreiben und die meiste Zeit keine Wohnung. Nur immer von der Hand in den Mund. Ob sie jetzt schon die nächste Gasrechnung hat und wie hoch? Einkaufen, Straßenbahn, Geld für den Schuster. Mit Pascale vielleicht, sagte ich. Mit Pascale nur höchstens die ersten Jahre, sagt er, dann nicht mehr. Jedenfalls nicht in Frankreich. Aber mit Edelgard, sagte ich und jäh wieder der Winter vor elf Jahren um mich her. Die Luft von damals, du kannst sie noch riechen, die Luft! Sogar auf der Haut spüren jetzt! Die wenigen Wintertage, als ich mit ihr und Besino in Darmstadt bei einem Freund von mir. Besino war drei. Wir hatten nichts als diese wenigen Wintertage und ein altes Auto. Mit ihr ganz bestimmt, sagte ich. Zu dir ist sie anders, sagt er und fängt im Kopf schon den nächsten Brief an sie an. Jeden Tag einen. Ich stell es mir schön, aber schwer vor, sagt er. Ich denk es mir leicht, sagte ich. Noch besser, wenn man die andere Sprache gar nicht erst kann. Entweder gar nicht oder nur wenige einfache Wörter. Wein, Arbeit, Milch, Brot, Schlaf, Sonne, Tag, Straße, ja und nein. Braucht man nein? Unbedingt muß man nein sagen können! Die Wörter wie Münzen. Nicht mehr als dreißig – dreißig sind schon zuviel! – und mit den Augen leben, mit Augen und Körper! Was für schöne Inderinnen es gibt! Griechinnen auch! Und in Rumänien! Überhaupt ja der Balkan! Italien. In Marseille die arabischen Frauen und die aus Afrika! Vom Atlas, vom Nil, aus dem Senegal! Und wer man auch noch, wer man mit ihnen sein könnte! Und wie jede Frau anders geht! Sibylle kann sie alle nachspielen! Nicht nur den Gang, auch was sie denken und sagen! Damals, sagte ich. Denken beim Trampen Pantomimen uns aus, sie und ich, und sie tanzt sie mir vor! Unser erster Sommer! Und wußten jeden einzelnen Augenblick, daß uns gar nichts passieren kann – oder weiß man es immer erst nachträglich? Sind das Schiffe, die rufen? Manche Möwen noch wach. Noch nie auf so einem Binnenfrachtschiff und du auch nicht! Sie fahren durch ganz Europa und bis ins Schwarze Meer und nach Rußland!

Und wir jetzt? Wohin? Dort vorn die Schifferstraße, wo Sibylle vor unsrer Zeit ein Jahr gewohnt hat. Vor uns – das gibt es! Und die Kneipe? Heißt sie Bäreneck oder Zu den drei Bären? Ein altes Gasthaus. Immer samstags am Ende des Flohmarkts, wenn man müd ist und hungrig und erschöpft von dem weiten Weg und den vielen anderen Leben, von all den abgenutzten Belegstücken menschlichen Lebens. Kannst kaum noch weiter und mußt doch auf nüchternen Magen immerfort alles auswendig lernen und auf- und in dich hineinfressen und mit dir herumtragen. Und wenn du etwas nur oft genug ansiehst, wird es ein Teil von dir, wirst du, das weißt du, am Ende ihm ähnlich! Und gerade hier jedesmal stockt der Tag und der Weg ruckt. Vor deinen Füßen. Ruckt und hält an. Stehengeblieben? Zum Stehen gekommen? Der Tag flimmert. Wie im Kino. Zum Schluß hin. Gleich aus. Wie nach einem Lichtbildervortrag. Man faßt sich an die Stirn. Man muß sich über die Augen streichen. Und gleich jetzt um Mantel und Namen und Heimweg sich kümmern – wer bin ich? Allein hier? Ob man ein Leben gehabt hat? Und falls ja, so muß es doch auch im Dunkeln zu finden sein! Soll man auffinden sagen? Wenigstens eine Garderobenmarke mit Nummer! Doch in der Hand nur die vormalig eigenen Handlinien, die kein Schicksal ergeben und keinen Sinn. Nicht einmal einen Zusammenhang. Und abgerissene Eintrittskarten, zwei oder mehr. Aber anwesend nur als einzelner Mensch und sich selbst bezweifelnd. Oder ist es doch nur die Müdigkeit und weil du den Kopf schon länger so voll von all dem fremden Gerümpel? Und meistens kein Geld für die Straßenbahn, U-Bahn, S-Bahn. Wer bin ich? Wohin? Immer nach dem Flohmarkt. Nur mit Mühe, daß man sich wiederfindet. Alte Ansichtskarten. Kerzenständer. Kleiderstangen voll abgetragener Pelzmäntel. Räudige Herden im unbarmherzigen Februarlicht. Jeans. Jeansjacken. Alte Stiefel. Pullover aus Chile und aus Peru. Räucherstäbchen. Bunte Tücher aus Indien. Pfützen. Pfützen voll Himmel. Ein ganzer Gehsteig voll Autobatterien und die Bäume kahl. Nicht ein einziges Blatt. Ausländer, die gebrauchte Kühlschränke wegschleppen. Keuchend. Gebückt. Als hätten sie bisher in Höhlen gelebt und der weiße glänzende Kasten soll hier in der Fremde ihr Hausaltar sein, ihr neuer Familiengott. Kühlschränke, Waschmaschinen, Elektroherde, Gasherde, Stereoanlagen und gebrauchte Fernseher. Eine Sprache, die du nicht verstehst. Zu zweit, zu dritt, zu viert. Ganz schief schon und nicht genug Luft. Müssen sich anstrengen, müssen mit aller Kraft! Wohin? Zu einem rostigen alten Opel mit Zollnummerschild und Dachgepäckträger und der Kofferraumdeckel mit zwei Gürteln und mit einem Hanfseil. Ein verbeulter Ford Transit (alte Autoreifen auf dem Dach). Oder das ganze Zeug eisern zu Fuß heim – ins Bahnhofsviertel, ins Gutleutviertel, ins Gallus, nach Bockenheim, Rödelheim, Bornheim, Hanau, Patras, Athen, Istanbul, Erzurum, Kabul. Manchmal einer allein. Wie blind mit der Last und muß alle drei Schritte absetzen. Zu zweit muß man alle sechs Schritte absetzen. Zu dritt schafft man immerhin neun. Kinder aus Split und Kinder aus Skopje, Kinder aus Palermo, Kinder aus Oran, Kinder aus Üsküdar, Frankfurter Kinder, die Büchsen mit Cola, Fanta, Sprite und bunte Gasfeuerzeuge verkaufen. Kürbiskerne mit Schalen. Eine dünne zähe armenische Frau mit Kopftuch und Halstuch und Schultertuch, die zusieht, sachlich-ernst-unbestechlich zusieht, wie ihr Mann eine guterhaltene Secondhandjacke anprobiert, einen Überrock für viele preiswerte mitteleuropäische Regenwinter. Manchmal ein Kleidungsstück ganz genau richtig! Auch noch guterhalten! Mit Zukunft! Spottbillig! Qualität, prima Schnitt, tadellos, einwandfrei! Wie neu! Sieht man gleich auf den ersten Blick – bloß leider: paßt nicht, paßt wirklich nicht! Auch nicht mit Luftanhalten, Zureden und Geduld! Nixzumachen! Dann ist man leider der falsche Mensch! Henninger, Binding, Äppelwoi, heißer Äppelwoi, Grog, Glühwein, Punsch, Rumpunsch und Weizenkorn. Menschen aus allen Ländern. Überall Spatzen, Tauben, Elstern und Möwen. Einmal Wildgänse fliegen sehen. In großer Höhe über den Flohmarkt hin. Richten sich nach dem Main. Fliegen in Pfeilformation. Kühl, grau, windig, ein Herbstmorgen in der Stadt. Außer mir hat sie keiner gesehen! Platanen und Pfützen und leere Himmel. Auf dem Flohmarkt zum Ende hin gleich wieder Winter. Gebrauchte Winter. Wie alte Matratzen und

Federbetten. Ganze Warenlager gebrauchter Winter. Werden hier aufbewahrt. Billig abzugeben.

Hier hört der Flohmarkt auf. Wie am Rand der Welt. Manche Stände nur wie die fahrige Erinnerung an andere Stände, die man zwei Kilometer vorher oder vor einem halben Jahr einmal sah. In einem früheren Leben und wie hieß das Land? Andere werden schon abgebaut und gleich stürzt der Wind herbei, gleich soviel Leere, daß es dir den Atem nimmt. Schnell! Haltmichfest! Dort fahren die ersten schon ab. Plakate, Bettfedern, Plastiktüten. Altes Laub durch die Luft. Pfützen und zittern im Wind. Zeitungsverkäufer, die uns den Rücken wenden. Eine Eierfrau, aber hat keine Eier, nur leere Kartons und sieht aus wie eine Wahrsagerin. Ein kleiner Junge mit einem Bauchladen voller Erdnüsse – aber ist weggerannt und sah es nicht aus, als ob er so schnell er kann so weit es geht wegrennt – bis zu der Mauer am Ende der Welt und dort dann gleich anfängt zu weinen bis alles davonschwimmt in seinen Tränen? Ein alter Mann aus Siebenbürgen und tritt von einem Fuß auf den andern und hat ein Paar Turnschuhe zu verkaufen. Und wo nur hast du ihn schonmal gesehen? So blaue Augen! Turnschuhe Größe 40. Einer mit einer Fahrradluftpumpe. Aber vielleicht will er die gar nicht verkaufen? Steht nur so da. Mit Regenmantel und Baskenmütze. Gerade hier am Ende des Flohmarkts, weil es hier nicht mehr weitergeht, fängt es oft mittags zu regnen an. Wind, Abfall, Papierfetzen. Dort vorn beladen sie schon ihre Flohmarktautos. Kleinlaster, Kombiwagen und bunte alte VW-Busse. Karawanenmusik. Laut die Autotüren zuschmeißen! Fahren ab und bis nach Istanbul. Nach Persien, Afghanistan, Indien. Mongolengesichter. Seit ein paar Jahren auch Indios. Aus Mexiko, aus Peru, aus den Anden. Und als Händler hierher. Oder sind von hier, sind Deutsche hier aus der Gegend, sind die Kinder der Fünfziger Jahre. Haben Kunstgeschichte und Soziologie studiert, Psychologie, Politik, Romanistik. Als Zivi beim Bund.

Und Schlagzeug in einer Band. Entweder Zivildienst oder Berlin-Studium. Hier in Frankfurt ein paar Jahre Taxifahrer oder zur Aushilfe Nachtschicht am Flughafen und in Rüsselsheim bei Opel am Band. Psychoanalyse, Ethnologie und beinah Lehrer geworden. Und jetzt Flohmarkt. Schon vier Jahre Flohmarkt. Das Auto billig. Kennen sich aus. Am besten einen ehemaligen Krankenwagen oder ein ausgemustertes Postauto und eine günstige Stereoanlage rein. Die Rolling Stones und Van Morrison auf Cassette. Ein altes Haus auf dem Land. Selbst die Ölheizung eingebaut (Kessel und Öltank unter der Hand). Stall und Scheune als Warenlager. Erst kürzlich dreißig geworden. Erst die Heizung fertig, dann das Dachgeschoß ausgebaut. Und dann unter den Eternit-Platten wieder das Fachwerk freigelegt. Wohnen als Flohmarkthändler im Vogelsberg, in Gelnhausen, im Spessart, im Rheingau, in Darmstadt, im Odenwald und im Ried. Alles eingepackt? Fahren und nehmen den Tag mit. Gerade hier jedesmal muß man mit Mühe sich wiederfinden. Gerade hier mit dem Tag und der Zeit zum Stehen gekommen. Die Schwerkraft. Zuende der Markt und dann ist man müd, hat sowieso, hat schon länger kein Geld und weiß nicht weiter. Wohin? Wollen trotzdem auch weiterhin an den Main und den Flohmarkt glauben! Wohin? Samstage, Flohmarkttage. Manche Samstage ist der Flohmarkt am Main mit dem Fluß und dem Himmel und den Bäumen, Gesichtern und Stimmen das Schönste, was es in Frankfurt gibt. Meistens. Und dann wieder andere Tage, da erweist sich der ganze Flohmarkt vom einen zum andern Ende als Täuschung. Unwirklich. Eine Luftspiegelung. Rückwirkend. Ein Irrtum. Hätten lieber dies und das. Da und dort. Besorgungen. Wichtige Angelegenheiten. Um Arbeitsplätze, Namen, Mäntel und Wohnungen anstehen! Die Akten ordnen! Behördenbriefe beantworten! Oder im Bett bleiben! Ausschlafen! Noch länger ausschlafen! Gar nicht mehr aufstehen! Immer gerade hier! Der Samstagmittagruck! Immer erst nachträglich weiß man es wieder. Jetzt hat das Wochenende angefangen.

Samstagmittag, alles stolpert und stockt und kommt zum Erliegen. Stehengeblieben. Immer gerade an dieser Stelle. Und läßt sich weder anschubsen noch rückgängig! Zum Verzweifeln! Der Tag leergeräumt. Wie geplündert. Ein Zettel, auf dem draufsteht, wer du bist und wohin, so ein Zettel wäre nicht schlecht. Besser aus Pappe. Noch besser auf ein Holzschildchen aufgeklebt. Griffbereit. Nicht zu verwechseln. In der Tasche das Schildchen, die Schrift eingebrannt und sich den ganzen Tag daran festhalten. Edelstahl. Grabsteinmarmor. Da tragen sie stapelweise vergangene Tage und alte Zeitungen weg. Wird gleich regnen! Kalt. Windig. Riecht nach Schnee, fängt vor deinen Augen zu schneien an. Wie im Kino am Ende des Films. Keinen Mantel? Wie heißt der Film? Meistens dann keinen Mantel oder wenn, dann nicht mit! Müd, hungrig, die Schuhe durch. Geld verloren. Oder kommt dir so vor. Vielleicht nicht verloren, aber jedenfalls auch nicht da. Meine alte Wildlederjacke aus dem Mai 68 oder eine Jacke vom Flohmarkt, die sich bald als vergänglich erweist. Genau wie der Tag und die Zeit. Neun Jahre lang auf allen Wegen die Tage, Pullover und Jacken mit Sibylle geteilt. Hier am Rand, hier ist der Flohmarkt zuende. Nachträglich beinah wie nicht gewesen. Und fängt auch schon an zu verschwinden. Vor deinen Augen auf und davon. Immer bleibt man zurück. Und wenn du aufblickst, gerade dann und gerade hier fällt dein Blick jedesmal auf das Wirtshausschild. Bäreneck. Richtig! Jetzt weißt du es wieder! Zu den drei Bären nämlich heißt ein Gasthaus in Prag. Oft dran vorbei. Dort in Prag war ich in den Sechziger Jahren. Damals war ich reich. Mäntel. Taxis. Ein Auto. Ein Seidenschal. Restaurants. Goldene Kugelschreiber. Die besten Hotels. Sogar Handschuhe und eine Pelzmütze, wenn du willst, daß es kalt wird. Die Pelzmütze wie aus einem russischen Buch. Damals hatte ich keine Sorgen! Ich hab einfach keine gebraucht! Jede Frau hat mich angesehen! Ein Visum, eine Aufenthaltserlaubnis, dauerhaft eine große Wohnung in einem alten Haus. Nicht sogar eine Art Familie? Und wo ich auch gehe, die Stadt spricht mit mir. Jeder Stein. In Prag gibt es eine astronomische Uhr. Manchmal kommt man zur rechten Zeit und sieht sie der Reihe nach alle herauskommen und vorbeirucken, Bettler und König und Tod und zuletzt kräht ein Hahn und dann muß man auch schon wieder weiter, muß weiter. Wird Zeit! Immer wieder gekommen! Und wie wir uns durch die Jahre beeilt haben, sagte ich. Oder denkt man das immer nur? Hier am Main am Ende des Flohmarkts, der jetzt in der Nacht natürlich nicht da ist, das Bäreneck. Hat gewartet. Steht immer hier. Heißt immer noch Bäreneck. Dabei war ich nur höchstens einmal drin. Mit Sibylle. Unser erster Frankfurter Herbst. Als ich zum erstenmal mit ihr hier auf dem Flohmarkt – oder wollten wir damals nach dem Flohmarkt nur rein, aber sowieso kaum Geld und es uns für später? Ein andermal? Ein andermal und das sind dann auch wieder wir? Der billigste Schnaps in Frankfurt ist immer im Stehen an der Theke ein schneller Korn. Damals ungefähr neunzich Fennich oder eine Mark, manchmal einszehn, je nachdem. Oder gleich einen Flachmann am Büdchen. Muß man mit sich selbst verhandeln! Jetzt nie mehr, sagte ich, einen Schnaps im Vorbeigehen. Als Gast. Ein Fremder. Die Kneipe auch fremd. Und wenn man geht, nimmt man alle Blicke mit, die Uhrzeit, Gesichter und jedes Gespräch. Die ganze Kneipe jedesmal gleich im Kopf mit. Sind das Schiffe, die rufen? Ob Carina jetzt schläft?

Schifferstraße, Schulstraße, Färberstraße. Wollen hier entlang, komm! Mit vollem Bauch. Satt. Fest auf der Erde. Hier vor uns die alten Häuser, die paar, die noch übrig sind. Mondlicht. Das Pflaster glänzt. Die Kirche und bei der Kirche so hohe Bäume. Wie die Nacht rauscht. Sandstein, ein Eisengitter, ein hohes Tor und bis an den Himmel die Bäume. Gab es hier nicht eine Musikkneipe auch? Gleich da um die Ecke? Immer enger die Häuser. Drängen sich aneinander. Wie still es ist. Bis jetzt noch nie in Sachsenhausen gewohnt, du ja auch nicht. Wie in alten Zeiten gehen wir mitten auf der Straße. Gerade hier kann man gut sehen, wie es einmal gewesen ist. Und in der Stille die eigenen Schritte, als ob jemand hinter uns herkommt. Und woher die Stimmen? Wohl aus dem Kneipenviertel dort vorn. Und dazu noch die Stimmen in deinem Gedächtnis. Der Wind auch mit vielen Stimmen. Der Wind bringt das Echo vom Wind. Und muß da hinten am Rand der Nacht immerfort großspurig johlen und lachen und mit Kneipenschildern und Wolkenschiffen und Fensterläden und Dachziegeln klappern – und dann wieder schnell weg und fährt in weiter Ferne dahin. Schmal die Häuser. Die Wände mit Schiefer. Besonders die oberen Stockwerke. Vollmond hieß die Musikkneipe. Nicht weit von der Kirche. Und wie heißt die Kirche? Vor uns die Mondschatten. Und gerade hier wieder an unser altes nächtliches Treppen- und Gassen-Marburg denken, den Fluchtpunkt. Ohne Marburg hätten wir es in Gießen nicht ausgehalten. Und unser Freund Eckart? Verschollen? Noch immer verschollen? Nein, sagte ich, ich weiß, wo er wohnt! Ihn gesehen! Zweimal sogar ihn gesehen! Du warst nicht da! Du weißt ja, du warst nicht da! Im Dezember von Wolfram gehört, daß er in Bruchköbel wohnt. Ein oder zwei Wochen vor Weihnachten. Nach der Trennung schon. Schon die neue Zeitrechnung, aber ich bin noch in der Jordanstraße. Sibylle schon dabei, jeden Tag ihr künftiges neues Leben einzuüben und ich muß mir immer spät in der Nacht aus den überzähligen Matratzen in unserem großen Zimmer ein Bett für mich allein. Nach Mitternacht. Allein in der vorgeschrittenen Stille und immer noch fassungslos. Du warst in Portugal. Ihr wart alle in Portugal. An diesem Tag ein Brief von dir. Abends mit Carina allein daheim. Die ehemalige Wohnung. Nebeneinander in einem von den großen grauen Sesseln, Carina und ich. Die meisten Frankfurter Kinder sind den halben Winter erkältet. Wir sitzen bei der Stehlampe und malen mit Buntstiften Briefmarken. Nichtehelich als Vater ein Kind. Keine Wohnung, kein Geld, kein Einkommen, aber immerhin ein bequemer Sessel. Ein Secondhandsessel und die Heizung summt. Vorher lang stur und ernsthaft versucht, aus einem Kapitel vom schwarzen Buch einen Dialog, ein Hörspiel, ein Drama, ein Drehbuch, etwas wofür man Geld kriegen kann! Mit den gleichen Buntstiften. Indem ich die Sätze mit Farben. Mit System. Und dazuschreiben: Erster Sprecher, zweiter Sprecher usw. Dann gemerkt, daß es mich nicht lockt. Wenn es einen nicht lockt, hat es keinen Sinn. Welches Kapitel? fragt er. Das zweite, sagte ich. Die Sylvesternacht. Wie er über den Main rennt. Übers Eis! Genau richtig das Kapitel. Jedes Wort stimmt. Es schon vor mehr als zehn Jahren einmal schnell aufgeschrieben. Vor zwölf Jahren. Nur für mich. Damit es dann da ist. Und als ich das Buch schrieb, es immer wieder neu. Noch zwanzigmal. Aber wenn es dann fertig ist, wird auch mit Not und Buntstiften nichts daraus, wofür man Geld kriegen könnte. Deshalb dann die Briefmarken. Lieber Briefmarken malen. Mit Begeisterung. Sollen so echt aussehen, wie es nur geht. Carina auch mit Begeisterung. Kleine Kinder können lang keine Rechtecke. Neben mir in dem großen Sessel sitzt sie und zappelt mit den Füßen und muß manchmal die Luft anhalten vor Eifer. Dann abendmüd und ich auch. Geht auf sieben. Sessel, Tisch, Lampenlicht und die Heizung summt. Um uns das Zimmer, die Wohnung, der Abend und alles schon nicht mehr wahr. Noch da und doch schon Vergangenheit oder muß rückwirkend annulliert. Wunderschöne handgemalte Briefmarken. Dann telefonisch die Auskunft und dann gleich Eckarts Nummer. Bruchköbel. Hinter Hanau. Ein Dorf, ein ehemaliges Dorf. Er sitzt direkt beim Telefon. Verheiratet. Einen Sohn. Vierzimmerneubauwohnung. Der Sohn heißt Benjamin. Benny. Schon sieben. Haben vorher im Fernsehen das tägliche Abendsandmännchen und dann zweimal Mühle, er und sein Sohn. Seit Benny Mühle kann, spielen sie abends oft Mühle. Meistens spielen sie zweimal. Seine Frau ist jetzt in der Küche. Ihm von uns, von Sibylle und Carina und mir und den Büchern und Jahren erzählen. Die Zeit ihm erzählen. Teppiche, Sessel, eine Stehlampe. Hast du auch so eine Stehlampe neben dir stehen? Carina auf meinem Schoß. Viereinhalb. An Sibylle erinnert er sich. Neun Jahre jeden Schritt Weg miteinander, sagte ich. Und vor drei Wochen die Trennung. Seine Frau in der Küche darf nicht wissen, daß er mit mir spricht. Dann schreibt er sich meine Telefonnummer auf. Dann aufgelegt und ich muß gleich Carina von ihm erzählen, von ihm und von mir. Und selbstgemacht richtige Briefmarken, sagt sie dann. Und Peta, die kömmier auch kleben, Peta! Bloß sind noch schöner!

Dann Ende Januar ruft er an. Ich schon in der Abstellkammer und Sibylle gibt ihm die Telefonnummer. Wir treffen ihn Freitagnachmittag im Nordend in einem altmodischen Café, Carina und ich. Ich sah ihn schon von der Tür aus. Acht Jahre füreinander verschollen gewesen. Er arbeitet in Griesheim in einer Spedition. Unbezahlte Überstunden und noch nichtmal Tariflohn. Erpressung, sagt er, die ganze Branche ist so. Jeden Tag von Bruchköbel nach Griesheim. Kurz nach fünf aus dem Haus. Er fährt die Mainuferstraße. Oft Staus. Mit einer Arbeit in Offenbach oder Hanau – oder wenigstens im Ostend, wenn er eine hätte: könnte jeden Tag zwei bis drei Stunden sparen! Kurz nach fünf aus dem Haus und fast nie vor acht daheim. Mindestens zwomal die Woche wird es neun oder noch später. Allein im Auto. Zigaretten, Autoradio, die Fahrt und im Kopf wird aus jeder Fahrt ein Film. Daheim Frau und Kind und die Uhr. Vier oder doch bloß drei Zimmer? Neue Tapeten. Alle drei Jahre neue Tapeten. Die Wände schweigen ihn an. Fernsehen. Ein Bier aus dem Kühlschrank. Fernsehen mit Fernbedienung. Seine Hände? Größer geworden? Muß manchmal auch samstags. Samstags nur außer der Reihe. Samstags die Zeit wird extra bezahlt. Immerhin regulär jeden zwoten Freitag zweieinhalb Stunden eher frei und geht zwei Stunden wie ein Fremder allein in Frankfurt herum. Wie im Kino. Wie jemand anders. Das ist er dann selbst! Bald Abend. Ein Café weit oben in der Eckenheimer Landstraße und Carina sieht ihn aufmerksam an. Haben hier uns mit ihm verabredet, weil wir vorher mit dem ganzen Kinderladen im Tatzelwurm waren. Bei einem Märchenerzähler. Ein Café wie 1958 in Gießen die Cafés für bessere kleine Leute, als ich als Lehrling anfangen mußte. Eine Lehrstelle, als hätte ich mich als Lastträger auf dem Markt verkauft. Mich selbst verraten und noch nicht einmal dreißig Silberlinge! Jetzt im Café, als sei seither keinerlei Zeit vergangen. Und dann mit ihm in die Stadt. Hauptwache, Zeil, Kornmarkt. Er zeigt uns, wo er jeden zweiten Freitag ein Bier trinkt, ein Bier oder ein Glas Wein und manchmal einen Espresso. Und die Zeitung liest, den Börsenbericht und das Kinoprogramm. Einmal hat er zwei Aktien besessen. Manchmal einen Grappa zum Espresso. Und hier ist der italienische Laden, in dem er immer 250 g Original italienischen Espresso kauft, Oliven und eine Flasche Marsala. Aus Mesina der Ladenbesitzer, ein Frankfurter Italiener. Vier Sorten Marsala. Er bittet zu kosten. Und schüttelt bedauernd den Kopf, weil er hören muß, daß ich nicht mehr trinke. Vom Wein, vom Fußball, vom deutschen Wetter und für Carina zwei Mandelplätzchen. Wie ein vermögender guter Kunde, so steht mein Freund Eckart an diesem Freitagnachmittag neben uns an der Ladentheke. Wie an einem freien Freitagnachmittag in Italien. Wie ein Konsul. Erfolgreich. Als hätte er viele Jahre erfolgreich und glücklich in Rom gelebt. Erst in den Laden, dann mit ihm durch die Kleinmarkthalle. Er raucht Gauloises. Bei der Arbeit raucht er nicht. Nur in den Pausen. Von der Hauptwache zum Römer. Beinah wie wir vorhin, sagte ich jetzt zu Jürgen. Fast den gleichen Weg. Sogar auch an der Sandhofpassage vorbei. Carina hat gleich verstanden, daß er ein Freund ist. Schön groß und breit. Sie läßt sich von ihm im dichten Innenstadtabendgedränge auf der Schulter tragen. Seine Frau heißt Liane. Schon als Schüler ist er in alle Liane-Filme. Mit Marion Michael. Immer wieder. Er muß! Sind es zwei oder drei gewesen? Oder eine ganze Serie, die immer weitergeht, genau wie sein Leben? Jeden einzelnen hundertmal! Wahrscheinlich hat seine Frau ihren Namen vom Film.

Kindergärtnerin. Solang der Sohn noch klein, solang er noch nicht zur Schule ging, ist sie zu Hause geblieben. Fängt jetzt bald wieder halbtags an. Eine gute Ehe. Die teure Wohnung. Immer Arbeit, kaum Geld, fast nie Zeit. Bruchköbel ist ein Wohnort für Leute, denen Bergstraße, Taunus und Rheingau zu teuer sind und zu weit weg. Leute mit Kindern. Leute mit einem Hund. Leute, die in Frankfurt ihr Geld verdienen, aber wollen in Frankfurt nicht wohnen. Finden keine Wohnung in Frankfurt. Können sich eine Wohnung in Frankfurt nicht leisten. Hinter Hanau. Bruchköbel. Schön ruhig. Man kennt sich vom Sehen, aber muß sich nicht kennen. Ruhig und übersichtlich. Tagsüber alle zur Arbeit. Und die Hausfrauen, Rentner, Arbeitslosen, Sozialhilfeempfänger und Lottogewinner – alle, die tagsüber nicht zur Arbeit müssen, bleiben daheim und haben es da schön ruhig. Ordentlich. Sauber. Vier Zimmer. Vier oder drei? Alles Neubauwohnungen mit Balkon. Und ringsum so grün und schön ruhig. Jeden Tag ein paar Stunden gründlich putzen. Waschen. Bügeln. Einkaufen. Wie man Trockenblumen sachgerecht abstaubt (was sein muß, muß sein!). Als gute Hausfrauen die bügelfreien Oberhemden trotzdem schnell noch ein bißchen aufbügeln? Heimlich? Nur ganz leicht? Sieht ja keiner! Bürohemden, Sonntagshemden. Die praktischen Weihnachtsgeschenke vieler Jahre. Jedes Jahr kommen zwei neue dazu und ein altes wird ausgemustert, aber geht für daheim noch. Schon die Fenster geputzt – oder war das gestern? Am besten putzt sichs morgens im Bad, ein Vollkachelbad. Soll man jetzt eine Tablette? Gegen Seelenzustände? Fürs Gemüt? Wachtabletten? Beruhigungstropfen, Beklemmungstropfen, Herztropfen, Vitamine und einen Kirschlikör für den Kreislauf? Klosterfrau-Melissengeist, Jägermeister, Kaffee Hag, der Blutdruck, das Kreuzworträtsel, Telefongespräche und sehen, was es im Fernsehen. Noch einen zweiten-dritten-vierten Lottozettel ausfüllen und in Zukunft mehr Optimismus? Oder fahren mit dem Bus nach Hanau und gehen mit bösen Gesichtern jeden Tag sechs Stunden in Hanau in der Fußgängerzone zwischen den Sonderangeboten und Arbeitslosen herum. Wie beleidigt, zu Recht beleidigt, für immer beleidigt. Manche mit Hund oder Hündchen. Manche mit einem kleinen Karren zum Nachziehen. Neuerdings neue Abfallkörbe und Betonblumenkästen in der Fußgängerzone. Städtisch. Modern. Abfallkörbe und Betonblumenkästen im Freizeitlook. So ein kleiner Karren zum Nachziehen ist praktisch. Was will man als Witwe mehr? Zum Kaufhof, zum Woolworth, zum Schlecker. Einmal, das weißt du, war Eckart mit uns in Marseille. Ein einziges Mal nur. Zwei Jahre Bundeswehr. Luftwaffe. Aber nie geflogen! Vor fünfzehn Jahren in Prag war er so gut wie verlobt. Mit Pantoffeln und tschechischem Weihnachtsbaum. Seine Mutter aus Riga, sein Vater ein Uniformfoto. Und er mitten im Krieg in Posen geboren und aufgewachsen in Gießen. Nie in Paris gewesen. Nie in New York und nie in Kalifornien. Aber jahrelang täglich ins Kino. Nach Möglichkeit mehrmals täglich. Viele schulfreie Nachmittage. Das Kinogeld sich mit Aushilfsarbeit und Amischwarzmarkt. Hollywood und Godard. Jetzt jeden Tag mit dem alten VW seiner Mutter. Den sie ihm früher nur gab, wenn er ihr sagt, wohin und mit wem und warum. Und sich vorher die Haare kämmt. Einen Scheitel. Ein sauberes Hemd. Wann zurück? Muß das sein? Auf jeden Fall soll er pünktlich! Und nicht vergessen, daß er aus einer guten Familie! Sauber, pünktlich, anständig! Jetzt sowieso immer nur zur Arbeit und von der Arbeit heim und ins Einkaufszentrum. Ohne Auto käme er gar nicht zur Arbeit. Er könnte die Stelle ohne Auto nicht haben oder sie müßten umziehen! Ohne Auto würde er sein Leben nicht aushalten! Die meisten Leute würden ihr Leben ohne Auto schon lang nicht mehr aushalten! Lieber wäre ihm ein Cadillac oder ein Buick oder wenigstens so ein großer alter Citroën, wie er früher immer zwei hatte. Nur einen angemeldet. Zwei und für die Ersatzteile vom Autofriedhof noch einen dritten, der auch noch fährt, bloß keinen TÜV mehr hat und auch keinen gültigen Kraftfahrzeugbrief. Und dann die

Nummernschilder umschrauben. Für seine freien zwei Stunden jeden zweiten Freitag weiß er mitten in der Innenstadt gleich hier um die Ecke einen guten Parkplatz, wo sonst kein Parkplatz ist. Einen Parkplatz, den außer ihm keiner kennt.

Einmal im Jahr jedes Jahr drei Wochen Urlaub. Zum Baden. Erholung. Ans Meer. Manchmal Jugoslawien, sonst immer Spanien. Nach Österreich nämlich und nach Italien immer als Schüler schon mit seiner Mutter. Drei Wochen. Und immer gleich nach dem Urlaub den nächsten schon planen und buchen, besprechen und vorbereiten. Preiswert! Nicht billig – preiswert! Sie waren auf einer Campingfachmesse. Er weiß, seine Frau hätte gern ein Wohnmobil. Komplett. Alles drin. Eine Ausstattung. Mindestens neunzigtausend. Er spielt Lotto. Hat jahrelang von nicht nachweisbarem Millionenbetrug und perfekten Banküberfällen geträumt. Warum nicht einen alten VW-Bus und zwei überzählige Matratzen, sagte ich. Du kennst dich mit Autos doch aus! Es wäre ihr zu unordentlich. Alles schlampig und falsch. Unzulässig. Genau wie die schönen billigen Hotels in Frankreich im Süden. Übernachten, wenn sie nach Spanien fahren, unterwegs immer in einem Autobahnhotel. Immer die gleiche Hotelkette und jedes Ding an seinem Platz. Arbeit und Freizeit. Er hat drei Chefs jeden Tag, aber wem die Spedition wirklich gehört, weiß er nicht. Mit dem Fernsehen die halbe Zeit in Amerika. Ein Held. Auf der Flucht. Cowboy, Filmstar und Millionär. Hätte ich zu ihm gesagt: Komm! Nach Marseille! Jetzt gleich, du und Carina und ich! Ein anderer Film! Er hätte nicht anders gekommt, er hätte mitfahren müssen! Weißt du noch, wie seine Mutter immer alles nicht wissen durfte? Und erst recht nicht die gebildeten reichen Verwandten von seinem toten Vater! Und jetzt ist es seine Frau! Auch wenn sie das gar nicht will! Er hat nach dir gefragt, sagte ich. Und nach Edelgard. In Gießen, sagte ich, weißt du noch? Immer gab es etwas, was jemand nicht wissen durfte. Dies nicht und das nicht und manches nur halb! Einer weiß es und soll es nicht weitersagen! So hatten sie die Stadt unter sich aufgeteilt. Wie gut, daß es Marburg gab und Feldwege und die B 3 und die Lahn. Und hinter Staufenberg nur noch Wald, einen großen Wald. Wenigstens konnte man trampen. Zu Fuß gehen und trampen. Trampen noch Leute? Wie schön in Marburg die Mädchen waren, Schülerinnen, Lehrmädchen, Studentinnen. In Gießen auch. Nur daß es in Gießen keinen Ort gab, wo man als Jugendlicher hätte hingehen können – oder auch nur sich hinwünschen! Überall beaufsichtigt und bestenfalls geduldet. Als ich Lehrling war, aber eigentlich Lastträger. Vierzehn Jahre alt. Sechstagewoche. Zwölfstundentag. Und fünfundvierzig Mark im Monat. Aber davon geht noch die Monatskarte ab. Für jeden Anlaß neu sprechen lernen! Und dabei dann fast essen und schlafen verlernt. Schriftsteller, aber außer mir weiß es keiner! Und die anderen Schriftsteller sind alle längst tot! Dann mit mir allein mein erstes Glas Wein und am Abend dann eine Flasche. Vor zehn Jahren, als er sie kennenlernte und sie zu ihm sagte, sie heißt Liane, da hab ich sie einmal gesehen. Einen Abend in Marburg. Im März, im April. Noch Nachwinter oder schon Vorfrühling? Ich bin sicher, er könnte ihr alles sagen. Statt Fernsehen. Dann wäre es nicht so still in der Wohnung. Vierzimmerwohnung. Vier oder drei? Drei Zimmer und eine Eßecke, die mit zur Küche gehört. Bad und Balkon. Nicht so still und sie müßten sich auch nicht dauernd räuspern. Erst acht Jahre nicht und jetzt kürzlich ihn zweimal gesehen. Zum Ende des Winters hin. Zwei zweite Freitage. Du warst noch in Portugal oder eben zurück und nicht aufzufinden. Nicht einmal Edelgard wußte, wo du bist. Er rief in der Jordanstraße an? fragt Jürgen. Ja, sagte ich, und Sibylle hat ihm meine Nummer, die Nummer in der Robert-Mayer-Straße. In der Abstellkammer. Wenn Sibylle von Pascale etwas hört, dann sagt sie es mir und ich sag es dir noch am gleichen Tag! Und wenn Eckart wieder in der Abstellkammer anruft, dann erfährt er dort, wo ich jetzt bin. Oder er fragt Sibylle. Er sucht und er

findet. Er kann einen gut finden. Als ich damals nach den Oster-
ferien nicht mehr in die Schule kam, kam er mittags mit dem
Fahrrad nach Staufenberg, um mich zu suchen. Jetzt muß er auf
die Uhr schauen und dann bringen wir ihn zum Auto. Er steigt
ein und Carina winkt. Meistens winkt sie erst, wenn die Leute
schon weg sind, dafür dann umso länger. Erst ham mier uns
nicht gekennt, sagt sie. Und jetz-aber kenn mier uns! Abgefahren. Erst da und dann nicht mehr. Stehen und winken. Wenn
wir uns jetzt wieder acht Jahre nicht sehen, dann ist sein Sohn
beim nächstenmal fünfzehn und Carina schon zwölfeinhalb.
Und er kriegt dann schon bald eine kleine Rente. Nur du und ich
wie immer keinen Tag älter geworden! Er wußte noch nicht, daß
ich nicht mehr trinke. Letzten Samstag sind es fünf Jahre gewesen. Sogar mir ist es immer noch neu und auch zum Verwun-
dern. Am 10. März aufgehört und dann eine Zeit, da mußte ich
nachts in Panik aufwachen. Zehnmal jede Nacht. Aufwachen!
Alle Lampen an! Schluck für Schluck zwei Liter Wasser trinken
und mir vorsagen, daß ich nicht aus dem Fenster springe. Jetzt
heute nicht! Auch nicht wie nebenbei aus dem hochgelegenen
engen Küchenfenster! Trink in kleinen Schlucken zwei Liter
Wasser! Dann eine Zeit, da konnte ich gar nicht mehr schlafen
und mußte nachts an den Main. So groß meine Müdigkeit, als ob
ich schon nicht mehr in meinem Körper – als sollte ich nie mehr
drin wohnen! Halbe Nächte den Main entlang. Vorher einundzwanzig Jahre alles nur mit Alkohol. Nur immer im Suff gelebt
und geschrieben und dann mitten im Buch ohne zu trinken weiter. Das schwarze Buch. Sibylle dachte, man braucht Sanatorien,
Ärzte, Psychiater, Gefängnisse, Anstalten, Therapeuten, Sucht-
berater, Spritzen, Tabletten, Entziehungskuren und Rückfälle,
Rückfälle, Rückfälle, schwere und mittlere Rückfälle, Schwäche,
Schuldbewußtsein, den Staat und Selbsthilfegruppen. Aber ich
schrieb jede Nacht. Oft schon am Nachmittag angefangen, am
frühen Abend und lang in die Nacht hinein. Und dann kein
Schlaf und dann von der Jordanstraße zu Fuß an den Main und

den Main entlang. Hinauf und hinunter und über die Brücken. Ein Buch über Frankfurt. Am 10. März aufgehört. Bis zum Nachmittag noch getrunken, dann aufgehört. Kein Frühling, ein Nachwinter. Nacht für Nacht weite Wege und die Morgen zum Geldverdienen. Büroarbeit. Nicht viel Geld. Nur zur Aushilfe. Schreib das Buch zuende, schreib alles! Im Nachwinter noch. Weite Wege. Durch die Stadt ohne Ende und durch meinen Kopf. Oft so gegangen. Wieder durch Sachsenhausen und vom Schweizer Platz an den Main, eine lange Nacht. Und als ich aufblickte, an den Bäumen im Lampenlicht grüne Blätter. Schon Mai und du lebst noch! Also ich, sagte ich. Welches Jahr, fragt er. 1979, sagte ich. Im Herbst dann mein erstes Buch und ein Kind. Carina. Da hatten wir nach dem schlimmen Winter in Niederrad dann schon wieder angefangen, uns zu sehen, du und ich. Einmal als Kind ein kleines silbernes Taschenmesser: erst verloren, dann wiedergefunden!

Die Vogelinsel. Weiter oben im Main die Vogelinsel. Mitten in der Stadt. Städtische Schwäne, vielerlei Entenvolk, nicht zu zählen die Möwen. Und gegenüber am Ufer ein Steg und ein Bootsverleih mit einer Kneipe. Und neben dem Bootsverleih mit Kneipe und Steg ein Kiosk und daneben noch ein Bootsverleih mit Kneipe und Kiosk und Steg. Bunte Lämpchen, Musik, Sonnenschirme. Im Sommer – damit man weiß, jetzt ist Sommer! Und immer im Herbst und im Frühling in Scharen die Wildgänse. Auf der Durchreise nur. Kommen auf ihrem Weg hier vorbei. Nach Süden kommen sie hier vorbei und nach Norden kommen sie hier vorbei. Kennen die Vogelinsel und bleiben jedesmal ein paar Tage bei den Frankfurter Enten und Möwen und Schwänen (die Ruder- und Tretboote noch in ihrem amtlich verordneten Winterschlaf). Jedes Jahr wieder die Wildgänse, jedes Jahr zweimal. Kann gut sein, sie sind schon wieder da. Wird ein guter Sommer vielleicht und die Wildgänse schon auf dem Weg nach Norden. Von der Alten Brücke aus kann man sie sogar im Dunkeln sehen. Und noch eine Brücke weiter haben die Penner ein Lager. Unter der Obermainbrücke. Schlafsäcke, Decken, Matratzen. Sogar richtige Betten mit Bettgestell. Klappstühle, einen Tisch, Regale vom Sperrmühl. Geklaute Einkaufswagen vom Aldi, vom Plus, vom Penny, vom Schade und vom HL. Kinderwagen. Gepäckkarren von der Bahn. Beladen, ein richtiger Wagenzug. Gefundene rote und hellbraune Kaufhauskoffer aus der frühen Plastikzeit (Kunstleder). Aufgeschlitzt, aufgeplatzt und geborsten. Besser als nix und so viele! Große städtische Müllsäcke voller Habseligkeiten. Alte Kleider und Trödelkram. Aber es würden auch erwachsene Leichen hineinpassen, auch unzerteilt. Reisetaschen, Einkaufstaschen, Bettbezüge voll Stiefel und Bargeld und Zeug. Bierkisten, Pfandflaschen und Pappkartons. Und Herden von Plastiktüten, volle Plastiktüten, die in der Dunkelheit unter der Brücke hell schimmern wie wilde Schwäne, die sich am Ufer ausruhen in der Nacht. Holzkisten, Dachpappe, Hunde und Radios. Ein Feuerchen in der Nacht. Lichter, Signale, Eisenbahnschienen am Fluß entlang und unter der Brücke durch. Güterzüge ins Industriegebiet an der Hanauer Landstraße und in den Osthafen. Die Penner mit ihren Hunden am Feuer, große struppige Schäferhunde. Immer auch junge Hunde dabei. Brennholz, Zeitungsstapel, Musik. Auf Ziegelsteinen einen Campinggaskocher mit zwo Platten. Große und kleine Töpfe und Pfannen. Die Penner wollen nicht, daß man sie sieht dort unter der Brücke. Soll keiner hier durch und vorbei! Oder du bleibst stehen und sprichst mit ihnen. Dann kennen sie dich oder können denken, daß sie dich kennen. Hast du Kleingeld, Kumpel? Hast du ein paar Zigaretten? Oder tust du vielleicht bei uns hier rumspionieren? Hat dich einer geschickt? Am liebsten bleiben sie unter sich und jeder hat, was er braucht. Sogar einen eigenen freigewählten Rat haben sie. Eine eigene Ordnung. Selten Krach. Jeder hat seinen Platz. Wache. Reinigungsdienst. Alles festgelegt. Auch bei Regen hast du es hier trocken. Der Main, Lichter, Schiffe auf dem

Main. Güterzüge den Fluß entlang. Manchmal auch nachts ein Zug. Mit langsamem Schienenschlag. Eine Rangierlok mit ein paar rostigen alten Wagen vorbei. Von der Nachtschicht die Lokführer kennen sie. Eine eifrige kleine Diesellok und tutet und pfeift und manchmal einer hält sogar hier. Das ist dann ein Eisenbahnkumpel. So im Trockenen unter der Brücke und können trotzdem den Fluß und die Stadt und den Himmel sehen. Bier, Rotwein, Korn und dazu als Nachtgebet jeder seinen eigenen Flachmann und überhaupt jede Art Fusel. Und mit seinen Lichtern ein Schiff vorbei. Und sie sitzen und liegen da, liegen angezogen in ihren dicken Schlafsäcken und reden und reden lang in die Nacht hinein. Über Gott und die Welt und wo sie gewesen sind und was es zu essen gab und was sie getrunken haben. Einer muß nach dem Feuer sehen, aber daß es nur ja nicht so in die Höhe, Kumpel. Nur immer klein-klein und daß man nachlegt gerade im rechten Moment, das ist die Kunst. Über das Feuer, den Fusel und Gott und die Welt und wer wann was gesagt und wer wann Recht gehabt und wen man schon lang nicht gesehen hat. Lang durch die Nacht ein Schiff und nimmt deinen Blick mit. Das Feuer, Radiomusik und die Zigaretten glühen. Als ob der Fluß alles trägt. Auf den Brückensimsen und Eisenpfosten schlafen die Möwen. Wachsam die Hunde, ein Rudel. Komm, sagte ich. Wollen dort auch vorbei! Sind das Schiffe, die rufen? Mondlicht, das Pflaster, so alte Steine. Dreikönigstraße, Oppenheimer und Schulstraße. Und das alte Muschelhaus hier an der Ecke. Schon die ganze Zeit darauf gewartet, daß es uns entgegenkommt mit seinen Fenstern und Lichtern. Nur einen Blick hinein! Nur sehen, ob alles noch da? Sowieso kein Platz frei, aber müssen eine Weile bei der Tür stehen, damit wir es auch beim nächstenmal wieder wissen. Siehst du, sie ändern nichts! Nicht so schnell jedenfalls. Die gleichen Tische und Lampen und sacht an den Wänden dunkelt die Zeit. Noch nie hier gegessen, sagte ich. Ich kenne es nur vom Vorbeigehen – wie jetzt. Daß man es von außen, daß man einen Blick hinein! Aber einmal, das weiß ich! Im Herbst, im Winter ein Tag und die Wolken ziehen tief. Lieber mittags, als abends. Mit wem, das weiß ich noch nicht. Jedenfalls hier im Lampenlicht, in der Wärme. Muscheln, Fisch, Austern. Gibt es auch Fischsuppe? Sich Zeit lassen. Sitzen und essen. Draußen die Dämmerung oder nur einfach ein düsterer Tag. Und nach dem Essen gleich abfahren! Eine Reise! Entweder direkt nach dem Essen oder am Abend, am nächsten Tag. Spätestens. Und wohin nur? Wohin? Höchstwahrscheinlich nach Amsterdam. Noch nie dort. Schon seit Jahren will ich nach Amsterdam, schon Jahrzehnte. Wenn es stimmt (aber muß ja, wie käme ich sonst darauf?), wartet dort eine Wohnung auf mich. Amsterdam wartet. Die Tage warten. Und am meisten die Bilder in den Museen, die warten schon lang. Merk du es dir auch, sagte ich dann zu ihm (weil Carina das immer zu mir sagt!).

Schon als wir anfingen in Barjac, sagt er, nicht genug Geld, um überhaupt anzufangen, Pascale und ich. Doch konnten auch nicht länger warten. Hätten es trotzdem schaffen können, was meinst du? Aber wo ist sie jetzt? Über die Kreuzung er und ich. Ein Nachtflugzeug hoch und fern. Nur leise ein Brummen und winzige Lichter. Ob Carina jetzt schläft? Und Sibylle? Schon müd, als sie heimkam. Eine Wintermüdigkeit. Müd und blaß und vor Müdigkeit schon ganz klein ihr Gesicht, schon am Anfang des Abends. Schon als ich ging. Doch wie kann sie jetzt ohne mich sein, wie kann sie ohne mich sein heute Abend? Über die Kreuzung. Bald Vollmond. Klart auf. Und jetzt die Brückenstraße und die Wallstraße uns entgegen. In Lyon Pascales beste Freundin, sagt er, und kennt mich und sagt mir nichts. Sagt mir nicht, wo sie ist. Sagt mir nicht einmal, wie es ihr geht. Ihre Eltern erst recht nicht. Pascale wohl erst nach Lyon und dann nach Paris. Ob sie jetzt in Paris ist? Daß sie euch dann nicht schreibt, sagt er, dir und Sibylle und Carina. Von eurer Trennung weiß sie noch nichts. Schon allein nur aus Sehnsucht nach Carina hat sie manchmal geweint in Barjac. Daß auch Sibylle, sagte ich (kein Wort, die ganze Zeit kein Wort von Sibylle!), sich nicht kümmert! Freundinnen, beste Freundinnen! Und Carina fragt alle paar Tage schon nach Pascale! Vielleicht ist Verstehenwollen schon der Anfang von Mißverständnis und Irrtum? Beim Trampen in anderen Ländern doch auch oft kaum ein Wort von der fremden Sprache, sagte ich. Wen wir allein nur in Rumänien alles getroffen haben und mitgenommen und kennengelernt, Sibylle und ich. Wenn man noch einmal anfinge und von Anfang an ohne Wörter! Du weißt, ich hab ein paar Jahre lang kaum ein Wort, sagte ich. Fast vergessen den Klang meiner eigenen Stimme! Aber damals allein gelebt. Und vorher und nachher ein paar Jahre auch durchgeredet! Würden immer weniger Wörter brauchen! Wer? fragt er. Ich und eine Frau, die ich nicht kenne, sagte ich. Sie und ich. Vielleicht kommt sie noch! Vielleicht ist es wieder Sibylle. Muß auch bald ausziehen, sagt er. Nur geliehen die Wohnung. Nur höchstens bis Ende April noch! So schnell die Zeit und mit dem Geld wird es immer schlimmer! Einmal hier mit Eckart, sagte ich. Der Tag vor Sylvester. Ein Freitag. Muß 1966. Den ganzen Tag im Büro bei der Arbeit schon stark getrunken. Und vorher den langen dunklen Dezember lang. Und davor den ganzen Herbst. Immer ich. Zeit, die mir nicht gehört. Dann mit Eckart am Nachmittag weitertrinken. In Gießen. Ich weiß nicht mehr, wer uns zum Bahnhof fuhr. Erst nach Heuchelheim, wo wir dich und Irene bei Irenes Eltern nicht fanden. Und dann zum Bahnhof und mit dem Zug nach Frankfurt. Hatten Marsala mit und die Flasche gleich leer. In Frankfurt in der Bahnhofshalle bei den vielen fremden Lichtern und Stimmen mir aus einem Drehständer ein Buch. Malaparte: Blut. Ein Stahlberg-Taschenbuch. Abend. Eben angekommen. Müd und betrunken. Wie sind wir damals hierher nach Sachsenhausen gekommen? Abend und hoher Schnee. Müd hier die schweigenden Gassen entlang. Ich kannte mich nirgends aus. Ein paar Ecken weiter ein Hotel. Nicht groß. Hotel Wolf? Daneben ein Obstladen. Gelbes Licht und sie tragen die Obstkisten rein. Ein alter Mann und eine alte Frau und reden dabei miteinander oder aneinander vorbei. Und werden gleich zumachen. Eckart und ich ins Hotel und zwei Einzelzimmer. Gleich bezahlen und je einen Haustürschlüssel, falls es spät wird. Schnell noch jeder zwei Äpfel in dem Obstladen nebenan und in meinem Zimmer die Heizung aufdrehen und das Buch mir aufs Nachtschränkchen wie ein Gebet. Vorher am Bahnhof uns Zahnbürsten noch gekauft und wollen jetzt essen gehen. Vor dem Obstladen zieht der alte Mann den Rolladen runter. Eine Stange mit Eisenhaken. Die alte Frau jetzt mit Mantel und Kopftuch und steht und wartet, als sei immer noch Krieg. Gleich weißt du, du weißt sie für immer! Überall Schnee und wir wollen Wild essen. Zum Essen Cognac und Mineralwasser, weil ich mehr Wein jetzt nicht schaffe. Bei Cognac und Mineralwasser kriegt man nach Wein wieder einen klaren Kopf oder wenigstens kann es einem eine Weile so vorkommen. Kaffee auch, viel Kaffee. Dann schneit es wieder. Durch Nacht und Schnee zum Hotel zurück. Eine späte Stille. Ich muß im Bett liegen und lesen, sagte ich. Erschöpft! Schon seit Tagen erschöpft! Kann mich nirgends ausruhen! Eckart zieht seinen Mantel aus und gleich wieder an. Gleich nochmal weg. Ich lag schon im Bett und hörte ihn auf der Treppe stolpern und mit sich selbst reden. Mein Zimmer jetzt überheizt. Das ist mir gerade recht. Lesen! Schon der Anfang ist gut! Mir ist kalt! Ich fing an zu zittern, als könnte ich nie mehr aufhören! Mich wärmen! Das Buch hat zwei Vorworte und schon nach den ersten Sätzen siehst du dich wieder als Kind und die Welt im Licht deiner Kindheit. Es ist immer das eigene Leben. Durst! Immer mehr Durst! Unter dem Fenster hörte ich Leute im Schnee gehen. Mitternacht oder kurz danach. Und sie sind auf dem Heimweg. Ein fremdes Hotelzimmer und wie es mich anschweigt. Immer wenn man nachts nichts zu trinken hat, kommt man vor Durst fast um. Die Äpfel essen. Jetzt läßt sich die Heizung nicht abstellen. Schneit es noch? Ich stand am Fenster.

Wenn ich endlich aufhören könnte zu frieren! Zwischendurch öfter pissen und weiter zittern und immer wieder ans Fenster. Dann hat es aufgehört zu schneien. Der Schnee leuchtet im Lampenschein. Das Fenster auf. Schneeluft und Stille. Am Fenster stehen und rauchen. Erschöpft, aber ruhig jetzt. Den ganzen Dezember durchgetrunken. Immer im Dezember! Nicht genug Licht! Da muß man doch trinken! Bett, Buch, Zigaretten. Bis auf die Heizung so still jetzt die Welt und das Zimmer, daß du dich denken hörst. Fast die ganze Nacht wach. Eckart im Taxi zurück. Ich hörte ihn unter dem Fenster mit dem Fahrer reden und dann auf der Treppe stolpern. Kommt zu mir ins Zimmer und kann kaum noch stehen. Warum? fragt er. Warum hierher nach Frankfurt? Warum sind wir hier? Damit wir uns später erinnern, sagte ich. Damit wir dann wissen, daß wir hiergewesen sind! Deshalb kann ich jetzt auch nicht schlafen! Schon stundenlang furchtbaren Durst! Vielleicht kann ich nie mehr schlafen! Wo warst du? Er zählt Kneipen und Jazzclubs auf. Vielleicht nicht in allen, sagt er. Wir hätten nach Wiesbaden fahren sollen! Amikneipen! Clubs von der US Army! Was war denn nur mit dem Taxifahrer, was ich dir noch unbedingt sagen muß? Steht und schwankt. Zwei Flaschen Bier in den Manteltaschen. Kleine Flaschen mit Kronkorken. Man muß sie an der Heizung aufmachen. Damals, sagte ich jetzt, damals gab es außer den kleinen noch die normalen Bierflaschen für die Frühstückspausen der Arbeiter. Bierflaschen zum Auf- und Zumachen. Mit einem weißen Porzellanverschluß. Jeder weiße Porzellanverschluß mit einer roten Gummidichtung. Das mußt du doch auch noch wissen! Spät in der Nacht ganz zuletzt zwei Flaschen Bier. Für jeden eine. Eckart torkelt und rülpst und entschuldigt sich höflich. Muß auch schlafen, sagt er. Auch kaum noch Geld! Aber Sylvester kommt ja erst noch! Hat noch mehr, hat viel Schnee auf den Schnee geschneit! Gute Nacht! Wenn du jetzt weiterliest, dann lies weiter, sagt er und geht. Ich hörte ihn auf dem Flur stolpern und in seinem Zimmer stolpern und fluchen, aber gedämpft. Dann wieder mit dem Buch allein auf der Welt. Nur gegen Morgen kurz eingeschlafen. Zum Frühstück Kaffee und Cognac. Wir gehen und der alte Mann vor dem Obstladen schiebt mit der Stange den Rolladen hoch. Innen schon Licht. Er fängt an, die Obstkisten rauszustellen und die alte Frau steht am Pult, noch im Mantel, und spricht immer weiter mit ihm. Auch wenn er gerade nicht da ist. Wieder zwei Äpfel jeder, Eckart und ich. Und müssen stehenbleiben, so früh am Morgen, müssen stehenbleiben und sehen, wie aus dem Laden das Licht auf den Schnee fällt. Solche alten Ladenrolläden kennst du hauptsächlich aus Paris. In Wien am Gürtel gibt es sie auch. Dann durch den Schnee zum Main. Ein Wintermorgen. Sylvester. Noch früh und so still. Die meisten Häuser im Schlaf noch. Ausgerechnet Samstag Sylvester. Sind über den Eisernen Steg, der damals noch niedriger war, sagte ich, und seither siebzehn Jahre. Sogar mehr als siebzehn. Zu Fuß durch den frischen Schnee. Über den Eisernen Steg und sehen den Main und den Dom und die Brücken, viel Himmel und alles grau. Noch früh und immerfort Straßenbahnen hin und her über die Brücken. Siehe, dies ist die Stadt! Paris kannte ich und Prag und Wien. Aber Frankfurt kannte ich nicht. Still und dunkel ein Wintermorgen. Nur vereinzelt Fußgänger. Fremde schweigende Mantelgestalten. Lang über den Eisernen Steg. Durch die Stille. Es kommt dir lang vor, weil du im Schnee gehst, lockerer Neuschnee und unter dem lockeren Neuschnee noch der alte gefrorene Schnee von gestern. Der Schnee der Vergangenheit. Siehst du uns gehen? Lang über den verschneiten Eisernen Steg und auf der anderen Seite in eine Straßenbahn. Holzbänke. Für die Stehplätze Halteschlaufen, die von der Decke herabhängen. In jeder Straßenbahn ein Schaffner. Fahrscheine, Wechselgeld, Schaffnerwörter. Heute Frühschicht. Immer wieder den Klingelzug ziehen, die Haltestellen ausrufen, die Haltestellen nicht durcheinanderbringen und den ganzen Tag auf den Abend zu. Die Straßenbahn ist sein Haus und sein Käfig. Ein Käfig voll Spielzeug. Manche Schaffner, als es sie noch gab, konnten wunderbar pfeifen! Zum Hauptbahnhof. Manche Haltestellen, als sei es die Zeit selbst, mit ihrem Steingesicht, die ruckt und anhält, damit wir sie ansehen! Damit sie uns ansehen kann! Vielleicht hat am Theaterplatz der Theaterplatz uns durch das Fensterglas aufmerksam angesehen, bevor er klingelnd an- und davonfuhr – und wo damals der Theaterplatz war, ist heute ein andrer Theaterplatz. Zum Hauptbahnhof und im Bahnhofsrestaurant nochmal Kaffee und Cognac. Eckart muß sich für sein vorletztes Geld englische und amerikanische Zeitungen kaufen. Immerhin ja ein Großstadtbahnhof und vom Restaurant aus kann man so schön den Bahnhofsvorplatz sehen und die Lichtreklamen. Lichtreklamen und Großstadthimmel. Ein schöner großstädtischer Bahnhofsvorplatz. Wie auf einem Bild. Ein Kalenderbild. Wenn Schnee liegt, mit Schnee.

Und ich? fragt Jürgen, wo war ich? Sylvester ist sein Geburtstag. Schon immer. Jedes Jahr wieder. Mit Irene, sagte ich. Muß das Jahr 66, Sylvester ein Samstag. Ihr seid vor Weihnachten aus München gekommen. Das Jahr, als du mit ihr in Griechenland. An diesem Freitagabend, bevor ich mit Eckart nach Frankfurt fuhr, dich und den Vorabend deines Geburtstags und deinen Geburtstag nur um ein paar Minuten verpaßt. Ein paar Tage später seid ihr zu mir nach Staufenberg. Schon das neue Jahr. Die Bücher von Malaparte gab es damals nur in Frankfurt am Bahnhof. Stahlberg Taschenbücher. Wie man nach Büchern fragt und daß man sie auch bestellen kann, das lernte ich damals gerade erst. Sogar Eckart, wenn er nach Frankfurt kommt, kauft von da an aus dem Drehständer vorn rechts in der Bahnhofshalle, rechts wenn man vom Zug kommt, von den Bahnsteigen, immer ein Buch von Malaparte. Er trägt es jedesmal tagelang mit sich herum. Er sucht sich einzelne Sätze heraus, die für alles zu passen scheinen – oder gerade für ihn für diesen besonderen einen Moment. Er geht mit dem Buch und den Sätzen aus diesem Buch nachmittags und am frühen Abend in Gießen auf dem Selters-

weg auf und ab. Die ewige einzige Straße der Stadt. Damals noch
keine Fußgängerzone. Es gab noch die Reste der alten Innenstadt und das Teufelslustgärtchen. Er nimmt die Bücher und einzelne Sätze aus diesen Büchern extra mit ins Café Haas und ins
Café Deibel und ins Café Rühl und ins Dolomiten in Gießen.
Sogar in die Amikneipen. Spiel- und Schwarzmarkt- und Nut-
tenkneipen. Meistens gute Musik. Erst sind es Sätze in Büchern
und dann werden Szenen aus seinem Leben daraus. Genau wie
im Kino. Und wenn er die Bücher lang genug mit sich herumgetragen hat, dann bringt er sie mir. Einmal auch ein Buch von
Queneau. Inzwischen hatte ich angefangen, Faulkner zu lesen
und konnte nicht begreifen, warum Buchhändler sich mit dem
Weihnachtsgeschäft aufhalten. Malaparte galt als anstößig. Kann
sein, für manche von seinen Büchern mußte man sogar einen
Zettel unterschreiben, daß man achtzehn ist oder einundzwanzig und das Buch ausschließlich privat als Privateigentum in
einem eigenen privaten geheimen verschlossenen Schrank und
Jugendlichen nicht zugänglich. Unter Adenauer und auch die
Jahre danach noch. Langsam die Zeit. Sie steht doch nicht still?
Damals war der Unterschied zwischen Provinz und Großstadt
noch deutlicher. Als wir an diesem Sylvestermorgen, Eckart und
ich, erschöpft und verkatert und schon wieder ein bißchen betrunken in Frankfurt lang durch den Schnee gingen, da konnte
ich spüren, daß etwas Neues kommt. Nicht nur das neue Jahr,
eine andere Zeit. Die ganzen frühen Sechziger Jahre hindurch
und beim Trampen hat man es zuerst gemerkt. Beim Trampen
und an der Musik und in den jungen Gesichtern. Lang in der
Stille auf dem Eisernen Steg über den Main und nicht ausrutschen. So mühsam, als müßten wir kurz vor dem Ziel immer
nochmal an den Anfang zurück. Grau der Tag und das Tageslicht auch mit Mühe nur zu uns. Ein Wintertag in der Vergangenheit. Diesen Tag hat es wirklich gegeben. Und gehen jetzt
hier, du und ich, und sind immer noch da. Wieder März! Wenn
man kein Wort, sagte ich. Erst noch die zugelassenen zehn oder

zwanzig Wörter und nach ein paar Jahren braucht man die auch nicht mehr. Schon manchmal arabische Frauen gesehen, mit denen ich mir das gut vorstellen kann. Schon um sie jeden Tag sehen zu können. Eine Verzauberung. Und vergeht nicht. Und dann kommt ein Tag, da nimmt man sein Zeug – man nimmt es und läßt es zurück: das kannst du alles vergessen! Wird Zeit, daß man sich auf den Weg macht mit ihr! Wohin? Die Wüste, der Hohe Atlas, das Meer. Dann auch in den Böhmerwald. Vorher in Marseille und von Marseille aus am Südrand der Alpen entlang oder wo kämen wir her? Von der Donau herauf. Aus dem Weinviertel, aus der Wachau, da lassen die Wege sich Zeit. Durch das Waldviertel, durch das Mühlviertel auf den Böhmerwald zu. Da geht es bergauf. Vielleicht sogar aus dem Delta herauf. Durch die Karpaten. Durch Puszta und Tatra und durch die Beskiden. Lang bergauf. Finster und anheimelnd der Wald. Steht und rauscht. Fängt zu sprechen an. Wie vor dreitausend Jahren. Und seither jedesmal, wenn du kommst. Heimwege. Erst zu ihr, dann zu mir und dann erst bereit für die Reise. Sonst wie alle Taglebewesen ja meistens der Sonne nach, aber diesmal der Sonne entgegen. Nach Osten. Die Steppe, der Kaukasus, der Ural. Das Schwarze Meer und das Kaspische Meer. Pamir, Tienschan, der Himalaja. Karawanen. Sand weht. Windleicht im Abendlicht lange goldene Schleier. Als ob du als Kind schon immer wieder gesehen hättest, wie sie aufbrechen, die Karawanen. Und du stehst und spürst, wie dir die Augen brennen vom Wind und von der Erinnerung und vom Sand im Wind und vom Licht der vergangenen Tage. Goldbestickte mongolische Mützen auf, sie und ich. Die Seidenstraße. Wenn es beschwerlich wird, geht man zu Fuß. Querfeldein. Nach China. Ob sie nicht aus Tibet ist? Aus der Mongolei? Vielleicht bin ich aus Tibet und wir gehen immerfort heim? Erst heim und im nächsten Leben dann wieder der Sonne nach! Ob sie es schon weiß? Ob sie wartet? Siehst du uns gehen, derweil wir hier gehen und reden? Und vorher von allen Seiten die Turmuhren – war das auch heute Abend? Gehen als ob wir schon immer so gehen! In die Nacht hinein, komm! Menschen aus einer Kneipe. Menschen, die in ein Auto einsteigen. Nachtgestalten. Ein Paar vor uns her, ein Paar uns entgegen. Eine ganze Gruppe von Menschen vor uns über die Straße. Hörst du sie reden? Mir war, ich müßte sie kennen! Die alten Häuser, Steine, die Zeit und was uns geblieben ist von der Zeit.

Am Anfang der Wallstraße, Jürgen und ich. Die Gehsteige mit Autos zugestellt. Beide keine Uhr. Wollen weiter hier mitten auf der Straße, sagte ich, komm! Oft allein in der Stille ist mir, als ob ich mir alles nur ausdenke. Schon eh und je. Gegenwart, Tag und Ort. Sogar die Länder und Menschen und Namen alle Tage. Dich auch und daß wir hier gehen! Furchtbar anstrengend, wenn man sich dauernd die ganze Welt ausdenken muß und darf dabei keinen Fehler und nichts je vergessen. Damit nur ja alles bleibt, damit es nicht immerfort unentwegt wegverschwindet. Genau wie die Zeit. In der Wallstraße auch eine Jazzkneipe. Mindestens eine! Und eine auch in der Brückenstraße. Früher manchmal mit Sibylle hierher. Sie hat als Kind in der Gartenstraße gewohnt. Man kann das ja jetzt noch spüren. Laß uns jetzt nur eine Weile noch so herum, sagte ich. Von Kneipe zu Kneipe und sehen, ob alles noch da ist? Schon fünf Cola mindestens. Wie spät? Wird auf elf oder bald schon Mitternacht. Würde gern noch einen, dann einen letzten und dann immer noch einen guten echten Espresso wie in Italien. Von Eingang zu Eingang und hier und da eine Weile, dann weiter! Immer weiter und sehen, was kommt, wie es ist und wem wir begegnen! Kennst du eine Kneipe, die Globetrotter heißt? Einmal mit Sibylle dort. Der Sommer, bevor wir nach Frankfurt kamen. Vorher den ganzen Tag mit ihr in Sachsenhausen ihre Kindheit gesucht und die Schulwege. Vom Morgen an in der Sonne. Extra aus Gießen gekommen, aus Staufenberg. Heiß ist es! Ich hatte eine kleine Flasche Schnaps mit. Sommer, ein langer Tag. Und dann am Abend unter Bäumen und alten Laternen mit ihr auf den Kneipeneingang zu. Damals dort gute Musik. Erst John Mayall auf Tonband und dann ein lebendiger Spanier mit Elektrogitarre. Musik und Stimmen und die Sommerabenddunkelheit unter den Bäumen. Alle Türen offen. Mitten im Sommer. So ein Tag, an dem man denkt, ab jetzt werden alle Tage so. Ein Sommer, der nicht vergeht. Hinter Affentorplatz und Paradiesgasse in dem alten Kneipenviertel noch mindestens fünf Jazzkneipen. Jazz, Folk und Blues. Merkst du, wie es aufklart? Bald Vollmond! Unter dem zunehmenden Mond jetzt durch alle Straßen und hören immer wieder die Sachsenhäuser und Frankfurter Turmuhren schlagen. Sind das Schiffe, die rufen? Immer wieder ein Nachtflugzeug hoch und fern. Spielen Glühwürmchen. Und wir? Wollen hier entlang! In die Nacht hinein, komm! Wollen alles ansehen und weiter mitten auf der Straße, wollen gehen und reden und wissen, es ist wieder März! Wieder März und die Welt wird noch einmal jung! Wie ich es in Staufenberg jedes Jahr wußte. Von meinem dritten bis zu meinem vierunddreißigsten Jahr dort gelebt. Wie in Gießen im Alten Wetzlarer Weg. Oben geht man. Alte Häuser, eine Bierbude, Schrebergärten, Schuppen, Bauwagen, Fahrradständer und Abendschatten. Ein Lastwagen wird beladen. Garagen, ein Heizöl- und Kohlenlager, Abend, die Stille, ein leerer Hof, eine Spedition, eine ehemalige Tankstelle. Zwei Anstreicher mit einer Leiter. Anstreicher oder Dachdecker und schon nicht mehr ganz nüchtern. Mauern, Bauholz, ein Gerüst. Mauerreste, Ruinen, abgerissene Schuppen, Brennesseln, Brombeeren, Hagebutten, Weißdorn und Schlehen. Wilder Flieder, Forsythien, Ginster, Holunder und alles voll Eisenbahnruß. Und wuchert und wächst und blüht jeden Frühling, als ob es zum erstenmal blüht. Blüht immer neu! Zäune, Gras, Hecken, Bäume, sogar die Vögel sind voll mit Eisenbahnruß. Eilige schwarze Eisenbahnspatzen mit rußigen Silberstimmen, die sich überall auskennen und müssen dauernd sich räuspern – dschijilp! Blechtonnen, Schrotthaufen, Wellblechschuppen, Plakatwände, Telegrafenmasten, Draht, Leitungsdrähte, der Abend-

himmel, ein Bretterzaun, ein Bier- und Schnapsbüdchen, Last-
autos, Penner, eine Kneipe, die zuhat und wie abgebrannt aussieht. Als Kind immer Landstreicher hier gesehen. Oben geht
man und unten das Bahngelände. Sogar die Abendschatten sind
rußig. Züge fahren. Dampfloks, Güterwagen, Rangierlärm,
Rauch, Sonnenuntergänge. Zum Schlachthof, zum Gaswerk,
zum Müllplatz, zum Nichtseßhaftenheim, zum Notaufnahme-
lager und lang auf den Horizont zu. Gerade da ist der Himmel
weit. Da im Alten Wetzlarer Weg und auf der Eisenbahnbrücke.
Die alte Fußgängerbrücke aus Sandstein und Eisen, bevor sie sie
umgebaut haben. Die Fußgängerbrücke und weiter hinten die
große schwarze Eisenbrücke zur Margarethenhütte. Gerade da
immer muß man sich wiederfinden. Leitungsdrähte. Krähen.
Ein Zug pfeift. Du gehst und fragst, warum gerade du der
Mensch bist, der jetzt hier geht. Müde, erschöpft, ohne Namen.
Auf den Himmel zu. In den Abend hinein und nicht umkehren
können. Einmal warst du verliebt und wußtest, du bist verliebt
und bist allein hier gegangen. Je müder du bist, umso mehr
schwanken diese Brücken, umso näher der Himmel. Ein Abend
im März. Rauchwolken. Hat geregnet, hat eben erst aufgehört.
Grün die Dämmerung. Eine Amsel. Wieder März! Du gehst und
dann merkst du, der Frühling kommt bald! Du gehst ihm entgegen! Immer gerade hier bei dem Rauch, bei dem Schrott und
Gerümpel merkt man es zuerst. Und Zuversicht, eine wilde
Freude! Auch an dieser Freude sollst du von jetzt an dich jedesmal wiedererkennen! Weißt du noch, sagte ich, und er nickt.
Sind oft so gegangen, er und ich. Und hat er nicht eben vor mei-
nen Augen nach oben gezeigt, als ob er jedes Jahr so vor meinen
Augen nach oben zeigt? Immer um diese Zeit! Zeigt mit der
Hand und meint die Knospen, den Frühling und uns! Nach all
den Herbstnächten, Landstraßen und Gefängnissen wie vor
zwanzig Jahren ein Abend. Kaum Geld. Immerhin eine warme
Mahlzeit und können froh sein, daß es nicht regnet. Auf freiem
Fuß. Noch von damals ein paar Villon-Verse mit, die halten

noch lang! Unverwüstlich die Verse! Wie mit sechzehn so gehen wir hier und sind immer noch auf der Welt. Alles ruft! Ob Carina jetzt schläft? Und Sibylle? Schläft sie auch? Kramt, räumt um, sitzt müde neben der Lampe, als ob sie auf sich selbst warten muß? Muß sogar noch im Schlaf immer weiter die Wohnung umräumen! Und Edelgard? In der Friesengasse zwischen niedrigen engen Häusern, die alle schon schlafen. Und Edelgard durch die späte Stille auf ihre eigene Haustür zu. Und Pascale, wo ist Pascale heute Nacht auf dem Heimweg? Ob jeder zuletzt noch sich selbst, lang sich selbst, den vergangenen Tag und den Mond sucht? Denk dran, ich muß dir ein Haus im Grüneburgweg, eine Stehpizzeria! Ein Haus aus dem Süden. Vielleicht weißt du, wo es hingehört! Vielleicht kennen wir es aus Istanbul, aus Bari, aus Thessaloniki? Und daß wir noch nie in Odessa waren! Noch nie in China bis jetzt, du und ich! Und auch nicht in Samarkand! Wieder März! Nur zu Gast, sagte ich oder hatte es vorher gesagt. Das Buch weiter und Carina jeden Tag sehen! Bald Vollmond! Durst, Kleingeld, die Nachtluft. Noch lang auf der Welt bleiben! Komm!

20

Geheilt, sagt die Zahnärztin. Rechts unten die Wunde schon zu.
Links noch ein paarmal einpinseln. Und läßt mich aus dem
Zahnarztstuhl frei. Noch früh. Wieder März. Im Westend die
ruhigen Morgenstraßen. Und wenn dann wieder Sommer ist,
sagt Carina in meinem Gedächtnis. Am Freitag, sagt Sibylle,
Freitagmittag, wenn du sie da aus dem Kinderladen? Die Zahnärztin: Nur zwei-dreimal noch. Jeden zweiten Tag. Am besten
immer gleich morgens, aber Sie können auch jederzeit zwischendurch und ich nehm Sie schnell zwischendurch dran. Anne
(am Telefon): Wir sehen uns ja gar nicht mehr! Carina: Und wieviel Eichhörnchen, Peta, seit gestern? Und mir für mich selbst
den Zahnarztgeschmack gut aufheben. Nelken, Anisöl, Erinnerung, Kamillenkonzentrat, Alkohol. Und zu dem anderen, zu
dem großen inneren Feuer noch ein zweites dazu, ein sanftes
beständiges Nebenfeuer im Mund. Erst Flammen, dann Glut.
Ein kleines Feuer, bevor es vergeht. Am Wochenende nicht da,
sagen meine Gastgeber zu mir. Und ob ich der Katze, dem Kater,
dem Nicko nochmal sein Futter? Aber muß nicht, macht gern
auch die Nachbarin aus dem Erdgeschoß. Wenigstens vielleicht
jetzt dieses Wochenende, sagt Anne am Telefon, jetzt ist ja schon
Mitte März! Dann die Staufenberger Bauern, die Bauern im
Buch und die in meinem Kopf: Das Wetter, die Ernte, die Preise.
Die Ernten von damals. Das neue Geld. Es sind die Stimmen von
1948 und von 1952. Für wen jetzt die Straßen gebaut werden?
fragen sie. Wo kommt das neue Geld her? Das Papier und die
Farbe und daß man es drucken läßt. Wer soll das bezahlen? Und
dann muß es doch auch noch einer nachzählen, das neue Geld,
das kostet doch auch Geld! Und ob ich weiß, daß die Eisenbahn
von Fulda über Alsfeld, Grünberg, Lollar und weiter nach
Wetzlar und Koblenz? Seinerzeit unter dem Kaiser mit Vorrang
gebaut worden! Kommt aus Oberschlesien, aus Sachsen, aus
Thüringen und hinüber ins Rheinland. Ob ich das weiß, daß die-

se Eisenbahn eh und je die Kanonenbahn heißt? Und ob man nicht richtiger jetzt Landwirt zu ihnen? Schwarz auf weiß. Schriftlich. Bauer, Kleinbauer, Nebenerwerbslandwirt, Buderusknecht, Frühinvalide und wegen der Rente noch ein paar Jährchen als Lagerhilfskraft. Leichte Arbeit. Mittelschicht, also Normalschicht. Du trägst ein paar blanke saubere Schräubchen, die du vorher nach Listen herausgesucht hast. Materialausgabe. Sind so Listen mit Nummern. Selbst auch eine Nummer auf einer Liste, ein eiliger grauer Kittel mit Brille und Glatze. Zwischen den Regalen. Du schiebst die Schräubchen im Lager mit einem Karren herum. Gutgeölt und mit Gummirädern ein leichtes Kärrnchen. Wie zur Erholung. Eine Arbeit für Rentner, ein Zeitvertreib. Husten, ein Hustenanfall. Die Staublunge sich schon vorher geholt auf der Hütt. Staublunge wird auf die Rente als Zuschlag, wird angerechnet. Bauer, das heißt sich jetzt fortschrittlich Landwirt bei uns. Man muß mit der Zeit gehen! Ob ich weiß, daß in früheren Zeiten das Vieh oft verhext worden ist? Am meisten die Ziegen, die tun sogar selbst sich blitzschnell verhexen als Ziegen! Sich selbst und untereinander. Ob ich das weiß? Erzähl weiter das Dorf, sagt Carina zu mir. Erzähl alle Tiere im Dorf! Freitagmittag, sagt Sibylle, und sie mir zum Bahnhof bringen! Um halb zwei, dann kann ich direkt vom Verlag aus und mit ihr gleich den nächsten Zug! Und muß mir jetzt in die Augen sehen, damit ich nicht denken soll, sie kann mir nicht in die Augen sehen. Carina mit und übers Wochenende nach Gießen!

Carina: Wieviel Eichhörnchen, Peta, und wo du sie gesehen hast, Peta, und die Zahlen und Buchstaben und was wir machen, wenn dann wieder Sommer ist, das wollen wir dann beim nächstenmal alles mit Buntstiften! Und die Buntstifte auch mit Buntstiften noch dazu! Müssen mier alles als Bild, sagt sie und zerrt an mir. Merk du es dir auch! Wie ich noch so klein war, daß ich Eicherchen zu den Eichhörnchen noch gesagt hab, das ist jetzt schon lang! Das wissen die Eicherchen jetzt ja schon gar nicht mehr! Nur du und ich und valleicht die Sibylle, mier wissen das noch! Freitagmittag. Mitten aus dem Schreiben heraus sie im Kinderladen abgeholt. Rechtzeitig? Pünktlich? Auf jeden Fall pünktlich! Und immer komm sagen, komm! Auf dem Gehsteig. Erst, Peta, dürfen mier nur immer hier auf die Platten, dann nur-immer-nur auf die Ritzen – von dort vorn an! Und zeigt mit der Hand, zeigt mit Kinn, Hand und Fuß, als ob sie schon vor sich herflattert. Und Peta, will jeden Buchstaben mit einem anderen Buntstift! Gibt es mehr Buchstaben oder mehr Buntstifte? Erzähl mir jetzt weiter das Dorf! Die Meike sagt, sie kann schwimm-m! Aber daß wir sie immer sehen und daß das jedesmal wir sind, wenn wir es sind, die da gehen, das wissen die Eicherchen! Komm! Komm du auch! Pünktlich? Zu früh? In der Mendelssohnstraße fährt uns eine Straßenbahn weg. Eine Neunzehn zum Hauptbahnhof. In Frankfurt warten sie nicht! Wenn sie sowieso weg ist, können wir für die nächste auch zur nächsten Haltestelle – aber dann ist die nächste zu früh und fährt ungerührt an uns vorbei! Und wer weiß, wann die nächste nächste? Es kommen längst nicht alle, die sie anschreiben! Ja, sagt Carina, aber sie wissen nicht, daß mier das wissen! Und im Weitergehen komm sagen, komm! Lieber gleich zu Fuß, da ist man für sich selbst zuständig. Für sich und den Weg. Wollen hier durch die Westendstraße! Die alten Frankfurter Häuser. Vorgärten, Bäume, ein kleiner Platz mit Litfaßsäule, Kiosk und Telefonzelle. Amseln und Spatzen und Tauben. Und schon die ersten Schulkinder uns entgegen. Mit vielen Stimmen der Tag. Ich, wenn ich erst so große Schritte wie du kann, sagt Carina, dann kann ich noch schneller als du! Manchmal ein Stück Weg und beim Gehen kaum den Boden berührt. Den ganzen Weg entlang Vogelstimmen. Und den Reißverschluß von ihrem Anorak immer noch ein Stück weiter auf. Wissen die Uhrzeit nicht und müssen dauernd unsere Füße im Auge behalten. Ob nicht doch noch die Sonne durchkommt und unsere Schatten lebendig neben uns her? Merkst du die Luft? sagte ich zu Carina. Besonders am Mittag jetzt? Merkst du es? Und die Vögel merken es auch! Meine Mutter, sagte ich, hätte gesagt, bis zum Frühling ist nur noch ein Katzensprung! Also so? fragt Carina und hüpft. Braucht bald neue Schuhe! So? Also so? Macht es vor. Ja, sagte ich, und genauso nochmal vom Frühling zum Sommer! Das hätte meine Mutter gesagt! Die so gut einen wilden Löwen gekonnt hat? Ja, sagte ich, und jetzt ist sie tot und du hast sie nicht gekannt! Müssen stehenbleiben, auch wenn wir es eilig haben. Immer wieder stehenbleiben und noch einen Katzensprung. Lang die Westendstraße entlang, dann über die Mainzer Landstraße, die immer so laut und eilig vorbeifährt. Und in der Taunusstraße kommt uns eine Ecke vom Hauptbahnhof schon entgegen. Den ganzen Weg uns beeilt und jetzt beinah ein bißchen zu früh dran.

Und Sibylle? Noch nicht da? Wollten uns im Bahnhof vor dem Taschenbuchladen treffen. Weil wir so pünktlich sind, ist sie noch nicht da! Müssen gleich kreuz und quer durch die Bahnhofshalle und sehen, ob wir alles wiedererkennen? Ob alles noch da ist und an seinem Platz? Zwischendurch immer wieder zum Taschenbuchladen, aber sicherheitshalber auch bei den Süßigkeiten, vor dem Blumengeschäft und bei Tabakwaren nachsehen! Vielleicht ist sie auch schon längst da und geht nur zwischendurch immer wieder kurz weg? Das macht sie nicht, sagt Carina, das weißt du doch! Das sind doch nur mier, die das immer machen! Verkaufsstände, Läden und Uhren. Bahnpolizisten. Lautsprecherstimmen. Zahlreiche Ankünfte und Abfahrten. Menschen aus vielen Ländern. Ein Bahnhof nach überallhin. Und wie soll man sich zu dem Tag jeden Tag auch noch all die Gesichter merken? Carina sieht immer zuerst die Kinder und Hunde. Gepäckkarren. Elektrische Gepäckkarren, die von hinten kommen und sich leise anschleichen. Eine Frau mit einem Katzenkorb. Bettler, Penner, Bahnhofstauben. Erst seit ein paar Jahren, sagte ich zu Carina, die Bahnhofstauben. Wohnen in der

Bahnhofshalle. Haben das Dach als Himmel. Bleiben die halbe Nacht wach. Und sind schon daran gewöhnt, daß immer wieder ein Beben durch den Hauptbahnhof rollt. Gepäckkarren, Zeitungen, Zeitungsverkäufer. Und wir nochmal und immer nochmal zum Fahrplan, zur Uhr, zu den Fahrkartenschaltern und mit dem Blick zum Haupteingang hin. Wo sie nur bleibt? Und jetzt kommt sie, Sibylle! Immer noch ist mir, als müßte ich ihr entgegenfliegen. Kommt auf uns zu und winkt. Dünn, blaß, angespannt und gleich kommt der Winter zurück. Sie hat sich beeilt und muß noch die Fahrkarte kaufen. Dann gehen wir jetzt eine Erdbeermilch trinken! Wer zuerst fertig: entweder wir holen dich ab oder du kommst uns entgegen. Müssen, wenn unser Geld reicht, immer am Bahnhof eine Erdbeermilch trinken, Carina und ich. Eine altmodische kleine Milchbar. Obst, Saft, Milch, Milchmix, belegte Brötchen, Kuchen, Kakao, Kaffee und Espresso. Täglich von 06:00 bis 23:00 Uhr. Selbstbedienung. Eine Bahnhofs-Milchbar für Leute mit Kindern und für bescheidene Ausländer aus dem Süden. Carina läßt sich jedesmal die Milchmixsorten alle aufzählen, überlegt lang, überlegt, überlegt und nimmt dann eine Erdbeermilch. Mit Strohhalm. Zwei Strohhalme. Bunte Plastikstrohhalme zum Umbiegen. Mit Gelenk. Und sachkundig immer wieder probieren. Ich auch. Schluck für Schluck jede Erdbeermilch mit allen früheren Erdbeermilchen vergleichen (erst war es nur Carina, die Milchen sagte, jetzt sagen es bald schon sämtliche Eltern im Kinderladen!). Man kann auch mit zwei Strohhalmen gleichzeitig. Die Strohhalme nehmen wir jedesmal mit. Sonst überall in den Kneipen immer gleich bezahlen! Am liebsten im voraus bezahlen, weil du denkst, man sieht dir die Armut an. Die Armut, die Schuld und die Niederlage – wieso soll dir überhaupt einer trauen? Aber mit Carina zusammen gilt das natürlich nicht. Macht drei Mark fuffzich. Stehtische, Barhocker und zum Sitzen zwei niedrige kleine Tische mit richtigen Stühlen. Resopaltische. Am Büffet eine einzige Frau, die die ganze Zeit die ganze Arbeit macht und kassiert und dazwischen immer wieder schnell die Tische abräumt und abwischt und das Geschirr spült. In den Tag hinein. Milchglasscheiben. Immer erst die Kundschaft und dann jedesmal gleich wieder weiterspülen. Heute Frühschicht. Immer nur billige Hilfskräfte. Ist der Espresso gut? fragte ich. Ich bin aus Mannheim, sagt sie, aber war sieben Jahre mit einem Italiener zusammen. Ich weiß, wie man Espresso macht. Gut, sagte ich, dann bring ich jetzt mein Kind zum Zug und dann komm ich noch einen Espresso trinken!

Sibylle mit der Fahrkarte. Aufgeregt. Eilig. Vorfreude. Haar frischgewaschen. Parfüm. Ein neues Parfüm. In Gedanken schon unterwegs. Eine Einkaufstasche als Reisetasche. Eine von unseren vergänglichen alten Flohmarktjacken. Und daß ich ihr all die Jahre die Wintermäntel für diese Jahre schuldig geblieben bin. Ihr und allen Frauen in meinem Leben. Wintermäntel, Wohnungen, Daueraufträge, Häuser und Dauer und vermögenswirksame Anlagen. Schreiben und dabei immer von der Hand in den Mund, die meiste Zeit wie auf der Flucht. Kein Geld und mit den Manuskripten und Notizbüchern von Ort zu Ort. Schriftsteller. Ich nahm ihr die Tasche aus der Hand und sie nimmt ihr Halstuch ab, das türkisblaue Halstuch mit Silberstreifen, und bückt sich, um es Carina umzubinden. Mann, Frau und Kind, der Mann trägt die Tasche. Als ob wir zusammen abfahren sollen. Wahrscheinlich Sonntagabend zurück, sagt Sibylle. Aber dann seh ich sie einen ganzen Tag nicht! sagte ich. Ich seh sie oft sogar zwei Tage nicht, sagt Sibylle. Ja, aber du bist die Mutter! Wenigstens Sonntagabend, sagte ich, daß ich sie dann ins Bett bringen kann! Wenigstens ihr Gute Nacht sagen! Wenigstens daß ich weiß, wann ihr zurückkommt! Sonntagmorgen, sagt Sibylle, ruf ich dich an! Ihre Vorfreude und daß sie mit ihrer Vorfreude nicht mich meint. Und gerade jetzt muß mir der verlorene Vorweihnachtssamstag einfallen, als ich Carina zum erstenmal zum Bahnhof brachte. Sibylle noch nicht da. Überall

Weihnachtsbäume, Engelschöre und Lichter. Eine Schneeflocke, zwei Schneeflocken, spärlich eine Handvoll verirrter Schneeflocken wie blinde Augen verloren unter dem Hallendach und in mir ist es totenstill. Carina und ich in der Bahnhofshalle von Stand zu Stand und kommen im letzten Moment darauf, daß wir in diesem Jahr den Adventskalender vergessen haben. Fassungslos. Kaum drei Wochen erst seit der Trennung. Es gibt am Bahnhof Adventskalender, aber erstens die Zeit ja vergangen. Weg die Zeit: nicht mehr da! Weg ist weg! Und sind auch nicht schön genug, die Bahnhofsadventskalender. Keiner schön genug! Und soll man die überfälligen Türchen hastig alle auf einmal oder sich nicht verzählen und jeden Tag fünf oder sechs oder als sei nichts geschehen, geduldig der Zeit hinterdrein wie immer jeden Tag eins? Noch keine vier Wochen seit der Trennung. Noch keine Wörter dafür. Ich wohnte noch in der Jordanstraße und wie konnten wir auf den Adventskalender vergessen? Als hätten wir auf uns selbst vergessen, auf uns und die Zeit! An diesem Vorweihnachtssamstag nahm Sibylle Carina zum erstenmal mit nach Gießen. Und stehen jetzt wieder hier alle drei. Die Bahnhofshalle. Ein Freitagmittag im März. Sibylle, Carina und ich. Mein Kind, meine Tochter. Und stehst, suchst und suchst und findest auf der ganzen Welt und in der Bahnhofshalle und in deinem Kopf nichts, was du ihr jetzt mitgeben könntest. Beiden etwas mitgeben! Hat sie im Kinderladen gegessen? fragt Sibylle. Müssen fragen, sagte ich und wir bleiben stehen, weil sie schon die ganze Zeit eigenständig hinter uns hertrödelt. Gemüse und noch etwas, sagt Carina, aber valleicht auch an ein-n andreren Tag! Wird schon großwerden, sagst du dir. Immerhin trödeln, das kann sie! Zugig und kühl in der Bahnhofshalle. Sibylle zupft an dem Halstuch und macht ihr den Reißverschluß weiter zu. Unterwegs war schon Frühling, sagte ich. Gleis dreizehn. Die Züge von Frankfurt nach Gießen sind immer ein bißchen voller und schäbiger als die anderen Nahverkehrszüge. Auf dem Bahnsteig. Alles drängt sich. Lautsprecherstimmen. Auf einmal ja schon auf dem Bahnsteig! Zuletzt auf einmal geht alles so schnell! Bei jedem Abschied wie taub! Die Tasche abstellen! Carina hochheben! Nie den Abschied gelernt! Und sie lernt ihn auch nicht! Bis Sonntag! Ruf Sonntagmorgen an! Und dann sind sie eingestiegen. Die Fensterscheiben sind schon lang nicht mehr geputzt worden. Zum Glück fährt der Zug gleich an. Ich hätte sonst eine Fahrplantafel, ein Gepäckkarren, ein Bahnbeamter aus Eisenblech werden müssen! Im Magen spürt man es, im Rückenmark und im Gehirn. Stehen und zu rosten anfangen. Nie den Abschied gelernt! Seit wann denn? Seit ein paar Jahren fahren die Züge so sacht an. Fast wie eine Sinnestäuschung. Und dann? Abgefahren! Sibylle mit Carina nach Gießen, um ihr künftiges Familienleben einzuüben. Die Bahnhofsausfahrt. Ob Carina noch winkt? Zum Stein werden? Wenn ich nicht vorher in der Milchbar gesagt hätte, ich komme dann einen Espresso trinken, dann hätte ich vom Bahnsteig nicht weggehen können! Jetzt nicht und nie mehr!

Wollen Sie einen echten? fragt die Frau in der Milchbar, einen kurzen, einen napolitanischen? Die Deutschen beschweren sich dann oft, weil es ihnen zu wenig ist für ihr Geld. Sieben Jahre mit einem Italiener aus Napoli, aber das ist jetzt schon acht Jahre her. Und kramt zwischen Flaschen und sagt: Wenn ich Zimt dahätte, hätte ich Ihnen ein bißchen Zimt drauf. Muß nicht, sagte ich. Obwohl es gut riecht. Sind in Neapel nicht immer die Morgen am schönsten? Jetzt ist er verheiratet, sagt sie. Ein hellblauer Kittel. Das Haar zusammen. Oft gewaschen der Kittel. Wo wird sie wohnen? Einmal in Neapel, sagte ich, in einer winzigen Cafébar eine dicke Brieftasche liegengelassen und zurückgekriegt! Nicht ich, ein Freund von mir, aber ich war dabei. Ich steck mein Geld immer so ein. Ja, das gibt es, sagt sie. Das Kind fährt doch nicht allein im Zug? Nein, sagte ich, mit der Mutter. Und sie nickt. Geschieden? Getrennt, sagte ich. Und sie eine Handbewegung. Alles eins. Er hat ein Mädchen aus der gleichen

Straße geheiratet, sagt sie. Wie er geheiratet hat, hab ich aufgehört, mir die Haare zu färben. Und wischt sich die Hände ab und muß eilig weiterspülen. Bald kommt die Ablösung und da will sie klar Schiff. An einem Stehtisch zwei Schulmädchen. Fünfzehn? Sechzehn? Cola und Milchflip. Bunte Jacken. Taschen mit Aufkleber. Eifrig und leise und die Köpfe dicht beieinander. Ein kleines Heft. Stundenplan oder Adreßbuch. Und blättern und flüstern und kritzeln und blättern. Die eine blond, Locken, die andre dunkel und schmal. Pferdeschwanz und gelb ein Bändchen im Haar. Dann die Gläser zum Büffet und mit leichtem Schritt hinaus in die Bahnhofshalle. Aus Schwanheim, aus Hofheim, aus Hochheim, hier ins Gymnasium und jeden Tag mit der S-Bahn heim. Immer hin und her mit der S-Bahn. Hast du sie nicht schon öfter? Hier und dort schon? Sind sie es immer wieder? Und gehen und sind gegangen mit ihren Taschen und Geheimnissen. Büffet, Kasse und Stehtische (immer kommt man und geht!). Und an einem der beiden Tische zum Sitzen, an dem der mehr abseits steht, fremd ein Paar. Mann und Frau, nicht mehr jung. Gepäck mit, Koffer, Taschen und Tüten um sich her. Du fragst dich, wie sie das alles tragen? Sogar die Gepäckstücke sehen erschöpft aus. Kaffee, längst kalt der Kaffee. Beide rauchen. Die Nacht durch gefahren, durch viele Nächte. Sie eine offene Pelzjacke, die das Licht nicht verträgt. Er in Trenchcoat, Baskenmütze und Schal. Ein abgetragener Trenchcoat, der ihn wie ein Zelt umgibt. Aus welchem Land wird der Schal sein? Kaffee oder Tee und eine große Plastikflasche voll Wasser mit. Und ab und zu aus einer Tüte einen Bissen in den Mund. Nicht geradezu heimlich, aber auch nicht zu auffällig. Eine Zeitung, eine vielfach umgefaltete alte Zeitung, eine Emigrantenzeitung. Als ob er seit vielen Jahren schon darin liest. Rauchwolken, Müdigkeit, Bahnhofsstimmen, der kalte Kaffee. Hat er keine Brille? Ohne Land. Keine Papiere oder immer die falschen Papiere. Von weit her und noch lang unterwegs. Wenn du dein Land verloren hast, mußt du dein Land fortan immer bei dir haben und mit dir herumtragen. Einmal nur er und sie und beide schon nicht mehr jung (länger schon nicht mehr jung!). Dann beim nächstenmal wieder jünger. Ein Bündel, Decken, ein Kind mit. Einen Topf, ein Aluminiumkännchen und zum Aufwärmen eine Flüchtlingskasserolle. Ein Lied für das Kind. Ein hitzebeständiges Fläschchen und einen Löffel. Noch klein das Kind, noch keine zwei Jahre. Noch neu auf der Welt und doch schon durch viele Länder. Und keine Geburtsurkunde? Keine Geburtsurkunde. Jetzt schläft das Kind und die Eltern sind müd. Den Eltern siehst du den Krieg, aus dem sie kommen, noch an. Als ob sie ihn mitbringen. Einmal ein Kind und einmal drei Kinder und alle noch klein. Wie soll man ohne Haus für drei Kinder Namen finden? Und dann wieder nur zu zweit, wieder alt und immer noch unterwegs. Und durch viele Länder und Zeitalter auf die Freiheit zu – wann werden wir ankommen? Einmal aus dem gleichen Land beide – ihr Land, das sie fliehen müssen. Das gleiche Land und einunddieselbe Kindheit und zurück bleibt in weiter Ferne ein leeres Haus. Und dann wieder zwei verschiedene Länder und von ihr zu ihm gut dreißig Jahre. Und manchmal sind ihre Länder, die Länder aus denen sie kommen, feindliche Länder. Dann erst recht gehören sie und er zueinander. Fremd, überall fremd. Vielleicht längst im Fahndungsbuch und auf vielen Listen. Immer wieder die Zeitung zusammenfalten, immer anders zusammen. Eine Emigrantenzeitung und in die Manteltasche. Legal? Illegal? Auf der Flucht? Gefängnisse? Ein Exil? Immer kommt man und geht. Jeder Schlaf träumt uns heim. So ein Paar sind wir nicht geworden! Büffet, Kasse und Stehtische. Einer kommt. Einer geht. Und ist der Espresso gut? fragt die Frau in dem Kittel oder hat es vorher gefragt. Ist er richtig so? Wie in Neapel, sagte ich, und sie nickt. Spülen, aufräumen, immer wieder das benutzte Geschirr einsammeln. Jetzt muß bald die heutige Ablösung. Manchmal mittags bleibt sie eine Weile stehen, die Zeit. Im Dienst rauch ich nicht, sagt die Frau, aber manchmal kurz vor Schichtende dann doch eine Zigarette. Die ist dann besonders gut! Klar, sagte ich. Auch fast zu bezahlen vergessen. Zwei Mark. Wird nächstens zweifünfzig, sagt sie. Preiserhöhung. Vom Chef schon angekündigt. Wie alt ist das Kind? Viereinhalb, sagte ich. Heißt Carina. Aber kommt doch zurück? Klar, sagte ich. Sonntagabend. Mein Kind, meine Tochter. Wir sehen uns jeden Tag. Und dann bezahlt und gegangen.

Wie ein großer künstlicher Wintertag die Bahnhofshalle. Wohin jetzt? Und wandert mit. Laß dich treiben! An den Lichtern vorbei und mit deiner Müdigkeit von Bahnsteig zu Bahnsteig. Laß dich tragen vom Lärm und den vielen Stimmen! Abfahrbereite Züge. Ansagen, Abfahrten, Schlußlichter, leere Gleise. Die Bahnhofsausfahrt. Einmal ein Kind gehabt! Und jetzt mußt du allen Zügen nachsehen! Züge, die Bahnhofshalle, Verkaufsstände, Läden, Kioske, Lichter und Neonschriften. Lautsprecher, Echos und viele Stimmen. Überall Abschied und Wiederkehr. Überall siehst du Paare und manchmal ein Kind. Uhren, die Halle, das Bahnhofspostamt. Alles wie im Halbschlaf, alles nur wie geträumt. Und nach Wörtern suchen. Auf der Treppe zum Bahnhofspostamt ein Tramperpärchen. Sitzen auf ihren Schlafsäcken. Sanft und müd und vielleicht auch ein bißchen bekifft und wo kommen sie her? Das Bahnhofspostamt, Telefonzellen, das Fernamt. Der Schalter, an dem man Ferngespräche anmelden kann und sich zurückrufen lassen. Menschen aus vielen Ländern. Und ein Ausländer mit einem Besen und zwei Ausländer, die den fremden Boden aufwischen. Sprachlos. Blaugraue Overalls mit rotweißen Sichtstreifen. Freitagmittag und wie immer wieder pünktlich und unerwartet ein nahfernes Beben durch den Hauptbahnhof rollt. Wind, Zugluft, die Bahnhoftauben, Maschinengemurmel. Und wohin ich? Mit meiner Müdigkeit auf der Treppe. Der ganze gewaltige Hauptbahnhof ein einziges großes Gedränge und schiebt mich und zieht an mir, zieht – muß alles immerfort durch mich hindurch. Bettler, Penner, Bahnpolizisten. Gibt es noch den Nachmittagszug nach Paris?

Wartet schon? Steht abfahrbereit? Fährt sacht an und rollt in den Tag hinein. Auf den Abend zu. Ankunft: 22 Uhr 43. Du kommst aus dem Gare de l'Est und vor dir Paris und der Abend mit vielen Lichtern. Es ist immer Paris. Gern ans Meer. Mir zum Gehen einen langen Feldweg wünschen. Müd und verloren und doch am liebsten jetzt alle Leute kennen! Am liebsten mit ihnen mit und ihr Leben teilen! Erschöpft und erregt wie ein Kind, das dem Leben zusieht. Ich hätte gern am Rand des Gedränges mir einen Platz zum Sitzen gesucht. Wie früher in Staufenberg. Einen Holzstoß, ein Treppchen, ein Mäuerchen. Sitzen und ausruhen. Ein anderer. Wie in einem anderen Land und eine Weile nicht zuständig für die Welt und auch nicht für mich selbst. Sitzen und atmen. Stattdessen hier immer weiter, als müßte ich immer noch von Glas zu Glas wandern. Jeden Tag wieder. Vom Morgen an und bis in die Nacht hinein. Der tägliche Suff und ein ödes Exil (der Suff als Exil!). Du hast gleich gewußt, du kommst hier nicht so leicht weg! Hier gehen und dir selbst zum Gespenst werden? Ich hätte mir von einer fremden Frau einen winzigen Tropfen Parfüm gewünscht. Nur einen Hauch. Es hätte mir schon gereicht, wenn sie eine Weile schweigend neben mir steht und gut riecht. Und du atmest verhalten und spürst ihre Nähe. Damals der Vorweihnachtssamstag, sagst du dir jetzt, noch viel schlimmer als jetzt! Wie bin ich denn damals hier weg? Ob ich auch in der Milchbar arbeiten könnte? Welche Schicht? Und der Lohn? Jedes Geld kommt mir viel vor! Als Bahnhofsklofrau und jeden Tag für den Dienst mich mit Sorgfalt verkleiden. Dankbar. Ein Existenzminimum und dabei noch Zeit für eigene Gedanken und sogar für Notizen. Dienst-is-Dienst. Auf der Klotreppe ein verlorener Handschuh. Kein Kinderhandschuh. Ob sie jetzt schon in Gießen sind? Mit deiner Müdigkeit jetzt noch einmal durch den ganzen Bahnhof. Vom einen zum andern Ende und dir alle Gesichter und jede Einzelheit merken! Zähl dein Geld! Am besten zwei-dreimal! Nicht zu atmen vergessen! Und dann mach dich auf den Weg!

21

Noch fünfundzwanzig Mark dreiundachtzig und daheim achtzig Mark. In der Not weiß man immer ganz genau, wieviel Geld.
Auch die Pfennige. Trotzdem zählst du und rechnest und zählst.
Alle zwei Wochen zweihundertzwanzig Mark vom Arbeitsamt
und als Gast, vergiß nicht, als Gast zu Gast. Alle Ausgaben lang
und breit im Kopf hin und her. Muß man bei sich selbst, muß
fristgerecht einen Antrag und den Antrag erläutern, begründen,
verbessern. Besser in nächster Zeit keine, keine unnötigen, nur
was unbedingt sein muß, am besten keinerlei Ausgaben! Das ist
nur in Europa, daß jeder denkt, man muß jeden Tag essen! Etats
im Kopf und den Staat, eine Einteilung, Schließfächer und
Tresore und im Gehen die Schuhe schonen. Sollst du die Münchener oder sollst du die Kaiserstraße? Freitagmittag. Säufer,
Penner, Süchtige, Zuhälter, Dealer, Nutten, Bankangestellte,
Zeitungsverkäufer. Inder und Hilfsinder. Aus Pakistan, Eritrea,
Rumänien und Bangladesh. Ein Streifenwagen. Das Bahnhofsviertel. Alle hundert Meter ein Streifenwagen. Schon die ersten
Pendler zum Bahnhof. Und mit Kaufhaustüten, Kaufkraft und
Zuversicht die Leute aus der Provinz. Erst fünf Jahre mit Sibylle,
dann noch vier Jahre mit Sibylle und Carina und jetzt wieder
allein. Weg ist weg! Im Gehen die Schuhe schonen! Immer auf
den Horizont zu und auf jedem Weg mir mein Leben erklären.
Wohin? Warum gehst du hier? Baustellen. Bißchen Wind. Meine
einzigen letzten zwei Schuhe, eine alte Cordhose und die Wildlederjacke aus dem Mai 68. Die Jackentaschen kaputt, das Futter
in Fransen, aber von außen geht sie noch. Gerade Zigarettenschachteln kann man noch einstecken, alles andre fällt durch.
Müd im Gedränge. Ganz durchsichtig schon vor Müdigkeit. Die
ganze Welt lehnt sich bei mir an. Nur weiter! Erst durchsichtig
und dann unsichtbar. Erst die Säufer und Penner im Bahnhofsviertel. Und dann die Säufer und Penner an der Hauptwache.
Das bin doch nicht jedesmal ich?

Einer an der Kirchentür. Fromm. Gottes Segen und ein warmer Imbiß, ein Kaufhaussüppchen. Zwei bei den Abfallkörben. Dienst-is-Dienst. Einer am Goetheplatz auf einer Bank – nein, nicht auf der Bank, auf einem Mäuerchen neben der Bank. Sein Bündel neben sich. Sitzt und wickelt sich den Verband am Fuß neu. In aller Ruhe. Erst nur ab den Verband und es sich ein Weilchen gemütlich machen auf seinem Mäuerchen neben der Bank. Sitzt und räkelt sich. Blinzelt, wie wenn schon die Sonne scheint. Sitzt mit dem offenen Fuß und streicht den Verband glatt. Lieber auf dem Mäuerchen als wie auf einer Bank, damit nicht gleich einer kommt und sagt: Mach hier mal Platz, die Bank gehört doch nicht dir allein. Die Bänke hier sind für die wo jeden Tag arbeiten. Für die Bürger, für Rentner und Steuerzahler. Hast du nicht eine Zigarette, Kumpel? Wird Zeit, daß der Frühling kommt! Ein zwoter Penner von seinem Platz herüber und nimmt eine alte Zeitung aus dem Papierkorb. Leere Bierbüchsen, Zigarettenschachteln, Flaschen, die keine Pfandflaschen sind. Pappbecher, Papierfetzen, Würstchenpappdeckel, Senfreste, Scherben, Orangenschalen, Blut, Ketchup, ein Schuh. Alles sorgfältig durchsehen und wieder weg damit. Keine Ordnung drin! Steckt es fluchend zurück. Lauter Mist, lauter Abfall und Dreck, nix als wie Schund nur – was die Leute sich einbilden! Blödes Volk! Wenn da einer Geld wegschmeißt, seine Brieftasche, ein Paar warme Socken, eine goldene Uhr – wie soll man die finden zwischen dem ganzen Dreck? Nur die Zeitung behält er und nimmt sie sich mit. Dort drüben in Ruhe sitzen! Immerhin vorgestern ein fast volles Feuerzeug – wo hat er es jetzt? Wie neu und fast voll! Auf der Straße gefunden! Einer bei der Fußgängerampel neben der Kirche. Ich bin hier geboren! Die reine Wahrheit! Hier auf dem Gehsteig! Nur ein paar Schritte weiter. Hier vor dem Kaufhalleneingang! Jahrgang Sechsunddreißig. Selbst weiß man ja nicht gleich Bescheid auf der Welt! Meine Mutter geht los und will Wolle und Nähgarn kaufen! Wo jetzt der Kaufhof ist, war damals auch schon ein

Kaufhaus. Aber so weit ist sie mit mir nicht mehr gekommen. Hier bei der Kaufhalle vor der Kirchentür. Daß die Kirche da stand, war dann ein christlicher Zufall. Eine Zigarette und fuffzich Fennich oder wenigstens eine Zigarette. Unverschuldet in Not geraten! Und wird sich das Rauchen nächstens bald eisern abgewöhnt haben! War beinah ja letzte Woche schonmal so weit! Auf dem Gehsteig geboren und seither immer wieder kommt ihm im Leben der Zufall dazwischen. In der B-Ebene im Durchgang fünf Mann mit Bierflaschen. Streit? Kein Streit, bloß jeder mit seiner Meinung! Und wie die Meinung zum Tag und wie die Meinung zum Bier paßt. Eine Zigarette nach der andern rauchen. Vorher extra auf Vorrat gedreht. Hast du nicht zwei Zigaretten, Kumpel? Und jetzt mit den offenen Bierflaschen und die Hände und Wörter so durch die Luft und nicken und immer noch einen Schluck. Rauchwolken. Und dabei die ganze Zeit recht haben! Unter der Erde am Fuß der Treppe, aber stehen extra so, daß sie gerade eine Ecke vom Himmel noch. Deshalb ja hier bei der Rolltreppe. Hätten es sonst viel bequemer da hinten bei den Schließfächern. Oben um die Zeit jetzt überall schon das Feierahmdvolk. Ein Gedränge. Freitags am schlimmsten. Da haben die eher Schluß und wollen noch schnell hundert Sachen. Haben immer Geld einstecken und wollen schnell dahin und dorthin! Bloß nicht die Kaufhalle mit dem Kaufhof verwechseln! Der Zeit nach, dem Tag hinterdrein! Nervös! Eilig! Rennen von Laden zu Laden mit ihrem Geld, von Kaufhaus zu Kaufhaus! Und muß alles ganz genau passen! Was die alles einkaufen, Kumpel! Von allen Seiten tun sie dich anrempeln. Kaum hast du eine offene Bierflasche in der Hand, mußt du dir ihre blöden Sprüche anhören. Deshalb, Kumpel, stehen wir hier unten! Sogar hier muß man noch aufpassen, daß man nicht zu laut und zu breit und zu großspurig in der Gegend steht. Vielzuviel Chefs und Bullen, Kumpel! In knapp fünf Minuten auf ein paar Schritten Weg sechs Zigaretten verteilt. Zu rauchen aufhören? Nur noch beim Schreiben rauchen? Säufer, Penner, Süchtige.

Einmal zu ihnen dazugehört. Und jetzt länger schon nicht mehr einer von ihnen. Hätte ich an diesem Nachmittag einen Straßensänger gefunden, ich hätte lang bei ihm stehenbleiben müssen! Und weiter. Die Zeil. Kaufhäuser. Haufen Volks.

Schon Mitte März und hier auf der Zeil immer noch an jeder Ecke die Männer mit Sammelbüchsen und Zirkustieren. Ein Schaf, einen Esel, ein Pony, die Männer in Stiefeln. Stiefel, Mütze und Schal. Mit unsteten Augen die Männer, mit Narben, mit sperrigen Wörtern. Immer noch zwei-drei Pullover und zwei-drei Jacken übereinander, aber schon nicht mehr so unförmig wie im Winter. Die Handschuhe jetzt in der Jackentasche. Das Schaf steht und schert sich nicht. Der Esel wie alle Esel. So sanft und bescheiden, als ob er sich hier um einen ruhigen Stehplatz in der Ewigkeit bewirbt. Ruhig und windgeschützt. Muß nicht groß sein, der Platz. Gleich senkt er den Kopf und stellt die Vorderfüße, um Platz zu sparen, noch enger zusammen. Das Pony mit Ponyfransen. Mit einem Stirnpony. So niedlich und harmlos, daß man schon auf den ersten Blick weiß, es würde gern treten und beißen. Stroh, ein winziger Strohballen, der wie ein Dekorationsstück aussieht. Und eine Handvoll verlorener Spreu. Liegt hier und muß auf den Wind warten, diese Handvoll verlorener Spreu. Zirkus im Winterquartier! Unverschuldet in Not geraten! Die Zirkustiere bitten um Ihre Spende! Mit Stiefelschritten der Mann. Sich an die Mütze fassen. Mit Stiefelschritten ungelenk hin und her und dazu die Sammelbüchse schütteln, daß es nur so scheppert. Beinah wie ein Trommelfeuer. Alle hundert Meter einer. Die Tiere wissen, sie sollen wie Zirkustiere aussehen, aber das ist ihnen egal! Wollen sich diesbezüglich keine Mühe geben, die Tiere! Die Männer mit Räubergesichtern. Der nächste zwei blonde Ponys, beide mit vorstehenden Zähnen und nochmal den gleichen bescheidenen Esel. Dann einer zwei Schafe und drei Ziegen. Alle mit Stricken aneinander. Was denkt so ein Schaf? Gibt es einen Schafhimmel? Muß als Schaf hier den ganzen Tag und immer wieder ist ihm, als ob ihm jetzt gleich ein Gedanke kommt. Der Anfang von einem Gedanken. Die Ziegen angespannt, eifrig! Sehen alles! Hierhin und dorthin den Blick und die Nase! Müssen sich ein Bild von der Welt, müssen jedem nachschnuppern, der vorbeigeht! Als Ziege, das ist ihnen schon recht! Aber wüßten trotzdem auch gern, wie man es anstellen muß, daß man ein Mensch wird! Erst recht, seit sie als Ziegen jeden Tag hier in Frankfurt auf der Zeil stehen. So viele Taschen und Tüten! So bunte Jacken und Mäntel! Und in solchen Scharen jeden Tag wieder den ganzen Tag an ihnen vorbei das Menschenvolk, Menschenherden. Und immer auf den Hinterbeinen, alle den ganzen Tag auf den Hinterbeinen! Und sie müssen als Ziegen hier stehen und gaffen und schnuppern. Würden gern dort beim Brunnen ein bißchen herumklettern. Eine Weile am Imbißstand anstehen. Kinder anstupsen, Japaner anstarren, mit lernbegierigen Ziegenzungen an den schimmernden kühlen Glasaugen der japanischen Kameras lecken, Handtaschen durchsehen, Geldautomaten ausprobieren, Pelzjacken kosten (gut kauen!), sich mit Hunden und Rolltreppen einlassen und sehen, was es mit Telefonzellen auf sich hat. Die Treppe zur U-Bahn, Schaufenster, Kaufhauseingänge und Scharen von Menschen, die als Menschen hier in der Herde gehen. Bergziegen, Zwergziegen, Ziegen aus Asien, aus Afrika und aus den Anden. Jede Ziege ist anders, jede ganz und gar echt und wäre sogar noch mit Jägerhütchen und Brille glaubhaft sie selbst! Und hinter der Konstablerwache, weit hinten am Ende der Zeil, wo es nach Asien geht und immer noch jeden Tag die gleichen schäbigen alten Winterhimmel herumhängen (am Himmel hängen, vom Himmel herunter): da steht einer mit zwei Ziegen und einem Lama. Er eine Pelzmütze und die Augenbrauen wie angeklebt, so dichte Augenbrauen. Die Ziegen sind hemmungslos Ziegen. Wie die Luft schmeckt! Müssen immer wieder die Lippen sich lecken! So wache Augen, daß man dauernd denkt, sie machen sich lustig! Und das Lama? Das Lama aufrecht, hoch-

mütig, fremd. Steht hier in Frankfurt hinter der Konstablerwache, wo die Zeil am Ende ganz brüchig schon. Beinah wie
nicht mehr echt, wie aufgemalt nur ist die Zeil am Ende der Zeil.
Das Lama steht bei den Ziegen und dem Bettelplakat, dem Miniaturstrohballen (Dekorationsstück) und dem Halunken von
Stallknecht (dem als Stallknecht aufgemachten Halunken), der
mit seiner Sammelbüchse rasselt. Steht hier und hat als Lama mit
nix und niemandem was zu tun. Steht und starrt durch die Menschen, den Tag und die Dinge hindurch oder wenn nicht hindurch, dann daran vorbei. Starrt, als sei alles in weiter Ferne oder
wie schon gewesen. Ein vergangener Winter. Eine seinerzeitige
Stadt. Ein ehemaliges Zeitalter. Im Nachwinter grau ein Tag, den
muß es wohl einmal gegeben haben. Reglos, wie auf einem Berg
steht das Lama. Selbst wie ein Turm oder Pfahl oder Berg steht
es und ruckt nur alle paar Stunden einmal mit dem Kopf auf dem
Hals. Vielleicht auch nur eine Sinnestäuschung. Das Lama als
Standbild. Die Ziegen stehen und feixen. Der Tag verzieht keine
Miene.

Die ganze Zeil entlang, überall in der Innenstadt, schon seit viel-
zufrüh der Herbst anfing, an jeder Ecke die Männer mit Bettel-
plakaten, Sammelbüchsen und Tieren. Und immer Kinder dabei.
Schulkinder. Meistens Jungen. Manchmal zwei-drei und dann
wieder nur einer, der umso beharrlicher steht. Den Schulranzen
dort an der Hauswand oder liegt ein Stück weiter vor deinen
Füßen und sieht aus wie abgeschüttelt. Drittklässler, Viertkläss-
ler. Entweder er knautscht seine Mütze in der Hand zu einem
Klumpen von Fernweh zusammen oder hat sie nach Räuberart
verwegen aufs Ohr oder in die Stirn. Oder gar keine Mütze.
Weiß nicht, wo sie geblieben ist. Heimweg und Ranzen auch
längst vergessen. Steht mit heißem Kopf. Zehn Jahre alt. Die Tiere kennen ihn schon (die Tiere sollen wie Zirkustiere aussehen!).
Die Männer mit großen Schritten hin und her und scheppern
mit ihren Sammelbüchsen. Wie Trommeln, wie Ketten und Waf-

fen so rasseln die Sammelbüchsen. Wie ein Maschinengewehr. Laut und heiser die Männer mit ihrem Zirkustierbettelgeschrei und dazwischen manchmal mit leiser Stimme zu den Kindern. Von Finnland, vom Eismeer, von Afrika. Und wie man am besten hinkommt. Häfen und Schiffe und Großwildjagd. Wie man Cowboy, Schiffsmaat und Steuermann wird. Goldgräber, Entdecker, Ölmillionär. Leise und nebenher, wie zu sich selbst die Männer. Tatsachen, Abenteuer! Selbst erlebt! Eigenhändig! Oder sagen auch nur die Namen: Texas. Kanada. Mexiko. Brasilien und Indien und China. Warum sollen nicht Feuer brennen überall in der Innenstadt und die Zeil entlang, wo Männer mit solchen Tieren stehen? Die Kinder können nicht genug kriegen. Und dann? Und weiter? Müssen fragen und drängen oder stumm und mit heißem Kopf! Ihre Ohren glühen! Stehen wie im Fieber und sagen kein Wort! Sehen die Tiere, die wie Zirkustiere aussehen sollen und wie eine Menagerie riechen. Das Bettelplakat mit den Schreibfehlern (vier Fehler!). Bettelplakat und Sammelbüchse. Riechen selbst schon wie eine Menagerie. Sehen den Mann und sehen auf seinem Kopf die Räubermütze. Ein Säufer und wie ihm der Schnaps fehlt! Drei Jacken übereinander, die durchgelaufenen Stiefel und neben den Stiefeln der Miniaturstrohballen, der nicht angerührt werden darf. Nur zur Ansicht. Muß geschont werden! Soll lang halten und soll nach was aussehen! Bringen ihn jeden Morgen mit und abends wird er vorsichtig wieder weggetragen. Auf und davon. In einer großen Plastiktüte vom Kaufhof, vom Betten-Rid in der Biebergasse. In einer extragroßen Ikeatüte. In einem Pappkarton, auf dem Bärenmarke draufsteht. In einem Hundekorb, der schon anfängt, sich aufzulösen. Wie im Fieber die Kinder. Als ob sie schon hundert Jahre so stehen. Hören das Feuer knistern! Auch wenn es nur ausgedacht ist! Selbst ausgedacht! Stehen und spüren den Wind im Gesicht. Von dem Strohballen spärlich ein bißchen Spreu. Noch nicht einmal eine Handvoll. Liegt vor deinen Füßen und muß zittern bei jedem leisesten Hauch. Liegt da, goldene Spreu – und wird beim nächsten Windstoß sich auf den Weg machen. Schon hundert Jahre stehen wir so. Und Mädchen? Manchmal ein Mädchen dabei! Eigensinnig und schön. Der Wind läßt die Spreu warten und spielt lieber mit ihrem Haar. Lang steht die Zeit still und sacht weht ihr Haar im Wind. Sie auch still. Versunken. Hier auf der Zeil, auf der Freitagnachmittagszeil. Allein bei sich selbst. Dann wieder lustig und frech und muß immer von einem aufs andre Bein. Tanzt herum. Spielt. Kann gut pfeifen, kann sogar auf zwei Fingern pfeifen. Kann balancieren, daß dir gleich die Luft wegbleibt. Wenn sie lacht, hüpft silbern ein Springbrunnen dir den Rücken hinauf und hinab. Wenn sie weint, wenn sie weint – wie du das aushalten sollst, mußt du erst noch lernen. Jetzt faßt sie sich selbst mit der Hand an. Genauso wird sie die Hand ausstrecken, wenn sie dich berührt. Lebendig ein Feuer – wie uns auf der Zeil so ein Feuer fehlt! Sogar noch im März. Den ganzen Winter schon stehen Kinder bei diesen Männern mit Tieren. Jeden Tag wieder. Bis in den Abend hinein. Noch in Dämmerung, Kälte, Abendnebel. Stehen schon seit Oktober. Seit Ende September schon. Stehen und können nicht weg.

Und ich? Bahnhofsviertel, Hauptwache, Zeil, Konstablerwache – immer ich und kann noch lang nicht heim. Noch einmal den Weg? Immer wieder? Auf den eigenen Spuren und die Augenblicke und Gedanken zusammensammeln? Nochmal und immer nochmal die Bettler, Säufer und Penner und sehen, wie sie ins Torkeln geraten und ihr Leben ein Film, der rasendschnell rückwärts läuft. Auf den Anfang zu. Immer schneller zurück. Zuletzt nur ein Geflimmer noch. Und ich? Wieder zum Bahnhof? Nochmal zum Bahnhof zurück und keuchen und zittern, als sei ich für immer zu spät dran – beeil dich! Mehrfach und immer wieder zum Bahnhof und sehen, ob ich es aushalten kann? Zum Bahnhof und mir den Abschied: Hier ich, da Sibylle und Carina! Noch mit Fahrkarte, Tasche und Wörtern – eine flüchtige Gegenwart! Und dann sind sie eingestiegen und mit dem Zug weg! Erst da und dann nicht mehr! Du mußt es dir vorspielen! Immer wieder! Hier ich, da sie, dort der Zug! Und hat sich in Bewegung! Uhr, Bahnhofsausfahrt, die Ferne, der heutige Tag. Und jetzt ich? Hier stehen als Gefuchtel! Ein Feuer, ein Schatten! Verblieben! Stehen und warten, bis sie zurück? Ausharren? Sie herbeiwarten? Den Bahndamm entlang nach Gießen? Hin und her und die Züge an dir vorbei. Gestrüpp, Bahndamm, Leitungsmasten, der Draht summt, Eisenbahnhimmel und müd immer weiter der Weg vor dir her. Windet sich, kriecht. Immer auf den Horizont zu. Selbstgespräche. Den Krähen ein Anblick – da geht er! Ein Mensch! Nach Gießen und dann in Gießen wie unter der Erde. In Gießen zum Stein werden, blind und taub, ein Gemurmel, ein Stein unter anderen Steinen. Immerhin, sagst du dir, im Dezember war es noch schlimmer! So mit mir selbst. Bin das immer noch ich? Als Fußgänger hinter der Konstablerwache am anderen Ende der Zeil. Wie ausgesetzt steht man und weiß nicht weiter. Wohin? Wie an einem Rand – als sei da ein Graben, ein Abgrund – wo jetzt mich festhalten? Von der Zeil zum Allerheiligentor, zum Römer und an den Main. Nach Westen der Main. Du stehst und er zieht an dir. Nie der gleiche Fluß. Vom Main zum Theaterplatz und den Roßmarkt hinauf, als käme ich jetzt erst vom Bahnhof. Jetzt erst und dann immer wieder. Meine Schwester anrufen? Kleingeld. Eine Telefonzelle. Lieber noch warten! Heb es dir ein Weilchen noch auf! Die nächsten Zellen nicht frei, dann fehlt der Hörer, dann fällt dir dein Geld durch und dann bleibt es stecken (soll man mit Drohungen, mit der Faust?). Dann am Goetheplatz eine ruhige Telefonzelle und bei meiner Schwester besetzt. Mit wem spricht sie? Worüber? Gerade auch jetzt! Mit meiner Ungeduld durch die Freßgass. An vielen Mahlzeiten, an vielen gedeckten Tischen vorbei. Zur Alten Oper und zurück durch die Goethestraße. Die teuren Läden und wie sich der Tag in den Schaufenstern spiegelt. Schnell drei-vier Leben denkst du dir aus. Nirgends ein Straßensänger? Keine Musik? Wieder in die Telefonzelle, die geduldig gewartet hat. Schon im voraus den Mund voller Wörter. Erst war besetzt und jetzt hebt niemand ab. Nicht daheim? Niemand da? Bei Buderus ihr Mann. Hat Frühschicht gehabt und sie holt ihn am Werktor ab. Erst mit dem Nachmittag beide zu Fuß. Auf der Lollarer Hauptstraße ein steingrauer Nachmittag. Erst beide zu Fuß die Straße entlang zum Parkplatz und dann in dem roten VW. Baujahr 61, ein Käfer. Gebraucht gekauft. Rot und mit Schiebedach. Dreiundzwanzig Jahre alt und sieht immer noch aus wie neu. Erst billig tanken und dann zum Massa und preiswert einkaufen. Zum Massa oder nach Gießen. Freitagnachmittag. Himmel bedeckt. Einen Zug hört man fahren. Sie werden sich Zeit lassen. Und die Schwiegermutter? Vielleicht im Garten und macht sich Gedanken, wo nächstens die Radieschen und Zwiebel ihren Platz? März und die Bäume noch kahl und zwischen den Beeten hüpft schwarz eine Amsel. Dort am Rand die Radieschen aussäen. Und die Zwiebel in Reihen hier neben dem Weg. Die Zwiebel beizeiten setzen.

Dann Jürgen. Auch nicht? Keiner da? Also weiter mit mir selbst. Gehen und gehen. Müdigkeit. Umwege. Freitagnachmittag. Nochmal über die Zeil, die schon immer voller? Über die Zeil und mir alle Gesichter merken? Auswendig lernen den Tag und die Stadt. Schon immer müder jetzt. Noch ein paar Bogen, noch hier und dort vorbei und dann vielleicht kannst du endlich heim. Im Dezember – selbst nur als Schatten und den Adventskalender vergessen und den vergessenen Adventskalender als Vorwurf, als Schuld, eine Wunde – wie hast du es da geschafft? Noch mit in der Wohnung damals, noch in der Jordanstraße. Da mußt du jetzt nicht hin! Oder doch? Nach Bockenheim? Bis zur Warte? Nur probeweise? Erst nur bis zur Warte, dann die Leipziger Straße entlang. Und dann mit Vorsicht! Auf Widerruf Schritt für Schritt! Die Fenster – kein Licht? Das Haus verzieht keine Miene. In die Jordanstraße und sehen, ob dich die Haustür noch kennt? Post im Briefkasten? Zittert das Haus? Du hast noch die Wohnungsschlüssel. Ich hätte dort schlafen können! Sogar Notizen mir! Sitzen und schreiben! Bett, Tisch und Bad. Die ausgeräumten Bücherregale. Das Schweigen der Wände. Ob die Dinge mich schon verraten haben? Fangen untereinander zu flüstern an. Feixen. Schweigen gehässig. Lichtschalter, Türgriffe, Gegenstände. Dein Gesicht ein Gesicht aus Stein und dir selbst fremd. Stumm, reglos, auch innerlich reglos und zu keinem je wieder ein Wort. Auf gar keinen Fall die Waschmaschine einschalten! Ein Gefangener. Eingemauert. Nicht genug Luft! Keine Stimme! In der Vergangenheit bei mir selbst zu Besuch. Es ist immer das letzte Mal. Im Dezember doch auch schon vom Bahnhof aus weit durch die Stadt und genau wie jetzt immer müder. Im Dezember war es noch schlimmer! Nur zu Gast und Heimwege denkst du dir aus. In die Zweigstelle der Stadtbibliothek in der Seestraße. Und damit du dort auch wieder wegkommst, dann in die Bibliothek auf der Zeil. Und dann mit den Bücherstapeln, vielleicht kannst du dann endlich heim und die Katze füttern, den Nicko. Schon die Kaiserstraße entlang und mit all den Eisenbahnzügen und Lautsprecherstimmen im Kopf und müd, wie betäubt, schon da haben die Lichtreklamen, Schaufenster und Plakate nicht aufgehört, auf mich einzureden. Passanten. Das Fußvolk. Jeder Bettler mit seiner Geschichte. Die Stadt, du spürst sie wie in dir drin. Himmel mit Buchstaben, Zahlen, Daten beschmiert und alles blinkt, schreit und fließt ineinander. Die Straßen fangen zu kriechen an, sind ins Schlingern geraten. Selbst durchsichtig schon vor Müdigkeit, erst durchsichtig und dann unsichtbar, ein Gespenst. Wenigstens nicht den Reuterweg, sagst du dir. Einen Umweg am Kinderladen vorbei und wie alle Tage durchs Westend die Straßen. Sind leicht, die Straßen im Westend, sind einmal Morgen- und einmal Abendstraßen und nehmen mich mit – oder nur wenn Carina da ist? Immer mit ihr nur und schnell zu ihr hin? Und andernfalls fremd die Straßen und kennen mich nicht? Lieber zum Eschenheimer Turm und weiter die Straße hinauf. Wie aus dem Jenseits zurück. Noch am Leben. Läden, eine Litfaßsäule, ein Erker, ein einzelner Baum. Plakatwände, Baustellen. Die Musikhochschule. Gegenüber ein Bäckerladen, ein Café, ein Hotel und als ob hier schon der Abend wartet. Wie ausgedacht stehen die Häuser. Licht in den Fenstern. Stadtauswärts von Ampel zu Ampel die Autos. Vier Fahrspuren. Immer mehr Autos. Zeitungsverkäufer auf der Fahrbahn. Und schon auch die ersten Staus. Freitagnachmittag. Kein Straßensänger? Nirgends Musik? Radfahrer. Ein Mädchen mit einem Geigenkasten (jetzt hast du sie nicht lang genug angesehen!). Und ein zittriger alter Mann, der in all seinen Taschen sucht. Immerhin noch am Leben. Sucht und sucht und weiß nicht, was es ist, wonach er so angstvoll und immer dringlicher sucht. Hast du ihn nicht schon öfter? Zwei Schüler, die Prospekte verteilen, die Stunde acht Mark. Und an der nächsten Ecke wie immer der Grüneburgweg.

Heimkommen. Zettel, Notizblöcke, Manuskript und denk an das Katzenfutter. Die Frühschicht, sagen die Bauern von 1952. Jetzt im März sind die Tage schon länger. Das muß einmal einer aufschreiben! Sogar mit der Mittelschicht, der Normalschicht, bleibt einem jetzt im März schon wieder ein bißchen was übrig vom Tag. Ein Rest, ein Quentchen, wie so ein Worschtzippelendstück. Zum Feierahmd. Die Werksirene. Den Akkord geschafft haben und dann am Werktor mit der leeren Thermosflasche. Mit Thermosflasche und Brotbeutel. Beim Fahrradständer steht man und es ist noch hell. Schichtende. Einen Zug hört man fahren. Lang ein Güterzug über die Brücke. Schichtende bei Buderus. Bei der Mittelschicht schon und erst recht bei der Frühschicht, sagen die Bauern in meinem Kopf. Schnell heim! Einen Imbiß! Haus und Hof hat die Frau versorgt und wir sind noch jung und kräftig. Wir haben Eisen geschmolzen. Von der Hütt aufs Feld. Und dann, nach der Feldarbeit, solang es noch hell ist, solang uns der Tag noch leuchtet, die Arbeit am Anbau. Erst der Anbau, dann der Umbau vom Anbau. Ein Schwager, der uns zur Hand geht. Der eigene Vadder noch rüstich. Und dazu ein eifriger Schwiegersohn, ein zukünftiger. Solang wir gesund sind, ist uns immer wieder die Frühschicht am liebsten. Das muß einmal einer mit einem Schreibstift in so ein Heft hinein, sagen sie. Zigaretten. Espresso. Immer noch einen Espresso! Schreib weiter! Schreib alles, sagte ich mir. Die Katze, den Kater füttern, den Nicko – war das nicht schon, vielleicht sogar mehrmals schon oder hast du ihn immer wieder nur füttern wollen? Oder vor einer Woche, als Carina bei mir? Der Nicko kommt in die Küche und grüßt. Kommt, als ob er schon den ganzen Tag zaubert und jetzt nur kurz eine Pause. Oder läßt sich jedesmal wieder das Futter hinstellen, drei-viermal und sagt nichts, frißt und behält es für sich? Meine Schwester und die Lollarer Hauptstraße in Lollar. Jedes Haus hat ein Gesicht. Meine Schwester mit zehn oder elf vor allen vier Lollarer Bäckerladen. Sie elf, ich fünf. Dunkel und still ein Nachmittag in der Nachkriegszeit. Die Hütt qualmt, das Eisenwerk. Nicht mehr die Hungerzeit nach dem Krieg, aber gleich nach der Hungerzeit nach dem Krieg und jetzt zählst du die Jahre zusammen. Heute Mittag Carina zum Bahnhof gebracht und jetzt ist sie in Gießen und du mußt dir vorstellen, wie sie ist, wenn du nicht dabei bist. Unter fremden Menschen. Ein Kind und bleibt lang noch klein. Aus der Stadt heim und gleich weiter mit dem Manuskript, dann müd am Tisch. Immer müder. Als ob du dir dein Leben, als ob du dir Leben, Zeit, Welt, Vergangenheit, als ob du dir dich und die Menschen in deinem Leben nur immerfort einbildest. Alles erfunden und ausgedacht? Bloß geträumt? Die Zeit mit Sibylle. Einmal ein Kind gehabt. Oder war ich selbst dieses Kind? Einmal als Kind am Küchentisch eingeschlafen und seither als ob du träumst und träumst, daß du träumst. Menschenjahre. Nämlich, sagen die Bauern in meinem Kopf, es gibt Hunde- und Pferde- und Menschenjahre. Muß man nehmen wies kommt. Die Buderus-Werksirene – in Lollar sowieso, in Ruttershausen und Odenhausen und sogar noch in Wißmar und in Salzböden und bis zu uns herauf auf den Berg alle Tage. In Daubringen, Mainzlar und Treis, im ganzen Lumdatal, in allen Dörfern im Umkreis ist sie zu hören. Jedes Lebewesen kriegt jedesmal jäh einen Schreck. Die Sirene! Schichtwechsel, Feierahmd, Dienstbeginn. Durch Mark und Bein. Erst jäh die Sirene und dann jäh die panische Stille danach. Ein Krieg, der nie aufgehört hat.

22

Aufwachen in der Dämmerung und den eigenen Namen nicht gleich und lang grübeln. Zurückdenken! So einen weiten Weg gekommen. Als Kind abends heimgerannt. Vor der Nacht her. Von Mainzlar her mit der Nacht übers Feld. Über die Wiesen. An Schuppen, Scheunen, Hecken und Gartenzäunen vorbei. Da war es schon dunkel. Und jetzt hier in der Dämmerung. Wieder März. Nicht noch eben von damals die Amsel? Und jetzt in die Stille hinein fängt sie wieder an. Ganz nah. Direkt unterm Fenster ihr Lied. Du bist aufgewacht und dann war dir, du hättest gerade kurz vorher noch, du hättest noch eben mit deiner Mutter gesprochen! Und jetzt mußt du rechnen, wie lang deine Mutter schon tot ist. Ein Märzabend. Eben aufgewacht. Als ob du dich noch einmal kennenlernst. Espresso aufsetzen und das Oberlichtfenster weit auf. Die Amsel. Abendluft. Und vom Reuterweg her der Feierabendverkehr. Freitagabend. Zigaretten. Espresso. Jetzt baden und dann gleich den Grüneburgweg entlang oder umgekehrt? Licht im Bad. Am Boiler die bunten Lämpchen. Keine Angst! Der Boiler geht nicht kaputt! Noch lang nicht! Mit zwei Handgriffen gleich das Bett zusammen. Obstkorb und Blumen. Mein Manuskript auf dem Tisch. Das Zimmer einer Frau. Hell und geräumig. Umgibt dich von allen Seiten und lächelt und riecht gut. Ein weibliches Zimmer und jetzt bist du es, der darin wohnt. Als Gast. Nur als Gast, sagt er sich. Also ich. Barfuß im Bogen durch die dämmrige Stille im Nebenzimmer. Vor dem Fenster die Bäume auch dämmrig und still. Und in der Telemannstraße sind die Straßenlampen schon an. Notizzettel. Selbstgespräche. Das ganze Dachgeschoß riecht nach Espresso und Milchkaffee. Wie laut man sich denken hört, wenn man allein ist. Freitagabend, noch hell. Am liebsten gleich weiter. Am liebsten das Buch jetzt in einem Zug – schnell, fang an! Papier. Zigaretten auf Vorrat. Immer wieder Espresso, Milchkaffee, Saft, Mineralwasser, Tee und gleich als ob die Dämmerung innehält. Lockt mich! Sitzen und schreiben. Schon siehst du dich dort am Tisch. Nur schnell weiter! Als stünde die Zeit still! Erst lang noch die Dämmerung. Und dann Nacht-Tag-Nacht immer wieder am Oberlichtfenster vorbei. Keuchen, die Luft anhalten und immer weiter das Buch! Du schreibst, du blickst erst dann wieder auf, wenn du fertig bist! Aber ich hätte trinken müssen, wie früher – immer weiter mit Wachtabletten und Suff, um mich darauf einzulassen. Um lang genug daran glauben zu können. So aber weißt du, es wird Jahre und Jahre noch. Bist müde und ziehst wieder deine müden zwei Schuhe an, den linken, den rechten. Sind erschöpft alle beide. Können bald nicht mehr weiter! Notizzettel, Kugelschreiber und dann gleich in den Abend hinaus, solang es noch eben hell. Nur ein paar Schritte, sagte ich mir und den Schuhen. Jetzt hier im letzten Licht. Und spüren, wie die Dämmerung an mir zieht. Alles ruft! Erst den Nicko noch füttern! Er wird schon warten. In der Küche im zweiten Stock. Mit glühenden Augen. Unter der Wanduhr. Vor dem Kühlschrank geht er auf und ab. In der Dämmerung. Die Uhr tickt. Sein Fell und die Barthaare sprühen Funken. Du sprichst mit ihm, du siehst ihm beim Fressen zu. Und gleich danach auf dem Grüneburgweg weißt du wieder nicht, ob du ihn gefüttert hast, womöglich zum viertenmal heute schon – oder dir nur vorgestellt, immer wieder vorgestellt, wie du ihn fütterst. Sein Napf immer blank geleckt. Als ob er ihn jedesmal selbst spült, so sauber.

Auf dem Grüneburgweg. Im Wind. Schon der Nacht entgegen. Jetzt nicht! sagst du zur Telefonzelle. Die Pizzeria mit offenen Türen. Abendluft. Holzrauch. Und mußt dir eine Gemüsesuppe ausdenken! Schön warm! Erst einen, dann noch einen Teller! Immer noch ist mir, als sei meine tote Mutter gerade erst bei mir gewesen. Freitagabend, gleich Ladenschluß. Beim Bäcker noch schnell ein Andrang. Im Fischgeschäft wird geputzt. Alles naß. Als ob das Meer immer abends schnell nochmal in den Laden hereinschauen muß. Du gehst und der Wind rührt dich an. Vor den Läden das Licht auf dem Gehsteig. Überall Paare. Familien. Frau mit Kinderwagen. Ein Liebespaar. Eltern mit Kind. Eine Frau steht und wartet. Radfahrer. Zeitungsverkäufer. Zwei Mädchen mit einer Geschichte und wo gehen sie hin? Lieferwagen und Taxis. Die chemische Reinigung. Blumen. Ein Tabakladen. Die braungebrannten gesunden fröhlichen Menschen auf den Zigarettenreklamen. Mit jeder neuen Packung fängt jeder Raucher jedesmal wieder ein neues ergiebiges Leben an. Ruckzuck. Immer noch eine Packung. Sie gehen so leicht auf! Frischhaltepackung! Und gute Laune! Locker und bunt! Darüber sind sie sich einig auf den Plakaten. Schaufenster. Ladeneingänge. Überall Menschen und alle jetzt auf dem Heimweg. Die Männer mit den Zirkustieren und Sammelbüchsen – wo gehen sie am Abend hin? Und die Kinder, die jeden Tag bei ihnen stehen, was wird aus den Kindern? Jetzt am Abend der Grüneburgweg mit seinen Lichtern und Menschen und mit vielen Bildern wie eine langsame Karawane an mir vorbei. Allein in der Dämmerung bis ans Ende der Straße. Bis an den äußersten Rand und dann über den Rand hinaus. Schritt für Schritt. Über den Rand hinaus und die Eschersheimer Landstraße hinauf. Ein breiter Gehsteig. Vier Fahrspuren, oft sogar sechs. Benzingestank. Abgaswolken. Freitagabend und die Autos noch immer stadtauswärts. Die Straße führt sacht bergauf. Unter hohen Lampen. Gehen und gehen und im Kopf mir das Buch weiter. Geschichten. Dir jede Einzelheit immer wieder! Du mußt es dir solang selbst erzählen, bis du endlich anfangen kannst und schreibst alles auf! Dazu jetzt im Gehen in Gedanken Gespräche mit meiner Schwester, mit meinem Vater, mit meiner toten Mutter. Gespräche in alle Richtungen. Mit Jürgen und Edelgard und Pascale und Sibylle und mit allen, die jetzt nicht da sind. Die Bauern mischen sich ein. Die Dorfkinder noch immer dem Zirkus entgegen. In weiter Ferne siehst du sie auf der Chaussee rennen. Das Jahr 48. Und weiter das Dorf und die Zeit und die Stimmen und alles mir und Carina erzählen, die jetzt auch nicht da ist, nicht bei mir, mein Kind. Am U-Bahneingang vorbei. Ich ging auf der linken Seite. Ich wußte, gleich kommen drei Läden. Eine Weinhandlung. Souterrain. Mit Treppe und Bogenfenstern und mit hellem funkelndem Licht. Wie für ein Fest. Daneben Bilder und Bilderrahmen. Und ein paar Häuser weiter noch von früher ein kleines Papiergeschäft. Buntstifte, Malbücher, Briefumschläge, Bleistiftspitzer, Schulhefte und Geschenkpapier. Zwei schmale Schaufenster. Und alles so gutwillig hindekoriert. Gerade dafür, daß man mit einem Kind davor stehenbleibt. Im letzten Spätherbst und Winter und auch schon im Winter davor manchmal hier mit Carina. Zu einem homöopathischen Kinderarzt. Husten, Schnupfen, Halsweh, Bronchitis, Pseudokrupp, kann-nicht-schlucken, die Ohren, Mittelohrentzündung und Fieber. Alle Frankfurter Kinder, solang sie noch klein sind, sind jeden Winter den halben Winter erkältet. Oft hier mit ihr und jetzt mußt du vor den Schaufenstern stehenbleiben, um sie dir und ihr aufzusagen, eine Bestandsaufnahme. Und dann merkst du, du stehst, um dich auszuruhen.

Erschöpft! Kannst nicht weiter. Mußt stehen und atmen, mußt warten, bis du dich endlich eingeholt hast. Bis das Leben zu dir zurückkommt. Ich hätte längst Anne anrufen wollen! Warum nicht heute Mittag schon? Warum hast du heute Mittag in der Telefonzelle nicht dran gedacht? Schon wieder Freitag, schon Freitagabend! Freitag, der sechzehnte. Morgen Vollmond. Schon bei meinem Einzug hat Anne gesagt, wir müssen uns endlich sehen! Am 1. März eingezogen. Am hellen Morgen. Und seither vergangen die Zeit! Das hätte nicht sein müssen! Zurück, jetzt gehst du zurück! Wie lang sind die ersten Tage gewesen! Und so leicht! Nur zu Gast. Die Gastgeber heißen Birgit und Peter und wie es scheint, siehst du, kennen sie mich. Wie saß ich am ersten Tag mittags mit ihnen ruhig und sicher am Küchentisch. Eben angekommen. Noch nicht einmal ausgepackt. Weingläser mit

Mineralwasser. Neben jedem Glas auf dem Tischtuch ein zitternder Lichtfleck. Spaghetti al Pesto. Die Salatschüssel aus Italien. So gutes Olivenöl. Eine unerschöpfliche Gegenwart. Wie immer am ersten Tag. Und jetzt? Ich ging schneller! Beeil dich! Der Zeit nach. Noch schneller gehen. Ohne Rücksicht jetzt auf die Schuhe. Schnell und mit großen Schritten. Aber nutzt auch nix – die Zeit kehrt nicht um! Umso schneller jetzt ich! Keuchen, stöhnen, die Luft anhalten! Zurück den Weg! Alle Läden jetzt zu. Leer die Telefonzelle. Hat geduldig gewartet. Hab auch schon, sagt Anne, schon paarmal probiert! Und Sie? Wo sind Sie? Kommen Sie jetzt? Sechzehn Tage, sagte ich. Gerade erst eingezogen und jetzt sind es schon sechzehn Tage! Sechzehn Tage sind mehr als zwei Wochen! Im Verzug, sagte ich. Mit der Arbeit und mit meinem Leben. Seit Jahren schon und mit jedem Jahr mehr! Sagt man in oder im Verzug? Vergangen die Zeit! Und bleibt vergangen! Muß zurück und gleich weiter! Nur schnell baden und dann gleich weiterschreiben! Sie können hier baden, sagt sie. Ausschlafen. Essen. Lesen. Und morgen gehen wir auf die Berger Straße zum Einkaufen. Kann nicht, sagte ich. Das Manuskript. Vielleicht wird es nie ein Buch. Besser gleich anfangen und dann erst beim Schreiben das Badewasser einlaufen lassen! Zwischendurch! Nebenher! Gleichzeitig! Während schon der Espresso kocht. Espresso, Milchkaffee, Tee, Saft, Mineralwasser und Zigaretten auf Vorrat. Schriftsteller. Am besten, sagte ich, gar nicht mehr aus dem Haus! Wenigstens ein paar Jahre gar nicht mehr aus dem Haus! Wie spät? Noch nicht ganz dunkel. Und merkte, daß ich beim Telefonieren in ihre Richtung stand. Damit sie mich besser hören kann. Und um sie zu sehen in weiter Ferne. Jetzt in die Nacht hinein schreiben und wollen morgen noch einmal telefonieren! Die Tür, sagte ich. Hier in der Telefonzelle die Telefonzellentür geht von innen schwer auf. Am Abend und wenn man in Gedanken woanders, noch schwerer. Von der Kälte? Vom Winter her noch? Rost? Die Luftfeuchtigkeit? Eine amtliche Telefonzellentür, eine Glastür mit Eisenrahmen und Schließmechanismus. Vielleicht meine Müdigkeit, daß sie immer so schwer und mit jedem Tag schwerer aufgeht.

Am Tisch und lang in die Nacht hinein, Freitagnacht. Dann mit brennenden Augen. Mitternacht längst vorbei. Mit dem Schreiben aufhören und weit auf jetzt das Oberlichtfenster, die Hemdknöpfe auf und barfuß durchs dunkle schweigende Nebenzimmer. Unter dem Fenster die Kreuzung mit ihren Lampen weit abgetrieben in Nacht und Nebel. Hast du gebadet, vielleicht sogar mehrfach gebadet, immer wieder gebadet oder immer wieder nur baden wollen? Zu müd auch zum Essen jetzt. Fast ja zu müd, um ins Bett zu gehen. Vorhin die Schritte und Stimmen von der Straße herauf – war das als die Kneipen zugemacht haben? Muß Stunden und Stunden her oder nicht sogar ein anderer Tag? Woanders? Ein früheres Leben? Allein. Die Stille nach Mitternacht. Wasser trinken. Es ist niemand da. Nachttischlämpchen und Buch. Noch drei-vier-fünf vorletzte letzte Zigaretten. Noch drei Zeilen Tolstoi und schon in den Schlaf hinab. Bis auf den Grund. Beinah senkrecht. Es ist wie ertrinken. Eingeschlafen und gleich im Schreck wieder aufgewacht! Warum hier? Wer bin ich? Licht an! Mein Herz klopft! Die Augen brennen! Kein Schlaf! Die Gedanken elektrisch – ein Zucken! Als Blitz und mit Leuchtschrift! Du machst die Augen zu und wirst immer wacher! Lesen, rauchen, Milch trinken. So spät in der Nacht ist man immer allein auf der Welt. Kugelschreiber, Notizzettel, Fenster auf. Noch mehr Milch. Kalte Milch und dazu Brot mit Salz. Und im Manuskript Wörter suchen, Wörter und ganze Sätze. Ob sie an der richtigen Stelle? Ob sie überhaupt noch da sind? Und was sie bedeuten sollen? Und zu den Wörtern noch mehr Wörter dazu. Erregt hin und her. Wird es nicht auch schon hell? Ums Haus immer dichter der Nebel. Immer noch ein Glas Milch. Notizzettel. Zigaretten. Und mir den morgigen Tag schon vorsagen jetzt. In allen Einzelheiten. Immer nochmal. Nicht daß du morgen aufwachst und hast alles vergessen! Veruntreut die Welt! Und du wüßtest nicht mehr, wer du bist – vielleicht war das der Schreck, der dich aufgeweckt hat? Und mußt jetzt diesen Schreck dir schnell auf einen Zettel. Noch mehr Milch. Ich hätte sie warmmachen sollen. Carina in Gießen. An Sibylle jetzt nicht denken (denk dir aus, wie du nicht an sie denkst!). Jetzt schlafen alle. Kalte Milch, Glas um Glas. Und dazu gewaltige Brotkanten. Dick mit Salz. Schon als Kind vom Brot am liebsten die Rinde und möglichst hart. Viel Brot und fast zwei Liter kalte Milch. Und dann müd und schwer wie der Wolf im Märchen. Wie ein Bär, der zu früh aus dem Winterschlaf. Langsam jetzt, keine ruckartigen Bewegungen mehr. Langsam und immer langsamer. Und passend dazu die Gedanken. Friedlich und still. Kissen aufschütteln. Kühl die Nachtluft von draußen herein. Immer stiller die Welt um dich her. Wie ein nächtlicher Garten der Schlaf und du suchst einen Eingang. Erst ein Garten und dann ein Wald. Immer dichter der Wald. Aber selbst im Schlaf noch deutlich die Zeit gespürt und wie sie vergeht und vergeht und will nicht aufhören, zu vergehen.

Um fünf aufgewacht und um sieben und wenn du dann aufstehst, ist es schon zehn nach neun. Zigaretten, Espresso und Milchkaffee und dir ansehen, was du gestern geschrieben hast, aber nicht einmal dabei bleibt sie stehen, die Zeit (ein stöhnender alter Elektrowecker mit Stecker und Schnur, der unter den Manuskriptseiten auf dem Arbeitstisch wie an einer Leine kriecht). Lesen und korrigieren und dann gleich auf den Grüneburgweg. Autos hupen. Jeder sucht einen Parkplatz. Und hoch am Himmel zwei Vögel. Ein Vogelpaar. Flügel. Kühl, grau und windig ein Samstagmorgen. Die Straße noch naß. Alle Leute haben es eilig. Hier im Westend kennt keiner den andern. Nicht wie in Bockenheim die Samstagmorgen auf der Leipziger Straße, wo sie sogar bei schlechtem Wetter in Gruppen beisammenstehen. Auch kaum Kinder im Westend. An der Stehpizzeria vorbei. Er wird gerade erst aufgemacht haben. Samstagmorgen kommen die Landsleute, die samstags frei haben und stehen auf ein paar Minuten bei ihm an der Theke. Aus Brindisi, aus Palermo, aus Messina und aus Syrakus. Erst haben wie immer die Mandelbäume geblüht, das war Anfang Februar. Und gleich danach dann die Kirschen, Aprikosen und Pfirsiche. Ob sie daheim jetzt beim Weinschneiden sind? Schneiden und anbinden? Eben angefangen? Vielleicht schon bald fertig? Selbst nur schnell draußen vorbei, an der offenen Tür vorbei, schon vorbei, aber in Gedanken einen Espresso im Stehen und die Gespräche nimmst du dann mit. Am Ende doch in Istanbul das Haus? Den Espresso hast du dir gespart, den Espresso nur in Gedanken. Gleich im Gehen einen Einkaufszettel. Alle Zahlen im Kopf. Große Schritte und mit meinen Rechnereien die Welt in Gang halten. Ich oder der Mensch, der ich an diesem Tag war. Und weißt, du wirst später wissen, wie du heute und jeden Tag hier gegangen bist. Samstagmorgen. Wind im Gesicht. Im Blumenladen ein Samstagmorgenandrang. Das rumänische Wiener Caféhaus. Davor der Besitzer mit einem schwarzen Hut. Und grüßt, obwohl ich kein Stammgast bin. Grüßt, weil er mir den Balkan ansieht. Ob das Haus nicht in Bukarest steht? Milch im HL. Brot nicht, das Brot muß noch reichen! Du kannst doch nicht jede Nacht soviel Brot essen! Zwei Liter Milch mit Haltbarkeitsdatum und immer wieder den Obstkorb ergänzen. Wie für ein Bild. Klein und struppig zwei grüne Kiwis, die um die halbe Erde gekommen sind, und eine große glänzende Avocado. Kein Preis dran. Wird siebzig Pfennige, hast du gedacht und dann kostet sie eine Mark neunundvierzig! Und die Kassiererin hat nicht einmal aufgeblickt! Jetzt wirst du wieder tagelang brauchen, um den Verlust wegzurechnen. Was fehlt, fehlt für immer. Und woher, aus welchem Land diese Avocado? Du wirst es nie wissen! Gleich eilig an meinen Tisch zurück? Noch schnell einen Umweg? Vor ein paar Jahren die Kiwis noch nicht gekannt. Die ersten quer aufgeschnitten und Carina mit einem Löffel gefüttert und sie hat noch nicht viele Wörter gehabt, aber immer aufmerksam zugehört. Mund auf, Augen zu! Noch zu hart? Saftig? Süß? Sauer? Grün, schmecken grün! Und das Messer? Gerade als ich vor den eiligen uneinsichtigen (unbelehrbaren) Autos her schräg über die Straße ging, über den reißenden Reuterweg, durch den Wind. Ahnungslos. Welches Messer? Ein kleines Küchenmesser mit einem grünen Griff! Heute vor einer Woche mit Edelgard und Carina am Stadtrand im Niemandsland und da hat Carina ein Messer gefunden! Und wollte, daß es bei mir bleibt! Und jetzt weißt du nicht, wo es ist? Gleich mein Schreck und schnell heim und die Treppe hinauf! Außer Atem! Im Bad bei der Kochplatte mein Besteck – und da ist es nicht! Schon ist dir, du hast es für immer verloren! Kostbar! Von deinem Kind und gehört dir nicht! Unersetzlich! Das Leben selbst! Wie mein Herz klopft! Wo suchen? Und dann liegt es gelassen und grün auf dem Arbeitstisch bei den Kugelschreibern und Bleistiften. Vom Einkaufen zurück und nicht ein einziges Gesicht mir gemerkt. Nur den schwarzen Hut des rumänischen Wiener Caféhausbesitzers und den Hinterkopf der Kassiererin im HL. Und ihre unerbittliche Nackenlinie. Dann im leeren Nebenzimmer das Telefon. Anne. Jetzt? fragt sie. Noch nicht, sagte ich. Wollen später nochmal telefonieren. Am Nachmittag und sehen, wie weit ich bis dahin und wie dann die Welt, wie sie dann ist. Milchkaffee und Espresso und wieder die Seiten von vorgestern und von gestern und noch mehr mit der Hand dazu. An den Rand und zwischen die Zeilen. Und dann wieder anfangen, sie mit der Schreibmaschine. Immer neu. Jetzt kannst du eine Kiwi essen. Nicht auch zwischendurch baden? Noch eben beim Heimkommen elf und jetzt schon gleich eins! Ich hätte um sechs aufstehen sollen, dann wäre es jetzt kaum erst zehn. Vor mir auf dem Tisch bei den Kugelschreibern das grüne Messer und über dem Oberlichtfenster die Samstagmittagwolken.

Die Schreibtischlampe. Lang mit mir selbst am Tisch und beim Aufhören dann wie betrunken und gleich aus dem Haus. Die

Läden jetzt zu. Alles schon wie zur Nacht gerichtet. Trübe Lichter und kaum ein Mensch weit und breit. Die Telefonzelle. Kleingeld. Jetzt? fragt Anne. Noch nicht, sagte ich. Müd und auch wie betrunken vom Schreiben. In der Telefonzelle auf dem Grüneburgweg. Kann nur noch in Telefonzellen, sagte ich, in Ruhe telefonieren! In Telefonzellen und dabei die Stadt als Anblick. Oder im Gehen im Kopf in Gedanken. Mit allen, die mir einfallen. Gehen und die Welt mir entgegen, die Welt zieht durch mich hindurch. Wie spät? Dann am Abend vielleicht, sagte ich. Aber jedenfalls heute noch, sagt sie. Soll ich in zwei Stunden anrufen? Dann nochmal bei meiner Schwester. Lang das Freizeichen. Niemand da? Einkaufen, backen, im Garten? Im Garten hört sie das Telefon nicht und beim Backen hebt sie nicht ab. Hat ihr Mann samstags Frühschicht? Und gleich in Gedanken mit ihr: Wo bist du? Hat es morgens geregnet? Wo warst du gestern? Ist bei dir auch eine Amsel beim Haus jeden Abend? Und sitzt vor dem Küchenfenster und singt? Jetzt im März im Garten – was gibt es im Garten an Arbeit im März? Alle Fragen auf einmal. Und sie auch, sie fragt, ohne Antworten abzuwarten! Man muß ihr in ihre Fragen hineinreden, unbeirrt! Und hoffen, sie wird die Antworten dann in der richtigen Reihenfolge in ihrem Gedächtnis vorfinden! Dann meinen Vater. Auch mit ihm lieber in Gedanken. Ihm ist es auch lieber. Er spricht am Telefon immer so, als sei das Telefon noch nicht erfunden. Nur höchstens eine Vorstufe des Telefons. Wie in der Steinzeit. Jetzt hier im Gehen an ihn denken und schon geht er neben mir. Von den Amseln. Daß sie erst in den letzten hundert Jahren aus dem Wald in die Städte. Erst noch auf Hochdeutsch, er und ich, dann in seinem Böhmerwalddialekt. Müssen oft stehenbleiben im Gespräch und merken es nicht einmal gleich. Warum denn stehengeblieben, sagen wir, wenn wir es merken. Können doch auch im Gehen miteinander reden. Und komm sagen, komm! Und von den Amseln so, als seien wir mit dabeigewesen, als sie zu den Menschen kamen. Dann nochmal mit meiner Schwester. Das

Bild, eine Fotografie! Mein Hund und ich! Wie ich mit ihm auf der Treppe sitze! Auf dem Bild bin ich acht und sein Fell glänzt! Er hieß Rolf! Ich weiß noch den Tag! Muß bei dir sein, das Bild! Und, sagte ich, weißt du noch, wie du als Kind die ganze Familie geweckt hast um vier Uhr früh, Sonntagmorgen? Und zu allen gesagt: Wollen wir nicht schon aufstehen und weiterleben? Dann mein Rückweg. Wolken, der leere Himmel. Schon auf den Abend zu und die Wolken ziehen. Einmal den Blick nach oben und fast kopfüber. Beinah in den Himmel gestürzt! Nachträglich noch zu Anne: Müd und wie ohne Haut! Menschenmüd! Zurück und den Nicko füttern und diesmal läßt du dir von ihm eine Bestätigung. Schriftlich. Katzenzettel mit Unterschrift. Heimkommen. Samstagnachmittag. Die Eppsteiner Straße. Bäume, die Haustür, das leere Haus. Etagenwohnungen und die Stille von Stockwerk zu Stockwerk. In Frankfurt im Westend ein vornehmes Mietshaus und alle sind ausgeflogen. Ein altes Haus. Holzfußböden, Stuckdecken, hohe Fenster. Das Dach dicht. Geräumig das Haus und auf festem Grund. Dicke Mauern. Hält alles. Wird noch lang. Daß es (die Treppe hinauf) überhaupt noch Leute gibt, die Familie, Geld, Wohnung, Einkommen und eine Gegenwart, die von Dauer. Zuversicht. Friedenszeiten. Die Treppe hinauf und nochmal Espresso. Nochmal die letzten zwei Seiten lesen und dabei schon das Hemd aus. Erst schlafen, dann baden! Und im Einschlafen noch zu Carina: Mit dem Messer von dir mir vorhin eine Kiwi geschält! Es geht gut! Und sie zu mir: Ich find immer die besten Sachen! Nämlich Messer mit grünem Griff, die gibt es nicht oft!

Aufwachen in der Dämmerung und aus dem Nebenzimmer das Telefon. Immer wenn ich jäh geweckt werde, kommt mir vor, ich sei im letzten Augenblick vorher schon – direkt vor dem Anlaß von selbst aufgewacht. Dämmerung. Erst weißt du nicht, wer du bist? Und wo? Und was ist das, was da so beharrlich ruft? Dann das Telefon noch eben erreicht. Anne. Jetzt? fragt sie.

Noch nicht, sagte ich. Noch baden und nochmal die letzten Seiten. Und auch noch nicht wirklich wach. In der Eschersheimer Landstraße, sagte ich. Ein Eiscafé. Italiener. Haben nach dem Winter gerade erst wieder aufgemacht. Wie spät? Wenn wir in einer Stunde uns auf den Weg beide! Gut, sagt sie, bevor ich losgeh, ruf ich nochmal an! Espresso, Badewasser, die Manuskriptseiten. Früher als gestern aufgewacht. Gleich das Oberlichtfenster weit auf. Dämmerung und vom Reuterweg her der Abendverkehr. Ein beständiges Rauschen. Samstagabend. Und jetzt fällt dir ein, wie du einmal im Sommer 1961 in Paris aufgewacht bist. Ein Sonntagnachmittag im August. Mit achtzehn. Zum erstenmal in Paris. Für drei Wochen ein Zimmer im fünften Stock. Das Fenster bis auf den Fußboden und aus Eisen ein kniehohes Gitter davor. Den Tisch ans offene Fenster. Beinah als ob man schon in der Luft sitzt. Im 17. Arrondissement. Hotel Phenix. Rue Général Lanrezac. Gleich beim Etoile. Eine ruhige kleine Querstraße zwischen der Avenue Carnot und der Avenue MacMahon. Man hört die Autos von all den großen Avenuen, die am Etoile zusammentreffen. Sternstraßen. Man hört die Autos halten und anfahren, wie sie nur in Paris halten und anfahren. Und hört, wie mit dem Wechsel der Ampeln das Rauschen des Verkehrs immer wieder um die Place de l'Etoile herum: geht im Kreis. Eine ferne Brandung, die regelmäßig zunimmt und abnimmt und zunimmt rings um den Platz. Und hat dazu noch ihre Gezeiten. Den Tisch ans Fenster und einen Brief an meinen Freund Jürgen, der in Kassel im Knast sitzt und noch nie in Paris war. Er weiß nicht, daß ich in Paris bin. Tief unter mir in der Straße der Pariser Sommer. In allen Straßen. Und hat schon angefangen zu gehen. Justizvollzugsanstalt Kassel-Wehlheiden. Im Brief ihm das Licht und die Tageszeit und das Geräusch und wie es zustandekommt und unablässig um den Triumphbogen wandert. Wie ein Zeiger. Wie der Zeiger der einzigen Gießener Verkehrsampel, die vor dem Stadttheater über der Kreuzung hängt und jetzt von meinem Pariser Hotelzimmerfensterbalkongitter aus einem schwerfälligen (schlechtgelaunten) Lampion gleicht. Amtlich. Ein Behördenlampion mit Weisungsbefugnis, der sacht schaukelt an seinem Draht, schrieb ich. Mit der Hand. Mit einem Kugelschreiber. Kaum angefangen und konnte schon nicht mehr aufhören (eine Stadt, eine Tageszeit, ein Geräusch!). Und brauchte den ganzen Brief und den Rest des Sonntags dafür und auch noch die halbe Nacht, um ihm in seine Zelle hinein einen einzigen Augenblick Zeit in Paris zu erzählen. Zum Abend hin lauter. Nimmt zu. Lang laut und dann wieder leise der sagenhafte Pariser Sonntagabendautoverkehr. Neun Seiten, neuneinhalb. Und dann mit dem müden alten Einpersonenaufzug die fünf Stockwerke hinunter und aus dem Haus. Ein kleines Glas Rotwein, einen Rum, einen schwarzen Kaffee. Im August eine samtblaue Sommernacht. Auguststerne. Von allen Seiten die Stimmen und viele Lichter. Ich war achtzehn und zum erstenmal in Paris. Vorhin und noch eben und vielleicht sogar öfter schon am offenen Oberlichtfenster auf das ferne Rauschen gehorcht. Der Wind kommt ans Fenster und du merkst, daß dir etwas einfallen will. Paris und mein Sonntagsbrief aus Paris. Mein erster Pariser Sommer. Jetzt Licht im Bad. Badewasser. Die bunten Lämpchen am Boiler, der so zuverlässig funktioniert wie mein Gedächtnis. Nach diesem ersten Pariser Sommer im Jahr darauf im März wieder nach Paris. Zum zweitenmal (man muß immer wieder kommen, man muß kommen, sooft es geht!) und deshalb stehst du jetzt hier in der Märzabenddämmerung am offenen Fenster und bist eben noch achtzehn gewesen. Zigaretten, Espresso, Milchkaffee und noch einmal das Manuskript. Notizzettel, viele Notizzettel. Wie die Dämmerung an mir zieht! Wie die heiße Milch – noch eben nicht übergekocht! – nach Kindheit und Dorfabend riecht! Wie die Erinnerung an alle vergangenen Dorfabendlichter, so glüht und lockt jetzt in der Dämmerung das Licht aus dem Bad. Die offene Tür. In der Wand zum Bad ein Glasziegelfenster. Und gleich ist die Wanne voll.

Eine Stunde und dabei die ganze Zeit spüren, wie die Zeit vergeht und die Dämmerung an mir zieht. Sogar noch beim Baden. Dann wieder das Telefon. Jetzt, sagt Anne, jetzt geh ich los! (Wenn ich jetzt losgehen soll, dann geh ich jetzt los!) In der Eschersheimer Landstraße, sagte ich. Seit gestern auf. Aus Italien zurück. Machen jetzt alle wieder auf. Nach und nach. Wie die Vögel. Das Eiscafé am Lokalbahnhof letzten Samstag schon. Ein paar wenige auch den ganzen Winter lang hiergeblieben. Nicht die Eckenheimer, sagte ich, wo es auch ein Eiscafé gibt, aber ganz eng und ohne Klo. Espresso im Stehen und Eis zum Mitnehmen – da nicht! Obwohl das Eis auch gut und schöne Bäume davor. Freundlich sind sie auch. Aber die meine ich nicht. Sondern in der Eschersheimer. Sind Parallelstraßen. Nicht verwechseln! Sonst würden wir uns erst in der Unendlichkeit wieder, würden die ganze Unendlichkeit brauchen, damit wir uns wieder begegnen! Die Unendlichkeit, das ist weit, also lang. Das dauert, da sind wir noch lang nicht dran! Sie kennt beide, sagt Anne. Deshalb ja, sagte ich, umso besser kann man sie verwechseln! Die Eschersheimer Landstraße und zwar oberhalb vom Turm. Vorher heißt sie ja auch noch nicht Eschersheimer. Jetzt, sagte ich. Von Ihrer Wohnung aus (weil wir immer noch Sie sagen) ist es zwei Ecken weiter. Treffen uns vor der Tür oder einer von uns sitzt schon drin! Und dann ist man der andere und kommt als zweiter dazu. Dann aufgelegt und gleich wieder angerufen. Obwohl ich sonst nie das Telefon in der Wohnung. Auch nicht für Ortsgespräche. Nicht einmal wenn es dringend! Auch wenn meine Gastgeber mir immer wieder sagen, gern jederzeit! Aber ja! Selbstverständlich! Trotzdem immer zur Telefonzelle. Sogar nachts! Oft sogar extra nochmal aus dem Bett und mich angezogen. Halb im Schlaf schon und frieren und frierend vor der besetzten Mitternachtstelefonzelle warten bis sie frei. Auch im Regen. Erst lang vor der Telefonzelle warten und dann ist die Nummer besetzt. Immer extra das Kleingeld, jegliches Kleingeld aufheben und zusammensammeln. Und weite Wege, wenn in dieser Zelle das Telefon nicht funktioniert. Aber jetzt gleich nochmal von hier aus. In der Eckenheimer Landstraße, sagte ich, das Eiscafé, das wir nicht meinen! Sie haben ein Kind, eine Tochter. Eiscafé Christina. Vielleicht das Eiscafé nach dem Kind benannt. Das Kind ist auch auf der Eiskarte drauf. Ein Farbfoto. Ich glaube, sie sind gut zu dem Kind. Aber das ist das andere Eiscafé. Wir treffen uns in der Eschersheimer. Die Eckenheimer Landstraße, sagte ich, ist die, die näher bei Ihrer Wohnung. Wo die U-Bahn aus der Erde herauskommt und wie eine Straßenbahn weiterfährt, die U 5. In der Eschersheimer fährt die U-Bahn unterirdisch, wie es sich gehört. Von oben unsichtbar, aber die Erde bebt. Dort also! Wie heißt nur das Eiscafé? Das Eiscafé, das wir nicht meinen, heißt Christina. Oder doch lieber erst nächste Woche und vorher nochmal telefonieren? Dann aufgelegt und allein in dem großen nachdrücklich schweigenden Nebenzimmer. In der Dämmerung. Wie einer, der keine Wörter mehr hat. Stehen und schlucken. Von draußen die Straßenlampen. Du rufst nochmal an und sie ist schon gegangen. Vorhin verlieren geträumt. Und Bedrohung und Flucht und Exil. Und wie immer mehr Zeug um mich her weg und abhanden. Erst da und dann nicht mehr. Schon immer schneller weg. Koffer und Schachteln und Werkzeug und auch die Namen dafür. Und mit den Namen gleich auch die Erinnerung. Erst noch ein Bild, dann wie Rauch und vergeht. Ein Haus, eine Wohnung. Flaschen und Korkenzieher und Eisenbahnzüge und Autos, die warten wollten und sind jetzt nicht aufzufinden. Bücher, Akten, Briefumschläge mit Adressen und Briefumschläge mit Geld. Landkarten, Pläne, Pässe. Und mehr und mehr Zeug, fremdes Zeug, Zeug, das dir nicht gehört. Menschen nicht wiedergefunden, Länder nicht wiedergefunden. Und ganze Zeitalter nicht. Die Schuhe im Gehen verloren. Bahnhöfe, die sich auflösen und um mich her wegverschwinden. Und dafür wieder andere Bahnhöfe, Bushaltestellen, Pfützen, ein Gedränge von naßkalten Tagen und fremden Mänteln – oder sollst du sie alle kennen? Einer ruft. Andere fangen zu winken an. Dort vorn gehst du selbst und gehst dir davon im Geniesel. Wie taub und nicht gewußt, wo ich bin und wohin und wer das ist, der jetzt neben mir steht und warum hat er mich bis hierher verfolgt? Doch nicht nur einer? Von allen Seiten schon kommen sie. Immer mehr. Nicht zu zählen oder auch wieder nur geträumt? Nur geträumt, daß du träumst? Vorhin? Letzte Nacht? Öfter schon? Träumst du es immer wieder? Und gerade hier bei der Tür jetzt muß es dir einfallen? März, die Märzabenddämmerung. Ich ging und die Amsel fing an zu singen.

23

Hinkommen. Anne nicht da. Immerhin Straße und Eiscafé noch an Ort und Stelle. Das hast du von weitem schon. Ohne sie sitzen halt ich nicht aus! Auf dem Gehsteig. Im Wind. Hin und her. Auf und ab. Die Straße naß. Samstagabend. Ob es geregnet hat, als ich schlief? Ein kleines Geniesel oder nur weil die Luft so feucht? Auf und ab. Hin und her. Vor dem Eingang das Licht auf dem Gehsteig. Immer schneller auf und ab und dann doch ihr entgegen. Schnell im Wind durch leere dämmrige Seitenstraßen, die jetzt keinen Namen brauchen. Und ein Stück die Eckenheimer Landstraße hinauf. Eiscafé Christina. Kein Licht. Eben zugemacht oder nach dem Winter noch nicht wieder auf? Erst ein Regen- und dann ein Schneewinter – und soll jetzt vorbei, sagst du dir. Vor dem geschlossenen Eiscafé auf dem leeren Gehsteig. Noch außer Atem. Das Eiscafé, das wir nicht meinen! Wie mit schwarzen Fahnen die Nacht. Und über mir rauschen die Bäume. Dann zurück und Anne am Tisch. Ein Eiscaféglastisch. Mineralwasser. Zigaretten. Ein kleines goldenes Feuerzeug. Anne blaß und ernst oder sieht ernst aus. Lippenstift und ein Wintergesicht. Ein langer Rock und ein schwarzer Pullover. Schwarz oder dunkelgrau. Lidschatten, Lippenstift und ein teures Parfüm. Und so feierlich, daß ich dachte, sie hat danach noch was vor. Meint sie mich? Der Kellner zu uns. Espresso. Sie auch Espresso. Ein paar Tage lang zuviel Wein, sagt sie. Aber das ist jetzt schon wieder ein paar Tage her. Freigehabt. Nicht ein Wort an meiner Magisterarbeit. Nur gelesen. Und Sie? Und bei Ihnen? Als Gast, sagte ich. Wie in einem Buch. Tee, Blumen, Bücher. Ein Obstkorb. Die Gastgeber auch wie in einem Buch. Auch die Tageszeiten. Sogar die Wolken und eine Seitenstraße unter dem Fenster. Das Fenster im Nebenzimmer. Drei Fenster in einer Reihe. Ein großes leeres Nebenzimmer, in dem ich auch sitzen könnte, sitzen und schreiben. Die meiste Zeit jedenfalls. Aber ich benutze es nicht. Nur zum Nachdenken manchmal und für Selbstgespräche und oft vor dem Einschlafen nochmal barfuß durch die Stille von Fenster zu Fenster. Die Straße immer von oben nur, vom Fenster und von der Kreuzung aus. Nur als Bild und noch nicht betreten. Es wird die Telemannstraße sein. Wenn man allein ist, kann man sich gut denken hören. Und die Zeit auch gleich länger. Über dem Schreibtisch ein großes Oberlichtfenster. Als Gast und die Gegenwart lernen! Muß man immer neu lernen! Und wenn Sie nicht schreiben? fragt Anne. Die Pausen? Trotzdem, sagte ich, auch wenn man nur anderthalb Sätze am Tag, man braucht immer den ganzen Tag dafür! Schon Mitte März, sagt sie, und uns seit Februar nicht mehr! Sogar schon der siebzehnte, sagte ich. Mehr als die Hälfte! Es kommt mir wie ein Betrug vor! Eben noch Ende Februar. Am ersten März eingezogen. So lang und so hell der Vormittag, daß man denken konnte, über Mittag bleibt sie dann stehen, die Zeit! Und jetzt schon der siebzehnte! Ein Komplott! Und schon wieder Abend! Und Samstag! Und Vollmond, aber Wolken! Die ganze Nacht letzte Nacht, sagte ich, noch im Schlaf gespürt, wie die Zeit vergeht! Und vorhin genauso in meinem heutigen Nachmittagsschlaf! Und mich beeilt und immer mehr Zeug verloren im Schlaf! Auch Zeug, daß mir nicht gehört! Immer erst mitten im Traum merkt man, daß man träumt. Auf Schritt und Tritt Zeug verloren und mir nicht einmal merken können, was es ist, was ich alles verlieren muß und den ganzen Weg entlang immer weiter verliere! Was fehlt, fehlt für immer! Morgen ein deutscher Sonntag, ein Sonntag im März, ein Frankfurter Vorfrühlingssonntag. Und Montag dann schon der neunzehnte! Dann gemerkt, daß ich zu laut spreche, aber kann es nicht ändern. Am liebsten schreiben und schreiben und gar nicht mehr aufblicken! Nicht aus dem Haus gehen, bis das Buch fertig ist! Früher ja schon, sagte ich, früher wenigstens manchmal, aber jetzt: nichtmal wenn ich schreibe, bleibt sie noch stehen, die Zeit! Aber heute Abend, sagt Anne. Entweder zu mir oder essen gehen. Ich lade Sie ein! Wenigstens wohin, wo es Essen gibt! Schon hier sitzen, sagte ich, kann ich kaum aushalten! Aushalten schon, aber nur mit aller Kraft! Eine Anstrengung! Sie sind auch nicht warm genug angezogen, sagt Anne. Tagsüber schon, sagte ich, nur jetzt für den Abend nicht. Kommt ja auch darauf an, was man denkt und wie schnell man geht. Das Eiscafé hell und kahl. Außer uns nur der Kellner und zwei Tische weiter ein Paar mit einem riesigen Kinderwagen. Stumm oder sprechen leise. Ein hoher blauer Kinderwagen mit Dach, Decke, Überdecke und Regenschutz. Dunkelblau. Neu und anmaßend wie ein Kinderwagen in einem Schaufenster. Wie gepanzert. Carina mit Sibylle in Gießen, sagte ich und bekam einen Schreck. Schon seit gestern. Die Eistheke. Glastischchen. Ein polierter schimmernder Steinfußboden. Wir und der Garderobenständer und das Paar mit dem Kinderwagen in einem fernen Spiegel, als ob wir – weit abgetrieben – in der Stille im Spiegel versinken. Der Kellner auf und ab und manchmal einen dienstlichen Bogen. Dann wieder an der Theke und hält sich dran fest. Draußen Wind. Finsternis. Die Nacht vor der Tür. Ein Eiscafé, dem die Sonne fehlt. Zu früh auf das Eiscafé. Immer abends kommt wieder der Winter zurück, sagte ich. Wollen nicht allzulang hier! Der Rock ist schön, sagte ich oder hatte es schon vorher gesagt oder nur sagen wollen. Und ein schöner Pullover. Dann erst das kleine goldene Feuerzeug wiedererkannt. Wenn wir nicht essen gehen, sagt Anne und jetzt sieht man ihr alle Enttäuschungen ihrer Kindheit an, dann trink ich hier einen Frascati! Nur ein Glas! Lieber gleich eine kleine Karaffe, sagte ich, dann kann ich besser zusehen beim Trinken.

Mit Anne am Tisch. Wie in einer fremden Stadt, in einem anderen Land. Und dann? Als nächstes? Was wird aus uns? Wenn wir dann gehen, wo gehen wir hin? Der Kellner jetzt mit dem Wein. Weißwein, eine kleine Karaffe. Einmal, sagte ich, Carina und ich. Auf dem Kurfürstenplatz. Auf einer Bank. Muß also kalt, andernfalls nämlich im Gras, sie und ich. Im Gras, im Sand, auf einem Mäuerchen. Keine Sonne. Sind in der Bibliothek gewesen, in der Zweigstelle der Stadtbibliothek in der Seestraße. Vorher in Rödelheim. Erst an der Nidda und dann den Bahndamm entlang. Noch vor der Trennung! Noch die Zeit mit Sibylle, sagte ich und bekam einen Schreck! Sind hungrig, schon länger hungrig und sitzen und warten auf sie. Sie war im Verlag, kommt von daheim, war noch einkaufen, will uns hier treffen und bringt uns etwas zu essen mit. Müssen uns unseren Hunger erzählen, mein Kind und ich. Immer greller die Wörter. Und werden dabei immer hungriger. Können auch nicht weg, weil wir Sibylle nicht verpassen wollen. Was wird sie uns mitbringen? Muß man aufzählen und dabei vorkosten, schmecken, probieren jedes einzelne Wort! Dann kommt sie, sagt Carina, und wenn sie dann kommt, ist ja jetzt! Und kommt von da oder von da und dann sehen mier sie ja gleich und sie winkt und mier winken auch und dann hat sie uns schon von weitem erkannt und dann freuen mier uns und sie auch und dann packt sie uns unseres Essen aus und dann essen mier gleich alles auf und zeigen ihr dabei schon die neuen Bibliotheksbilderbücher und sagen, das sind die neuen Bibliotheksbilderbücher! Und dann essen mier auch noch, was sie neu eingekauft hat und essen das Obst und gehen gleich nochmal mit ihr einkaufen! Und gehen zusammen heim und mier essen ausnahmsweise im Gehen weiter, weil man das sonst ja nicht macht, aber mier sind ja hungrig und dann manchmal schon! Und essen daheim und haben die neuen Bibliotheksbilderbücher und essen weiter, bis es Zeit ist zum Abendessen. Ist dir kalt? Auf dem Kurfürstenplatz auf einer Bank. Passanten. Der Kies knirscht. Auf den Abend zu immer mehr Leute vorbei. Leute von der Straßenbahn, Leute mit leeren Taschen zum Einkaufen auf die Leipziger Straße. Leute mit vollen Einkaufstaschen und Plastiktüten von der Leipziger Straße heim. Müd heim in die Mietskasernen und Sozialwohnungen hinter der Schloßstraße oder müssen zum Westbahnhof. So einen Hunger! sagte ich. Vor lauter Hunger könnte ich Menschen fressen! Ich-aber-auch! sagt Carina schnell. Ich erst recht! Und wir sehen die

Leute vorbeigehen und sprechen weiter vom Essen. Mit jeder Minute hungriger. Die Straßenbahn dort auf der Schloßstraße, sagte ich. Eine Achtzehn nach Praunheim. Hat gehalten und fährt jetzt weiter. Noch zwei Straßenbahnen warten wir ab und wenn die Sibylle dann noch nicht da ist, dann wollen wir einen Menschen fressen! Wie die Ungeheuer in Märchenbüchern! Aber nur einen! Wo kriegen mier den aber her? fragt Carina. Einen von denen, die hier dauernd vorbeikommen! Einen der gut schmeckt! Müssen jetzt nur noch eine Straßenbahn abwarten! Schon die eine kann ich kaum abwarten! sagt Carina. Die Bahn kommt. Da kommt sie. Sie hält. An den Türen ein kleines Gedränge, dann weiter. Nach Praunheim. Zur Endstation. Jetzt! sagen wir. Einen aussuchen! Den nicht, sagte ich. Der da kommt und ißt selbst im Gehen. Einen Doppelhamburger, fast so groß wie sein Kopf. Er ist groß und zu weich und zu dick und er schmeckt nicht gut, das sieht man ihm an. Den wollen wir nicht! Er drückt sich kauend am Rand vorbei, als ob er es wüßte. Lieber eine Frau, sagte ich. Sind meistens besser. Manche wollen, daß man sie frißt! Wie? fragt Carina. Wie geht es? Die vielleicht? Vielleicht die? Nein, die auch nicht! sagte ich. Und Kinder fressen wir nicht! Und auch nicht die Frau, die da mit dem Kind geht. Wollen auch keine Hunde! Aber wen? fragt Carina aufgeregt und mit heißen Ohren. Und wie geht es? Aussuchen! sagte ich. Eine Frau, der man ansieht, daß sie gut schmeckt! Auf sie zu! Nicht rennen! Mit einem Sprung! Du weißt ja, wie gut ich springen kann, sagte ich und sah nach, ob sie nickt. Einen Tigersprung! Spring wie ich! sagte ich und sie nickt. Wir halten sie fest und fangen gleich an zu fressen! Auch wenn sie schreit! Sich nicht aufhalten lassen! Gleich losfressen! Jeder von seiner Seite! Carina nickt. Sonst sagt man essen, sagte ich, aber wenn man Menschen frißt, heißt es fressen. Sie nickt.

Schritte auf dem Kies. In den Bäumen die Spatzen. Amseln im Gras. Beim Brunnen die Tauben. Da kommt sie! Die nehmen wir, sagen wir zueinander und nicken, mein Kind und ich. Nicht draufdeuten, sagte ich, nicht direkt! Und Carina nickt. Eine Frau. Nicht mehr jung. Leere Einkaufstaschen. Im Kopf eine lange Liste mit Sorgen und alles, was sie nicht vergessen darf. Vielleicht lacht sie gern, aber hat schon lang nicht gelacht und weiß nicht mehr, daß sie gern lacht. Weiß nicht mehr, wie es geht. Vielleicht eine Griechin, die am Rand von Bockenheim oder in Ginnheim, in Hausen, in Rödelheim wohnt und hat eine Arbeit bei Hartmann und Braun oder im HL, beim Plus, beim Penny, beim Aldi, beim Schlecker zur Aushilfe und dazu noch vier Putzstellen. Alle Tage eine große Familie oder schon lang mit sich selbst allein. Kann auch aus Italien, vom Balkan, aus Polen, von überallher. Eine berufstätige deutsche Hausfrau, die gestern noch jung war. Schritte auf dem Kies. Ein Halstuch und eine praktische Jacke, die ihr bei jedem Wetter einen Mantel ersetzt, grau oder gar keine Farbe. Der Tag auch grau oder gar keine Farbe. Die Ferne verhängt, abgeräumt, heute nicht da. Sie geht ohne aufzublicken. Sieht aus, als ob sie schon lang nicht mehr jeden Tag spricht oder die meiste Zeit nur mit sich selbst und beiseite. Sie hat schon länger nicht aufgeblickt in ihrem Leben. Wart, bis sie nah genug! sagte ich. Mir war selbst, wir fressen sie gleich! Und, sagte ich, du mußt sie dir richtig ansehen! Jedesmal! Alle! Man muß sie sich merken, bevor man sie frißt! Ansehen! Dann springen-schreien-auffressen! Beim Springen laut schreien! Neben mir auf der Bank mein Kind. Nickt und nickt. Wie im Fieber. Ich auch wie im Fieber. Der Kies. Die Frau. Noch vier Schritte. Jetzt gleich! Sobald ich jetzt JETZT sage! sagte ich. Und? fragt Anne. Gläsern die Nacht vor der Tür. Der Wind fährt vorbei. Man hört die Autos halten und anfahren an der Kreuzung. Dann die U-Bahn. Das Haus zittert. Zwei Tische weiter das Paar mit dem Kinderwagen, das mit uns im Spiegel sitzt. Und? fragt Anne. Carina, sagte ich, zuckt und schnell mit der Hand zu mir. Mit dem Arm. Im letzten Moment! Nicht, Peta, nicht! Mit dem ganzen Körper drückt sie sich an mich. Die nicht! Die wollen wir nicht fressen! Muß im Herbst, aber nicht letzten Herbst, sagte ich, sondern im Jahr davor. Als sie drei war. Im Herbst oder dann im Vorfrühling also Nachwinter, der hier immer so lang. Sogar mitten im Sommer oft solche Nachwintertage. Sie dann doch nicht gefressen, sagte ich. An uns vorbei. Da geht sie. Der Kies knirscht. Wir sehen sie davongehen. Und wird seither immer mehr meiner Mutter ähnlich. Die letzten Jahre vor ihrem Tod, wenn sie mit sich allein und in sich versunken. Wenn ich sie auf der Straße sah oder im Hof vor dem Holzschuppen und sie hat mich noch nicht gesehen. Nach innen und schon unterwegs in die nächste Welt. Seither ist diese Bank am Kurfürstenplatz die Menschenfresserbank und Carina sagt jedesmal: Wollen da nicht mehr sitzen! Wie selten die Sommertage hier sind, das merkt man daran, wie oft wir auf dem Kurfürstenplatz mit den Bibliotheksbüchern auf einer Bank sitzen, statt im Sand und im Gras und auf einem Mäuerchen. Vielleicht, sagte ich, wenn Carina groß ist, ißt sie kein Fleisch mehr!

Die Karaffe leer und im Glas kaum mehr als ein letzter Schluck. Noch eine Zigarette, sagt Anne und zieht die Schultern hoch. Friert. Noch mit bis zur Haustür, sagte ich. Sie raucht und sagt: Ich kann Sie doch auch bis zur Haustür bringen. Nein, sagte ich, muß sowieso, muß einen Umweg noch, muß noch ein Stück zu Fuß! Muß durch die Luft noch! Inzwischen zu dem Kellner noch eine Frau. Putzen, aufräumen, wischt die Glasplatten ab. Ab und zu ein Wort, ein paar Wörter zu ihm und auch zu sich selbst. Samstagabend. Werden bald zumachen heut. Die ganze Zeit schon Musik, aber so, daß man kaum hinhört, dann Suzanne von Leonard Cohen. Aus weiter Ferne und überdeutlich. Als sei Sibylle noch bei mir. Wie vor neun Jahren in Staufenberg am Ende des Winters ein Abend bei uns in der Küche. So ein altes Lied, sagte ich. Wollen warten, bis es zuende. Dann beim Bezahlen zahlt jeder für sich. Ich zweifünfzig und Anne neun Mark. Ich ging ihr den Mantel holen, als ob ich ihn immer hole. Bald sind meine Jackentaschen so zerrissen, daß sogar die Zigarettenschachteln durchfallen, Taschen und Futter. Warum haben Sie keinen Schal? fragt Anne. Er ist bloß nicht da, sagte ich. Aber wie gut die Wildlederjacke gerochen hat, als sie neu war. Und das war im Mai 67. Sie im Mai 67 schon im Hinblick auf den Mai 68 in Marburg gekauft. Ein Frühlingsabend. Die Jacke dann noch jahrelang neu. Die Holzknöpfe, sagte ich, hat Sibylle vor acht Jahren angenäht. In Staufenberg. Im Herbst oder Nachwinter. Still und dunkel ein Nachmittag hinter angelaufenen Fensterscheiben. Vorher Hornknöpfe dran. Seither acht Jahre oder neun. Und warum essen Sie nie? Doch, sagte ich, beinah dauernd! Die meiste Zeit jedenfalls! Sowieso die meisten Deutschen mit immer mehr Übergewicht. Ein ganzes Land. Wollen abnehmen und müssen deshalb immer schnell vorher schnell noch was essen! Jahrelang! Und alle mit Jacken, die nie mehr zugehen! Das ist überhaupt nur hier in Mitteleuropa und auch hier erst in neuerer Zeit, daß jeder jeden Tag ißt. Und, sagte ich dann auf der Straße, es hat doch gezittert, das Haus! Vielleicht weil die Musikhochschule hier in der Nähe und auch der Verlag. Im Westend die Häuser zittern nicht oder kaum, aber hier fängt das Nordend an. Die U-Bahn, sagt Anne, die meine Geschichte von den zitternden Häusern schon kennt. Die U-Bahn, sagt sie, der Autoverkehr. Bei mir in der Friedberger Landstraße ist es die Straßenbahn. Autos und Straßenbahn. Die Autos die ganze Nacht. Am schlimmsten die Lastwagen. Deshalb ja mein Ausweichbett in der Küche. Ich könnte sonst die meiste Zeit überhaupt nicht schlafen. Nicht jetzt wieder von Schlaflosigkeit, sagte ich. Sie hat mit mir im Antiquariat gearbeitet. Ich morgens und sie über Mittag. Mehr als drei Jahre zusammen im Antiquariat. Sie kam immer eine Stunde bevor ich ging und wir erzählten uns jeden Tag unsre Schlaflosigkeit und wie es damit immer schlimmer! Nacht für Nacht! Ein wachsendes Defizit! Und wie jeder von uns den andern überbieten muß und sogar sich selbst vom vorangegangenen Tag jeden Tag überbieten! Sogar noch im Einschlafen nach Formulierungen suchen für die immer schlimmere Schlaflosigkeit. Bis ich sagte, ab jetzt kein Wort mehr davon! Nur wenn wir gut geschlafen haben, wenigstens einer von uns! Von da an ihr jeden Tag, wenn sie kommt, eine Stelle in einem Buch gezeigt. Jeden Tag einen Satz und manchmal ein ganzes Gedicht. Und? fragte ich. Jetzt abends? Singt eine Amsel? Ja, sagt Anne. Vom Hof her? fragte ich. Unterm Küchenfenster? Ja, sagt sie, Küche und Bad. Woher wissen Sie das? Immer! sagte ich. Jeden März! Alle Abende! Immer im März in Deutschland! Stimmt, sagt sie. Auch früher. Sogar in Frankenberg schon und auch bei meiner Großmutter in der Siedlung. Anne ist aus Frankenberg an der Eder nach Frankfurt gekommen. Ihre Eltern sind aus Oberschlesien nach Frankenberg. Eine halbkaschubische Großmutter. Seit die Amseln aus dem Wald gekommen sind, sagte ich, um bei den Menschen zu wohnen. Und man muß beim Fenster stehen oder mitten im Zimmer! Immer wieder! Muß stillstehen und darauf horchen! Im März, in der Dämmerung, jeden Abend, sagte ich. Und gehen jetzt im Wind durch die Finsternis, Anne und ich. Feucht die Luft, fast schon ein Geniesel. Vollmond, sagte ich, aber Wolken! Und merkte, daß ich zu schnell ging (sie will nicht heim!). Durch dunkle Querstraßen und die Vorgärten rauschen. Dann auf die Eckenheimer Landstraße, wo die U-Bahn wie eine Straßenbahn fährt. Hell das Lampenlicht und die Schienen glänzen. Nur von weitem das andere Eiscafé. Unbeleuchtet. Das Eiscafé, das wir nicht meinen, sagte ich. Italiener. Sie haben ein Kind. Sibylle und Carina kommen morgen Abend zurück! Und vorhin im Eiscafé die zwei mit dem riesigen neuen Kinderwagen. Nur getuschelt oder doch schon gezischt? Und zuletzt dann stumm, bis wir draußen! Und ob in dem Kinderwagen wirklich ein Kind, ein lebendiges Kind? Eine Puppe mit Glasaugen? Leitz-Ordner unter der gestärkten gebügelten Decke mit Überdecke und Regenschutz? Eine Aktentasche mit Geld? Eine Zeitbombe und schläft noch, schläft? Dann wieder dunkle Seitenstraßen und auf allen Gehsteigen parkende Autos. Zwei Ecken weiter die Friedberger Landstraße.

Mit Anne bis zu ihrer Haustür. Heut mach ich nichts mehr, sagt sie. Hühnersuppe zum Aufwärmen. In der Küche mein Lesebett. Äpfel. Schokolade. Und weiter Hans Henny Jahnn. Das Gesamtwerk. Wollen wir nicht noch die Suppe zusammen? Morgen ist Sonntag! Muß weiter! sagte ich. Nur zu Gast! Schon der dritte Sonntag im März! Die Arbeit, das Buch, mein Manuskript – wird nur immer mehr und wird nie fertig! Schon Wochen und Wochen mit einem Kapitel über die Frauen im Dorf. Seit Ende Oktober schon. Vor der Trennung schon damit angefangen. Sie schreiben es selbst, aber in meinem Kopf! Vielleicht wird es nie ein Buch! Die nächste Zeit noch in der Eppsteiner Straße, sagte ich und bekam einen Schreck! Wird schon vorerst noch, sagte ich schnell zu ihr und zu mir und zu meinem Schreck! Also jedenfalls diese und nächste Woche noch dort und wir telefonieren! Vor ihrer Haustür jetzt, sie und ich. Zum Abschied der Abschied. Es ist Anne. Erst ist sie noch da und dann fällt die Haustür zu. Schwer. Eine alte Frankfurter Haustür aus Holz und mit Glas und Eisen. Im Treppenhaus das Treppenhauslicht. Das Licht sehen und wissen, daß du sie noch etwas wichtiges fragen mußt! Schon länger! Aber jetzt weißt du wieder nicht, was es ist? Was denn nur, was kann es sein? Stehen und spüren, wie du etwas versäumst und immer weiter versäumst! Man spürt es im Magen und spürt es am Herz! Wenigstens noch die Hühnersuppe mit ihr! Eine große Tasse, eine Porzellanschüssel und dann noch eine große Tasse. Und vor dem Essen noch baden. Beim Baden stellt sie mir Kerzen auf und spielt eine Beethoven-Platte. Die Suppe, dann Salami und Käse (sie hat meistens eine große ungarische Salami daheim!). Kuchen auch. Erst Salzgurken und dann Kuchen! Beim Essen reden und dann eine überwältigende Müdigkeit. Zwei Dachzimmer und eine große Küche. Sie hat soviele Bücher in ihrer Wohnung, die einen von allen Seiten her ansehen. Mehr als drei Jahre mit Anne im Antiquariat und danach dann in Bockenheim auf der Straße ihr wiederbegegnet. Im Dezember ein Nachmittag. Nicht weit von der Warte. Anfang Dezember. Kurz nach der Trennung. Die zweite Woche nach der neuen Zeitrechnung und vorerst noch fassungslos! Noch keine Wörter dafür! Aber konnte auch von nichts anderem sprechen, also doch von der Trennung! Sie sagt, ich kann bei ihr wohnen! Auch Geld, falls ich Geld brauche! Vorerst bei ihr und langfristig eine Wohnung in der Leipziger Straße. Maklergebühren, Vermittlung, Kaution, Provision und die Miete für mindestens drei Monate im voraus. Für ein halbes Jahr. Sie kann mir das Geld besorgen. Auf keinen Fall, sagte ich. Aber sie hat beschlossen, mich zu retten. Im Januar mir ein Zimmer bei Freunden besorgt und sich dann im Februar mit diesen Freunden für immer verkracht, weil ihr das Zimmer für mich nicht gut genug war (die Abstellkammer). Mehr als drei Jahre zusammen im Antiquariat, Anne und ich. Und sagen immer noch Sie zueinander. Das ist ja gerade das Schöne. Immer noch Licht im Treppenhaus. Automatisches Dreiminutenlicht. Sie wohnt im Dachgeschoß. Sollst du klingeln? In diesem oberen Teil der Friedberger Landstraße sind die Häuser alle ein Stockwerk höher als sonst in Frankfurt die Häuser. Alte braune Frankfurter Mietshäuser mit Sandsteingesimsen an den Fassaden. Entweder Sandstein oder mit Sandsteinfarbe gestrichen. Sogar echter Sandstein wird hier in Frankfurt mit Sandfsteinfarbe gestrichen. Ein breiter Bürgersteig. Bäume. Ein brauner Frankfurter Nachthimmel. Matt das Licht in den Schaufenstern. Kneipen, Haustüren, Ladeneingänge. Die Straße naß. Führt sanft bergauf. Und gerade hier muß ich immer an Paris denken! Ein Nachthimmel. Wolken. Die Häuser wie richtige Pariser Mietshäuser in Paris. Zu die Tür. Annes Haustür. Wie soll man sich losreißen? Das Treppenhauslicht jetzt aus und ich ging die Straße hinunter. Gleich an der nächsten Ecke schräg ein schmaler langer Platz und hat keinen Namen. Eine Litfaßsäule, Telefonzellen, Frankfurter Wasserhäuschen, ein Blumenstand, Schnaps-, Zeitungs-, Tabak- und Imbißbuden, die jetzt alle zu sind. Geschlossen. Im Dezember werden hier Weihnachtsbäume verkauft. Vom Wind ein Geraschel. Das Pflaster glänzt. Zwischen den Buden Nacht, Wind, Finsternis – und ein Wolf, ein alleiniger Wolf, ein behender Schatten! Noch zwei große verwilderte Schatten lautlos herzu! Drei Wölfe! Ein Rudel! Dann die zugehörigen Penner. Nachtgestalten. Jeder mit seinem Bündel (jeder sein Leben als Bündel mit!). Tun ihre Tage hier bei den Imbißbuden ableisten. Jetzt sind die Buden zu. Samstagabend. Aber haben vorgesorgt, kennen sich aus. Tabak und Blättchen. Brot, Büchsenwurst, Flaschenbier, Rotwein vom Penny. Zweiliterflaschen mit Schraubverschluß. Tiroler Adler, Lambrusco, Kalterer See. Taschenmesser, Feuerzeug, Streichhölzer. Und nach Möglichkeit noch jeder seinen eigenen Flachmann als Reserve. Der Platz ein vergessenes längliches Dreieck. Auf der einen Längsseite eilig und breit die Friedberger Landstraße, auf der anderen Vorgärten, Haustreppen, stille Fenster. Ein paar kleine Läden. Bleikristall, Glasimport, Damenmoden. Markisen, eine Kneipe, ein italienisches Restaurant. Sogar die Läden und Kneipen haben hier Vorgärten. Das nimmst du alles im Kopf mit. Für immer! Jetzt kommt dir die Wielandstraße entgegen. So abendstill, friedlich und anheimelnd, daß du dir ihren Namen merkst. Der Wind. Aus einem Hauseingang Kinderstimmen. An der nächsten Ecke ein offenes Büdchen mit hellen Fenstern. Ein Büdchen mit Vorplatz und ein Kind rennt über die Straße. Dann in der Eckenheimer Landstraße noch einmal das Eiscafé, das wir nicht meinen. Eiscafé Christina. Sowieso zu. Kein Licht. Warum stehst du hier und zitterst und kannst nicht weg? Parkende Autos. Nacht und die Bäume rauschen. Eine hellerleuchtete U-Bahn vorbei, die U 5, die hier mitten auf der Straße fährt. Du gehst, du kehrst um – berühren das Haus, damit es dir wirklich! Ein fremdes Haus. Die Rolläden zu. Kann man anfassen. Die Mauern auch. Wandverputz. Kalte Steine. Erst die

U-Bahn und dann der Wind vorbei. Und dann endlich kannst du weiter.

Eine Ecke weiter die Schaufenster mit den Badezimmern. »Das schöne Bad.« Ganze Reihen von Badezimmern, eine Ausstellung. Marmor und Kacheln und Glas und lächelndes Porzellan. Spiegel und Lampen und Edelstahl, Silber, Titan und Platin und königlich goldene Wasserhähne. Öfter schon hier vorbei. Jetzt im Wind in der Dunkelheit auf der leeren Straße. Ohne Stimme. Allein. Von Fenster zu Fenster und vor jedem lang ausharren. Fast vergehen! In manchen Badezimmern nur matt das Licht aus dem Nebenraum und im Spiegel. Wir wären eben hinausgegangen. Und sind dafür umso deutlicher anwesend. Beinah als ob man die Stimmen noch hört. Und andere hellerleuchtet und dazu noch angestrahlt und erwarten dich. Schon alles da, alles vorbereitet. Sind bewohnbar und gleich wirst du hereinkommen. Handtücher, Bademäntel und Teppiche. Karaffen mit Badeöl und Parfümflaschen. Qualität. Eine Fülle. Und Platz. Stufen und Säulen und Erker. Arkaden, Regale, Gesimse, Paneelen und Schränkchen aus Teakholz und aus Mahagoni. Und Messing- und Kupferbeschläge wie auf einem Schiff. Bullaugenfenster und Bullaugenspiegel und jetzt wird dir weit ums Herz. Offene Türen und Säulen und Durchgänge und hinter den Türen und Säulen und Durchgängen noch mehr Türen und Säulen und Durchgänge. Ganze Reihen von Badezimmern. In alle Richtungen. Neben jedem Bad noch ein Bad. Neben jedem Bad noch drei Bäder! Egal, was es kostet, nimm alle! Wandspiegel, Spiegelwände, Spiegel, die sich in Spiegeln spiegeln (in jedem Spiegel ein Spiegel) und im Hintergrund glaubhaft der allgegenwärtige Hintergrund. Nur eine Andeutung. Immer so, wie du ihn gern hättest. Wie du ihn dir ausdenkst. Das hörst du der Stille an. Geräumig. Für jeden Einfall ein Anbau. Hinter jedem Raum der wirkliche Raum. Eine Geräumigkeit ohne Ende. Wohnungen, Häuser, Oasen und Paradiesgärten. Ein Luxus. Nur das Beste.

Cremes und Salben, Öle und seltene Seifen. Überall Platz! Groß und geduldig wie Schafe die Badeschwämme aus der Südsee. Eine wohlgefällige Herde und so einen weiten Weg gekommen. Warm ist es. Fußbodenheizung. Wandheizung. Der ganze Laden eine gutbeleuchtete künstliche Südsee. Ein Atoll, eine Ansammlung von Atollen. Und die Farben. Alle Farben! Meergrün und Blau und Türkis. Lavendel auch. Für den Nachmittag. Smaragd und Koralle und Sand und Algen und Tang. Sind auch Farben. Sind weite einsame Strände und leuchten und rufen. Bernstein, ein Bernsteinklumpen. Und in dem Bernsteinklumpen fern und hell, fast unendlich, ein Strand, ferne Küsten. Und Moos und Heidekraut und ein Wald von Farnen auf großen Schieferplatten, die zu einem Berg gehören, der längst vergangen. Steinalt. Aber auch schwarz, weiß und golden die Wannen und Wände. Ornamente. Ein Lichthof. Das alte Ägypten. Und hohes Schilfrohr, das auf den Wind wartet und fängt an zu flüstern. Und für die Hoffnung am Morgen ein leuchtendes Gelb und dazu große Sonnenblumen. Sind echt, sagst du dir, alles echt! Sommergelb, Goldgelb und Honigfarben. Bernstein, Honig und Bienenwachs und viele Orangenblüten, lebendig, die aus den Spiegeln wachsen und um die Spiegel herum und ranken sich licht in der Luft. Andächtig stille Mandel- und Kirschblütenmorgen und mandelgrün Luft und Wände. Mittagsblau, Abendblau, Nachtblau und darin golden die Sterne. Karmesin, Scharlach und Purpur. Jedes erdenkliche Rot. Rote Rosen und Rosen aus Blattgold und roter Mohn. Alles echt! Sonnenuntergänge. Lange elektrische Sonnenuntergänge. Farbe. Mit Fernbedienung. Künstlerisch wertvoll. Vollautomatische Sonnenuntergänge. Bei jedem Abspielen besser!

In den Kacheln die Lichtreflexe und auf allen Spiegeln der Abglanz des Abends. Manche Badezimmer wie im Innern einer Kristallkugel, aber warm. Zu manchen Wannen eine kleine Treppe hinauf (soll man pfeifen?), andere tief in den Boden eingelassen. Stufe um Stufe und verträumt, in Gedanken woanders (aber stets bei dir selbst), steigst du jedesmal wieder die Stufen hinab. Und im Eckfenster, von allen Seiten zu besichtigen, das Prunkstück! Wie ein Denkmal auf einer Empore! Riesig und rund eine blaue Wanne. Innen rund und außen oval. Lagunenblau eine Wanne, die immerfort sprudelnd volläuft. Randvoll schon und sprudelt und läuft doch nie über. Ein Born, eine Quelle, Kaskaden – endlich wirst du das Wort los! Lichtröhren, Lichtkreise, Lichtkugeln, Planeten und Sternbilder als Beleuchtung. Alles funkelt und blitzt und lockt dich und muß immer weiter lächeln. Sogar das sprudelnde schäumende Wasser noch mit Unterwasserlampen von innen verzaubert. Und ich? Vor der Scheibe im Dunkeln. Die Liebe verloren. Kein Geld, keine Wohnung, kein Einkommen. Als Gast eine flüchtige Gegenwart und wie lang noch? Wie lang wird sie reichen, die Zeit? Nacht, Wind, Finsternis. Eine alte Cordhose und die Wildlederjacke aus dem Mai 68 – oder aus dem Mai 67, aber schon im Hinblick auf den Mai 68, das weißt du jetzt nicht mehr genau. Taschen und Futter zerrissen, die Nähte erschöpft. Wird hauptsächlich nur von Gedanken und der Notwendigkeit noch zusammengehalten. Existiert mehr als Idee nur, die Jacke. Schon lang. Du trägst sie, wie man die Müdigkeit und den Wind auf sich trägt im Wind. Du trägst sie wie eine abgenutzte Erinnerung. Abgenutzt, aber unentbehrlich. Erschöpft die letzten zwei einzigen Schuhe und bei jedem Schritt daran denken. Auf allen Wegen. Bald abgelaufen die Zeit. Noch ungefähr achtzig Mark. Milch daheim. Notizblöcke, Schreibpapier und Zigaretten auf Vorrat. Äpfel, Brot, Käse. Das Wort daheim mußt du gleich wieder abliefern – wird eingezogen und annulliert! Noch Milch da, heißt das. Beim Gehen die Schuhe schonen! Ihnen gut zureden, sie jeden Morgen und jeden Abend von allen Seiten: sie ansehen, betasten und in den Händen wiegen. Soll man sie streicheln? Nicht daß sie dadurch gleich noch mehr abgenutzt und dann vor deinen Augen zu Staub, für immer zu Staub! Zählen, betrachten, betasten, beschwören, ansehen und immer wieder nachzählen die achtzig Mark. Banknoten, Münzen. Und ob auch die Rückseite stimmt? Man muß es von allen Seiten! Zur Kontrolle! Das Geldgeldgeld! Zählen und immer wieder nachzählen das Geld und die Tage und jedes Stück Brot. Mehr wird es nicht! Mehrfach vorbestraft, keine Geburtsurkunde! Und wer weiß, wie lang die zuständigen Behörden amtlicherseits dich noch dulden. Dicke Bücher, die keiner kennt (und ändern will er sich auch nicht!). Arbeitsamt, Sozialamt, Jugendamt, Fürsorge, Amtsvormundschaft, Justizverwaltung und Strafvollzug – es wird nicht mehr lang dauern! Nichtehelich als Vater ein Kind und nicht bei mir mein Kind! Fang jetzt nicht zu frieren an! Hungrig? Hungrig oder nicht, darum geht es jetzt nicht! Vor der Scheibe. Durch mich hindurch der Wind. Muß immer wieder all meine Knochen zählen, der Wind! Muß die Knochen betasten und nachfühlen, ob sie noch da sind und nicht zu kalt, nicht zu einsam und ein jeder Knochen funktionsfähig noch und gutwillig und an seinem Platz.

Bettler und obdachlos, auf der Flucht – alles schon gewesen! Auf der Flucht hört dann nie mehr auf! Auf der Flucht bleibt für immer! Eine U-Bahn auf der Straße vorbei und du zuckst, als ob sie dich trifft. Und jetzt? Vor deinen Augen hinein in das Bild und von Bad zu Bad. Eine Zukunft. Rechtmäßig. Alle Lampen an und die Hähne auf. Parfüm. Badeöl. Die Blumen sind alle echt, kennen mich! Von Wanne zu Wanne und mit Wohlgefallen das Wasser sehen und wie es leicht und hell fließt. Hemdknöpfe auf. Im Gehen schon die Sorgen und Schuhe abstreifen. Ganz fremd schon die Sorgen. Wie graue benutzte Handtücher. Weg damit! Du kennst sie nicht mehr. Bademäntel und Selbstgespräche in großer Auswahl. Die Wasser rauschen! Ein Sommermorgen. Sollst du die Augenblicke und Wannen zählen? Zeit im Überfluß. Zu Recht auf der Welt. Musik? Barfuß oder in Sultanspantoffeln. Gelassenheit. Unermeßlich reich! In einem venezianischen Bademantel. Vor einem venezianischen Spiegel.

Neben einem venezianischen Bogenfenster. In Venedig ein venezianischer Morgen und lebendig die Lichtreflexe an den Wänden und über die Decke hin. Demnächst! Bald! Musik oder nur im Kopf die Musik? Ein Sommermorgen und Vögel. Alle Fenster und Türen offen und von allen Seiten der Himmel zu mir herein. Eine Gegenwart. Zeit genug. Gehört alles mir! Silberglöckchen. Ein Gong. Eine Gitarrenspielerin, eine Sängerin, eine Tänzerin. Eine Sanfte mit einer Flöte, eine Wilde mit einer Trommel, eine Dichterin, die mir vorliest. Eine, die alles heilt. Und eine, die mit mir badet und lacht. Und sind doch vielleicht alle einunddieselbe Frau. Dann erst recht wirst du nie genug von ihr kriegen! Und die Getränke? Der Alkohol? Als Getränke nur die Erinnerung an Getränke. Ein Säufer, der aufgehört hat. Ein Gedächtnis! Jetzt nur noch Espresso, Mokka, Milchkaffee, Saft, von vielen Früchten der Saft, Wasser, Milch, Ayran und Saure Sahne. Granatapfelsirup. Kräutertee aus Marokko. Und schwarzen und grünen chinesischen, russischen, türkischen süßen und bitteren Tee. Eiscreme. Die schönsten Früchte. Obstkörbe werden gebracht. Hell der Tag. Alle Wasser fließen und jetzt ist es ein Mittag im Süden. Heiß, hell, wie der Anfang der Ewigkeit (sie fängt immer wieder an!). Du machst die Augen zu und hell das Licht auf deinen Lidern. Still die Zeit. Angehalten. Du hast noch die Stimmen im Ohr. Eine Hafenstadt und als ob du sie von oben siehst – Marseille, Venedig, Istanbul – dir ist, du müßtest sie kennen. In Paris und in Rom bist du auch bei dir selbst. Ein Dachgarten. Auf dem Dach und die Wirklichkeit träumen! Träumt sich selbst! Vielleicht hell und heiß ein Nachmittag in Manhattan und alle Frauen deines Lebens jetzt durch diesen hellen heißen (womöglich angehaltenen) Nachmittag auf dem Weg zu dir. Aus vielen Ländern sind sie gekommen und hören nicht auf zu kommen! Du läßt den Nachmittag, du läßt dich und den Nachmittag am Fenster (im Spiegel) stehen und gehst weiter. Neben dir selbst her. Langsam von Bild zu Bild. Hinter jedem Raum der wirkliche Raum. Dort die Abende. Eine lange Reihe.

Alle mit Goldrand. Und warten auf dich. Dann ein Herbst, jeder Herbst deines Lebens. Weinlaub. Blätter fliegen vorbei. Immer noch ein Herbst, die Tage fliegen vorbei und das Badewasser läuft ein. Ein Wintermorgen. Schnee vor dem Fenster. Schnee und Sonne und Elstern im Schnee. Wieder andere Länder und Tage und Badezimmer. Jetzt schneit es wieder. Schneeflocken, Dämmerung und die Heizung glüht. Immer mehr Schnee. Wie es schneit und die Flocken wirbeln. Schnee fällt im Lampenschein. Und dann hat es aufgehört zu schneien, das Badewasser läuft ein und du machst die Fenster auf. Nacht und Stille. Dann in einem künftigen Frankfurter Nachwinter. Mehr Licht! Alle Badewannen auf einmal? Feucht und dunkel eine Nachwintervormittagswelt, aber dann kommt die Sonne durch. Der Taunus am Horizont, in weitem Bogen der Main und auf der Zeil in der Sonne die vielen Gesichter. Und jetzt fliegen die Tauben auf. Nur kurz die Sonne, ein helles flüchtiges Nachwinterlicht, aber bleibt im Gedächtnis. Und dann weißt du wieder, der Frühling! Muß man auch immer neu lernen! Der Frühling kommt bald! Wieder März. Ein April. Immer noch ein April. Noch oft. Und das kommt erst noch! Zukunft! Noch lang auf der Welt bleiben! Viele Leben und alles aufschreiben, ein Gesang! Noch viele Tage und Länder und Badezimmer, die versprichst du dir jetzt. Nacheinander und gleichzeitig. Du versprichst dir dich selbst! Lang vor der Scheibe, dann weiter und alles im Kopf mit!

24

Auf die Innenstadt zu. Sanft bergab alle Straßen. Samstagabend. Erst die Eckenheimer und dann die Eschersheimer Landstraße und nochmal das Eiscafé. Jetzt sind sie am Zumachen! Ich hätte uns gern noch drinsitzen sehen, Anne und mich. Auch vergessen, ihr von dem Haus im Grüneburgweg. Warum hast du es ihr nicht gezeigt? Wie in einem anderen Land, wie im Süden ein Haus, sagst du jetzt in Gedanken zu ihr. Und das Meer nicht weit. Eine Hafenstadt. Vielleicht das gleiche Haus früher schon, aber wo? Erst nur das Haus ihr und dann zu den Schaufenstern der Autorenbuchhandlung, sie und ich. Stattdessen allein. Gehen und gehen und kannst noch lang nicht heim! Mit sechzehn an einer Tankstelle. Zur Aushilfe. Nachtdienst. Achtunddreißig Mark verdient und über Nacht ist ein neuer Tag geworden. In allen Taschen Notizzettel. Damals schon, damals noch Lyrik auch, pro Schicht ein Gedicht und morgens zu Fuß in die Stadt zurück. Ende Januar. Mit sechzehn. Drei Wünsche frei. Drei oder jeden Tag drei? Mit dem Morgen lang auf die Stadt zu. Januar, Februar, März und vor dir die Stadt wie ein Bild. Im Straßengraben Elstern und Krähen, die gern wüßten, wer du bist. Ein weiter Weg. Wird eben hell (wird jetzt jeden Tag eher hell!). In der Stadt noch die Lichter an und jetzt gehst du öffentlich frühstücken. Café Altmann. Milchkaffee. Eier im Glas. Ein Karlsbader Hörnchen. Zigaretten. Ein Weinbrand (ein Weinbrand macht neunzich Fennich). Das Brot von damals, die Zukunft von damals, sagst du dir jetzt. Der da ging und drei Wünsche freigehabt hat, bin das auch ich gewesen? Weit die Welt. Zwei zuversichtliche Schuhe. Und welche Jacke? Hellblau. Mit Lammfell gefüttert. Ein Pelzkragen. Vor zweieinhalb Jahren von deiner Schwester als Geschenk – da warst du kaum vierzehn. Und wird jetzt schon wirklich eng. Wie aus Kanada, so sieht die Jacke aus. Mindestens drei Frauen haben unabhängig voneinander zu dir gesagt: Steht dir gut! Aber wirklich schon eng jetzt!

Gut, daß ich damals die Jacke von dir, sagst du jetzt im Gehen in Gedanken zu deiner Schwester. Vor sechsundzwanzig Jahren, weißt du noch, weißtdunoch? Du hast dir Jeans kaufen wollen und hast mir von deinem Jeansgeld die Jacke gekauft. Ein Hinterhofladen in Gießen. Ein Trümmergrundstück. Vor dem Haus eine hohe Eisentreppe. US Import. Ohne die Jacke – so kalte Nächte: wie hätte ich die überstehen sollen? Rauhreifmorgen. Bis es hell wird, das braucht seine Zeit. Und vom Straßenrand her die Elstern und Krähen schreien mir zu, daß es kalt ist. Bald März. Also damals. Bald März und immer noch kalt! Am besten beeil dich!

Seit gestern schon, gestern am Telefon sie nicht erreicht und seither immer weiter mit meiner Schwester. Mit ihr, mit Anne, mit Jürgen, mit Edelgard, mit meinem Vater, mit den Bauern in Staufenberg (die einen, die morgen freihaben und die andern, die heute zur Spätschicht müssen, Samstagabend, Spätschicht oder Nachtschicht) und immer wieder mit meiner toten Mutter. Im Gehen, in Gedanken, in alle Richtungen gleichzeitig. Nur Obacht, daß du mit deinen Wörtern nicht zu sehr herumfuchtelst! Jäh die Musikhochschule! Hellerleuchtet! Ragt senkrecht auf wie ein Riesenschiff! Hellerleuchtet und viele Menschen davor. Auf dem Gehsteig, beim Eingang und in der Halle. Studenten, Musikschüler, Liebespaare und Eltern. Vielleicht ein Konzert und fängt jetzt bald an. Du weißt, Sibylle ist nicht dabei – kann gar nicht! Ausgeschlossen, daß sie jetzt hier in der Musikhochschule und doch muß dein Herz gleich zucken! Zuckt und drückt, ein Schmerz, ein Gewicht und hört nie mehr auf! Schnell als Schatten, fast unsichtbar, schnell vorbei oder bleib eine Weile stehen! Am besten gleich in der dritten Person! Nicht so im Licht, mehr am Rand! Vor der Mauer, bei den Mülleimern dort! Und stehen und dich selbst vergessen! Gleich kriecht die Nacht in dich rein. Nachtkälte, Feuchtigkeit. Auch durch die Schuhe. Vom Boden her. Erst noch am Rand, lang am Rand stehen und dann weiter. Auf die Innenstadt zu. Breit vor dir her die Straße. Sechs Fahrspuren. Gut beleuchtet. Gegenüber das TAT, das Theater am Turm. Scheinwerfer, Lampen, Plakate, die Lichtreklamen. In allen Fenstern ist Licht. Taxis halten. Am Eingang und in der Halle die Menschen in dichten Scharen. Fängt gleich an oder schon die Pause? Frauen in Abendkleidern. Dunkle Anzüge. Fremde Mäntel und ob man gegrüßt wird. Wer wen kennt. In allen Spiegeln. Unter Kronleuchtern. Im Foyer auf dem großen Teppich. Im Licht vor dem Eingang. Eintrittskarten, Programmheft, Garderobenmarken und Blicke. Zigaretten. Eine Rauchwolke. Spiegelbilder. Stehen und rauchen. Vor dem Eingang die Stimmen. Kühl die Nachtluft von draußen herein. Offene Mäntel. Brillen, ein Hut, Schmuck, Parfüm, ein weißer Schal und den Mantel überm Arm. Für Pelzmäntel, auch als Gesprächsthema, ist es schon nicht mehr kalt genug. Ein Taxi hält. Autos. Die Lichter. Immer noch ein Taxi. Samstagabend und eine festliche Samstagabendmenge. Champagner, Prosecco, Sekt mit Orangensaft. Spiegelbilder. Die Bar. Im ersten Stock die hohen Fenster des Restaurants. War nicht ein Tisch reserviert? Die Straße naß. Wind, eilige Wolken. Und jetzt mußt du stehenbleiben. Hier einmal, weißt du noch? Vor langer Zeit unsre Ankunft. Der erste Morgen. Sibylle und ich. Vom Dorf. In einem großen rostigen alten Auto voller Hausrat, Büchern, Gerümpel. Nur das Allernötigste. Ungeputzte Schuhe, Salzstreuer, Manuskripte, die Schreibmaschine. Fängt schon an abzubröckeln das Auto, aber noch ein halbes Jahr TÜV und mit Dachgepäckträger, Bettdecken, Leselämpchen, Korkenzieher, Radio und Wasserkanister. Unterwegs ein Gewitter. Wir sind wie immer zu spät dran. Vorher bis zum Mittag noch in Gießen in der Buchhandlung. Mein letzter Arbeitstag. Dann nach Staufenberg und das Auto beladen. Zwei Koffer, die alte Reisetasche, Kartons und ein Wäschekorb. Espresso, Espressokännchen und Tassen. Fünf alte Schallplatten und drei Flaschen Rotwein im Auto. Gut, daß sie nicht zerbrochen sind. Wie auf der Flucht, so sind wir vor sechseinhalb Jahren spätabends hier angekommen. Die erste Nacht bei meinem Freund Jürgen, der uns ein Zimmer besorgt hat. Leihweise, für die nächsten sechs Wochen. Zugesagt oder in Aussicht gestellt. Ein Zimmer in einer Wohngemeinschaft in Bockenheim. Aber können an diesem ersten Abend noch nicht einziehen, weil der Wohnungsinhaber als Herausgeber vom Diskus in der Redaktion sitzt und kann dort nicht weg. Eine Haussuchung! Polizei! Kann noch stundenlang dauern! Das vollbeladene müde Auto vor Jürgens Haustür. Seine Wohngemeinschaft in der Hansa-Allee. Musik. Den Rotwein austrinken. Wollen hier über Nacht! Erst Rotwein, dann Calvados. Und früh am nächsten Morgen wieder ein Anruf! Immer noch Haussuchung! Sobald er wegkann, ruft er uns an! Dann nochmal: vorerst unabsehbar! Nach zwei Stunden immer noch unabsehbar! Sogar noch unabsehbarer jetzt! Müssen abwarten! Sibylle und ich zu Fuß in die Stadt. Ein Werktag. Die Gehsteige alle zu schmal, sagte ich. Für die Autos jedes Jahr immer noch ein Stück abgeschnitten! So eng – das stört doch beim Trödeln! Man geht wie gefangen, wie blind! Es stört beim Atmen und Denken! Mietshäuser, Frankfurter Häuser. Und vor einem großen gläsernen Eingang werden Zettel verteilt. Leute auf dem Gehsteig. Das Haus ein Theater. Schauspieler sind es, Dramaturgen und Bühnenarbeiter, die die Zettel verteilen. Und stehen vor dem Eingang und sprechen mit den Passanten. Subventionen, Fassbinder, Mitbestimmung. Die Stadtverwaltung, der Spielplan. Unser erster Morgen. Ich wußte nicht, wo wir sind. Überall Autos, eine Straßenbahn klingelt und vor uns ein grauer Turm, der ein ernstes Gesicht macht. Ich hatte eine kleine Flasche Schnaps mit. Eben gekauft, einen Flachmann mit Weinbrand. Sibylle neben mir. Pferdeschwanz, eine verblichene Sommerhose, hellblau, beinah wie an diesem Tag der Himmel, und ein zehn Jahre altes Hippiehemd. Sie ist zweiundzwanzig. Fast drei Jahre sind wir zusammen. Der Eschenheimer Turm, sagt sie und wir müssen uns immerfort ansehen und berühren.

Im Gehen trinken! Nicht wissen, wo ich bin und gerade anfangen, betrunken zu werden, das ist mir am liebsten! Warum das Haus als Theater mit den anderen Häusern wie ein Mietshaus in einer Reihe steht? Noch ein Schluck. Der erste September. Erst noch Morgendunst und jetzt immer höher der Himmel. Wenn die Flasche leer ist, noch einen Flachmann oder dann lieber Wein? Vielleicht, höchstwahrscheinlich das Zimmer! Heute Nachmittag einziehen und dann gleich mit der Reinschrift anfangen! Die letzte Fassung von meinem ersten Buch. Sind eigens dafür ja hierhergekommen. Am Hessenplatz in einer Wohngemeinschaft ein Dachzimmer mit großen Fenstern und vor den Fenstern Kastanien. Der erste September 1977. Man muß daran glauben, sagen wir uns. Haben knapp das Geld für die nächsten sechs Wochen. Wollen hoffen, es reicht so lang! Wollen in die Stadt gehen jetzt! Unser erster Morgen in Frankfurt! Dann all die Jahre am Theater am Turm, immer wieder am Theater am Turm vorbei, ein Frankfurter Fußgänger jetzt und jedesmal wissen, hier ist das TAT, das Theater am Turm und oft an diesen ersten Morgen gedacht und lang nicht darauf gekommen, daß das einundderselbe Ort! Oder geht es mir jetzt erst auf? Und du stehst – kannst nicht weg! Dort einmal, dort einmal und jetzt nicht mehr! Und dein Herz zuckt – wie ein gefangener Vogel dein Herz! Autos vorbei. Vor dem Eingang ein Andrang von Taxis und Menschen und Licht. Und das Stück? Welches Stück? Im Kopf schreibst du schnell ein Theaterstück. Erst eins und dann noch eins. Lang stehst du und kannst nicht weg, dann doch weiter.

In die Nacht hinein. Mit mir selbst. Die Kreuzung, der kleine Park. Buden, Imbißkneipen, Kioske. Die meisten schon zu. Abfall, Plastiktüten, der Wind. Gras, Gebüsch, eine Bank, ein Treppchen, ein Mäuerchen und ein breiter Gehsteig. Ein Platz für die Penner. Du kannst dich zu ihnen setzen. Ein Bier, Zigaretten, einen Flachmann vom Büdchen. Wie ein müder zwinkernder Stern in der Nacht weit hinten ein letztes Büdchen: hat immer noch auf. Einen Flachmann, den ersten Schluck und gleich noch einen Flachmann, bevor sie zumachen. Zwei Flaschen billigen weißen Kaufhausbordeaux, die ich mitgebracht hätte. Den ersten und noch einen Schluck und dann nicht mehr aufhören! Du kennst dich, du weißt genau, wie es geht! Stattdessen am Rand vorbei. Passanten. Ein Bettler, der auf der Straße sitzt und zählt etwas Unsichtbares (er sieht es!). Ein Penner mit einer Flasche und gleich ist die Flasche leer. Ein Penner und hält seinem Hund einen Vortrag. Einer mit nur einem Arm und streicht eine Decke glatt. Zum Draufsitzen, Kumpel! Er hat einen Ausweis, er hat einen Brief vom Sozialamt mit seinem Namen drauf und einen Umschlag mit alten Fotos. Kann er dir alles zeigen mit seiner einen Hand. Zwei ehrliche Penner und teilen ehrlich den letzten Schluck. Zwei betrunkene Penner, die auf eine betrunkene Frau einreden müssen. Ununterbrochen, von allen Seiten! Und auch noch dauernd drauf achten, daß sie nicht stolpert! Selbst auch nicht zu sehr ins Torkeln geraten! Nicht den Faden verlieren! Immer noch einen letzten Schluck. Sich totsaufen, ja das dauert! Samstagabend. Taxis sausen vorbei. Und überall fußkranke Penner. Die falschen Schuhe, Kumpel. Hinkt jeder anders. Ein alter Hut. Alle Sorten von Mützen. Einer kotzt. Einer lacht. Einer mit einem großen dreckigen Kopfverband, der schon anfängt, sich aufzulösen. Penner mit Hautkrankheiten. Einer mit Leichtmetallkrücken. Das bin doch nicht jedesmal ich? Wind, immer mehr Wind. Müll, Abfall, Mülleimer, Abfallkörbe, Container. Und stehen Penner dabei, die den Abfall durchsehen, prüfen, taxieren, verwalten. Am Rand der Nacht. Muß mich schon zwingen, daß ich nicht selbst! Muß einen Bogen um die offenen Abfallkörbe an jeder Ecke. Aber wüßte doch gern, was drin ist? Was suchen die Penner? Nur kurz, nur ganz schnell, einmal nur mit einem Blick, dann ein bißchen drin kramen – und wirst nie mehr aufhören können! Wirst fortan von Eimer zu Eimer, von Korb zu Korb deinen

Weg! Keinesfalls! Erst wenn du reich bist, reich und gerettet, sagte ich mir, erst höchstens dann! Nacht und Wind und die Bäume rauschen. Jeder Halm zittert. Alte Zeitungen, Dreck von gestern, Abfall, Essensreste und Bierbüchsen. Und unter den Lampen die Spatzen und Amseln noch wach. Vom Kaufhof ein Nachthemdprospekt mit pastellfarben lächelnden jungen Damen. Zigarettenschachteln, Bananenschalen, gebrauchte Pariser, zwei riesige gelbe Plastiklatschen. Wem die wohl gehört haben? Wellpappe, Pappbecher, Plastikbecher, Einwegflaschen und eine Pfandflasche, aber hat einen Sprung. Zwei aufgeweichte verdrückte HB-Zigaretten in einer aufgeweichten verdrückten HB-Packung. Pappdeckel, Ketchup-Blut-Ketchup, Currywurst, Pommes, verschmierte Papierservietten und Monatsbinden – frißt alles mit Eifer der Hund. Eifer und Sachverstand. Drei Hunde, Pennerhunde. Fressen auch die fettigen Pappdeckel mit. Ein Schuh, Windeln, Tabakbeutel, ein zerbrochener Kleiderbügel. Brieftaschen, Pfandflaschen, Goldklumpen, ein halbes Leberwurstbrot und zwei trockene Brötchen in einem Bäckertütchen von vorgestern. Lauter leere Tabakpäckchen und in jedem noch ein paar Krümel. Jeden Dreck mit Sorgfalt von allen Seiten betrachten und ihm dann seinen Namen sagen! Flüche, Wünsche, Gegenstände und mit jedem Ding reden. Wenn es kalt wird, kann man die alten Zeitungen alle noch gut gebrauchen. Bettler, Säufer, Penner. Manche als Schatten nur. Schatten, Gespenster und Wiedergänger hier in der Nacht. Und immer tiefer in die Nacht hinein. Mit zusammengebissenen Zähnen! Und ich auch: muß im Gehen mit den Zähnen knirschen! Wind, ein kleines Geniesel. Der ganze vergangene Spätherbst und Winter noch einmal an mir vorbei. Erst ein Regen- und dann ein Schneewinter. Gehen und die Nacht bis ins Herz hinein spüren. Vollmond und eilige Wolken, der Wind und wieder rauschen die Bäume.

Rechts vom Turm. An einer Apotheke vorbei. Eine Apotheke mit vielen Schaufenstern. Bald neue Zahncreme! Die früher Jahrzehnte Zahnpasta hieß in Deutschland. Und jetzt nur noch ein Rest in der Tube. Die Tube noch aus der Jordanstraße mit. Teure Pflanzenzahncreme aus dem Reformhaus. Manchmal teure Sachen uns, Sibylle, Carina und ich, manche! Besonders Essen und Obst! Im Hinblick darauf, daß wir später ja sowieso reich! Wann? Demnächst! sagte ich. Bald, sagte ich, jahrelang, wirklich jetzt bald! Aber noch nicht gleich, sonst stört es beim Schreiben! Erst noch das Buch zuende! Mein erstes, mein zweites, mein drittes Buch! Natürlich die besten Weintrauben und den besten Käse und sowieso für Carina die besten Sandalen und für uns alle die beste Salami! Ziegenkäse, Salami Calabrese und Parmaschinken! Aprikosen aus der Provence und die schönsten Pfirsiche auch! Man muß nur immer ausnahmsweise sagen! Das Geld, kaum je genug Geld, aber meistens zwei oder drei Sorten Zahncreme, damit man eine Abwechslung und die Sinne sollen nicht einschlafen. Immer dann, wenn man ein paar Tage lang ein bißchen Geld zusätzlich, sagte ich zu Sibylle, sich das Zeug wie nebenbei und auf Vorrat. Außer der Reihe. Damit man es später dann hat! Damit man dann nicht nix hat! Und jetzt sah ich die Tube vor mir (ausgerechnet jetzt muß sie dir einfallen!), verdrückt und schief und fast leer. Geradezu ausgemergelt! Und krümmt sich schon, muß sich immer mehr krümmen! Du siehst vor dir, wie sie sich krümmt und davon wird dir heiß! Eine Übelkeit! Fieber! Die ganze Zeit noch dir unbedenklich die Zähne geputzt. In den Tag hinein. Sorglos. Mehrmals täglich und immer wieder. Und jetzt mußt du haushalten, sparen, rechnen und rechnen. Planmäßig? Außerplanmäßig? Die billigste, aber welches ist die billigste und wo kriegt man sie her? In Ungarn zum Schwarzmarktkurs? Im Knast die amtliche Knastzahncreme? Wird eigens für den Knast hergestellt. Sie dann aus dem Knast mit ins Leben und meinem Freund Horst in Darmstadt gezeigt. Vorher ein bißchen Kiff, er und ich. Er probiert. Ein

Revolutionär, Streikführer, Dichter. Aus was? Hauptsächlich Schlämmkreide! Schaum im Mund. Nicht schlecht, kann man nehmen! Vor mehr als zwölf Jahren. Und wo ist die Tube jetzt? Wo sind all die aufgebrauchten ausgequetschten Tuben aus meinem Leben? Wo geht die Zeit mit uns hin? Wieder siehst du dich beim Schlecker zwischen den Regalen. Wie im Jenseits. Ein ewiger künstlicher Wintertag. Stehst und mußt immer neu alle Gründe, kannst keine Entscheidung! Unwägbar! Vielleicht von einem Schlecker zum andern und erst die Regale, Artikel und Preise und dann die Filialen und Tage vergleichen, die Landstriche und die Kassiererinnen, damit du nicht wie im Januar bei der Seife wieder wie gefangen, wie angeschmiedet! Besiegt und verloren, nicht zurechnungsfähig! Diesmal mach dir einen Plan, sagt er sich. Also ich! Vorher durch alle Kaufhäuser! Eine Tüte? Eine Tüte nur, wenn sie nichts kostet! Zum Glück ja noch meine alte Zahnbürste! Wenigstens die hast du noch! Alles weg und verloren, die Zeit auch mit weg, aber wenigstens hast du noch deine Zahnbürste! Und wird eine Weile noch, wird noch lang! Aber dann? Danach dann, was wird und wo bin ich dann? Vorher erst noch die Zahnpasta, eine neue! Dringend! Du schaffst es schon, sagt er sich. Eine Tube Zahnpasta! Immer sparsam mit der Zahnpasta! Und fortan nicht nur die Schuhe, auch die Zahnbürste schonen! Nicht krank werden, sich nicht überfahren lassen! Und das Buch, jeden Tag weiter das Buch! Und mit einem Kind, was soll dir da passieren? Mein Kind, meine Tochter, Carina! Kommt morgen zurück! Noch einmal schlafen, dann kommt sie! Jetzt sagt jeder Zahncreme, sagte ich zu Carina, die wie ein Schutzengel als heller Schimmer neben mir hergeht, aber einmal war die Welt jung, es gab Schutzengel und meine große Schwester – ich sechs und sie zwölf! – hat in einem Zahnpasta-Preisausschreiben gewonnen! Und kriegt eine Postkarte mit der Post und auf der Postkarte steht: Dein Blendax-Max aus Mainz am Rhein! Richtig mit der Hand! Mit Füllfederhalter! Hellblaue Tinte! Von da an kriegt sie zu jedem Geburtstag von ihm eine

Karte! Mit Glückwünschen, die sich hinten reimen! Immer anders! Wir lernen die Glückwünsche immer gleich auswendig, meine Schwester und ich! Sie kommen immer rechtzeitig! Meistens am Vortag, immer pünktlich! Wir dachten, den gibt es wirklich! sagte ich zu Carina (sie geht neben mir!). Früher mußten die Zahnpastatuben richtig ausgedrückt werden! Sachkundig ausgequetscht! Korrekt! Immer von hinten nach vorn! Niemals vorn drücken, solang hinten noch etwas drin! Nur nicht zuviel raus und immer gleich wieder zu die Tube! Richtig zuschrauben! Der leere Teil gehört aufgerollt! Ordentlich aufgerollt, aber erst noch mit einem Bleistift, Mars, Staedtler, Schwan, Stabilo, Faber Castell, ein Bleistift mit Kante! Nicht auf dem Bleistift kauen! Ein Messerrücken geht auch! Rostfrei Solingen. Schneid dich nicht! Eben lesen gelernt und dann muß man alles Lesbare sorgfältig lesen! Immer wieder! Am besten laut! Bleistift oder Messer und mit der Bleistiftkante oder dem Messerrücken auf dem leeren Teil der Tube von hinten nach vorn, damit man weiß, wo man dran ist! Damit nur ja nix drinbleibt und ginge verloren! Damit der leere Teil noch viel leerer, richtig leer und ganz glatt! Das will gelernt! Ist in jeder Familie das Familienoberhaupt selbst dafür zuständig! Und davor? Noch davor das hieß der Zesambruch, da hat man sich die Zähne gar nicht geputzt! Auch kaum Väter, die sind noch im Krieg, obwohl der Krieg jetzt ja angeblich rum. Und die Väter? Die Väter besiegt und gefangen. Eine Falle? Ein Kasten? Ein Käfig? Gefangen, gefallen, vermißt. Wie einer fällt, sieht man vor sich. Er fällt immer wieder. Die Zähne erst gar nicht, dann bis zur Währungsreform mit Soda, mit Natron, mit Salz oder Kernseife. Reine deutsche Kernseife. 1947. Jetzt wieder ohne menschliche Zusätze. Die Borsten der Zahnbürste anfeuchten, behutsam anfeuchten und dann die Spitzen der behutsam angefeuchteten Borsten kurz und unerschrocken auf die Kernseife aufstupsen – nur Mut! Nicht zu naß! Von der Kernseife nur einen Hauch! Zahnbürsten mit Holzgriff und hellen gesträubten Borsten. Bis 1949 alle deutschen Kinder einunddieselbe Zahnbürste, wenn überhaupt! Das Wasser? Das Wasser als Flüchtlinge zweimal täglich mit Topf und Schüssel und Kanne und immer neuen Entschuldigungen aus der Hausbesitzerküche und sich sooft wie möglich überschwenglich bedanken – oder gleich einen ganzen Eimer voll aus der kalten dämmrigen Polarwaschküche überm Hof. Zwei volle Eimer gleichzeitig, rechts und links, und mit den vollen Eimern nur ja nicht auf den gefrorenen Pfützen ausrutschen! Das war noch bevor die ersten Flüchtlingsfamilien in die Flüchtlingsfamiliengemeinschaftswohnhäuser einziehen konnten. Gemeinschaftlich. Jede Flüchtlingsfamilie für sich. Wohnküche, Schlafzimmer, Speisekammer und Holzschuppen. Für jede Familie ein eigener Wasserhahn mit fließendem Wasser. Fließt es? Es fließt! Der Flur wird geteilt, ist für alle da. Je zwei Familien ein Klo. Gutwillig. Großeltern, Eltern, eine ledige Tante, eine verwitwete Tante und viele Kinder. Auch mehr und mehr Väter jetzt wieder. Besiegt, aber nicht geschlagen. Sooft du den Wasserhahn aufdrehst, kommt Wasser heraus. Immer noch, fließt und fließt! Im Holzschuppen Holz aus dem Wald und ein knorriger Hackstock. Und im Keller wie einen Vorrat an Leben und Zeit die Winterkartoffeln und Äpfel. Die Äpfel alle paar Tage sorgfältig durchsehen, ob sie auch keine Flecken! So ein Hackstock, ein richtiger guter Hackstock hält ewig.

Die Hochstraße überqueren und dann die fünf Stufen zum Gehsteig der Taubenstraße hinunter. Sonst überall immer bei Rot, nur gerade hier muß man als Fußgänger auf Grün warten, weil die Autos von der Eschersheimer Landstraße so schnell und man sieht sie erst im letzten Moment. Seit die Taubenstraße so eine laute eilige Durchfahrstraße geworden ist, haben die Tauben die Taubenstraße nicht mehr so gern. Gegenüber zwischen neuen hohen Bürohäusern schief und verwittert ein altes, ein kleines, ein Spukhaus. Steht leer, nur unten ein Spielsalon. Legal, mit Lizenz. Lichtreklame und Sicherheitstür. Die Fenster aus schwarzem Glas. Darüber drei Stockwerke leer und wie blind und nur ganz oben in einem einzigen Dachfenster Licht. Schon seit Jahren. Wie angeklebt dieses Dachfenster. Wohnt da noch einer oder soll man nur denken, daß da einer wohnt? Ist der letzte vor Jahren schon ausgezogen und hat, als er ging, das Licht vergessen? Hat beim Gehen das Licht extra an? Mäuse? Ratten? Gespenster? Die Nacht und ein leeres Haus. Und unten im Erdgeschoß über einem Abgrund von Keller schon Jahre und Jahre die Spieler und spielen. Spielen, daß sie noch leben, spielen Karten, Würfel, Roulette. Vielleicht brennt das Haus und sie wissen es nicht? Wird über ihnen zusammenkrachen? Wird mit ihnen in den Keller? Vielleicht eine Höllenfahrt? Vielleicht jede Nacht wieder? Immerfort schnell die Autos vorbei, nicht zu zählen die Autos und das Haus steht und zittert. Und muß sich anlehnen an die Nacht und an die neuen Nebenhäuser mit ihren glatten fremden Fassaden. Auf Grün warten! Gegenüber drei Ausländer, die auch auf Grün warten. Spanier? Aus Chile? Afghanistan? Frankfurter Ausländer und wollen ins Nordend, weil sie in Preungesheim wohnen. Aber nicht gleich in die U-Bahn, lieber erst noch ein Stück zu Fuß. Gehen und dabei reden im Gehen. Sich Zeit lassen, reden und gestikulieren und müssen oft stehenbleiben in der Nacht und alle drei rauchen. Drei Männer und neben ihnen ein älteres Frankfurter Ehepaar auf dem Heimweg. Wohnen seit vierzig Jahren im Bornwiesenweg und sind bei der Tochter in Rödelheim zum Nachmittagskaffee gewesen und dann zum Abendessen geblieben. Tochter und Schwiegersohn. Ein Frankfurter Samstagabend mit Frankfurter Würstchen und Aufschnitt und Käse und Fernsehen und Henninger. Löwensenf oder lieber den milden? Auch Tomaten und Essiggurken und schon an den Sommer denken. In Rödelheim ist die Luft besser und die Tochter und der Schwiegersohn haben eine Terrasse und einen kleinen Garten und bis zur Nidda ist auch nicht weit. Jeden zweiten Samstag in Rödelheim bei der Tochter und auf dem Heimweg einen Schaufensterbummel. Bewegung.

Schon seit Dezember nach und nach die Wintersachen alle herabgesetzt und jetzt sind sie am billigsten. Wollen nächstens nochmal neue Federbetten und Kissen. Muß man gut aussuchen und immer wieder die Preise vergleichen. Und sich erinnern, wie man beim vorigen Mal die vorigen gekauft hat und wann das gewesen ist. Vor zweiunddreißig Jahren geheiratet. Hätten gern Enkel und sind auf dem Heimweg.

Auf dem Gehsteig. Du siehst sie warten, dann Grün. Du hast noch ihre Stimmen im Ohr, so nah sind sie an dir vorbei. Jetzt die Schillerstraße. Teure Läden. Kein Wind. Warum denn auf einmal kein Wind mehr? Wo ist er hingerannt? Still ist es. Ich ging, als sei die Zeit angehalten. Ein Mann im offenen Mantel und mit einem weißen Schal. Vielleicht ihm schon öfter begegnet? Ein Liebespaar vor mir her. Ich hätte sie gern von vorn gesehen. Erst ein und dann noch ein Paar. Mir war, ich müßte sie kennen! Modeläden, ein Juwelier, Porzellan, Haushaltswaren, eine Bank, die Frankfurter Neue Presse. Säulen. Portale. Ein Chinese an mir vorbei. Und sah mich aufmerksam an. Als ob er etwas weiß! Die Zahnpasta, sagte ich zu Carina, oder sollen wir jetzt auch Zahncreme sagen? Geh mit mir, wenn ich sie kaufe! Muß nur erst das Geld noch dafür. Muß vorher eingespart werden, das Geld! Die seinerzeitigen Schutzengel, sagte ich, seinerzeit alle zum Anfassen! Mich umdrehen und dem Chinesen nach mit dem Blick. Und er hat sich auch umgedreht. Feucht ein Geniesel, sogar Schneeflocken im Geniesel, dann kommt der Wind zurück und trägt das Geniesel davon. Eine Buchhandlung, Damenmoden, ein Reisebüro. Strümpfe und Unterwäsche. Zwei Unterwäscheläden dicht beieinander (beinah wie in Frankreich). Handtaschen, Handschuhe, Schuhe und Stiefel. Du gehst und weißt, du wirst wieder hier gehen. Im Spätherbst, im Winter. Alle Winter deines Lebens um dich her. Du wirst wieder hier gehen und dann lebst du längst im Süden. Zahnpasta, Badezimmer, Provencehimmel. Du wirst dann hier gehen und wissen, daß du bald heimfährst in die Provence! Die Provence, sagte ich zu Carina. In Frankreich im Süden. Wo wir im vorigen Sommer mit dir, weißt du noch? Der vorige Sommer und der Sommer davor! Ja, sagt sie und weiß auch die Namen noch. In Barjac, in Marseille, in Arles, in Martigues und in Sennamarie (sie sagt immer Sennamarie!). Dort in der Gegend, sagte ich, den Ort gibt es schon. Ich muß ihn nur finden! Und sah mich in Marseille im Herbst und im Winter. Erst am Vieux Port, dann auf der Place de Lenche, wo es nach Meer riecht, nach Rotwein, nach Holzrauch und frischem Brot, und dann bei den Delikatessenläden in der Rue St. Michel auf dem Mont Julien. Mistral und Sonne im Winter. Manchmal Nebel vom Meer herein. Und wie die Läden am Abend in der frühen Dämmerung mit ihren Ladenschildern und Schaufenstern und Eingängen leuchten! Und muß mich gleich noch einmal umdrehen. Vielleicht doch kein Chinese, vielleicht ein Mongole. So groß und schwer einen Buddhakopf auf den Schultern. Und wenn du dann dort wohnst, wo du dann wohnst, sagt Carina, dann komm ich zu dir! Einmal fahr ich mit dir mit, wenn du hinfährst! Das ist das eine Mal! Und dann weiß ich den Weg und beim nächstenmal, wenn ich groß bin, schon ein Schulkind oder noch größer, dann komm ich zu dir und du sollst mich am Bahnhof abholen! Wie heißt dort der Bahnhof? Das wissen wir dann, sagte ich, ich komm dir entgegen! Wachsen dort Feigen? fragt sie. Klar, sagte ich, sogar wild, jedes Jahr. Grüne und blaue. Immer im Juli, August, September. Jeden Tag wieder neue reif. Und sah uns, sie pflücken und kosten. Und Weintrauben auch. Die essen wir dann, sagt Carina. Und kommt zu mir mit ihrer Hand. Nacht, Wind, die Luft schwer und feucht. Der Mond geht hinter den Wolken. Und das weißt du jetzt schon genau, daß du dann da wohnst? Ja, sagte ich, muß nur oft genug daran denken! Muß mir nur merken, daß ich es mir merken will! Ich merk es mir auch, sagt Carina, und dann sagst du mir, daß ich es dir wieder sagen soll! Du mir auch, sagte ich. Wie wünschen geht, weißt du ja! Man muß es sich richtig ausdenken, sonst gelten die Wünsche nicht!

Am Börsenplatz vorbei. Die Börse, ein Restaurant, eine Bank, eine Galerie. Damenmoden, Herrenbekleidung, Hemden und Blusen nach Maß. Ein Taxistand. Die Börse beleuchtet. Wie ein Theater, wie ein Opernhaus steht die Börse im Scheinwerferlicht und ein stiller Platz mit weißen Kugellampen davor. Ein Penner mit wichtigen Selbstgesprächen. Plastiktüten, Zeitungsstapel, Mütze mit Ohrenklappen, ein dicker Schal. Und legt eine Decke zusammen. Fertig? Lieber nochmal! Muß sie immer nochmal! Jedesmal wenn er damit fertig ist, muß er sie nochmal neu – das soll nicht einfach so, soll richtig, soll Kante auf Kante! Die Treppe zur U-Bahn. Auch hier die Tauben noch wach. Und schon kommt mir die Hauptwache entgegen. Zur Hauptwache und an der Hauptwache wieder nicht umkehren können. Zwo Penner. Mit Schlafsack und Bündel jeder. Zwo Hunde mit und ein Radio mit Griff. Und mit großen Schritten am Rand vorbei. Einen Schlafplatz, einen überdachten Kaufhauseingang als Schlafplatz sich suchen oder beim Hako unter dem Vorbau. Noch besser beim Ott & Heinemann. Das sind hier die begehrtesten Plätze. Und ich? In die Nacht hinein. Mit mir selbst. Immer tiefer in die Nacht hinein. Über die Hauptwache wie durch ein fremdes Jahrhundert. Notizzettel. Kugelschreiber. Wind im Gesicht. Die Augen voll Wind und wie jetzt die Lichter flimmern. Wieder wie gestern durch Freßgass und Goethestraße? Meine gestrige Müdigkeit wiederfinden? Die Zeit, jeden Schritt, den gestrigen Tag? Die Alte Oper mit der Börse vergleichen? In Marseille ist die Börse viel prunkvoller als die Oper. Auch leichter zu finden und besser beleuchtet. Hauptwache, Steinweg, Goetheplatz. Und gleich der nächste Chinese mit Blick und Geheimnis. Sagt er nichts? Dann weiter zum Hauptbahnhof und mir schon Carinas Ankunft? Schon üben für morgen? Ob sie jetzt noch wach ist in Gießen? Wie spät? Zum Bahnhof und im Gehen immer weiter mir die Provence! Alle Jahreszeiten! Und wie der Süden nach

Süden riecht! Wie die Luft schmeckt! Hindenken, man muß hindenken immer wieder! Und vergiß auch nicht deine vielen Badezimmer! Zum Bahnhof und wieder abfahren lernen? Eilig zum Bahnhof und schon üben, für morgen üben, wie ich Sibylle und Carina herbeiwarte dann. Durchs Bahnhofsviertel zum Bahnhof (noch ein Chinese: sie wissen etwas!) und vom Bahnhof nach Bockenheim. Auf dreierlei Wegen vom Bahnhof nach Bockenheim und mit meinem müden Herz durch die Jordanstraße? Durch alle Straßen? Immer wieder zum Bahnhof, schon auf ihre Ankunft zu? Wie mein Herz klopft! Mit letzter Kraft noch einmal durch den Winter? Durch Nacht und Winter und Nachwinter und zurück in die Eppsteiner Straße – war denn nicht heute Mittag schon März, Mitte März? In die Eppsteiner Straße zurück, bevor du dich selbst nicht mehr kennst. Haustür, Namen und Schlüssel – noch da! Müd die Treppe hinauf. Mit letzter Kraft. Noch baden? Espresso, Milchkaffee, heiße Milch, das Bett schon gerichtet. Ein Lämpchen beim Bett. Und dir schon den Sonntagmorgen ausdenken – anders kannst du nicht einschlafen! Kannst sonst nicht heimgehen! Die erwartungsvolle Sonntagmorgenstille meiner Kindheit. Im Westend gehört der Sonntagmorgen den Vögeln, den Vögeln und Katzen. Leer die Straßen, leere Gehsteige. Manchmal eilige Eichhörnchen, aber niemand da, der sie zählt. Zwei Radfahrer. Ein einzelnes Sonntagmorgentaxi. Ein Paar mit zwei Kindern. Ein roter Golf und sie laden Gepäck ein. Hundebesitzer mit gutsituierten Westendhunden. Grüßen nicht, müssen ihren Hunden beim Sonntagmorgenscheißen sachkundig teilnahmsvoll zusehen. Die Hunde wissen genau, es ist Sonntag! Haben nicht auch die Glocken geläutet? Auf jedem Büffet ein Sonntagskuchen. Und wie meine Schwester als Kind Sonntagmorgen uns alle geweckt hat, um vier, um fünf, um halb sechs. Steht in der Tür und sagt: Wollen wir nicht schon aufstehen und weiterleben? Heimwege. Der Mond und ich. Mondschatten. Heim durch die Nacht und mit jedem Schritt schon auf den Sonntagmorgen zu. Dem Nicko aufschreiben, daß er sein Futter für heute schon hat. Schwarz auf weiß. Ein paar Jahre müd die Treppe hinauf. Auf den Nachthimmel zu. In der späten Stille. Und ganz zuletzt jedenfalls wie immer die letzten paar Zeilen. Mein Manuskript. Von gestern und heute die letzten Seiten nochmal und immer nochmal. Mitternacht längst vorbei. In weiter Ferne sah ich mich sitzen. Immer wieder lesen und korrigieren die Seiten und auf jedem Weg im Kopf ein Stück weiter das Buch! Weil nämlich, sagte ich jetzt im Gehen zu Anne und zu meinen Gastgebern, die übers Wochenende verreist sind. Und zu Jürgen und Edelgard. Zu meiner Schwester in Lollar und zu meinem Schwager, der vielleicht bei Buderus auf Spätschicht (dann kommt er bald heim und meine Schwester hat einen Kuchen gebacken!). Und zu den Bauern aus Staufenberg, die jetzt bei der Nachtschicht. Und werden dann bald einen Veschberimbiß mit Schlachtworscht und Flaschenbier und dann eine Zigarette und dazu ein Stück Samstagzeitung. Und sagte es auch zu den andern Bauern, die wie eingemauert beim Louis sitzen, beim Zecher, beim Keulerheinrich und in der Gastwirtschaft zur Stadt Staufenberg. Kommt Wind auf? Fern im Tal einen Zug hört man fahren. Und wie der Wind mit den Läden und Dachziegeln klappert. Im Nachwinter. März. Ein Samstagabend im Jahr 1950 oder 1951. Und sagte es dann auch noch zu den Frauen im Dorf, die schon die Küche aufgeräumt haben und sich für morgen einen Sonntagsspaziergang ausdenken. Den nämlichen Sonntagsspaziergang, auf den sie seit ihrer Brautzeit schon warten. Und zu mir und sogar zu Sibylle. Obwohl ich es gerade ihr wahrscheinlich schon öfter, schon oft. Seit Jahren. Bei jedem Buch wieder. Vielleicht sogar alle paar Tage. Womöglich mehrmals am Tag ihr das schon gesagt. Weißt du ja, das ist das Schwerste: eine Arbeit aushalten, die noch nicht fertig, noch lang nicht! Die noch Jahre und Jahre braucht! Hauptwache, Goetheplatz, Roßmarkt. Im Wind und schon selbst ein Chinesengesicht, du spürst es von innen. Chinese oder Mongole? Auf einem Dach eine Digitaluhr, du kennst sie schon länger, aber diesmal nicht drauf geachtet. Nicht die Uhrzeit gesehen, nur gesehen, wie sie leuchtet und blinkt. Gehen und gehen und im Gehen mir immer weiter den morgigen Tag vorsagen, damit morgen auch noch ein Tag! Beim Roßmarkt die Kaiserstraße und weiter zum Bahnhof. Samstagabend, es kann noch nicht spät sein. Carina kommt morgen zurück!

Von Peter Kurzeck im Stroemfeld Verlag:

Der Nußbaum gegenüber vom Laden
in dem du dein Brot kaufst
Roman
354 Seiten, engl. Broschur, Fadenheftung
ISBN: 3-87877-127-4

Das schwarze Buch
Roman
329 Seiten, geb.,
ISBN: 3-87877-770-1

Kein Frühling
Roman
336 Seiten, geb., Fadenheftung
ISBN: 3-87877-274-2

Keiner stirbt
Roman
276 Seiten, geb., Fadenheftung
z. Zt. als Lizenzausgabe bei Suhrkamp TB lieferbar

Mein Bahnhofsviertel
80 Seiten, geb., Fadenheftung
ISBN: 3-87877-385-4

Übers Eis
Roman
326 Seiten, geb., Fadenheftung
ISBN: 3-87877-580-6

Stroemfeld/Roter Stern   Basel und Frankfurt am Main